Astrid Fritz studierte Germanistik und Romanistik in München, Avignon und Freiburg. Als Fachredakteurin arbeitete sie anschließend in Darmstadt und Freiburg und verbrachte mit ihrer Familie drei Jahre in Santiago de Chile. Zu ihren großen Erfolgen zählen «Der Turm aus Licht», «Die Hexe von Freiburg» und «Die Tochter der Hexe». Astrid Fritz lebt in der Nähe von Stuttgart.

Mehr über Astrid Fritz auf www.Astrid-Fritz.de.

Astrid Fritz

Die Magd des Medicus

Historischer Roman

Rowohlt Taschenbuch Verlag

Originalausgabe
Veröffentlicht im Rowohlt Taschenbuch Verlag,
Hamburg, September 2023

Covergestaltung any.way, Barbara Hanke
Coverabbildung akg-images: Shutterstock
Satz aus der Alegreya
bei Pinkuin Satz und Datentechnik, Berlin
Druck und Bindung CPI books GmbH, Leck
ISBN 978-3-499-01062-0

Die Rowohlt Verlage haben sich zu einer nachhaltigen Buchproduktion verpflichtet. Gemeinsam mit unseren Partnern und Lieferanten setzen wir uns für eine klimaneutrale Buchproduktion ein, die den Erwerb von Klimazertifikaten zur Kompensation des CO_2-Ausstoßes einschließt. www.klimaneutralerverlag.de

FSC
www.fsc.org
MIX
Papier | Fördert gute Waldnutzung
FSC® C083411

Kapitel 1

Zu Basel, Mitte März Anno Domini 1527

Wann immer das Wetter es erlaubte, standen die beiden Flügel des Holztors weit offen, auch an diesem freundlichen, milden Frühlingstag. Was nichts daran änderte, dass die Luft in der Schindhütte durchdrungen war von den süßlichen Geruchsschwaden nach Blut, frischen Tierhäuten und dem Fett, das heute im Kessel über der gemauerten Feuerstelle zischte und dampfte. Bei Kadavern, die größer als eine Katze waren, lohnte es sich nämlich, aus den Eingeweiden Schmalz und Talg für die Seifensieder und Lichterzieher auszulassen, sofern der städtische Jägermeister sie nicht als Aas für die Wolfsjagd benötigte.

Jeder Nachbar hätte wahrscheinlich laut geflucht über den Gestank, den die Abdeckerei verbreitete, vor allem an den Tagen, an denen die Fischhändler ihren alten oder schlechten Fisch zur Vernichtung abluden. Aber die nächsten Häuser waren mehr als einen Steinwurf entfernt, und auf dem Basler Kohlenberg stank es, wie Barbara fand, ohnehin mehr als anderswo in der Stadt.

Sie streckte den Rücken durch und hielt für einen Augenblick in der Arbeit inne. Sehnsüchtig blickte sie hinaus auf die sonnenbeschienene Gasse. An manchen Tagen hasste sie diesen Gestank, der einem in der Kleidung, in den Haaren, zwischen den Fingern klebte. Aber es half ja nichts, wenn man die Tochter des Wasenmeisters war. Da blieben einem nur die Sonn- und Festtage, an denen man sich, frisch gewaschen und im Sonntagsgewand, als halbwegs normaler Mensch fühlen durfte.

«Träumst dich mal wieder fort?», raunzte der Vater sie an, und ihr Bruder grinste frech dazu. Die beiden hatten gerade eine tote, viel zu magere Sau von der Schindkarre auf den langen, glatt geschliffenen Holztisch neben dem Tor gehievt und würden dem Tier gleich mit geübten Schnitten die Haut abziehen, um diese anschließend in dem riesigen Wasserbottich zu waschen.

Barbara streckte Stoffel die Zunge heraus, bevor sie sich mit ihrem scharfen Messer erneut über den Steintrog beugte, in dem ein ganzer Berg von grob zerteilten Fleischstücken lag, während die Eingeweide bereits im Kessel schmorten. Ihre Aufgabe war es, seit der Kindheit schon, für den Leimsieder in der Steinenvorstadt die Knochen, Knorpel und Sehnen aus den blutigen Brocken herauszutrennen. Dass diese zu einem verendeten Kalb gehört hatten, war nicht mehr zu erkennen. Was ihr mehr als recht war, da sie alles, was vier Beine hatte, mochte. Das gesäuberte Fell indessen, hübsch schwarz-weiß gescheckt, hing bereits neben anderen Häuten zum Trocknen über dem Balken.

Das Kalb hatte Stoffel aus der Johannisvorstadt hergekarrt, die sich ein gutes Stück entfernt den Rhein entlangzog. Hier oben auf dem Kohlenberg wäre auch keiner reich genug für ein Kalb oder Schwein, hier hielten sich die Leute höchstens ein paar Hühner, Ziegen oder, wie der Kohlenbergwirt und der Henker, ein Mastschwein. Das dann übrigens am Ende seiner Lebenszeit von ihrem Vater gemetzgt werden würde. Als Abdecker vermochte er das ebenso fachgerecht wie der Metzger vom Heuberg, obwohl es ihm eigentlich nicht erlaubt war. Aber dafür verlangte er auch weniger Lohn, und verraten würde ihn von den Kohlenbergern ohnehin keiner.

Mit leichtem Widerwillen entbeinte sie eine Kalbshaxe, wobei sie immer wieder eine der zahllosen streunenden Katzen verscheuchen musste. Sie wünschte, morgen wäre Sonntag, und sie könnte nach dem Kirchgang am Rheinufer in der Sonne sitzen. Aber heute war erst Mittwoch. Bis in vier Tagen hatte das Wetter bestimmt wieder umgeschlagen, und die ersten warmen Frühlingstage waren vorbei. Ja, da musste man schon die Zähne zusammenbeißen, um nicht mit dem Schicksal zu hadern. Täglich stundenlang in Kadaverstücken herumwühlen, in dieser stinkenden Hütte, das verlangte einem etwas ab. Sie verstand ihren Bruder nicht, der sich jetzt schon darauf freute, eines Tages die Nachfolge des Vaters zu übernehmen.

Als die nahe Leonhardskirche die fünfte Nachmittagsstunde schlug, war sie erlöst. Den Rest würde Stoffel erledigen, da sie als einzige Frau im Haus obendrein für die Haushaltung zuständig war und nun das Abendessen richten musste. Eine Magd konnten sie sich nicht leisten.

Sie tauchte das Messer in den Waschbottich, streifte es an einem Lumpen ab und legte es zurück in die Werkzeugkiste.

«Mach du den Rest vom Kalb fertig», beschied sie Stoffel. «Ist nicht mehr viel.»

«Nur wenn du mir dafür was Ordentliches zum Abendessen auf den Tisch stellst.»

«Heute gibt's gepfefferte Gänsebrust mit Mandelmus.»

«Wirklich?» Mit offenem Mund glotzte er sie an.

«Ach Stoffel!» Sie musste laut lachen. «Du glaubst auch jeden Kuhmist. Es gibt Gemüsebrei wie immer.»

Sie mochte ihren älteren Bruder sehr. Er lachte viel, war fast immer guter Dinge und murrte nie über die Arbeit. Ganz anders als ihr anderer Bruder Lienhard, der ein rechtes Großmaul war und aufbrausend dazu. Vor zwei Jahren hatte er in Freiburg eine Lehre beim dortigen Scharfrichter begonnen, um etwas Besseres zu werden als ein gemeiner Schinder. Sie vermisste ihn kein bisschen. Da stand ihr der sanftmütige Stoffel doch um vieles näher. Aber leider war der mit seinen zweiundzwanzig Jahren manchmal noch einfältig wie ein Kind und eher langsam im Denken.

Zu ihrer Überraschung ergriff der Vater das Wort. Der sprach bei der Arbeit manchmal stundenlang gar nichts, war überhaupt ein Mensch, der die Ruhe liebte.

«Komm einmal her», brummte er in seinen rotblonden Vollbart und winkte Barbara zurück an den Steintrog. In der Hand hielt er den Blechnapf ihres Hundes, der während der Arbeit hinten im Hof angekettet war und nur nach Feierabend frei herumlaufen durfte.

«Das Kalb war nicht krank», fuhr er bedächtig fort. «Nur zu schwach zum Überleben, weil die Mutterkuh keine Milch hatte.»

Er bückte sich und lud zwei rosig glänzende Fleischbrocken in den Napf, der fast zu klein war für diese schiere Menge.

«Du brätst das in kleinen Stücken gut durch, verstanden? Das reicht uns für heute, morgen und übermorgen.»

Erstaunt nickte sie. Normalerweise wanderte solcherlei Fleisch nicht in die Pfanne oder in den Kochtopf, weil es, wie der ganze Rest der verendeten Tiere, draußen auf dem Schindanger verbrannt oder verscharrt werden musste. Meist blieb der Vater sogar hart, wenn die Ärmsten der Armen an seine Tür klopften. Dennoch vertraute sie ihm. Wenn er sagte, das Fleisch sei kein schlechtes, dann war dem so. Wie kein anderer kannte er sich nämlich aus mit Viehseuchen und Rosskuren. Manchmal riefen ihn sogar die Bürger unten in der Stadt zu sich, um ihn wegen ihrer Tiere um Rat zu fragen.

«Danke, Vater. Das mach ich gern.»

«Also doch ein Festschmaus!», rief Stoffel freudig, und sie fuhr ihm nicht gerade sanft durch das dunkle Haar, das immer in alle Richtungen abstand. «Glück gehabt, Bruderherz. Bis später also.»

Ihr kleines, strohgedecktes Fachwerkhaus war mit der angrenzenden Schindhütte durch eine Tür verbunden. Dort stand auf einem wackligen Holzschemel eine Schüssel mit frischem Wasser nebst einem Stück Seife bereit. Darauf, dass sie sich hier nach der Arbeit gründlich die Hände wuschen, hatte ihre Mutter immer bestanden, und jetzt war es an Barbara, darauf zu achten. Auch darauf, dass in der Schindhütte alles ordentlich an seinem Platz verstaut war und sich kein abgehäutetes, verwesendes Vieh vor der Tür anhäufte, wie man es von anderen Abdeckereien kannte. «Wir sind zwar nur Schinder, aber dafür saubere Leut», hatte ihre Mutter ihnen immer wieder gesagt.

Für die Tierleichen, die nicht am selben Tag verarbeitet werden konnten, hatte der Vater hinten im Hof eigens einen Schopf aus Holzlatten bauen müssen. Dort allerdings stank es bestialisch. Wenn man das Türchen öffnete, flogen Schwärme von fetten, blau schillernden Fliegen auf. Zu manchen Zeiten allerdings gab es so viele Kadaver, dass der Vater sie wohl oder übel mitten auf dem Hof lagern musste, wenngleich unter dicken Decken. Dennoch wurden jedes Mal Scharen von Ratten und Rabenvögeln angelockt, und in der warmen Jahreszeit war der Gestank nicht mehr auszuhalten. Dann kamen die Taglöhner aus der Nachbarschaft, um bei ihnen auszuhelfen und sich ein paar Rappenpfennige zu verdienen.

Sie öffnete die Zwischentür zum Haus und stellte den Napf auf der Treppe zur Küche ab. Dann trat sie wie immer nach der Arbeit, wenn es nicht gerade Hunde und Katzen regnete, hinaus auf den Vorplatz, um an der frischen Luft erst einmal tief durchzuatmen. Dabei klopfte sie dem struppigen Maultier gegen den Hals. Eingespannt in die schwarz geteerte, zweirädrige Karre, die auch dem Henker für die Hinrichtungen diente, döste es neben dem Hüttentor vor sich hin. Noch vor dem Abendessen würden Stoffel und der Vater mit dem Schindluder hinaus zum Wasen fahren.

«Bald hast auch du deine Ruh», verkündete sie ihm gut gelaunt.

Sie ging ein paar Schritte die Gasse hinunter, die seit den letzten starken Regenfällen von Wagenrinnen durchfurcht war, und blinzelte gegen die tief stehende Sonne. An der Einmündung zur Kohlenberggasse, dort, wo die uralte Linde stand, spielte eine Horde Kinder Fangen.

Sie dachte an ihre eigene Kindheit zurück. Auch sie selbst hatte dort, nach getaner Arbeit, mit ihrer Freundin Marie und den anderen Kindern Fangen oder Murmeln gespielt. Oder Verstecken auf den verwilderten Brachen, die zusammen mit Wiesen und kleinen Feldstücken die Abdeckerei umgaben. Am liebsten mit Marie, ihrem Bruder Stoffel und dem Badersohn Beat Scherlin aus der angrenzenden Steinenvorstadt. Sie vier waren damals ein Herz und eine Seele gewesen. Doch irgendwann war Melcher, der älteste Sohn des Scharfrichters, dazugestoßen, und mit einem Mal wollte man die Mädchen nicht mehr dabeihaben.

Beat hatte sich trotzdem hin und wieder allein mit ihr getroffen. Dann waren sie durch die Talstadt gestreift bis hin zum Rheinufer, wo sie davon träumten, eines Tages zusammen mit einem Schiff hinaus in die Welt zu fahren. Doch ab dem Tag, an dem er bei seinem Vater als Lehrknecht anfing, kam er nicht mehr zu ihnen auf den Berg. Er hatte keine Zeit mehr, und seine Eltern mochten es wohl auch nicht mehr leiden, wenn er sich mit den Kohlenbergern herumtrieb. So begegneten sie sich seit einigen Jahren nur noch selten, und manchmal vermisste Barbara ihn mit leiser Wehmut im Herzen. Sie beide hatten einander ohne große Worte verstanden.

Sie schrak aus ihren Erinnerungen, als eine etwas heisere Stimme sagte: «Bist du nicht die Tochter vom Stegner-Michel?»

Wie aus dem Nichts stand der Mann plötzlich vor ihr, in einem adligen Reitergewand, mit ledernen Beinkleidern, Stiefeln und Sporen, wobei alles ziemlich abgetragen und zerschlissen aussah. Ein seltsamer Mann im Übrigen, denn er war einen halben Kopf kleiner als sie, hatte krumme Beine und einen verwachsenen Rücken, den man schon bucklig nennen konnte. Vor allem aber saß auf dem fast mädchenhaft-zartgliedrigen Körper ein riesenhafter Schädel mit einem breiten, bärtigen Kinn, einem herausragenden Hinterkopf und einer hohen Stirn, die in die fast kahle Schädeldecke überging. Dafür stand das restliche aschblonde Haar in einem dichten, wirren Haarkranz von Kopf ab. Er trug nämlich keinen Hut – den hielt er in den Händen, die ebenfalls etwas Mädchenhaft-Zartes hatten.

Während sie ihn so anstarrte, erinnerte sie sich wieder: Vor etlichen Jahren war dieser kleine Mann einmal bei ihnen zu Besuch gewesen, damals noch ohne Bart und mit mehr Haaren auf dem Kopf und von eher jünglingshaftem Aussehen. Danach hatte der Vater noch häufiger von ihm gesprochen und ihn halb scherzhaft, halb ehrfurchtsvoll den *hochgelehrten Scholarenzwerg* genannt.

Sie verkniff sich ein Grinsen, als sie daran dachte.

«Ja, die bin ich. Die Barbara Stegnerin. Und Euch erkenne ich nun auch. Ihr habt bei uns in der Schindhütte mal eine Sau zerlegt, zusammen mit dem Vater, und alles genau untersucht und aufgeschrieben.»

Seine hellen Augen leuchteten auf. «Richtig. Weil nämlich das Schwein uns Menschen überaus ähnlich ist. Und du standest neben mir, stundenlang, hattest mir zugeschaut und mich mit Fragen gelöchert. Du warst ein äußerst aufgewecktes Kind, und jetzt bist du zu einer äußerst hübschen Jungfer herangewachsen.»

Was redete der Mann da? Hübsch fand sie sich beileibe nicht. Ihr dunkelbraunes lockiges Haar, das in der Sonne rötlich schimmerte, war kaum zu bändigen, und auf der geraden, stumpfen Nase prangten hässliche Sommersprossen. Außerdem war ihr Gesicht viel zu breit, genau wie der Mund. Nur ihre Augen mochte sie, seitdem Beat ihr einmal gesagt hatte, sie habe so wunderschöne grüne Augen.

Sie beschloss, über die Schmeichelei hinwegzugehen. «Wollt Ihr zu meinem Vater?», fragte sie.

«Ja, das hatte ich vor.»

«Dann bring ich Euch hinein. Kommt.»

Der Vater stand hinten an der Herdstelle, wo er im Kessel rührte. Gemächlich drehte er sich um, als sie ihm zurief, dass Besuch gekommen sei, und kniff die Augen zusammen. Im Feuerschein glänzte sein rundes, rosiges Gesicht noch röter.

«Ja, da schau her. Der Doktor Theophrastus!»

Er wischte sich die Hände am Arbeitsschurz ab, eilte freudig auf ihn zu, nur um dann einen plötzlichen Haken zum Waschtisch zu schlagen.

«Verzeiht, ich will mir erst die Hände waschen, bevor ich einem Doktor beider Arzneien die Hand reiche.»

Barbara, die neugierig neben ihrem Gast am großen Bottich stehen geblieben war, wunderte sich nun nicht mehr über die freudige Aufregung des Vaters: Ein wahrhaftiger Doktor war das also! So jemand kam ihnen sonst nicht ins Haus.

Gleich darauf schüttelten sich die beiden Männer die Hand, und Stoffel, der mit den restlichen Kalbsbrocken beschäftigt war, verneigte sich ehrerbietig.

Der Doktor ließ die Hand des Vaters los. «Wie schön, Euch gesund wiederzusehen, Meister Stegner.»

«Ganz meinerseits, Herr Theophrastus, ganz meinerseits.

Aber nennt mich nicht Meister, wo ich nur ein Halbmeister bin, sondern einfach Michel.»

«Stimmt. Ich vergaß, dass Ihr Abdecker in Basel dem Scharfrichter untersteht und ihm darum Abgaben leisten müsst, obwohl er mit Eurer harten Arbeit so gut wie nichts mehr zu schaffen hat. In meinen Augen ist das alles andere als gerecht.»

Der Vater winkte ab. «Hauptsach', ich hab mein Auskommen. Sagt bloß, wollt Ihr etwa wieder ein Schwein zerteilen?»

Der kleine Mann lachte herzhaft auf, und Barbara musterte ihn verstohlen von der Seite. War er nun hässlich zu nennen oder nicht? Sie konnte es kaum sagen. Trotz seiner buckligen Gestalt hielt er sich stolz und aufrecht, und auf den zweiten Blick hatte er fein gezeichnete Gesichtszüge mit einer kräftigen, geraden Nase, einem entschlossen wirkenden Mund und lebhaften, klaren Augen unter den allzu buschigen Brauen. Er wirkte jung und alt zugleich, mochte dreißig oder aber auch schon vierzig Jahre zählen.

«Nein, bewahre, lieber Michel», erwiderte er nun und wirkte sichtlich erheitert. «Das braucht's nicht mehr. Aber ich wollte mich endlich erkenntlich zeigen für jenen lehrreichen Tag bei Euch. Als frischgebackener Doktor und kurz zuvor entlassener Feldarzt hatte ich damals keinen Pfennig im Sack.»

Er nestelte an seiner Geldkatze, die am Gürtel hing, doch der Vater wehrte entschieden ab.

«Bitte lasst stecken, Medicus. Ihr beleidigt mich sonst. Es war mir doch ein Vergnügen gewesen. Ja, damals seid Ihr durch die ganze Welt gewandert und wart immer auf der Suche nach neuen Erfahrungen. Wenn ich mich recht erinnere, kamt Ihr gerade von dem Feldzug der Deutsch-Ritter gegen Poland und wart hier in Basel auf dem Weg nach Frankreich oder Hispanien. Seid Ihr bei jenem Kriegszug nicht sogar von den Tataren gefangen genommen worden?»

Verwundert sah Barbara ihren Vater an. So viele Sätze auf einmal und dazu mit solch wohlgesetzten Worten hatte er schon lange nicht mehr gesprochen. Da klatschte Doktor Theophrastus in die Hände, was reichlich kindlich wirkte.

«Das waren fürwahr spaßige Wochen der Gefangenschaft, lieber Michel. Bald schon war ich Gast in ihren Tatarenzelten, da ich meine Heilkünste demonstrieren durfte, und wir haben zusammen gesoffen und geprasst, so angetan waren die von mir. Stellt Euch das nur vor: Ein Schwabe bringt Heilmittel zu den kriegerischen Tataren!»

Der Vater nickte eifrig. «Ja, davon hattet Ihr erzählt. Seid Ihr etwa noch immer auf Wanderschaft?»

«Nein, nein. Ich denke, nach gut zehn Jahren sollten die Lehr- und Wanderjahre mal ein Ende finden. Ich habe vor, sesshaft zu werden. Schon in Straßburg habe ich es versucht, doch die Umstände sprachen dagegen. Dort nämlich reißt ein Arzt dem anderen den Stuhl unterm Arsch weg. Da will ich lieber hier im schönen Basel bleiben.»

«Was für eine Überraschung! Als Medicus?»

«Mehr noch: als Stadtarzt und Professor an der hiesigen Fakultät für Medizin. Ich komme soeben vom Amtsschwur beim Magistrat.»

«Das müssen wir feiern! Bärbel, was stehst noch hier rum? Hol einen Krug Tresterwein her. Und dann mach dich gefälligst ans Abendessen. Ihr seid natürlich eingeladen, Herr Theophrastus», wandte er sich wieder an den Doktor. «Es gibt etwas Gutes heute, Ihr dürft gespannt sein.»

Innerlich schüttelte Barbara den Kopf. Ob Gebratenes vom Kalbskadaver einem geschworenen Stadtarzt munden würde? Möglichst langsam ging sie zur Tür, um sich zum zweiten Mal an diesem Nachmittag die Hände zu waschen und dabei die Antwort abzuwarten. Einen Stadtarzt hatten sie schließlich noch nie bei Tisch gehabt, auch wenn dieser absonderliche Fremde nicht gerade den Eindruck eines gelehrten Medicus machte.

«Das ist überaus großzügig», hörte sie ihn sagen. «Aber ich habe gerade erst meine Wohnung bezogen, da ist noch viel zu räumen. Ich mache Euch einen anderen Vorschlag: Ich lade Euch gegen später zu einem Abendumtrunk im Wirtshaus ein. Damit kann ich mich wenigstens ein bisschen erkenntlich zeigen. Dich natürlich auch, mein Junge. Stoffel ist dein Name, nicht wahr?»

Ihr Bruder nickte eifrig, während der Vater ein wenig zögerlich erwiderte: «Ach, lieber Herr Doktor – Ihr verkehrt sicher in besseren Häusern. Dort sind wir als Schinder nicht gern gesehen, gelinde gesagt.»

«Unsinn. Wofür habt Ihr hier oben auf dem Kohlenberg ein eigenes Wirtshaus? Das hatte mir schon damals sehr behagt.»

Kapitel 2

Tags darauf

Am nächsten Morgen litt der Vater sichtlich unter einem Brummschädel. Schweigend löffelte er seinen Haberbrei in sich hinein, während er hin und wieder unterdrückt aufstöhnte.

So, wie er bei seiner Heimkehr aus dem Wirtshaus gelärmt hatte, musste er ganz schön betrunken gewesen sein. Barbaras winzige Schlafkammer lag genau über der Haustür, die lauten Stimmen des Vaters und seines gelehrten Zechkumpans hatten sie jäh aus dem Schlaf gerissen. Wie die kleinen Kinder hatten die beiden gekichert und gealbert und zum Abschied noch irgendein Trinklied geschmettert. Umso stiller war der Vater jetzt.

Dafür berichtete Stoffel hellauf begeistert von ihrem Umtrunk im Kohlenbergwirtshaus.

«Stell dir das nur vor, Bärbel, ein Stadtarzt und Professor der Medizin beim Kohlenbergwirt! So einer geht doch sonst in den herrschaftlichen Sternen oder in den Wilden Mann! Was haben die in der Schankstube alle geglotzt, und der Adrian hat dem Doktor fast die Stiefel abgeleckt vor lauter Ehrerbietung!»

«Jetzt übertreib nicht so», knurrte der Vater und rieb sich die verquollenen Augen.

«Bitte, red weiter», bat Barbara ihren Bruder. «Hat dieser angebliche Stadtarzt euch wenigstens eingeladen?»

«Und ob. Seinen besten Wein hat der Adrian aus dem Keller

holen müssen. Und wir durften saufen, so viel wir wollten. Ich hab's dann aber nicht so übertrieben wie der Vater», er zwinkerte ihr zu, «und bin nach dem dritten Krüglein heim. Schließlich wartet heute ein Haufen Arbeit auf uns.»

«Was hat er euch so erzählt?»

«Von seinen vielen Reisen. Der ist überall in der Welt rumgekommen, als Wund- und Feldarzt. In Hispanien war er, in Engelland, in Dennmark und Holland ...» Fragend schielte er zum Vater, doch der schüttelte nur unwillig den Kopf. «Warte, da war noch viel mehr ... Ungern und Pruchsen und Walachei und ja, Nea... Neapolis in Italien. Der war einfach überall, sogar im Mameluckenreich von Ägypten, also da, von wo die Zigeuner herkommen. Und Bücher schreibt er auch!»

«Richtige Bücher, die gedruckt sind?»

«Na ja, gedruckt sind noch nicht so viele, aber mit der Hand geschrieben hat er etliche. Die hat er aber bei einem Bekannten in Neuenburg gelassen, du weißt schon, in Neuenburg am Rhein, und ...»

«Unsinn», unterbrach ihn der Vater müde. «In Neuburg, was an der Donau liegt.»

«Ist ja auch gleich», wehrte Stoffel ab. «Und weißt du, wo der seit gestern wohnt? Nicht etwa unten am Märt oder am Münster, wo die feinen Herrschaften wohnen, sondern hier oben bei uns auf dem Berg, im Haus Zum Roten Hahn! Was für ein wunderlicher Kauz.»

Das fand Barbara allerdings auch. Wie konnte einer als hochgelehrter Mann und angesehener Stadtarzt bloß freiwillig hier wohnen? Keine hundert Schritte vom Henkershaus, da, wo das Brückchen zur Leonhardskirche abgeht.

In diesem Augenblick räusperte sich der Vater und legte den Löffel beiseite.

«Der Doktor braucht eine Magd, die ihm Wäsche und Haushaltung macht.»

«Warum guckst du *mich* dabei an?», fragte sie argwöhnisch.

«Weil wir am Ende über dich gesprochen haben. Er sucht eine, auf die er sich verlassen kann und die nicht dumm ist. Gegen einen kleinen Lohn und freie Kost.»

Heftig schüttelte sie den Kopf. «Aber ich will gar nicht seine Magd sein!»

Nein, das wollte sie ganz und gar nicht.

Über der Nasenwurzel des Vaters grub sich eine tiefe Falte ein. «Jetzt benimmst du dich aber doch reichlich dumm. Du solltest dich nämlich geehrt fühlen, dass dich ein Stadtarzt und Professor zu seiner Magd will. Oder hast du vergessen, dass du nur eine Schindertochter bist?»

«Wie soll ich das vergessen, wo uns die Bürger der Stadt Racker und Schelm hinterherschreien? Aber dieser Theo… dieser Theophrastus, der ist doch nicht ganz recht im Kopf. Mit den Kohlenbergern saufen gehen und sich hier oben eine Wohnstatt suchen! Und kleidet sich so ein Gelehrter? Der sieht doch aus wie ein Strauchritter mit seinem abgewetzten Reitergewand und dem zerknautschten Hut. Ein Stadtarzt ist ein angesehener Mann und reist mit großem Gepäck, eigenem Pferd und Wagen, hat Magd und Knecht. Habt ihr etwa vor dem Haus Zum Roten Hahn Pferd und Wagen stehen sehen? Ich nicht. Wahrscheinlich stimmt das alles gar nicht, und er hat euch nur einen Bären aufgebunden. Und außerdem – wenn einer studiert hat und zu einem Doktor geworden ist und sogar Bücher schreibt, dann kommt er nicht zu unehrlichen Leuten ins Haus, um ein Schwein zu zerlegen, und redet auch nicht daher wie ein Bauer oder treibt sich zehn Jahre in der Welt herum wie ein Landstreicher. So einer verarztet feine Herrschaften und wohnt im eigenen Haus und hat ein vornehmes Eheweib. Hat er überhaupt ein Weib? Einem alleinstehenden Kerl will ich schon gar nicht dienen, weil ...»

«Still!», unterbrach der Vater sie und schlug mit der Faust auf die Tischplatte, dass die Becher hüpften. «Hältst du wohl dein vorlautes Mundwerk? Der Doktor Theophrastus ist ein ehrenwerter Herr. Aber wenn du unbedingt willst, erkundige ich mich nachher beim Bader Scherlin, der muss es ja wissen, ob Basel einen neuen Stadtarzt hat.»

Aha. So hatten ihre Worte ihn also verunsichert. Doch die Befriedigung hierüber wich dem schalen Gefühl, dass dieser verwachsene, kleinwüchsige Mensch keineswegs gelogen hatte. Sondern einfach nur anders als andere Männer seines Standes war.

«Das ist das Mindeste, dass du erst mal den Scherlin frägst.» Sie schob die Unterlippe vor. «Außerdem: Wie wollt ihr beide ohne mich zurechtkommen? Da würde hier alles schön verlottern.»

«Das lass nur meine Sorge sein», fuhr der Vater etwas ruhiger fort, und seine Zornesfalte glättete sich wieder. «Da ist nämlich noch etwas. Stoffel, horch gefälligst her, das geht auch dich an! An Jacobi, zum großen Bettlertanz, wirst du die Guta heiraten. Damit eure heimliche Unzucht ein Ende hat. Ich hab's nämlich satt, dass Pfarrer Bertschi mich deshalb dauernd ins Gebet nimmt. Die Guta wird dann also im Sommer hier einziehen, ihre Eltern sind einverstanden. Dann wird sie uns den Haushalt führen, und in der Schindhütte mithelfen soll sie auch.»

«Im Ernst? Wir sollen heiraten?» Stoffel war von der Küchenbank aufgesprungen und nahm Barbara bei den Schultern. «Ach Schwesterlein, wie mich das freut!»

Unwillig wehrte sie ihn ab. Auch wenn sie das hatte kommen sehen – die Aussicht, dass Guta sie bald schon als Frau im Haus ersetzen sollte, bestürzte sie nun doch. Und eng würde es in ihrem Häuschen dann auch werden. Stoffels Braut war die Tochter eines Sackträgers, der ihnen manchmal beim Kloakenkehren half und dessen vielköpfige Familie von der Hand in den Mund lebte. Schon als Kinder hatte sie sich mit Guta nur gestritten. Einmal hatte die ihr sogar ein ganzes Büschel Haare herausgerissen, nur weil Barbara ihr keine von ihren Murmeln schenken wollte. Aus dem zänkischen Kind war inzwischen eine ausnehmend hübsche, wenngleich ziemlich eingebildete und eitle junge Frau geworden, und eine Zeit lang ging sogar das Gerücht, dass sie sich hin und wieder in Jakobs Hurenhaus ein Zubrot verdiente. Stoffel hatte deshalb mal einen Kerl, der ihm das frech ins Gesicht sagte, halb totgeprügelt. Aber woher sonst hatte sie das Geld für ihre seidenen Brusttücher und bestickten Fatzenettli? Wie dem auch sei: Barbara konnte Guta noch immer nicht leiden. Die hatte Haare auf den Zähnen und ein Herz aus Stein. Jeder der Burschen hier hatte schon mal ein Auge auf Guta geworfen, sie hingegen hatte sich letztes Jahr für Stoffel entschieden. Wahrscheinlich, weil sie dessen Gutmütigkeit so wunderbar ausnutzen konnte. Aber ihr Bruder liebte und vergötterte sie nun einmal.

«Dann braucht ihr mich ja nicht mehr», brachte sie enttäuscht hervor. «Meinetwegen, jagt mich nur aus dem Haus, mit dieser Guta will ich eh nicht unter einem Dach leben.»

Jetzt lief das Gesicht des Vaters erst recht zornrot an.

«Potzdusig und Sackerment! Was glaubst du, wer du bist? Mit deinen achtzehn Jahren bist du längst alt genug, dich als Magd zu verdingen und auf deine Aussteuer zu sparen. Aber wenn du dir hierfür zu fein bist, dann kannst du auch gleich den Melcher heiraten, und zwar zu Jacobi wie dein Bruder.»

Sie starrte ihn entgeistert an. «Ich soll den Henkerssohn heiraten?»

«Na und? Das haben sein Vater und ich längst abgesprochen. Der Melcher ist einverstanden. Eigentlich wollten wir abwarten, bis er am Jahresende seine Lehrzeit hinter sich hat und zum Gesellen ernannt wird. Aber das lässt sich auch vorziehen, glaub mir.»

«Nie und nimmer heirate ich den! Ich will kein Henkersweib werden. Dann schaff ich mich lieber als Schankmagd beim Ertzstein-Adrian krumm, dann hast auch keine Last mehr mit mir.»

«Ha! Der Adrian braucht gar keine dritte Schankmagd. Aber du kannst ja mal bei den Bürgern unten in der Stadt vorsprechen, die nehmen sich gewiss gern eine Schindertochter ins Haus. Genug geredet. Stoffel, spann das Maultier ein, wir sollen den toten Hofhund aus Küchlins Papiermühle abholen. Und vorher fahren wir beim Bader Scherlin vorbei.»

Gedankenverloren erledigte Barbara den Abwasch und kehrte mehr als gründlich Wohnküche und Diele aus. Das tat sie täglich, da auch im Haus alles sauber und ordentlich sein sollte, dort erst recht. Obendrein kämpften Kräuterbündel und Blütensäckchen mit ihrem Duft gegen den Gestank aus der benachbarten Hütte an. An manchen Tagen bestreute Barbara sogar, wie die Mutter es sie gelehrt hatte, die Böden mit Thymian, Kalmus und Kamille.

Nachdem sie Reisigbesen und Kehrblech verstaut hatte, setzte sie sich auf die Holzbank vor ihrem Häuschen, um auf die Rückkehr des Vaters zu warten. Tatsächlich war das frühlingshafte Wetter bereits wieder vorbei, der Wind blies kühl über die staubige Gasse, und der Himmel zog sich grau in grau zusammen. Von dem guten Dutzend Häuser drüben bei der Linde drangen die Geräusche nur gedämpft zu ihr herüber. Mit der Ruhe würde es zum Tagesende vorbei sein, wenn sich die Leute, vom billigen

Tresterwein mehr oder weniger berauscht, auf der Straße zum Tanzen, Singen und Raufen einfanden.

Missmutig scharrte sie mit der Fußspitze Kieselsteinchen hin und her. Der Vater hatte schon recht. Anderswo als auf dem Kohlenberg würde sie keine Arbeit finden. Schon gar nicht, seitdem Pfarrer Marx Bertschi, der Leutpriester von Sankt Leonhard, den neuen Brauch der Tauf- und Heiratsbücher eingeführt hatte, in denen sie alle verzeichnet standen mitsamt ihrem Stand. Und eine Abschrift hiervon musste man vorweisen, wollte man ein Handwerk lernen oder sich irgendwo verdingen.

Somit war sie nicht gerade vom Glück begünstigt, stand der Abdecker im Ansehen der Bürger doch noch weit unter dem des Scharfrichters. Der war immerhin gefürchtet, hatte ein hohes städtisches Amt inne und erhielt dafür auch guten Lohn. Ein Schinder aber tat die Drecksarbeit. Er keulte das kranke und beseitigte das gefallene Vieh, hob stinkende Abortgruben aus, erschlug streunende Hunde ohne Blechmarke, verschnitt das männliche Vieh, trieb fremde Aussätzige und Wanderhuren aus der Stadt. Das war ihr vertraut seit frühester Kindheit, anders kannte sie es nicht, und unter den Kohlenbergern waren sie geachtete Leute. Doch unten in der Stadt war sie eine Ehrlose, mehr noch: ein Wesen, das jeder anstarren durfte. Schon als kleines Mädchen hatte sie, beim Einkauf an der Hand der Mutter, die verächtlichen Blicke auf der Haut gespürt, und war jedes Mal froh gewesen, wenn sie sich auf den steilen Heimweg machten. Es kam sogar vor, dass irgendwelche Rotzbengel mit Rossbollen oder fauligem Obst aus der Gosse nach ihnen warfen. Als sie deshalb einmal in Tränen ausgebrochen war, hatte die Mutter ihr mitten auf der Gasse eine Maulschelle verpasst. «Du hast überhaupt keinen Grund, dich zu schämen, verstanden?»

Womit ihre Mutter recht hatte. Längst hatte Barbara gelernt, hocherhobenen Hauptes über den Kornmarkt oder die Freie Straße zu wandern. Sie hatte wirklich keinen Grund, sich ihrer Herkunft zu schämen. Und war sie nicht auch wohlbehütet aufgewachsen, ohne Hunger und Not? Die ach so vornehm tuenden Bürger brauchten ihren Vater nämlich. Wer sonst leerte nächtens ihre stinkenden Abortgruben und karrte die Kloake vor die Stadt? Wer sonst holte ihr verendetes Vieh? Bloß bezahlen wollte man hierfür am liebsten nichts. Das Entgelt für das Abholen der Kadaver war gering, wie der Vater immer betonte, aber dennoch verheimlichten manche den Tod eines Tieres, nur um den Kadaver nachts selbst zu verscharren oder in den Rhein zu werfen – was bei Strafe verboten war. Erfuhr ihr Vater hiervon, durfte er den Frevler anzeigen, was ihn bei den Leuten selbstredend auch nicht beliebter machte. Dennoch lohnte sich das Amt des Wasenmeisters, denn für das Kloakenkehren, diese ekelhafte und auch gefährliche Arbeit, gab es gutes Geld. Obendrein hatte ein Schinder beim toten Vieh das Recht an Fell und Fett, an Klauen, Horn und Rosshaar – auch wenn er dem Scharfrichter, dem eigentlichen Meister über die Abdeckerei, einen kleinen Teil des Erlöses abgeben musste.

Nein, es hatte ihr im Leben nie an etwas gemangelt, und ihre Eltern waren immer rechtschaffene Leute gewesen. Trotzdem hatte sie sich schon als Kind vorgenommen, dem Kohlenberg und seinen geächteten Bewohnern eines Tages den Rücken zu kehren. Und spätestens, als ihre Freundschaft zu Beat enger wurde, sah sie sich in ihren kühnsten Träumen an seiner Seite, wie sie gemeinsam die Badstube seiner Eltern in der Steinenvorstadt weiterführten. Dann würde sie den Menschen Wohlsein und Gesundheit bescheren, anstatt sich Tag für Tag mit stinkenden Kadavern zu umgeben. Mittlerweile aber war ihr bewusst, was für einem Hirngespinst sie da in jungen Jahren nachgehangen hatte:

Das Handwerk des Baders war ein ehrliches und zünftiges, und niemals würde Beats Vater sie ins Haus lassen, nicht als Magd und erst recht nicht als Eheweib seines Sohnes.

Seither quälte sie abends vor dem Einschlafen manchmal die Frage, wie ihre Zukunft aussah. War sie dazu verdammt, hier zu bleiben und auszuharren, bis der Tod sie holte? Auf diesem steilen Hügel über der Basler Altstadt, wo sich die Ausgegrenzten und Unehrlichen durchs Leben schlugen und wohin Gott auch sie hineingeboren hatte? Von ihrem Vater wusste sie, dass der Kohlenberg seit jeher das Reich der Henker, Schinder und Totengräber war, die bei den Bürgersleuten im Ruf standen, mit Geistern und Dämonen umzugehen. Hier lebten die armen Sackträger und Gassenkehrer, die Vieh- und Feldhüter, die Hübschlerinnen mit ihren knallgelben Schleiern und deren Hurenwirte, die Gebrandmarkten und solche, die schon am Pranger gestanden hatten. Hinzu kamen die Blinden, Lahmen und Krüppel, die echten und die falschen Bettler, verarmte Handwerker und nicht zünftige Geißelmacher oder Hausierer. Auch das fahrende Volk mit seinen bunt gewandeten Gauklern, Spielleuten und Zigeunern traf sich hier. Man kam und ging, wie es einem gefiel. Bloß Juden sah man selten, die suchten lieber bei ihren Glaubensgenossen auf dem Land Unterschlupf.

In den Augen der Basler war der Kohlenberg die Welt der Ausgeschlossenen, derjenigen, die keine Bürgerrechte besaßen und den christlichen Zünften nicht beitreten durften. Was zur Folge hatte, dass das Sagen in diesem Quartier nicht die Herren vom Magistrat oder die Pfaffen hatten, sondern der Hurenwirt Jakob, der Scharfrichter Jost und der Totengräber Adrian mit seinem Wirtshaus, einem berüchtigten Hehler- und Glücksspielnest. Bis spät in den Abend ging es in seiner Schankstube hoch her. Der Ruf des Nachtwächters zum Torschluss kümmerte niemanden, und zur Nacht fand bei Adrian noch ein jeder von der Obrigkeit Verfolgte sein Plätzchen zum Schlafen. Hier auf dem Berg galten eigene Gesetze, niemand fragte nach Geburt oder Stand, nach Herkunft oder Ziel. Es gab sogar ein eigenes Bettlergericht, das bei Zwistigkeiten und Raufhändeln Recht sprach. Die Stadtknechte und Büttel wagten sich kaum herauf, und wenn doch, drückten sie angesichts des Treibens rundum beide Augen zu.

Fast schien es, als wolle die Stadt die Kohlenberger sich selbst überlassen, nur um keine Scherereien zu haben. In den Augen der Bürger führten sie nämlich ein ganz und gar ausschweifendes und unzüchtiges Leben, schwärmten tagsüber in die Stadt aus, um durch aufdringlichen Bettel, Betrug oder Diebstahl ihren Unterhalt zu fristen, und kehrten zur Nacht auf ihren Berg zurück, um ihre Beute zu verprassen und zu versaufen, mit käuflichen Weibern zu verhuren oder beim Glücksspiel alles wieder zu verlieren. Was aber nur ein Teil der Wahrheit war. Wer von ihnen eine Arbeit hatte, der arbeitete durchaus hart.

Barbara mochte sich beileibe nicht über diese Menschen erheben, die ihr von klein auf vertraut und ihr Zuhause waren. Und doch wollte sie weg von hier. Die Welt auf dem Kohlenberg wurde ihr zu eng, zu laut, zu schmutzig. Es musste doch noch etwas anderes geben, als in den Tag hinein zu leben, von der Hand in den Mund, immer hart am Elend vorbei. Und sich, wenn man nur genug gesoffen hatte, gegenseitig die Nase einzuschlagen, um sich am nächsten Tag mit großer Geste wieder zu versöhnen.

Ein kühler Windstoß fuhr ihr in die Glieder und ließ sie erschauern. Sie wusste, sie war an einem Scheideweg angelangt und dabei hin- und hergerissen: Sollte sie sich dem Dienst bei diesem wunderlichen, nicht gerade vertrauenerweckenden Mann verweigern, blühte ihr womöglich zu Jacobi die Hochzeit mit Melcher. War es wirklich so schlecht, tagsüber dem Stadtarzt von Basel, wenn er es denn war, den Haushalt zu führen und sich nach Feierabend und an den Sonntagnachmittagen weiterhin mit Marie zu treffen? Und in ihrem Elternhaus wohnen zu bleiben? Ihrer künftigen Schwägerin Guta, die sich mit Sicherheit als Herrin im Haus aufführen würde, wäre sie dann wenigstens tagsüber aus den Augen. Obendrein könnte sie sich von ihrem Lohn endlich ein kleines Sparpolster anlegen.

Sie seufzte tief auf, während sie nach der Schindkarre Ausschau hielt. Nun, sie würde abwarten, was der Vater berichtete. Vielleicht war ja dieser angebliche Medicus längst wieder aus der Stadt verschwunden. Dann tauchte auch schon in einer Staubwolke die Karre auf, umringt von einer Schar Kinder und kläffender Köter. Der Vater saß obenauf und hielt die Zügel, Stoffel lief voraus und machte Faxen mit den Kindern.

Angespannt erhob sie sich von der Bank, während der Vater das Maultier bis dicht vor das offene Tor lenkte. Auf der Ladefläche lag ein gelbbraunes Fellbündel – die Arbeit für heute Morgen.

Stoffel stieß sie in die Seite. «Ich soll dich vom Beat schön grüßen.»

Sie biss sich auf die Lippen. Diese Bemerkung hätte sich ihr Bruder besser gespart, denn sie tat ihr weh. Aber immerhin hatte der Vater sein Versprechen wahr gemacht und beim Bader nachgefragt.

Ungeduldig beobachtete sie den Vater, wie er schwerfällig von der Karre kletterte. Er war ein großer Mann, breitschultrig und kräftig, doch in letzter Zeit merkte man ihm das Älterwerden an. Vor allem der Rücken schmerzte ihn häufig.

Er unterdrückte ein Stöhnen, während er sich mit der Hand an der Karrenwand aufrichtete.

«Verdammte Schlaglöcher», murmelte er.

Mit einem Wink des Kopfes bedeutete er Stoffel und ihr, den

toten Hund des Papiermüllers abzuladen. Für schwere Kadaver besaß die Karre eine Seilwinde, doch die brauchte es nicht für diesen mageren Körper.

Nachdem sie den toten Hund auf dem Tisch abgelegt hatten, wandte sie sich nach dem Vater um. Der saß inzwischen draußen auf der Bank und drückte den Rücken gegen die Hauswand.

Fragend blickte sie ihn an.

«Komm her.» Er klopfte aufmunternd mit seiner riesigen Hand neben sich auf die Bank.

Gehorsam nahm sie Platz.

«Der alte Scherlin», begann er, «hat's bestätigt: Das freie Amt des Stadtarztes ist neu besetzt, und zwar mit ebenjenem Doktor Theophrastus Bombast von Hohenheim, geboren zu Einsiedeln in der Schwyz. Obendrein soll er den Studenten am Collegium die Medizin lehren. Unser Gast hat uns also nicht angelogen.»

«Der Doktor ist zudem fast schon berühmt in Basel», mischte sich Stoffel ein. «Ein richtiger Wunderheiler soll der sein, hat der Beat erzählt. Einem hiesigen Buchdrucker soll er letzten Monat geholfen haben, weil der nicht mehr laufen konnte. Ein Basler Chirurgus wollte dem armen Mann schon den rechten Fuß abhauen, aber dann hat man den Theophrastus aus Straßburg geholt, und der hat den Druckermeister geheilt. Sogar aufs Pferd kann der wieder steigen.»

Der Vater nickte bestätigend. «Der Mann mit dem kranken Fuß ist nicht irgendwer, sondern der König der Buchdrucker, der stadtbekannte Johannes Frobenius. Und seinem Freund, dem noch berühmteren Erasmus von Rotterdam, soll der Doktor auch geholfen haben.»

«Ich kenne weder den einen noch den anderen, und das ist mir auch gleich», erwiderte sie, trotz ihrer Überlegungen zuvor, ein wenig bockig.

«Ich will damit nur sagen, was für ein guter Mann der Doktor ist. Sogar den Markgrafen von Baden hat er erfolgreich behandelt. Deshalb hat man ihn ja hergeholt. Und so einer will dich zur Magd haben!» Jetzt blitzte der Stolz in seinen Augen auf. «Und weißt du auch, warum?»

Da sie keine Antwort gab, fuhr er fort: «Weil er dich für gescheit hält. Er hat mich nämlich gestern auch gefragt, ob du mehr kannst als nur deinen Namen schreiben. Da hab ich ihm gesagt, dass du deinen beiden Brüdern das Lesen und Schreiben abgeguckt hast, ganz von allein.»

«Was soll das? Schreiben kann der Doktor ja wohl selbst.»

«Du sollst halt hin und wieder was aufschreiben, wenn ihn jemand besucht und er nicht da ist. Damit du nichts Wichtiges vergisst. Was der Besucher will, woran er leidet und so. Ach, das wird er dir schon selbst erklären.»

Sie rückte ein Stück von ihm ab und starrte zu Boden. «Das mit dem Melcher – ist dir das ernst?»

«Und ob. Ich bin nicht mehr der Jüngste, und ich will, dass meine Kinder versorgt sind. Eure Mutter hätte das auch so gewollt.»

Sie spürte, wie ihr die Tränen in die Augen stiegen. Ihre Mutter hätte ihr vielleicht nahegelegt, den Melcher zu heiraten, da ein Scharfrichter großes Ansehen genoss, aber gezwungen hätte sie sie niemals. Und an einen ehelosen, buckligen Wunderheiler hätte sie sie auch nicht von jetzt auf nachher verschachert. Streng war sie manchmal zu ihr und den Brüdern gewesen, gewiss, aber auch sehr liebevoll. Obwohl sich Barbara kaum noch an das Gesicht der Mutter erinnern konnte, ergriff sie plötzlich eine tiefe Traurigkeit. Warum nur war sie so früh gestorben? Barbara war gerade einmal neun gewesen. Bei der Geburt des jüngsten Bruders war das, der sein erstes Lebensjahr ebenfalls nicht überlebte.

Da tat der Vater etwas, das er schon seit Jahr und Tag nicht mehr getan hatte: Er zog sie an sich und strich ihr unbeholfen über den Rücken.

«Jetzt zieh nicht so ein Gesicht: Der Doktor Theophrastus weiß dich eben zu schätzen, und das sollte dich freuen. Heute Mittag kommt er vorbei und will dich fragen, wie du dich entschieden hast.»

«Wie *ich* mich entschieden hab? Das hast doch längst du für mich getan.»

Er ließ sie los und erhob sich. «Du hast aber die Wahl. Der Melcher oder der Doktor. Wenn du künftig dein Auskommen als Magd bei ihm hast, dann lassen wir das mit der Heirat. Und jetzt an die Arbeit.»

Kapitel 3

Am selben Tag, zur Mittagszeit

Barbara schnitt Brot und Käse für den Mittagsimbiss in Scheiben, wobei sie angestrengt nach draußen lauschte, ob Männerstimmen laut wurden. Hin- und hergerissen war sie die letzten Stunden gewesen, während sie beim Zerlegen des Hundekadavers half, wollte in Wirklichkeit weder das eine noch das andere. Sollte sie vielleicht doch in eine andere Stadt ziehen, wo man nicht nach Stand und Geburt fragte? In Freiburg war das anscheinend so, wie Lienhard ihnen einmal geschrieben hatte. Doch zu ihrem prahlerischen jüngeren Bruder wollte sie nicht, und sich ganz allein in eine fremde Stadt aufzumachen, dazu fehlte ihr der Wagemut.

Wie gerne hätte sie sich hierüber mit ihrer Freundin Marie besprochen, doch die hatte sich für heute von ihrer Arbeit als Schankmädchen bei Adrian freigenommen, um nach ihrer kranken Muhme in Kleinbasel zu sehen, und würde erst spät zurückkommen. So hatte Barbara schließlich, kurz bevor sie sich anschickte, hinauf in die Küche zu gehen, den Vater gefragt: «Wie kommt ihr ohne mich zurecht bis zum Sommer, bis Guta hier einzieht?»

«Sie hilft uns tagsüber aus, das ist schon besprochen.» Freudig hatte er sie angestrahlt. «So hast du dich also entschieden?»

«Was bleibt mir anderes übrig? Ein Henkersweib will ich jedenfalls nicht werden.»

Als sie jetzt drei Trinkbecher und einen Krug geronnene Milch auf den Tisch stellte, ertönte von draußen die Stimme des Doktors: «Gott zum Gruße, lieber Michel. Darf ich hereinkommen?»

Seine etwas raue, heisere Stimme war nicht unangenehm, und doch klang sie in ihren Ohren wie die Trompeten von Jericho. Sollte sie also zustimmen? Immerhin hätte sie Marie, Stoffel und den Vater weiterhin in ihrer Nähe und wäre nach getaner Arbeit in wenigen Schritten zu Hause. Und wer weiß, vielleicht würde der Medicus doch über kurz oder lang an den Märt oder ans Münster ziehen. Dort würde kaum einer wissen, dass sie vom Kohlenberg stammte, und wenn doch, würde das irgendwann in Vergessenheit geraten. Damit wäre sie den Makel ihrer Geburt endlich los. Womöglich könnte sich nach ein paar Jahren ihr Traum einer Badstube doch noch erfüllen, vielleicht sogar an Beats Seite. Das wäre das Allerschönste. Eines aber schwor sie sich jetzt schon: Nur weil dieser Medicus ein angesehener Mann war, würde sie nicht vor ihm katzbuckeln.

Schon hörte sie die Stufen der Holztreppe knarzen, und so stellte sie rasch einen vierten Trinkbecher nebst einem Holzbrettchen auf den Tisch. Höflich wollte sie sein, unterwürfig nicht.

«Seid gegrüßt, Herr Stadtarzt», sagte sie möglichst freundlich, als die drei Männer die Wohnküche betraten. «Möchtet Ihr mit uns den Imbiss nehmen?»

«Gerne.» Theophrastus wirkte ernster als am Tag zuvor, fast sorgenvoll. Womöglich hatte er aber, nach der durchzechten Nacht, auch nur mit Kopfschmerzen zu kämpfen. Er trug dasselbe Reitergewand wie am Vortag, sein Biberfellhut vermochte kaum den großen Kopf zu bedecken. Auf dem Kragen seines Rocks entdeckte Barbara Speiseflecken.

Der Vater wies ihm den Platz vor dem halb offenen Fenster zu, wo es vom Herd her nicht gar so verraucht war. Barbara schenkte rundum Milch ein. Wie er da so saß, sah es aus, als würde sein Schädel unmittelbar aus dem buckligen Rücken herauswachsen, und unter seinem kurz geschnittenen Bart wölbte sich deutlich ein Doppelkinn.

«Wollt Ihr lieber Wein?», fragte der Vater.

«Nein, nein, um Himmels willen.»

Er wiegte langsam seinen Kopf hin und her, was wohl ein Kopfschütteln bedeuten sollte, und Barbara vermutete, dass er bessere Tropfen als ihren gepanschten, billigen Tresterwein gewohnt war. Auch den Käse, den Barbara ihm anbot, lehnte er ab.

«Ein Stücklein Brot, das reicht. Gewöhnlich esse ich mittags nichts, erst wieder zum Abend.»

Während er bedächtig kaute, blickte er sich ungeniert um.

«Nun ja.» Der Vater räusperte sich und fuhr sich durch das schüttere blonde Haar, wie immer, wenn er verlegen war. «Wir haben's halt sehr einfach hier. Für eine gute Stube, wie Ihr sie kennt, ist in unserem Häuschen kein Platz. Grad mal noch die zwei Schlafkammern nebenan haben wir und unten unter der Stiege Stoffels Verschlag.»

Barbara ärgerte sich. Was musste der Vater sich rechtfertigen?

«Wir sind keine armen Leute, wenn Ihr das denkt», sagte sie. «Wir haben alles, was wir brauchen.»

Aus seinen wachen, klaren Augen blickte der Doktor sie durchdringend an und nickte dabei. «Der Reichtum des Menschen liegt in seinem Herzen, seiner Seele und seinem Verstand. Und nicht etwa in Schmuck oder prallen Geldkatzen, in vornehmen Palästen oder edlen Kutschpferden. Dies alles ist unnützer Tand, der die Welt vergiftet.»

Barbara musste ihn ebenso verdutzt angeschaut haben wie der Vater, denn plötzlich begann er zu lachen, wobei das eher einem Kichern glich.

«Verzeiht, ich schwatze schon daher wie ein Bettelmönch. Davon abgesehen habe ich in meinem Leben oft genug unter einer Stiege auf dem Boden schlafen müssen, und das kann schon recht erniedrigend sein. Jedenfalls freue ich mich sehr, dass du, Barbara, bei mir als Magd anfangen magst, wie mir dein Vater eben sagte. Nach meinen langen Wanderjahren will ich nämlich hier in Basel endlich Ordnung in mein Leben bringen. Als Junggeselle wird man ohne Weib in der Haushaltung doch gar zu schnell zum Sonderling. Du möchtest doch Magd bei mir sein, oder?»

Sie zögerte kurz mit ihrer Antwort. Denn ein Sonderling war er ohne Zweifel.

«Ja, Herr», sagte sie schließlich.

«Gut.» Er wurde wieder ernst. «Hast du eigentlich einen Bräutigam hier in Basel?»

«Warum?», fragte sie keck zurück. «Wollt Ihr mich etwa heiraten?»

«Barbara!», fuhr ihr der Vater über den Mund.

Der Doktor war tatsächlich über und über rot geworden.

«Aber nein, wo ... wo denkst du hin?», stotterte er. «Mir ist nur meine Ruhe sehr wichtig, vor allem zur Nacht, wenn ich mich ans Schreiben mache. Ein Kommen und Gehen würde mich stören.»

Sie glaubte, sich verhört zu haben.

«Wie? Ich soll bei Euch auch über Nacht bleiben?»

«Daran dachte ich, ja. Zuweilen werde ich auch des Nachts zu Kranken gerufen, dann solltest du da sein und mich wecken, falls ich gerade eingeschlafen bin. Und wenn ich hinaus aufs Land muss, für mehrere Tage, dann sollst du mich begleiten. Keine Sorge, du wirst angemessen entlohnt. Sagen wir, ein Viertelpfund Silber die Woche? Am Tag des Herrn hast du selbstredend frei.»

Der Vater pfiff durch die Zähne. «So viel? Das ist ja der Lohn eines langjährigen Gesellen!»

Der Medicus winkte ab. «Ich verdiene schließlich gut als Stadtarzt und Professor.»

«Kann ich dann deine Kammer haben?», fragte Stoffel dazwischen. «Bitte, Bärbel.»

Barbara hatte es noch immer die Sprache verschlagen. Damit hatte sie nicht gerechnet. Weder mit dem hohen Lohn noch damit, auch die Nächte im Haus dieses Fremden zu verbringen. Und ihr Vater und Stoffel schienen hiervon auch noch begeistert!

Sie schwieg. Noch konnte sie zurück. Aber hatte sie von diesem Mann wirklich etwas zu befürchten? Sie war mit zwei Brüdern aufgewachsen, hatte gelernt, mit sturzbetrunkenen Mannsbildern umzugehen, und da hier auf dem Kohlenberg oftmals ein rauer Ton herrschte, wusste sie sich zu wehren.

«Was soll ich mitnehmen zu Euch?», fragte sie schließlich und sah die Erleichterung im Gesicht des Vaters.

Auch die Miene des Doktors, der fast ängstlich auf ein Wort von ihr gewartet hatte, entspannte sich. «Deinen Strohsack kannst du hierlassen, es gibt in meiner Wohnung ein richtiges Bett für dich. In einer eigenen Kammer selbstverständlich, das vergaß ich zu erwähnen. Ansonsten nimm deine Kleidung, Kamm und Bürste, ein wenig Leib- und Bettwäsche vielleicht ... Ach, das weißt du als Weib sicher besser als ich.»

Keine Stunde später verließ sie an der Seite von Doktor Theophrastus das Elternhaus. Ihre wenigen Habseligkeiten zog sie in einer Handkarre hinter sich her.

Diesmal war es ein ganz und gar befremdliches Gefühl, das staubige Sträßchen entlangzugehen, das von der äußeren Stadtmauer am Steinengraben bis vor zur Linde führte. Als ob es das letzte Mal wäre. Dabei zog sie gerade einmal zwei Gassen weiter. Aber sie wusste noch immer nicht so recht, was sie von ihrem neuen Dienstherrn halten sollte.

Als sie die umliegenden Garten- und Feldflächen hinter sich gelassen hatten und die ersten strohgedeckten, windschiefen Lehmhütten erreichten, fiel ihr auf, dass außer ihnen niemand unterwegs war. Auch ein Stück weiter war der freie Platz rund um die alte Linde, den die besseren Kohlenberger Häuser säumten, wie ausgestorben, von streunenden Hunden abgesehen, die hier oben nicht befürchten mussten, erschlagen zu werden. Zwar trieben sich die meisten Kohlenberger um diese Zeit unten in der Stadt herum, doch auch von den Kindern und Alten war niemand zu sehen. Barbara ahnte, wo sie steckten: verborgen hinter den halb offenen Fenstern und Türen, in dunklen Ecken und Winkeln, um in aller Heimlichkeit den Stadtarzt mit seiner neuen Magd beobachten zu können. Dass der gelehrte Mann hier oben wohnte und sich die Schinder-Bärbel zur Magd genommen hatte, war mit Sicherheit wie ein Lauffeuer umgegangen.

«Kommt nur heraus aus euren Löchern!», hätte sie ihnen gerne zugerufen, ließ es aber bleiben. So ging sie weiterhin schweigend neben dem Doktor her, mit dem sie seit Verlassen der Abdeckerei kein einziges Wort, geschweige denn einen Blick gewechselt hatte. Mit vorgerecktem Kinn und in einem für seine kurzen, krummen Beine erstaunlich flinken Schritt eilte er voran. War es ihm doch unangenehm, zusammen mit der Tochter des Abdeckers gesehen zu werden? Nein, das machte in dieser Gegend keinen Sinn. Vielleicht verunsicherte es ihn, ein junges Mädchen an seiner Seite zu haben?

Schon erreichten sie die Kreuzung bei der Linde. Rechts führte die Gasse an Adrians Wirtshaus vorbei, dem größten Haus am Platz, und weiter rund um den Kohlenberg bis zur äußeren Stadtmauer. Links ging es entlang der inneren Mauer am Leonhardsgraben in Richtung Spalenvorstadt, und geradeaus befand sich der steile Abstieg hinunter in die alte Talstadt von Basel.

Sie bogen nach links ab. Um das Schweigen zu brechen, sagte sie: «Hier an der Ecke, im Haus Zur Wildsau, wohnt übrigens der Scharfrichter.»

«Ich weiß. Ich kenne Meister Jost bereits aus jener Zeit, als ich auch bei euch war. Es macht mir nichts aus, in seiner Nachbarschaft zu wohnen, wenn du das meinst. Jost ist ein fähiger Mann, der mehr von den Heilkünsten versteht als so manch hochgelehrter Brunzdoktor.»

Bei seinem letzten Wort musste sie fast lachen. Brunz- oder Pissdoktor nannten auch die Kohlenberger die studierten Ärzte, die bei Kranken nichts anderes zu tun wussten, als sie in ein Glas pinkeln zu lassen, um daran ausgiebig zu schnüffeln oder davon zu kosten und dabei Sätze mit fremd klingenden Worten zu faseln. In diesem Moment öffnete sich neben dem Henkershaus ein Fensterladen. Maries kleine Schwester Anni steckte ihren blonden Lockenschopf heraus.

«Gehst du fort?», fragte sie.

«Nein, ich ziehe nur ein kleines Stück weiter. Ist Marie schon zurück?»

«Die ist noch bei der kranken Muhme.»

«Dann sag ihr, dass ich jetzt beim Stadtarzt Theophrastus wohne. Im Haus Zum Roten Hahn.»

«Warte, ich komme mit.»

«Nein, um Himmels willen. Bleib da, wo du bist.»

Sie musste laufen, um den Medicus wieder einzuholen.

«Ist Marie deine Freundin?», fragte er.

«Ja. Meine beste. Ihr kennt sie aus dem Wirtshaus, wo sie als Schankmädchen arbeitet. Die mit den blonden Locken.»

«Das also ist deine Freundin», murmelte er, ohne aufzublicken. «Freundschaften hat man nur wenige im Leben. Man muss gut auf sie achtgeben.»

Diese vertraulichen Worte ihr als Magd gegenüber erstaunten sie und freuten sie zugleich. Oder hatte er nur mit sich selbst geredet?

An der nächsten Straßenecke, gut hundert Schritte hinter dem Henkershaus, blieb er stehen. «Hier ist es.»

Er wies auf das zwar nicht eben große, aber doch einigermaßen ansehnliche Bürgerhaus, dessen Erdgeschoss sogar gemauert war. Das Fachwerk darüber kragte ein wenig über, das Dach war mit Schindeln gedeckt anstatt mit Strohbündeln. Ab hier, wo der Kohlenberg in die Spalenvorstadt überging, waren die Häuser schon um einiges gepflegter, für Barbaras Empfinden zumindest. Dass hier aber ein Stadtarzt seine Bleibe bezogen hatte, befremdete sie doch ein wenig, auch wenn ihr selbst das Haus gut gefiel.

«Unten im Erdgeschoss», erläuterte er, «hat der ledige Flickschuster Bohnsack seine Werkstatt mitsamt Wohnung, und darüber wohne ich.»

Sie nickte. «Den Bohnsack kenne ich. Da lassen manche von uns die Schuhe richten, wenn sie mal wieder durchgelaufen sind.»

Der Doktor nestelte an seinem Schlüsselbund. «Ein sehr ruhiger und freundlicher Mann, ein wahrhaft erfreulicher Hausgenosse. Das halbe Dutzend Taglöhner unterm Dach», sein Tonfall wurde unwillig, «hat sich leider als weniger erfreulich herausgestellt. Die trampeln einem auf dem Kopf herum wie eine Horde Bullen.»

Er schloss das Törchen unter dem steinernen Rundbogen auf, und sie betraten einen schmalen, lang gestreckten Hof. Der führte um das Haus herum, war mit allerhand Gerümpel und wertlosem Plunder vollgestellt und stank deutlich nach menschlicher Notdurft. Oder besser gesagt, nach männlicher. Wahrscheinlich schlugen die Taglöhner, bevor sie heimkehrten, hier noch einmal das Wasser ab. Seitlich am Haus führte nämlich eine überdachte Treppe nach oben, hinauf in die Wohnung und weiter zu den Dachkammern.

Der Doktor, der nun eines ihrer Bündel trug, stapfte mit eingezogenen Schultern voraus, und sie folgte ihm mit dem restlichen Gepäck die Treppe hinauf. Ihre Muskeln spannten sich an: Was würde sie erwarten?

«Eine Frage noch, Herr – ist das heimliche Gemach im Hof?»

«Nur für den Flickschuster und die Taglöhner», erwiderte er. «Ich – oder ich sage nun besser wir – haben drinnen einen Aborterker, von dem ein Fallrohr in die Grube führt. Das war mir sehr wichtig bei der Wahl meiner Wohnstatt, genau wie eine eigene Küche mit Kohlenwinkel, wo ich ungestört meinen Versuchen nachgehen kann. Vom Hof her gibt es sogar einen Zugang zu einem kleinen Gewölbekeller. Dort können wir Wein, Vorräte und die für mich notwendigen Utensilien lagern.»

«Utensilien?»

«Das, was ich für meine Versuche brauche, wie Antimon, Pottasche oder Eisenvitriol.»

«Aha», sagte sie nur, ohne dass sie verstand, wovon er redete.

Derweil hatte er die Wohnungstür geöffnet, und sie blickte in eine Küche, die deutlich größer war als ihre Wohnküche zu Hause. Neugierig sah sie sich um. Gegenüber dem Fenster, vor dem ein klobiger Tisch samt Eckbank stand, befanden sich der Wasserbottich für den Abwasch, ein halbhohes Holzregal mit allerhand seltsamen Gerätschaften und in der Ecke schließlich die gemauerte Feuerstelle, die zu ihrer Begeisterung so groß war wie die in der Schindhütte: Der Herd war nicht nur hüfthoch gemauert, sodass man sich beim Kochen nicht ständig bücken musste, sondern besaß auch eine weit heruntergezogene Rauchhaube, die Qualm und Funkenflug einfing und durch einen Schlot über das Dach ins Freie führte. Hier würde man kochen und essen können, ohne dabei halb im Rauch zu ersticken! Obendrein war die Wand hinter dem Herd mit feuerfesten Steinen verkleidet, und auf dem Rand des Kaminhuts steckten Holzzapfen, um die Kochgerätschaften aufzuhängen. Doch bis auf eine zerbeulte Stielpfanne, einen Feuerhaken und einen kleinen Herdbesen waren die Zapfen leer, der Stapel an hölzernem Essgeschirr im Korb war eher kläglich. Dafür reichte der Schwenkkessel, der auf halber Höhe an der Kette hing, für eine vielköpfige Familie aus. Die Holzkohle darunter war erloschen, wahrscheinlich seit längerer Zeit schon, und dementsprechend kalt war es herinnen. Aber das würde sie alles ändern. Und mehr Geschirr würde sie auch besorgen.

«Soll ich gleich als Erstes ein Feuer machen?», fragte sie. «Die Küche ist ganz ausgekühlt.»

«Nein, nein, das hat Zeit. Schau dich nur erst einmal um.»

Unwillkürlich wurde ihr Blick von dem halbhohen Regal neben dem Herd angezogen. Zuunterst fanden sich zwei äußerst seltsam geformte Gefäße, das eine aus Glas, das andere aus Metall, sowie ein birnenförmiger Glaskrug und ein kleines dreibeiniges Gestell aus Schmiedeeisen. Auf den beiden Brettern darüber standen mehrere mit Kork verstopfte dunkelbraune Gläschen, irdene Tiegel und abgegriffene Blechbüchsen, die vermutlich, wie sie es einmal beim Apotheker gesehen hatte, Arzneien enthielten. Über dem Regal war ein Nagel in die Wand geschlagen, an dem eine kleine Waage hing. So eine gab es auch im Hinterzimmer von Adrian Ertzsteins Schankstube, mit der er die Münzen für seine Hehlereigeschäfte abwog.

Der Medicus räusperte sich. «Eines versprich mir jetzt schon:

Rühre niemals diese Dinge dort an. Vor allem der Alembik ist eine äußerst kostbare Gerätschaft.»

«Was ist ein Alembik?»

Er deutete auf das unterste Fach. «Man nennt ihn auch Destillierhelm oder Brennhut. Darin scheidet man in der Alchemie das Nützliche vom Überflüssigen, das Reine vom Unreinen, sprich: Hiermit braue ich meine Arzneien.» Fast streitbar musterte er sie. «Lass also die Finger von diesen Sachen, auch wenn du meinst, etwas sei schmutzig oder verdorben und müsse weg. Auch dein Staubwedel hat hier nichts zu suchen, sonst hast du den längsten Tag bei mir gearbeitet. Schwörst du das?»

Sie nickte erschrocken. «Ich schwöre es bei der heiligen Barbara und der Muttergottes.»

Sofort wurde seine Miene freundlicher. «Gut. Noch etwas. Wenn ich außer Haus bin, möchte ich nicht, dass du jemanden in die Wohnung lässt, von deinem Vater einmal abgesehen. Auch nicht deine Freundin Marie. Ihr könnt euch gern im Hof oder vor dem Haus treffen, aber nicht hier drinnen.»

«Aber ja, ich verspreche es Euch. Ihr könnt mir vertrauen», bekräftigte sie, wunderte sich aber insgeheim über seinen Argwohn. Hatte er Angst, beklaut zu werden? Oder hatte er etwas zu verbergen?

Er schien zufrieden mit ihrer Antwort.

«Dort drüben», er durchquerte in schnellen Schritten den Raum und öffnete den Verschlag neben der Eingangstür, «ist der Aborterker, und das hier», schon war er wieder auf der anderen Seite der Küche, «die Vorratskammer. Und hier», er riss die Tür zwischen Vorratskammer und Herd auf, «ist dein Reich. Bringen wir also deine Sachen hier herein.»

Wieselflink kehrte er zurück zur Wohnungstür, wo Barbaras Gepäck auf dem Dielenboden lag, und bückte sich danach.

«Verzeiht, Herr Medicus, aber habt Ihr es sehr eilig?»

Ein wenig verwirrt sah er auf. «Ich habe es immer eilig. Aber du hast recht. Du sollst dich ja in Ruhe umschauen. Entschuldige.»

Sie betraten ihre künftige, im Halbdunkel liegende Schlafkammer, und Barbara öffnete als Erstes das Fenster, das wie jenes in der Küche zur Hofseite hinausging. Als sie sich wieder umdrehte, entfuhr ihr ein Freudenruf: «Wie schön das ist!»

Zu Hause schliefen sie, wie der Doktor richtig vermutet hatte, alle auf Strohsäcken, hier aber erwartete sie ein richtiges Bett mit einem Himmel darüber. Mit seiner hölzernen, bunt bemalten Lade und dem schweren, dunkelroten Vorhang kam es ihr wahrhaft fürstlich vor. Darin würde sie auch in kalten Nächten nicht frieren. Und neben der Truhe für ihre Wäsche gab es sogar ein Tischchen mit einer Waschschüssel obendrauf.

«Deine Sachen kannst du später einräumen, komm.»

Er nahm sie beim Arm, ließ sie aber sogleich wieder los, als habe er sich verbrannt. Was sie fast schon belustigte. So angespannt, wie er die ganze Zeit wirkte, war er den Umgang mit Frauen ganz offensichtlich nicht gewohnt.

Sie folgte ihm zurück in die Küche, von der neben dem Wasserbottich die Tür in die gute Stube abging. Diese war noch größer als die Küche, vollständig holzgetäfelt und mit zwei breiten Fenstern versehen, die auf die Gasse zur Spalenvorstadt hinausgingen. Sie hatten richtige Butzenscheiben, gerade so wie die Häuser der Stadtbürger. Und an der Wandseite zur Küche hin gab es wahrhaftig einen Kachelofen mit hübschen dunkelgrünen Fliesen. So etwas besaß nicht einmal Adrian in seiner Schankstube!

Wie schon in den anderen Räumen, war auch hier alles mit einer dicken Staubschicht bedeckt. Zu ihren Füßen lag das Gepäck des Doktors, das aus mehreren Reisesäcken und zwei Lattenkisten bestand, alles kreuz und quer über die Dielen verstreut. Doch sie wusste sofort: Mit ein, zwei Tagen Arbeit ließ sich diese schöne Wohnung in ein behagliches Heim verwandeln. Sie spürte, wie eine erste Freude in ihr aufkam.

«Schreibt Ihr hier Eure Bücher?», fragte sie und deutete auf das Schreibpult zwischen den beiden Fenstern.

«Ja, ja, gewiss», antwortete er zerstreut und öffnete eine weitere Tür. «Das ist meine Schlafkammer.»

Sie folgte ihm zwei Schritte hinein. Die Kammer war nicht viel größer als ihre, das Himmelbett indessen breiter und die Kleidertruhe mit kunstvollen Schnitzereien und einem Schloss versehen. Plötzlich fuhr ihr ein Schauer über den Rücken.

«Was ... was ist das?» Sie deutete auf ein mächtiges Schwert, das in seiner rotledernen Scheide vor dem Bett lag. Allein die Klinge mochte zwei Ellen lang sein.

«Das ist ein Richtschwert. Auf einer meiner Reisen hat es mir ein Henker vermacht, zum Dank für seine Heilung vom Podagra, und seither ist es mein treuer Begleiter.»

Sie wagte sich nicht weiter in die Kammer hinein. Von Melcher wusste sie, dass der Blutdurst des Henkersschwerts keine Grenzen kannte. Wurde ein armer Sünder begnadigt, musste sein Vater damit ein schwarzes Huhn töten, damit die Klinge nicht unablässig zitterte und gegen die Scheide schlug.

Der Doktor legte seine hohe Stirn in Falten. «Hast du etwa Angst?»

Sie schüttelte den Kopf, dann nickte sie. Ihre leise Freude von eben war verschwunden. Worauf hatte sie sich da nur eingelassen? Wollte sie wirklich mit diesem seltsamen, zwergenhaften Kauz unter einem Dach leben, der ein Richtschwert vor dem Bett liegen hatte und womöglich schwarze Magie betrieb?

Ein wenig unsicher sah er sie an und schien zu überlegen.

«Ich weiß, dass man dem Richtschwert übernatürliche Kräfte zuspricht», sagte er schließlich in beruhigendem Tonfall und trat an das Bett. Dort bückte er sich, hob das Schwert mit beiden Händen fast zärtlich in die Höhe und legte es auf der Bettdecke ab. «Das mag sein, da es mit dem Tod in Berührung kommt. Mich aber beschützt es seit vielen Jahren, denn wie du siehst, hat der Herrgott mich, zumindest für ein Mannsbild, ein wenig zu klein und schwächlich geraten lassen. Gegen mich sind die Kräfte des Richtschwerts also nicht böse, sondern gut.»

Ermuntert von seinen Worten, überwand sie ihre Furcht. «Darf ich ... darf ich es mal berühren?»

«Ja, aber nur in meinem Beisein. Komm her.»

Als sie neben ihn trat, zog er die Lederscheide ab. Bloß und glänzend lag die Waffe vor ihr, mit ihrer breiten, zweiseitig geschliffenen Klinge. Wie oft sie wohl den Hals eines Missetäters durchtrennt hatte, wie viel Blut gekostet?

Zögernd schwebte ihre Hand über dem Eisen, sie spürte deutlich die Kraft, die es ausstrahlte. Dann ertasteten ihre Finger das Kreuz Jesu, das neben einer Inschrift eingraviert war. Es fühlte sich kalt und warm zugleich an, doch mehr geschah ihr nicht.

«Kannst du mir vorlesen, was auf der Klinge geschrieben steht?», fragte er mit einem listigen Lächeln.

«Ihr wollt mich bloß prüfen, ob ich wirklich lesen kann», erwiderte sie empört.

Da stieß er wieder dieses koboldhafte Kichern aus. «Du hast mich durchschaut, Barbara. Lies also vor.»

«Weich nit von mir, o treuer Gott», sagte sie, ohne zu stocken.

«Und die römische Jahreszahl?»

«Fünfzehnhundert – und zwanzig.»

«Richtig.»

Sie wich einige Schritte zurück, ohne das Schwert aus den Augen zu lassen. «Seid Ihr nun zufrieden?»

«Bislang ja. Wenn du es schaffst, hier alles zu putzen und aufzuräumen und uns heute Abend eine Mahlzeit zu kochen, bin ich's sogar vollauf. Die Frau des Druckermeisters Frobenius war so freundlich und hat mir einige Vorräte besorgen lassen. Für einen Gemüseeintopf mit Speck sollte es reichen. Was an Wichtigem fehlt, kannst du dann morgen auf dem Markt holen. Jetzt muss ich aber los, mich in der Universität vorstellen, da ich dort ab Montagvormittag meine Lekturen halten werde.»

«Wann seid Ihr zurück? Wegen dem Abendessen, meine ich.»

Erstaunt sah er sie an. «Ein wenig forsch bist du schon in deinen Fragen. Aber sei's drum. Besser so als andersherum. Es kann spät am Abend werden. Bereite nur alles auf sechs Uhr vor, wie es hierzulande üblich ist. Falls ich nicht zurück bin, iss dich satt und stelle den Rest auf dem Herd warm.»

«Und Euer Gepäck?» Sie ging zurück in die Stube, froh, aus der Schlafkammer herauszukommen, und deutete auf das Durcheinander. «Soll ich das alles einfach verräumen? Ich weiß schließlich gar nicht, wohin damit.»

«Das überlasse ich ganz deinem Gutdünken. Hier stehen genügend Truhen und Regale herum, tu also, was dir sinnvoll erscheint. Mir ist nämlich nicht entgangen, wie ordentlich es bei euch ist, das gefällt mir. Mir selbst mangelt es gehörig an Ordnungssinn.»

Er setzte sich seinen zerknautschten Biberfellhut auf.

«Dann lass ich dich jetzt allein. Arbeit genug hast du ja fürs Erste.»

«Wartet, Herr Medicus. Eine Frage hätte ich noch.»

«Ja?»

«Warum wohnt Ihr auf dem Kohlenberg, wo Ihr doch so ein angesehener Mann seid?»

Wie schon zuvor runzelte er die Stirn, und sie biss sich auf die

Lippen. Wahrscheinlich war sie wieder zu forsch gewesen mit dieser Frage. Schon von ihrem Vater bekam sie oft genug zu hören, dass sie ihr Mundwerk besser im Zaum halten solle.

Er trat an eines der großen Fenster, wo er mit Blick nach draußen schließlich erwiderte: «Warum soll ich mein sauer verdientes Geld für eine überteuerte Wohnung unten am Markt verschleudern oder gar in eines der Professorenquartiere im Collegium ziehen, um dort mit meinen hochverehrten Collegen immer nur Lateinisch zu sprechen? Nein, ich will mich frei bewegen können und dazu reden, wie mir der Schnabel gewachsen ist. Außerdem lässt sich von hier oben alles wunderbar überschauen.»

Sie war enttäuscht. Hatte sie doch gehofft, dass das Haus Zum Roten Hahn nur sein vorübergehendes Domizil sein würde. Da wandte er sich zu ihr um und lachte leise.

«Weißt du eigentlich, dass ihr Kohlenberger berühmt seid? Ein großer Straßburger Geist mit Namen Sebastian Brant, der hier studierte, hat einmal geschrieben: *Zu Basel auf dem Kohlenberg, da treiben sie viel Bubenwerk*. Ja, ich weiß wohl, was man über euch sagt. Arbeitsscheue Müßiggänger wärt ihr, falsche Bettler und schnöde Leut, die keine Zucht und Moral kennen. Dabei haben die Obrigkeit und der brave Bürger euch, hier wie anderswo, an den Rand gedrängt und glauben, sich über euch erheben zu dürfen in ihrem heuchlerischen Dünkel. Und jetzt zerreißt man sich das Maul, dass ihr euch hier oben ein Stück weit euren Stolz und eure Rechte zurückgeholt habt. Weißt du was? Dass sich die Obrigkeit kaum zu euch herauftraut, gefällt mir.»

Er öffnete einen Fensterflügel und winkte sie heran.

«Schau einmal dort hinunter. Was siehst du?»

Sein Gewand roch ein wenig streng nach Pferd, Stallmist und dem Staub der Landstraße, als sie sich nun dicht neben ihn stellte und hinaussah. Inzwischen hatte sich die Sonne wieder durch die grauen Wolken gekämpft und tauchte die Dächer und Mauern der Stadt in mildes Licht.

«Meine Heimatstadt», antwortete sie.

«Nun, ich sehe eine Stadt voll Strenge, Engstirnigkeit und Standesdünkel. Wenn du jetzt an die Menschen da unten denkst: Glaubst du, dass du anders bist als sie?»

«Aber ja. Weil ich von unehrlicher Geburt bin.»

Bekümmert wiegte er seinen großen Schädel hin und her. «Das bist du nicht. Du bist keineswegs anders als die Tochter des Gerbermeisters oder des Gewürzkrämers. Die Unehrlichkeit ist eine Erfindung der christlichen Zünfte, um Menschen klein- und abseits zu halten und sich selbst umso mächtiger zu machen. Das ist alles andere als christlich, und unser Heiland hätte das so nicht gewollt.»

Überrascht sah sie ihn an. Von dieser Warte hatte sie die Dinge noch nie betrachtet.

Doch er blickte längst wieder hinaus und fuhr fort: «Nein, Barbara, in Wirklichkeit bist du nicht anders. Ich aber bin es wohl!»

Kapitel 4

Am selben Tag

Kaum hatte Doktor Theophrastus nach seinem geheimnisvollen Ausspruch mit einer großen Ledertasche unter dem Arm das Haus verlassen, ließ sich Barbara auf der Wandbank in der schönen Stube nieder und starrte erst einmal verwirrt ins Leere. Sollte sie sich wirklich bei diesem Menschen als Magd verdingen? Sie war zwar nach wie vor angetan von dem hübschen Haus und dem guten Lohn, doch wie es aussah, würden sie auf dem Kohlenberg wohnen bleiben. Und der Doktor selbst wurde ihr immer undurchschaubarer. Was sollte man von einem Stadtarzt halten, der ein Henkersschwert sein Eigen nannte, Standesschranken für unchristlich hielt und sich selbst für anders? Fast schien es, als ob er die Kohlenberger bewunderte. Was für Überraschungen würde sie noch mit ihm erleben? Andererseits, wenn sie ganz tief in sich hineinhorchte, regte sich dort auch ein Funken Neugierde. Neugierde auf den Alltag an der Seite eines Arztes und Gelehrten, von dem sie vielleicht ja etwas lernen konnte.

Weiter kam sie nicht in ihrem Sinnieren. Er war noch kein Vaterunser fort, da klopfte es unten bereits gegen das Hoftor. Sie spähte zum noch immer offenen Stubenfenster hinaus und erkannte ihre Freundin Marie. Wie schön, sie war also aus Kleinbasel zurück.

Barbara eilte in den Hof hinunter und schob den Riegel des Törchens zurück.

«Ich hab ihn weggehen sehen.» Marie grinste breit, während ihre himmelblauen Augen erwartungsvoll blitzten.

«Geht es deiner Muhme wieder besser?»

«Ach, die Alte jammert immer, als wäre sie dem Sterben nah, dabei lag wieder mal nur ein Furz quer. Darf ich reinkommen?»

Barbara schüttelte den Kopf. «Nicht, solange der Herr außer Haus ist.»

«Geh her.» Marie schlug ihr auf die Schulter. «Hältst du dich sonst an alles, was man dir sagt?»

Barbara trat auf die Gasse hinaus und schüttelte abermals den Kopf. Dabei fiel ihr auf, dass sie keinerlei Schlüssel für Hof und Haus besaß. Sie konnte also nicht einmal fort, wollte sie sich nicht aussperren, falls der Riegel ins Schloss fiel. Rasch schob sie einen Stein zwischen Hofmauer und Tor, nahm Marie beim Arm und führte sie ein Stück weit abseits der Schusterwerkstatt, deren Läden geöffnet waren zum Zeichen, dass Bohnsack bei der Arbeit war.

«Ich hab's versprechen müssen, Marie. Kannst du das nicht verstehen? Aber ich denke, wenn er zu Hause ist, darfst mich gerne besuchen. Dann zeige ich dir auch die schöne Wohnung. Da könntest du eine Familie mit einer ganzen Kinderschar reinstecken, so groß ist die. Mit einem richtigen Kachelofen in der Stube, den kannst du von der Küche aus einheizen. Und siehst du die Fenster dort oben? Die sind aus Bleiglas, nicht aus Saublodern wie bei uns.»

Zu ihrer eigenen Überraschung merkte sie, wie begeistert ihre Worte klangen.

«Dann willst du also bei ihm bleiben?»

«Na ja, er ist ein freundlicher Mensch, und einen solch guten Lohn krieg ich nirgendwo.»

«Ich weiß nicht.» Marie sah sie zweifelnd an. «So ganz allein bei diesem ehelosen Sonderling? Schon wie der ausschaut. Wenn du den in Lumpen steckst, könntest ihn mit unseren Bettlern zum Almosensammeln ans Münster schicken.»

«Du hast ja recht. Aber dass er so klein und krumm ist, dafür kann er nichts.»

«Trotzdem. Ich verwette meine Schuh', dass du nachts die Beine für ihn breit machen musst.»

«Jetzt redest du aber Unsinn daher. So einer ist der nicht», entgegnete sie und meinte es auch so. Um ihre Freundin zu beruhigen, setzte sie nach: «Außerdem wüsste ich mich da schon zu wehren.»

Marie lachte. «Na ja, stark wie ein Bulle wirkt er nicht gerade. Aber dass mit dem was nicht stimmt, musst du zugeben. Gestern Abend, mit deinem Vater im Wirtshaus, hat er gesoffen wie ein Loch und sich sogar mit dem Henker Jost und dem Hurenwirt Jakob an einen Tisch gesetzt. Als Stadtarzt und angeblicher Professor der Medizin!»

«Das kommt uns vielleicht seltsam vor, aber ich finde, es passt zu ihm. Er sagt nämlich, dass es gar keine unehrliche Geburt gibt. Dass das eine unchristliche Erfindung wäre.»

«Im Ernst?» Marie bekam große Augen. «Also ich glaub nicht, dass die Basler Bürger das gutheißen. Weißt du, was der Adrian hinterher dem Jakob erzählt hat? Dieser Doktor hätte fünf Jahre bei Zigeunern gelebt und dort und bei den Henkern und Schindern sein Handwerk als Wundarzt gelernt.»

Barbara zuckte die Achseln. «Das ist schließlich nicht das Schlechteste.»

Im Stillen dachte sie, dass sie ihn danach fragen würde.

«Weißt du, was der Adrian noch gesagt hat?», fuhr Marie fort. «Der Mann wäre nicht nur ein Arzt, sondern auch ein Schwarzkünstler, der Gold machen kann.»

Barbara wurde allmählich unwohl unter dem Gerede ihrer Freundin.

«Hör zu, Marie, heute habe ich keine Zeit. Treffen wir uns lieber am Sonntag. Ich muss noch sein ganzes Reisegepäck einräumen und dann alles durchputzen, bevor er heimkommt.»

«Lass mich dir helfen beim Auspacken.» Marie zwinkerte ihr zu. «Vier Augen sehen mehr als zwei.»

«Wie meinst du das?»

«Bestimmt hat er ein paar nette Kleinigkeiten im Reisesack. Ein Messerchen, einen Kerzenhalter – Sachen halt, die er fürs Erste gar nicht vermissen würde. Und wenn er dich je danach fragt, stellst du dich dumm.»

«Bist du närrisch? Niemals.»

Empört über diesen Vorschlag machte Barbara auf dem Absatz kehrt und eilte zum Hofeingang zurück. Marie führte sich mal wieder wie eine echte Kohlenbergerin auf, die nichts dabei fand, einem gut betuchten Fremden etwas zu stibitzen.

Richtig böse war sie ihrer Freundin aber nicht. Marie war schnell mit solch dummen Einfällen bei der Hand, besann sich aber zum Glück meist rechtzeitig. Barbara hingegen war für derlei krumme Dinge nicht zu haben.

Mit einem versöhnlichen Winken drehte Barbara sich nochmals um. «Bis Sonntag also.»

Die Gerüchte, die über ihren künftigen Dienstherrn in Umlauf waren, erstaunten sie indessen kaum. Hatte sie den Medicus doch selbst in dieser kurzen Zeit als ausgesprochen wunderlich erlebt. Aber an Sonderlingen mangelte es hier auf dem Kohlenberg wahrlich nicht. Und war es nicht ein Vertrauensbeweis, dass er ihr gleich am ersten Tag all seine Besitztümer überließ? Die nächsten Tage würden schon zeigen, ob sie miteinander klarkämen. Bis zum Sonntag wollte sie auf jeden Fall bleiben, gehen konnte sie dann immer noch. Schließlich war sie keine Gefangene. Einen Schlüssel für Haus und Hof würde sie allerdings von ihm verlangen.

Befriedigt über diese Entscheidung, klopfte sie bei Flickschuster Bohnsack an, um sich eine Schaufel Glut für den Herd zu holen. Das dürre Männlein tat so, als kenne er sie nicht, dabei wusste er genau, dass sie die Schindertochter war. Nun gut, das konnte ihr gleich sein. Während sie in der Küche das Feuer anschürte, wischte sie nach und nach den Staub von den Holzflächen, anschließend machte sie sich daran, die Reisesäcke auszupacken. Bis auf ein großes Leintuch, zwei Waschtücher und mehrere Nastücher enthielten sie nur Leibwäsche, ein Paar Lederschuhe und eine zweite Garnitur Kleidung. Alles wirkte abgetragen und nun ja, fast schäbig. Jedenfalls für einen, der bei reichen Buchdruckermeistern und berühmten Gelehrten ein und aus ging. Das Handtuch, das zusammengeknüllt und feucht neben seiner Waschschüssel lag, war sogar löchrig, und so beschloss sie kurzerhand, es gegen ein frisches auszutauschen und stattdessen als Putzlumpen zu benutzen.

Nachdem sie die Wäsche sorgfältig zusammengelegt und in der Truhe seiner Schlafkammer verstaut hatte, öffnete sie voller Neugier die beiden Lattenkisten. Kleinodien enthielten auch sie nicht, von einem silbernen Weinkelch mit Löwenköpfen einmal abgesehen, der ihr immerhin so kostbar erschien, dass sie ihn unter seinen Kleidern in der Truhe versteckte. Aber vielleicht würde ja noch nachträglich Gepäck eintreffen, schließlich war er gerade erst eingezogen. Am wertvollsten waren wohl die hübschen Schreibutensilien und ein gutes Dutzend Bücher, darunter eine Reisebibel und das Neue Testament Deutsch, wie sie fast mühelos entzifferte. Dazu stapelweise Papier und einige gebundene Handschriften. Dies alles ordnete sie so, wie sie es für zweckmäßig erachtete, auf dem Schreibpult an oder verstaute es in dessen Schublade. Ganz zuunterst in der zweiten Kiste fand sich schließlich, neben zwei Kerzenständern aus stumpfem, fleckigem Messing, noch ein geschnitztes Kästlein, das Binden, Pflaster, Schere und Drahtklammern enthielt. Und etwas Schweres, in ein Hundefell gewickelt. Gespannt schlug sie das Fell auseinander und erschrak fast: Vor ihr lag eine eiserne Zündbüchse nebst einem Säckchen Schießpulver. Die allerdings hätte Marie wahrhaftig zu viel Geld machen können!

Ansonsten erstaunte es sie nun trotz allem, wie gewöhnlich sein Hab und Gut für einen Mann im Rang eines Stadtarztes war. Sie hatte geglaubt, dass man in solchen Kreisen von silbernen Platten aß und aus Kristallgläsern trank, aber das einzige Essgeschirr befand sich in dem Korb beim Küchentisch und bestand nur aus einfachen Holzbrettchen, drei irdenen Trinkbechern, einer großen, holzgedrechselten Schüssel sowie einem Löffelbrett und einem scharfen Schneidemesser.

Als Letztes suchte sie einen Platz für das kleine, gerahmte Marienbildnis und fand ihn auf dem hölzernen Aufsatz des Schreibpults, wo sie es gegen den Kerzenständer lehnte. Ein Kruzifix, wie sie es in ihrer Küche hängen hatten, besaß er offenbar keines. Danach fegte sie die Böden, wobei sie um das Bett mit dem Schwert darauf im weitestmöglichen Abstand herumkehrte. Ohne Beisein des Medicus war ihr das Ganze noch immer reichlich unheimlich.

Bis zur Abenddämmerung hatte sie es wahrhaftig geschafft, alles bis auf ihre eigene Schlafkammer gemütlich herzurichten. Im Kessel über dem Feuer schmorten Gemüse und Speckwürfel, den Kachelofen in der Stube hatte sie wohlig warm eingeheizt und zuletzt noch die Kerzen am Schreibpult und in der Küche angezündet. So gönnte sie sich zum ersten Mal seit Stunden eine Ruhepause. Mit ausgestreckten Beinen ließ sie sich auf der

Küchenbank nieder und betrachtete zufrieden ihr Werk. Sogar die drei Messingleuchter hatte sie so blank poliert, dass das Kerzenlicht darauf funkelte. Doktor Theophrastus würde Augen machen!

Das Geräusch schwerer Stiefel auf der Treppe ließ sie auffahren. Sie musste eingenickt sein, denn draußen war es bereits stockdunkel.

Sie sprang auf, als er auch schon in der Küche stand. Unter dem Arm trug er wieder seine abgegriffene Ledertasche.

«Einen schönen guten Abend, Herr Medicus», sagte sie und deutete auf den Tisch, wo Löffelbrett, Becher, aufgeschnittenes Brot und der Krug mit Most, den sie in der Vorratskammer gefunden hatte, bereitstanden. «Mit dem Essen habe ich übrigens auf Euch gewartet.»

«Ich habe dir doch gesagt, das braucht es nicht», gab er barsch zurück, warf die Tasche zu Boden und hängte seinen Überrock an den Haken neben der Tür.

Mit herabgezogenen Mundwinkeln stapfte er nach nebenan, um den einzigen Stuhl in der Wohnung, den Barbara vor das Pult gestellt hatte, in die Küche zu zerren. Und das fast schon zornig, wie sie verwundert feststellte. Dass sie die Wohnung so schön hergerichtet hatte, würdigte er mit keinem Blick.

Sie trat an den Herd und schöpfte den Gemüseeintopf aus dem Kessel in die große Holzschüssel. Da sie eingeschlafen war, hatte das Essen viel zu lange und viel zu dicht über dem Feuer geschmort, und nun war ein Teil auf dem Kesselgrund angebacken.

«Merk dir», hörte sie ihn sagen, «dass ich nur auf dem Stuhl am Esstisch sitze. Ich brauche Rücken- und Armlehne, sonst fährt es mir ins Kreuz.»

Sie antwortete mit einem knappen «Ja, Herr» und stellte die

Schüssel mitten auf den Tisch. Dann nahm sie ihm gegenüber auf der Bank Platz und legte die Hände zusammen.

«Wir danken Dir, o Herr, für Deine Gaben und bitten um Deinen Segen. Amen.»

Er hatte bereits zu essen begonnen, ohne Gebet, und führte nun stumm Löffel für Löffel zum Munde, wobei ihm hin und wieder etwas in seinem Kinnbart hängen blieb. Sein Gesicht war ausdruckslos, und sie fragte sich, ob es ihm womöglich nicht schmeckte. Ein Ruhmesblatt für sie als Köchin war dieses Abendessen allerdings wirklich nicht. Das Gemüse war ebenso zerkocht wie die Speckwürfel, und es schmeckte mehr als fad. Aber unter den Vorräten hatte sie schließlich weder Salz noch Küchenkräuter gefunden.

Nach einer langen Weile des schmatzenden Schweigens legte er den Löffel zur Seite und wischte sich Mund und Bart am Ärmel ab, der, wie sie nun im Kerzenlicht erkannte, schon ganz speckig glänzte.

«Ich habe Euch eigens ein Mundtüchlein neben den Becher gelegt. Zum Abwischen, meine ich.»

«Ach ja?», sagte er nur gedankenverloren und kaute auf einem Brotkanten herum.

Sie war enttäuscht. Sie hatte sich so viel Mühe gegeben, hatte geglaubt, er würde sich freuen über die Ordnung in seinem neuen Zuhause, stattdessen wurde seine Miene nur noch mürrischer. Innerlich stolz war sie obendrein, nämlich darauf, dass sie der Versuchung durch Marie widerstanden hatte. Aber das konnte sie ihm schließlich nicht unter die Nase reiben.

«Der Eintopf könnte besser sein», sagte sie wie zur Entschuldigung. «Aber es sind weder Salz noch Gewürze im Haus.»

Er schwieg.

«Außerdem fehlt es an Kochgeschirr», fuhr sie beherzt fort.

«Es gibt weder Bratspieß noch Kochlöffel, weder Hackbrett noch Hackmesser, kein Sieb, kein Mörser, kein Reibeisen. Bewirtet Ihr manchmal Gäste?»

«Was weiß ich? Das wird sich zeigen. Warum fragst du überhaupt?»

«Weil ich dann mit dem Kessel, der eigentlich für heißes Wasser ist, und mit einer einzigen Pfanne nicht auskomme. Zwei Kugeltöpfe mit Deckel und eine weitere Pfanne sind mindestens nötig. Einen Blasebalg für das Feuer braucht's auch, damit ich mir nicht wieder die Seele aus dem Leib puste. Außerdem ein guter Vorrat an Talgkerzen ...»

«So hör schon auf, wie soll ich mir das alles merken?», raunzte er. «Ich habe schließlich andere Dinge im Kopf. Schreib auf, was fehlt, und ich werde es morgen besorgen lassen.»

«Das hab ich längst getan. Auf einem der Papiere. Keine Sorge, ich habe die Rückseite genommen. Da war eines von Euch vollgekritzelt und alles wieder durchgestrichen.»

«Wie? Du bist an meine Schreibsachen gegangen? Dass dich Donner und Hagel erschlagen!»

Sie starrte ihn an. Allmählich war sie es leid. Da hatte sie sich so viel Mühe gegeben, und zum Dank zankte er mit ihr herum.

«Dann hättet Ihr es mir halt verboten», entgegnete sie patzig. «Habt Ihr aber nicht. Außerdem solltet Ihr Euch freuen. Damit habt Ihr den Beweis, dass ich nicht nur lesen kann, sondern auch schreiben. Ihr stellt mich doch so gern auf die Probe. Im Übrigen könnt Ihr auch gern überprüfen, ob etwas von Euren Siebensachen fehlt. Nicht dass es hinterher heißt, ich wäre eine Diebin.»

Damit schien es ihm erst einmal die Sprache verschlagen zu haben. Er nickte nur grimmig und nahm einen tiefen Schluck vom Apfelmost. Sofort verzog er angewidert das Gesicht.

«Was soll das sein? Katzenpisse?» Ungehalten schlug er mit

der flachen Hand auf den Tisch. «Ist denn die Weinlieferung nicht gekommen?»

«Nein, ist sie nicht.»

Sie war von der Bank aufgesprungen und funkelte ihn an.

«Was braucht Ihr eigentlich eine Magd? Euch ist es doch gleich, wenn es hier aussieht wie im Schweinestall. Mit Sicherheit ist es Euch noch gar nicht aufgefallen, dass ich aufgeräumt und geputzt habe. Und was den Wein betrifft ...»

Sie biss sich auf die Zunge. Dass sie zu weit gegangen war in ihrer Schelte, wurde ihr erst jetzt bewusst. Als Magd stand ihr das wahrhaftig nicht zu.

«Verzeiht», murmelte sie.

«Bitte, Barbara, so setz dich wieder», sagte er und schaute plötzlich drein wie ein geprügelter Hund. «Es sieht wirklich alles sehr behaglich aus, gerade so, wie ich es mir im Stillen gewünscht hatte. Du hast alles richtig gemacht. Es ist nur so, dass ...»

Er brach mit einem tiefen Seufzer ab, und sie wunderte sich nicht wenig, wie schnell sein Zorn verraucht war. Aber sie war ohnehin kein nachtragender Mensch. Bestimmt hatte er viel um die Ohren mit seinen neuen Aufgaben.

«Ihr könnt ja noch auf einen Abendtrunk ins Wirtshaus gehen», lenkte sie ein und setzte sich wieder.

«Ja, das ist ein guter Gedanke.» Er blinzelte einige Male, dann brummte er: «Es war kein angenehmer Nachmittag, drüben in der medizinischen Fakultät.»

«Hattet Ihr Ärger?»

«Das kann man wohl sagen.» Er rang sich ein Lächeln ab.

«Vielleicht wird's Euch leichter, wenn Ihr mir davon erzählt?»

Sie wusste nicht, welcher Teufel sie erneut geritten hatte, so etwas zu ihrem Dienstherrn zu sagen, aber er tat ihr in diesem Moment einfach nur leid. Tatsächlich veränderte sich seine Miene. Der Blick, mit dem er sie jetzt ansah, wurde sanft, fast dankbar.

«Ja, es gab Ärger. Um es vorwegzunehmen: Ich habe mich den Baslern keineswegs aufgedrängt. Der Magistrat höchstselbst hat mich zum Stadtarzt berufen, nachdem ich Meister Frobenius kuriert hatte und auch zur Gesundheit des Erasmus von Rotterdam ein gutes Stück beitragen konnte. Mein Freund und Gönner Oekolampadius hat sich dafür starkgemacht, und dafür bin ich ihm auch sehr verbunden. Er ist ein berühmter Mann, Theologe und Leutpriester von Sankt Martin, aber du musst ihn nicht kennen.»

Sie nickte nur, ahnend, dass sie mit ihrem Vorschlag einen wahren Redeschwall hervorgerufen hatte.

«Zu erwähnen ist», fuhr er fort, «dass das Amt des Stadtarztes seit vier Jahren unbesetzt war. Die gesundheitliche Lage der Stadt ist daher beklagenswert, zumal es ja im letzten Jahr eine Pestilenz gegeben hat. Man brauchte mich also dringend.»

«Bei uns auf dem Kohlenberg war keiner krank», warf sie fast stolz ein.

«Mag sein. Jedenfalls ist mit diesem Amt des Stadtarztes das des Ordinarius an der medizinischen Fakultät verbunden, sprich: eines Lehrstuhlinhabers, eines ordentlichen Professors also. Für mich eine wunderbare Aussicht, ja die Erfüllung eines Lebenstraums, was mich frohlocken ließ. Kann ich somit doch endlich mein Wissen in Theorie wie in Praxis weitergeben. Aber nein, zu früh gefreut.» Diesmal schlug er mit der ganzen Faust auf die Tischplatte. «Heute Nachmittag nun hat der Rektor mir eröffnet, dass die Statuten der hiesigen Hohen Schule vorschreiben, dass einer nur dann ein ordentlicher Professor sein darf, wenn er in die Matrikel eingeschrieben ist, den Nachweis seines Doktorgrades erbringt und obendrein einen Eid schwört. Einen

Eid auf die Regeln der medizinischen Fakultät und auf die Ehre ihrer ach so ehrwürdigen Mitglieder. Damit hatte ich keineswegs gerechnet. Gerade als ich mich in die Schriftrolle eintragen wollte, als ein Doktor beider Arzneien, der chirurgischen wie der inneren Medizin, hielt mich ein gewisser Oswald Bär zurück und erbat sich den Nachweis hierfür. Und das, wo ich eigens meinen Doktorhut und meinen roten Talar ins Collegium mitgebracht und angelegt hatte. Mir war, als hätte man mir vor der versammelten Mannschaft der Doktoren und Rektoren eine Maulschelle verpasst.»

Barbara hatte sich alle Mühe gegeben, ihm in diese Welt der fremden Worte und Schauplätze zu folgen. So ganz verstand sie seine Empörung trotzdem nicht.

«Aber Ihr seid doch ein Doktor, oder etwa nicht?»

«Selbstverständlich. Aber obwohl ich es bei Gott und der Jungfrau Maria geschworen habe, hat man es angezweifelt.»

Sie nickte. «Das ist gewiss nicht recht, einen solchen Schwur anzuzweifeln, zumal Ihr ein berühmter Arzt seid. Aber als Doktor könnt Ihr Euch doch sicherlich mit einem amtlichen Papier ausweisen, so wie ich es vom Pfarrer über meine Geburt erbitten kann.»

Da wurde er über und über rot im Gesicht. «Das ist es ja. Ich habe das gesiegelte Statutenbuch der Universität von Ferrara auf einer meiner Reisen verloren. Oder es wurde mir in irgendeiner Läuseherberge unterm Arsch weggestohlen. Jedenfalls besitze ich es nicht mehr. Aber mein Wort muss doch schließlich genügen! Die haben gerade so getan, als sei ich ein hergelaufener Scharlatan. Diesen Bückling des Gehorsamseides habe ich daraufhin jedenfalls verweigert.»

Barbara fand, dass er sich überaus kindisch verhalten hatte, fragte aber nur: «Was geschah dann?»

«Nach diesem unrühmlichen Empfang an meiner neuen Wirkungsstätte bin ich sogleich ins Rathaus, um mich zu beschweren. Man hat mich zu besänftigen versucht: Mit meinem Eid auf den Doktortitel sei der einen Sache Genüge getan, dafür werde man sich einsetzen. Und das andere, dieser Schwur auf die Statuten, sei doch nur eine läppische Formsache.»

«Nun ja», schlug sie vor, «Ihr könntet doch einfach die Augen schließen und den vorgegebenen Schwur aufsagen wie einen Kinderreim. Und dabei an etwas Schönes denken. An einen warmen Sommerabend am Rheinufer zum Beispiel. So jedenfalls würde ich das an Eurer Stelle machen.»

Verblüfft sah er sie an, dann schüttelte er heftig den Kopf.

«O nein, ein Theophrastus Bombast von Hohenheim lässt sich nicht von ein paar dünkelhaften Holzköpfen in die Schranken weisen. Dann sollen die sich eben einen anderen Professor suchen.»

«Ich glaube, das würde Euch nicht glücklich machen, wo Ihr Euch so auf Eure neuen Aufgaben gefreut habt. Dürft Ihr denn nun nicht mehr vor die Studenten treten und sie in der Medizin unterrichten?»

«Von den Statuten her sicher nicht. Aber ich werde es trotzdem tun. Du wirst es am Montag erleben. Mein Doktorengewand habe ich schon mal dem Pedell zur Aufbewahrung gegeben. Im Gegensatz zu den anderen Doktoren halte ich nämlich nichts davon, darin durch die Stadt zu spazieren.»

Es hatte ihm offenbar gutgetan, sich auszusprechen, denn seine Miene entspannte sich. Schon blitzte wieder so etwas wie der Schalk in seinen hellen Augen auf, und er wirkte sogleich um Jahre jünger.

«Ich muss sagen, du bist klüger als so manch gelehrtes Mannsbild, das hier in Basel das Maul aufreißt.» Er erhob sich. «So nehme ich denn deinen Rat an und werde jetzt auf eine Karaffe Wein ins Wirtshaus gehen.»

«Wartet bitte. Wenn Ihr mir noch sagt, was genau künftig meine Aufgaben sind? Die Wohnung ist fürs Erste gründlich geputzt, wie Ihr nun ja bemerkt habt. Das Aufräumen, Kochen und Einkaufen allein wird mir aber nicht den Tag füllen.»

«Nun, du wirst fürwahr nicht mehr so hart arbeiten müssen wie im Hause deines Vaters. Aber gut, lass es uns besprechen.»

Er setzte sich wieder.

«Morgens und abends machst du mir das Essen, mittags brauche ich nichts, da ich dann meist außer Haus bin. Zwischendurch räumst du auf, wäscht oder flickst die Wäsche, vor allem aber sollst du hier sein, wenn ich unterwegs bin. Falls jemand anklopft, der mich um Rat fragen will oder meine Hilfe braucht. Dann schreib alles genau auf, damit ich später weiß, worum es geht. Den Einkauf machst du deshalb am besten, wenn ich zu Hause an meinen Schriften sitze. Werde ich nachts zu einem Kranken gerufen, musst du mich wecken. Ich schlafe zwar nur wenig, dafür dann aber tief und fest. Ganz wichtig: Das Feuer im Herd darf niemals ausgehen, auch nicht im Sommer. Damit ich zu jeder Tages- und Nachtzeit in meinem kleinen Laboratorium destillieren, extrahieren und sublimieren kann.»

Sie verstand kein Wort. «Was soll das sein – sublieren?»

«Nun, ich verändere die Ausgangsstoffe in ihren Zuständen und Eigenschaften. Stell es dir ein wenig wie das Bierbrauen vor, nur in einer höheren Sphäre. Das Ziel bleibt immer, aus den Stoffen die sogenannte Quintessenz zu gewinnen, die nichts Wertloses und Unreines mehr enthält.»

Sofort musste sie an Maries Bemerkung denken.

«Ihr macht doch nicht etwa – Gold?»

Da lachte er lauthals los.

«Ach herrje, der Ruf eines Goldmachers eilt dem forschenden Geist immer voraus. Nein, nein, nein, ich will etwas viel Höherwertiges schaffen: das ideale Arcanum! Eine allumfassende Arznei, in der die von Gott herrührende Heilkraft wirkt.»

«Einen Zaubertrank also?»

«Mit Zauberei hat das nichts zu tun», schmunzelte er. «Eher mit unermüdlicher Arbeit. Übrigens sollst du auch hin und wieder als Botin Nachrichten überbringen. Himmel, das hätte ich ja fast vergessen.»

Er schlug sich gegen die Stirn und sprang wieder auf. Er eilte zu seiner Tasche, die noch immer am Boden lag, bückte sich und zog umständlich etwas heraus. «Ich habe etwas besorgt für dich», murmelte er dabei. «Ich hoffe, es passt dir.»

Strahlend legte er erst eine blütenweiße Haube auf den Tisch, dann einen zusammengelegten nachtblauen Umhang, beides nagelneu.

«Für mich?», fragte sie bass erstaunt.

«Für wen sonst? Dein Mantel besteht ja nur noch aus Flicken, und an deinem bunten Kopftuch erkennt man sogleich die Kohlenbergerin. Schließlich wirst du auch vornehme Häuser betreten.»

Sie erschrak. «Ich soll in vornehme Häuser gehen? Dazu weiß ich mich nicht zu benehmen.»

«Unsinn. Du bist höflich und benimmst dich ansonsten gerade so, wie du bist. Vielleicht», er zwinkerte ihr zu, «ein bisschen weniger keck als mir gegenüber. Ich gebe dir einen einfachen Rat: Lass dich niemals von einem vornehmen Gehabe ins Bockshorn jagen, hörst du? In jedem Fürstengewand steckt auch nur ein vergänglicher Mensch, dem die Finger gichtig werden oder den die Scheißerei plagt. Alle Menschen sind gleich in ihrem Zerbrechen, im Kranksein und im Sterben.»

«Das habt Ihr schön gesagt», erwiderte sie und meinte es auch so. «Darf ich es einmal überziehen?»

«Ich bitte darum.»

Sie nahm ihr Kopftuch ab, griff nach der Haube und rückte sie auf ihren widerspenstigen dunklen Locken zurecht. Danach schlüpfte sie in den Mantel, der vorne mit einer silbern glänzenden Spange zusammengehalten wurde. Noch immer völlig überrascht, strich sie über den weichen Wollstoff. So etwas Feines besaß hier oben niemand.

Er musterte sie.

«Schön sieht das aus. Damit kannst du sogar einen Erasmus von Rotterdam aufsuchen. Morgen oder übermorgen besorge ich einen Spiegel, dann siehst du es selbst. Blau ist übrigens die Farbe der Treue und Stetigkeit.»

«Ich weiß.»

«So hoffe ich denn, dass du als Magd an meiner Seite bleibst. Ich bin mir sicher, du bist die Richtige.» Er wirkte plötzlich verlegen. «Nun, dann mache ich mich auf den Weg und statte unserem Freund Adrian Ertzstein einen Besuch ab.»

«Ihr wollt doch wohl nicht wieder ins Kohlenbergwirtshaus? Das hat den übelsten Ruf von ganz Basel! Drüben in der Spalenvorstadt gibt es wahrlich vornehmere Schenken.»

Er nahm seinen Überrock vom Haken. «Es ist der kürzeste Weg.»

In der Tür drehte er sich nochmals um.

«Du hast vorhin gesagt, ich könne gern überprüfen, ob etwas von meinen Siebensachen fehlt. Aber das brauche ich gar nicht. Meine Menschenkenntnis sagt mir, dass du mich nicht bestehlen würdest. Außerdem: Wird jemand für seiner Hände Arbeit angemessen entlohnt, dann muss er auch nicht stehlen.»

Nachdem sie den Abwasch gemacht, die Küche aufgeräumt und ihre wenigen Sachen in der Truhe verstaut hatte, ging sie zu Bett. Sie war hundemüde, und zugleich schwirrte ihr der Kopf. Was für ein aufregender Tag!

Sie kuschelte sich unter der weichen Daunendecke zurecht – ein ganz herrliches Gefühl! – und fragte sich wieder einmal, ob sie es nun gut getroffen hatte oder nicht. Dann war sie auch schon eingeschlafen. Träumte von einem großen Lastkahn, der sie mit Beat an ihrer Seite über den Rhein in ein fernes Land bringen würde. Als Beat den Arm um sie legte, verwandelte sich sein junges, fröhliches Gesicht mit den lustigen Grübchen in den Wangen plötzlich in das des Doktors. *Bleib für immer bei mir*, flehte er, als ein heftiges Krachen den Schiffsrumpf erschütterte.

Erschrocken fuhr sie aus dem Schlaf auf. Nebenan rumpelte es lautstark, ein unterdrückter Fluch folgte, dann trat Stille ein.

Sie zog den Bettvorhang zur Seite und starrte in die Dunkelheit. Unter dem Türspalt hindurch schimmerte der Lichtschein der Herdglut. War der Medicus so betrunken heimgekommen, dass er gestürzt war?

Fast ärgerlich schlüpfte sie in ihr Hemd und tastete sich zur Tür in die Küche, wo sie am Herd die Kerze entzündete. Im flackernden Licht sah sie die Bescherung: Der Stuhl am Küchentisch war umgefallen, neben der Eingangstür lag achtlos hingeworfen der Mantel des Doktors, die Tür stand halb offen. Was für ein Leichtsinn. Jeder der Taglöhner von oben hätte unbemerkt hereinmarschieren können.

Sie schloss die Eingangstür und schob den Riegel vor. Um sicherzugehen, dass dem Doktor nichts geschehen war, tappte sie durch die Stube in seine Schlafkammer. Dort lag er bei zurückgezogenem Vorhang rücklings auf dem Bett, vollständig bekleidet, gestiefelt und gespornt, das furchteinflößende Schwert daneben auf den Dielen. Er schnarchte geräuschvoll vor sich hin, sein Atem stank nach saurem Wein.

Kopfschüttelnd trat sie ans Fußende und streifte ihm die Stiefel ab. Und zwar äußerst vorsichtig, um ihn nicht zu wecken. Sie traute ihm durchaus zu, dass er sich beim Erwachen angegriffen fühlen und sein Schwert packen könnte. Dann deckte sie ihn zu und trat einen Schritt zurück. Um seine Augenlider und Mundwinkel zuckte es krampfhaft, als müsse er gerade Schmerzen erleiden.

Nein, ein zufriedener Mensch sah anders aus, auch und erst recht im Schlaf. Blieb nur zu hoffen, dass er nicht wie Maries Vater jede Nacht betrunken nach Hause kam.

Kapitel 5

Drei Tage später, am Sonntag, Mitte März 1527

Beim Morgenessen an ihrem ersten gemeinsamen Sonntag wirkte der Doktor aufgeräumt und guter Dinge.

Barbaras Befürchtung war unbegründet gewesen. Die letzten beiden Abende hatte Theophrastus nur sehr mäßig von seinem teuren Elsässer Wein getrunken, der mittlerweile in zwei Fässchen im Keller lagerte, und war auch nicht im Wirtshaus gewesen. Stattdessen hatte er bis in die Nacht Blatt um Blatt Papiere vollgeschrieben, während sie, bei offener Tür zu seiner Stube, noch eine Weile in der Küche mit Putz- und Flickarbeiten zugange gewesen war. Das hatte etwas sehr Gemütliches gehabt. Heute nun, das hatte er ihr soeben eröffnet, war er zum Sonntagsessen nach Kleinbasel eingeladen, auf der anderen Rheinseite, und man sah ihm seine Vorfreude deutlich an.

«Mein Gastgeber heißt Bonifacius Amerbach, wir haben uns gestern Mittag im Wilden Mann getroffen», erklärte er und wischte sich gesittet mit dem Tüchlein den Milchbrei vom Kinn. «Anfang des Jahres war ich zu seiner Hochzeit in Neuenburg eingeladen, wo ich gerade seinen Schwiegervater, den dortigen Bürgermeister, behandelte. Nun freue ich mich sehr, auch seine junge Frau Martha und seinen Bruder Basilius wiederzusehen.»

«Ist Amerbach auch so berühmt wie dieser Mann aus Rotterdam und der Buchdruckerkönig?»

«Du meinst Erasmus und Frobenius? Vielleicht nicht ganz,

aber hier in der Region ist Bonifacius Amerbach als Rechtsgelehrter und Professor der Basler Universität weithin bekannt. Ein äußerst kluger Kopf und obendrein ein sehr musischer Mensch. Was aber viel wichtiger ist: Seit der Hochzeit ist er mir ein wirklich guter Freund.»

Sie zögerte mit dem, was ihr sofort auf der Zunge gelegen hatte. War ihr das Gewand des Stadtarztes bei der ersten Begegnung in der Schindhütte noch einigermaßen vornehm erschienen, so dachte sie jetzt anders darüber. Am Vortag war sie nämlich zum ersten Mal als Botengängerin unterwegs gewesen. In Frobenius' Druckerei am Totengässlein hatte sie dem Meister und ebenjenem Erasmus von Rotterdam, der dort wohl häufig zu Gast war, eine Einladung zur ersten Vorlesung des Doktors überbringen sollen. Ganz stolz im neuen Mantel und mit blütenweißer Haube, vor allem aber äußerst aufgeregt hatte sie die Offizin betreten. Gleich eine ganze Schar vornehmer Herren hatte sich dort um die große Druckerpresse versammelt, in pelzverbrämter, kurzer Schaube wie die Ratsherren oder im langen, weiten Gelehrtenrock, mit Samtbarett auf dem gepflegten Haar. Da waren ihr die Augen aufgegangen, wie nachlässig ihr Dienstherr aus dem Hause ging. Allein die vielen Flecken auf seiner verschlissenen Kleidung, die wohl höchst selten gewaschen wurde. Im Übrigen hatte Meister Frobenius ihr überaus freundlich für die Einladung gedankt, womit sie ihre Feuerprobe als Botin wohl bestanden hatte.

«Was starrst du mich so an?», fragte der Doktor sie lauernd. «Habe ich etwa noch Brei ums Maul?»

«Nein, nein. Es ist nur ... Wenn Ihr so vornehme Freunde habt, solltet Ihr vielleicht ein wenig mehr auf Euer Äußeres achten. Euer Wams ist fleckig, der Kragen Eures Mantels auch. Die gröbsten Flecken habe ich ja gestern Abend versucht herauszureiben, was bei den ledernen Beinkleidern noch gut möglich war. Aber alles andere gehört dringlichst gewaschen.»

«Sag bloß, du willst einen eitlen Gecken aus mir machen?» Sein Tonfall wurde spöttisch. «Mit geschlitzter Pluderhose, wie sie die Hispanier und Holländer neuerdings tragen? Auf das Äußere kommt es bei einem guten Arzt wahrhaftig nicht an, und ich habe auch überhaupt keine Zeit, mich mit solcherlei Nichtigkeiten zu beschäftigen.»

«Das müsst Ihr auch nicht. Ich schlage vor: Wenn Ihr morgen Mittag von Eurer Vorlesung zurück seid, zieht Ihr das alte Hemd und das Wams aus der Truhe an, und mit dem dort», sie wies auf den speckigen Ärmel seiner Rechten, die den Löffel hielt, «gehe ich ins Waschhaus.»

Sein Seufzer kam übertrieben laut. «Gut, wie du meinst.»

«Danke, Herr», gab sie erleichtert zurück.

Sie begann, den Tisch abzuräumen, während er sich zurücklehnte und die dünnen, krummen Beine von sich streckte. «Was wirst du heute an deinem freien Sonntag machen, wo sich das schöne Wetter nun doch gehalten hat?»

«Ich will mich mit Marie treffen, vielleicht kann ich sie überreden, mit mir ans Rheinufer zu spazieren.»

«Dort gefällt es dir wohl?»

«O ja, ich könnte stundenlang dem vorbeiströmenden Wasser zusehen.»

Kaum hatte sie die Worte ausgesprochen, kamen sie ihr kindisch vor. Doch seine eher raue Stimme bekam einen weichen Klang, als er erwiderte: «Das verstehe ich sehr gut.»

«Aber vorher», fuhr sie ein wenig verlegen fort, «also gleich nach dem Kirchgang, gehe ich erst einmal nach Hause. Ich möchte meinem Vater und meinem Bruder das Sonntagsessen kochen.»

Er lächelte: «Das klingt mir aber nicht nach einem freien Tag.»

«Ach was, das macht mir Freude. Außerdem habe ich meine Familie die letzten Tage nur aus der Ferne gesehen.»

In diesem Augenblick begannen die Glocken von Sankt Leonhard zu läuten.

«Jetzt solltest du aber los», drängte er.

«Wie?», fragte sie überrascht. «Ihr kommt nicht mit?»

«Ehrlich gesagt halte ich den Kirchgang für ein unnützes Ding. Das macht noch lang keinen guten Christen.»

Fast erschrocken sah sie ihn an, und so fuhr er fort: «Gott wohnt nicht im Gemäuer eines Tempels oder einer Kirche, sondern im Herzen der Menschen. Mehr noch: Ich halte auch all diese Riten und Zeremonien für überflüssig. Denn sollen wir etwas von Gott erhalten, seinen Trost oder Beistand, so sieht Er sich die Herzen an und nicht die äußere Form. Aber geh du nur, wenn es dir guttut.»

Sie musterte ihn mit zusammengekniffenen Augen, während sie sich ihre neue Haube aufsetzte. «Ihr wollt bloß nicht mit Eurer Magd zur Kirche gehen! Wenn es das ist, so lasst mich doch einfach vorauslaufen und kommt dann nach.»

Beleidigt zogen sich seine Mundwinkel nach unten. «Denkst du etwa so von mir? Dann auf, gehen wir.»

Sie reichte ihm seinen Überrock und streifte sich, erstmals nur für den Kohlenberg, ihren nachtblauen Umhang über.

Als sie kurz darauf in den noch kühlen Morgen hinaustraten, sagte sie: «Ihr werdet sehen, es wird Euch gefallen. Pfarrer Bertschi predigt sehr schön. Seit ein, zwei Jahren sogar auf Deutsch!» Sie musste lachen. «Anfangs haben wir Kohlenberger geschimpft wie die Rohrspatzen über die neuen Sitten. Als plötzlich der Magistrat die Kirchenherrschaft innehatte und als Erstes den Sonntagsgottesdienst zur Pflicht gemacht hat. Aber jetzt gehen eigentlich alle gerne hin, sogar die Fremden und Fahrenden, die hier stranden. Der Pfarrer Bertschi redet wirklich gut, wie ihm der Schnabel gewachsen ist.»

Er nickte und wich dabei, trotz seines eiligen Schrittes, geschickt einem Hundehaufen aus. «Das kommt von der Reformation, die mein Freund Oekolampadius nach Basel gebracht hat, mit Unterstützung eures Pfarrers Bertschi. Weißt du, was Reformation bedeutet?»

«Ja, das ist die neue Religion von diesem Martin Luther. Damit ist der Gottesdienst jetzt wie in Sankt Leonhard in deutscher Sprache, und der Papst wird nicht mehr als allheilig verehrt.»

«So ähnlich. Leider hat man die Äußerlichkeiten der alten Kirche, all diese christlichen Götzendienste der Papisten, nicht restlos abgeschafft.»

Erstaunt sah sie ihn an. «Welche Götzendienste?»

«Nun ja, diese entseelten Gebetslitaneien zu Hause und in der Kirche, die erzwungenen Almosen und Opfergaben, Wallfahrten, Heiligenverehrungen, Glockengeläute – all das führt doch nur dazu, dass der Mensch nicht an Gott, sondern an das Ritual selbst glaubt. Aber wir können gerne später noch ausführlicher darüber sprechen, was den Kern der Reformation ausmacht. Oder besser ausmachen sollte.»

Sie hatten das Brückchen über den Leonhardsgraben erreicht. Von der Linde her strömten ihnen Scharen von Menschen entgegen, doch Stoffel und ihren Vater konnte sie nicht ausmachen. Auch nicht Marie, was indessen daran lag, dass diese immer zu spät kam. Wohl aber entdeckte sie, etwa zwanzig Schritte entfernt, zu ihrem Erstaunen Beat mit seiner Familie. Zwar gehörten auch die Bewohner der Steinenvorstadt zur Pfarrgemeinde, doch in aller Regel besuchte die Baderfamilie den Frühgottesdienst und nicht jenen am Vormittag, wie die Kohlenberger.

Sie winkte Beat zu, doch der hob nur verhalten die Hand. Da erst erfasste sie, dass eine fremde junge Frau an seiner Seite ging, die angeregt mit ihm plauderte. Sie spürte, wie ihr das einen gehörigen Stich versetzte. Erst recht, als er sich nicht, wie sonst, wenn er den späteren Gottesdienst besuchte, auf dem baumbestandenen Vorplatz zu ihr gesellte, sondern umgehend durch das geöffnete Portal verschwand. Genau wie Doktor Theophrastus.

Da das Kirchenschiff sonntags gut gefüllt war und die Besucher nach Frauen und Männern getrennt standen, hatte sie Beat aus den Augen verloren. Marie hatte sich mit ihr wie immer ganz nach vorn gedrängt, sodass Barbara sich während der Predigt nach der Unbekannten umdrehen musste, wenn sie sie in Augenschein nehmen wollte. Das Mädchen war dunkelhaarig wie sie, ausnehmend hübsch und stand neben der Baderin und deren jüngster Tochter. War sie womöglich Beats Braut? Der Gedanke daran versetzte sie zunehmend in Unruhe.

Nach dem Schlusssegen zog Barbara ihre Freundin eilig mit sich hinaus, doch die Menge auf dem Kirchplatz begann sich schon zu zerstreuen. Von Beat und diesem Mädchen keine Spur mehr. Dafür entdeckte sie am Glockenturm den Doktor, im Gespräch mit einem nicht mehr ganz jungen Mann. Das Gesicht des Stadtarztes hatte wieder diesen grimmigen Ausdruck angenommen, den sie nun schon gut kannte. Stritten die beiden? Mit seinem bodenlangen Mantel und dem dunklen Barett auf dem kurz geschnittenen Haar war der Fremde mit Sicherheit kein Vorstadtbewohner. Plötzlich packte der Doktor ihn beim Kragen, der um einiges größere Mann stieß ihn jedoch grob zurück, wandte sich ab und eilte in ausgreifenden Schritten die Staffeln zum Barfüßerplatz hinunter. War das womöglich jemand von der Universität?

Marie stupste sie in die Seite. «Kann es sein, dass du nach dem Beat Ausschau hältst?»

«Nein, warum?», flunkerte sie.

«Geh her, du hast doch schon vorher dauernd in die Gegend geglotzt. Den Beat schlag dir besser aus dem Kopf. Das Weib, mit dem er gekommen ist, ist Scherlins neue Badermagd, die Kathrin aus der Dalbe. Es heißt, die macht sich an den Beat ran.»

«Na und?» Barbara zuckte mit den Schultern, wobei sie spürte, wie sehr sie diese Worte trafen. «Was geht mich der Beat an, wo er sich mit den Kohlenbergern nicht mehr abgeben will?»

«Dann ist ja gut. Ich weiß, dass ihr beide euch gernhabt, aber seine Eltern sind nun mal zünftige Bader, obendrein Eigentümer und nicht nur Pächter der Badstube. Die würden eine Liebschaft zwischen euch eh nie zulassen. Und das weißt du auch. Vergiss ihn also, hier oben gibt's genug nette Burschen. Den großgoscherten Melcher brauchst ja nicht zu nehmen. Als Schinder hat dein Vater schließlich seine Verbindungen im ganzen Baselbiet, da kämst dann auch mal raus aus der Stadt. Ich an deiner Stelle ...»

«Hör schon auf, ich hab dich verstanden», unterbrach sie ihre Freundin. «Gehen wir dann nach dem Essen an den Rhein?»

«Ach Bärbel, du immer mit deinen Sonntagsspaziergängen. Lass uns einfach auf der Wiese bei der Stadtmauer in der Sonne sitzen und den Ziegen beim Grasen zuschauen. Außerdem hab ich's satt, von den feinen Bürgern, die am Rhein auf und ab stolzieren, begafft zu werden.» Marie zupfte an Barbaras silberner Mantelspange. «Du in deinem schönen Gewand musst dich ja nicht mehr verstecken.»

«Du bist doch nicht etwa neidisch? Wir können gerne die Mäntel tauschen, wirklich.»

«Nein, lass nur ...»

Sie waren vor dem niedrigen, strohgedeckten Häuschen, das an das Henkershaus grenzte, angelangt.

«Alsdann bis heute Nachmittag, oben bei euch auf der Wiese?», fragte Marie mit einem bittenden Lächeln.

«Meinetwegen. Bis später.»

Zu Hause, wo ihr zottiger, grau gescheckter Hofhund sie freudig jaulend begrüßte, erwartete Barbara die nächste ungute Überraschung. Auf der Bank neben der Haustür saßen Guta und Stoffel eng umschlungen, ihr Bruder mit diesem verliebten Lächeln, das ihn ziemlich töricht aussehen ließ.

«Na, Barbara, kommst zum Sonntagsbraten heim?», fragte Guta sie in falscher Freundlichkeit.

«Sag bloß, du wohnst jetzt schon hier», gab sie zurück und kraulte dem Grauen das Ohr.

«Die Guta hat vor dem Gottesdienst gekocht, stell dir vor», erwiderte Stoffel anstelle seiner Braut. «Der Braten ist bald fertig.»

Guta sah sie herausfordernd an. «Kannst meinetwegen mitessen, es langt für alle.»

«Wie großherzig von dir», höhnte Barbara, um ihre Enttäuschung zu verbergen. Man brauchte sie also nicht mehr. Ohne ein weiteres Wort betrat sie das Haus, wo es von der Küche her tatsächlich köstlich duftete. Aber sie wollte gar nicht wissen, was im Topf schmorte, und eilte an der Küche vorbei in ihre Kammer, um die beiden Andachtsbildchen zu holen, die sie vergessen hatte einzupacken.

In der Tür zur Kammer blieb sie verdutzt stehen: Dass Stoffel ihre Schlafstatt übernommen hatte, war ausgemacht gewesen. Dass sich auch Guta hier wohnlich einrichten würde, indessen nicht. Auf dem Waschtisch lagen Handspiegel und Haarbürste, vor dem Strohsack zierliche Holzpantinen, die Bettdecke war zerwühlt.

Sie steckte die kleinen Bildnisse der heiligen Barbara und der Muttergottes in ihre Manteltasche, ging in die Vorratskammer der Küche und schnitt sich einen Kanten Käse sowie zwei Scheiben Brot ab. O nein, sie wollte keinesfalls zum Essen bleiben.

Vor der Haustür traf sie auf den Vater.

«Ich bin ja jetzt wohl überflüssig geworden», sagte sie bissig, mit Blick auf Guta. «Wenn du mich hin und wieder sehen willst, dann komm im Haus Zum Roten Hahn vorbei. Der Doktor freut sich gewiss auch auf einen Besuch von dir.»

«Warte, Barbara – was soll das?» Er deutete auf die Wegzehrung in ihren Händen. «Selbstverständlich bleibst du zum Essen hier!»

Doch sie war schon weitergegangen, den Weg zur äußeren Stadtmauer hinauf, den Hund an ihrer Seite. Bei den wilden Pflaumenbäumen setzte sie sich ins Gras.

«Du bist der Einzige, der mir treu ist», murmelte sie und gab dem Grauen zu ihren Füßen ein Stück Käserinde.

Daheim hatte man also ganz schnell Ersatz für sie gefunden, niemand schien sie zu vermissen. Noch härter aber traf sie, was sie beim Kirchgang beobachtet und erfahren hatte. Den Beat schlag dir besser aus dem Kopf, tönten ihr Maries Worte noch immer im Ohr. Doch ihr Inneres wehrte sich dagegen. Nicht, weil sie in ihn verliebt gewesen wäre. Aber sie kannten einander so gut, und sie mochten sich sehr. Hatten sie sich nicht als Kinder mehrfach geschworen, eines Tages einander zu heiraten? Oder waren das nur törichte Kindereien gewesen? Einen von hier oben wollte sie keinesfalls heiraten, und erst recht keinen Henkerssohn oder Schinder in einer fremden Stadt. Da wollte sie schon lieber die Magd des buckligen Doktors bleiben.

Die Mittagssonne wärmte und tröstete sie, die zwitschernden Vögel in den Zweigen über ihr verkündeten den Frühling, den sie so sehr liebte. Ein wenig besänftigt biss sie von Brot und Käse ab, dann schloss sie die Augen.

Vielleicht gab es ja noch einen anderen Weg, Baderin zu werden. Nicht nur als Weib eines Meisters. Hatte ihr Vater nicht irgendwann erwähnt, dass mancherorts sogar ledige Frauen eine Badstube pachten konnten, wenn ihr ein zünftiger Barbiermeister zur Seite stand? Das hatte sie sich genau gemerkt. Wahrscheinlich brauchte man nur ein ausreichendes Vermögen, und das würde sie sich bei ihrem guten Lohn über die Jahre hinweg schon zusammensparen.

Das Bellen des Hundes riss sie aus ihren Überlegungen.

«Nanu, du bist ja schon da?» Marie ließ sich neben ihr im Gras nieder. «Ich dachte, du wolltest etwas Feines kochen?»

«Das braucht's nicht mehr. Guta hat das Ruder übernommen. Sie hat sich bei uns schon häuslich eingerichtet.»

Marie legte ihr den Arm um die Schultern.

«Das hätte ich dir vorher sagen können. Aber lass sie doch machen. Dann merkt dein Vater ganz schnell, was er an dir gehabt hat. Die hat doch zwei linke Hände und kann ein Kalbsfell nicht von einem Lumpen unterscheiden.»

Wider Willen musste Barbara lachen.

«Das ist wohl wahr.»

Marie lehnte sich an sie. «Du kannst auch gerne sonntags zu uns kommen, auch wenn's da bloß Hühnersuppe zum Essen gibt. Und jetzt erzähl endlich, wie ist dein Doktor denn so?»

Barbara überlegte.

«Was soll ich sagen?», begann sie. «Er hat zwei Seiten. Eine zornige und eine sanfte. Manchmal kommt er mir vor wie ein Kind, dem man sagen muss, wo es langgeht.»

«Im Ernst? Der ist doch ein hochgelehrter Mann.»

«Gelehrt ist er fürwahr. Manchmal verstehe ich kaum, was er

daherredet. Aber weißt du, was ich ihm hoch anrechne? Obwohl ich nur seine Magd und noch dazu eine Schindertochter bin, spricht er mit mir wie mit seinesgleichen.»

«Ist ja kein Wunder, wo er sich so gern in Adrians Wirtshaus herumtreibt.»

Barbara schüttelte den Kopf. «Da geht er nicht mehr hin. In den letzten Tagen hat er abends nur noch an seinen Schriften und Vorlesungen gearbeitet.»

«Und nachts? Will er dich da in seinem Bett haben?»

«Blödsinn, und ich denke auch nicht, dass sich das ändert. Ich glaube, der braucht gar keine Frau, der lebt wie ein Priester oder Mönch.»

Da lachte Marie schallend auf. «Als ob Priester und Mönche keine Weiber nageln würden!»

«Das weiß ich selber, Marie!» Sie verdrehte die Augen. «Was ich dir eigentlich sagen wollte: Er hat keinerlei Standesdünkel. Weißt du, was er mir über das Handwerk des Abdeckers gesagt hat? Ohne uns würde es keine Sauberkeit in den Städten und noch viel mehr Pestilenzen geben. Weil nämlich aus krankem Fleisch, wenn es auf der Gasse verfault, Gift entströmt. Genau wie aus übervollen Abortgruben. Deshalb ist das Amt des Wasenmeisters so wichtig, und niemand dürfte über uns die Nase rümpfen.»

«Das hat er gesagt?»

«Ja. Er will mit mir sogar über den neuen Glauben sprechen! Stell dir das bloß vor: ein Doktor mit seiner Magd.»

Sie schloss wieder die Augen und streckte ihr Gesicht der Frühlingssonne entgegen.

«Ich bin selber überrascht, aber ich denke, ich habe es mit ihm gar nicht so schlecht getroffen.»

Am Abend erfuhr sie auch, was es mit dem Fremden vor der Kirche auf sich gehabt hatte. Als sie bei Einbruch der Dämmerung zurückkehrte, saß der Medicus bereits wieder an seinem Schreibpult und schien in bester Stimmung.

«Wie war dein erster freier Tag?», fragte er sie lächelnd.

Sie berichtete ihm in wenigen Worten, wie sie den Nachmittag verbracht hatte, ohne näher auf Guta oder gar Beat einzugehen. Dann fragte sie ihn, was sie zum Abendessen richten solle.

«Bring mir einfach ein Krüglein Traminer, der mich bei der Arbeit an der Vorlesung für morgen begleiten soll. Mir spannt nämlich noch das Wams vom Mittagessen.»

«So hattet Ihr es angenehm im Hause Amerbach?»

«Und ob! Die Nachspeise haben wir sogar in Amerbachs wunderschönem Rosengarten eingenommen. Das gute Essen war das eine, die angenehme Gesellschaft das andere und noch viel Wichtigere. Buchdrucker Frobenius und seine überaus gelehrte Ehegefährtin Gertrud waren nämlich ebenfalls eingeladen. Die Heilung von Frobenius' Bein ist, das darf ich zu meiner Freude sagen, so weit fortgeschritten, dass er morgen wieder zur Messe nach Frankfurt reiten will. Wovon ich ihm allerdings dringend abgeraten habe. Aber alte Männer sind nun einmal stur wie Esel, wie du an mir siehst.»

«Aber Ihr seid überhaupt nicht alt, Herr Medicus!»

Er lachte. «Aber stur schon, willst du sagen. Jedenfalls war es ein sehr schöner Tag, wir haben viel disputiert. Leider hatten Erasmus von Rotterdam und Oekolampadius im letzten Moment abgesagt. Nun ja, sie werden mich sicher bald besuchen kommen.»

«Und wer war dieser Herr im langen Mantel, heute auf dem Kirchplatz?»

«Du bist ja wirklich überaus neugierig, Barbara.»

«Verzeiht vielmals.» Sie spürte, wie ihr die Röte in die Wangen stieg. «Ich hole den Wein und lasse Euch dann in Ruhe arbeiten.»

«Schon recht, du sollst es ruhig wissen. Er heißt Ulrich Gyger, kommt aus Pforzheim und war schon in Straßburg mein Diener und ärztlicher Gehilfe. Ein überaus begabter junger Mensch, der mich auch nach Basel begleitet hat. Er ist sozusagen meine rechte Hand, mein Secretarius. Oder Famulus, wie die Gelehrten sagen. Du musst wissen, dass ich ein recht schusseliger Mensch bin, der mit seinen vielen Gedanken im Kopf für das Alltagsleben eher ungeeignet ist.»

«Aber warum ist dieser Ulrich Gyger bislang nie hier vorbeigekommen, wenn er doch Euer Secretarius ist?»

Jetzt war es am Doktor, verlegen zu werden. «Weil er ... weil er nicht nur blitzgescheit ist, sondern leider auch ziemlich hoffärtig, wie ich nun erkennen muss. Deswegen haben wir uns heute Morgen auch gezankt. Er weigert sich nämlich, den Kohlenberg zu betreten.»

Sie nickte nur und ging hinaus, um eine Karaffe Wein abzufüllen. Dabei beschlich sie die dumpfe Ahnung, dass keiner der Freunde des Medicus ihn hier besuchen würde.

Kapitel 6

Am nächsten Tag, Montagnachmittag

Gespannt wartete Barbara auf die Rückkehr des Medicus von seiner ersten Vorlesung. Lektur nannte sich das, wie sie inzwischen gelernt hatte, und dauerte gut zwei Stunden. Die Universität befand sich im Schalerhof am Rheinsprung, ein gutes Stück Fußweg von hier, und so hatte sie mit seiner Heimkehr für irgendwann nach dem Mittagsläuten gerechnet. Den Vormittag über hatte sie Korn gemahlen, Teig geknetet und ihn am warmen Kachelofen gehen lassen, um ihn hernach ein zweites Mal gut durchzukneten. Inzwischen waren die Fladenbrote fast fertig gebacken, ein herrlicher Duft zog durch die Küche, und der Doktor war noch immer nicht zurück. Um noch ins Waschhaus zu gehen, wie sie es vorgehabt hatte, war es eigentlich schon zu spät.

Neugierig, wie sie war, hatte sie natürlich längst nachgeprüft, worum es in dieser Lesung vor den Studenten ging. Leider hatte sie nur einen Wust von Papieren vorgefunden, mit wild dahingekritzelten Stichworten, die mit Pfeilen und Linien versehen oder auch wieder durchgestrichen waren. Der Doktor besaß eine furchtbare Handschrift, und so hatte es geraume Zeit gedauert, bis sie erkannte, dass fast alles auf Lateinisch verfasst war. Wie sollte es auch anders sein bei einem Studierten. Also hatte sie ihn gestern Abend noch danach gefragt und die knappe Antwort erhalten, es gehe darin um die Anwendung von Arzneistoffen. Er hatte ein wenig angespannt gewirkt.

Sankt Leonhard schlug bereits die vierte Nachmittagsstunde, als sie schließlich seine Schritte auf der Außentreppe hörte. Sie hatte soeben das erste Fladenbrot angeschnitten und für gut befunden, als er in die Küche stürmte. Sie musste zweimal hinschauen, um ihn zu erkennen:

Auf dem großen Kopf saß eine Pelzkappe mit Ohrenschützern, wie sie die Vornehmen, Männer wie Frauen, bei kühlem Wetter trugen, sein eher zierlicher Körper war in einen riesigen, hellbraunen Fellmantel gehüllt, der bis zu den Knöcheln reichte und überweite Ärmel besaß. Der Mantel stand offen, und so erkannte sie, dass auch das dunkelbraune Wams neu war, dessen goldbestickter Stehkragen bis unter das kräftige Kinn reichte. Statt seiner ledernen Hose trug er nun enge, wollene Beinlinge von schwarzer Farbe, die Füße steckten in flachen Lederschuhen.

Wie ein eitles Mädchen drehte er sich einmal um die eigene Achse.

«Mein neues Ausgehgewand!», verkündete er mit blitzenden Augen. «Bist du zufrieden?»

«Das sieht ... das sieht sehr edel aus.»

«Nun, der Kamelhaarmantel war auch alles andere als wohlfeil.»

«Ein Kamelhaarmantel also», staunte sie. Davon hatte sie nie zuvor gehört. «So habt Ihr Euch völlig neu eingekleidet?»

«Ja, und es war mir ein Vergnügen.»

Sie freute sich mit ihm. Darin brauchte er sich wahrlich nicht vor den anderen Gelehrten zu verstecken.

«Dann bringe ich jetzt Eure alten Sachen ins Waschhaus. Mit dem Abendessen wird es allerdings später.»

Sie blickte suchend zur Tür, konnte aber kein Kleiderbündel entdecken.

«Den Weg kannst du dir ersparen», erwiderte er und trat an den Tisch, um von dem Brot zu kosten.

«Herrlich!», brachte er mit vollem Mund hervor. «Es hat doch wirklich etwas für sich, eine tüchtige Magd im Hause zu haben.»

«Wieso ersparen? Habt Ihr die Kleidung schon einer Wäscherin übergeben?»

«Nein, ich habe alles verschenkt. An eine Bettlerfamilie vor der Martinskirche.»

Sie glaubte, sich verhört zu haben. «Verschenkt? Ja, denkt Ihr denn, dass Ihr Euer sauer verdientes Geld zum Fenster hinauswerfen müsst?»

Er grinste schief und hängte seinen schönen Mantel an den Haken. «So sauer verdient ist mein Lohn nicht. Habe ich dir nie gesagt, dass ich das am besten bezahlte Amt Basels innehabe, gleich nach dem Stadt- und Ratsschreiber? Fünfundsiebzig Pfund aufs Jahr, das sind sechzig rheinische Gulden! Um es dir verständlicher zu machen: Das ist zehnmal so viel, wie eine städtische Hebamme bekommt. Selbst mein berühmter Freund Amerbach verdient nicht mehr. Dazu kommen noch die Honorare für meine eigenen Patienten. Ich habe also Geld wie der Bauer Heu in der Scheuer!»

Sie hatte keine Vorstellung davon, wie viel Geld eine städtische Hebamme zum Lohn bekam, denn sie kannte keine. Aber dass sich jemand neue Kleidung kaufte, anstatt die alte waschen zu lassen, wollte ihr nicht in den Kopf.

«Es ehrt Euch natürlich, wenn Ihr Bettler beschenkt, auch wenn das vielleicht nur Betrüger vom Kohlenberg waren. Aber wollt Ihr das nun jedes Mal so handhaben, wenn Ihr Euch bekleckert?» Sie sprach mit ihm in demselben Tonfall wie mit Stoffel, wenn der sich in seiner Einfalt mal wieder von den Gassenbuben hatte übertölpeln lassen. «Auch der Bauer hat zu Notzeiten keinen Strohhalm mehr in der Scheuer, und deshalb legt man hin und wieder einen Spargroschen beiseite. Was Ihr aber macht, ist Verschwendung. Allein für die ledernen Beinkleider, die Ihr einfach so verschenkt habt, müsste mein Vater drei Monate arbeiten. Außerdem: Wofür habt Ihr eine Magd, wenn nicht zum Kochen, Putzen und Wäschewaschen?»

«Bist du nun fertig mit deiner Schelte?», fragte er bissig. Genau wie ihr Bruder hatte er ob ihrer Schimpflitanei die Schultern eingezogen, was ihn noch schmächtiger und buckliger wirken ließ. «Freu dich lieber, dass ich auch für unsere Haushaltung etwas Schönes eingekauft habe.»

Er zog sich die Mütze vom Kopf, sodass sein Haarkranz erst recht in alle Richtungen stand. Seine Miene wurde wieder freundlicher. «Der Karrenfahrer müsste gleich hier sein, du wirst staunen.»

«Aber Ihr habt mir doch längst alles besorgt, was ich aufgeschrieben hatte. Bis auf den Bratrost für den Herd ...»

«Auch der ist nun mit dabei, der Schmied hat ihn endlich fertiggestellt. Habe ich dich eigentlich schon für deine gestochen klare Handschrift gelobt? Die Begriffe waren zwar reichlich seltsam geschrieben, so wie ihr Baseldeutschen eben sprecht. Aber so zierlich und leserlich wie du vermag nicht einmal mein Famulus Ulrich Gyger zu schreiben.»

«Danke, Herr, das freut mich.»

In seiner wieselhaften Art huschte er zum Fenster.

«Wo bleibt die Karre bloß, wo bleibt sie denn? Ah, sie kommt! Rasch, gehen wir hinunter.»

Kein Ave Maria später fanden sich ein schwarz glänzender Bratrost und drei Lattenkisten in der Küche wieder. Gegen ein üppiges Sackgeld hatte der Karrenfahrer alles heraufgeschleppt, und sofort machte sich der Doktor an der ersten Kiste zu schaffen. Was er daraus hervorzauberte und auf dem Küchentisch ablegte, ließ Barbaras Augen immer größer werden.

Ein ganzes Silbergeschirr kam zum Vorschein, mit Vorlegeplatten, Tellern, einer halbhohen Schüssel und sogar einem silbernen Salzfässchen. Dazu sechs Noppengläser aus grünem Waldglas, zwei Wasserschalen mit kleinen weißen Leintüchern zum Fingerwaschen bei Tisch, ein Wandspiegel mit vergoldetem Holzrahmen, ein dreiarmiger Tischleuchter und noch allerlei Kleinkram für seine Alchemistenküche. Nie zuvor hatte Barbara so viel Zierrat auf einem Fleck gesehen. Das alles musste ein Vermögen gekostet haben.

«Wunderschön!», stieß sie hervor.

«Nicht wahr?» Er ließ sich auf die Küchenbank sinken und starrte auf seine Schätze. Der Glanz aus seinen Augen war mit einem Mal verschwunden. Nachdenklich nahm er das Salzfässchen vom Tisch und drehte es in seinen feingliedrigen Händen hin und her.

«Jetzt können die feinen Herrschaften kommen», murmelte er dabei.

Das klang nicht eben glücklich.

«Hattet Ihr in der Universität wieder Ärger?», fragte sie. «Weil Ihr den Schwur nicht geleistet habt, meine ich.»

Ihre Anteilnahme schien ihn zu überraschen. «Das hast du dir also gemerkt? Nein, nein, die Fakultät hat mich unbehelligt vorlesen lassen.»

«Aber?», hakte sie nach.

«Nun, es hatte sich gerade mal ein halbes Dutzend Studenten eingefunden. Dabei war mein Antritt mit einem Anschlag an allen Bursen bekannt gemacht worden. – Das sind die Wohnheime der Studenten», fügte er erklärend hinzu.

«Sind das zu wenige?»

«Und ob! Für das, was ich zu sagen habe, sollten es schon zwanzig, dreißig Zuhörer sein.»

«Das wird sich bestimmt bald ändern, Herr», versuchte sie ihn zu trösten. «Ihr seid ja schließlich noch neu in der Stadt.»

Die Woche ging ohne weitere Überraschungen zu Ende: Vormittags verließ der Medicus in seinem schönen Kamelhaarmantel das Haus, um seine Vorlesung zu halten, die täglich außer samstags stattfand, danach traf er sich mit Freunden oder Bekannten, wie sie vermutete, oder suchte Patienten auf. Nur selten kam er vor dem Spätnachmittag zurück, und so hatte sie freie Hand, ihren Arbeitstag zu gestalten. Nur den Gang zum Markt hatte sie gleich am Morgen zu erledigen, bevor er sich auf den Weg in die Universität machte. Denn er fürchtete, dass Besucher vor der verschlossenen Tür stehen könnten. Indessen erschien in den ersten Tagen zunächst einmal gar niemand, von einer Handvoll neugieriger Kohlenberger abgesehen, die wegen lächerlicher Wehwehchen um Rat fragten. Ihr war das unangenehm, doch Theophrastus wies niemanden ab. «Unser Heiland Jesus Christus hat auch noch den Geringsten unter den Menschen zu sich gebeten, und so will auch ich es halten», waren seine Worte. «Nicht umsonst habe ich gerade dort, wo sich die Kränksten der Kranken fanden, am allermeisten gelernt: in den Feldlazaretten, Verliesen und Spitälern, bei den Henkern und Badern in den Städten, bei den Eremiten und Waldbrüdern in den Bergen. Auch wenn ich dafür heute angefeindet werde: Diese Kranken waren meine medizinischen Lehrbücher, und so soll es auch sein.»

Nicht minder überraschend war sein großes Vertrauen zu ihr als Magd: Für ihre Einkäufe steckte er ihr stets eine gut gefüllte Geldkatze zu, ohne hinterher auf Heller und Pfennig nachzurechnen. Sie empfand das als eine große Ehre und hätte es niemals gewagt, ihn zu betrügen.

Ansonsten ging sie ihren üblichen Hausarbeiten nach und fand zwischendurch auch mal die Zeit, sich mit Marie vor dem Hoftor zu treffen. Zu Mittag aß sie nur eine Kleinigkeit, das Abendessen nahm sie gemeinsam mit dem Doktor ein. Danach zog er sich an den Schreibtisch zurück, um bis in die Nacht zu schreiben oder in dicken Büchern zu blättern. Neuerdings wirkte er gereizt, und so ließ sie ihn mit den Fragen, die sie durchaus in sich trug, wohlweislich in Ruhe.

Am letzten Samstag des Lenzmonats – gut zwei Wochen waren seit ihrem Arbeitsbeginn bereits vergangen – klopfte es morgens oben gegen die Wohnungstür. Wahrscheinlich hatte einer der Taglöhner wieder vergessen, das Hoftor von innen zu verriegeln, worauf der Doktor großen Wert legte. Der schlief indessen noch, wie das leise Schnarchen aus der Schlafkammer verriet. Zu Barbaras Unmut hatte er erstmals in dieser Woche wieder die halbe Nacht im Kohlenbergwirtshaus verbracht, sich aber immerhin die Mühe gegeben, leise zu Bett zu gehen.

Sie öffnete und erkannte jenen Mann, mit dem sich der Medicus vergangenen Sonntag auf dem Kirchhof gestritten hatte. Er war groß und schlank, etwa zehn Jahre älter als sie und trug wieder den langen, dunklen Gelehrtenmantel. Aus seinen etwas hervorstehenden Augäpfeln musterte er sie von oben herab.

«Ist der Stadtarzt im Hause?», fragte er ohne Umschweife.

«Gott zum Gruße, Herr», erwiderte sie höflich. «Er schläft noch. Bitte kommt herein, ich hole ihn.»

Er trat an den Küchentisch, ohne sich zu setzen. Mit vorgeschobener Unterlippe und zusammengekniffenen Augen blickte er sich um. Was er sah, schien ihm nicht sonderlich zu behagen.

Barbara durchquerte die Stube und schob die nur angelehnte Tür der Schlafkammer auf.

«Ihr habt Besuch, Herr.» Sie klatschte laut in die Hände. «Seid Ihr wach?»

Unter dem Stoffsaum vor dem Bett erschien ein Paar Lederschuhe, dann wurde der Vorhang zurückgeschoben. Kopfschüttelnd stellte sie fest, dass der Medicus wieder vollständig angezogen geschlafen hatte.

«Wer stört so früh?», fragte er mit verquollenem Gesicht.

«Ich glaube, es ist Euer Gehilfe. Ich bitte Euch, Ihr könnt doch nicht in Euren Kleidern schlafen. Das ist nicht gut.»

«Geht dich das etwas an?», entgegnete er mürrisch.

«Nein», murmelte sie und kehrte in die Küche zurück.

«Möchtet Ihr etwas trinken? Einen Becher Birnenmost vielleicht?», fragte sie ihren Gast.

Doch der antwortete nicht einmal. Stattdessen ging er nach nebenan und blätterte, wie sie durch die offene Tür sehen konnte, in den losen Papieren, die auf dem Schreibpult lagen.

«Sieh da, der Gyger», hörte sie den Medicus rufen, als er auch schon in ihrem Blickfeld erschien. Seine schlechte Laune war verschwunden, denn er lächelte breit. «Das freut mich sehr, dass du mir endlich einen Besuch abstattest. Wollen wir zusammen zu Morgen essen?»

«Ich bin nur gekommen, um meinen Abschied einzureichen, Doktor Theophrastus.»

«Wie? Was soll das? Wollten wir nicht heute zusammen die nächste Lektur vorbereiten?»

«Das macht Ihr besser allein. Ich will offen sprechen: Habt Ihr so gar keine Sorge um Euren guten Ruf?»

«Warum sollte ich?»

«Weil Ihr zum Beispiel in diesem schäbigen Haus auf dem

Kohlenberg wohnt? Weil Ihr letzte Nacht wieder mit Totengräber, Henker und Schinder gezecht habt? Anständige Bürger meiden solche Leute.»

Den Gesichtsausdruck von Ulrich Gyger konnte Barbara nicht sehen, da er mit dem Rücken zu ihr stand, wohl aber den ihres Dienstherrn. Der reckte angriffslustig das Kinn vor.

«Aha, ist das schon Stadtgespräch? Da lasse ich gradwegs einen Furz drauf, lieber Gyger.»

«Das allein ist es nicht. Gestern hat mich Ordinarius Bär darauf angesprochen, dass Ihr noch immer nicht den Eid auf die Ehre der Fakultät geschworen habt.»

«Das werde ich auch fürderhin nicht tun. Aber was schert dich das?»

«Bär hat mich gewarnt. Möglicherweise könnte durch Euer Verhalten auch *mein* Ruf als Euer Famulus Schaden nehmen. Ihr seid nämlich wieder einmal drauf und dran, die gesamte Ärzte- und Professorenschaft herauszufordern. Ich erinnere Euch nur an die Schmach, die Ihr zuletzt in Straßburg erlitten habt.»

Barbara erkannte deutlich, wie das Gesicht des Doktors erst erbleichte, dann tiefrot anlief. Das Gespräch nahm wirklich eine äußerst unschöne Wendung.

«Du meinst dieses lächerliche Possenspiel im anatomischen Theater?», fauchte der Medicus.

«Possenspiel würde ich es nicht nennen. Doktor Hock hat Euch in dieser öffentlichen Disputation regelrecht vorgeführt, indem er vor aller Augen und Ohren Eure Wissenslücken entlarvte. Das war die Rache der Straßburger Ärzteschaft, nichts anderes. Oder habt Ihr vergessen, dass Ihr erst zu stottern begonnen habt und am Ende regelrecht verstummt seid?»

Barbara spürte, wie auch in ihr der Zorn über diesen frechen Kerl hochkochte.

«Pah!» Wütend stampfte der Medicus mit dem Fuß auf. «Dieser Leichenfledderer hat mir doch bloß geneidet, dass ich als Arzt weitaus erfolgreicher war als er und seine Sippschaft. Und an jenem Nachmittag hatte ich schlichtweg keine Lust mehr, ihm wie ein dummer Scholar Rede und Antwort zu stehen. Alsdann, Gyger, wo das nun geklärt ist: Wann stehst du mir wieder zur Verfügung?»

«Ich fürchte, Ihr habt mich nicht recht verstanden. Ich erbitte mir keinen Urlaub, sondern den endgültigen Abschied. Und meinen noch ausstehenden Lohn.»

Einen Moment lang herrschte Stille in der Stube.

«Ist das dein letztes Wort?», fragte der Doktor schließlich mit drohendem Unterton.

«Ja.»

Er verschwand in der Schlafkammer und kehrte mit seiner Geldkassette zurück.

«Hier.» Er schleuderte eine Handvoll Silberstücke zu Boden. «Das sollte mehr als genug sein. Und jetzt geh mir aus den Augen. Ich hoffe, du läufst mir hier in Basel nicht mehr so schnell über den Weg.»

«Keine Sorge.» Gyger bückte sich und klaubte die Münzen auf. «Ich werde nach Solothurn gehen, da dort das Amt des Stadtarztes vakant ist.»

Nachdem er sich wieder aufgerichtet hatte, wandte er sich mit einem «Gehabt Euch wohl, Doktor» zum Gehen. Dabei musste er an Barbara vorbei, die noch immer mitten in der Küche stand.

«Was glotzt du so?», herrschte er sie an.

«Ihr seid kein guter Mensch, Ulrich Gyger», sagte sie und wies zur Wohnungstür. «Ich denke, Ihr findet den Weg allein hinaus.»

Nachdem die Tür lautstark ins Schloss gefallen war, betrat sie die Stube. Mit hängenden Schultern stand der Medicus am geschlossenen Fenster und starrte durch die grünlichen Butzenscheiben hinaus.

«So grämt Euch nicht», sagte sie. «Dieser Mensch ist es nicht wert, Euer Gehilfe zu sein.»

«Vielleicht hast du recht.» Er wandte sich um. «Dann musst *du* mir eben fortan eine Stütze sein. Mich an wichtige Verabredungen erinnern, dir die Namen bedeutsamer Herrschaften merken, hin und wieder etwas für mich aufschreiben.»

Aufmunternd nickte sie ihm zu. «Und achtgeben, dass Ihr nicht wieder amtliche Papiere verschusselt, so wie Euer Doktorzeugnis. Außerdem solltet Ihr morgens zeitiger aufstehen und Euch kämmen und das Gesicht waschen, bevor Ihr wie heute Besuch empfangt.»

Er rollte mit den Augen. «Das fängt ja gut an mit deinen Ratschlägen.»

«Wollt Ihr dann zu Morgen essen? Der Milchbrei ist noch warm.»

«Meinetwegen. Obwohl mir der Hunger soeben gänzlich vergangen ist.»

Er verschwand in seiner Kammer und setzte sich wenig später mit halbwegs frischem Gesicht an den Küchentisch, wo bereits sein Lehnstuhl und eine Schüssel mit Brei auf ihn warteten.

«Habt Ihr in Straßburg wirklich einer Leichenöffnung zugesehen?», fragte sie, während sie das Gemüse fürs Abendessen kleinschnitt.

«Nun schau nicht so angewidert. In eurer Schindhütte macht ihr nichts anderes.»

«Aber das sind tote Menschen und keine Kadaver! Außerdem: Ist das nicht verboten?»

«Nicht bei gehängten Verbrechern, sofern Kirche und Gerichtsbarkeit einwilligen. Doch um ehrlich zu sein: Ich halte nicht viel von der Anatomie, die auseinandernimmt, was Gott zusammengefügt hat. Was soll man schon von einer aufgeschnittenen Leiche lernen? Ein toter Körper vermag nichts über den Menschen als lebendiges Ganzes auszusagen. Nein, Barbara: Wer Gesundheit und Krankheit studieren will, der braucht einen lebenden Körper und keinen toten.»

Kapitel 7

Mitte April 1527

Seit fast vier Wochen lebte Barbara nun schon im Haus Zum Roten Hahn. Bislang bereute sie ihren Entschluss nicht, auch wenn Doktor Theophrastus mehr als wunderlich sein konnte. So schlief er nicht nur nach durchzechten Nächten in seinen Kleidern ein, wie es ihr noch eingeleuchtet hätte, sondern stets – selbst jetzt, wo die Nächte allmählich wärmer wurden. Warum nur? Lag man doch gemeinhin im Bett, wie Gott einen erschaffen hatte, allenfalls im losen Hemd. Oder tat man das in besseren Kreisen nicht? Und sein Henkersschwert lag auch immer griffbereit und ohne Scheide vor dem Bett.

Launenhaft war er noch dazu. Konnte er in einem Augenblick schallend lachen, brauste er im nächsten wegen Nichtigkeiten auf. Aber anders als ihr Vater, der von seinen Kindern keine Widerrede duldete und auch gerne einmal Maulschellen austeilte, nahm der Medicus sie ernst. Obendrein gefiel sie sich in ihrer Rolle als Magd eines doch so bedeutenden Mannes, auch wenn das vielleicht falsche Eitelkeit sein mochte.

Mit den jungen Leuten vom Kohlenberg traf sie sich nur noch selten. Ihr war zwar durchaus erlaubt, die Abende draußen zu verbringen, doch seitdem Beat nicht mehr mit dabei war, hatte sie keine Lust mehr auf die ausgelassenen, trunkenen und oft derben Zusammenkünfte unter der Linde oder, bei Regen, in Adrians Schankstube. Noch dazu erhärtete sich das Gerücht, die neue Magd von Bader Scherlin werfe sich Beat hemmungslos an den Hals, und so beschloss Barbara, sich ihren Kindheitsfreund aus dem Kopf zu schlagen und ihre Heiratsschwüre von damals als das zu sehen, was sie wohl gewesen waren: einfältige Kindereien.

Da verbrachte sie ihre freie Zeit doch lieber allein mit Marie. Bloß ihren Bruder vermisste sie manchmal. Der hatte nur noch Augen und Ohren für seine Guta, die mehr oder weniger offen in Barbaras Elternhaus lebte, da die beiden nun als verlobt galten.

Ihre Sonntagsbesuche zu Hause wurden kürzer und beschränkten sich auf den frühen Abend. Zum Gottesdienst hatte Doktor Theophrastus sie im Übrigen nicht mehr begleitet, sondern war zu Hause an seinem Schreibpult geblieben. Was die Leute oder Pfarrer Bertschi darüber dachten, scherte ihn offenbar nicht. Von den Speisegeboten jetzt zur Fastenzeit vor Ostern hielt er ebenfalls nichts. «Weißt du denn nicht, dass die Kirchenherren Wasser predigen und selbst heimlich Wein trinken?», war er aufgebraust, als sie ihm einmal keine Bratwürste zum Abendessen in die Pfanne legen wollte. «Wenn ein armes Bäuerlein, das tagaus, tagein von Habermus, Kraut und Rüben lebt, endlich einmal ein Stück Fleisch im Topf hat, dann wird das zur Sünde, nur weil gerade wieder einer der zahllosen Fastentage ist. Das ist nicht Gottes Wille, sondern Herrendenken, wenn dem einfachen Volk vorgeschrieben wird, was es wann essen darf, während die Geistlichen selber das ganze Jahr hindurch prassen.» Anschließend hatte er ihr einen Vortrag darüber gehalten, dass hingegen das Fasten der körperlichen Gesundheit wegen und um mit seiner Seele und seinem Geist ins Reine zu kommen, durchaus von hoher Wirksamkeit sei. Was aber die geistlichen und weltlichen Herren viel nötiger hätten als das hart arbeitende Volk.

«Und warum betet Ihr nie?», hatte sie ihn daraufhin gefragt.

Ihr selbst verursachte sein Verhalten nämlich durchaus Bauchgrimmen.

«Warum bist du dir da so sicher? Nur weil ich nicht wie alle Welt ständig die Hände falte und fromme Worte auf den Lippen habe? Im Herzen sollen wir bekennen, nicht mit offenem Maul. Ich trage das Vaterunser in mir, da braucht es das ständige Beten nicht. Außerdem: Wer Christus nachlebt, sollte das nicht durch äußere Zeichen tun, sondern durch Taten der Liebe. Helfen ist das oberste christliche Gebot, nicht beten.»

Sie fragte sich natürlich besorgt, ob er solcherlei Reden auch in den Bürgerhäusern schwang. Da galt man, selbst wenn jetzt die Reformierten das Sagen hatten, schnell als gottloser Ketzer. Oder schlimmer noch, als Täufer.

Vor denen warnte Pfarrer Bertschi seine Schäfchen in jeder Predigt: «Hütet euch vor diesen Schwarmgeistern, denen die Abschaffung der lateinischen Messe und des wahrhaft schändlichen Ablasshandels nicht weit genug ging. O nein, in ihrem Glaubenswahn kennen sie keine Grenzen mehr. Sie ernennen sich selbst zu Priestern, lehnen die Säuglingstaufe ab und maßen sich an, ihren Glauben ganz nach dem freien Willen ihrer Anhänger zu leben. Sie brechen das Fasten und stören unsere Predigten, sie machen sich mit der Sache der aufständischen Bauern gemein und verweigern der Obrigkeit den Gehorsam. Das alles verstößt wider jegliche göttliche Ordnung, bedeutet Sodom und Gomorra.»

Diese Worte hallten Barbara lange in den Ohren nach. Hatte die Stadt Zürich nicht sogar zu Anfang des Jahres einen Täufer ertränkt, weil er seinen Irrweg nicht widerrufen wollte? Sie selbst war nie einem dieser Menschen begegnet, aber ihre Welt war bislang auch mehr oder weniger auf den Kohlenberg beschränkt gewesen. Musste sie sich nun um ihren Dienstherrn Sorgen machen? Dass er inzwischen bei ihrem Tischgebet immerhin die Hände faltete und die Augen schloss, tat er wahrscheinlich nur ihr zuliebe und um des lieben Friedens willen.

Doch dann hatte sie sich damit beruhigt, dass er viel zu klug für einen solchen Irrweg war. Wahrscheinlich hatte er schlichtweg keine Zeit für innige Gebete und Bibelstudium, wie es Pfarrer Marx Bertschi den Lesekundigen immer empfahl. Doktor Theophrastus war nämlich ein Arbeitstier, das hatte sie in diesen Wochen miterlebt. Wenn er keine Studenten unterrichtete oder sich nicht um Kranke kümmerte, dann kauerte er an seinem Pult und machte sich Stichworte für die Vorlesung am nächsten Tag oder arbeitete an Schriften, die er bald als Bücher drucken lassen wollte. Und das bis tief in die Nacht, obwohl er längst in aller Frühe auf den Beinen war. Manchmal sogar, bevor sie die Glut im Herd zum Feuer angefacht hatte.

«Ihr schlaft zu wenig, Herr», hatte sie ihm einmal beim Morgenessen gesagt, doch er hatte nur abgewinkt: «Wir sind zum Wachen geboren, nicht zum Schlafen. Ruhe mag vielleicht fürs Erste guttun, nützlicher aber ist die Unruhe.»

Oft war er so in sein Schaffen vertieft, dass er sie gar nicht wahrnahm. Dann musste sie ihn dreimal fragen, was er am nächsten Abend zum Essen wünschte oder ob er daran gedacht habe, den gichtkranken Seilermeister in der Spalenvorstadt aufzusuchen. Manchmal sprang er mitten im Schreiben auf, um aus dem Fenster zu spähen, als ob er jemanden erwarte. Als er schließlich an einem Samstag zweimal fälschlicherweise behauptete, es habe an der Tür geklopft, ging ihr ein Licht auf: Er wartete vergeblich auf Gäste!

Die Holzplatte und die beiden Schragen, die der Tischler gleich zu Anfang gebracht hatte, lehnten seit drei Wochen unbenutzt neben der Tür an der Stubenwand und wurden niemals zu einer Tafel aufgebaut. Wozu also hatte er das feine Silbergeschirr gekauft und all die übrigen Kostbarkeiten, wo kein Besuch kam und er selbst nach wie vor aus der Schüssel oder vom Holzbrett aß? Diese Schätze bedeuteten ihm gar nichts, sondern waren für andere gedacht. Ulrich Gyger war sein erster und letzter vornehmer Gast gewesen, keiner von seinem halben Dutzend Freunde, die er immer wieder erwähnte, hatte ihm bislang einen Besuch abgestattet. Einzig der Rechtsgelehrte Bonifacius Amerbach, ein fast unverschämt gut aussehender Mann im Alter des Medicus, mit dunklen Augen und von schlanker, großer Statur, war einmal zum späten Nachmittag vorbeigekommen. Doch auch er wollte nicht zum Essen oder auf eine Karaffe Wein bleiben, sondern überredete den Doktor, ihn in den herrschaftlichen Sternen zu begleiten.

Konnte es also sein, dass er, obgleich Stadtarzt und Professor der Medizin, sogar von seinen engeren Bekannten gemieden wurde?

«Ihr solltet Euch endlich eine neue Bleibe suchen», hatte sie ihm schließlich vorgeschlagen, da sie spürte, dass ihn das mehr und mehr verdross. Doch da war er regelrecht zornig geworden.

«Wer auf mich herabblickt, nur weil ich mein Domizil nicht am Münsterplatz habe», er stampfte wieder einmal mit dem Fuß auf und schlug mit der Faust auf den Tisch, diesmal beides gleichzeitig, «der braucht sich hier auch nicht blicken zu lassen. Der kann einem Theophrastus Bombast von Hohenheim gradwegs gestohlen bleiben.»

Somit war auch ihre eigene Hoffnung zerstoben, vom Kohlenberg wegzukommen.

An jenem Abend hatte er sich, wie zum Trotz, drei Musikanten ins Haus geladen. Es waren wohl Zigeuner, auch Ägypter genannt, die derzeit auf dem Kohlenberg Station machten. Jedenfalls waren sie von sonnengebräunter Hautfarbe, hatten langes, schwarzes Haar und schwarze Bärte, sprachen ein seltsames Deutsch und zauberten aus ihren Fideln wunderschöne Melodien hervor. Barbara hatte ihnen Käse, Brot und Wein aufgetragen, wovon sie sich zwischendurch ausgiebig bedienten. Schon bald hatte der Doktor Barbara bei den Händen genommen und sie zu ihrer großen Verblüffung gebeten: «Tanz mit mir!»

So wirbelte er mit ihr im schnellen Firlifanz durch die Stube, während sein Gesicht mehr und mehr strahlte. Selbst dann noch, als Flickschuster Bohnsack gegen die Tür hämmerte, um sich zu beschweren.

«Was macht Ihr für einen Lärm, Medicus? Es ist mitten in der Woche, habt Ihr den Verstand verloren?»

«Ach lieber Bohnsack, kommt doch herein und feiert mit uns, statt Euch zu grämen.»

Er zog das dürre Männlein in die Stube und drückte ihm seinen Becher in die Hand. «Jetzt kostet erst einmal von diesem herrlichen Elsässer Traminer.»

«Bitte, nein, ich muss morgen beim Hahnenschrei aus den Federn.»

«Carpe diem, Bohnsack, carpe diem. Heute ist heute, und morgen ist morgen.»

Erst zögernd, dann gierig trank der Flickschuster den Becher aus.

«Wahrlich ein guter Tropfen.»

«Seht Ihr? Und hört erst diese Musik!» Der Doktor gab den Männern ein Zeichen, weiterzuspielen. «Die Musik ist ein Garten der Gesundheit. Ihr seid ein einsamer Mann, Bohnsack, krümmt Euch den ganzen Tag in Eurer düsteren Werkstatt und habt keinerlei Freuden. Ich sehe Euch doch an, dass Ihr mit Melancholie und Phantastereien beladen seid, da ist die Musica die beste Arznei! Sie macht gesellig, hält einen bei Sinnen und vertreibt böse Geister.»

Barbara hatte ihm erstaunt zugehört, doch noch mehr verwunderte sie, dass Bohnsack zu lächeln begann, im Takt der Melodie die Schultern wiegte und schließlich mit dem Medicus durch die Stube tanzte. Irgendwann in der Nacht zog sie sich zurück, lauschte noch im Halbschlaf den stampfenden Füßen der Männer und den zu Herzen gehenden Klängen der Fideln. So beschwingt und glücklich hatte sie ihren Herrn nie zuvor erlebt.

Wenige Tage später und gut eine Woche vor Ostern kehrte der Medicus überraschend bereits zu Mittag heim, in bester Laune und in Begleitung eines jungen Mannes in kurzem Mantel und mit Federhütchen auf dem Kopf.

«Das ist Hans Herbst», stellte der Doktor ihn vor, «Sohn des gleichnamigen hiesigen Malers und seit heute mein neuer Schüler und Famulus. Steht ein Mittagessen bereit?»

«Ehrlich gesagt, habe ich weder mit Euch noch einem Gast gerechnet», erwiderte sie einigermaßen verlegen, zumal der fremde junge Mann sie eindringlich musterte. «Aber zum Glück ist der Gemüseeintopf mit Speck für heute Abend gerade fertig geworden. Er ist sogar noch heiß.»

«Nun denn, tisch auf! Aber mit dem guten Geschirr.»

«In der Stube oder in der Küche?»

«Ich bitte Euch, Meister», mischte sich Herbst ein und nahm den Hut ab, der ihm ausnehmend gut stand. «Macht Euch doch wegen mir keine Umstände.»

«Dann setzt Euch, junger Herr.» Sie wies kurzerhand auf die Bank am Küchenfenster, da auch sie den Aufbau der Tafel für unnötig hielt, und eilte in die Vorratskammer, um den Krug mit

Molke zu holen. Dort entdeckte sie hässliche Flecken auf ihrem Arbeitsschurz und band ihn kurzerhand ab.

Als sie zurückkehrte, schüttelte der Doktor missbilligend den Kopf. «Haben wir etwa keinen Wein mehr oben? Hans und ich haben schließlich unsere neue Verbindung zu feiern.»

Nachdem sie zwei der schönen Noppengläser mit Rotwein und die silberne Schüssel mit dem Eintopf gefüllt hatte, schnitt sie noch ein wenig Brot in Stücke und wollte sich schon in ihre Kammer zurückziehen, als der Doktor sie zurückhielt.

«Iss mit uns, Barbara. – Oder hast du etwas dagegen, Herbst?»

Der zog seine Brauen in die Höhe. «Aber nein. Bei uns zu Hause sitzt auch das Gesinde mit am Tisch. Zumindest unter der Woche.»

Barbara machte eine abwehrende Handbewegung. «Danke, aber ich habe wie immer mittags schon eine Kleinigkeit für mich allein gegessen.»

Der Doktor klopfte auf die Tischplatte. «Setz dich trotzdem her. Wir sind nicht am Fürstenhof, wo die Mägde in der Küche zu verschwinden haben.»

Insgeheim freute sie sich darüber. Sie ließ sich an der Schmalseite des Tischs nieder, womit sie sowohl Hans Herbst als auch ihren Dienstherrn im Blick hatte. Dabei fragte sie sich, was sie von dem unerwarteten Gast halten sollte. Er war nur wenig älter als sie selbst, hatte ein schmales, klar geschnittenes Gesicht mit einer langen, etwas nach unten gebogenen Nase und vollen Lippen. Das wellige rotblonde Haar trug er auf Kinnlänge geschnitten, sein Bart war sorgfältig gestutzt, was sehr gepflegt, aber für sein jugendliches Alter auch ein wenig eitel wirkte. Vor allem aber waren da diese tiefblauen Augen, aus denen er sie zwischendurch verstohlen musterte.

Die Männer unterhielten sich äußerst angeregt, wobei Herbst

voller Bewunderung an den Lippen seines Meisters hing. Es ging um die Vorgänge im Inneren des menschlichen Körpers, so viel hörte sie bald heraus, obgleich die beiden mit lateinischen Worten nur so um sich warfen.

«Wisst Ihr, welchen Eurer Sätze ich nie vergessen werde?» Herbst wischte sich den Mund ab. «*Im Magen eines jeden Menschen sitzt ein Alchemist, der darin das Böse vom Guten scheidet.* Was für ein treffliches Bild!»

«Danke, Herbst. Aber natürlich nicht nur dort, auch in der Blase, Galle oder Niere, ja in allen menschlichen Organen werden die alchemischen Prozesse von diesem göttlichen Helfer geregelt. Macht dieser Alchemist – ich nenne ihn auch Archeus – seine Arbeit gut, bleibt kein Rückstand übrig, und der Mensch ist gesund. Wird jedoch ein Rückstand, ein sogenannter Tartarus, als Abfallprodukt der Nahrung oder der Körpersäfte nicht wie üblich ausgeschieden, bildet sich eine Ablagerung.»

Hans Herbst nickte eifrig. «Und zwar als Stein, der von kristalliner Substanz ist.»

«Richtig. Diese Ablagerungen führen zur Gicht oder auch zu schmerzhaften Blasen-, Gallen- oder Nierensteinen, wobei an Letzterem unser hochverehrter Erasmus von Rotterdam leidet. Übrigens will ich ebenjene tartarischen Krankheiten zum Thema einer meiner nächsten Vorlesungen machen, und ich würde mich freuen, wenn du mir bei der Ausarbeitung hilfst.»

«Nichts lieber als das, Meister.»

So ging es in einem fort weiter. Nachdem sie ihre Gläser leer getrunken hatten und Barbara nachfüllte, konnte sie ihre Neugier nicht länger zurückhalten.

«Seid Ihr auch ein Arzt?», fragte sie ihren Gast.

Für einen Augenblick sah es aus, als würde Herbst mit gerunzelter Stirn darüber nachdenken, ob er ihr überhaupt antworten sollte. Doch dann lächelte er, mit einem Seitenblick auf den Medicus.

«Die Gelegenheit, die Medizin zu studieren, hatte ich leider nie. Aber ich besuche täglich die Vorlesung von Meister Theophrastus.»

Der Doktor strahlte. «Er gehört zu meinen aufmerksamsten Zuhörern! Vor allem aber ist mein junger Freund firm im Lateinischen wie im Griechischen. Du musst wissen, Barbara, dass Hans Herbst Lehrer an der Lateinschule ist sowie Korrektor in Frobenius' Druckwerkstatt. Dort sind wir uns auch zum ersten Mal begegnet. Zu meinem Glück.»

Er stemmte sich aus seinem Lehnstuhl und klopfte dem jungen Mann väterlich auf die Schulter.

Der errötete. «Andersherum wird ein Schuh daraus. Das Glück hat mich gefunden. Nie zuvor bin ich einem so außergewöhnlichen Arzt und Wissenschaftler begegnet. Allein Euer aufmerksamer Blick für das Kranke im Leib, Euer scharfer Verstand, die Ursachen zu finden und die Folgen zu heilen! Ihr stellt unsere verstaubte und seit Jahrhunderten in sich erstarrte medizinische Wissenschaft wahrhaftig vom Kopf auf die Füße!»

«Genug des Lobes, Herbst!», winkte der Medicus in gespielter Strenge ab, doch der Stolz über diese Worte war ihm deutlich anzusehen.

«Nein, nein, für mich seid Ihr ein wahrer Wunderarzt, Meister, *der* Arzt Germaniens! Allein, dass Ihr den Markgrafen von Baden, unseren Meister Frobenius und den Erasmus von Rotterdam geheilt habt, die allesamt von ihren Leibärzten schon aufgegeben waren.»

Die Miene des Doktors verdüsterte sich. «Ach, wäre ich nur bei Erasmus so weit, dies sagen zu können. Aber leider Gottes lässt er mich nicht zu sich, gibt mir also gar nicht die Gelegenheit, ihn vollständig zu heilen, obwohl ich ihm auf die Nase zugesagt habe, woran er krankt. Weißt du, was ich von ihm zur Antwort bekommen habe? Er sei mir zu großem Dank verpflichtet, aber er habe gegenwärtig nicht die Zeit für eine Kur, nicht einmal zum Kranksein oder Sterben.»

Herbst verzog scheinbar bekümmert sein hübsches Gesicht. «Ja, der Rotterdamer ist ein viel beschäftigter Mann. Aber er wird sich besinnen, wenn Ihr nur dranbleibt, Meister.»

«Hoffen wir es. Barbara, holst du uns noch ein Krüglein Rotwein?»

«Das mache ich gern, möchte Euch aber erinnern, dass Ratsherr Zscheckenbürlin Euch für heute Mittag erwartet.»

«Ach herrje, das hatte ich ganz vergessen. Dann nichts wie los, wo ich den alten Zscheckenbürlin doch von seinen Zipperlein heilen soll.»

Nachdem die beiden verschwunden waren, machte sich Barbara an den Abwasch, wobei sie über den neuen Famulus nachdachte. Letztendlich hielt sie diesen Hans Herbst für einen Schönredner und Schmeichler. Doch in einer Sache hatte er mit Sicherheit recht: dass Doktor Theophrastus ein sehr guter Arzt war. Woran er nämlich keinen Mangel mehr hatte, waren Patienten, die um Rat und Hilfe anklopften oder ihn über einen Boten holen ließen, und zwar beileibe nicht mehr nur unter den Kohlenbergern. Auch durchaus wohlhabende Handwerker und Krämer aus der Spalenvorstadt oder vom nahen Heuberg scheuten sich nicht, ihn aufzusuchen.

Dann wurde die Wohnstube jedes Mal zum Studier- und Behandlungszimmer, und wenn es sein musste, auch der Schragentisch aufgebaut, um den Kranken darauf auszustrecken. Bei den Untersuchungen zog Barbara sich zwar zurück, ließ auf Geheiß des Medicus aber die Tür zur Küche stets einen Spalt offen, um helfen zu können, wenn es denn nottat. Auf diese Weise wurde sie oft Zeuge seines Tuns, wenn er den Männern, Frauen und Kindern den Rücken abklopfte oder ihre Gliedmaßen abtastete, das Uringlas zur Harnschau ans Fenster hielt, sie in ein Tuch husten oder spucken ließ. Gespannt lauschend wartete sie dann seine Erklärungen ab, die er bei einfachen Leuten in verständliche Worte fasste, bei den vornehmeren mit viel bedeutsam klingendem Latein spickte. Am Ende gab er wichtige Ratschläge zur Heilung und verordnete seine Medizin. Nur selten hingegen schrieb er eine Rezeptur für den Apotheker auf.

Bei seinen Erkenntnissen nahm er kein Blatt vor den Mund. Einem überaus dicken Schneidermeister, der an Leibkrämpfen und verstopfter Leber litt, erklärte er, er müsse die nächsten Monate auf Schweinefleisch, fettes Essen und Wein verzichten, wenn er nicht schon bald sterben wolle. «Und bewegt Euch! Der Mensch ist nicht zum Sitzen auf dem Schneiderkissen gemacht, sondern zum Gehen und Laufen.» Dazu gab er ihm einen Heiltrank für zehn Tage mit sowie Purgierharz, mit den Worten: «Das macht Euch herzhaft scheißen.»

Ein andermal erlaubte er sich einen Spaß. Ein kerngesund wirkender Kaufmannssohn hatte in jammervollem Ton eine ganze Litanei von Leiden aufgeführt, woraufhin ihm der Medicus nach der Untersuchung ein Fläschchen mit einem Elixier in die Hand drückte. «Nehmt das hier, ein wahres Wundermittel aus meiner Apotheke. Es nennt sich *Azoth des roten Löwen*. Jeden Morgen sieben Tropfen davon und ein Vaterunser gesprochen, dann seid Ihr Eure Leiden bald los.» Zufrieden ging der junge Mann von dannen, und Barbara fragte den Medicus anschließend: «Was habt Ihr ihm gegeben?» – «Eine Tinktur aus Schöllkraut, nichts weiter. Das schadet nicht und hilft gegen alles.» – «Aber Ihr hattet es anders genannt.» Da grinste er spitzbübisch. «Azoth des roten

Löwen? Den Namen habe ich erfunden. Mag sich darunter jeder vorstellen, was ihm beliebt – so heilt es noch besser!» Sie musste schallend lachen, und er mit ihr.

Indessen behandelte er nicht nur die inneren Leibkrankheiten wie ein jeder studierter Arzt, sondern auch Brüche, blau geschlagene Augen, vereiterte Furunkel. Jetzt erst verstand sie, was der Begriff Doktor beiderlei Arzneien bedeutete. Selbst vor blutigen und waghalsigen Eingriffen schreckte er nicht zurück, wobei er diese zu ihrer Erleichterung stets zu Hause bei den Leidenden vornahm, damit sie sich hernach gleich ins Bett legen konnten: Er schnitt Blasensteine aus, entfernte Hodentumore, brachte aushängende Därme wieder an Ort und Stelle. Durch seine Erfahrungen in der Feldarznei war er zu der Überzeugung gelangt, dass ein studierter Arzt diese Dinge nicht den Badern, Scherern oder gar Jahrmarktsquacksalbern überlassen durfte, auch wenn manche von denen durchaus ihr Handwerk verstanden. Einmal hatte er einem Augustinermönch das vom Brand zerfressene Bein absägen müssen und danach den ganzen Tag kein Wort mehr gesprochen. Erst am nächsten Morgen hatte er ihr erklärt: «Ein Bein abzuschlagen bedarf keiner Kunst, zuvor aber hätte es bedurft, dass man es gar nicht erst verdirbt. Denn die Natur selbst ist erstaunlich geschickt darin, dem Arzt beim Heilen zu helfen, wie der Fall Frobenius mir bewiesen hat.»

Nur das Zahnreißen überließ er den Fachleuten. Nicht, weil er sich zu schade gewesen wäre, sondern weil jene Männer tagein, tagaus nichts anderes taten und somit die nötige Erfahrung besaßen.

Was Barbara indessen ganz besonders überraschte, war seine Art, wie er mit den Leidenden umging. Durch die halb offene Tür hindurch hatte sie es oft genug beobachten können: Vorsichtig, fast zärtlich näherte er sich ihnen, selbstverständlich ganz ohne

Vorurteil, welchen Standes sie waren. Ein Vaterunser lang betrachtete er sie nur stumm, strich hier über eine Schulter, dort über ein Knie, bevor er wieder einen Schritt zurückwich und das Sichtbare wie Gefühlte auf sich wirken ließ. Bei den ersten Malen sah das für sie aus wie Zauberei, inzwischen wusste sie, dass er den ganzen Menschen, den er vor sich hatte, erfassen wollte, und nicht nur das Knie, die Schulter, den krampfenden Bauch. Es schien ihr, als könne er durch die Kranken hindurchsehen, sich in sie hineinversetzen. «Ein Arzt darf nicht allen Kranken dasselbe Lied singen», hatte er ihr einmal erklärt, «denn jeder Mensch hat eine andere Konstitution. Und die gilt es zunächst herauszufinden.» Obendrein wurden auch noch die ängstlichsten Gemüter in seinem Beisein ganz ruhig.

Ja, auch sie selbst hielt ihn für einen Wunderarzt. Und gerade in seiner Tätigkeit als Heiler entdeckte sie viele schöne Seiten an ihm, wie sie Marie jedes Mal begeistert erzählte. Mochte er beizeiten auch noch so griesgrämig dreinschauen, noch so schnell aus der Haut fahren – zu seinen Kranken ging er nie ohne Ruhe, Zuwendung und Hoffnung. Auch und gerade dann, wenn er zu den Bedürftigsten ins Armenspital musste oder zu den Eingekerkerten, die Torturen erlitten hatten, wobei er weder für das eine noch für das andere eigens entlohnt wurde, da das zu seinen Aufgaben als Stadtarzt gehörte. Aber auch wer zu ihm nach Hause kam und keinen Pfennig im Beutel hatte, wurde nicht abgewiesen.

Als sie ihn einmal fragte, ob er nicht fürchte, ausgenutzt zu werden, kam seine Antwort mit einem fast beseligten Lächeln: «Ein Arzt hat immer barmherzig zu sein, im Sinne der Caritas. Das ist lateinisch und bedeutet Nächstenliebe. Gott hat mir dieses Amt vergönnt, und ich habe ihm geschworen, dass ich die Kranken lieben will, mehr als mich selbst.»

Kapitel 8

Ende April 1527

Nach etlichen windigen Regentagen zeigte sich dieser Morgen vor Karfreitag endlich wieder herrlich sonnig und klar. Barbara hatte an Erasmus von Rotterdam, der am Nadelberg wohnte, eine Einladung für den Sonntag nach Ostern überbracht. Nachdem die unfreundliche Dienstmagd ihr Brieflein entgegengenommen hatte, beschloss sie, noch einen kleinen Spaziergang zu machen. Und zwar hinunter zum Kornmarkt und quer durch die Talstadt zurück. Seitdem sie ihren schönen Mantel und ihre schneeweiße Haube trug, war sie von den dortigen Bürgersleuten nie wieder auch nur schief angeguckt worden.

Über die zahllosen Stufen des schmalen Imbergässleins näherte sie sich dem unteren Märt, als ihr ein lautes Raunen entgegentönte. Am Ausgang der Sattelgasse schließlich verstellte ihr eine dichte Menschenmenge den Weg. Was nicht am Marktgeschehen liegen konnte, da die Holzläden der Verkaufslauben, die den Marktplatz zu beiden Seiten säumten, gerade eilends verschlossen wurden.

«Was ist hier los?», fragte sie eine junge Magd neben sich.

«Die Täufer sind's. Jetzt haben wir das gottlose Pack schon bei uns in Basel!»

Neugierig zwängte sich Barbara durch die Menge bis zum Kornmarktbrunnen, wo eine helfende Hand ihr auf den Rand hinaufhalf. Sie traute ihren Augen kaum: Ein hünenhafter Mann mit zottigen Haaren und ebenso zottigem Bart hatte wahrhaftig das Schäftli, wie man hier die Schandsäule nannte, erklommen und bat mit erhobenen Armen um Ruhe, zunächst vergeblich. Um den Pranger herum hatten sich gleich einem Bienenschwarm gut hundert dieser Glaubenseiferer versammelt, von denen man sagte, sie gingen keiner Arbeit mehr nach, sondern beteten nur noch Tag und Nacht oder lasen im Neuen Testament. Jetzt standen sie reglos da, Frauen wie Männer und auch etliche Kinder, hielten sich an den Händen fest und hatten die Augen geschlossen. Auf den ersten Blick unterschieden sie sich nicht von den Menschen, die gaffend den Platz bevölkerten. Doch dann fiel Barbara auf, dass die Täufer trotz der Morgenkühle keine Mäntel oder Umhänge trugen, viele waren sogar barfuß, einige Weiber hatten den Schädel kahl geschoren.

«Brüder in Christo», donnerte die Stimme des Riesen über sie hinweg, als endlich gespannte Ruhe eingetreten war. «Wie hat unser Heiland Jesus Christus zu seinen Jüngern gesprochen? ‹Wahrlich, ich sage euch›, hat er gesprochen: ‹Wenn ihr nicht umkehrt und werdet wie die Kinder, so werdet ihr auch nicht ins Himmelreich kommen. Wer aber sich selbst erniedrigt und wird wie ein Kind, der ist der Größte im Himmelreich.›»

Seine Anhänger klatschten in die Hände und schrien dabei: «Kehret um, werdet wie die Kinder! Kehret um, werdet wie die Kinder!»

Unter den aufpeitschenden Worten des Predigers nahm ein ganz und gar seltsames, ja erschreckendes Schauspiel seinen Lauf. Vor allem die Weiber und Kinder begannen, auf alberne Weise zu springen und zu tanzen, was unter den Zuschauern und auch bei Barbara zunächst noch spöttisches Gelächter hervorrief. Wie die Veitstänzer zuckten und zappelten sie, warfen ihre Glieder in die Luft, ruckten stöhnend mit den Köpfen. Barbara selbst kannte diese Tanzwut nur vom Hörensagen. Umso gebannter beobachtete sie, wie sich die Ersten die Kleider vom Leib rissen, bis sie splitternackt waren. Die einen umarmten sich in Freudenschreien, andere fielen wie tot zu Boden oder wälzten sich in wilden Zuckungen im Dreck, wieder andere spielten kreischend Fangen oder warfen sich Äpfel zu wie kleine Kinder. Es sah aus, als hätten sie allesamt den Verstand verloren.

Plötzlich rief jemand in Barbaras Nähe: «Auf der Kirchenempore von Sankt Martin nehmen Männer und Weiber einander her! Diese Hurerei müsst ihr euch anschauen!»

Sofort strömte ein Teil der Zuschauer zur nahen Martinskirche, während vom Rathaus her eine stark bewaffnete Scharwache anrückte. Deutlich erkannte Barbara, wie einer nackten Jungfer Schaum aus dem Mund quoll, während sie mit gellender Stimme rief: «Ich bin Christus, der Weg, die Wahrheit und das Leben!» Dem alten Weib neben ihr lief der Leib dunkelrot an, es rang um Luft, als auch schon die Wächter mitten unter ihnen waren und die Ersten mit sich zerrten, teilweise mit roher Gewalt.

Inzwischen war der Anblick kaum noch erträglich. Barbara hatte genug und sprang vom Brunnenrand. Rund um den Pranger herrschte ein heilloses Durcheinander, ein Geschrei wie auf dem Schlachtfeld, und so mancher Gaffer nahm die Gelegenheit wahr, sich in die Raufhändel einzumischen.

«Wir sind die Jünger Christi! Lieber sterben wir, als dass wir unserem Glauben abschwören», hörte sie noch den Prediger brüllen, während sie an den verschlossenen Lauben vorbei zur Gerbergasse flüchtete. Dort wäre sie fast mit dem Medicus zusammengestoßen.

«Ist … ist Eure Lektur schon zu Ende?», rang sie nach Luft. Noch immer wie vor den Kopf geschlagen, fragte sie sich, ob nicht der Teufel selbst in diese Menschen gefahren war.

«Nein», entgegnete Doktor Theophrastus mit missmutiger Miene. «Aber der Lärm ist bis in meinen Hörsaal gedrungen. Da waren meine Studenten nicht mehr zu halten.»

«Dann wart Ihr auch Zeuge des Aufruhrs?»

Er nickte stumm, und sie traten zusammen den Heimweg an. Es fühlte sich ungewohnt an. Nie zuvor war sie mit ihm Seite an Seite durch die Stadt gegangen, und nicht wenige, die ihnen entgegenkamen, grüßten ihn ehrerbietig.

«Was glaubt Ihr, geschieht nun mit diesen Leuten?», fragte sie, als sie die Treppe hinauf zum Kirchplatz von Sankt Leonhard stiegen.

«Ich denke, die Fremden werden aus der Stadt gejagt, und die Hiesigen kommen erst mal in den Spalenturm. Vielleicht ja auch ins Narrenstübli des Spitals.»

«Wird man sie zur Strafe ertränken?»

«Wie den Felix Manz in Zürich? So dumm werden die hiesigen Ratsherren hoffentlich nicht sein. Jede Hinrichtung facht das Feuer der Täufer nur noch mehr an. Diese Menschen sehen sich in der Nachfolge Christi und würden sich sogar freiwillig ans Kreuz nageln lassen.»

Sie blieb stehen. «Darf ich Euch etwas fragen, ohne dass Ihr böse werdet?»

Er wirkte verunsichert. «Ja?»

«Ihr steht diesen Leuten doch nicht etwa nahe?»

Für einen Augenblick blieb ihm der Mund offen stehen. Dann entgegnete er ruhig: «Nein, ganz und gar nicht. Ihre Glaubensbilder sind abstoßend, genau wie ihr Schreien nach Blut, ihre Sehnsucht nach dem Märtyrertod. Aber sie sind nicht mehr Herr ihrer Sinne. Alles, was sie tun, tun sie nicht aus eigenem Willen, sondern, wie sie fälschlicherweise meinen, aus dem Geist und Willen Gottes heraus. Weil sie nämlich krank sind. Sie leiden an einer

Glaubenskrankheit, ähnlich denen, die tagtäglich eine Heiligenerscheinung haben. Nur ist ihre Glaubenskrankheit obendrein hoch ansteckend.»

«Kommt diese Krankheit von Teufel?»

«Vom Teufel? Eher von mangelndem Gottvertrauen. Die Ursache ist eine von Neid zerfressene Seele oder auch die schiere Verzweiflung am Dasein. Aber meiner Meinung nach ist dieser Wahn durchaus heilbar, mit einer Therapie der Enthaltsamkeit und des Fastens. Und nun lass uns von etwas anderem reden. Hast du die Einladung an Erasmus abgegeben?»

«Seine Dienstmagd hat sie entgegengenommen», erwiderte sie mit einem Nicken. Sie fühlte sich mehr als erleichtert, dass der Doktor mit den Täufern nichts zu schaffen hatte. Und für gottlos hielt sie ihn, trotz all seiner verschrobenen Ansichten, nun auch nicht mehr.

Am Nachmittag überbrachte ein Bote das Antwortschreiben des Rotterdamers. Das erwartungsvoll angespannte Gesicht des Medicus fiel in sich zusammen, nachdem er noch in der offenen Wohnungstür das Papier aufgerollt und gelesen hatte.

«Was schreibt er?», fragte Barbara vorsichtig. «Wird er kommen?»

«Nein, er hat keine Zeit.»

Wie er sich so kraftlos auf die Küchenbank sinken ließ, wirkte er zutiefst enttäuscht. Sie ahnte plötzlich, wie sehr er sich nach der Freundschaft dieses Mannes sehnte und wie vergeblich dieses Sehnen wohl war. Sie selbst hatte Erasmus von Rotterdam bloß ein einziges Mal bei Frobenius gesehen und ihn als reichlich hochmütig empfunden. Seine große, aufrechte Gestalt in dem dunklen, samtverbrämten Gelehrtenrock mit den überweiten Ärmeln hatte etwas Einschüchterndes gehabt, erst recht diese heruntergezogenen Mundwinkel und der stechende Blick, mit der er seine Umgebung musterte. Die Pelzkappe auf seinem ergrauten Haar war im Übrigen genau die gleiche, wie sie auch der Medicus neuerdings trug.

Mit einem Mal tat ihr Doktor Theophrastus leid.

«Gewiss hat die Absage gar nichts mit Euch zu tun», sagte sie leise. «Vielleicht macht sich dieser Mann nichts aus Gesellschaft.»

«Ich versteh's einfach nicht», murmelte er wie zu sich selbst. «Dabei haben wir doch so vieles gemein. Er wie ich haben uns öffentlich gegen Religionskriege und die Todesstrafe ausgesprochen, er wie ich sind der Meinung, dass in der Bibel nichts von Mönchtum und Zölibat steht, nichts vom Ablasshandel und nichts von einem Papst. Obwohl Erasmus noch immer dem Papst anhängt, will er wie ich nichts weniger als eine Reform der Kirche.» Er blickte auf und seufzte tief. «Der Austausch zwischen uns könnte so fruchtbar sein. Warum nur erhebt er sich über mich?»

Auch an diesem späten Nachmittag erschien Hans Herbst – seit seinem ersten Besuch im Übrigen fast täglich. Meist blieb er bis spät in den Abend, wobei ihm der Doktor, in der Stube auf und ab wandelnd, endlos lange Sätze in die Feder sprach, die der Famulus danach ins Lateinische übersetzen musste. Mittlerweile hatten sie nicht nur einen enormen Verbrauch an Talgkerzen, sondern auch an Rotwein. Einmal war es sogar so spät geworden, dass Hans, wie Barbara ihn insgeheim nannte, bei ihnen übernachtet hatte, auf einer Lage Decken vor dem Bett des Doktors. Am nächsten Morgen hatte sie die beiden um die Wette schnarchen hören.

Noch immer benahm sich Hans ihr gegenüber ein wenig von oben herab, doch das forderte sie nur umso mehr heraus. Ihr entging nämlich nicht, dass er sie hin und wieder heimlich und mit glühenden Blicken beobachtete. Ganz offensichtlich gefiel sie ihm, und wenn sie ihm gelegentlich eine kecke Antwort gab, wurde er sichtlich verlegen. Ja, im Grunde freute sie sich über seine Besuche. Das brachte frischen Wind in das tägliche Einerlei und lenkte sie zudem von Beat ab, an den sie leider noch viel zu oft dachte. Dass diese Kathrin mittlerweile im Badhaus wohnte, hatte sie von Marie erfahren.

Gegenüber Hans ließ sich der Medicus an diesem Abend von seiner großen Enttäuschung nichts anmerken, außer vielleicht, dass er den Wein hastiger als sonst trank. Der Name Erasmus jedenfalls fiel kein einziges Mal. Stattdessen machte er sich beim Abendessen sogar ein wenig über seinen Schüler lustig.

«So, Johannes Oporinus nennst du dich also neuerdings.» Er stupste ihn quer über den Tisch hinweg in die Seite. «Dann ist aus dir also über Nacht ein Humanist geworden?»

Hans wurde über und über rot.

«Nun ja, es war Druckermeister Frobenius, der auf diesen Gelehrtennamen kam. Opora, griechisch für Herbst – das klingt doch gut! Außerdem will ich mich endlich von meinem Vater loslösen, der schlichtweg nicht einsieht, dass er aus mir keinen Maler und Nachfolger seiner Werkstatt machen kann.»

«Bist du dir da ganz sicher? Dein Vater hat einen guten Ruf, man nennt ihn schon den neuen Holbein, seitdem jener nach England verschwunden ist.»

Hans verzog das Gesicht. «Ich fürchte, die beste Zeit meines Vaters ist vorbei, wo er sich so hartnäckig der Reformation widersetzt. Ich denke, ich sollte baldmöglichst von daheim ausziehen.»

«Alt genug bist du, Oporinus. Auf dein Wohl!» Der Doktor hob seinen Becher, wobei seine Hand vom Weingenuss bereits leicht zitterte. «Ich bin mir sicher, dass aus dir ein berühmter Gelehrter wird.»

«Wir werden sehen, Meister», wehrte Hans mit einem Seitenblick auf Barbara ab und trank seinen Becher in einem Zug leer. Dann fragte er, wie um von sich abzulenken: «Was haltet Ihr eigentlich von dem Spektakel, das die Täufer heute in Basel aufgeführt haben?»

«Nichts. Gar nichts», kam es überraschend wortkarg zurück.

Hans kniff die Augen zusammen.

«Aber mit der Abkehr von der Papstkirche seid Ihr mit den Täufern doch wohl einer Meinung?»

Da legte sich die altbekannte Zornesfalte über die Stirn des Medicus. «Kreuzdonnerwetter, du bist schon der zweite Mensch heute, der mich mit diesen Wirrköpfen in eine Ecke stellen will.»

«Aber nein, das will ich beileibe nicht.»

Doch die gute Laune des Doktors war schon verflogen. Er sprang auf und lief in der Küche hin und her.

«Das kommt, weil mir keiner richtig zuhört», schnaubte er. «Nur weil ich den römischen Klerus anprangere, der sich, dem Armutsgebot des Evangeliums zum Trotz, auf Kosten des Kirchenvolks mästet und aus seinen Kirchen und Klöstern wahre Räuberhöhlen macht, bekenne ich mich dennoch zum christlichen Glauben. Und ja, sogar zu einer geistlichen Führung durch den Papst, allerdings durch einen Papa angelicus, einen Engelspapst, der in Demut und nach Art der Apostel über seine Schäfchen wacht. Doch auf den werde ich wohl mein Leben lang vergebens warten und hoffen müssen.»

Er gab Barbara mit einer Handbewegung zu verstehen, ihm Wein nachzuschenken, doch sie schüttelte den Kopf.

«Glaubt Ihr nicht, dass Ihr genug getrunken habt? Und Ihr, junger Herr», wandte sie sich an Hans, «geht jetzt besser nach Hause. Nicht, dass Ihr wieder auf dem Boden schlafen müsst.»

Empört trat der Medicus dicht an sie heran.

«Bist du mein Eheweib, dass du mir solcherlei Vorschriften machst?»

«Das nicht», erwiderte sie ruhig. «Aber morgen ist Karfreitag, der Tag des Leidens und Sterbens Christi. Wollt Ihr den etwa mit Schädelweh beginnen? Außerdem habt Ihr mir versprochen, morgen früh mit mir den Gottesdienst zu besuchen.»

Sie ging zur Tür und öffnete sie weit, wobei sie sich selbst über ihre Forschheit wunderte.

«Ich wünsche Euch noch einen guten Heimweg, junger Herr», sagte sie höflich, aber bestimmt zu Hans.

Der hatte sich mittlerweile erhoben und nahm Umhang und Hut vom Haken. In der Tür drehte er sich noch einmal mit grimmiger Miene zu ihr um.

«Das steht dir wirklich nicht zu, als Magd in dieser Weise mit dem Meister zu reden.»

«Glaub mir, ich kenne den Doktor besser als du.» Sie merkte gar nicht, dass sie ins Duzen verfallen war. «Und ich habe seine schlechten Launen schließlich auszubaden.»

Damit schloss sie die Tür hinter ihm. Die Freude über seinen heutigen Besuch war verflogen.

Tatsächlich begleitete der Doktor sie am nächsten Tag zur Kirche, wie auch am Samstag und am Ostersonntag, und er entsagte während dieser österlichen Dreitagefeier gänzlich dem Wein. Ansonsten sprach er kaum ein Wort mit ihr, war tagsüber nach dem Kirchgang die meiste Zeit außer Haus, ohne ihr zu sagen, wo er unterwegs war. Er schien noch immer beleidigt zu sein, und sie fragte sich, wie ein erwachsener Mann auf so kindische Weise nachtragend sein konnte. Aber vielleicht war er auch so sauertöpfisch, weil sich Hans Herbst in diesen drei Tagen, warum auch immer, nicht bei ihnen blicken ließ. Sie selbst verbrachte den Ostersonntag, dieses wichtigste Fest der Christenheit, auf Wunsch ihres Vaters im Elternhaus.

Dort war der Mittagstisch mit einem weißen Leintuch und Blumenschmuck festlich eingedeckt, für jeden lag ein hart gekochtes, rot gefärbtes Ei bereit. Ihrem Vater und dem Herrgott zuliebe hatte Barbara sich vorgenommen, mit Guta Frieden zu schließen, und so begrüßte sie sie in der Küche mit einem wohlwollenden «Frohe Ostern, Guta, wie schön du alles hergerichtet hast».

Der Blick ihrer künftigen Schwägerin wurde misstrauisch. «Kannst mir ja dafür nachher beim Abwasch helfen.»

«Keine Sorge, das hatte ich ohnehin vor.»

Da Guta noch am Herd zugange war, füllte Barbara Wein in die Becher, als die beiden Männer auch schon mit polternden Schritten die Küche betraten und sich setzten.

«Frohe Ostern», rief der Vater in die Runde und sprach das Tischgebet. Zur Feier des Tages gab es Hasenbraten, den der Vater erwartungsfroh anschnitt, und Barbara musste zugeben, dass der Braten außerordentlich gut gelungen war: außen knusprig, innen rosig und saftig.

Natürlich drehte sich das Gespräch alsbald schon um die Täufer. Außer Barbara hatte niemand bei Tisch den Aufruhr an Gründonnerstag mit eigenen Augen miterlebt, und so musste sie ihre Eindrücke in allen Einzelheiten schildern. Wobei Guta so tat, als hörte sie ihr gar nicht zu.

«Wie – die haben tatsächlich in Sankt Martin Unzucht getrieben?», hatte Stoffel sie mittendrin einmal fassungslos unterbrochen, woraufhin sie die Schultern zuckte. «Ich war nur am Märt, ich weiß es nicht.» Vom Vater erfuhr sie, dass die meisten der Glaubenseiferer Auswärtige gewesen seien, doch immerhin waren vier Familien aus der Stadt darunter. Da diese Männer und

Frauen, die seither bei Wasser und Brot im Narrenstübli einsaßen, ihrem Irrweg nicht abschwören wollten, sollten sie am Montag auf immer und ewig aus der Stadt gejagt und ihr Besitz eingezogen werden.

Der Vater kratzte sich den Vollbart, in dem der Bratensaft glänzte. «Den Reformierten sind die Täufer anscheinend noch viel mehr ein Dorn im Auge als die Altgläubigen.»

«Die können froh sein, dass sie bei uns nicht in den Rhein geworfen werden», sagte Stoffel und wandte sich an Barbara. «Weißt du, wie der Adrian und seine Freunde die nennen? Wiedersäufer, wegen dem Ertränken!»

«Darüber macht man keine Scherze», wies der Vater ihn zurecht. «Immerhin sind diese Leute gegen Habsucht, Papst und Obrigkeit, was ja nicht ganz verkehrt ist.»

«Vater!», riefen Barbara und Stoffel fast gleichzeitig aus.

«Jetzt glotzt mich doch nicht so an. Ich hab schon nichts mit den Täufern zu schaffen, um Himmels willen. Lasst uns lieber über was anderes reden. Wie geht es dir inzwischen bei Doktor Theophrastus, Bärbel?»

«Ich bin zufrieden.»

«Das freut mich, als dein Vater. Der Doktor soll ja wahre Wunder verrichten mit seinen Zaubermittelchen. Jost hat mir erzählt, dass er letztes Jahr in Ingolstadt eine von Geburt an gelähmte Jungfer wieder gehen gemacht hat!»

«Das glaub ich gern. Er ist wirklich ein sehr guter Arzt.»

«Bestimmt habt ihr ständig vornehme Gäste im Haus Zum Roten Hahn», mischte sich Guta erstmals ins Gespräch. «So berühmt, wie der Medicus in Basel ist.»

«Ab und an kommt Besuch», gab sie ausweichend zur Antwort. Sie erzählte ein paar unverfängliche Geschichten, da sie die ärgsten Schrullen und Grillen ihres Dienstherrn vor Guta nicht preisgeben wollte. Das ging ihre künftige Schwägerin erstens nichts an, zweitens würde diese es hernach nur auf dem ganzen Kohlenberg herumtratschen.

So plauderten sie noch eine gute Zeit lang bei Tisch, danach setzten sie sich alle vier in die schon tief stehende Sonne vor das Haus, ein wenig schläfrig vom Essen und vom Wein. Da ein kühler Wind aufkam, hüllte sich Barbara in ihren nachtblauen Umhang.

«Ein feines Stück trägst du da», sagte Guta plötzlich leise und zupfte an ihrem Ärmelsaum. «Man sieht, dass du jetzt was Besseres bist.»

Schon zuvor, bei ihrer Frage nach den vornehmen Gästen, hatte Barbara Neid aus ihren Worten herausgehört. Nun aber spürte sie die Missgunst deutlich.

Sie hatte schon eine scharfe Antwort parat, schüttelte dann aber doch nur den Kopf.

«Lass gut sein und uns nicht streiten.» Sie erhob sich. «Lieber Vater, es war schön heute, aber ich muss jetzt zurück.»

«Und der Abwasch?», entfuhr es Guta prompt.

«Meinetwegen, aber dann komm. Es ist schon spät.»

Zu Hause fand sie den Medicus in seine Arbeit vertieft. Er sah kaum auf, als sie ihn begrüßte, während sie Umhang und Sonntagshaube ablegte. Dann schlang sie sich ihr buntes Tuch, das sie immer noch liebte, um den Kopf und räumte den Küchentisch ab. Offenbar hatte sich der Doktor etwas zu essen gerichtet, war demnach also nirgendwo eingeladen gewesen.

«Hattet Ihr einen schönen Ostertag?», fragte sie ihn, während sie das Feuer neu anschürte.

«Ja, ja», kam es unwillig vom Schreibpult nebenan zurück.

Sie lugte um die Ecke.

«Seid Ihr etwa noch immer böse, weil ich vor drei Tagen das mit dem Trinken gesagt und den jungen Herbst heimgeschickt hab?»

«Wie?» Verwirrt blickte er von seinen Papieren auf. «Aber nein, warum sollte ich?»

«Weil Ihr seither herumlauft, als hättet Ihr eine Laus auf der Leber sitzen. Oder habt Ihr Euch mit dem Hans Herbst gestritten?»

«So ein Unsinn. Ich habe schlichtweg bis über beide Ohren zu tun.»

Doch damit wollte sie sich nicht zufriedengeben. «Dann ist ja gut. Trotzdem – ein freundliches Gesicht hin und wieder hat noch niemandem geschadet und hebt obendrein die eigene Stimmung.»

Für einen kurzen Moment sah es aus, als müsste er lächeln. Doch dann wurden seine Lippen wieder zu einem dünnen Strich.

«Himmel, was habe ich mir da nur für eine vorwitzige Magd ins Haus geholt! Aber gut, wenn du es genau wissen willst: Es macht mich allmählich mutlos. Da arbeitet man fieberhaft an seinen Lekturen, um auch noch dem engstirnigsten Studenten begreiflich zu machen, was die Medizin alles vermag, wenn man sie nur richtig anwendet – und doch fruchtet es nicht!»

«Dann habt Ihr also keinen Erfolg mit Euren Vorlesungen?»

«Wie denn, wenn ich nach wie vor nur eine Handvoll verschlafener Studenten in meinem Hörsaal sitzen habe? Die obendrein nicht mal richtig des Lateinischen mächtig sind.» In schierer Verzweiflung raufte er sich den Haarkranz. «Warum nur will mich niemand hören in dieser Stadt? Wahrscheinlich kommt zu meiner nächsten Vorlesung überhaupt keiner.»

Sie dachte nach. «Vielleicht hat einfach nur die Bekanntmachung an den Bursen nicht ausgereicht. Vielleicht wissen noch immer zu wenig Menschen, dass Ihr nicht nur kuriert, sondern auch unterrichtet.»

Sie trat näher an sein Pult, als ihr ein Gedanke kam.

«Vor der Kirche wurden heute fliegende Blätter gegen die Täufer verteilt – wieso lasst Ihr nicht auch welche drucken und verteilen?»

Er sprang auf. «Das ist es! Auf diese Weise werde ich die nächste Lektur ankündigen! Und das sogar in den Nachbarstädten.»

Sie tippte mit dem Finger auf eines seiner Papiere, das mit unverständlichen und somit wohl lateinischen Begriffen vollgekritzelt war.

«Noch etwas», fuhr sie fort. «Warum wollt Ihr eigentlich auf Latein lesen, wo die Hörer es doch nicht richtig verstehen? Warum nicht auf Deutsch?»

Er starrte sie an.

«Barbara, dich haben die Engel zu mir geschickt», stieß er hervor, woraufhin etwas ganz und gar Unerhörtes geschah: Er umarmte sie kurz und heftig!

Danach war sein Gesicht puterrot. «Verzeih mir, entschuldige bitte», stammelte er und trat drei Schritte zurück. «Aber dein Einfall ist nicht nur gut, er ist großartig. Ich werde mich gleich dransetzen und eine Flugschrift für die nächste Lektur entwerfen. Darin geht es um chirurgische Krankheiten, also um Geschwüre und offene Schäden. Deshalb wäre es wichtig, wenn auch Wundärzte und Bader zu mir kommen, und das werden sie nur tun, wenn ich ihre Sprache spreche.»

Er schien völlig aus dem Häuschen über ihren, wie sie fand, eher schlichten Einfall. Sie musste ihm noch einen Krug Rotwein abfüllen, danach hörte sie, während sie in der Küche an ihrem Flickzeug arbeitete, nur noch das kratzende Geräusch der

Schreibfeder aus der Stube, hin und wieder von halblautem Gemurmel unterbrochen.

Stunden später, als sie bereits hinter vorgezogenem Vorhang im Bett lag und fast schon am Einschlafen war, stürmte er plötzlich ohne Scheu in ihre Kammer.

«Was hältst du hiervon, Barbara? Ich will den Hörern von vorneherein *meine* Sicht auf die Medizin schmackhaft machen.»

Sie zog den Vorhang ein Stück zur Seite. Der Doktor stand in der offenen Tür, mit seiner Rechten umklammerte er den Kerzenleuchter, in der Linken hielt er ein Papier ans Licht. Bevor sie ihn fragen konnte, ob das nicht bis zum Morgen Zeit hätte, begann er vorzulesen:

«So wollen wir denn die Medizin von den schwersten Irrtümern reinigen. Wir werden uns nicht an die Vorschriften der Alten halten, sondern an das, was wir teils durch Erforschung der Natur, teils durch unsere kämpferischen Bemühungen herausgefunden und durch lange Übung und Erfahrung erprobt haben. Denn wer weiß nicht ... Nein, das lasse ich jetzt aus, da es um Galenos, Avicenna und all diese längst überholten Götter der antiken Medizin geht, die du ohnehin nicht kennst. Warte, hier geht es weiter: Wer an den Schriften der Alten und Ewiggestrigen klebt, der mag wohl, wenn's Gott gefällt, zu wohlklingenden Doktortiteln gelangen, wird aber niemals ein wahrer Arzt. Nicht die Lektüre jener Bücher ist in der Medizin wünschenswert, sondern die wahre Kenntnis der Dinge und Mysterien. Wir werden keinesfalls die Vier-Säfte-Lehre der Alten nachplappern, welche angeblich alles erklärt, aber de facto nichts bewirkt. Stattdessen will ich aus meinen eigenen Schriften weitergeben, was ich durch jahrelange Kenntnis, Erfahrung und Arbeit an Wissen erlangt habe. Daher, gütige Leser dieser Zeilen, soll ein jeder, der Liebe und Sehnsucht nach der wahren Heilkunst verspürt und der in kurzer Zeit den Inhalt dieser Disziplin gründlich erlernen will, unverzüglich zu uns nach Basel kommen. Er wird weit mehr, als ich in wenigen Worten schildern kann, erfahren.»

Er ließ das Blatt sinken und blickte sie erwartungsvoll an.

Barbara schwirrte der Kopf. «Das klingt sehr vielversprechend», entgegnete sie vorsichtig.

«Nicht wahr? Ein wenig will ich es sprachlich aber noch überarbeiten.»

Damit verschwand er aus der Tür, und sie zog den Vorhang mit einem unterdrückten Seufzer wieder zu. Sie hatte nicht alles verstanden, aber eine innere Stimme sagte ihr, dass sich der Doktor gegenüber seinen gelehrten Standesgenossen damit ziemlich weit aus dem Fenster lehnte.

Kapitel 9

Anfang Mai 1527

Am Montag zwei Wochen nach Ostern – der Mai hatte warmes, sonniges Wetter ins Land gebracht – wartete Barbara voller Spannung auf die Rückkehr des Doktors. Heute war der große Tag, an dem er mit seiner deutschen Vorlesung über Geschwüre beginnen wollte, und sie wünschte ihm von Herzen, dass es ein Erfolg werden würde.

Als sie am Nachmittag seine Schritte auf der Außentreppe hörte, sprang sie mit einem Satz zur Tür und riss sie auf.

«Wie war es?»

Das strahlende Gesicht des Medicus wäre eigentlich schon Antwort genug gewesen.

«O Barbara, du hättest den Doktor Bär hinterher zetern hören sollen über meine deutsche Lektur. Mit einem Gesicht, als hätte man ihm einen Topf Regenwürmer zum Essen vorgesetzt. Aber ich habe ihm in aller Ruhe gesagt: Wer etwas zu schreiben und zu sagen hat, soll es in seiner Muttersprache tun. Alles andere, wie das Lateinische oder das Griechische, ist ein Fremdkörper, eine hochmütige, steinerne Mauer zwischen dem Verkünder und dem Zuhörer. So oder so ähnlich habe ich es ihm hingeworfen. Und ihn überdies darauf hingewiesen, dass selbst der große Oekolampadius seine theologischen Vorlesungen inzwischen auf Deutsch hält. Was für die reformierte Theologie gilt, müsse schließlich auch für die Wissenschaften gelten. Da hat Bär dann sein Maul gehalten.» Er lächelte verschmitzt. «Bald wird man mich den Luther der Medizin nennen, das prophezeie ich dir.»

«Und hattet Ihr diesmal mehr als nur eine Handvoll Zuhörer?»

«Das will ich meinen. Über zwei Dutzend waren es, darunter auch ein Wundarzt und ein Scherer. Jetzt wird es endlich so, wie ich es mir für Basel erträumt habe.»

Sie freute sich mit ihm. «Das ist schön.»

Dann wies sie ihn darauf hin, dass zwei Patienten da gewesen seien.

«Ich habe ihnen versprochen, dass Ihr heute noch bei ihnen vorbeischaut. Vor allem bei dem jungen Metzgergesellen scheint es dringend zu sein, er hat starke Schmerzen in der Leiste.»

«Wahrscheinlich ein Bruch», murmelte der Doktor und begann, seine Arzttasche zu packen. «Hast du ihre Namen und Adressen?»

«Ja, ich habe alles aufgeschrieben.»

«Wunderbar. Weißt du was? Ich lade dich und Hans Herbst nächsten Samstag zum Essen ein, in den Wilden Mann. Du sollst es dir auch einmal so richtig gut gehen lassen.»

«Ach, das braucht es doch nicht. Es geht mir auch so gut bei Euch.»

In Wirklichkeit bereitete ihr die Vorstellung, in einem Herrengasthaus wie dem Wilden Mann zu sitzen, schlichtweg Unbehagen.

Er schien ihre Gedanken gelesen zu haben. «Wir können auch gerne woanders hingehen, ganz nach deinem Wunsch.»

Sie nickte. «Ich werde drüber nachdenken.»

«Sehr gut.»

Mit einem fröhlichen Pfeifen auf den Lippen spazierte er zur Tür hinaus.

Nachdem am Samstagnachmittag der letzte Patient gegangen war, machten sich Barbara, der Doktor und sein Famulus auf den Weg. Die Speisewirtschaft Zum Rappen lag in der nahen Steinenvorstadt, diesem eher einfachen Viertel der Wäscher und Bleicher, Weber und Bader, wo auch Beat mit seiner Familie lebte. Hans Herbst war nach den Ostertagen wieder fast regelmäßig bei ihnen zu Gast gewesen, so auch heute Nachmittag, wo er dem Medicus bei dessen Behandlungen über die Schulter geschaut hatte. Die beiden hatten sich also doch nicht zerstritten.

Barbara gegenüber benahm sich Hans noch immer eher spröde, ließ sie deutlich spüren, dass sie nur eine Magd vom Kohlenberg war. Mitunter versuchte er, sie mit spitzen Bemerkungen herauszufordern. Doch zum Glück war sie um eine Antwort nie verlegen, womit sie ihren Dienstherrn schon einige Male zum Schmunzeln gebracht hatte. «An der Barbara beißt du dir die Zähne aus», hatte sie den Doktor einmal zu Hans sagen hören, was sie nicht wenig freute.

Als sie sich jetzt der Linde näherten, tollte ihnen eine Schar barfüßiger Kinder ausgelassen entgegen. Hans zog ein Gesicht, erst recht, als Barbara einer Handvoll zerlumpter Männer, die vor Adrians Wirtshaus herumlungerten, zuwinkte. Aber der kürzeste Weg zum Rappen verlief nun einmal quer über den Kohlenberg.

«Hätten wir nicht einen Umweg über den Heuberg machen können?», maulte Hans mit Blick auf die Bettlergestalten, die sie mit hocherhobenen Krücken lauthals zurückgrüßten.

«Warum? Hast du Angst, dir die Krätze zu holen?», lachte der Medicus und schlug ihm auf die Schulter.

«Ich meine ja bloß. Außerdem verstehe ich nicht, warum wir in den Rappen müssen. Es gibt nettere Gasthäuser in der Stadt.»

«Das war mein Vorschlag», warf Barbara ein. «Dort kommen nämlich die besten Brathühner von ganz Basel auf den Tisch.»

«Sieh an, gibt jetzt bei Doktor Theophrastus schon die Magd den Ton an?»

«In diesem Fall war mir das erlaubt», entgegnete sie und wusste wieder einmal nicht, ob sie sich über seine Art ärgern oder doch lieber lustig machen sollte. Sie entschloss sich zu Letzterem.

Aber seine Miene hatte sich bereits wieder aufgehellt, jetzt, wo sie das steile Gässchen zum Barfüßerplatz hinuntergingen und damit den Kohlenberg hinter sich ließen.

«Dann bin ich ja mal gespannt auf deine Brathühner. Und hoffe, dass es ein anständiges Bier dazu gibt.»

Der Rappen war bis auf den letzten Holzschemel besetzt, selbst im Nebenraum. Doch der eilfertige Wirt, der Doktor Theophrastus offenbar kannte, scheute sich nicht, drei Burschen an einen eigentlich schon vollen Tisch umzusiedeln, und so fanden sie sich an einem schönen Platz am halb offenen Fenster wieder. Die mit Essens- und Schweißgerüchen getränkte Luft unter der niedrigen Holzbalkendecke war nämlich zum Schneiden.

Den ersten Krug Bier brachte der Wirt sofort und höchstpersönlich, auf das Brathuhn mussten sie vorerst noch warten. Bald jeder Gast, der zur Tür hereinkam, begrüßte den Medicus, mal voller Freude, mal mit scheuer Ehrfurcht.

«Ihr seid ja wirklich bekannt wie ein bunter Hund», bemerkte Barbara schließlich.

Hans, mit dem zweiten Bier in bester Laune, nickte heftig. «Das ist er wahrhaftig, mein Herr und Meister. Was glaubst du, wie gestopft voll der Hörsaal jetzt ist? Bestimmt ein halbes Hundert sind das täglich. Sogar aus Freiburg und Straßburg kommen die angereist.»

«Na, na, jetzt übertreibst du aber, mein Junge.» Der Doktor leckte sich den Bierschaum von den Lippen. Doch seine Hochstimmung war ihm an den leuchtenden Augen deutlich abzulesen.

«Um es genau zu sagen», fuhr er fort, «habe ich gestern einunddreißig Hörer gezählt, was in der Tat für die medizinische Fakultät recht viel ist.»

Hans prostete ihm zu. «Und der berühmte Rechtsgelehrte Amerbach ist inzwischen Euer eifrigster Hörer. Wisst Ihr, dass er Euch überall als *großartig in jeder Hinsicht* rühmt? Gestern hat er sogar seinen Bruder Basilius mitgebracht. Trinken wir also auf Euren grandiosen Erfolg, Doktor Theophrastus!»

«Danke der Schmeicheleien, Oporinus, aber jeder Handwerker unter den Hörern, jeder einfache Mann ist mir mindestens ebenso lieb wie einer, der Amerbach heißt. Im Übrigen musst du mir nicht ständig schönreden, ich schätze dich auch sonst überaus.»

Hans überhörte den leicht spöttischen Unterton augenscheinlich, denn jetzt wandte er sich mit einem etwas albernen Augenzwinkern Barbara zu.

«Stimmt es eigentlich, dass das mit den fliegenden Blättern dein Einfall war?»

«Das traut Ihr einer einfältigen Magd wohl nicht zu?»

Er grinste. «Eine Magd bist du zweifellos, aber für einfältig halte ich dich ganz und gar nicht. Willst du mich nicht duzen, wie du es schon vor Ostern getan hast, als du mich vor die Tür gesetzt hast?»

Sie fragte sich, ob er schon ein wenig angetrunken war.

«Zum einen», erwiderte sie eher kühl, «habe ich Euch nicht vor die Tür gesetzt, sondern hinausgebeten, zum andern ist mir das Du nur aus Versehen herausgerutscht.»

«Das habe ich aber ganz anders in Erinnerung.»

Seine tiefblauen Augen funkelten sie an. War das nun als Streitlust zu deuten oder als Tändelei?

«Nun, auch wenn das Gesinde bei Euch zu Hause mit am Tisch sitzen darf, so glaube ich nicht, dass es die Herrschaften duzt.»

«Ach, Kinder», ging der Medicus dazwischen. «Was seid ihr beiden kratzbürstig miteinander. Wie Hund und Katze. So sag jetzt endlich Du und Hans zu unserem Oporinus, und dann lasst uns den schönen Abend genießen. Feiern wir, dass sich mein Lebenstraum hier in Basel endlich erfüllt hat, nämlich die Theorie und die Praxis zu vereinen.» Er hob seinen Krug erneut und setzte eine betont feierliche Miene auf. «So schwöre ich euch hiermit, dass ich nicht um meines Ruhmes willen unterrichten will, sondern stets zum Nutzen der armen Kranken. Und wenn die künftigen Ärzte aufhören, dem närrischen Geschwätz der alten Bücher blind zu vertrauen, dann ist schon viel gewonnen. Lasst uns *darauf* trinken.»

Sie stießen alle miteinander an.

Es wurde wirklich ein sehr schöner Abend. Hans legte endlich seine Überheblichkeit ab, und der Medicus wirkte zutiefst glücklich. Während sie das überaus knusprige Brathähnchen verspeisten, verkündete er, dass er auch in den Sommermonaten lesen wolle, wenn die Hohe Schule normalerweise geschlossen war.

«Es gibt einfach so vieles zu sagen, da kann ich den Sommer nicht ungenutzt lassen. Ich habe übrigens auch vor», wandte er sich an Barbara, «eine Vorlesung zur Frauenheilkunde zu halten. Die männlichen und weiblichen Zeichen bei der Diagnose sind nämlich sorgfältig auseinanderzuhalten. Das will den wenigsten in den Kopf.»

Frech stupste Hans sie in die Seite. «Dabei kannst du dem Meister sicherlich behilflich sein.»

«Warum nicht? Ich verwette meinen schönen neuen Mantel, dass auch du», die Anrede fiel ihr nicht mehr schwer, «kaum eine Ahnung hiervon hast.»

Das sollte spitz klingen, aber sie musste bei ihren Worten selbst lachen. Der Hans von heute Abend gefiel ihr wesentlich besser als der neunmalkluge Kerl, für den er sich sonst ausgab.

«Glaubt Ihr», fragte sie den Medicus, «dass in den Hundstagen überhaupt Studenten kommen?»

«Was denkst du denn?», antwortete Hans an dessen Stelle. «Sie werden ihm den Hörsaal einrennen. Allein schon um ihn, diesen Freigeist der Medizin, leibhaftig zu erleben.»

Mit schon etwas glasigen Augen blickte er den Medicus fragend an.

«Darf ich erzählen, was Ihr Euch gestern geleistet habt?»

Der verzog ein wenig gequält das Gesicht. «Meinetwegen.»

«Stell dir vor, Barbara: Gleich zu Anfang der Lektur, da hat er ...», er begann zu kichern, «... da hat er sich doch wirklich und wahrhaftig Talar und Barett vom Leib gerissen und in die Ecke geschleudert. Der wahre Arzt brauche solche Äußerlichkeiten nicht, hat er gerufen. Wenn das nicht schon überall die Runde gemacht hat.»

Sie musste daran denken, dass sich der Medicus bereits dem Schwur widersetzt hatte. So manch einer der hohen Herren von Basel würde das gestrige Schauspiel womöglich als dreiste Herausforderung sehen.

«Ich weiß nicht, ob das so klug war», sagte sie zweifelnd.

«Klug vielleicht nicht, aber spaßig! Das war vielleicht ein Gejohle unter den Zuhörern! – He, Schankmagd, bringst du uns noch eine Runde Bier?»

«Für mich nicht mehr», wehrte sie ab. «Ich muss kurz austreten.»

Als sie vom Abort im Hof zurückkehrte, wäre sie fast mit Beat zusammengestoßen, der gerade mit zwei Kumpanen die Gaststube betrat. So lange war sie ihm schon nicht mehr begegnet.

Er trug nun einen Bart und das hellbraune, wellige Haar länger als früher.

Erschrocken und erfreut zugleich blieb sie vor ihm stehen. Er hingegen strahlte über das ganze Gesicht.

«Barbara! Wie schön, dich zu treffen. Geht es dir gut?»

Sie lächelte. «O ja. Dir auch?»

«Alles bestens.» Unbeholfen strich er ihr kurz über den Arm. «Es ist so schade, dass wir uns gar nicht mehr sehen. Bist du mit deinem Medicus hier?»

Sie nickte. «Er hat mich zum Essen eingeladen.»

«Man hört ja viel über ihn.» Er näherte sein Gesicht ihrem Ohr und flüsterte: «Du wirst ihn doch hoffentlich nicht heiraten wollen, wo wir beide einander versprochen sind.»

Das sollte sicherlich scherzhaft klingen, trotzdem verschlug es ihr für einen Augenblick die Sprache. Sie fragte sich, ob sie insgeheim diesen Ort zum Essen gewählt hatte, weil Beat in der Nähe wohnte. Und ob jetzt nicht die Gelegenheit war, ihn nach dieser Kathrin zu fragen. Doch angesichts seiner beiden Begleiter verwarf sie diesen Gedanken und lachte stattdessen ein wenig gezwungen.

«Ach was, der ist mir viel zu alt.»

«Dann bin ich aber froh.» Er deutete mit dem Kinn in Richtung ihres Tisches. «Ist er das nicht?»

«Ja. Magst du dich dazusetzen? Er kennt deinen Vater gut.»

Doch sein Blick hatte sich verfinstert. Ohne darauf zu antworten, fragte er: «Und wer ist dieser junge Schönling daneben?»

Sie spürte ihre Verlegenheit am ganzen Körper. «Das ist Hans Herbst, sein Schüler und Gehilfe.»

«Hans also ...», murmelte er. «Nun, dann will ich euch nicht stören. Einen schönen Abend noch.»

Kapitel 10

Im Mai 1527

Doktor Theophrastus blühte in dieser Zeit regelrecht auf. Der Ansturm auf seine Vorlesungen wurde im Mai nur noch größer: Jeder wollte diesen buckligen Querkopf in persona erleben, seine Anhänger liebten und verehrten ihn. Immer häufiger kam er abends nicht zum Essen heim, sondern traf sich mit seinen Studenten in einer Schenke am Fischmarkt oder an der Schiffslände. Da er aber nie über die Maßen trank, saß er hinterher noch jedes Mal bis tief in die Nacht am Schreibpult und war bei Sonnenaufgang schon wieder aus dem Bett. Er strahlte auf Barbara eine schier unerschöpfliche Tatkraft aus. Trotzdem musste sie zum Ende des Monats die ersten Patienten abweisen, da der Tag nun einmal nicht mehr als zweimal zwölf Stunden hatte. Und wie er es einst prophezeit hatte, nannten ihn seine Anhänger inzwischen «Luther der Medizin». Oder vornehm auf Lateinisch: Lutherus medicorum.

Mit seiner festen Anstellung und seiner respektablen Schüler- und Gefolgschaft gehe es ihm gut wie nie zuvor, gab er Barbara mehrfach zu verstehen, und das, wie ihr schien, voller Dankbarkeit. Noch dazu sei er, hatte er einmal lächelnd hinzugefügt, mit einem höchst begabten Gehilfen und der besten Hausmagd der Welt gesegnet. Über dieses Lob hatte sie sich sehr gefreut, denn so etwas kam selten aus seinem Munde. Aber auch sie genoss dieses sorglose Leben. Es fehlte ihnen wirklich an nichts, und was die Haushaltung betraf, erfüllte er ihr jeden Wunsch. Mehr noch: Ohne dass sie danach gefragt hätte, hatte er ihr für die warme Jahreszeit sogar einen leichteren Umhang und ein neues Kleid in wunderschönem Lindgrün schneidern lassen. Sich selbst hingegen gönnte er wenig, außer wenn er einmal zu Kranken weiter hinaus ins Baselbiet musste. Dann nahm er sich ein edles und teures Mietpferd, um auf diese Weise schneller zurück bei seinen Kranken und seiner Arbeit zu sein.

«Da ist so vieles, was ich noch schreiben will und muss», erwiderte er einmal, als sie ihn mahnte, doch früher zu Bett zu gehen. «Über die Franzosenkrankheit, die Bergsucht, den Tartarus, über die alchemische Zubereitung von Arzneien, über die Signaturen in Gottes Apothekergarten ... Ach, ich fürchte schon, da reichen meine Lebensjahre gar nicht mehr aus. Und dann soll das ja alles auch noch gedruckt werden!»

Wenn Hans Herbst bei ihnen war, sprach der Doktor ihm seine Gedanken in die Feder, da dessen Handschrift weitaus leserlicher war als seine eigene. Seit ihrem gemeinsamen Wirtshausbesuch neckte Hans sie nun bei jeder Gelegenheit, doch leider wirkten seine Sprüche und Gesten wieder wie zuvor ein wenig von oben herab, und so nahm sie sein Verhalten nicht mehr sonderlich ernst. Ob Beat wohl geglaubt hatte, sie und Hans seien ein Paar? Inzwischen sagte sie sich, dass ihr das einerlei sein konnte. Sie war Beat danach nie wieder begegnet, auch beim Kirchgang nicht, und es war wahrscheinlich nur eine Frage der Zeit, bis sie von seinem Verlöbnis mit Kathrin hören würde. Das Mädchen war ausnehmend hübsch, von Beats Eltern anerkannt und nicht wie sie selbst mit dem Makel der Unehrlichkeit behaftet.

Auch wenn ihr der Gedanke an Beat noch hin und wieder einen Stich versetzte, sagte sich Barbara, dass sie überhaupt keinen Grund hatte, mit dem Schicksal zu hadern. Bereits den dritten Monat lebte und wirtschaftete sie nun schon an der Seite des wohl bekanntesten Arztes im Basler Land. Für sie als Schindertochter war das wie ein Geschenk des Himmels. Sie konnte mit Fug und Recht behaupten, dass sie inzwischen mehr als glücklich mit ihrer Anstellung war. Lernte sie nicht eine völlig neue Welt kennen? Die Launenhaftigkeit des Medicus war zum Glück so gut wie verflogen, in seinem Hochgefühl schien es ihn auch nicht mehr zu verdrießen, dass nach wie vor keine vornehmen Herrschaften ins Haus kamen. Stattdessen widmete er sich neuerdings, wenn er nicht gerade lehrte, schrieb oder Kranke behandelte, seinen wissenschaftlichen Versuchen. So schmierte er sich etwa ölige Salben auf die Haut, schluckte irgendwelche Tropfen oder hantierte in seinem kleinen Laboratorium am Küchenherd, was mitunter so gehörig zischte, dampfte und stank, dass es einem angst werden konnte. Das waren denn auch die einzigen Momente, in denen sie sich um sein Wohlergehen sorgte, von seiner Schlaflosigkeit abgesehen. Einmal hatten sich auf seinem Unterarm rötliche Blattern gebildet, die bald schon aufsprangen und eiterten, was ihn indessen in höchste Befriedigung versetzte. «Genau so habe ich mir das gedacht», waren seine Worte. Zum Glück verschwanden die Schwären mit einer seiner Heilsalben bald schon wieder. Ein andermal musste sie auf dem Markt ein lebendes Huhn kaufen, an dem er ein neues Arcanum ausprobieren wollte. Nachdem er dem Tier mit ihrer Hilfe eine breiartige Masse in den Schnabel gestopft hatte, begann es kurz darauf zu schwanken und fiel wie tot um. Ein wenig ratlos, ja enttäuscht hatte der Doktor dreingeschaut, wie es da eine gute Weile reglos lag, als die Beinchen plötzlich wieder zu zucken begannen, es sich erhob und durch die Küche flatterte, als sei nichts geschehen. Was dem Tier aber nichts nutzte, da Barbara es hernach im Hof für eine kräftige Hühnersuppe schlachtete, während der Doktor seine Beobachtungen aufzeichnete.

Ein drittes Mal schließlich kam sie vom Einkauf zurück und fand eine völlig verqualmte Küche vor, in der es grässlich nach fauligen Eiern stank. Erst auf den zweiten Blick sah sie den Medicus zusammengekrümmt auf dem Holzschemel kauern, den großen Kopf dicht über den Destillierhelm gebeugt. Gerade als sie schimpfend zum Fenster rannte, um es aufzureißen, begann er zu husten und zu würgen und stürzte mit lautem Gepolter hintenüber zu Boden. Er rührte sich nicht mehr. Rasch löschte sie mit der Wasserkanne die Glut unter dem Destillierhelm, was nur noch mehr Qualm verursachte, dann schüttete sie ihm kurzerhand das restliche Wasser ins bläulich angelaufene Gesicht und zerrte ihn an den Füßen nach nebenan in die Stube. Dort klopfte sie ihm kräftig die Wangen, während sie selbst nach Luft ringen musste.

«Kommt zu Euch, Doktor, ich bitte Euch!»

Endlich schlug er die Augen auf.

«Mutter?»

«Nein, ich bin nicht Eure Mutter», rief sie verärgert und erleichtert zugleich. «Was macht Ihr nur für Sachen?»

Seine Lider flatterten. «Bin ich etwa zu Hause in meinem geliebten Einsiedeln?»

Hatte er jetzt den Verstand verloren? Sie sprang wieder auf und holte einen Becher mit Apfelmost, den sie ihm zu trinken gab, doch er spuckte alles wieder aus.

«Im Schwertknauf ... die Pillen ... rasch!»

Verwirrt lief sie in seine Kammer, wo das Henkersschwert unter der Bettdecke lag. Es in seiner Abwesenheit zu berühren, kostete sie große Überwindung, doch tatsächlich ließ sich der Schwertknauf drehen und öffnen. Zum Vorschein kam ein kleines Säckchen.

«Gib mir erst drei», ächzte er, als sie sich wieder zu ihm niederkniete, «dann fünf. Wichtig ist die ungerade Zahl.»

In dem Säckchen befanden sich winzige dunkle Pillen, die aussahen wie Mäusedreck. Sie tat, wie er sie geheißen hatte, und legte ihm die verlangte Anzahl auf die Zunge, er schluckte zweimal und behielt zum Glück alles bei sich.

«Noch einmal sieben.»

Danach bekam sein Gesicht wieder eine halbwegs normale Farbe. Er richtete den Oberkörper auf und blickte sich kopfschüttelnd um.

«Na so etwas», murmelte er.

«Erkennt Ihr mich jetzt?»

«Aber ja, Barbara. Alles ist gut.» Er blickte auf das Säckchen in ihrer Hand. «Mein gutes Laudanum, mein heiliger Anker in der Not. Damit lassen sich Tote wieder zum Leben erwecken.»

Mit ihrer Hilfe rappelte er sich auf. Sie führte ihn zum Lehnstuhl und zog auch in der Stube die beiden Fenster auf, um den Brechreiz verursachenden Gestank aus der Wohnung zu lassen.

«Was war das nur für ein Teufelszeug?»

«Vitriol in schwefliger Lösung.»

Von Vitriol, das zum Lederschwärzen benutzt wurde, hatte sie schon gehört und wusste, wie gefährlich es war.

«Ihr vergiftet Euch noch eines Tages», schalt sie ihn.

Doch er grinste nur schief. «Ja, ja, werft mir nur immer wieder vor, dass meine Rezepte Gift enthalten. Aber ich will dir eines sagen, Barbara, was du dir merken sollst: Alle Dinge sind Gift, und nichts ist ohne Gift – allein die Dosis macht, ob etwas kein Gift ist.»

Er wendete sich seinem Pult zu und begann, seitenweise Papiere vollzuschreiben.

Doch nicht nur seine haarsträubenden Versuche bereiteten

Barbara nach und nach Unbehagen. Da war auch dieses Unvermögen, mit Geld umzugehen, was, wie sie fand, schon an Verschwendungssucht grenzte. Sie wusste von Hans, dass Doktor Theophrastus im Wirtshaus stets die Zeche der ganzen Meute beglich und manchmal sogar noch dem Nachbartisch eine Runde spendierte. Wie konnte er sich nur dermaßen ausnutzen lassen? Denn nichts anderes war das in ihren Augen. Zwar bekam er von der Stadt viermal im Jahr fünfzehn Gulden ausbezahlt, eine für Barbara unvorstellbar hohe Summe, und der Lohn für seine Krankenbehandlungen kam noch hinzu. Aber sie konnte durchaus rechnen. Sie selbst erhielt jede Woche ein Viertelpfund Silber, Hans sogar das Doppelte, dazu kam der Mietzins für die Wohnung, die ihm gar nicht gehörte, wie sie anfangs fälschlicherweise gedacht hatte – er gehöre nicht zu den Menschen, hatte er ihr einmal erklärt, die sich in einer neuen Stadt gleich ein Haus kauften, denn man wisse ja nie. Die Ausgaben für die Utensilien seines Laboratoriums und für die edlen Mietpferde waren auch nicht gerade niedrig, und so vermutete sie, dass er keinen Pfennig für schlechtere Zeiten zurücklegte.

Gegen Ende des Monats Mai schließlich, als die Tage immer wärmer wurden, konnte sie nicht länger an sich halten. Bis auf seinen geliebten Kamelhaarmantel, den er auch in der größten Mittagshitze trug, hatte er sich ganz neu eingekleidet und wiederum seine getragene Kleidung verschenkt.

«Wie kann ein Mensch nur so unvernünftig sein», hatte sie an jenem Nachmittag geschimpft, anstatt Wams, Schuhe und Beinkleider zu bewundern. «Ihr schmeißt das Geld zum Fenster heraus – mit Eurer Kleidung wie mit den Wirtshausbesuchen.»

Seine Augen wurden zu schmalen Schlitzen, während er sich am Küchentisch einen Becher mit Most abfüllte. «Als Magd hast du mir schon gar nichts vorzuschreiben.»

«Nein, das steht mir nicht zu», erwiderte sie, nun wieder ganz ruhig. «Trotzdem mache ich Euch einen Vorschlag. Ich könnte für Euch ein Ausgabenbuch führen, damit Ihr nicht den Überblick verliert und zugleich etwas zurücklegen könnt. Spare in der Zeit, so hast du in der Not.»

«Bist du übergeschnappt?» Die Zornesfalte zwischen seinen buschigen Augenbrauen wurde tiefer. «Soll ich jetzt meine Magd vorher um Erlaubnis fragen, wenn ich meine Scholaren und Freunde einladen will? Das ist doch die Höhe!»

«Ihr wollt mich nicht verstehen. Was ist, wenn Ihr einmal ernsthaft krank werdet? Oder wenn sich der Magistrat eines schönen Tages einen anderen Medicus sucht? Schließlich habt Ihr mir selbst erzählt, dass Ihr Euch, warum auch immer, mit den Apothekern der Stadt angelegt habt. So wie seit Anbeginn mit den Herren von der Universität.»

Da ließ er den irdenen Becher so hart auf die Tischplatte krachen, dass er in hundert Stücke zersprang.

«Kein Wort mehr! Von einer Schindertochter muss ich mir nicht sagen lassen, wie ich zu leben habe!»

Damit stürmte er hinaus und warf lautstark die Wohnungstür hinter sich zu.

Barbara stiegen die Tränen in die Augen. Da war sie wieder, die dunkle Seite ihres Dienstherrn. Dass er sie Schindertochter geheißen hatte, tat ihr weh. Aber sie wusste auch, dass sie mit ihrer letzten Bemerkung zu weit gegangen war. Ganz offensichtlich hatte sie einen wunden Punkt getroffen, und sie würde sich dafür entschuldigen müssen.

Kapitel 11

Im Juni 1527

Gopferdammi! Jetzt fällst *du* mir auch noch in den Rücken», hörte Barbara den Medicus schnauzen, kaum dass sie, mit ihrem vollbepackten Einkaufskorb beladen, die Haustür geöffnet hatte. Auf dem Heimweg vom Krämermarkt, der an diesem Samstag vor dem Barfüßerkloster stattgefunden hatte, war sie in das erste Sommergewitter geraten, und obwohl sie pitschnass war, blieb sie in der offenen Tür stehen.

«Ich gebe nur weiter, was ich gehört habe.» Das war die Stimme von Hans. «Schließlich habt Ihr selbst mir aufgetragen, in Frobenius' Druckerei Augen und Ohren offen zu halten. Die Sache mit dem Talar im Hörsaal, das gebe ich zu, war ein großer Spaß für uns alle gewesen, auch wenn sich Erasmus von Rotterdam darüber ordentlich das Maul zerrissen hat. Aber inzwischen frage ich mich, ob es wirklich so gescheit ist, dass Ihr die nächste Lektur über die tartarischen Krankheiten schon wieder auf Deutsch angekündigt habt.»

Eigentlich wollte sie nicht lauschen, aber die dumpfe Ahnung, die ihr vor gut einer Woche jene harschen Worte zu den Apothekern und den Herren von der Universität in den Mund gelegt hatte, war wohl doch nicht unbegründet gewesen. Auch wenn der Doktor den Vorfall am nächsten Tag vergessen zu haben schien.

Nach einer kurzen Pause hörte sie den Medicus mit deutlichem Spott in der Stimme sagen: «Hast du selbst mich nicht Arzt Germaniens genannt? Dann will ich auch in dieser Sprache zu den Menschen sprechen.»

Da ihr fröstelte, beeilte sie sich, aus dem nassen Umhang und den Schuhen zu schlüpfen, und betrat auf Zehenspitzen die Küche. Die Tür zur Stube war angelehnt.

«Das ist es nicht allein, Meister», fuhr Hans fort, und sein Tonfall klang fast ängstlich. «Zugleich verwerft Ihr in Eurer Ankündigung die Schriften von Hippokrates, Avicenna und Galenos, den Vätern unserer Medizin. Und Ihr nennt Euch wiederum Professor, obwohl Ihr das nicht dürft, solange Ihr nicht den Eid geschworen habt. Noch dazu all die Handwerker, die jetzt in die Alma Mater strömen! Einmal hat man Euch das nachgesehen, aber ein zweites Mal? Warum müsst Ihr erneut so laut von Euch reden machen, wo Ihr doch bekannt genug seid? Die hiesigen Ärzte und Gelehrten werden dies als eine Kampfansage werten.»

«Das soll es auch sein! Eine Kampfansage an die Ewiggestrigen! Aber mach dir keine Sorgen, mein lieber Oporinus: Der mehrheitlich der Reformation zugeneigte Magistrat steht auf meiner Seite. Weil er nämlich wie ich diesen altgläubigen, scholastischen Speichelleckern von der Hochschule nichts abgewinnen kann.»

Für kurze Zeit blieb es still nebenan. Da sie nicht als heimliche Lauscherin gelten wollte, stellte Barbara ziemlich geräuschvoll den Korb auf den Küchentisch und begann, die Einkäufe auszuräumen, als Hans auch schon erwiderte: «Fragt sich bloß, wie lange der Rat noch hinter Euch steht. Ein Mann in Eurer Stellung muss doch auch ein wenig diplomatisch sein. Aber nein, Ihr setzt noch eins drauf und nehmt die Apotheker aufs Korn, indem Ihr sie visitieren wollt.»

«Was nur meine Pflicht ist, da ich als Stadtarzt die Aufsicht über sie habe. Genau wie über die Hebammen und Wundärzte, da mache ich keine Standesunterschiede.» Sein Ton wurde schärfer. «Soll ich etwa zulassen, dass Ärzte und Apotheker in trauter Eintracht und Absprache gerade die teuersten und dabei oft wirkungslosen Mittelchen verschreiben? Dass in den Offizinen unwissende Kinder und Knechte Arzneien verkaufen und damit grundfalsche Medizin an die Kranken gerät? Als Arzt kann ich nur sagen: Traue keinem dieser Pillendreher, die nicht dem Kranken dienen wollen, sondern dem Götzen Mammon. Und genau deshalb, lieber Hans, erwarte ich von meinen Studenten, dass sie als künftige Ärzte selbst ein gründliches Wissen um die Arzneien erwerben.»

«Gut, gut, Meister, selbst wenn Ihr in diesem Kampf gegen Schlendrian und Geldgier Erfolg haben mögt – der Hass der Betroffenen ist Euch sicher! Jetzt schaut mich nicht so böse an. Ich will Euch doch nur warnen: Neider habt Ihr in der Stadt ob Eurer Erfolge schon genug, bald werdet Ihr aber auch ernsthafte *Feinde* haben.»

«Na und?», höhnte daraufhin der Doktor. «Viel Feind, viel Ehr, wie schon der Landsknechtsführer Frundsberg ganz richtig sagte.»

«Trotzdem. Man wird nur auf eine passende Gelegenheit warten, um Euch, dem überaus erfolgreichen Reingeschmeckten, eins auszuwischen! Schon jetzt zerreißt man sich doch über Euch das Maul.»

Barbara hielt den Atem an. Was sich Hans da herausnahm, war schon mehr als wagemutig. Die Stimme des Medicus wurde denn auch schrill.

«Sprich nur weiter, Hans Herbst. Oder ist dir jetzt das Herz in die Hose gerutscht? Wer genau zerreißt sich das Maul über mich und warum?»

«Die … die Honoratioren der Stadt eben. Allein, wie Ihr auftretet und dass Ihr auf dem Kohlenberg haust. Ihr würdet das Ansehen der ganzen Ärzte- und Professorenschaft schänden, heißt es. Nein, wartet, ich gebe nur wieder, was mir zu Ohren kam. Ich selbst verehre Euch aufs Höchste, das wisst Ihr. Aber darf ich Euch trotzdem demütigst um etwas bitten? Besucht morgen wenigstens wieder den sonntäglichen Gottesdienst. Frobenius hat mich nämlich erst gestern gefragt, ob es stimmt, dass Ihr zu Hause niemals betet. Und dass Ihr, verzeiht meine Wortwahl, auf die evangelische Lehre scheißen und den Luther wie den Papst mit Huren gleichsetzen würdet. Da habe ich für Euch gelogen und alles abgestritten.»

«Ha! So ist meine Aussage damals in Salzburg, beim Aufstand der Bauern und Bergknappen, also bis Basel geschwappt? Du kennst meine Haltung, Oporinus. Mir geht es um eine Religion ohne allmächtige Kirchenfürsten und aufgepappte Rituale. Nicht einer der Reformatoren, auch Luther nicht, hat bislang den Kern der Heiligen Schrift getroffen, alle bleiben sie an der Außenhaut hängen. *Das* hättest du dem Frobenius sagen sollen. Aber sei's drum, gehen wir morgen zusammen zum Gottesdienst ins Münster, damit mich alle sehen. Und jetzt nimm gefälligst die Feder und schreib weiter …»

Barbara war mehr als verblüfft über Hans' harte, aber klare Worte. Hatte der den Medicus doch bislang in fast hündischer Ergebenheit bewundert. Fürchtete er, wie zuvor schon Ulrich Gyger, etwa um seinen eigenen Ruf?

«Ist das nicht ein herrlicher Abend für das Johannisfeuer?» Marie hakte sich bei Barbara unter, während sie den Barfüßerplatz überquerten. «Nicht so schrecklich kalt und verregnet wie im letzten Jahr.»

«Ja, was für ein Glück!» Barbara zog ihre Freundin kurz an sich. «Bin schon fast froh, dass es allmählich ein bisschen kühler wird.»

Sie freute sich seit Tagen auf dieses Fest am Vorabend von Johanni, bei dem Jung und Alt, Arm und Reich zusammenkamen. Wie immer fand es am Claragraben im rechtsrheinischen Kleinbasel statt, gut eine halbe Stunde Fußmarsch vom Kohlenberg entfernt. Da heute Sonntag war, hatten sie beide am Nachmittag die Zeit gefunden, sich herauszuputzen, hatten sich gegenseitig bunte Bänder ins Haar geflochten, mit Blütenduft eingerieben und ihre schönsten Schultertücher umgelegt.

Je näher sie der uralten Rheinbrücke kamen, desto mehr Menschen strömten herbei. Sie beide hatten sich bewusst ein wenig früher auf den Weg gemacht, zum einen, um nicht in der grölenden Meute der Kohlenberger zu wandern, zum anderen, um an den Biertheken nicht so lange anstehen zu müssen. Doch angesichts des schönen Sommerwetters und weil sonntags niemand arbeiten musste, hatten die meisten wohl denselben Gedanken gehabt.

«Es wird ziemlich voll sein heute», murmelte Barbara.

Marie lachte. «Umso besser! Ich freu mich schon auf die Musik und den Tanz um das Feuer.»

Mit dem großen Feuer wollte man, das wusste Barbara noch von ihrer Mutter, die Sonne ehren und ihr mehr Kraft verleihen, da von nun an die Tage wieder kürzer wurden. Außerdem sollte das Feuer böse Geister vertreiben, die Luft von Krankheiten reinigen und vor Vieh- und Ernteschäden schützen. War das Feuer zur Nacht schließlich heruntergebrannt, wagten verliebte junge Paare den Sprung über den riesigen Gluthaufen, Hand in Hand, in der Hoffnung auf eine baldige Hochzeit.

Lautes Stimmengemurmel, durchsetzt mit fröhlichem Lachen, schallte ihnen entgegen, nachdem sie das Kleinbasler Stadttor durchquert und kurz darauf die Festwiese erreicht hatten, die sich entlang des Claragrabens erstreckte. Der köstliche Duft von Spanferkel und Bratwürsten stieg ihnen in die Nase, auf der eigens für heute gezimmerten Empore stimmten die Spielleute ihre Instrumente, und vor den verschiedenen Lauben bildeten sich bereits die ersten Schlangen. Der mehr als mannshohe Holzhaufen war in der Nähe des Löschteichs errichtet, für den Fall, dass ein Unglück geschehen würde. Barbara hatte einmal selbst erlebt, wie ein sturzbetrunkener Landsknecht zu früh über das lodernde Feuer gehüpft war und dabei seine Rockschöße in Brand gesetzt hatte – woraufhin ihn beherzte Helfer kurzerhand in den Teich geworfen hatten. Noch ruhte der Holzstoß in Frieden, doch mit dem ersten Fassanstich würde der Feuermeister die Flammen entfachen.

Sie stellten sich an der kürzesten Schlange für einen Krug Bier an. Kein Vaterunser später brandete rundum Beifall auf: Die ersten Flammen des Johannisfeuers schossen in den fahlen Abendhimmel und versprühten glühende Funken. Es sah wunderschön aus. Bald loderte unter Knacken und Zischen ein gewaltiges Feuer, das die Gesichter der Umstehenden in rötlichen Schein tauchte. Somit waren auch die Fässer angestochen.

Während sie nur in Tippelschritten vorankamen, blickte sich Barbara um. Von den Kohlenbergern war noch keiner zu sehen, die erschienen zumeist erst bei Einbruch der Dunkelheit, wenn das Gedränge größer wurde, da einige von ihnen sich gute Beute beim Beutelschneiden erhofften. Dafür entdeckte Barbara in der Nachbarschlange am Weinausschank, inmitten einer Gruppe bunt gekleideter Studenten, Hans Herbst. Noch war es hell genug, noch erkannte man jedes Gesicht auf etliche Schritte Entfernung, aber sie verwettete ihr neues, lindgrünes Sommerkleid, dass er sie in aller Öffentlichkeit nicht einmal grüßen würde. Sie wollte Marie gerade auf ihn hinweisen, als er sich nach ihr umwandte, kurz stutzte und prompt auf sie zueilte, neugierig beäugt von den Blicken seiner Kumpanen.

«Was für eine Überraschung, dich hier zu sehen! Wo hast du denn deinen Herrn und Meister gelassen?», fragte er sie mit einem Augenzwinkern. Dass er sie so offenherzig vor aller Welt ansprach, konnte nur daran liegen, dass er bereits ein, zwei Becher getrunken hatte.

«Bin ich die Hüterin meines Herrn?», gab sie ungerührt zurück, während sie ein Stück weit zum Ausschank vorrückte. «Den Medicus hab ich seit dem Gottesdienst nicht mehr gesehen. Das hier ist übrigens Marie, meine Freundin.»

«Sehr erfreut, Marie. Ich bin der Hans.» Er deutete eine alberne Verbeugung an.

Marie schürzte die Lippen. «Wir sind uns bereits auf dem Kohlenberg begegnet. Da hattest du mich mal übel angerempelt und dich nicht mal entschuldigt.»

«Dann entschuldige ich mich hiermit in aller Form.» Er grinste. «Und erlaube mir, dich und auch die Barbara auf ein Bier einzuladen.»

«Das nehmen wir gerne an.»

Da sie am Schanktisch angelangt waren, zückte er seine Geldkatze und rief: «Zwei Krüge mit kaltem Bier – für diese schönen Jungfern hier!»

«Oha, unser Hans ist ein Dichter», spottete Marie.

«Du kannst mich auch gerne Oporinus nennen. Eines Tages bin ich nämlich berühmt.»

Er überreichte jeder von ihnen einen gut gefüllten Bierkrug, als auch schon die Fiedler und Sackpfeifer aufspielten.

«Ich muss zurück zu meinen Freunden. Aber später tanzen wir miteinander. Versprochen?»

Damit eilte er zum Weinausschank, wo er mit Johlen und Schulterklopfen empfangen wurde.

«Das also ist dein Hans Herbst», sagte Marie mit einem versonnenen Lächeln.

«Blödsinn, das ist nicht *mein* Hans.» Barbara nahm einen tiefen Schluck von dem wunderbar kalten Bier. In zwei, drei Stunden würde es nur noch schal und abgestanden ausgeschenkt werden.

Marie stieß sie in die Seite. «Aber er gefällt dir, nicht wahr? So, wie du ihn angefunkelt hast.»

«Was redest du da? Außer, dass er der Schüler und Schreiber des Medicus ist, hab ich nichts mit ihm zu schaffen. Und ein aufgeblasener Geck ist er obendrein.»

«Ich find ihn nett. Und richtig gut aussehen tut er auch.»

«Wenn du meinst», gab sie fast unwillig zurück.

Sie stellten sich ein wenig abseits und lehnten sich an den Stamm eines alten Birnbaums, um das Treiben rundum zu beobachten. Kinder tobten zwischen Feuer und Löschteich ausgelassen umeinander, die Musik wurde lauter, das Gedränge dichter, und der Tanzboden füllte sich. Drüben bei der Laube des Sternenwirts, wo es teure Spanferkelscheiben und ebenso teuren Burgunderwein gab, hatten sich die betuchteren Gäste versammelt.

«Der große, vornehme Mann dort», erklärte Barbara ihrer Freundin, «ist der berühmte Gelehrte Erasmus von Rotterdam. Es heißt, er gibt niemandem die Hand, weil er Angst hat, davon krank zu werden. Und der Alte daneben ist Druckermeister Frobenius, der ist recht nett.»

«Wen du so alles kennst!»

«Doch nur vom Sehen. Die würden mich keines Blickes würdigen, wenn ich sie jetzt grüßen täte. Außer vielleicht der Amerbach, der jetzt dazugekommen ist.»

«Du meinst dieses bildschöne Mannsbild? Puh, bei dem würde ich sofort schwach werden, wenn der mich in einer dunklen Gasse ansprechen täte!»

«Marie!»

«Ist ja schon gut. Und wo, bitt schön, steckt dein Stadtarzt?»

Barbara zuckte die Schultern. Das fragte sie sich inzwischen selbst. Wo der Medicus hier doch die beste Gelegenheit hätte, all seine Bekannten und Freunde, die er immer erwähnte, in ungezwungener Umgebung zu treffen. Aber wahrscheinlich verkroch er sich mal wieder in seine Arbeit.

Sie hatten ihr erstes Bier gerade ausgetrunken, als Stoffel mit seinen Freunden vor ihnen stand, darunter auch Melcher. Die jungen Männer waren allesamt ordentlich gekämmt und halbwegs sauber gekleidet, um nicht sogleich ihre Herkunft zu verraten.

«Was steht ihr so gelangweilt herum?», fragte Stoffel, während der Henkerssohn Barbara auf die Schulter schlug und lachte: «Ihr habt auf uns gewartet, das seh ich doch. Jetzt kann das Fest losgehen!»

«Nur, wenn ihr uns das nächste Bier spendiert», erwiderte sie und rückte ein Stück von ihm ab. Im Grunde hatte sie aber nichts gegen Melcher. Er war zwar reichlich großspurig, wie die meisten Burschen vom Kohlenberg, aber wenn man seine Hilfe brauchte, dann war auf ihn Verlass.

So genossen sie bald schon ihren zweiten Krug Bier, und die Neckereien zwischen ihnen und den Kohlenberger Burschen wurden derber. Irgendwann, nach einer ersten gemeinsamen Tanzrunde, legte Melcher den Arm um Barbaras Schultern.

«Wo steckt eigentlich dein Bräutigam, dieser feine Hans?», fragte er.

«Spinnst du jetzt?»

«Jetzt tu nicht so. Der ist doch dein heimlicher Buhle.»

«Wer sagt das?»

«Na, der Beat.» Er zog sie fester an sich. «Dabei sind wir beide doch so was wie verlobt, wenn's nach unseren Vätern geht. Oder etwa nicht?»

«Da bist du aber gehörig auf dem Holzweg. Weder dich noch den Hans Herbst will ich zum Mann.»

Sie machte sich von ihm los. Herablassend verzog er das Gesicht.

«Ich hätte dich eh nicht mehr gewollt! Du trägst ja jetzt die Nase ziemlich hoch. Und außerdem ging's deinem Vater nur drum, dass er keine Abgaben mehr an uns blechen muss.»

«Rutsch mir doch den Buckel runter, Melcher.»

Sie drehte ihm den Rücken zu. Seine Bemerkung, sie würde die Nase hoch tragen, war gemein. Zum Glück stieß in diesem Moment ihr Vater zu ihnen.

«Ich hab einen Bärenhunger, ihr Mädchen. Kommt, ich lade euch auf eine Bratwurst ein.»

Gut gelaunt hakte er sich bei Barbara und Marie unter und entführte sie zum nächsten Bratwurststand. Dort warteten bereits Adrian und Jakob, der Hurenwirt. Jost war nicht dabei, da ihm geboten war, Märkte, Wirtshäuser und die Gesellschaft ehrlicher Leute zu meiden. Hieß es doch, dass allein der Blick eines Henkers Unglück bringe und erst recht eine Berührung, nach der man sofort das Kreuz schlagen müsse. Was natürlich völliger Unsinn war. Aber selbst in Basel, wo man die Reformation hochhielt, war dem so, dabei hatte jener Martin Luther einmal öffentlich gesagt, dass der Scharfrichter ein nützlicher und barmherziger Mann sei. Was Barbara wiederum von Doktor Theophrastus wusste. Der hatte ihr auch die Augen dafür geöffnet, wie scheinheilig diese Schmähung war: Einerseits würde der brave Bürger den todbringenden Mann ächten, ihn aber andererseits seiner Heilkünste und geheimnisvollen Wundermittel wegen heimlich aufsuchen. Und die Apotheker zahlten ihm gutes Geld für die begehrte Menschenhaut und erst recht für das Armsünderschmalz der Hingerichteten, das sie als Heilmittel verkauften.

Doch auch ohne Jost wichen die Leute jetzt vor ihnen zurück, als sie sich am Wurststand anstellten. Denn wer sie als Leute vom Kohlenberg erkannte, tratschte es augenblicklich an seinen Nachbarn weiter. Was in diesem Fall von Vorteil war, denn sie wurden sofort bedient.

Trotzdem war Barbara erleichtert, als die drei Männer nach ihrem gemeinsamen Imbiss bald schon weiterzogen, und so gesellten sie sich wieder zu den jungen Leuten, um die sich die Bürgersleute zum Glück weit weniger scherten. Allein dieser kurze Moment an der Wurstbude hatte ihr wieder einmal gezeigt, dass sie nie wieder in einem Schinderhaus leben wollte. Vielleicht würde sie den Medicus doch noch überreden können, sich eine neue Bleibe in der Unterstadt zu suchen, in der Hoffnung, den Makel der Schindertochter dann endgültig abzustreifen. Was an ihrer Verbundenheit mit Marie und ihrer Familie selbstredend nichts ändern würde.

Zusammen mit ihrer Freundin hatte sie noch viel Spaß an diesem Abend. Fast keinen Tanz ließen sie aus, tanzten mal miteinander, mal mit Stoffel, mit Melcher, der sich tatsächlich für seine Bemerkung entschuldigt hatte, oder den anderen Vorstadtburschen im Schein des Feuers. Und wie immer tanzten die Kohlenberger am ausgelassensten. Hin und wieder erblickte sie Hans in geraumer Entfernung, aber ganz offensichtlich scheute er sich, sie aus ihrer Freundesschar heraus zum Tanz aufzufordern. Er war halt doch nur ein Schöntuer und Weichling.

Sie fühlte sich vom Bier bereits reichlich beschwingt, als jemand sie von ihrem Bruder wegzog.

«Der nächste Tanz geht an mich.»

Es war Beat, und ihr Herz schlug sogleich schneller. Im wilden Firlifanz wirbelte er mit ihr über die Dielen, bis sie ganz außer Atem war.

«Bist du schon lange hier?», fragte sie ihn, als die Spielleute zu einem langsameren Stück übergingen.

Er strich sich das verschwitzte Haar aus der Stirn und sah sie aus seinen hellbraunen Augen durchdringend an. «Ein Weilchen. Ach Barbara, es ist so schade, dass wir uns gar nicht mehr sehen.»

Sie wurde verlegen. Ein Gefühl, das sie früher in seiner Gegenwart nie gehabt hatte. War sie womöglich doch verliebt in ihn? War da doch mehr als nur eine tiefe Freundschaft zwischen ihnen?

«Warum trägst du jetzt eigentlich einen Bart?», sagte sie, nur um überhaupt etwas zu sagen. «Das macht dich viel älter.»

«Nicht männlicher?»

«Ich weiß nicht ... Ein bisschen fremd siehst du aus.»

Er lachte, aber ihr entging nicht, dass er sich verstohlen umblickte.

«Hältst du nach deiner Braut Ausschau?»

Sein Lächeln und damit die lustigen Grübchen in den Wangen verschwanden augenblicklich. «Wenn du die Kathrin meinst – die ist nicht meine Braut. Auch wenn sie jetzt bei uns im Badhaus wohnt.»

Mit einem Mal waren sie ganz am Rand des Tanzbodens angelangt, von wo er sie mit sich auf die Wiese zog. Im Dunkel einiger Obstbäume blieb er stehen.

«Hör zu, Barbara.» Er fasste nach ihren Händen. «Meine Eltern hätten das gerne, das mit der Kathrin, und sie selbst auch. Aber mir bedeutet sie überhaupt nichts, glaub mir. Sie ist so ... so verbissen und sauertöpfisch, ganz anders als du. Mit dir konnte ich immer herzlich lachen, wir konnten albern sein wie die kleinen Kinder und ...»

Er unterbrach sich mitten im Satz, sah sie an und küsste sie. Lange und zärtlich, wie er es noch nie zuvor getan hatte. Es war wunderschön.

Ausgerechnet in diesem Moment schlug irgendein Kerl nur wenige Schritte von ihnen entfernt grunzend sein Wasser ab. Sie fuhren auseinander.

«He, du Löli!», schnauzte Beat aufgebracht. «Siehst du nicht, dass *wir* hier stehen?»

Er wollte schon auf den Störenfried losgehen, doch Barbara zog ihn weg. «Komm, gehen wir wieder tanzen.»

Auf halbem Weg blieb er stehen. «Darf ich dich später nach Hause begleiten?»

«Gerne.» Ihr Herz tat einen Sprung. «Aber nur wenn du mir ehrlich sagst, warum du so einen Mist über mich erzählt hast.»

«Was meinst du?»

«Das weißt du genau. Dass ich mit dem Hans Herbst zusammen wäre. Was überhaupt nicht stimmt.»

Im Schein des Feuers sah sie, wie er rot wurde.

«Das war, weil ... weil ich eifersüchtig war auf diesen Gecken. Als wir beide, du und ich, im Rappen beieinanderstanden, da hat er mich die ganze Zeit so feindselig angestarrt. Als ob du sein Mädchen wärst.»

«Bin ich aber nicht.»

Er nickte. «Ich glaub's dir ja. Und bin froh drum. Weißt du, was ich mir manchmal wünsche? Dass all unsere schönen Kinderträume doch noch eines Tages wahr würden. Vielleicht sieht mein Vater, dieser Sturkopf, ja endlich ein, dass ...»

Er konnte seinen Satz nicht zu Ende bringen. Plötzlich stand Kathrin vor ihnen und stieß ihn in die Seite.

«Hier steckst du also, ich hab dich überall gesucht.» Sie warf Barbara einen bitterbösen Blick zu. «Du hast doch versprochen, den ganzen Abend mit mir zu tanzen.»

«*Eine* Tanzrunde, hab ich gesagt», widersprach er, ließ sich dann aber doch, wenn auch unwillig, von ihr mit sich ziehen. Gleich darauf musste Barbara mit ansehen, wie sich ihm dieses unverfrorene Weibsbild zwischen den anderen Tanzenden an den Hals warf. Es war kein schöner Anblick. Doch dann hatte sie Beats Worte im Ohr: Sie bedeutet mir nichts! Und spürte erneut seinen zärtlichen Kuss auf ihren Lippen, wobei ihr Herz sofort schneller klopfte. Ja, führ dich nur auf wie eine Hübschlerin, liebe Kathrin, sagte sie sich. Nach der nächsten Tanzpause werden wir es ja sehen.

Doch so weit sollte es gar nicht erst kommen. Tatsächlich beendeten die Spielleute kurz darauf mit ihrem Ruf «Geht Bier holen, ihr Leut! Bis später!» die Musik. Die Kinder tobten wieder rund um das Feuer, das nun schon sichtlich niedergebrannt war, einige warfen kaputten Hausrat in die letzten Flammen, um sich, wie es zu Johanni Brauch war, vom Alten zu verabschieden.

In diesem Augenblick näherte sich eine seltsame Gruppe dem Feuer: Gut ein Dutzend Studenten, an ihren flachen Mützen zu erkennen, johlten trunken: «Wir verjagen die bösen Geister!», und klatschten dabei in die Hände. Angeführt wurden sie von keinem anderen als Doktor Theophrastus. Der eilte ihnen im offenen Kamelhaarmantel voraus, das Kinn kampfeslustig vorgereckt. Keine fünf Schritte von Barbara entfernt blieb er stehen und hielt mit beiden Händen ein Buch in die Luft.

«Seht her, ihr hochgelehrten Scholastiker und Friedhofsärzte, wofür ein Johannisfeuer gut ist! Reinigen wir die Monarchie der Medizin von ihren falschen Göttern!»

Noch erfasste Barbara nicht, was da vor sich ging. Doch dann rief er mit triumphierender Stimme: «Tod der Quacksalberei! Es lebe die neue Medizin», und warf das Buch mitten in die Glut. Die Studenten brachen in lautstarke Beifallsrufe aus.

Schon rannten zwei Männer herbei, in einem erkannte sie den Löwenapotheker aus der Freien Straße. Reichlich grob rissen sie den Medicus von der Feuerstelle weg, doch die Scholarenschar griff sofort ein, andere liefen hinzu. Barbara traute ihren Augen nicht, als sich blitzschnell eine handfeste Rauferei entwickelte. Wer da auf wen einschlug, war nicht mehr auszumachen, ein Trupp Stadtknechte näherte sich bereits im Laufschritt. Was hatte ihr Dienstherr da nur wieder vom Zaun gebrochen? Zugleich machte sie sich Sorgen um ihn, der so gar nicht mit männlicher Körperkraft gesegnet war. Aber zu helfen war ihm in diesem Tumult ohnehin nicht mehr.

Kopfschüttelnd wandte sie sich ab, um nach Beat und Marie zu suchen, als der Doktor plötzlich vor ihr stand, mit einer blutigen Schramme auf der hohen Stirn und einem spitzbübischen Grinsen.

«Nur weg von hier, Barbara.»

Er zog sie mit sich bis zum nächstbesten Bierausschank. Dort blieb er stehen. Während er sich albern vor ihr verbeugte, bemerkte sie, dass er ein wenig schwankte.

«Darf ich das schöne Fräulein auf einen Umtrunk mit mir einladen?»

«Ich denke, Ihr habt genug getrunken», erwiderte sie streng.

«Unsinn.» Er reichte ihr den vollen Becher, den der Wirt ihm bereits zugeschoben hatte, und nahm sich selbst den zweiten. «Auf die neue Monarchie der Medizin!»

Sie wollte nicht mit ihm streiten und prostete ihm daher wortlos zu, als sich ein großer, schwergewichtiger Mann im Gelehrtengewand vor ihnen aufbaute, gefolgt von einer Handvoll weiterer Vornehmer, darunter auch der Löwenapotheker.

«Seid Ihr von Sinnen, den Avicenna ins Feuer zu werfen?», donnerte der Hüne, dem der Medicus gerade mal bis zur Brust reichte, los. «Das ist nicht nur Diebstahl an unserer Alma Mater, das ist Blasphemie!»

«Avicenna?» Der Medicus lachte laut auf. «Den dicken Wälzer hätten meine Studenten schon in der Handkarre herfahren müssen.»

Da der andere ihm bedrohlich nahe kam, hob er abwehrend die Hände, den Bierkrug angriffsbereit in der Rechten.

«Keinen Schritt weiter, Professor Bär. Und mit Verlaub – das war mein eigenes Buch, damit kann ich tun und lassen, was ich will. Aber in einem liegt Ihr nicht ganz falsch.» Er machte eine kurze Pause, und wieder einmal wunderte sich Barbara, dass er gerade in trunkenem Zustand die klarsten Sätze sprach. «Bei dem Buch, das jetzt zu Asche verbrennt, handelt es sich um die *Summa medicinalis*, ein kreuzdummes Kompendium zu den völlig überholten Lehrsätzen der Alten.»

«Das Euch der Teufel hole! Ihr seid doch nichts als ein besserer Wundarzt, zu ungebildet für die innere Medizin. Und auf Deutsch haltet Ihr Eure Lektur nur deshalb, weil Ihr des Lateinischen nicht mächtig seid.»

Das Gesicht des Medicus verfärbte sich dunkelrot, die Adern an seiner Schläfe schwollen an.

«Ha! Und Ihr seid ein Pissarzt, wie er im Buche steht! Der sich lieber stundenlang der Urinschau widmet, als einen Schwerkranken auch nur anzuschauen, geschweige denn zu berühren.» Er ließ die Arme sinken, trank einen kräftigen Schluck und begann zu deklamieren. «An ihren Früchten sollt ihr sie erkennen. Ein fauler Baum kann nicht gute Früchte bringen. Ein jeglicher Baum, der nicht gute Früchte bringt, wird abgehauen und ins Feuer geworfen. So steht's geschrieben bei Matthäus sieben.»

«Es reicht!» Der Löwenapotheker packte ihn beim Kragen. «Wir lassen uns nicht länger von Euch beleidigen.»

Da sah Barbara den Moment gekommen, einzuschreiten.

«Lasst gut sein, Doktor Theophrastus. Wir gehen jetzt besser nach Hause.»

Mit sanfter Gewalt zog sie ihn vom Ausschank fort. Zu ihrer Überraschung ließ er es geschehen, drehte sich nicht einmal mehr um, als Oswald Bär ihm hinterherschrie: «Dieses Possenspiel wird Euch teuer zu stehen kommen, das prophezeie ich Euch.»

Ihr war, als glotzte ihr alle Welt hinterher, als sie nun, ihren schwankenden Herrn bei sich untergehakt, die Wiese überquerte.

«Das war wirklich unklug, was Ihr getan habt», schimpfte sie. «Warum nur legt Ihr Euch mit allen an?»

«Sei still, Barbara», kam es gequält zurück. «Mir zerspringt gleich der Schädel.»

Eigentlich hatte sie ganz und gar nicht vorgehabt, so früh nach Hause zu gehen, und schon gar nicht mit ihrem Dienstherrn, sondern mit Beat. Aber als seine Magd fühlte sie sich nun einmal für ihn verantwortlich. Als sie einen letzten, wehmütigen Blick zurück auf den Festplatz warf, sah sie, dass das Springen übers Feuer begonnen hatte. Und just in diesem Augenblick nahmen

Beat und Kathrin Anlauf und sprangen, Hand in Hand und mit lautem Geschrei, über die Glut.

«Ein Hoch dem künftigen Brautpaar!», schallten ihr die Beifallsrufe wie Hohn in den Ohren.

Kapitel 12

Der Sommer geht zu Ende

Noch viele Tage hatte Barbara das Bild der beiden, wie sie übers Feuer sprangen, vor Augen. Sie fühlte sich von Beat verraten und verkauft. Doch dann sagte sie sich, dass sie der Wirklichkeit endlich ins Gesicht sehen musste: Dieser Mann war nicht für sie bestimmt. Und ein Lügner war er obendrein. Denn der Sprung übers Johannisfeuer war so gut wie ein öffentliches Verlöbnis. Jetzt hatten seine Eltern endlich, was sie wollten.

Die Buchverbrennung zu Johanni wurde rasch zum Stadtgespräch, sogar auf dem Kohlenberg, wo allerdings maßlos übertrieben wurde: Der Stadtarzt habe eine ganze Ladung wertvoller Bücher der Hohen Schule ins Feuer gekippt und sich danach mit den Professoren geprügelt.

Zunächst schien sein Ruf als Medicus dadurch keinen Schaden genommen zu haben, im Gegenteil: Er war nun weit über das Baselbiet hinaus berühmt, seine sogenannten Hundstagsvorlesungen, obwohl mitten im Hochsommer abgehalten, wurden so gut besucht, dass etliche seiner Lektur im Stehen beiwohnen mussten, und Barbara freute sich mit ihm. Doch ihre innere Stimme fragte sich, zu welchem Preis ihm dieser Erfolg vergönnt war.

Das Unwetter braute sich längst zusammen. Nicht wie ein plötzlicher Gewittersturm, sondern langsam, schleichend, als ein zunächst leichter Gegenwind seitens Universität, Apothekerzunft und Ärzteschaft, all jener also, die die Bestallung des

Doktors Theophrastus als Stadtarzt und Professor von Beginn an als Zumutung empfunden hatten. Im August bestand der neue Universitätsrektor, ein gewisser Nikolaus Dumanus, wiederum auf Matrikel, Promotionsnachweis und Schwur sowie auf den Ausschluss der Handwerker aus den Vorlesungen. Hierüber war der Medicus weitaus weniger erbost als darüber, dass nun sogar einige Ratsherren anzweifelten, ob er die hierzu nötigen Papiere je besessen hatte. Barbara, die an seinem Doktortitel nach wie vor nicht zweifelte, wo er doch auf Gott geschworen hatte, versuchte, ihn zu beruhigen, bat ihn aber dennoch inständig, den Schwur um des lieben Friedens willen zu leisten. Er aber blieb stur, nannte sich trotzig weiterhin Professor, obwohl ihm das gleich nach seiner Weigerung laut einem amtlichen Schreiben untersagt worden war.

Ende August schließlich wurde ihm das Promotionsrecht entzogen, was hieß, dass er keinem seiner Studenten nach entsprechender Prüfung den Doktorgrad verleihen durfte. Noch schlimmer aber: Ihm wurde der Hörsaal verboten! Eines Morgens stand er mit seiner Studentenschar schlichtweg vor verschlossener Tür, und der Pedell weigerte sich, ihm aufzusperren.

«Wenn diese vernagelten Holzköpfe glauben, mich in die Knie zwingen zu können, haben sie sich gründlich getäuscht!», fauchte er mit hochrotem Kopf, als er an jenem Vormittag unverhofft früh nach Hause kam. «Ich werde mich beim Großen Rat darüber beschweren, dass man mich an meiner Aufgabe als Ordinarius hindert.»

Leider nutzte seine Eingabe beim Magistrat rein gar nichts. Man habe keine Handhabe gegen diese Beschlüsse, da die Universität ihren eigenen Gesetzen folge. Da zog er kurzerhand mit seinen Studenten zum Unterrichten in die Hinterzimmer der Wirtshäuser, mal in den Storchen, mal in die Krone, mal in den

Schwarzen Rüden. Am Ende setzte sich Buchdrucker Frobenius persönlich dafür ein, dass der Hörsaal wieder geöffnet wurde, da ein solcher Zustand für eine gelehrte Stadt wie Basel nicht tragbar sei.

Der alte Herr war sogar eigens zu ihnen nach Hause gekommen, um Doktor Theophrastus ins Gebet zu nehmen, was Barbara nur klug und richtig fand. Frobenius hatte sich an jenem Septemberabend, der noch einmal ungewöhnlich warm und schwül war, schwer atmend im Lehnstuhl am Schreibpult niedergelassen, während ihr Dienstherr auf der Fensterbank kauerte. Sie brachte den beiden einen Krug mit rotem Traminer in die Stube und füllte die guten Noppengläser damit.

«Danke, Barbara», sagte Johannes Frobenius höflich, und sie freute sich, dass er sich ihren Namen gemerkt hatte, wo sie ihm doch nur drei- oder viermal begegnet war. Sie mochte diesen hageren Mann in den Sechzigern. Sein schmales, bartloses Gesicht mit dem ausgeprägten Kinn, der leicht vorgeschobenen Unterlippe und den wachen, dunklen Augen hatte etwas sehr Angenehmes, fast Sanftes. Auch er war ein «Hergeloffener» von auswärts, wie sie vom Medicus wusste, und kam aus eher einfachen Verhältnissen, hatte sich aber durch Fleiß und Sachkenntnis zu einem der bedeutendsten Buchdrucker in deutschen Landen hochgearbeitet.

«Möchte der Herr vielleicht mit uns zu Abend essen?», fragte sie ihn. «Es gibt gebratenes Hühnerklein.»

«Das ist sehr freundlich, aber meine Frau und mein Sohn erwarten mich.»

Die Enttäuschung über diese Absage war dem Medicus wieder einmal deutlich anzusehen, und so fügte Frobenius hinzu: «Außerdem will ich morgen früh zur Frankfurter Herbstmesse aufbrechen.»

«Mit Verlaub, Meister», wandte der Doktor ein, «möchte ich Euch bei Eurer Kurzatmigkeit dringend von dieser langen Reise abraten.»

«Ach was, mein lieber Doktor. Dank Eurer Kur bin ich wieder ganz der Alte.»

Mit einer leichten Verbeugung zog Barbara sich in die Küche zurück, wobei sie den Druckermeister durch die angelehnte Tür sagen hörte:

«Ich bitte Euch von Herzen, nehmt die Abmahnung der Alma Mater ernst und nennt Euch fortan nicht mehr Professor. Eine Formalität nur, auf die man nun einmal pocht, ansonsten aber dürft Ihr wieder lehren und wirken, wie es Euch beliebt.»

«Es ist und bleibt eine Degradierung, hochverehrter Meister.»

«Seht einfach darüber hinweg, mir zuliebe. Denn nicht nur ich, nein, viele hier in Basel würden es zutiefst bedauern, wenn ein solch bedeutsamer Arzt und außergewöhnlicher Geist wie Ihr unserer Stadt wieder den Rücken kehren würde.»

Sie schloss die Zwischentür hinter sich, da sie diesmal wahrhaftig nicht lauschen wollte, und machte sich ans Anbraten. Dabei wurden ihre Gedanken immer sorgenvoller. Was, wenn man auf die Dienste des Medicus verzichten wollte und er Basel verlassen müsste? Was würde dann aus ihm? Und was aus ihr? Nein, so weit durfte sie gar nicht erst denken.

Nachdem sich ihr Gast bald darauf verabschiedet hatte, wirkte der Medicus nicht etwa erleichtert, sondern bedrückt. Er wollte auch nicht mit ihr zu Abend essen, sondern verließ stattdessen wortlos die Wohnung. Erst hinterher erfuhr sie, dass er erstmals seit Langem wieder einmal im Kohlenbergwirtshaus gewesen war, bis Adrian ihn als letzten Gast schließlich vor die Tür gesetzt hatte.

In den nächsten Wochen arbeitete er verbissen an seiner nächsten Vorlesung, die zum Oktober beginnen sollte. Sonst hatte er ihr zu ihrer Freude immer bereitwillig und in aller Ausführlichkeit erklärt, worum es dabei ging – war er guter Dinge, konnte er dabei fürchterlich ausschweifend sein. Jetzt aber wehrte er bereits ihre erste Frage in dieser Richtung mit einem unwilligen «Das verstehst du nicht» ab. An den Stichworten auf den zahlreichen Zetteln erkannte sie immerhin, dass er wieder auf Latein lehrte. Auch bezeichnete er sich in seiner Ankündigung nicht mehr als Professor, doch den Eid hatte er nach wie vor noch nicht geleistet. Wahrscheinlich baute er darauf, dass die Ratsherren in der Mehrheit auf seiner Seite standen, wo er schließlich ein erfolgreicher Stadtarzt war, doch Barbara fragte sich besorgt, wie lange das gut gehen mochte.

Nachdem der September mit kühlen, regenreichen Tagen zu Ende gegangen war, zeigte sich der Oktober von seiner schönsten Seite. Mit einem Mal war Doktor Theophrastus wieder in bester Stimmung. Er hatte zehn Tage ohne Vorlesungen vor sich, bevor das Wintersemester beginnen würde, saß aber dennoch täglich bis weit in die Nacht am Schreibpult. An diesem sonnigen Freitagnachmittag nun klatschte er laut in die Hände und rief zu ihr in die Küche hinüber: «Es ist vollbracht.»

Sie steckte den Kopf durch die fast immer halb offen stehende Tür.

«Was? Eure neue Vorlesung?»

«Nein, die ist längst fertig. Schau, hier.» Er deutete auf einen akkurat gestapelten und gebundenen Stoß Papiere. «Dies ist meine erste Basler Vorlesung über Arzneistoffe, und sie wird bald in gedruckter Form jedermann zugänglich sein.»

«Wie schön! Dann will Frobenius Euch endlich drucken?»

Er winkte ab. «‹Der Prophet gilt nichts in seinem Vaterland›, wie Jesus schon sagte. Nein, ich werde die Handschrift nach Zürich bringen.»

«Nach Zürich? Liegt das nicht weit weg von hier, im Osten?»

«Ja, aber dort habe ich einen guten Freund aus meiner Studienzeit, den Philosophen und Stadtarzt Christoph Clauser. Du musst wissen, ein Buchdruck kostet viel Geld, und so habe ich ihm die Schrift gewidmet, in der Hoffnung, dass er mir ein wenig Geld vorlegt. Und hinter Clauser wiederum stehen die berühmten Zürcher Reformatoren Zwingli, Bullinger und auch Leo Jud, der mir wie Clauser ein wahrer Herzensfreund ist. Mit all diesen Fürsprechern, da bin ich mir sicher, wird nun erstmals ein Buch von mir erscheinen. Gleich morgen früh will ich aufbrechen.»

«Das tut Euch sicher gut, nach all den Aufregungen einmal hier herauszukommen. Werdet Ihr lange fortbleiben?»

«Eine gute Woche, denke ich. Aber ich möchte, dass du mich begleitest. Zürich ist eine sehr schöne Stadt, und du sollst auch mal was von der Welt sehen.»

Fürs Erste war sie sprachlos. Über das Baselbiet war sie nie hinausgekommen, auch wenn sie sich früher mit Beat oft weit weggeträumt hatte.

«Wie lange wandert man dorthin?», fragte sie schließlich.

«O nein, wir marschieren nicht, wir nehmen uns zwei Mietpferde und ein Maultier fürs Gepäck. Wie du weißt, reise ich am liebsten zu Pferd.»

Erschrocken schüttelte sie den Kopf. «Eine Magd hoch zu Ross wie ein Burgfräulein? Das gehört sich nicht.»

«Geh her, was kümmert dich auf einmal das Geschwätz der Leute? Es wäre mir wirklich wichtig, dich an meiner Seite zu haben.»

Er blickte sie so flehentlich an, dass es sie rührte. Trotzdem kam ihr sein Vorschlag viel zu plötzlich. Zwar hatte der Vater sie als Kind oft auf den blanken Rücken ihres Maultiers gesetzt, wenn er durch die Stadt kutschierte, aber allein der Gedanke, den ganzen Tag in einem schwankenden Sattel auf einem fremden Pferd zu sitzen, womöglich noch im Trab oder Galopp, verursachte ihr Bauchgrimmen. Auf einem Schiff zu reisen oder zu Fuß – ja, das hätte sie sich gut vorstellen können. Aber sie wusste, dass der Medicus das Reiten liebte. Ihr hingegen machte es Angst.

Erneut schüttelte sie den Kopf. «Ich bleibe lieber hier. Jemand muss doch die Stellung halten, wenn Kranke anklopfen oder eine Nachricht überbracht wird. Nehmt besser den Hans mit, der brennt darauf, gelehrte Männer kennenzulernen.»

Seine Lippen wurden zu einem dünnen Strich. «Ist das dein letztes Wort?»

«Ja, Herr. Und seid mir bitte nicht böse darum.»

Falls der Medicus enttäuscht war, so ließ er es sich jedenfalls nicht anmerken. Bei strahlendem Sonnenschein brach er am nächsten Morgen auf, allein, da Hans noch immer stundenweise an der Lateinschule unterrichtete und nicht einfach eine gute Woche fortbleiben konnte. Barbara nutzte die Abwesenheit ihres Herrn, die Wohnung gründlicher als sonst aufzuräumen und zu putzen, den Sonntag wollte sie dann mit Marie und vielleicht auch ihrer Familie verbringen. Wenn sie ehrlich war, freute sie sich darauf, mehrere Tage am Stück allein wirtschaften zu können und obendrein mehr Zeit für sich und ihre Freunde zu haben. Kurz dachte sie sogar daran, Beat aufzusuchen und zur Rede zu stellen, verwarf es dann aber wieder. Sie musste ihren albernen Kindertraum, mit dem Badersohn Hochzeit zu feiern, endlich und endgültig aufgeben. Der Anblick, wie er mit dieser Kathrin lachend übers Feuer gesprungen war, hatte sie viel zu tief getroffen.

Doch die Freude über ihre freie Zeit währte nur kurz. Marie verbrachte wieder einmal den ganzen Sonntag bei ihrer kranken Muhme in Kleinbasel, und so saß Barbara an diesem sonnigen und warmen Oktobertag stundenlang allein am Rheinufer. Auch die nächsten Tage war ihre Freundin noch bei der Muhme. Bald schon wurde es Barbara langweilig, und sie begann sogar, den Medicus zu vermissen. Hinzu kam, dass sie sich über ihre Ablehnung, ihn zu begleiten, mit einem Mal ärgerte. Wäre es denn so schlimm gewesen, ein Pferd zu besteigen? Um dafür endlich einmal was von der Welt zu sehen? Am Mittwochabend schließlich, das gute Wetter hielt an, spazierte sie am späten Nachmittag hinüber zur Linde, um sich mit ihren Jugendfreunden zu treffen. Da erlebte sie etwas Seltsames. Schon in den Wochen zuvor hatte sie manchmal den Eindruck gehabt, dass manch einer der Kohlenberger ihr aus dem Weg ging, doch als sie jetzt zu den Burschen und Mädchen stieß, die sich um ein Fässchen Bier versammelt hatten, verstummte deren Gelächter plötzlich. Alle starrten sie sie an, als sei sie eine Fremde.

«Hat dich dein buckliger Arzt rausgeworfen?», ergriff schließlich Maries älterer Bruder Clewi das Wort, der sich wie sein Vater mit Gelegenheitsarbeiten mehr schlecht als recht durchs Leben schlug.

«Nein, wieso? Ich hab nur ein paar Tage frei, weil er verreist ist.»

«Und da dachtest du dir, schau ich doch mal bei meinen alten Freunden vorbei ...»

«Genau. Bekomme ich also auch einen Schluck Bier?»

Fast unwillig reichte er ihr einen halb vollen Becher. Das Bier war lauwarm und schmeckte gepanscht, aber sie trank es dennoch aus. Eigentlich hätte sie erwartet, dass man sie mit Fragen über ihren Herrn bestürmen würde, aber niemand richtete mehr das Wort an sie. Nur Stoffel, der wenig später zu ihnen stieß, schien sich aufrichtig zu freuen.

«Bärbel! Schön, dass du dich mal aus deinem Loch wagst. Hab schon gehört, dass dein Stadtarzt in Zürich ist. Magst du nachher bei uns daheim zu Abend essen?»

«Mal sehen», murmelte sie. Ihre freudige Erwartung auf einen lustigen Abend unter der Linde war gänzlich verflogen.

«Wann kommt Marie wieder zurück?», wandte sie sich an Clewi.

«Weiß ich doch nicht.»

Sollte sie noch länger hierbleiben? Vielleicht würde sich dann die alte Vertrautheit wiederherstellen. Denn wenn sie jetzt ging, würde man sich hinter ihrem Rücken das Maul zerreißen, das spürte sie. Und das machte sie unendlich traurig.

In diesem Moment sah sie Marie die steile Gasse heraufkommen. Sie gab Clewi den Becher zurück.

«Bis später vielleicht.»

Dann lief sie ihrer Freundin entgegen und umarmte sie.

«Endlich!»

«Das war die Hölle», stöhnte Marie, während sie sich bei ihr unterhakte. «Vier Tage bei dieser störrischen, kranken Alten. Dazu dieser Gestank.»

«Was hat sie denn?»

«Offene Beine, ekelhaft. Aber jetzt ist endlich meine Base gekommen und schaut nach ihr.» Sie lenkte ihre Schritte in Richtung von Adrians Fachwerkhaus.

«Musst du etwa gleich arbeiten?», fragte Barbara enttäuscht.

«Ja, leider. Würde jetzt auch lieber mit dir und den anderen unter der Linde herumstehen und dummes Zeug reden.»

Barbara blieb stehen. «Weißt du, was die mit einem Mal gegen mich haben?»

«Nein, warum?»

«Die haben gradwegs so getan, als wäre ich Luft für sie.»

Marie zuckte die Schultern und wich dabei ihrem Blick aus.

«Bitte, sag's mir!»

«Ach Bärbel, wie soll ich das erklären? Du bist halt nur noch selten bei uns. Und na ja, du schaust auch nicht mehr aus wie wir, mit deinen schönen neuen Gewändern und der weißen Haube. Aber glaub mir, für mich wirst du immer meine beste Freundin bleiben.»

Dass sie nicht mehr dazugehörte, schmerzte Barbara, trotz der tröstlichen Worte der Freundin. So ging sie kein weiteres Mal zur Linde und war froh, als der Medicus eine Woche später zurückkehrte. Er war voller Zuversicht. Doch sie hatte eine schlechte Nachricht für ihn, die Frobenius' Knecht ihr überbracht hatte: Den Meister habe nach der Rückkehr aus Frankfurt der Schlag getroffen, nun sei er halbseitig gelähmt und nicht mehr bei sich.

Sofort ließ der Medicus alles liegen und stehen und eilte in die Druckerei am Totengässlein. Doch er konnte seinem Gönner und Förderer, den er nach eigenen Worten liebte wie seinen Augapfel, auch nicht mehr helfen: Am sechsundzwanzigsten Oktober verstarb Johannes Frobenius.

Kapitel 13

Im Herbst 1527

Dass der Tod des Buchdruckers ihren Herrn schwer getroffen hatte – als man ihm die Nachricht überbrachte, war er in Tränen ausgebrochen –, verstand Barbara gut. Was das indessen noch für Folgen haben sollte, wurde ihr erst allmählich klar.

Nachdem der Medicus den ersten Schrecken überwunden hatte, war ihm zunächst nur wenig anzumerken. Er arbeitete überaus fleißig und behandelte seine Kranken wie eh und je mit größter Aufmerksamkeit, wurde dabei aber merklich wortkarger. Seine mitunter derben Späße und Bemerkungen hörten ganz auf, oft war er reizbar und ungeduldig, sowohl mit ihr als auch mit Hans. Lag es daran, dass er noch immer auf eine Antwort aus Zürich wartete?

Sie hatte ihn nämlich einmal ganz unschuldig gefragt, wann denn nun sein Buch gedruckt sei, woraufhin er sie bös angefahren hatte: «Das druckt sich nicht von heut auf morgen.» Und an jenem Abend hatte sie ihn, bevor sie zu Bett ging, in der Stube halblaut vor sich hin murmeln hören: «An den vortrefflichen Stadtarzt zu Zürich und gelehrtesten Philosophen ... nein, das ist zu unterwürfig ... Besser wäre ...» Als er am nächsten Vormittag außer Haus war, hatte sie ihre Neugier nicht länger zügeln können und einen Blick auf sein Schreibpult geworfen, wo tatsächlich ein Brief lag. Sie hatte nicht alles entziffern können, aber doch so einiges:

«Hochverehrter Christoph, liebster Freund, du bester aller waadtländischen Ärzte! Es liegt mir wahrlich viel an der Drucklegung meiner Schrift, habe ich doch nach all meinen Lehrjahren in ganz Europa so viel Wichtiges zu sagen ...» Es folgten einige durchgestrichene Sätze. «So wie nämlich der wichtigste Arzt der Araber Avicenna, der von Pergamon Galenos und der beste unter den italienischen Ärzten Marsilius war, so hat das glückliche Germanien mich, in meiner großen Erfahrenheit, als den fürs Land notwendigen Arzt entsendet. Du weißt ja selbst, dass die Erfahrung in der Heilkunde gleichsam die Mutter jedes ärztlichen Erfolges ist.» Der nächste längere Absatz war auf Latein, bis es wieder auf Deutsch weiterging: «Obgleich ich die hier Genannten loben will, so liegt für unser Vaterland keine Notwendigkeit vor, die Gedanken und Sitten der Araber oder der Griechen nachzuahmen, vielmehr ist das ein Irrtum und eine fremde Anmaßung. Was soll uns in Germanien ein Avicenna? Es sind die Krankheiten und Gebrechen in unseren Gefilden in Betracht zu ziehen, mit unseren eigenen Heilmethoden, und ebendies treibt mich an zu schreiben. So habe ich dir mein Büchlein gewidmet, damit es alsbald in Druck gesetzt wird. Mag sein, dass es unter den weniger erfahrenen Ärzten Gegner finden wird, denn geteilt und zerrissen ist die Schar der Ärzte hier: Die einen reden mit falscher Zunge, die anderen mit falschem Herzen.» Wieder war etwas durchgestrichen. «Nächstens schicke ich dir auch eine Anzahl Beschreibungen zur Zersetzung von Vitriol. Gebrauche es gut und vergiss nicht, meiner immer in Freundschaft zu gedenken. Lebe wohl, dein Theophrastus.»

Sie hatte nicht jeden Satz verstanden, aber eines spürte sie: In diesem Brief, der doch ein Bittschreiben sein sollte, hatte der Medicus allzu dick aufgetragen. Sie kannte zwar seine Ansicht, dass jedes Land seine eigenen Krankheiten und eigenen Arzneien hervorbringe und daher auch seine eigenen Ärzte brauche, was ihr einleuchtete. Aber musste er sich selbst gleich als *den* Arzt Germaniens darstellen? Und seine hiesigen Collegen herabsetzen? Ein wenig mehr Bescheidenheit hätte dem Brief sicher gutgetan.

So tat sich denn auch gar nichts mit dem Buchdruck in Zürich, und der November ging bereits seinem Ende zu. Es war an einem Samstagnachmittag, als Hans vorbeikam und ihr die Augen öffnete.

«Ist dein Herr und Meister gar nicht da?», fragte er, nachdem er eingetreten war.

Sie schüttelte den Kopf. «Er wurde mittags zu einem Kranken in der Talstadt gerufen, aber er kommt sicher bald. Setz dich doch, ich bring dir einen Becher Birnenmost.»

Er ließ sich auf die Küchenbank sinken und beobachtete mit gerunzelter Stirn, wie sie ihm Most einschenkte und ein wenig Brot aufschnitt. Seit der Zürichreise des Doktors war er nur noch selten bei ihnen aufgetaucht.

«Was schaust du so mürrisch?», fragte sie schließlich, da er die ganze Zeit schwieg. Weder bedachte er sie mit seinen üblichen Neckereien noch mit diesen herausfordernden Blicken aus seinen tiefblauen Augen, was er selbst wohl für verführerisch hielt, bei ihr aber inzwischen nur noch ein eher belustigtes Lächeln auslöste.

«Wir waren auf vier Uhr verabredet», erwiderte er verdrießlich. «Dieser Mensch wird immer unzuverlässiger.»

«Dann musst du halt eine Weile mit mir vorliebnehmen», scherzte sie. Doch er ging nicht darauf ein.

«Hab meine Zeit auch nicht gestohlen.» Er trommelte mit den Fingern auf die Tischplatte. «Hast du nichts anderes als trocken Brot?»

«Sicher.»

Sie holte einen Kanten Hartkäse aus der Vorratskammer, wovon er sich mit seinem Messer eine dicke Scheibe abschnitt und lustlos darauf herumkaute. Er hatte sich nicht einmal bedankt.

«Schmeckt es dem Herrn vielleicht nicht?», fragte sie mit spöttischem Unterton.

«Hast du eigentlich nichts zu tun?», fragte er zurück.

Seine Schroffheit ärgerte sie nun doch. Eigentlich hatte sie vorgehabt, sich zu ihm zu setzen, doch jetzt griff sie wieder nach dem Besen, da sie gerade dabei gewesen war, die Stube auszukehren.

Als sie damit fertig war, saß er mit verschränkten Armen da und starrte finster vor sich hin.

Sie verschränkte ebenfalls die Arme.

«Was ist dir eigentlich für eine Laus über die Leber gelaufen?»

«Wir waren verdammt noch mal verabredet. Bestimmt ist er wieder in irgendeiner Kaschemme hängen geblieben und lässt sich unter den Tisch saufen.»

«Was redest du da für einen Unsinn?» Nachdrücklich schüttelte sie den Kopf. «Ich hab dir doch gesagt, dass er bei einem Kranken ist.»

«Ha! Ist dir wahrhaftig noch nicht aufgefallen, dass er wieder viel zu viel trinkt? Und alle Welt nur noch anblafft in seiner schlechten Laune?»

«Das Letzte ist mir sehr wohl aufgefallen. Gerade so wie du heute.» Sie setzte sich ihm gegenüber. «Aber du solltest nachsichtig mit ihm sein. Erst der unverhoffte Tod von Frobenius und jetzt das mit seinem Buch. Er hat so große Hoffnung auf seinen Freund in Zürich gesetzt, wünscht sich nichts sehnlicher, als dass endlich was von ihm gedruckt wird. Ich finde, dass er diesen Lohn seiner Mühen längst verdient hat.»

Hans zog eine Grimasse. «Und weißt du, was ich finde? Dass er selbst schuld ist, wenn man ihn schmäht. Du hast keine Ahnung, was ich mir beim Korrekturlesen in der Druckerei von den Leuten anhören muss. Manchmal schäme ich mich fast, der Famulus des Medicus zu sein.»

«Du bist gemein!»

Doch Hans war nicht mehr zu halten. «Weißt *du* etwa, wie er sich in Zürich mal wieder aufgeführt hat? Ich weiß es, denn unter den Basler Gelehrten, die allesamt gute Verbindungen nach Zürich haben, wird längst darüber getratscht.»

Im Grunde wollte sie es gar nicht hören, aber er fuhr bereits fort:

«Die meiste Zeit in Zürich hat er nämlich mit Studenten beim Zechen im Storchen verbracht, einer üblen Kaschemme. Als Carissimi Combibones, als geliebte Mitsäufer, hatte er sie dem Clauser lallend vorgestellt, als der ihn einmal sturzbetrunken nach Hause geschleppt hat. Und Clausers Freund Bullinger weiß zu berichten, dass sich Theophrastus in einer anderen Schenke wie ein Fuhrmann benommen und auch so ausgesehen hätte, laut und schmutzig. Im schönsten Schwyzerdeutsch hätte er Predigten vor dem versammelten Volk gehalten, von seinen Zauberkünsten geprahlt und gegen Religion und Kirche gewettert. Und zu guter Letzt sei er von der Bank gefallen und auf dem Boden eingeschlafen. In den Gottesdiensten hätte er sich obendrein kein einziges Mal blicken lassen.»

Barbara starrte ihn an. «Und all diesen Mist glaubst du?»

«Mag sein, dass vieles übertrieben ist, aber kommt dir das so fremd vor? Mehr noch: Laut Clauser stünde in seinen Schriften viel unnützes, unwissendes Zeug.»

Von Sankt Leonhard schlugen die Glocken fünf Uhr, und Hans sprang auf.

«Ich gehe jetzt. Sag deinem Herrn, wenn er künftig meine Dienste braucht, dann soll er zu mir auf den Heuberg kommen! Dort habe ich mir nämlich jetzt ein Zimmer gemietet.»

Das mit dem übermäßigen Weingenuss hatte Barbara doch zu denken gegeben. Mitunter, wenn er nachmittags von einer Krankenbehandlung heimkehrte, schwankte der Medicus etwas, ansonsten war ihm aber kaum etwas anzumerken. Und die Abende verbrachte er seit Frobenius' Tod zu Hause, doch die Weinvorräte im Keller leerten sich schneller als sonst. Was aber auch daran lag, dass neuerdings der Flickschuster Bohnsack nach Feierabend zu ihnen heraufkam, und zwar mehrmals die Woche.

Sie mochte das dürre Männlein immer weniger. Ihrer Meinung nach nutzte Bohnsack den Medicus weidlich aus, soff und fraß sich bei ihm durch, ohne je selbst etwas mitzubringen. Was noch hinzukam: In dessen Beisein ließ sich Doktor Theophrastus immer wieder dazu hinreißen, von seinen Wundermitteln zu schwärmen, was schon an Prahlerei grenzte, oder mittels Spielkarten die Zukunft vorherzusagen, was ihr wiederum fast Angst machte. Aber hatte sie das Recht dazu, ihrem Herrn hierüber Vorhaltungen zu machen?

Sie vermutete, dass er mit diesen fröhlichen Zechabenden nur etwas überspielte. Dass er sich in Wirklichkeit von aller Welt verlassen fühlte. Hans ließ sich nämlich tatsächlich nicht mehr blicken. Stattdessen musste der Medicus ihn, wollte er mit ihm arbeiten, in dessen kalter Dachmansarde am Heuberg aufsuchen.

Am Vorabend zum ersten Dezember kehrte der Doktor völlig außer sich von einer Arbeitssitzung bei Hans zurück.

«Allmählich reicht es mir mit diesem Hans Herbst», schimpfte er, nachdem er die Wohnungstür hinter sich zugeschmettert hatte. «Was nimmt der sich eigentlich heraus?»

«So beruhigt Euch erst mal und esst mit mir zu Abend. Der Gemüseeintopf ist eben fertig geworden.»

«Ich habe keinen Hunger.» Er ließ sich, ohne Schuhe und Mantel abzulegen, in seinen Lehnstuhl sinken, den sie bereits an den Küchentisch geholt hatte. «Weißt du, was der Kerl mir heute gesagt hat? Selbst unter meinen Studenten würden mich inzwischen manche als einen gottlosen Rauf- und Trunkenbold sehen, der seinen Gegnern reichlich Schießpulver für ihre Angriffe liefert! Das ist doch eine bodenlose Unverschämtheit.»

«Er meint es sicher gut und möchte Euch nur warnen.» Sie zögerte kurz, sprach es aber dann doch aus. «Ihr solltet Eure Worte vielleicht mit mehr Bedacht wählen.»

«Warnen? Bedacht?» Er schlug mit der Faust auf den Tisch. «Ja, soll ich mir jetzt einen Maulkorb anlegen lassen wie einem beißwütigen Wachhund? O nein! Und ganz abgesehen davon: Meine Studenten lieben mich! Am liebsten würde ich Herbst zum Teufel schicken, aber ich brauche ihn für meine künftigen Bücher.»

«Es wird sich schon wieder alles einrenken», murmelte sie besänftigend, während sie die Schüssel auf den Tisch stellte. Innerlich aber zweifelte sie daran, spätestens seit Hans' letztem Besuch im Haus Zum Roten Hahn.

Dass den Medicus schon am folgenden Morgen die nächste Demütigung wie ein Schlag mitten ins Gesicht treffen würde, ahnte sie indessen nicht.

Kapitel 14

Im Dezember 1527

An diesem ersten Dezember, einem trüben und regnerischen Tag, kam Doktor Theophrastus nach seiner Vorlesung nicht nach Hause. Und das, obwohl Barbara ihn am Morgen mehrfach daran erinnert hatte, pünktlich zu sein, da der Messerschmied aus der Spalenvorstadt in seiner Mittagspause vorbeischauen wollte. Jetzt saß der arme Mann mit seinem brandigen Arm seit einer geschlagenen Stunde am Küchentisch, hatte ein wenig Gemüsebrei zu sich genommen und stöhnte immer wieder leise vor sich hin.

Schließlich mochte sie das Elend nicht mehr mit ansehen und holte, was ihr eigentlich verboten war, eigenmächtig aus der Apothekenkiste ein Fläschchen mit Mohnsirup. Davon träufelte sie sieben Tropfen auf einen Löffel. Nicht zum ersten Mal dachte sie daran, wie erfüllend es wäre, Ärztin zu sein. Doch Frauen war dies nun einmal verwehrt, wie so vieles im Leben.

«Nehmt dies, das hilft erst mal gegen die Schmerzen.»

Dankbar schluckte er die Tropfen herunter. Nachdem sie ihm versprochen hatte, Bescheid zu geben, sobald der Doktor zurück sei, machte er sich wieder auf den Heimweg. Dann schlug die Turmuhr die vierte Nachmittagsstunde, und der Medicus war noch immer nicht zurück. Bald würde es dunkel werden. Zu spät kam er zwar öfter, aber vergessen hatte er die Behandlung eines Kranken noch nie.

Am Ende schlüpfte sie in Schuhe und Wintermantel und machte sich auf den Weg zum nahen Heuberg. Vielleicht hatte er es ja doch vergessen und war längst bei Hans Herbst, um mit ihm an seiner nächsten Schrift zu arbeiten.

Gerade als sie in die schmale Gasse einbog, kam der ihr entgegen.

«Was machst du denn hier?», fragte Hans mehr als überrascht und blieb stehen. Dann lächelte er erfreut, was echt wirkte. «Ich habe leider wenig Zeit, muss zum Korrekturlesen in die Druckerei. Aber du kannst mich bis dorthin begleiten.»

«Ist denn der Doktor nicht bei dir?»

«Nein, wieso?» Er marschierte los.

«Er ist heute noch gar nicht heimgekommen. Dabei hätte er heute Mittag einen brandigen Arm behandeln sollen.»

Seine Miene wurde mit einem Schlag ernst.

«Oje, dann weißt du es noch gar nicht?»

«Was?»

Er blickte sich um, doch von den wenigen Menschen auf der Gasse kümmerte sich niemand um sie.

«Es gibt schon wieder großen Wirbel um ihn», sagte er leise. «Jemand hat heute früh eine Schmähschrift in den Hörsaal gelegt, mit mehr als niederträchtigen Beleidigungen gegen ihn. Als er das Blatt auf seinem Pult entdeckte, hat er es nach dem Lesen umgehend in Fetzen gerissen und ist wutentbrannt hinausgelaufen. Ich wollte ihm hinterher, aber er war schon verschwunden. Stell dir nur vor: Selbst an der neuen Burse in der Augustinergasse, an Sankt Martin, an Sankt Peter und am Münster ist dieses Blatt angeschlagen.»

«Gütiger Himmel! Was genau steht da drin?»

«Nun ja, der Wortlaut ist auf Lateinisch und mehr als unverschämt.»

Ein ungutes Gefühl beschlich sie. «Bitte, sag es mir.»

Er blieb stehen und holte tief Luft. «Jemand verhöhnt ihn darin als Taugenichts, als tollwütigen Hund und Wahnsinnigen, der nicht einmal würdig sei, dem Hippokrates das Nachtgeschirr nachzutragen oder die Schweine zu hüten. Und dass er sich mit gestohlenen Federn schmücke und nicht einmal korrektes Latein beherrsche. Dazu werden seine Wortfindungen verspottet, die er in den Vorlesungen benutzt.» Er zögerte kurz, bevor er mit schmerzlich verzogenem Gesicht fortfuhr: «Zum Schluss heißt es, dass er sich am besten einen Strick nehmen und daran aufhängen soll!»

Erschrocken starrte sie ihn an. «Das darf doch nicht wahr sein! Wer schreibt so etwas Furchtbares?»

Hans zuckte die Schultern. «Gezeichnet ist es mit *Aus der Unterwelt.* Ich denke, es muss jemand von den Studenten sein, der die Vorlesungen besucht hat.»

«Wir müssen diese Zettel sofort von den Kirchentüren reißen.»

«Das hab ich längst getan. Aber ich fürchte, es hat sich schon in der ganzen Stadt herumgesprochen.»

Ihre Stimme zitterte: «Und wenn er ... wenn er sich nun wirklich etwas angetan hat?»

«Das glaube ich nicht. Wahrscheinlich ertränkt er seinen Kummer gerade im Wein. Aber wenn du willst, komm ich nach dem Korrekturlesen bei euch vorbei. In einer Stunde etwa.»

Sie nickte. «Bitte tu das. Ich weiß sonst nicht, wohin mit meinen Sorgen.»

Sie kehrte in die immer noch leere Wohnung zurück, nachdem sie bei Bohnsack angeklopft hatte. Doch der wusste auch nichts vom Verbleib des Medicus. So setzte sie sich an den Küchentisch und lauschte auf jedes Geräusch von draußen, unfähig, irgendeine Arbeit zu beginnen. Als es bereits stockfinster war, erschien wie versprochen Hans, mit betretenem Gesicht und einer Laterne in der Hand.

«Ist er noch immer nicht zurück?»

Sie schüttelte den Kopf.

Kein Vaterunser später hörten sie es auf der Außentreppe rumpeln, und gleich darauf stand wahrhaftig der Doktor im Türrahmen, unversehrt, mit undurchdringlicher Miene.

«Was glotzt ihr so entgeistert?», murmelte er, während er sich aus dem Kamelhaarmantel schälte.

«Wo habt Ihr bloß den ganzen Tag gesteckt?», fragte Barbara empört und erleichtert zugleich und nahm ihm den Mantel ab. «Ihr könnt Euch gar nicht vorstellen, wie sehr wir uns gesorgt haben.»

«*Wir?*» Spöttisch verzog er die Mundwinkel. «So gibt mir mein Famulus also auch wieder die Ehre, in meinem Haus zu erscheinen? Oder treibt dich, lieber Oporinus, etwa das schlechte Gewissen her?»

Er war zum Glück ganz und gar nüchtern, wie Barbara feststellte. Weder schwankte er, noch sprach er irgendwie undeutlich. Andererseits hatte seine Gefasstheit bald schon etwas Unheimliches.

Hans trat auf ihn zu und streckte ihm die Hand entgegen. «Ich schwöre Euch, ich habe nichts mit diesen Verleumdungen zu tun.»

Der Medicus winkte ab und setzte sich auf die Küchenbank. «Lass gut sein, das hätte ich dir auch nicht zugetraut. Weißt du Bescheid?», fragte er in Barbaras Richtung.

«Ja, Herr. Aber wo wart Ihr so lange?»

«Beim Magistrat. Ich habe gefordert, all meine Hörer vorzuladen, um den oder die Täter zu ermitteln und wegen Ehrverletzung anzuklagen. Es kann nämlich nur einer meiner Studenten hinter diesen Schandversen stecken.»

«Und?», fragten Barbara und Hans gleichzeitig.

«Man will nichts unternehmen. Das sei doch nur ein Dummejungenstreich.»

Plötzlich sackte er in sich zusammen und schlug die Hände vors Gesicht. Barbara glaubte, ein unterdrücktes Schluchzen zu hören.

«Und ich dachte, meine Studenten lieben und verehren mich», stieß er hervor. «Was habe ich nur falsch gemacht?»

Um seine Verbundenheit zu zeigen, kam Hans zum Arbeiten wieder zu ihnen ins Haus. Vielleicht aber auch nur, weil dort immer warm eingeheizt war und stets etwas zu essen und zu trinken auf dem Tisch stand. Was auch der Grund sein mochte – Barbara war froh darum, nicht täglich mit dem Medicus allein zu sein, da der sich seit jenem Tag launischer denn je zeigte. Mal sprach er stundenlang kein Wort mit ihr, dann wieder schnauzte er sie an, dass der falsche Wein geliefert worden sei, obgleich das keinesfalls ihre Schuld war, oder dass seine Sachen nicht an Ort und Stelle lägen. Kleinigkeiten also, die sie aber kränkten. Nichts konnte sie ihm recht machen, und so ging sie in diesen Dezembertagen mehr und mehr auf Abstand zu ihm. Zugleich konnte sie ihn in seiner Verletztheit gut verstehen, wo sich doch auch ihre Kohlenberger Freunde von ihr zurückgezogen hatten. Mehr noch: Ausgerechnet mit Beginn der dunklen Winterzeit, die sie so gar nicht mochte, hatte Marie plötzlich keine Zeit mehr für sie. Ihre Freundin hatte sich nämlich verliebt, ihr Herz an einen jungen, welschen Gaukler namens Tonio verloren, der sich für den Winter in Adrians Wirtshaus einquartiert hatte.

Seine schlechte Laune an Hans auszulassen, wagte der Medicus hingegen nicht. Dafür hatte der sein Gezeter gegen sämtliche Basler Ärzte, Apotheker und Professoren zu ertragen, auch wenn er es meist schweigend hinnahm. Barbara aber konnte es bald nicht mehr mit anhören, wenn der Medicus wieder einmal unvermittelt gegen seine Collegen loswetterte. Die seien es nicht einmal wert, einen Dreckhaufen anzufassen, geschweige denn sich mit der menschlichen Gesundheit zu beschäftigen, und man müsste ihnen ihr Handwerk eigentlich verbieten. Auch an seinen Studenten ließ er kein gutes Haar mehr. Leider drang seine aufgebrachte Stimme auch durch die geschlossene Tür zur Küche.

«Die Nase in ihre unnützen Bücher stecken, ja das können sie, diese sogenannten Ärzte der Zukunft», wiederholte er oft. «Ich aber weiß, was zwischen Himmel und Erde verborgen ist, weil ich von klein auf bei den Siechen und Gebrechlichen war. Und wer mich für einen Scharlatan hält, der soll erst mal die Krankenstuben in Hispanien, Engelland oder in der Walachei aufsuchen, wie ich es getan habe, dann kann er mit mir disputieren.»

So zog er über alle her, die mit der Heilkunde zu tun hatten, ohne aber je jemanden namentlich zu beleidigen. Noch waren seine Lekturen gut besucht, vielleicht ja auch gerade deshalb, weil man diesen Hitzkopf leibhaftig erleben wollte. Aber wie lange würde das noch gut gehen?

Ein einziges Mal nur, an einem Abend, als draußen ein Wintersturm ums Haus tobte, hatte Hans es gewagt, ihm vorsichtig zu widersprechen.

«Habt Ihr eigentlich vergessen», hörte sie ihn nebenan in der Stube sagen, «was ich neulich für Euch aufgeschrieben habe, als es um die Sittlichkeit des Arztberufes ging? Ich will es zitieren: *Bedenket, dass wir unseren Bruder nicht einen Toren heißen sollen.*»

«Na und? Die, die ich meine, sind ganz und gar nicht meine Brüder.»

Und schon begann er wieder, wie ein Kesselflicker zu schimpfen, dass alle gegen ihn seien. Da konnte Barbara nicht anders, als in die Stube zu treten.

«Redet Ihr so auch in Euren Vorlesungen? Dann müsst Ihr Euch nicht wundern. Ihr selbst bringt doch jedermann gegen Euch auf!»

Hans schaute nicht weniger verdutzt drein als sein Meister.

«Was erlaubst du dir?», fuhr der Medicus sie schließlich an.

Sie wusste nicht, woher sie den Mut nahm, fortzufahren, anstatt klein beizugeben.

«Ihr habt mir einmal gesagt, dass ein wahrer Arzt hohe Ansprüche zu erfüllen habe. Ein Arzt sollte belesen sein wie auch erfahren und weit gereist, dazu redlich und wahrhaftig, rein im Gewissen und keusch im Leben. Das hat mir sehr gefallen. Kein Wolfsarzt soll er sein, sondern wie ein Lamm, das nicht sich selbst, sondern den anderen nützt.»

Herausfordernd sah sie ihn an.

«Das alles hast du dir gemerkt?», sagte er nach einem langen Moment der Stille.

«Ja, weil es gut ist. Aber erfüllt *Ihr* all diese Ansprüche, die Ihr auch von anderen erwartet? Erhebt Ihr Euch nicht stattdessen über Eure Collegen, indem Ihr sie niedermacht? Und noch etwas: Ich glaube fest daran, dass Ihr ein wundervoller Arzt seid, aber anstatt mit Geduld und Vernunft für Eure Neuerungen zu werben, schlagt Ihr immer wieder Krach wie ein Marktweib.»

Hans schlug mit der flachen Hand auf das Schreibpult. «Jetzt ist aber mal gut, Barbara!»

Der Medicus schüttelte nur müde den Kopf. «Nein, lass nur, Oporinus. Sie hat ja recht. Aber ich vermag's nicht anders angesichts all dieser Holzköpfe.»

Kapitel 15

Mitte Dezember 1527

Der letzte Sonntag vor Weihnachten brachte nach einer frostig-kalten Nacht strahlenden Sonnenschein und blauen Himmel. Barbara hatte in ihrem Elternhaus zu Mittag gegessen, sich aber gleich nach dem letzten Bissen wieder verabschiedet, so unwohl war ihr unter Gutas abschätzigen Blicken. Obendrein starrte die Küche inzwischen vor Dreck: Die Tischplatte klebte, wenn man sie mit den Händen berührte, am Geschirr fanden sich angetrocknete Essensreste, und auf den Holzregalen lag eine dicke Staubschicht. Dass ihren Vater das nicht störte! Guta, die seit Juli Stoffels angetraute Ehefrau war, hatte offensichtlich anderes im Sinn, als eine halbwegs ordentliche Haushaltung zu führen. In der Schindhütte sah es nicht viel besser aus, alles lag wie Kraut und Rüben durcheinander. An manchen Tagen stapelten sich sogar Kadaverreste vor dem Tor. Als sie einmal ihren Bruder darauf ansprach, hatte der nur die Schultern gezuckt: «Die Guta tut, was sie kann, aber sie ist halt nicht die Schnellste bei der Arbeit.»

«Dann braucht ihr eben einen Knecht. Siehst du nicht, dass unser Vater immer krummer wird mit seinen ständigen Rückenschmerzen?»

Aber warum sollte sie sich überhaupt einmischen? Ihr Vater, dem das alles gleichgültig zu sein schien, war inzwischen fast völlig verstummt und ihr Bruder seinem schönen Eheweib regelrecht hörig. Nein, das war nicht mehr ihr Zuhause, dachte sie, als sie den steilen Abstieg vom Kohlenberg hinunterging. Und ihre Heimat auch nicht. Auf dem Platz bei der Linde hatten ihr ein paar Kohlenberger zuvor zwar freundlich zugewinkt, doch niemand hatte sie, wie früher, zum Tratschen und Plaudern beiseitegenommen. War sie den Leuten so fremd geworden?

Sie wollte zum Rhein an diesem schönen Tag, wollte dort ein wenig spazieren gehen, um ihren Kopf auszulüften. Liebend gern hätte sie Marie an ihrer Seite gehabt, doch die war mit ihrem Tonio, wie sie ihr bereits im Gottesdienst angekündigt hatte, irgendwo in Kleinbasel unterwegs. So hatte Barbara nach dem Mittagessen, als die Sonne am höchsten stand, nochmals im Haus Zum Roten Hahn vorbeigeschaut und kurzerhand den Medicus gefragt, ob er mit ihr ein wenig an die frische Luft wolle.

«Das würde Euch guttun, Herr, gerade jetzt im Winter. Ihr hockt viel zu viel in dieser stickigen Wohnung.»

«Sehe ich aus, als hätte ich Zeit für Müßiggang?», war seine schroffe Antwort gewesen, bevor er sich wieder mit gesenktem Kopf über sein Pult beugte. Woraufhin sie ihn mit einem knappen Gruß allein gelassen hatte.

Sie wollte seine Launen nicht an sich herankommen lassen, doch an manchen Tagen wie heute litt sie unter dieser Mischung aus kindischem Trotz, verletztem Stolz und plötzlichem Zorn. Seit neun Monaten stand sie nun schon in seinen Diensten, lebte und arbeitete an seiner Seite, und nachdem sie sich an seine Schrullen erst einmal gewöhnt hatte, hatte sie schon geglaubt, ein besonders glückliches Los gezogen zu haben. Jetzt aber waren seine Stimmungsschwankungen ärger denn je, was sie manchmal wütend machte. Auch bei ihr selbst lief nicht alles gut, auch sie selbst fühlte sich oft, so wie heute, von aller Welt verlassen, ohne Freunde und Familie. Aber war das ein Grund, andere anzugreifen oder zu beleidigen? Mit jedermann aus nichtigem Grund Streit anzufangen?

Während sie im Laufschritt die Steinenvorstadt durchquerte, um niemandem aus Scherlins Badstube zu begegnen, fragte sie sich, wann sie den Doktor das letzte Mal lächeln gesehen hatte. Oder herzhaft lachen. Denn auch das vermochte er, wenn er guter Dinge war.

Wenig später erreichte sie die Dalbenvorstadt längs des Rheins, mit ihrem uralten Kloster, den Papiermühlen entlang des Kanals und den niedrigen Häuschen der Schindelmacher und Rebleute. Unter der Woche machten die Mühlräder und Stampfen einen Heidenlärm, doch heute war alles wunderbar still. Sie hätte sich gleich hier ans Rheinufer setzen können, beschloss aber, weiter bis zur Einmündung der Birs zu wandern. Dort am Birsköpfli befand sich ihr Lieblingsplatz, auch wenn er recht weit weg vom Kohlenberg lag. Oder vielleicht gerade deshalb.

Hinter dem Alban-Tor, dessen Wächter nicht einmal aufschaute, verließ sie die Landstraße nach Zürich und schlug den Kiesweg hinunter zum Rhein ein. Nun war sie so gut wie allein unterwegs zwischen den Weiden, Gemüse- und Rebgärten des Klosters Sankt Alban. Durch die winterlich entlaubten Bäume zu ihrer Rechten erkannte sie die drei steinernen Säulen des Galgens auf dem Gellert, doch als Schindertochter schreckte sie das nicht, zumal dort schon seit Langem keiner mehr am Strick gebaumelt hatte.

Die Mündung der Birs in den breiten Rheinstrom lag noch im Sonnenlicht. Hier hatten sich Kies und heller Sand abgelagert, im Sommer konnte man im flachen Uferwasser wunderbar baden. Sie setzte sich auf einen angeschwemmten Baumstamm nicht weit vom Rheinufer. Der lag dort schon seit Jahren, ohne Rinde, von Wind und Wetter ausgebleicht wie ein riesiger Knochen. Ein

Kahn trieb in der bislang eisfreien Strömung an ihr vorbei, der junge Mann darin winkte ihr fröhlich zu, und sie winkte zurück. Dann schloss sie die Augen, das Gesicht der schon recht tief stehenden Sonne entgegengereckt. Sofort fiel der Ärger dieses Tages von ihr ab. Sie spürte die Kraft, die von dem Wasser ausging, lauschte dem leisen Rascheln des Windes im nahen Schilf. Eine gute Stunde blieb ihr noch, bis es mit dem einfallenden Schatten zu kalt werden würde, und die wollte sie mit Leib und Seele genießen.

Sie war zwar ein Kind der großen Stadt, liebte aber die Natur. Stundenlang konnte sie sich in den Anblick eines glitzernden Bachlaufs versenken oder in das Lichtspiel der Sonne im Laub. Als sie noch ein Kind war, hatte der Vater hierüber oft geschimpft: «Wie kann man nur so unnütz seine Zeit verschwenden!»

Wie sie da so saß und ihre Gedanken kommen und gehen ließ, hatte sie ihn plötzlich vor Augen, den lachenden Doktor Theophrastus. Wie ein übermütiges Kind hatte er mit ihr gelacht, nachdem er zugegeben hatte, den Arzneinamen *Azoth des roten Löwen* erfunden zu haben. «Mag sich darunter jeder vorstellen, was ihm beliebt – so heilt es noch besser», klangen ihr seine Worte im Ohr.

Dann wiederum sah sie einen ganz und gar fürsorglichen Medicus vor sich, wie er vor ihr auf den Küchendielen kniete, mit äußerst sorgenvoller Miene. Sie war im Herbst auf der Außentreppe gestolpert und gestürzt, als sie einen Armvoll Brennholz nach oben schaffen wollte. Ihr zerschrammtes linkes Knie hatte heftig zu bluten begonnen, nachdem er ihr, aufgeschreckt durch das laute Poltern, zu Hilfe gekommen war und sie zur Küchenbank geführt hatte. Ganz behutsam, fast zärtlich hatte er die Wunde gereinigt und mit seinen feingliedrigen Händen vorsichtig zwei Splitter entfernt. Hatte immer wieder nachgefragt, ob es noch sehr wehtue, während er ihr das Knie mit einer Paste aus Schöllkrautöl und Eichenrinde bestrich. Am Ende hatte er sich ein wenig verlegen wieder aufgerichtet: «Ich bin so froh, dass dir nichts Schlimmeres geschehen ist. So ein Sturz kann böse enden.»

Sie öffnete wieder die Augen und betrachtete eine Schar Enten, die sich nah am Ufer von den sanften Wellen schaukeln ließen. Nein, der Doktor hatte wahrhaftig mehr gute Seiten als so mancher ihrer sogenannten Freunde und Bekannten. Das durfte sie nicht vergessen, wenn ihm mal wieder der Kragen platzte. Mit einem zufriedenen Seufzer lehnte sie sich zurück. Nicht zum ersten Mal war ihr, als würde der mächtige Rheinstrom alles Übel wegtragen, auch das Übel in den eigenen Gedanken.

Ein Knacken im Gebüsch hinter ihr ließ sie zusammenzucken. Sie fuhr herum und traute ihren Augen nicht: Mit offenem Mantel, leichtfüßig wie ein junger Mann, kam wahrhaftig der, an den sie gerade gedacht hatte, die Böschung herunter, und zwar geradewegs auf sie zu.

«Störe ich oder darf ich mich zu dir setzen?», fragte er mit einem entschuldigenden Lächeln, als er vor ihr stand.

«Aber natürlich, Herr. Und Ihr stört auch nicht», erwiderte sie noch immer verdutzt, wobei Letzteres geflunkert war. Zum einen fühlte sie sich wie einst von ihrem Vater beim Müßiggang ertappt, zum anderen wäre sie lieber allein mit sich und dieser Ruhe rundum geblieben. Wer wusste schon, in welcher Verfassung der Medicus gerade war.

In gebührendem Abstand zu ihr ließ er sich auf dem Baumstamm nieder und legte die Hände ineinander. «Was tust du hier?»

«Eigentlich nichts.»

«Kann man denn nichts tun?» Seine Frage klang ernst, ohne jeglichen Spott.

«Ich weiß nicht.» Sie zuckte die Schultern. «Ich sitze gerne hier und lausche dem Rauschen der Baumwipfel und dem Schnattern der Enten. Das ist wie ein beruhigendes Lied. Und dabei schaue ich zu, wie das Wasser an mir vorbeifließt.»

Sie unterbrach sich, weil ihr diese Worte ziemlich töricht vorkamen.

«Für Euch mag das vielleicht vertane Zeit sein, wo Ihr immer so viel Arbeit habt», fügte sie noch hinzu.

Er schüttelte den Kopf. «Das ist keine vertane Zeit. Viel zu oft hockt der Mensch hinter dem Ofen, während sich seine Gedanken doch nur im Kreis drehen. Und genau diesen Fehler mache ich derzeit auch. Der Mensch ist ein Kind der Schöpfung, und er soll hinaus in die Schöpfung. Am besten weit hinaus, bis in die Fremde. Nur dann – vielleicht – kommt er auf seinem Weg voran.»

Er deutete mit ausgestrecktem Arm zum Ufer.

«Nimm nur das Wasser, dem du so gerne zusiehst. Das fließende Wasser ist für sich schon ein Wunder. Als Lebensraum für Pflanze und Tier. Und es schenkt stets Erneuerung, ist doch jeder Tropfen, der vorbeifließt, neu.»

Sie nickte, freudig überrascht von seinen Worten, die ihr aus der Seele sprachen. «Das habt Ihr schön gesagt. Vor allem im Frühling, wenn das Leben wieder erwacht, dann fühle ich mich hier draußen wie ... wie ein neuer Mensch, wie verwachsen mit der Natur.»

«Wir Menschen *sind* ein Teil der Natur, bloß vergessen wir das immer. Aber hast du denn keine Angst, wenn du so ganz allein hier bist?»

«Nein, da ist ja so viel Leben um mich herum, so viel zu beobachten. Ein ganz anderes Leben als in der Stadt mit ihrem Lärm und dem Geschrei der Menschen. Oft wünsche ich mir, noch mehr von der Welt zu sehen, so wie Ihr es schon erlebt habt. Das Alpengebirge zum Beispiel oder eine felsige Küste am unendlichen Meer.» Sie stockte kurz. «Ehrlich gesagt, tut es mir inzwischen leid, dass ich Euch nicht nach Zürich begleitet habe. Bloß weil es mir Angst macht, ein Pferd zu besteigen.»

«Fast jede Angst kann man überwinden, glaub mir. Und Zürich war sicherlich nicht die letzte Gelegenheit, mit mir auf Reisen zu gehen.»

Sie nickte. «Das wäre schön. Wart Ihr wirklich schon in Afrika und bei den Chinesen?»

Jetzt lächelte er verschmitzt. «Ich gebe zu: Manch ferne Reise habe ich nur im Geiste vollzogen, oder man hat sie mir, was mich freut, auch einfach angedichtet. Aber von unserem christlichen Abendland habe ich wahrhaftig viel gesehen, und ich sage dir, in jeder Landschaft kann man lesen wie in einem aufgeschlagenen Buch. Und du tust hier an diesem wunderschönen Flecken nichts anderes, du liest im Buch der Natur.» Ernst fügte er hinzu: «Ein jeder Arzt sollte in der Natur lesen statt in den toten Büchern. Denn derjenige, der Himmel und Erde erkennt, der erkennt auch den ganzen Menschen.»

Sie glaubte, zu verstehen, was er meinte, und nickte abermals.

«Manchmal kann ich ganz darin versinken und vergesse mich selbst. Dann ...», sie zögerte kurz, ob sie es aussprechen sollte, «dann sehe ich manchmal in den Schatten der Bäume oder im Glitzern des Wassers sogar Geister. Vielleicht gibt es sie gar nicht, aber seltsamerweise macht mir das auch keine Angst.»

«Das sollte es auch nicht. Und es gibt sie tatsächlich, die Schrättlein, Riesen und Melusinen, die Salamandras, Bergleutlein, Sylphen und Nymphen. Letztere sind die Hüter der vier Elemente, von Gott eingesetzt.»

«Die Hüter der Elemente?»

Er nickte. «Die Salamandergeister wachen bei den Vulkanen und Erzbergwerken über die Gefährlichkeit des Feuers, die Bergleutchen, auch Gnome genannt, über die Bodenschätze, damit der Mensch nicht alles vorzeitig ausbeutet. Die Luftleute oder Sylphen wiederum behüten die Oberfläche der Erde vor Verwüstung, die Nymphen oder Undinen das kostbare Wasser. Sie sind also die Hüter der Natur vor der menschlichen Unvernunft.»

«Dann sind es gute Geister?»

«Im Allgemeinen sind sie gut, können aber wie der Mensch vom Teufel verdorben sein. Im Übrigen sind sie keine Geister, sondern eine eigene, wundersame Kreatur. Sie leben in einem Zwischenreich, ähnlich den Engeln, stehen uns Menschen näher als den Tieren, haben aber keine Seele. Und ähnlich den Engeln sind sie Boten, die uns aufsuchen und uns mitteilen, wie wunderbar die Werke Gottes sind. Umgekehrt kann der Mensch sie aber nicht aus eigenem Willen aufsuchen, du hast also ein großes Glück, wenn sie dir erscheinen.»

Mit großen Augen sah sie ihn an. «Ihr solltet einmal ein Buch darüber schreiben.»

Er lachte. «Ja, genau das habe ich vor.»

Damit richtete er seinen Blick wieder auf das Wasser, und eine Zeit lang schwiegen sie. Nie zuvor hatte sich Barbara mit jemandem über solche Dinge unterhalten, und für einen Moment hatte sie ganz vergessen, dass der zierliche, verwachsene Mann neben ihr ihr Dienstherr war. Mit einem Mal machte sie das verlegen.

«Woher wusstet Ihr eigentlich, wo ich bin?», fragte sie schließlich.

«Ich wusste es nicht, hab es mir aber gedacht. Du hast schon öfter von diesem Platz erzählt.» Sein Ausdruck bekam etwas Träumerisches. «Wie ich dich da so von Weitem auf dem Baumstamm sitzen sah, da hast du mich an meine eigene Kindheit erinnert. Ich stamme ja aus den Schwyzer Bergen, aus einem Weiler gleich bei dem Gnaden- und Wallfahrtsort Einsiedeln. Dort saß ich oft am Ufer der Sihl, nicht weit von meinem Elternhaus. Am liebsten, wenn das Flüsschen Hochwasser führte und sich wie ein gurgelndes Ungeheuer aufführte, das alles zu verschlingen droht. Manchmal war ich auch stundenlang allein im Bergwald unterwegs, zwischen den dunklen Tannen, den schroffen Schluchten und schäumenden Bächen. Schon als kleiner Junge habe ich dabei die Offenbarungen der Natur studiert. Zum Beispiel eine Biene beim Nektarsammeln: Sie selbst ist ein Wunder und ihr Bienenstaat erst recht. Oder nimm die Schönheit der Rosen oder Lilien. Hat sie einen Nutzen? Oder hat Gott sie allein deshalb geschaffen, um uns das Wundervolle seiner Schöpfung vor Augen zu führen?» Er streckte seine Beine von sich und drückte den krummen Rücken durch. «So wurde also das Buch der Natur zu meinem ersten und wichtigsten Lehrbuch. Und die Geisterwesen, die sich mir zeigten, wurden zu meinen Spielkameraden.»

Barbara hatte den kleinen Theophrastus genau vor Augen, wie er ganz selbstvergessen durch die wilden Bergwälder streifte. Und sofort lag ihr eine Frage auf der Zunge.

«Wieso wart Ihr allein unterwegs? Hattet Ihr keine Geschwister oder Freunde?»

Ein Schatten fiel über seine Miene. «Ich war ... ich war ein eher schwächliches Kind, die wilden Spiele der anderen Kinder waren nichts für mich. Und nein, Geschwister hatte ich keine. Meine Mutter war früh gestorben, und mein Vater wollte nie wieder heiraten.»

«Das tut mir leid», sagte sie.

Er winkte ab. «Auch deine Mutter ist ja gestorben.»

«Könnt Ihr Euch denn wenigstens an sie erinnern?»

«Kaum. Nur in meinen Träumen sehe ich sie manchmal deutlich vor mir, und dann ist es mir, als wäre ich in einem fernen, warmen Land angekommen.» Er strich sich verstohlen über die Augen und schüttelte den Kopf. «Im Grunde weiß ich fast nichts von ihr, außer dass mir die Zeit in ihrem Leib nicht gut bekommen ist, so, wie ich aussehe.»

Sie wollte ihm widersprechen, doch er redete hastig weiter.

«Dabei muss sie von sehr schönem Äußeren gewesen sein, genau wie mein Vater in jungen Jahren. Und ich bin mir sicher, dass sie mich als Kleinkind geliebt hat. Jede Mutter, sofern ihr Geist nicht verwirrt ist, liebt ihr Kind, ganz gleich, wie dieses kleine Wesen geschaffen ist. Weil die Mutterliebe nämlich etwas Göttliches ist. Und für das Kind ist die Mutter wie sein Gestirn, sein Himmelreich.»

«Das klingt sehr schön», erwiderte sie. «Aber es ist auch traurig, dass Ihr Eure Mutter nicht wie ich wenigstens kennenlernen durftet. Damit man eine richtige Erinnerung hat.»

«Ja, das ist traurig. Zumal mein Vater sie sehr geliebt haben muss. Er war als junger Landarzt nach Einsiedeln zugewandert und hat sie dort im Pilgerspital kennengelernt. Sie war dem Kloster leibeigen, und nun ja, so bin und bleibe auch ich, nach dem sogenannten Gesetz der schlechten Hand, zeitlebens ein Leibeigener des Klosters Einsiedeln.»

Darüber war sie mehr als erstaunt.

«Dann seid Ihr also genau wie ich nicht von freier Geburt, obwohl Euer Vater Arzt war?»

«Richtig. Ich denke, wir beide haben so einiges gemeinsam. Auch mir wird, durch diesen Makel der Hörigkeit, vielerorts das Bürgerrecht und die Aufnahme in die Zunft erschwert oder ganz verwehrt. Nur in so weltoffenen Städten wie Straßburg oder Basel ist das zum Glück anders.»

«Hattet Ihr als Kind», wagte sie zu fragen, «vielleicht deshalb keine Freunde?»

«Nein, nein, fast alle am Ort waren Leibeigene. Es lag eher an meinem Vater. Die Leute in Einsiedeln verdienen zwar gut an den Wallfahrern aus aller Welt, die jedes Jahr in Massen zu ihrer wundertätigen Muttergottes vom Finsteren Wald strömen, ansonsten aber mögen sie keine Fremden. Und mein Vater war nun mal ein Hergeloffener, dazu ausgerechnet aus Schwaben. Du hast davon wahrscheinlich nie gehört, aber zu jener Zeit, als ich fünf oder sechs Jahre alt war, brach der Schwabenkrieg aus. Mit dem Frieden von Basel war der Krieg zwar binnen eines Jahres beigelegt, aber fortan wurden wir für die Schwyzer, auch wenn sie zu den Siegern gehörten, von Fremden zu Feinden. Obgleich mein Vater weiterhin als Arzt gebraucht wurde, im Kloster, im Pilgerspital oder in den Hütten der Armen, so wurden wir von da an noch mehr geschmäht. Selbst in der Verwandtschaft seitens meiner Mutter, den Grätzers und den Weseners. Die gaben zwar im Ort den Ton an, waren aber Leute ohne Bildung, die nie über ihren Suppentopf hinausgeschaut hatten. Nach drei Jahren schließlich hielt es mein Vater nicht länger aus und siedelte nach Villach über. So wurde das Habsburger Land Kärnten zu meinem zweiten Vaterland, aber eigentlich habe ich gar keines.»

Sie hatte ihm voller Mitgefühl zugehört. «Das ist schlimm, wenn man nicht weiß, wohin man gehört. Aber habt Ihr nicht selbst Euch einen Schwaben genannt, als Ihr im März zu uns ins Haus kamt?»

Erstaunt sah er sie an. «Das weißt du noch? Ja, ein Schwabe bin ich auch, nicht ohne Stolz. Zumal ich durch meinen Vater einen großen Namen trage. Die Bombaste von Hohenheim sind ein altes schwäbisches Rittergeschlecht mit eigenem Wappen und Siegel, die ihren Stammsitz südlich von Stuttgart haben.» Über sein Gesicht huschte wieder dieses freche Lächeln, das sie so an ihm mochte. «Eigentlich darf ich mich gar nicht mehr von Hohenheim nennen, da mein Vater Wilhelm Bombast nur der außereheliche Spross eines Ritters von Hohenheim war und im nicht gerade herrschaftlichen Dörfchen Riet bei Vaihingen aufgewachsen ist. Erbberechtigt war er selbstredend auch nicht und musste daher einen Brotberuf erlernen. In Tübingen hat er bis zum Lizentiat die Medizin studiert, als Bedürftiger mit zum Glück nur halber Studiengebühr, für den Doktorgrad aber reichte das Geld nicht. Und doch war er tüchtiger und erfahrener als die meisten Buchärzte, die mir bislang begegnet sind.»

Man merkte ihm den Stolz auf den Vater an.

«So hattet Ihr also eine harte Kindheit in Einsiedeln?»

«Ganz und gar nicht», wehrte er ab. «Noch heute sehne ich mich manchmal dorthin zurück. Ich hatte diese herrliche Bergwelt gleich vor der Haustür, musste niemals Hunger leiden, auch wenn der Alltag eher mühsam und entbehrungsreich war. Unser kleines Häuschen stand unmittelbar am Wallfahrtsweg zur Gnadenkapelle, der zugleich ein Jakobsweg war, und dadurch wurde in mir früh die Neugier auf die weite Welt geweckt. Du musst dir vorstellen, dass diese Pilger von überall herkamen, in fremden Sprachen redeten, ungewöhnliche Kleidung trugen, ja, sich auch oft seltsam benahmen. Mir gefiel das, und wäre ich als Kind nicht so schüchtern und einfältig gewesen, hätte ich schon damals viel mehr von der Welt erfahren können.»

«Aber Ihr wart oft allein», warf sie ein. «Das stelle ich mir für ein Kind nicht einfach vor. Wo ich selbst auf dem Kohlenberg aufgewachsen bin, zusammen mit ganzen Scharen von Kindern.»

Er scharrte mit der Stiefelspitze im Sand. «Ich kannte es ja nicht anders. Und wenn ich mich doch mal einsam gefühlt habe, dann habe ich mit vorgestellt, ich sei der berühmte Einsiedler Meinrad, der vor vielen Hundert Jahren an der Stelle des Klosters seine Klause mitten im Finsteren Wald hatte. Ihn hatten die Menschen von nah und fern aufgesucht, um Rat oder Trost zu erbitten, und genau das habe ich dann für mich nachgespielt.» Sein leises Lachen klang verunsichert. «Diesen Rat suchenden Pilgern habe ich in meiner Phantasie alles erzählt, was ich aus der Natur oder von meinem Vater gelernt hatte. Und wenn mich die Kinder auf der Straße mal wieder als Buckeltheo hänselten, weil ich anders aussah, dann habe ich mich damit getröstet, dass auch die Schwarze Madonna aus der Gnadenkapelle anders war mit ihrem schwarzen Gesicht. Als wir schließlich Einsiedeln verlassen mussten und nach Villach übersiedelten, hat mir das sehr wehgetan – bis heute ist mir Einsiedeln ein verlorenes Paradies. Vielleicht bin ich deshalb zum ruhelosen Wanderer geworden. Aber wahrscheinlich findet der Mensch das Paradies ohnehin nur in sich selbst.»

Er schwieg versonnen, und erneut sah sie den kleinen Jungen vor sich, der als Schwabe beschimpft wurde wie sie selbst von den feinen Bürgern als Schinder-Bärbel. Mit dem niemand spielen wollte, weil er schwächlich und verwachsen war.

«Und Euer Vater?», fragte sie schließlich. «War er gut zu Euch?»

«Das will ich meinen. Ich verdanke ihm alles, auch wenn er eine recht strenge Art hatte. Ich war viel an seiner Seite, bei den Krankenbesuchen wie auch im Spital, und so hatte ich von klein auf Umgang mit Krankheit, Siechtum und Tod. Er war mein erster Lehrer, ein wenig ungeduldig vielleicht, aber hochgebildet. Er kannte sich auch in der Alchemie und Scheidekunst bestens aus und hat mich in die Kärntner Bergwerke und Hütten mitgenommen. Von ihm habe ich übrigens meinen ungewöhnlichen

Vornamen, nach dem griechischen Naturforscher Theophrastos. In Villach durfte ich dann die Lateinschule besuchen, später eine Klosterschule und schließlich die sieben freien Künste in Wien studieren. Hernach hat er mir sogar den teuren Doktortitel in Ferrara bezahlt. Ja, er ist ein guter Mensch, mein Vater.»

«Er lebt also noch?», fragte sie verblüfft. In ihren Augen war der Medicus ein Mann im weit fortgeschrittenen Alter.

Als ob er ihre Gedanken gelesen hätte, verzog er das Gesicht zu einem schiefen Lächeln. «Ich weiß, das Leben und das Erlebte haben mich vorzeitig altern lassen. Aber ich bin erst vierunddreißig, und mein Vater noch nicht ganz sechzig.»

Sie spürte, wie sie rot wurde.

«So meinte ich das nicht», flunkerte sie. «Es ist nur, weil Ihr noch nie von ihm gesprochen habt.»

«Nun ja, Villach ist weit weg von hier. Dort ist er noch immer als Arzt tätig und inzwischen ein hoch angesehener Mann.»

«Wann habt Ihr ihn zuletzt gesehen?»

Er dachte kurz nach. «Das muss über drei Jahre her sein. Auf dem Rückweg von meiner Balkanreise hatte ich ihn besucht.»

«Er muss sehr stolz auf Euch sein», sagte sie leise, doch darauf erwiderte er nichts. Stattdessen erhob er sich mit einem unterdrückten Ächzen.

«Die Sonne ist weg, und es wird kalt. Gehen wir nach Hause.»

Galant wie unter vornehmen Bürgersleuten half er ihr auf. Seine Miene war plötzlich betreten.

«Es ist mir sehr unangenehm, dass ich so viel von mir geredet habe und du so gar nichts von dir.»

Sie lachte. «Über mich gibt es nichts zu erzählen. Und wie ich aufgewachsen bin, wisst Ihr bereits.»

«Trotzdem.»

In seinen kleinen, flinken Schritten marschierte er los. Auf dem Kiesweg zur Landstraße blieb er noch einmal stehen und blickte sie von der Seite an, mit leicht gesenktem Kopf.

«Vielleicht verstehst du jetzt ein wenig besser, warum ich mich allein und fremd und anders fühle.»

Ja, das tat sie. Nach diesem langen Gespräch in der Wintersonne sah sie ihren Dienstherrn mit ganz anderen Augen. Und er hatte mit seiner Bemerkung zuvor recht gehabt: Sie hatten einiges gemeinsam, was ihr mit einem Mal ein Gefühl von tiefer innerer Verbundenheit gab.

Kapitel 16

Um den Jahreswechsel 1527/28

An jenen Nachmittag am Flussufer dachte Barbara in den folgenden Tagen noch oft zurück. Daran, dass sie eine so ganz andere, weiche Seite des Doktors kennengelernt hatte. Auf dem Heimweg war er sogar regelrecht besorgt um sie gewesen.

«Da ist noch etwas», hatte er ein wenig holprig hervorgebracht: «Ich kenne mich im Umgang mit Frauen nicht aus, aber mein Gefühl sagt mir, du solltest nicht ganz allein aus der Stadt hinausgehen. Es könnte dir jemand folgen und etwas Böses tun.»

«Ach Herr, mir ist dort draußen noch nie etwas zugestoßen», hatte sie ihn beruhigt. «Aber wenn Ihr möchtet, könnt Ihr mich ja hin und wieder auf einen Spaziergang begleiten.»

Das hatte sie durchaus ernst gemeint. Sie hörte ihn gern erzählen. Wenn er sich mit ihr unterhielt, sprach er in einer einfachen, schönen Sprache, ohne all diese hochtrabenden, unverständlichen Wortungetüme, die meist aus dem Lateinischen stammten. Doch das Wetter machte ihnen einen Strich durch die Rechnung: Schon am nächsten Tag hatte ein Wintersturm eine nasskalte und schneereiche Zeit eingeläutet, in der man die warm eingeheizte Wohnung nur noch ungern verließ.

Zunächst mäßigte sich der Medicus sehr in dieser Weihnachtszeit, sowohl beim Trinken als auch mit seinen Schimpftiraden. Die laufende Wintervorlesung hielt er wieder in lateinischer Sprache ab, was Barbara in seiner Lage nur gutheißen konnte. Hin und wieder traf er sich mit Bonifacius Amerbach, dessen Bruder und dem Theologieprofessor Oekolampadius zum Mittagessen, den feuchtfröhlichen Tavernenabenden mit seinen Studenten hatte er hingegen ein Ende gemacht. Auch den Flickschuster Bohnsack empfing er zu ihrer Erleichterung nicht mehr, mit der Begründung, er stecke derzeit bis über beide Ohren in Arbeit. Es sah so aus, als wolle er alles richtig machen, doch leider waren seine Vorlesungen längst nicht mehr so gut besucht wie im Sommer. Dafür hatte er zum Jahresende hin einen neuen Patienten hinzugewonnen, einen sehr bekannten und betuchten obendrein: den Basler Domherrn Cornelius von Lichtenfels. Der hatte ihm die unglaubliche Summe von hundert Gulden versprochen, was den Jahreslohn als Stadtarzt weit übertraf, sofern der Medicus ihn von einem schmerzhaften Furunkel am Hinterteil heilte. Wieder erwies sich der Medicus als vortrefflicher Arzt: Nach wenigen Behandlungen mit einer von ihm selbst hergestellten Zugsalbe und einer täglichen Pillengabe zeigte sich bereits Besserung.

Sein erster Fehler in dieser durchaus ruhigen Zeit war womöglich, dass er die nächste Vorlesung über Wunden und Wundheilung erneut in deutscher Sprache ankündigte und wiederum ausdrücklich Bader und Wundärzte zu sich in den Hörsaal einlud.

«Ich finde es zwar richtig, wenn Euch auch die einfachen Leute verstehen», sagte sie ihm, als er einmal laut seinen Text vor sich hin sprach, «aber glaubt Ihr nicht, dass Ihr damit wieder ins Wespennest stecht?»

«Lass das nur meine Sache sein», hatte er geknurrt.

Auch Hans wies ihn bei einem seiner Besuche darauf hin, dass das unklug sei, und auch ihm hatte der Medicus zu verstehen gegeben, er solle sich nicht in seine Angelegenheiten mischen. Dass der Famulus nun wieder regelmäßig zu ihnen kam, hätte Barbara in früheren Zeiten durchaus gefreut. Inzwischen aber war sie seiner immer wieder durchscheinenden Dünkelhaftigkeit und Herablassung überdrüssig. Im Grunde gebärdete er sich ebenso launenhaft wie ihr Dienstherr, besaß aber beileibe nicht so viel Herz und Seele. Inzwischen hatte er ein Mädel in der Stadt, wobei Änneli, die Tochter eines reichen Pelzhändlers, nicht die Erste war, der er den Hof machte, seitdem Barbara ihn kannte.

Im Januar schließlich mahnte der Medicus den Domherrn an, ihm nun den vereinbarten Lohn zu zahlen, da die besagte Stelle am Gesäß abgeheilt sei. Doch statt des Geldes erschien eine Woche später ein Bote des Lichtenfelsers und überbrachte die Nachricht, der Domherr sehe keinen Anlass, für eine so einfache Sache hundert Gulden zu begleichen. Wahrscheinlich wäre das kleine Furunkel ohnehin von selbst abgeheilt.

«Das schlägt doch dem Fass den Boden aus», brüllte der Medicus den erschrockenen Mann in Barbaras Beisein an. «Sag deinem Herrn, wenn ich nicht morgen die vereinbarte Summe in meinen Händen halte, gehe ich vor Gericht. Und dass ich ihm im Übrigen den ganzen Arsch voll eitriger Schwären wünsche!»

Nachdem sich der Bote eiligst aus dem Staub gemacht hatte, schüttelte Barbara missbilligend den Kopf.

«Die letzten Worte hätten nicht sein müssen, Herr.»

«Nein? Ich hätte noch ganz andere Worte gefunden, wenn du nicht dabeigestanden wärest. Ein armer Tropf darf mir den Lohn meinetwegen schuldig bleiben, nicht aber dieser fettleibige Domherr, der in Goldmünzen nur so schwimmt.»

Er schnappte sich seinen Mantel und riss die Tür auf. «Falls noch jemand vorbeikommen sollte und mich beleidigen will: Ich bin drüben im Kohlenbergwirtshaus.»

Drei Tage später, an einem Montag, reichte er Klage vor Gericht ein. Der Bescheid kam nur wenige Tage darauf: Seine Klage sei abgewiesen, er könne allenfalls die für eine solche Behandlung übliche städtische Taxe von sechs Gulden einfordern.

Das brachte ihn vollends in Rage. Unter lautem Gezeter griff er, kaum dass er das amtliche Schreiben gelesen hatte, zur Feder und kritzelte Blatt um Blatt voll.

«Das lasse ich nicht auf mir sitzen. Nicht mit mir!»

«Was tut Ihr da?», wagte sie zu fragen.

«Ich wehre mich! Alle Welt soll die Wahrheit erfahren über den Betrüger Lichtenfels und diese einäugigen Gerichtsherren.»

«Bitte, Herr, lasst das lieber bleiben. Damit fordert Ihr jetzt auch noch den Magistrat heraus, wo das Gericht doch aus Ratsherren besteht. So dringend braucht Ihr das Geld schließlich auch nicht.»

Doch ihr flehentlicher Einwand nutzte nichts. Noch am selben Tag schlug er Zettel mit bösen Beschimpfungen ans Münster, an die Türen der Domherren und ans Rathaus. Hilflos musste sie mit ansehen, wie seine Selbstbeherrschung endgültig dahin war. Der alte Feuerkopf war wieder zurück, der seinen Zorn gerne auch bei ihr ausließ. Zumal er seit dem Erscheinen des Lichtenfelser Boten wieder jeden Abend mehr trank, als ihm guttat. An dem Abend, an dem er seine Zettel aufgehängt hatte, musste ihn Adrians Knecht nach Mitternacht sogar aus dem Kohlenbergwirtshaus nach Hause schleppen, so sturzbetrunken war er.

Das Echo auf seinen Kreuzzug ließ nicht lange auf sich warten. Man drohte ihm mit einem Prozess wegen Ehrverletzung des Stadtrats und hochstehender Persönlichkeiten, sofern er nicht binnen einer Woche alle Anschuldigungen öffentlich zurücknehme. Für die Herren von Basel schien das Maß voll zu sein.

An einem Nachmittag, es war bereits Mitte Februar, und es

hatte den ganzen Tag geschneit, tauchte schließlich Bonifacius Amerbach bei ihnen auf. Mit mehr als kummervoller Miene klopfte er sich den Schnee von seinem Pelzmantel.

Mit einem Seitenblick auf Barbara, die ihm die Tür geöffnet hatte, druckste der Professor der Rechtswissenschaft eine Weile herum, bis er vom Medicus unleidig unterbrochen wurde: «Spuck endlich aus, was du sagen willst. Ich habe keine Geheimnisse vor meiner Magd.»

«Nun ja, lieber Theophrastus», Amerbach ließ sich auf die Küchenbank sinken, «dir droht die Verbannung auf den Gebirgsstock Pilatus, wenn du dich nicht öffentlich entschuldigst.»

Erschrocken blickte Barbara ihn an. Der Pilatus war ein sturmumtoster Berg hoch über der Stadt Luzern, auf dem, wie jeder wusste, Drachen, Riesen und Hexen hausten.

«Mich entschuldigen?» Der Doktor ballte die Fäuste. «Nur über meine Leiche!»

«Bedenke, mein Freund, dass wir Winter haben. Die Eiseskälte würdest du in dieser Berghütte nicht überleben.»

Trotzig schüttelte er den Kopf. «Das ist doch alles nur leeres Gerede.»

«Ich fürchte nein. Ich habe es soeben von einem mir bekannten Gerichtsherrn erfahren. Um unserer Freundschaft willen bitte ich dich: Nimm mit einer Entschuldigung alles zurück. Dann könnte es bei einer Geldstrafe bleiben.»

«Niemals! Sollen sie doch versuchen, mich abzuholen, diese Hurensöhne!»

Nachdem sich Amerbach sichtlich enttäuscht verabschiedet hatte, sprach der Medicus kein Wort mehr. Laut stampfend ging er in der Wohnstube auf und ab, dann wiederum stand er am Fenster und starrte auf die Butzenscheiben, in denen sich das Licht der Kerzen widerspiegelte. Irgendwann verließ er die

Wohnung. Barbara brauchte ihn gar nicht erst zu fragen, wohin er wollte.

Das Abendessen ließ sie ausfallen, da sie keinen Bissen heruntergebracht hätte. Als sie zu Bett ging, war er noch immer nicht zurück. Einschlafen konnte sie nicht, zu groß waren ihre Sorgen um den Medicus. Wenn er jetzt nicht zurückruderte, wäre alles vorbei. Sein Freund Amerbach hatte schon recht: Eine Verbannung auf den Pilatus würde er mitten im Winter nicht überstehen. Ihre einzige Hoffnung bestand darin, ihn am nächsten Morgen, wenn er wieder nüchtern war, zur Vernunft zu bringen. Groß war diese Hoffnung allerdings nicht.

Sie schrak aus dem Halbschlaf auf, der sie schließlich übermannt hatte, als es nebenan gewaltig polterte. Mit einem Satz war sie aus dem Bett und tappte mit ihrer Tranlampe in der Hand durch die Küche in die Stube. Der nasse Kamelhaarmantel wie auch die Stiefel lagen hingeworfen mitten im Raum, die Tür zur Schlafkammer stand offen.

«Herr, seid Ihr da?»

«Ja, Barbara, komm nur herein.»

Sein Anblick ließ sie für einen Moment verstummen. Er saß bei zurückgezogenem Vorhang angezogen im Bett, aufrecht und mit überkreuzten Beinen wie ein Schneider, der nasse Haarkranz um seine Glatze stand wild in alle Richtungen ab. Und in seinem Schoß lag das Schwert, dessen Knauf seine Rechte umklammert hielt!

Angriffslustig reckte er das Kinn vor, seine Augen blitzten. «Erst feiert man mich hier wie einen zweiten Äskulap, dann will man mir in den Bergen Gevatter Tod auf den Hals hetzen. Aber was scheren mich die Basler Arschkratzer und Läusesträhler? *Ich* werde grünen, und sie werden zu dürren Bäumchen vertrocknen.»

«Was ... was soll das Schwert in Eurer Hand?»

«Wie du siehst, bin ich bereit, falls sie mich heute Nacht holen kommen.»

«Ihr seid betrunken. Niemand wird Euch heute Nacht holen kommen.»

«Vielleicht habe ich ja zu viel getrunken, aber mein Verstand war noch nie so klar wie jetzt. Man will mich los sein wie einen räudigen Hund.»

«Bitte, Herr, legt das Schwert zu Boden und versucht zu schlafen. Und morgen früh beratet Ihr noch einmal mit Eurem Freund Amerbach, was zu tun ist.»

«Nein!»

Er rührte sich nicht.

Plötzlich hatte sie genug. «Ihr seid schlimmer als ein kleines Kind», fauchte sie. «Dann gebt bloß acht, dass Ihr Euch heute Nacht nicht versehentlich selbst den Hals aufschneidet im Dunkeln.»

Als sie am nächsten Morgen noch vor Sonnenaufgang aus einem unruhigen Schlaf erwachte, war er verschwunden und mit ihm seine beiden ledernen Reisesäcke.

Kapitel 17

Februar 1528

«Wieder einmal ist mir ein Traum zerplatzt», stand in der vertraut krakeligen Handschrift auf dem Blatt. Mehr nicht. Barbara hatte es am frühen Morgen auf dem Küchentisch vorgefunden, nebst einem gut gefüllten Säckchen mit Rappenpfennigen, das wohl ihren restlichen Lohn darstellen sollte.

Mit dem Blatt in der Hand hatte sie im Lehnstuhl des Medicus Platz genommen und starrte ins Leere, seit ein, zwei Stunden schon. Sie war wie gelähmt, unfähig, irgendeine Arbeit zu beginnen. Auf dem Schreibpult vor ihr sah es aus, als würde er demnächst wiederkommen, um weiterzuarbeiten: Ein Lehrbuch mit vergilbten Seiten war mittendrin aufgeschlagen, rundum fand sich stapelweise Papier, teils beschrieben, teils blank, neben einem durchgestrichenen Satz lag die angespitzte Feder. Aber das gerahmte Marienbildnis, das hier sonst am Kerzenständer lehnte, war verschwunden, ebenso sein Schwert und die Kleidung aus der Truhe.

Er würde nicht zurückkommen, dessen war sie sich fast sicher. Längst hatte sie die ganze Wohnung inspiziert. Vom Hausrat hatte er nur den silbernen Weinkelch mit den Löwenköpfen mitgenommen, den er wohl schon seit vielen Jahren besaß, und von seinen Büchern die Reisebibel. Alles, was er für die Alchemie in seinem kleinen Laboratorium benötigte, war noch vorhanden, lediglich das geschnitzte Kästlein für die Wundarznei und seine

Arzttasche fehlten. Was sie aber am meisten beunruhigte: Auch die eiserne Zündbüchse samt dem Schießpulver hatte er mitgenommen.

Wollte er sich etwa in seiner Verzweiflung das Leben nehmen?

Dann aber fiel ihr ein, wie heftig er einmal die Sehnsucht der Täufer nach dem Märtyrertod verurteilt hatte. Sich selbst zu töten, sei eine zutiefst sündhafte Überheblichkeit gegenüber dem Schöpfer. Nein, sagte sie sich, er war schlichtweg aus Basel geflohen. Bloß wohin?

Zum wiederholten Male schweifte ihr Blick zu dem zusammengefalteten und mit Siegellack verschlossenen Briefbogen, auf dessen Oberseite mit großen Lettern Oporinus stand. In ihrer Eigenschaft als Magd hätte sie diese Nachricht umgehend dem Famulus bringen müssen, doch stattdessen kämpfte sie mit sich, das Siegel zu brechen und sie zu lesen.

Sie war zutiefst enttäuscht, dass Doktor Theophrastus ihr nur einen einzigen kurzen Satz und einen Beutel mit Geld hinterlassen hatte. Keine Erklärung, wohin er wollte, kein Wort des Bedauerns, dass er ohne Abschied gegangen war. Hatte er so wenig Vertrauen in sie? War sie ihm in diesen Monaten des Zusammenlebens so unwichtig geblieben? Ja, sie hatten viel gestritten, in letzter Zeit wieder viel zu oft. Aber zugleich hatte es auch diese innigen Momente guter Gespräche gegeben, beim Abendessen oder an jenem Sonntagnachmittag am Rheinufer …

Endlich sprang sie auf und erbrach das Siegel des Briefs. Ebenso wie der Famulus hatte sie ein Recht darauf zu erfahren, was der Medicus vorhatte.

Lieber Hans, mein braver und kluger Oporinus, entzifferte sie mit einiger Mühe. *Wie du dir sicher denken kannst, lässt sich ein Theophrastus Bombast von Hohenheim nicht demütigen und zum Kniefall zwingen. Um meiner Festsetzung zu entgehen, will ich meinen guten*

Freund Lorenz Fries in Kolmar aufsuchen und dort abwarten, bis sich der Sturm in Basel gelegt hat. Sobald ich in Kolmar bin, werde ich meinem treuen Gefährten Bonifacius Amerbach schreiben, richte ihm das bitte aus. Ich bin mir sicher, er wird mich in Basel gegen diese unsäglichen Angriffe erfolgreich verteidigen. Auf dass man sich im Magistrat bald besinnt und man mich mit einer Entschuldigung zurückbitten wird. Bis dahin zu keinem ein Wort, wo ich mich aufhalte, außer zu meiner guten Magd Barbara. Versprich mir das! Packe einstweilen mein Laboratorium mit allem Zubehör in eine große Kiste und schaffe sie zu Amerbach, damit in der Zeit meiner Abwesenheit nichts abhandenkommt. Du selbst nimmst bitte alles von meinem Schreibpult in Verwahrung. Tu mir dabei den Gefallen und sortiere die Aufzeichnungen, du wirst schon erkennen, was zusammengehört. Barbara soll auf den Hausrat achtgeben und keine Fremden in die Wohnung lassen. Der Mietzins ist übrigens auf fast drei Monate im Voraus bezahlt. Auf ein Wiedersehen in ruhigeren Zeiten, dein Doktor Theophrastus.

Kolmar also. Sie hatte keine Vorstellung davon, wie weit diese Stadt entfernt lag, aber immerhin war sie nun einigermaßen beruhigt, was den Medicus betraf. Zugleich fragte sie sich, was sie die nächsten Tage, ja Wochen tun sollte. Hin und wieder putzen, aufräumen, einkaufen und ansonsten in den Tag hineinleben? Oder sollte sie Adrian fragen, ob er noch jemanden im Wirtshaus brauchte? Vielleicht würden die Kohlenberger sie ja dann wieder in ihrer Mitte aufnehmen.

Ein seltsames Gefühl der Leere machte sich in ihr breit. Jetzt wäre die Uhrzeit gewesen, zu der der Doktor sich immer auf den Weg in die Hochschule machte.

Sie faltete das Blatt wieder zusammen, als es heftig gegen die Tür klopfte.

«Barbara, mach auf! Ich bin's!», hörte sie Hans aufgeregt rufen.

Sie schob den Riegel zurück und ließ ihn ein.

«Er ist fort», sagte sie tonlos.

Kopfschüttelnd starrte er sie an. «Dann stimmt es also wirklich!»

«Du weißt es schon?»

«Zwei Studenten waren eben bei mir. Sie wussten zu berichten, dass er im Morgengrauen im Mietstall ein Pferd geholt hat und mit Sack und Pack über den Schnee durchs Spalentor geprescht ist, als wäre der Leibhaftige hinter ihm her.»

Er wirkte sichtlich erschüttert.

«Er ist nach Kolmar», sagte sie.

«Ins Elsass? Hals über Kopf? Ja ist der Mann denn von allen guten Geistern verlassen?»

Sie sah sich genötigt, den Medicus zu verteidigen. «Er hatte Angst, und das zu Recht. Amerbach war gestern hier und hat ihn gewarnt. Man würde ihn auf den Pilatus bringen, wenn er nicht alles zurücknimmt.»

«Auf den Pilatus? Mitten im Winter?» Hans nahm die Mütze ab und fuhr sich durch das rotblonde Haar. «Das kann doch bloß ein Gerücht sein.»

«Nein, Hans. Der Amerbach wusste das von einem Gerichtsherrn.»

«Trotzdem. Damit macht er alles nur noch schlimmer. Jetzt ist er als Stadtarzt auch noch vertragsbrüchig geworden. Er hätte sich doch bloß für seine Ausfälligkeiten entschuldigen müssen.»

Das mit dem Vertragsbruch hatte sie nicht bedacht. «Es sieht nicht gut für ihn aus, oder?»

«Nein, ganz und gar nicht.» Hans kniff die Augen zusammen. «Woher weißt du das eigentlich mit Kolmar? Hast du mit ihm geredet heute früh?»

«Nein, er war schon fort, als ich aufstand. Aber er hat», sie wurde verlegen, «einen Brief für dich hinterlassen.»

Sie ging nach nebenan, holte das Schreiben und drückte es ihm in die Hand. Sofort verfinsterte sich seine Miene.

«Bist du noch bei Verstand, das Siegel zu öffnen?», fuhr er sie böse an. «Dieser Brief war an mich persönlich gerichtet, ist dir das klar?»

«Was hätte ich sonst tun sollen, wo ich mir solche Sorgen gemacht habe? Jetzt lies schon, es steht nichts Persönliches drin.»

Er wendete sich von ihr ab und setzte sich an den Küchentisch, wo er mit gerunzelter Stirn die Zeilen überflog. Sein Ärger über sie war offenbar verraucht. Aber vielleicht war der Ärger über seinen Herrn und Meister auch nur noch viel größer.

«Bis sich der Sturm gelegt hat …», stieß er hervor, während er das Blatt zusammenknüllte. «Wenn er sich da nur nicht täuscht! Was hat er nun erreicht mit seinem Zorn und seiner Sturheit? In nicht mal einem Jahr ist er zum Maulgeschwätz der ganzen Stadt geworden, darf sich nicht mehr Professor nennen, und von seinen Schriften wurde noch immer keine einzige gedruckt.»

Sie nickte bekümmert. «Und seine Freunde hier hat er mit der Flucht alle vor den Kopf gestoßen.»

«Freunde? Er selbst hat sie vielleicht so genannt. Von seinen sogenannten Freunden, dem Erasmus, dem Oekolampadius, dem jungen Frobenius und wie sie alle heißen, ist ihm am Ende doch nur ein einziger geblieben: Amerbach, der ihn gewarnt hat. Vielleicht aber wollte der ihn ja auch nur loswerden.»

«Wie kannst du so reden!»

«Weil es die Wahrheit ist. Einer wie Theophrastus von Hohenheim hat keine Freunde.»

Weil er allein, fremd und anders ist, kamen ihr sofort dessen Worte in den Kopf.

«Wie weit ist Kolmar eigentlich weg?», fragte sie.

«Mit dem Pferd zwei Tagesreisen.»

«Kennst du diesen Lorenz Fries?»

«Nein, er hat ihn nur ein-, zweimal erwähnt. Fries ist wohl Arzt und Astrologe.»

Sie musterte ihn durchdringend. «Was ist mit dir? Bist du nicht auch sein Freund?»

«Ich weiß nicht. Ja, vielleicht.»

«Dann leih dir ein Pferd und reite ihm nach!»

«Bist du närrisch?», brauste er gleich wieder auf. «Ich kann hier nicht einfach weg, ich habe meine Verpflichtungen.»

«Warum? Lehrer an der Lateinschule bist du seit diesem Jahr nicht mehr, und Frobenius' Druckerei wird eine Zeit lang auch ohne deine Korrekturen auskommen. Du könntest dich dem Medicus ruhig ein wenig verbundener fühlen, so reichlich, wie er dich immer entlohnt hat.»

«O nein, ich renne keinem hinterher. Schon gar nicht diesem selbst ernannten Arzt Germaniens. Und an deiner Stelle würde ich mir schnellstens eine neue Anstellung als Magd suchen. Ich glaube nicht, dass er jemals zurückkommt.»

Hans hatte weder die Kiste für Amerbach noch die zu seiner eigenen Verwahrung packen wollen. «Ich bin doch nicht sein Knecht», hatte er geschnaubt, bevor er sich auf den Weg in Frobenius' Druckerei gemacht hatte. «Soll er halt seiner Sachen verlustig gehen.»

So hatte Barbara sich die nächsten Tage selbst darangemacht, den Auftrag des Doktors zu erfüllen. Sie hatte mit dem Laboratorium begonnen, wobei sie alles, was ihr an Stoffen und Material unheimlich oder gefährlich schien, vorsichtig in ihren Einkaufskorb packte und einzeln hinunter in den Gewölbekeller brachte, der mit einer schweren Eichenholztür verschlossen war. Danach schleppte sie auch die alchemistischen Gerätschaften hinunter, ebenso das Tafelsilber und weitere wertvolle Stücke des Hausrats, die nach und nach zusammengekommen waren – für den Fall, dass jemand auf den Einfall käme, in ihrer Abwesenheit einzubrechen. Sie hätte auch alles mit Bohnsacks Hilfe zu Amerbach schaffen können, redete sich aber ein, dass dann, wenn es im Hause bliebe, der Doktor mit größerer Wahrscheinlichkeit auch bald zurückkäme.

Nachdem die Küche wieder zu einer ganz normalen Küche geworden war – nur die hässlichen schwefelgrünen und schwarz verrußten Flecken an der Wand zeugten noch vom Laboratorium –, machte sie sich an das Schreibpult, wofür sie eine leere Holzkiste aus dem Keller holte. Zuunterst legte sie die Bücher hinein, dann sortierte sie die Papiere in zwei Stapel, einen mit lateinischen Schriften, den anderen mit deutschen. Bei den deutschen Schriften entdeckte sie zwei Blätter, die sie wieder und wieder las, da die Worte sie sehr berührten.

Das erste Blatt war mit dem Satz «Wie ein guter Arzt zu sein hat» überschrieben:

Der Arzt ist ein Knecht der Natur, und Gott ist der Herr der Natur. Daher kann der Arzt niemanden gesund machen, außer wenn Gott es ermöglicht.
Er soll immer bedacht sein, seine Arzneikunst zu vervollkommnen und sich dabei allen falschen Künsten und Lehren widersetzen.
Er soll redlich und wahrhaftig sein, rein im Gewissen und keusch im Leben.
Er soll die Kranken lieben, mehr als sich selbst. Denn es gibt niemanden, von dem größere Liebe des Herzens gefordert wird als vom Arzt. Was ist die Hilfe der Arznei anderes denn Liebe?
Er soll kein Kind der Gewalt überlassen, keiner Frau Hilfe verweh-

ren, den vor Trauer Erkrankten Rat und Trost spenden. Unter verfeindeten Eheleuten soll er versuchen, Frieden zu stiften.
Er soll keine Arznei ohne Verstand verordnen, kein Geld annehmen, ohne es verdient zu haben.
Einen Fürsten, einen Edelmann, einen Mönch hingegen soll er erst behandeln, wenn der ihn denn vorher bezahlt hat.
Ein Arzt muss alles drei sein: Philosoph, Astronom, Alchemist. Denn in ihnen findet sich die Wahrheit der Arznei.
Und zuletzt in besonders großen Buchstaben: *Barmherzigkeit ist der Schulmeister des Arztes.*

Das zweite Blatt trug den Titel «Eigenschaften des berufenen Arztes», wobei in dieser Auflistung einiges auch wieder dick durchgestrichen war:

Ein gutes Gewissen, Lust zu lernen und Erfahrungen zu sammeln, froher Mut und Unverdrossenheit, ein guter Lebenswandel und Nüchternheit in allen Dingen.
Er schätzt die Ehre höher als sein Geld und bedenkt den Nutzen der Kranken mehr als den eigenen.
Er soll kein entlaufener Mönch sein, keiner, der sich selbst etwas einbildet.
Er soll nicht ohne reifliche Überlegung handeln, nichts unverstanden übernehmen, sich ohne Erfahrung keiner Sache rühmen, sich niemals feilbieten oder loben und niemanden verachten.

Beim letzten Abschnitt hätte sie fast auflachen müssen: Sich selbst rühmen und loben tat der Medicus allzu gerne, andere schlechtmachen allzu oft. Und mit dem guten Lebenswandel und der Nüchternheit war es bei ihm auch nicht so weit her. Trotzdem schimmerte zwischen den Zeilen hindurch, dass hier einer sprach, der nicht nur alles richtig machen wollte, sondern auch mit sich selbst rang.

Diese beiden Blätter legte sie zuoberst auf den Stapel, verschnürte alles ordentlich, wickelte auch seine Schreibutensilien in ein schützendes Tuch und schob die Kiste schließlich unter das Pult, auf dem sich nun nur noch der Kerzenleuchter befand. Mit einem Mal wusste sie, warum sie seine wichtigste Habe so ordentlich verpackt hatte: Er würde nicht zurückkommen. Irgendwann würde ein Bote vor der Tür stehen und alles abholen ...

Der Gedanke, dass sie den Medicus wahrscheinlich nie mehr wiedersah, machte sie traurig. Hatte sie es nicht trotz allem gut mit ihm getroffen? Und er umgekehrt mit ihr? Jetzt erst wurde ihr so richtig bewusst, was für eine einzigartige Möglichkeit er ihr geboten hatte, indem er sie, ganz ohne Vorbehalte, als Magd angestellt hatte. Sie, eine Kohlenbergerin, eine Unehrliche! Aber da war noch mehr: Sie vermisste jetzt schon die Gespräche mit ihm, ja selbst die dummen, vertrauensvollen Streitereien. Und sie hätte noch so viel von ihm lernen können. Warum nur war dieser Mensch ein solcher Hitzkopf?

Den Zettel mit der kurzen Nachricht an sie wollte sie als Erinnerung behalten und bewahrte ihn in ihrer Rocktasche auf. Längst war ihr aufgegangen, dass diese wenigen Worte sehr viel persönlicher waren als die an Hans. Sie bedeuteten Entschuldigung und Erklärung zugleich.

Dem Famulus begegnete sie in dieser Zeit nicht mehr und wusste daher auch nicht, wie es dem Medicus in Kolmar erging und ob er sich bei seinen Basler Vertrauten gemeldet hatte. Genau eine Woche nach seiner Flucht gab sie sich schließlich einen Ruck und sprach am frühen Abend bei Adrian im Wirtshaus vor.

Der bat sie mit sich in den Nebenraum, da man im Lärm der Schankstube kaum sein eigenes Wort verstand.

«Es tut mir leid, Bärbel, aber ich brauch niemanden mehr. Die Marie und meine Tochter helfen mir im Ausschank, meine Marthe in der Küche. Vielleicht ja mal, wenn wir eine Taufe oder Hochzeit feiern. Dann würde ich dir Bescheid geben.»

«Aber ich brauche was Festes», sagte sie enttäuscht, als sie von Adrians Frau unterbrochen wurde.

«Sieh an, die Schinder-Bärbel!»

Marthe, ein plumpes Weib mit Oberlippenbart, war ihnen ins Nebenzimmer gefolgt. Jetzt verschränkte sie die Arme und schaute Barbara abschätzig an.

«Hast dich nie blicken lassen, und jetzt tauchst mal wieder hier auf, wo du was von uns willst. Hat dich dein feiner Herr also im Stich gelassen?»

«Er musste fort», entgegnete Barbara schmallippig. Sie mochte Marthe nicht.

«Na ja, man hört ja auch die wildesten Geschichten. Er soll einen Kranken zu Tode kuriert und dem Bürgermeister eine Maulschelle verpasst haben.»

«Das sind Lügen», gab sie zurück.

«Ach, ich könnt dir noch viel mehr erzählen! Im Kloster Sankt Alban ...»

«Jetzt halt schon den Mund und schaff weiter», ging Adrian dazwischen und schob sie hinaus. Dann wandte er sich wieder Barbara zu.

«Wie gesagt, ich hab derzeit keine Arbeit für dich. Aber ab dem Frühjahr könnte ich dich wahrscheinlich als Schankmädchen ganz gut brauchen.»

Reichlich verdutzt sah sie ihn an. «Wieso im Frühjahr?»

«Na, weil die Marie doch mit dem Tonio mitziehen will. Wusstest du das nicht?»

«Nein!»

Sie ließ ihn stehen und eilte nach nebenan, wo ihre Freundin gerade vier Bierkrüge an den Stammtisch trug.

«Wann hättest du es mir gesagt?», platzte es aus Barbara aufgebracht hervor.

Marie stellte die Krüge ab. «Bärbel! Was machst du denn hier?»

«Oder wolltest du ohne Abschied verschwinden?», setzte sie nach und spürte, wie ihre Stimme bebte.

«Aber nein, ich hätt's dir schon noch gesagt», stotterte Marie und wurde rot. «Mein Entschluss, mich mit Tonio zu verloben, ist ja noch ganz frisch.»

Ohne ein weiteres Wort machte Barbara kehrt und eilte hinaus. Unter dem kahlen Geäst der Linde hielt sie inne. Sie war maßlos enttäuscht. Konnte es sein, dass sie ihrer Freundin nicht mehr so wichtig war? Bevor Marie diesen so einschneidenden Entschluss im Wirtshaus herausposaunte, hätte sie doch zuallererst mit ihr, als engster Freundin, darüber reden müssen ...

In diesem Augenblick sah sie durch die Abenddämmerung eine schlanke, jungenhafte Gestalt den steilen Anstieg heraufkommen. Ihr Herz schlug schneller, als sie Beat erkannte. Sie wusste, dass er Adrians Schenke nur noch selten besuchte. Sie war drauf und dran, sich hinter dem mächtigen Baumstamm zu verbergen. Doch er hatte sie bereits entdeckt.

«Barbara, bist du das?»

Sie trat unter der Linde hervor, und er blieb vor ihr stehen.

«Was für ein Zufall, dich hier zu treffen», sagte sie verunsichert. «Ich war gerade auf dem Heimweg.»

«Nein, das ist kein Zufall», erwiderte er und wirkte mindestens ebenso unsicher. «Ich wollte zu dir. Ich hab gehört, dass der Medicus Basel verlassen hat.»

Prompt hatte sie wieder das Bild vom Johannisfeuer vor Augen, und in ihrem Bauch krampfte es sich zusammen. «Aha, das hast du also gehört. Und jetzt bist du gekommen, um mir deine Verlobung mit Kathrin bekannt zu geben? Dann wäre das heute schon die zweite Verlobung, von der ich erfahre.»

«Verlobung? Aber nein, was redest du da? Ich bin gekommen, um mich bei dir zu entschuldigen. Ich hab einen großen Fehler gemacht. Ich hätte niemals mit Kathrin übers Feuer springen dürfen.»

«Das fällt dir aber früh ein», stieß sie hervor und wusste nun erst recht nicht, was sie von seinen Worten halten sollte.

«Bitte glaub mir, Barbara: Seit Monaten nagt in mir, dass inzwischen alle Welt glaubt, Kathrin und ich wären ein Paar und einander versprochen. Dass auch du das glauben musst. Aber so ist es nicht, ich hatte es dir doch an jenem Abend zu erklären versucht. Und am Feuer hatte Kathrin mich dann bei der Hand gepackt und mit sich gerissen. Die hat sich mir ja bei jeder Gelegenheit an den Hals geworfen. Und du ... du warst ja auf einmal mit diesem Medicus Arm in Arm in der Dunkelheit verschwunden, nachdem er das Buch ins Feuer geworfen hatte. So vertraut hat das ausgesehen, gerade so, als ob du mit ihm ... Nun ja, ist ja auch gleich.»

«Gerade so *was*?», hakte sie nach und spürte, wie sich ihre Muskeln anspannten.

Er blickte zu Boden. «Ich war eifersüchtig», murmelte er. «Plötzlich dachte ich, jetzt ist alles klar: Nicht auf den aufgeblasenen Schreiberling Hans hat die Barbara ein Auge geworfen, sondern auf diesen krummen Wicht von Stadtarzt.»

«Wie konntest du nur so einen Unsinn glauben, wo wir beide uns doch geküsst haben?»

Er sah wieder auf und fasste sie bei den Händen. «Ich weiß nicht, ich war so durcheinander damals an Johanni. Dabei will ich doch nur eines: mit dir zusammen sein.»

Ein warmes Gefühl durchströmte sie. Am liebsten hätte sie ihn an sich gezogen, mitten auf dem Kohlenberg, doch er fuhr bereits fort:

«Weißt du, was ich denke? Dass mein Vater dich eigentlich mag. Aber noch bin ich nur sein Lehrknecht, ich habe in seinen Augen also rein gar nichts zu sagen. Im Sommer aber mache ich meine Gesellenprüfung. Dann will ich ihm klarmachen, dass ich nur mit dir an meiner Seite sein Nachfolger sein werde. Das sind ja nur noch ein paar Monate.»

«Bis dahin soll ich also stillhalten?» Das warme Gefühl von zuvor war plötzlich verflogen. «Warum sagst du ihm das nicht jetzt schon?»

Flehentlich sah er sie an. «Verstehst du denn nicht? Meine Mutter will keine Schindertochter im Haus, du kennst sie doch. Ich muss das alles vorsichtig angehen. Am Ende würde ich die Badstube noch verlieren.»

Sie zog ihre Hände weg. «Dann ist dir die Badstube also wichtiger als ich?»

«Barbara! So meinte ich das nicht. Ich will bloß nicht vorzeitig etwas zerstören. Und ich schwöre dir: Niemals würde ich mich auf Kathrin einlassen.»

Sie biss sich auf die Lippen. Was sollte sie ihm glauben?

«Wenn dich deine Eltern vor die Entscheidung stellen», sagte sie schließlich leise, «wenn sie dich fragen: die Schindertochter oder die Badstube – was antwortest du ihnen dann?»

Er starrte sie an. «Aber so weit darf es gar nicht erst kommen!»

«Weißt du was?» Tränen stiegen ihr in die Augen. «Ich hab's verstanden. Geh heim zu Kathrin und deinen Eltern. Und wir beide gehen uns fortan besser aus dem Weg. Damit du dir nicht deine Zukunft verbaust, du Feigling.»

Die nächsten Tage verbrachte sie in stumpfsinnigem Müßiggang in der Wohnung. Mit Beat war es ein für alle Mal vorbei: Sie hatte ihn stehen lassen und war weinend in die einbrechende Dunkelheit davongelaufen. Im Nachhinein wünschte sie sich, er wäre ihr gefolgt, doch das hatte er nicht getan. Von Stoffel und ihrem Vater abgesehen, würde es fortan niemanden mehr geben, der ihr nahestand. Sie fühlte sich allein wie nie zuvor.

Zwar war Marie gleich am nächsten Morgen bei ihr aufgetaucht, um sich zu entschuldigen und zu rechtfertigen, doch das nahm nichts von Barbaras zweifacher Enttäuschung. Und deren Worte, dass Beat eben nicht der Richtige sei, waren auch alles andere als ein Trost gewesen. Normalerweise hätte sich Barbara, da sie so gut wie nichts zu tun hatte, hinaus ans Rheinufer geflüchtet, aber es regnete in diesen Tagen fast ohne Unterlass. Nicht einmal zum Einkauf auf dem Markt konnte sie sich überwinden, aber Hunger hatte sie ohnehin keinen. Die meiste Zeit saß sie einfach nur in der halbdunklen Küche, lauschte dem Regen draußen auf der Gasse oder starrte ins Herdfeuer.

Mit dem ersten Märztag wurde das Wetter endlich wärmer und freundlicher, was Barbaras Stimmung ein wenig hob. Da tauchte eines Mittags Hans überraschend bei ihr auf. Er wirkte reichlich fahrig.

«Ich war ein paar Tage bei Doktor Theophrastus in Kolmar ...»

«Also doch!», begann sie, aber er redete schon weiter.

«Packe bitte seinen wichtigsten Kram in Kisten, also Schreibzeug, Bücher und Laboratorium – du weißt schon. Morgen früh kommt eine Maultierkarre vorbei.»

«Diese Sachen sind längst in Kisten verstaut», gab sie ein wenig schnippisch zurück. «Wie geht es ihm?»

«Das wirst du dann schon selbst sehen. Der Meister will nämlich uns *beide* in Kolmar bei sich haben, er hat dort zwei Zimmer angemietet. Richte also auch deine eigenen Siebensachen zusammen.»

«Wie?» Damit hatte sie am allerwenigsten gerechnet. «Vielleicht hätte er mir vorher erst einmal eine Nachricht schicken können, um mich zu fragen.»

«Dann frage *ich* dich das eben hiermit. Außerdem ist es nicht für immer, nur für ein, zwei Monate vielleicht.»

Plötzlich stieg Trotz in ihr auf. Glaubte der Medicus, er könne über sie bestimmen wie über eine seiner Kisten?

«Niemals!»

Flehentlich sah er sie an. «Ohne dich darf ich nicht zu ihm zurückkehren, das hat er ausdrücklich gesagt. Bring also bitte alles in Ordnung für die Abreise.»

Sie schüttelte den Kopf. «Nein!»

«Dann sage ich dir jetzt, dass es gar nicht gut um ihn steht. Er lebt in einem heillosen Durcheinander und verkommt zusehends in Trunksucht und Prasserei. Kaum, dass er mal ein paar Stunden am Stück nüchtern ist! Zweimal hab ich es in diesen Tagen selbst erlebt, dass er nachts aus dem Wirtshaus heimtorkelt, sich vor der Haustür den Finger in den Hals steckt und sich die Seele aus dem Leib kotzt.»

Diese Vorstellung bedrückte sie, und sie zögerte.

«Bitte, Barbara!», setzte Hans nach. «Er braucht dringend ein Weib im Haus, und du, du hast einen guten Einfluss auf ihn.»

Kapitel 18

Reise nach Kolmar, Anfang März 1528

Von den vielen Schlaglöchern unterwegs schmerzte Barbara der Rücken, der Hintern erst recht, als im Abenddunst endlich die Mauern von Mülhausen auftauchten. Hans, der auf einem Schimmel neben der zweirädrigen Maultierkarre herritt, hatte angekündigt, dass sie in einer Herberge in der Mülhauser Vorstadt nächtigen würden, und so war ihre Erleichterung groß. Seit heute Morgen kurz nach Sonnenaufgang rumpelten sie nun schon durch die sanft gewellte Hügellandschaft des Sundgaus, mit einer einzigen kurzen Rast an einem Bach, um die Tiere zu füttern und zu tränken. Das Reisen auf dem Wagen hatte sich leider als alles andere als kommod erwiesen. Die Löcher in den unbefestigten Landstraßen waren, wenn überhaupt, nur notdürftig mit Erde und Reisig gefüllt, was zu Radbrüchen führen konnte, wenn der Kutscher nicht achtgab, in den feuchten Talgründen wiederum war der Weg dammartig mit einer Knüppelauflage versehen, die einen ordentlich durchschüttelte. Zum Glück hatte der Herrgott ihnen wenigstens einen milden und trockenen Tag beschert.

Inzwischen fragte sie sich, warum sie mit ihrem Entschluss, nach Kolmar zu gehen, überhaupt gezögert hatte. Was sollte sie schließlich noch in Basel? Ihr Traum mit Beat war zerplatzt, niemand brauchte sie dort noch. Der Medicus aber brauchte sie, ihm konnte sie in dem heillosen Durcheinander, das er immer wieder anrichtete, den Rücken stärken. Das vermochte kein Famulus zu leisten. Und würde sie nicht endlich mehr von der Welt sehen?

Sie ahnte, dass sie nicht so bald nach Basel zurückkehren würde – dazu müsste schon ein Wunder geschehen. Und so war der Abschied von Marie, Stoffel und ihrem Vater auch sehr tränenreich gewesen. Aber ihre Freundin würde ohnehin bald fortgehen, und Stoffel hatte nur noch eines im Kopf: dass seine Guta ihm bald schon das erste Kind schenken würde. Was ihren Vater betraf, so verwirrte sich sein Geist seit einiger Zeit zunehmend. Er hatte gestern Abend gar nicht begriffen, dass sie für längere Zeit fortbleiben würde. «Bis nächsten Sonntag, Bärbel», waren seine letzten Worte gewesen, und das hatte sie sehr traurig gemacht.

Hans trabte dichter an den Kutschbock heran, wo sie neben dem wortkargen Fuhrmann kauerte, und war in bester Laune. Einmal mehr bedachte er sie mit einem strahlenden Blick aus seinen blauen Augen. Er hatte es sich nicht nehmen lassen, ein Pferd zu mieten. Angeblich, weil es auf der mit Körben und Kisten vollgestellten Ladefläche der Karre keinen Platz mehr für ihn gegeben hätte. In Wirklichkeit aber, da war sich Barbara sicher, gefiel er sich in dieser vornehmen Art des Reisens hoch zu Ross. Ebenso wie in seinen Tändeleien mit jungen Frauen wie ihr. Ja, er war schon ein reichlich eitler Kerl, trotzdem war er ihr inzwischen fast so vertraut wie ein Bruder.

Mittlerweile kannte sie auch die Gründe für seine Treue zum Medicus, da sie ihn noch gestern Abend danach gefragt hatte. «Doktor Theophrastus glaubt nun mal an meine Zukunft als Gelehrter, ganz im Gegensatz zu meinem Vater», war seine Antwort gewesen. «Außerdem verdiene ich bei ihm weitaus mehr als mit meinen Korrekturen.» Wobei sie sich gefragt hatte, was davon schwerer wog. Und im Gegensatz zu ihr glaubte Hans, dass sie in wenigen Wochen wieder nach Basel zurückkehren würden.

«Gleich haben wir es geschafft, und die halbe Strecke liegt hinter uns», rief er ihr in diesem Augenblick zu. «Nachher im Gasthaus lassen wir es uns gut gehen.»

«Das will ich hoffen», gab sie zurück. «Ich kann mich kaum noch rühren. Hunger und Durst hab ich auch.»

Er lachte. «Und ich erst! Habe ich dir schon gesagt, wie froh ich bin, dass du mitkommst?»

Da musste sie ebenfalls lachen. «Ja, heute Vormittag. Zweimal schon.»

«Weißt du, was ich mich frage?» Er musterte sie, und seine Miene wurde wieder ernst. «Was der Meister nur für einen Narren an dir gefressen hat.»

So etwas Ähnliches hatte sie sich selbst schon gefragt, auch wenn sie es anders ausgedrückt hätte. Sie schien dem Medicus wirklich am Herzen zu liegen, und das war es letztendlich auch gewesen, was zu ihrem Entschluss beigetragen hatte. Denn wem auf dieser Welt war sie sonst noch wichtig? Wahrscheinlich brauchten sie beide einander.

Nachdem sie mit dem kühlen, würzigen Bier ihren ersten Durst gelöscht hatte, fühlte sich Barbara bereits sehr viel wohler und freute sich auf den nächsten Tag. Sie musste zugeben, dass ihr trotz aller Beschwerlichkeiten das Reisen durch unbekannte Landschaften und Dörfer mehr und mehr gefiel. Zum ersten Mal in ihrem Leben hatte sie das Baselbiet verlassen und spürte, wie die Neugier in ihr wuchs. Wie würde es wohl in Kolmar sein? Von Hans wusste sie bereits, dass die Stadt deutlich kleiner als Basel war, von viel Wasser durchflossen wurde und die Häuser allesamt in Fachwerk erbaut waren.

In diesem Moment betrat Hans die Gaststube und schaute sich nach ihr um. Er hatte dem Fuhrmann geholfen, die Karre mit dem Gepäck in die Remise zu bringen und sich für Maultier und Pferd einen Stallplatz zuweisen zu lassen, während sie selbst sich vor der Reiseherberge erst ein wenig die Beine vertreten und anschließend einen freien Platz in der Gaststube gesucht hatte.

Sie winkte ihn zu sich an den langen Tisch, an dem ein paar Fuhrleute an ihren Hühnerknochen nagten, sich in fremder Sprache unterhielten und sie dabei immer wieder verstohlen anstarrten. Wahrscheinlich hielten sie sie für eine allein reisende Frau, und so war sie froh, dass Hans endlich zurück war.

«Das Bier ist gut, oder?» Er setzte sich ihr gegenüber, wo schon ein Becher Bier auf ihn wartete. «Die Elsässer Wirte sind bekannt für ihre Braukunst.»

Er trank seinen Becher in einem Zug leer.

«Wunderbar!»

Sie nickte und schenkte ihm aus dem Krug nach. «Wo hast du den Kutscher gelassen?»

«Der lässt sich Speis und Trank in die Remise bringen und wird dort auch übernachten. Er muss schließlich auf die Sachen aufpassen.»

«Der Ärmste.»

«Ach was, der ist dran gewöhnt.»

Die Schankmagd trat an ihren Tisch. «Was wollt ihr essen?»

Sie sprach ein ähnlich kehlig klingendes Deutsch wie die Menschen in Basel.

«Ich weiß nicht», erwiderte Barbara und dachte an ihre Pfennige im Beutel, die sie zusammenhalten wollte. «Ein bisschen Brot und Käse vielleicht?»

«Unsinn», widersprach Hans. «Ein junges Brathuhn für jeden von uns. Und gleich noch einen Krug Bier dazu.»

Er beugte sich über den Tisch und zwinkerte ihr zu.

«Der Meister hat mir einen guten Batzen Reisegeld mitgegeben.»

Nach dem zweiten Krug Bier wurde er immer gesprächiger. Während sie das köstliche Brathähnchen verspeisten, schwärmte er davon, dass das Leben in Kolmar sehr viel geruhsamer als in Basel sei. Und dass er demnächst ein großes Zimmer ganz in der Nähe des Medicus beziehen würde, worüber er heilfroh sei.

«Ehrlich gesagt, bewundere ich dich.» Er prostete ihr zu. «Ich selbst halte es keine Woche länger aus, mit diesem launischen Eigenbrötler unter einem Dach zu leben. Und obendrein mit ihm in einem Bett zu schlafen.»

«Er hat auch seine guten Seiten», widersprach sie.

«Mag sein, und ja: Er ist wahrhaftig ein begnadeter Arzt. Aber mit seiner Rechthaberei verprellt er die Leute. Man sollte meinen, er hätte in Basel was dazugelernt, aber von wegen! Er glaubt noch immer, er hätte die Weisheit gepachtet. Die Wahrheit trägt Hass ein, ist gerade sein Lieblingsausspruch, und er glaubt fest dran, dass der ganze Basler Magistrat von Hass, Zorn und Missgunst gegen ihn getrieben sei. Kein Gedanke daran, dass es auch an ihm liegen könnte. Zugleich prahlt er schon wieder damit, dass ihn die Vornehmen wie auch die Bauern im Elsass als zweiten Äskulap feiern würden. Warum muss er immer gleich so auftrumpfen in seiner großsprecherischen Art?»

Barbara mochte es nicht, wenn man hinter dem Rücken über andere herzog. Auch wenn sie in manchem ähnlich dachte wie Hans, schwieg sie, und so fuhr er fort:

«Immerhin hat er sich in dem Brief, den er mir für den Amerbach mitgegeben hatte, ein wenig zurückgenommen. Auf meinen Rat hin, natürlich.»

«Du weißt, was drinsteht?», fragte sie erstaunt.

«Aber ja, er hat ihn mir vorgelesen. Im elegantesten Latein hat er ihn geschrieben.» Er schenkte erst ihr, dann sich selbst nach. «Von wegen, er beherrsche die lateinische Sprache nicht – darin haben ihm diese rotzfrechen Verfasser der Schmähschrift damals jedenfalls bitter unrecht getan.»

«Was genau stand in dem Brief an Amerbach?»

«Das brauchst du nicht alles zu wissen. Nur so viel: dass er den Angriffen in Basel entfliehen und sich in Sicherheit bringen musste. Und er bittet Amerbach als Freund und Rechtsgelehrten, ihn vor den Widersachern mit allen Kräften zu verteidigen.»

«Dann hofft er also auf eine Rückkehr?»

«Ich denke schon, und ich selbst erst recht. Amerbach hat gestern, als ich bei ihm war, auch gleich eine Antwort verfasst und mir mitgegeben.» Er klopfte mit der flachen Hand auf seine Rocktasche. «Ich würde zu gern wissen, was drinsteht, aber im Gegensatz zu dir breche ich keine Siegel auf!»

Er grinste breit, und der Glanz in seinen Augen verriet ihr, dass er ein wenig angetrunken war. Sie selbst hatte bewusst nur sehr langsam getrunken.

«Das wirst du mir nun ewig vorhalten», gab sie halb ernst, halb scherzhaft zurück.

«Kommt darauf an. Wenn du künftig ein bisschen netter zu mir bist, vergesse ich es.»

Er lehnte sich zurück und warf ein paar abgenagte Knochen unter den Tisch, um die sich prompt zwei Hunde rauften.

«Hast du übrigens den Schlafsaal nebenan gesehen?» Er verzog angewidert das Gesicht. «Ich wette, auf den Strohsäcken wimmelt es von Flöhen und Läusen.»

«Die eine Nacht werden wir schon überstehen.»

«Müssen wir aber nicht.» Sein Blick flackerte auf. «Ich hab genug Geld bei mir, auf dass wir uns eine eigene Kammer leisten können!»

Entgeistert starrte sie ihn an. «Du und ich in einem Zimmer?»

«Liebend gerne auch in einem Bett!»

Sie schüttelte entschieden den Kopf. Sein Angebot war keck und eindeutig. Musste sie das verwundern? Hans war ein äußerst gut aussehender Mann und fand sich darin gewiss unwiderstehlich, was Frauen betraf. Aber glaubte er im Ernst, sie würde sich auf ihn einlassen? So gut sollte er sie eigentlich längst kennen.

«Da hast du dich gewaltig geschnitten, Hans. Ich nächtige im Schlafsaal. Außerdem hast du eine Braut namens Änneli – schon vergessen?»

«Geh her, das mit der Änneli ist längst vorbei. Hab ich dir eigentlich schon gesagt, wie schön du bist?»

«Ja, das hast du. Da warst du grad so angetrunken wie jetzt. Damit du's weißt: Wir können meinetwegen diesen Krug hier zusammen austrinken, aber danach lege ich mich nebenan schlafen.»

«Ist das dein letztes Wort?»

«Ganz genau. Du bist der Schüler des Medicus und ich seine Magd. Und dabei soll es bleiben.»

Seine Miene verdüsterte sich, und sie ahnte, was nun folgen würde. Nicht nur mit Melcher hatte sie die Erfahrung gemacht, dass sich die Liebenswürdigkeiten der Mannsbilder nach einer Abfuhr ganz schnell ins Gegenteil verkehrten.

Mit zusammengekniffenen Augen beugte er sich ihr über die Tischplatte hinweg entgegen.

«Ich verstehe … Du hast ein Auge auf unseren Meister geworfen, auf diesen hässlichen alten Kerl.»

«Bist du noch ganz bei Trost?»

«Ach komm – euch Frauen ist doch das Äußere ganz und gar

wurscht, wenn der Mann euch nur Sicherheit und Wohlstand verspricht. Aber auf den Medicus brauchst du erst gar nicht zu hoffen.»

«Hans, du bist wirklich betrunken. Ich hab keinesfalls vor, mich an ihn heranzumachen.»

«Nein? Dann ist ja gut. Ich will dir nämlich ein Geheimnis verraten.» Seine Stimme wurde schneidend. «Der Medicus ist gar kein richtiger Mann! Oder hast du sein Gemächt etwa schon mal gesehen, wo er sich doch nie auszieht, nicht mal zur Nacht?»

Jetzt wurde es ihr doch zu bunt. «Hör auf mit diesem dummen Geschwätz. Ich will davon nichts hören.»

Er lächelte, und es hatte etwas Gehässiges. «Ich sag's dir aber trotzdem. Es heißt, dass er als Knabe gewaltsam entmannt worden sei, beim Gänsehüten durch einen Soldaten. Andere Mäuler behaupten auch, die Gänse hätten ihm die Hoden abgefressen. Warum sonst, meinst du, lebt er keusch wie ein Mönch?»

Sie glaubte, sich verhört zu haben. Diese Geschichte konnte nur ein dreistes Lügengespinst sein. Andererseits: Hatte der Medicus nicht selbst geschrieben, dass ein guter Arzt keusch zu sein habe? Machte er also aus seinem Unglück eine Tugend?

Sie schob ihm ihren halb vollen Becher zu und erhob sich. «Dass er ohne Weib an seiner Seite lebt, geht dich und mich einen feuchten Kehricht an. Und selbst wenn an deiner Geschichte ein Körnchen Wahrheit wäre, dann tratscht man das nicht überall herum. Gute Nacht!»

Gerade noch rechtzeitig vor Sonnenuntergang durchquerten sie tags darauf das Tor der Reichsstadt. Die Reiseherberge von Mülhausen hatte außerhalb der Mauern gelegen, und so betrat Barbara nun die erste fremde Stadt ihres Lebens. Kolmar war größer, als sie es nach Hans' Worten erwartet hätte, im Gegensatz zu Basel ohne Hügel und Steigungen, und die in bunten Farben getünchten Fachwerkhäuser gaben den verwinkelten Gassen, die rechts und links der Hauptstraße abzweigten, etwas Fröhliches, wie sie fand. Nicht weit entfernt schoben sich die mächtigen Berge der Vogesen dunkel in den Abendhimmel.

Würde sie sich hier wohlfühlen? Eines jedenfalls wusste sie: Sie freute sich auf das Wiedersehen mit Doktor Theophrastus, denn sie hatte ihn in diesen gut zwei Wochen erstaunlicherweise ehrlich vermisst.

«Hier in der Langen Gasse», sagte Hans, der sein Pferd inzwischen am Zügel führte, «wohnt Lorenz Fries, gleich hinter der Franziskanerkirche. Wir sind also fast am Ziel.»

Er sprach erstmals wieder freundlich mit ihr, nachdem er den ganzen Tag geschmollt hatte. Dass sie ihn am Vorabend zurückgewiesen hatte, musste ihn mächtig gekränkt haben. Aber sei's drum, das war ihr egal.

«Lorenz Fries?», fragte sie ein wenig verdutzt. «Ich dachte, der Medicus hätte zwei Zimmer angemietet?»

«Ganz recht, aber im Haus dieses Arztes. Eine kleine Schlafkammer und eine Arbeitsstube.»

Nicht, dass sie mit einer eigenen Kammer wie in Basel gerechnet hätte – aber der Gedanke, in der Haushaltung fremder Leute zu leben, widerstrebte ihr.

Vor einem dreistöckigen Haus mit kunstvoll geschnitzten Holzbalken und einem Erker über der Haustür ließ Hans den Fuhrmann anhalten. Das Hoftor stand offen, man erwartete sie also bereits.

«Im Hof ist es etwas eng», erklärte Hans ihm. «Kannst du das Maultier mit der Karre rückwärts hineinführen?»

Der Kutscher nickte nur und sprang von der Karre. Auch Barbara kletterte herab, warf sich ihren Reisebeutel über die Schulter und fragte sich plötzlich bang, ob sie tatsächlich die richtige Entscheidung getroffen hatte.

Hans nickte ihr zu. «Klopf nur schon mal an der Haustür an. Aber hilf uns dann nachher beim Ausladen.»

Das Klopfen war indessen gar nicht nötig. Kaum stand sie vor der Tür, als diese auch schon von innen aufgerissen wurde. Vor ihr stand der Medicus, sein ganzes Gesicht war ein einziges Strahlen.

«Ich habe euch vom Fenster aus kommen sehen.» Seine Stimme klang belegt. «Ach Barbara, du glaubst gar nicht, wie sehr ich mich freue, dass du hier bist.»

«Nun ja», entgegnete sie der Wahrheit entsprechend, «ich habe schon einen Augenblick gehadert mit mir.»

«Und ich habe zum Herrgott gebetet, dass er mir meinen Wunsch erfüllt. Jetzt komm erst mal herein.»

Mit einer einladenden Handbewegung trat er zur Seite. Sie legte ihr Reisebündel am Treppenaufgang ab und blickte sich flüchtig in der halbdunklen Eingangshalle um. Magd oder Knecht waren nirgends zu sehen noch zu hören, ebenso wenig wie die Herrschaften, was ihr fürs Erste ganz recht war.

«Hier wohnt Ihr jetzt also», murmelte sie.

«Du auch, Barbara. Du auch!»

Völlig unvermittelt breitete er die Arme aus, fasste sie bei den Schultern und zog sie fest an sich. Nie zuvor hatte er sie derart innig umarmt. Aber es fühlte sich gut an, voller Wärme und Freude.

Schon ließ er sie wieder los und trat fast erschrocken zwei Schritte zurück.

«Verzeih meinen Überschwang.» Vor Verlegenheit war er ganz rot geworden. «Dann wollen wir uns mal ans Ausladen machen.»

Er eilte, ja rannte fast zu einer Tür gegenüber dem Treppenaufgang und stieß sie auf. Sie führte zum Hof, wo das brave

Maultier die Karre bereits rückwärts in den Hof bugsiert hatte. Obenauf stand der Kutscher und reichte gerade einen Korb an Hans herunter.

«Ach herrje, ist das viel Zeug!», entfuhr es dem Doktor.

Sie nickte. «Das ist nur das Wichtigste, wie Ihr es angewiesen habt. Dabei steht in Basel noch immer die halbe Wohnung voll. Aber ich vermute, dass Ihr eines Tages zurückkehren wollt. Hier sind jedenfalls schon mal Eure Schlüssel.»

«Das mit der Rückkehr wird sich zeigen», murmelte er, ohne sie dabei anzusehen.

Er nahm die Schlüssel zu Hoftor, Keller und Wohnung seines Basler Domizils entgegen und musterte sie, als würden sie ein Geheimnis bergen.

«Ich fürchte», sagte er schließlich zerknirscht, «dass ich in Basel doch einiges zu frei gegen den Magistrat und andere gesprochen habe.»

«Das will ich meinen! Warum bloß habt Ihr Euch nicht versöhnlicher gezeigt? Alles hätte wieder ins Reine kommen können. Aber noch ist es nicht zu spät», fügte sie hinzu, obgleich sie selbst kaum daran glaubte. «Bestimmt wird Doktor Amerbach irgendwann Eure Rückkehr ermöglichen können.»

«Indessen nicht um jeden Preis, Barbara, nicht um jeden Preis. Wer sein eigener Herr sein kann, der unterwerfe sich keinem anderen.»

In diesem Augenblick rief Hans ein wenig ärgerlich zu ihr herüber: «Kannst du uns vielleicht endlich helfen?»

Der Medicus schüttelte den Kopf. «Lass nur, ich hole die Hausmagd Susanna zu Hilfe.»

Keine halbe Stunde später hatten sie alles in das zweite Obergeschoss getragen, wo der Doktor eine kleine Stube und eine wahrhaft winzige Schlafkammer unter der Dachschräge bewohnte. Die Magd Susanna, ein massiges, schon älteres Weib, hatte ihnen zwar geholfen, dabei aber ein mehr als missmutiges Gesicht gezogen.

«Wenn du glaubst, du könntest dich hier ebenfalls häuslich einrichten, dann bist du auf dem Holzweg», hatte sie Barbara einmal zwischen Tür und Angel zugeraunt.

«Das hat ja wohl der Hausherr zu entscheiden», hatte sie ihr in scharfem Tonfall zurückgegeben. Wobei sie sich nun zunehmend beunruhigt fragte, wo *ihr* Platz in diesem Haus sein würde.

Nachdem sie das letzte Gepäckstück – die Kleiderkiste des Doktors – in der Schlafkammer abgestellt hatten, betraten ihre Gastgeber die Stube. Sie waren wohl zuvor noch beim Abendessen gewesen, denn auf dem Stockwerk dazwischen hatte es so köstlich nach gebratenem Speck geduftet, dass Barbaras Magen zu knurren angefangen hatte.

Der Medicus winkte Barbara mit einem strahlenden Lächeln heran.

«Darf ich euch Barbara Stegnerin, meine treue Magd, vorstellen? – Barbara, das ist mein Freund Lorenz Fries, ein berühmter Arzt und Astronom und daher auch Laurentius Phrisius genannt, und das ist seine Ehegattin, die ebenfalls den schönen Vornamen Barbara trägt.»

Lorenz Fries war ein hagerer, spitznasiger Mann mit hervorstehenden Augen, dessen Vollbart bis über die Brust reichte. Er mochte etwa Ende dreißig sein, vielleicht auch älter. Seine Frau war noch dünner als er, für eine Arztgattin eher schlicht gekleidet, und mit ihren tiefen Falten um die Mundwinkel wirkte sie ziemlich verhärmt und unfroh.

Barbara beugte das Knie vor dem Paar. «Habt Dank, dass auch ich hier wohnen darf.»

Die Friesin war ganz offensichtlich verstimmt darüber, dass

sie einer einfachen Dienstmagd namentlich vorgestellt wurde, und winkte mürrisch ab. «Gastfreundschaft ist eine Christenpflicht. Du kannst wählen, wo du nächtigen möchtest: entweder bei Susanna im Bett oder auf dem Strohsack unter der Stiege zum Dach. Die Mahlzeiten nimmst du mit Susanna in der Küche ein. Dort haben wir auch etwas für dich vom Abendessen aufgehoben, du wirst sicher hungrig sein. Für Kost und Unterkunft hilfst du nach Susannas Anweisungen bei der Hausarbeit mit, sofern Doktor Theophrastus keine Aufgaben für dich hat.»

Barbara spürte, wie ihr diese neue Lage, in die sie sich gebracht hatte, mehr und mehr missfiel. Sie musste sich alle Mühe geben, ein freundliches Gesicht zu bewahren. Derweil hatte sich der Hausherr ein wenig erschrocken in den beiden vollgestellten Räumlichkeiten umgeblickt.

«Mein lieber Theophrastus, du hast ja deinen ganzen Hausrat hergekarrt», sagte er mit süßsaurer Miene. «Wo willst du denn hier noch arbeiten? In meinem Behandlungszimmer ist jedenfalls kein Platz für dich.»

«Keine Sorge», lächelte der Medicus. «Meine tüchtige Magd wird schon alles gut verstauen.»

«Hoffen wir's. Kommst du dann mit uns in die gute Stube, ein Krüglein Wein trinken? Dein Essen haben wir warm gehalten. Ihr seid natürlich auch willkommen, Oporinus», wandte er sich an Hans.

«Das ist sehr freundlich von Euch, aber ich will noch einmal in der Schlüsselgasse anfragen, ob ich morgen das Zimmer übernehmen kann.»

Fries nickte. «Gut, gut. Wir sehen uns dann später. Kommst du, Theophrastus?»

«Geht nur schon vor, ich habe noch einiges mit den jungen Leuten hier zu besprechen.»

Als Susanna ihren Herrschaften zur Tür folgte, drehte sie sich noch einmal zu Barbara um: «Ich empfehle dir, unter der Stiege zu schlafen.»

«Das habe ich, weiß Gott, auch vor», gab sie zurück.

Nachdem sie nun unter sich waren, stieß der Medicus einen kleinen Seufzer aus.

«Ihr werdet euch schon noch zusammenraufen, die Susanna und du.»

Das bezweifelte Barbara allerdings.

«Darf ich frank und frei sprechen, Herr?»

«Nur zu, das tust du doch immer.»

«So hatte ich mir das nicht vorgestellt. Ich hatte gedacht, ich koche, putze und sorge für Euch wie in Basel. Stattdessen muss ich mich jetzt dieser griesgrämigen Magd fügen. Eigentlich bin ich hier überflüssig wie ein Kropf!»

«Aber nein, ganz und gar nicht! Du weißt doch, wie vergesslich ich manchmal bin. Außerdem brauche ich dich auch in Kolmar für meine Botengänge und Besorgungen. Jetzt schau mich nicht so bärbeißig an, Barbara. In ein, zwei Monaten kehren wir gewiss wieder in unsere schöne Basler Wohnung zurück. Gerechtigkeit braucht eben ihre Zeit.»

Dann wandte er sich an Hans. «Hast du eine Antwort von Amerbach dabei?»

«Ja, Meister.»

Hans griff in seine Rocktasche und überreichte ihm das Schreiben. Barbara entging nicht, dass die Hände des Medicus zitterten, während er das Siegel erbrach und das Papier auseinanderfaltete. Dann erbleichte er.

«Schlechte Nachrichten?», fragte Hans.

Aufgebracht zerknüllte der Medicus das Papier und schleuderte es in die Ecke. «Ganze drei höfliche, nichtssagende Sätze stehen darin, die der Tinte nicht wert sind. Weder schreibt er, welche Maßnahmen Basel inzwischen gegen mich ergriffen hat, noch dass er mich zu verteidigen gedenkt.»

«Vielleicht solltet Ihr besser persönlich einen Brief an den Magistrat schreiben?», wagte Barbara einzuwerfen.

«In Basel zu Kreuze kriechen? Ich will euch sagen, was daraus zu lernen ist: Ein Arzt, dem Gott die Gabe des Heilens verliehen hat, der soll sich erst gar nicht einer Stadt oder einem Fürstenhof verpflichten, sonst verliert er seinen freien Mut und verkauft sich wie eine Hure. Ich werde dem Amerbach noch heute Abend zurückschreiben, in klaren, offenen Worten.»

Da wurde Barbara bewusst, dass sich ihre Ahnung bestätigt hatte und mit einer Rückkehr nach Basel wohl nicht mehr zu rechnen war. Was ihr nun doch einen Stich versetzte. Aber sie hatte sich nun einmal dafür entschieden, an der Seite ihres Dienstherrn zu bleiben.

Kapitel 19

März 1528 in Kolmar

Weder Barbara noch Hans erfuhren, was der Medicus seinem Freund Amerbach zurückgeschrieben hatte. Aber immerhin hatte Doktor Theophrastus ihr schon gleich zu Anfang versprochen, sich für den Fall, dass er in Kolmar bleiben würde, eine eigene Wohnung zu suchen.

Für sie waren die ersten Wochen im Hause Fries nämlich alles andere als angenehm. Sie schlief in dem dunklen, engen Verschlag unter der Stiege im Zwischengeschoss, wo das kinderlose Ehepaar Wohnstube, Küche und Schlafkammer hatte, teilte ihren Strohsack mit Spinnen, die sich an dem zerschlissenen dicken Vorhang herabseilten, und mit Mäusen, die nachts an ihrem Kopfkissen vorbeihuschten. Sie hörte jedes Geräusch der Mitbewohner, und wenn sie morgens erwachte, glaubte sie, an ihrem eigenen Mief zu ersticken. Sie war weiß Gott nicht im Wohlstand aufgewachsen, aber das hier war schlimmer, als in einem Kuhstall zu nächtigen.

Noch ärger traf sie, dass sie von früh bis spät den Launen Susannas ausgesetzt war, die aus ihrer Abneigung gegen sie keinen Hehl machte. In der Haushaltung war es nun an Barbara, die Drecksarbeit zu machen oder schwere Wassereimer und Brennholzkörbe zu schleppen, und wenn einmal das Falsche eingekauft war oder das Essen zu spät fertig wurde, trug allein sie die Schuld. Nichts konnte sie der dicken, herrischen Magd recht machen.

Mochten sich die Friesens auch noch so großzügig gegenüber ihrem gelehrten Gast zeigen – sie selbst war nur ein unerwünschtes, ja lästiges Anhängsel. Auch die Friesin ließ sie das spüren, indem sie in ihrer herablassenden Art keinen freundlichen Blick für sie übrighatte. So war Barbara jedes Mal froh, wenn sie für einen Auftrag des Doktors aus dem Haus kam, ganz gleich, bei welchem Wetter. Manchmal steckten ihr die Honoratioren der Stadt, denen sie im Namen des Medicus eine Nachricht überbrachte, sogar ein kleines Handgeld zu, und für den Rückweg durch Kolmars Gassen ließ sie sich alle Zeit der Welt, nur um nicht allzu bald in ihr Arresthaus, wie sie es insgeheim nannte, zurückkehren zu müssen. Nur leider boten sich diese Gelegenheiten viel zu selten, drei-, viermal die Woche vielleicht. Wie sehr beneidete sie doch Hans, der in der Nachbarstraße sein eigenes kleines Reich bewohnte! Heimweh nach Basel verspürte sie seltsamerweise keines. Nur Marie, Stoffel und ihren Vater vermisste sie in manchen Momenten schmerzlich. Und an Beat überhaupt auch nur zu denken, verbot sie sich.

Mit Lorenz Fries war es zum Glück ein wenig erträglicher. Als Arzt und Ratsherr war er ein viel beschäftigter Mann und dadurch, genau wie der Medicus, oft fahrig und geistesabwesend. Manchmal sprach er sie mit dem falschen Namen an, manchmal schien er sie gar nicht wahrzunehmen, doch wenn er einmal das Wort an sie richtete, dann in durchaus freundlichem Tonfall. Inzwischen wusste sie, dass er und Doktor Theophrastus sich vom Studium an der Hochschule Wien kannten und sich danach noch einige Male begegnet waren. Auch Fries war ein unsteter Mensch, ein Wanderer, der an vielen Orten gelebt hatte. Auch er war der Ansicht, dass in der Wissenschaft die deutsche Sprache benutzt werden sollte. In seinem Behandlungszimmer neben der Eingangsdiele hatte er ein Astrolabium stehen, eine seltsame metallene Scheibe, mit der man den Himmel vermessen und die Bewegungen der sieben Planeten berechnen konnte. Mehr noch: Stellte man es richtig an, so ließ sich damit die nahe Zukunft deuten – eine Vorstellung, die Barbara im Kopf ganz schwindlig werden ließ. Stundenlang vermochten sich die beiden Männer mit dem Astrolabium zu beschäftigen, und niemand außer Hans durfte sie dabei stören. Auch Doktor Theophrastus hatte einst ein solch kostbares Gerät besessen, es war ihm aber, wie er es ausdrückte, auf einer seiner Reisen abhandengekommen. Mit solchen Vorhersagen, den sogenannten prognostischen Schriften, könne man viel Geld verdienen, hatte er ihr an einem der seltenen Abende erklärt, an denen er sie zusammen mit Hans auf einen Becher Wein zu sich einlud. Nur leider sei das meiste von unwissenden Scharlatanen verfasst, die ihre Leser an der Nase herumführten.

Lorenz Fries hatte auch schon solch kleinere Schriften verfasst, die er als Mehrblattdrucke veröffentlichte, darüber hinaus aber auch richtige gedruckte Bücher, wie etwa den erfolgreichen «Spiegel der Arznei». Voller Bewunderung hatte der Medicus das ihr gegenüber erwähnt, und erst mit der Zeit merkte Barbara, wie es ihn innerlich zerfraß, dass von ihm, dem «Arzt Germaniens», niemand etwas veröffentlichen wollte. Denn auch in Kolmar arbeitete er viel an seinen Werken, ja, jetzt erst recht, wo er die Basler Angelegenheiten erst einmal ruhen lassen wolle, wie er es ausdrückte, auch wenn man ihn weiterhin verleumde. Statt an der Universität wolle er nun durch seine Bücher lehren und hierfür ein Autor werden.

Bereits in Barbaras zweiter Woche in Kolmar schickte er sie mit einem Bittschreiben an einen Ratsvorsitzenden namens Konrad Wickram, die Woche darauf sogar zum Schultheißen Hieronymus Boner. Von ihnen erhoffte er sich eine Unterstützung zum Druck jener drei Werke, an denen er gerade voller Eifer arbeitete: eines über Brüche, Verrenkungen und Wundfäule, eines über offene Schäden, Cancer und andere Geschwüre sowie jenes, mit dem er gerade begonnen hatte und das die weit verbreitete Franzosenkrankheit behandelte.

«Warum sprecht Ihr mit Eurem Anliegen eigentlich nicht selbst bei diesen Herren vor?», hatte sie ihn gleich bei ihrem ersten Botengang gefragt.

«Soll ich etwa als Bittsteller auftreten und mein Schreiben mit einem tiefen Bückling überreichen? Nein, das lasse ich schon lieber überbringen. Es reicht, dass ich meine Werke mit einer derart demütigen Widmung an diese Herren versehe.»

Eine Antwort erhielt er in diesen ersten Wochen indessen nicht, ebenso wenig wie von seinem Freund Amerbach aus Basel. Doch er ließ sich nicht beirren in seinem Arbeitseifer. Obendrein war Barbara mehr als überrascht davon, dass er seit ihrer Ankunft in Kolmar gar nicht oder nur mäßig trank, auch wenn er den elsässischen Wein über alle Maßen lobte. Im Gegenteil wirkte er ausgeglichen und ruhig, betonte immer wieder, dass Geduld die Mutter des Erfolges sei. Als sie Hans einmal beiseitenahm und fragte, ob das mit der Trunksucht nur ein Vorwand gewesen sei, sie herzulocken, hatte der laut aufgelacht: «Von wegen! Du hättest dieses Elend mal mit ansehen sollen. Die Friesin war schon drauf und dran, ihn vor die Tür zu setzen. Weißt du, was ich glaube? Er reißt sich nur dir zuliebe zusammen.»

Ihrer Meinung nach lag es eher daran, dass er nach dem Aufruhr in Basel endlich zur Ruhe gekommen war. Außerdem konnte er auch in Kolmar wieder große Erfolge als Arzt verzeichnen. Er wurde von Hilfe suchenden Kranken schier überrannt und vollbrachte vor allem im Kurieren von Wurmbefall und Bauchkrämpfen, von Gicht und Furunkeln wahre Wunder. Hierfür begab er sich zu den Patienten nach Hause oder suchte sie im Spital auf.

Sie gönnte ihm diese Erfolge von Herzen, doch sie selbst fühlte sich in diesem Haus immer mehr wie ein Vogel, dem man die Flügel gestutzt hatte. So verging der März, die Tage wurden spürbar länger und wärmer, und noch immer war keine Veränderung ihrer Lage in Sicht: Weder deutete der Medicus eine Rückkehr nach Basel an, noch machte er sich auf die Suche nach einer eigenen Bleibe. Am letzten Sonntag im März schließlich suchte sie ihn nach dem Gottesdienst in seiner Stube auf. Er saß am Schreibtisch, als sie nach kurzem Anklopfen die Tür einen Spalt weit öffnete.

«Störe ich?», fragte sie.

Unwillig sah er auf. «Ja. Du siehst doch, dass ich am Arbeiten bin.»

Sie schluckte kurz. «Es ist aber wichtig.»

«Entschuldige.» Er legte die Schreibfeder beiseite. «Ich war ganz in Gedanken. Jetzt komm schon herein.»

Er wies auf den Holzschemel neben sich, auf dem sonst Hans seinen Platz hatte.

«Was gibt es?»

«Ich möchte wieder für *Euch* arbeiten.»

Erstaunt sah er sie an. «Aber das tust du doch. Ich zahle dir und Oporinus weiterhin den vereinbarten Lohn.»

Sie nickte. Ja, das tat er, und sie hatte bereits eine hübsche Summe angespart. Wobei sie sich allmählich fragte, woher er das Geld nahm, da der gute Verdienst als Stadtarzt mitsamt seinem Honorar als Hochschullehrer ausfiel und noch immer nichts von ihm gedruckt war. Die Behandlung seiner Kranken, zumeist einfache Leute, brachte gewiss keine Reichtümer ein.

«Danke hierfür, aber das ist es nicht. Ich habe in diesem Haus keinen Platz, und damit meine ich nicht, dass ich in einem stickigen Verschlag nächtigen muss. Ich … ich …» Sie spürte, wie sie ins Stottern geriet, und holte tief Luft. «Ich gehöre weder zum Haushalt des Ehepaars Fries noch zu Eurem. Stattdessen muss ich mich den ganzen Tag von diesem dummdreisten Weib namens Susanna herumscheuchen lassen und meine wenige freie Zeit auch noch bei ihr in der Küche verbringen. Allmählich reicht es mir. Ich habe schließlich auch meine Würde.»

Eine Sorgenfalte erschien auf seiner hohen Stirn. «Darüber habe ich nie nachgedacht. Ach Barbara, das tut mir leid. Ich bin ein eigensüchtiger Hagestolz, der nur an sich denkt.» Plötzlich hielt er erschrocken inne. «Du willst mich doch nicht verlassen?»

«So jedenfalls kann es nicht weitergehen. Wann sucht Ihr Euch endlich eine eigene Wohnung? Das wäre doch auch für Euch angenehmer, wenn Ihr Eure Kranken zu Hause empfangen könntet. Ich weiß nämlich, dass Fries das in seinem Hause nicht duldet.»

Er schüttelte den Kopf. «Noch warte ich auf Nachricht aus Basel. Aber hör zu, Barbara: Ich rede mit Lorenz. Und mit Susanna auch. Ab morgen sollst du nur noch den halben Tag für unsere Gastgeber arbeiten, in der Zeit nach dem Mittagessen für *meine* Belange.»

«Aber so viel habt Ihr doch gar nicht für mich zu tun, wo ich nicht mal für Euch kochen oder einkaufen muss.»

«Das werden wir ja sehen.» Er zwinkerte ihr zu. «Deine Botengänge verlege ich auf die Nachmittage, hin und wieder wirst du für mich etwas besorgen müssen, und außerdem soll hier täglich für Ordnung gesorgt werden. Du weißt ja, wie nachlässig ich bin. So werde ich das dem Lorenz auch erklären. Und in deiner freien Zeit wirst du fortan nicht mehr bei dieser alten Vettel in der Küche sitzen müssen, sondern hast deinen Platz hier in der

Stube, sofern du mich nicht bei der Arbeit unterbrichst. Kannst dich ja dann deinen Flick- und Handarbeiten widmen. Für neue Gewänder», er zog die hohe Stirn in Falten, «reicht das Geld derzeit nämlich nicht.»

Beunruhigt sah sie ihn an. «Dann habt Ihr Geldsorgen?»

«Nein, nein, so schlimm ist es auch wieder nicht. Ich denke nur ganz in deinem Sinne daran, meine Ersparnisse besser zusammenzuhalten. Sag also, kannst du mit dieser Lösung leben?»

Sie nickte erleichtert. Ja, das wäre einen Versuch wert. Plötzlich und scheinbar ganz ohne Grund kam ihr jene Frage in den Kopf, die sie seit Hans' hässlichem Tratsch in der Reiseherberge mehr beschäftigt hatte, als ihr lieb war.

«Warum seid Ihr eigentlich nicht verheiratet, Herr? Dann bräuchtet Ihr auch keine Magd für Euren kleinen Haushalt.»

Er wirkte völlig verdutzt. «Für eine Ehe bleibt mir gar keine Zeit, das siehst du doch», erwiderte er schließlich.

«Aber habt Ihr Euch nie Kinder gewünscht?»

«Meine Werke sind meine Kinder, die Kinder meines Geistes. Die werden länger bestehen als leibliche Söhne und Töchter. Außerdem», er wich ihrem Blick aus, «ist die Liebe ein elendes Spiel: Der Mensch ist nämlich ein Mängelwesen. Hast du je von Zeus gehört?»

«Nein. Wer war das?»

Sie war schon daran gewöhnt, dass sie oft nur die Hälfte seiner Reden verstand. Und dennoch blieb am Ende immer eine kleine Erkenntnis hängen.

«Zeus war der Göttervater der Griechen, einem Volk aus alter Zeit, das an viele Götter glaubte. Zeus also hatte den überheblichen Menschen in zwei Hälften gespalten, in Mann und Frau, die seither einander nachlaufen, um sich wieder zu vereinigen. Aber nur in den seltensten Fällen werden sie dabei glücklich.»

«Darüber muss ich erst einmal nachdenken», sagte sie ein wenig verwirrt.

«Der Mensch sucht also immer nach dem anderen, dem fehlenden Teil seiner selbst.» Er räusperte sich. «Seltsamerweise fühle ich mich nun gar nicht gespalten, und so habe ich vielleicht auch deshalb keinen Drang nach dem anderen Geschlecht.»

«Dann mögt Ihr also keine Frauen?», platzte es gegen ihren Willen aus ihr heraus.

«Aber nein, da hast du mich missverstanden. Du glaubst gar nicht, wie viel ich als junger Arzt von Nonnen und Hebammen, von Zigeunerinnen und Marktweibern gelernt habe. Ich verehre die Frau, schon allein, weil sie Leben schenkt. Damit steht sie dem Kosmos viel näher als der Mann, trägt in sich die ganze große Welt im Kleinen. Obendrein ist die Wärme der Frau ein Allheilmittel, ein Arcanum, das zu langem Leben beiträgt. Das ewig Weibliche umgibt uns wie die Luft, die wir nicht sehen können, aber zum Leben brauchen. Sie ist die Bewahrende, der Mann hingegen, der alles hinterfragt und für sich nutzen möchte, bringt oft genug Krieg und Zerstörung in die Welt.»

Das hatte sie nun ganz und gar verstanden.

«Und doch kann ein Weib nie etwas Größeres werden», sagte sie leise.

«Weil der Mann sie nicht lässt! Aber unmöglich ist es nicht. Nimm nur die gelehrte Äbtissin und Dichterin Hildegard von Bingen – ich bin mir sicher, in der Zukunft wird es noch viel mehr solch berühmte Frauen geben.»

In diesem Moment klopfte es hart gegen die Zimmertür.

«Doktor Theophrastus, in der Krutenau braucht einer Eure Hilfe!» Das war Susannas Stimme.

Barbara öffnete die Tür, und die Magd steckte den Kopf zur Stube herein. «Unten warten zwei Gassenjungen auf Euch.»

Der Medicus war schon auf den Beinen und griff nach seiner Arzttasche. «Wer ist es?»

«Ein Fischer mit einem schlimmen Bein. Aber vielleicht hat der Kerl heut nach dem Kirchgang ja auch bloß zu viel gesoffen, so kennt man das ja von den Fischern und Bootsleuten.»

Ohne auf diese abfällige Bemerkung einzugehen, schlüpfte er in seinen Kamelhaarmantel. Barbara, die noch immer an der offenen Tür stand, sah ihn bittend an.

«Ich möchte Euch begleiten.»

«Warum das denn?», fragte er verdutzt.

«Weil ich mehr über Eure Heilkünste lernen möchte. In Basel durfte ich Euch am Ende auch einige Male zur Hand gehen.»

«Nun ja, das waren Patienten, die zu uns ins Haus kamen, keine ernsten Angelegenheiten also. Jetzt aber weiß ich nicht, was mich erwartet.»

«Bitte!»

«Meinetwegen. Dann komm.»

Vor dem Haus standen zwei barfüßige, strohblonde Knaben in abgerissenen Kitteln. Dem Kleineren lief die Nase im dreckverschmierten Gesicht, jetzt kamen ihm auch noch die Tränen, als sie loseilten.

«Der Vater hat ganz arg Schmerzen im Bein», jammerte er.

Der Ältere stieß ihn in die Seite. «Heul nicht. Der Doktor Theophrastus ist ein Wunderheiler, der wird ihm schon helfen.»

«Mit Gottes Hilfe», der Medicus strich dem Kleinen im Gehen über das verstrubbelte Haar, «werde ich eurem Vater ganz bestimmt helfen können.»

Sie folgten der Langen Gasse ein gutes Stück nach Süden, vorbei am Zoll- und Kaufhaus, bis zu einer Brücke, die das Flüsschen Lauch überquerte. Hier begann die Krutenau, die Vorstadt der Wein- und Gemüsebauern, der Schiffsleute und Fischer. Schon fast im Laufschritt bogen sie nach links in eine Gasse ein, wo die Knaben vor einem niedrigen, strohgedeckten Häuschen, das eher eine Hütte zu nennen war, innehielten.

«Hier wohnen wir», murmelte der Ältere und winkte sie in einen schmalen seitlichen Hof zum nahen Flussufer hin, in dem ein Netz zum Trocknen aufgespannt war. Es stank wie in ihrer Schindhütte, wobei Barbara erst auf den zweiten Blick eine Wanne mit Fischabfällen ausmachen konnte, in der sich eine Schar Katzen um ihre Beute stritten. Den Medicus schien der Gestank nicht zu stören. Ungerührt trat er durch die offen stehende Haustür, und sie folgte ihm und den Knaben neugierig hinein. Was würde sie erwarten?

Stube und Küche waren eins, und zwar ärmlich eingerichtet, doch die Strohhäcksel auf dem gestampften Lehmboden sahen aus wie frisch eingestreut. Auch hier roch es beißend – nach dem Qualm der Feuerstelle, nach Sauerkraut und den geräucherten Fischen, die über dem Herd hingen. Hinter der Bretterwand zu ihrer Rechten, mit einem Vorhang statt einer Tür versehen, befand sich wohl die Schlafkammer, denn von einem Kranken oder Verletzten war in dem düsteren Raum nichts zu erkennen. Nur eine schmächtige Frau unbestimmten Alters mit einem Säugling auf dem Arm kauerte auf der Küchenbank, blass und mit rot geränderten Augen, neben ihr zwei kleine Mädchen, die sie beim Eintreten ängstlich anstarrten. Die Frau erhob sich.

«Danke, dass Ihr gekommen seid, Herr.»

Der Medicus reichte ihr die Hand und lächelte sie aufmunternd an. «Das ist meine Aufgabe, gute Frau. Sagt Ihr mir, was geschehen ist?»

«Der Henni, mein Mann, der wollte vorgestern einen Schaden am Boot ausbessern, und da hat er sich einen Nagel in die Wade gerammt. Jetzt ist die dick wie ein Baumstamm.»

«Hat er Fieber?»

«Ich glaube schon. Seine Stirn ist ganz heiß.»

«Dann wollen wir mal nach ihm sehen.»

Barbara folgte ihm und der Frau nach nebenan. In der Schlafkammer fanden sich nur zwei Strohsäcke mit Wolldecken auf dem Boden und ein einziges klobiges Bett ohne Himmel unter dem halb geschlossenen Fenster. Dort lag der arme Mann zur Seite gekrümmt unter seiner Decke und wimmerte leise vor sich hin. Wirklich elend sah er aus. Die Wangen in dem bleichen, bartlosen Gesicht waren gerötet, die Augenlider entzündet, das halblange Haar klebte verschwitzt am Kopf.

Vom Krankenbett her schlug Barbara ein fauliger Geruch entgegen, und so bat sie die Fischersfrau, das Fenster öffnen zu dürfen. Der Medicus lächelte: «Genau das wollte ich eben vorschlagen. Frische Luft ist der erste Schritt zur Heilung, außerdem brauchen wir Licht.»

So schob Barbara die hölzernen Fensterläden ganz zur Seite und ließ die noch kühle Märzenluft herein. Währenddessen hatte der Medicus seinen Mantel an einen Haken gehängt und die lederne Arzttasche geöffnet. Er rollte sich die Hemdsärmel auf, zog ein Fläschchen mit Essigessenz heraus und verrieb davon einige Tropfen in seinen Handflächen.

«Bei offenen Wunden muss man ganz besonders auf Sauberkeit achten», erklärte er der Frau sein Vorgehen, das Barbara bereits kannte. «Und Essig wirkt noch besser gegen Fäulnis und Schmutz als Seife oder Aschenlauge.»

Dann trat er ans Bett.

«Gott zum Gruße, lieber Henni.» Seine Stimme klang sanft und fürsorglich. «Ich bin Doktor Theophrastus und will Euch helfen. Habt Ihr große Schmerzen?»

Der Fischer namens Henni nickte nur.

«Ihr habt Euch also an einem Eisennagel verletzt?»

«Vorgestern ...», brachte er mühsam hervor. «Als ich mein Boot ausbessern wollte ...»

«Zeigt Ihr mir das Bein?»

Der Fischer streckte sein nacktes rechtes Bein unter der Decke hervor, das unterhalb des Knies in einem fleckigen Verband steckte. Behutsam löste der Medicus die Tücher, und Barbara musste sich zwingen, nicht wegzuschauen: Der Unterschenkel war angeschwollen wie eine zum Platzen gefüllte Schweinsblase und glänzte veilchenfarben. Seitlich an der Wade hatte sich die Haut zwischen verkrustetem Blut und Eiterspuren schwärzlich verfärbt.

«Das sieht mir nach beginnendem Wundbrand aus», murmelte der Medicus. «Hat jemand», wandte er sich an die Frau, «die Wunde gleich ausgewaschen?»

«Ja, der Bader aus der Nachbarschaft. Der hat auch Kräuter draufgepackt.» Sie bettete das inzwischen eingeschlafene Kindlein auf einen der Strohsäcke. «Aber leider nässt es immer wieder nach, und das Bein wird immer dicker.»

«Ja, da will etwas heraus.» Er wandte sich an den Verletzten. «Wisst Ihr, was es für ein Nagel war? Ein gerader, guter Eisennagel oder ein krummer, verrosteter?»

«Ein ... alter ...»

«Dann steckt die Spitze wohl noch im Fleisch. Wir müssen die Wade aufschneiden.»

Barbara erschrak innerlich, und auch der Fischer stöhnte laut auf.

«Habt keine Angst, Henni. Ihr werdet nicht viel spüren. Und danach geht es Euch deutlich besser. Barbara, gehst du mir zur Hand?»

Sie nickte beklommen. Einem lebenden Menschen das Bein

aufzuschneiden, war doch etwas anderes, als tote Tiere zu zerlegen. Aber einen Rückzieher wollte sie nun keinesfalls machen.

«Gut.» Er wandte sich wieder der Fischerin zu. «Dann brauch ich jetzt einen Becher, eine Schüssel mit abgekochtem Wasser und Tücher. Am besten saubere Windeltücher Eures Säuglings. Hab Ihr das bereit?»

Die Frau nickte. Während sie nebenan beschäftigt war, fragte er den Verletzten nach seiner Arbeit, nach vorigen Krankheiten, nach Ess- und Trinkgewohnheiten, nach seinen Sorgen und Ängsten. Barbara verstand, dass er sich ein Bild von den Lebensumständen des Mannes machen wollte. Und aus all seinen Fragen klang echte Anteilnahme. Ihr war, wie schon damals am Rheinufer, als hätte sie plötzlich einen ganz anderen Menschen vor sich, der nichts mit dem streitbaren, hitzköpfigen Doktor zu tun hatte, wie sie ihn immer wieder mal erlebte.

Die Fischersfrau kehrte mit Verbandszeug und Wasser zurück. Auf sein Geheiß füllte sie ein wenig Wasser in den Becher.

«Danke.» Er kramte eine Blechdose aus der Tasche. «Das hier sind meine Laudanumpillen, sie werden gegen das Fieber angehen und die Schmerzen erträglicher machen. Könnt Ihr Euch ein wenig aufrichten, lieber Henni?»

Mühsam hob der Mann den Oberkörper und nahm den Becher entgegen, wobei Barbara ihn stützte. In seine freie Hand zählte der Medicus drei Pillen.

«Die schluckt Ihr mit dem Wasser herunter, dann sprechen wir gemeinsam ein Ave Maria, dann wieder drei Pillen mit dem Gebet, und schließlich noch einmal.»

Barbara und die Fischersfrau sprachen die Gebete halblaut mit, wobei in Hennis entzündeten Augen inzwischen die blanke Angst stand.

«Vertraut mir einfach», versuchte der Medicus ihn zu beruhigen. «Legt Euch jetzt entspannt auf den Rücken und schließt die Augen. Mit diesem Schwamm hier werde ich Euch in eine Art Schlaf versetzen. Habt also keine Angst.»

Er zog ein Fläschchen aus der Tasche, tränkte den Schwamm mit der Flüssigkeit und legte ihn vorsichtig über Mund und Nase des Verletzten. Zu Barbara gewandt erklärte er: «Das ist ein Saft von schwarzem Mohn und Bilsensamen. Vom Bilsen darf es nicht zu viel sein, das verwirrt sonst den Geist. Du stellst dich jetzt am besten ans Fußende.»

Während die Atemzüge des Verletzten wie durch ein Wunder rasch ruhiger wurden, trennte der Medicus ein Stück von der Windel ab, feuchtete es in der Waschschüssel an und träufelte ein paar Tropfen Essig darauf, wovon er auch Barbara einige auf die Hand tat. Henni zuckte nicht einmal, als er ihm vorsichtig die Blut- und Eiterspuren von der Wunde wusch. Schließlich zog er ein Messerchen und eine zierliche Zange aus der Tasche.

«Meine Aufgabe als Arzt», erklärte er Barbara, als sei sie seine Schülerin, «ist es normalerweise, den einem jeden Menschen angeborenen Balsam zu stärken und zu wahren. Der Mensch hat nämlich durchaus die Fähigkeit zur Selbstheilung. Doch in diesem Fall ist ein Fremdkörper im Spiel und die Entzündung zu weit fortgeschritten. Ich muss also schneiden. Das heißt, ich öffne ganz behutsam mit dem Messer den Wundkanal.»

Er sah sie prüfend an.

«Schaffst du es, die Wundränder auseinanderzuhalten, während ich schneide? Achte aber darauf, dass du die Wunde selbst nicht berührst.»

Barbara holte tief Luft. «Ja.»

«Gut, dann fangen wir an.»

Er beugte sich erneut über das Bein. Die blitzende Klinge des Messers glitt tief in das geschwollene Fleisch, und sofort schlug ihr ein bestialischer Gestank in die Nase. Während sie selbst gegen die aufsteigende Übelkeit ankämpfte, arbeitete der Medicus ruhig und voller Aufmerksamkeit weiter. Trotzdem hielt sie tapfer durch und schaffte es, den Blick nicht abzuwenden, während sie das Fleisch auseinanderhielt. Derweil hatte er das Messerchen gegen die Zange ausgetauscht, die er in den nun klaffenden Riss versenkte.

«Ha!», rief er plötzlich aus. «Da haben wir den Übeltäter.»

Er streckte die Zange mit einem dornartigen schwarzen Etwas daran in die Luft.

Henni lag noch immer völlig reglos. War er etwa tot?

«Du kannst die Hände wegnehmen, Barbara. Jetzt reinige ich die offene Wunde mit Rosenöl und Terpentin. Schau, das Blut beginnt zu fließen und hilft dabei, die Wunde zu reinigen.»

Er griff nach einer Nähnadel mit grünem Seidenfaden, die er sich bereitgelegt hatte.

«Damit hefte ich die Wundränder zusammen. Die Farbe ist wichtig, denn grün steht für die Natur, für Kraft, Ruhe und Heilung. Hältst du jetzt bitte das Bein am Fußknöchel fest?»

In nächsten Augenblick begann Henni aufzuschreien. Erschrocken hielt Barbara das Bein mit ihrer ganzen Kraft fest. Offenbar ließ die Wirkung des Schlafschwamms nach.

Doch auch da verlor der Medicus nicht die Ruhe. «Seid jetzt stark, Henni, gleich ist's geschafft.»

Der Schrei ging in ein angestrengtes Grunzen über, doch wenige Atemzüge später richtete der Medicus den Oberkörper auf. «Drei Stiche sollten genügen, den Rest erledigt mein sogenannter Chirurgenschwamm. Das sind Pilzsporen, die mit dem austretenden Blut eine feste Kruste bilden.»

Er murmelte einen Segensspruch im Namen der Heiligen Dreifaltigkeit und schlug das Kreuz.

«Ich denke, wir waren erfolgreich.» Er erhob sich und streckte den krummen Rücken durch. «Nun noch mein gutes Wundpflaster darauf und das Bein sauber eingebunden. Henni, seid Ihr wieder ganz bei Sinnen?»

Der Fischer murmelte etwas Unverständliches zwischen den blutleeren Lippen, woraufhin ihm der Medicus sanft über die Wange strich.

«Bald werdet Ihr eine große Linderung verspüren, das verspreche ich Euch.»

Mit Barbaras Hilfe legte er Kompresse und Verband an, dann packte er seine Utensilien zusammen. Sie war heilfroh, dass es vorüber und nichts Schlimmeres geschehen war.

«Heute Abend schaue ich wieder vorbei», wandte er sich an die Frau, die erleichtert nickte.

«Ich danke Euch so sehr, Herr. Was bin ich Euch schuldig?»

«Darüber reden wir heute Abend, gute Frau.»

Als sie wenig später draußen auf der Gasse standen, drückte der Medicus Barbaras Hand.

«Jetzt habe ich dir zu danken. Du hast das sehr gut gemacht.»

Verlegen winkte sie ab. «Warum eigentlich habt Ihr diesem Henni beim Vernähen nicht nochmals den Schwamm aufs Gesicht gelegt?»

«Das ist genau der Fehler, den so manche Wundärzte machen. Damit kann man den Verletzten leider auch in den ewigen Schlaf befördern.»

«Und was hättet Ihr getan, wenn das Bein nicht zu retten gewesen wäre?»

«Nun, dann hätte ich es absägen müssen. Jetzt schau nicht so erschrocken. Dafür hätte ich mir einen Wundarzt zu Hilfe geholt und dich heimgeschickt.»

«Ja, das hätte ich wohl kaum ausgehalten.» Nachdenklich sah

sie ihn an. «Aber wie haltet *Ihr* das aus? Ich meine, wenn Ihr für einen Kranken oder Verletzten nichts mehr tun könnt?»

«Nun ja, Gott gibt mir die Kraft zum Heilen und den Kranken die Hoffnung. Beides zusammen kann oft die schlimmste Krankheit besiegen. Aber wenn ich dennoch scheitere, dann gibt mir auch hierzu Gott die Kraft. Weißt du, Barbara, ich bin nicht Jesus Christus, der nur durch die Berührung mit seiner Hand einen Toten zum Leben erwecken kann. Aber als Arzt versuche ich, ihm demütigst zu folgen und mein Bestes zu geben.»

«Ihr seid schon ein ganz außergewöhnlicher Mensch, Doktor Theophrastus», sagte sie leise. «Ich habe große Hochachtung vor Euch.»

Er lächelte, und sein Blick bekam dieses Warme, Sanfte, das sie so sehr an ihm mochte. «Dasselbe möchte ich von dir sagen. Dass du mich heute hierher begleitet hast, rechne ich dir hoch an.»

Kapitel 20

Frühjahr 1528 in Kolmar

Der Alltag im Hause Fries wurde Barbara tatsächlich ein wenig erträglicher. Wie auch immer es der Medicus angestellt hatte – von Susanna wurde sie fortan mit mehr Respekt behandelt. Nach dem Abwasch des Mittagsgeschirrs stand sie nun ihrem eigentlichen Dienstherrn zur Verfügung. Manchmal begleitete sie ihn zu einem Kranken, der auf dem Wege der Besserung war – mit größeren wundärztlichen Eingriffen schien er sie verschonen zu wollen –, manchmal leistete sie ihm auch nur mit einer Handarbeit zu Hause Gesellschaft, in einem Lehnstuhl am Fenster, den er eigens herbeigeschafft hatte. Dieses stille Zusammensein genoss sie sehr. Hin und wieder las er ihr aus seinen Aufzeichnungen etwas vor, von dem er annahm, dass es ihre Aufmerksamkeit wecken könnte, und fragte sie sogar nach ihrer Meinung.

«Ihr vergesst immer wieder die Schwestern», sagte sie ihm einmal, nachdem er einen Passus zur wahren Barmherzigkeit unter Christenmenschen vorgelesen hatte. «Das müsste doch heißen: Wie es sich für Brüder *und Schwestern* geziemt.»

«Nun ja, ich denke die Schwestern bei den Brüdern stets mit!»

«Aber wer soll das schon wissen?» Sie schüttelte den Kopf. «Außerdem könnte man glauben, dass Ihr die Frau geringer schätzt, was ja nicht stimmt.»

«Du hast recht.» Er griff zur Feder und verbesserte den Satz.

«Das liegt nur daran, dass ich bis zur Begegnung mit dir ein gänzlich frauenloses Leben geführt habe.»

Ein andermal musste sie herzhaft lachen, als sie von ihm hörte: «Gott will, dass Essen und Trinken nach Bedarf und nur mäßig geschehe. Was hat es für einen Sinn, dass einer so viel frisst und säuft, womit sonst drei oder vier ihren Bedarf stillen können?»

«Euer Wort in Gottes Ohr, Doktor, vor allem, was das Saufen betrifft.»

Zumindest die Nachmittage fühlten sich fast an wie die Zeit mit ihm in Basel. Hans Herbst bekam sie nur selten zu sehen. Meist war er vormittags da, um in seiner klaren Schrift die Gedanken seines Meisters ins Reine zu schreiben, oder auch am späteren Abend, wenn Barbara sich schon schlafen legte, da sie mit dem ersten Hahnenschrei aufstehen musste. Wenn sie sich begegneten und er guter Laune war, tändelte er wie eh und je mit ihr herum, dann wiederum beachtete er sie kaum. Sie wusste, dass er in Kolmar ziemlich schnell wieder ein Mädel gefunden hatte, diesmal die Tochter eines Ratsherrn. So war er nun einmal, ihr konnte das gleich sein.

Dass der Medicus in diesen Apriltagen immer bedrückter dreinschaute, entging ihr nicht. Wenn er an seinem Schreibtisch saß, starrte er oft Löcher in die Luft, manchmal stieß er dabei einen unterdrückten Seufzer aus. Natürlich ahnte sie, was der Grund war: Nicht nur an Amerbach hatte er Anfang März geschrieben, sondern auch bereits zweimal an den gelehrten Theologen Oekolampadius. Wäre eine Antwort zurückgekommen, hätte sie das mit Sicherheit als Erste erfahren, und so stand die Rückkehr nach Basel weiterhin in den Sternen.

An jenem Samstag Ende April schließlich, als sie auf Zehenspitzen und mit ihrem Flickzeug unter dem Arm an ihm vorbei zu ihrem Platz am Fenster huschte, entdeckte sie auf seinem Schreibtisch einen fast leeren Krug Wein. Trank er jetzt etwa schon am frühen Nachmittag? Mit einem Kopfschütteln nahm sie ihre Flickarbeit auf. Eine schier endlos lange Zeit war in der Stube gar nichts zu hören – kein Kratzen seiner Feder, keine leise gemurmelten Worte. Bis ein schmerzvolles Seufzen sie aufschreckte.

«Was ist, Herr? Tut Euch etwas weh?»

«Nein, nein, es ist nichts.»

Sie legte sein Wams mit dem Riss am Saum beiseite.

«Dann habt Ihr noch immer keine Nachrichten aus Basel?»

Er drehte sich auf dem Stuhl zu ihr um, seine Miene ein einziger Ausdruck von Enttäuschung und Traurigkeit.

«Nein, weder von Amerbach noch von einem anderen meiner Freunde», entgegnete er schleppend und senkte den Blick zu Boden. «Basel hat mich berühmt gemacht, und Basel lässt mich nun fallen. Es ist an der Zeit, die Hoffnung auf Rückkehr fahren zu lassen.»

Verstohlen wischte er sich über die Augen.

«Weißt du, was mich am meisten schmerzt? Dass meine besten Freunde mich verraten und im Stich gelassen haben. Was bleibt mir denn jetzt noch?»

Er tat ihr leid. Da hatte er also tatsächlich, ganz im Gegensatz zu ihr, noch immer einen kleinen Rest Hoffnung gehabt.

«Ach lieber Herr Theophrastus», versuchte sie ihn zu trösten. «Ihr dürft nicht so schwarzsehen! Ihr seid gesund, seid ein gefragter Arzt, ganz gleich, wo Ihr hinkommt, und Ihr habt viele schöne Vorhaben mit Eurer Schreiberei. Nichts ist so schwarz, als dass es nicht auch Weißes enthalten würde.»

Mit der Andeutung eines Lächelns hellte sich seine Miene auf. «Das hast du schön gesagt, Barbara. Das werde ich gleich notieren.»

Er nahm die Feder und tauchte sie ins Tintenfass.

«Nichts ist so schwarz, als dass es nicht auch Weißes enthielte», murmelte er dabei und fuhr nach kurzem Innehalten fort: «und nichts ist so weiß, als dass es nicht auch Schwarzes in sich hätte.»

Dass er ihre Bemerkung, die sie keineswegs für besonders weise hielt, aufschrieb, erfüllte sie mit Stolz und rührte sie zugleich.

Er legte die Feder wieder beiseite. «Du triffst es auf den Punkt. Was gehen mich noch die Basler an? Ich werde mir einen Namen durch meine Bücher machen. Habe ich dir schon gesagt, dass mein neues Traktat über die Franzosenkrankheit so gut wie fertig ist? Mit der richtigen Behandlung kann diese Geißel Gottes, dieser Fluch der Liebeslust, nämlich durchaus besiegt werden.» Sein Tonfall wurde zunehmend munterer. «Weißt du, dass diese ach so gelehrten Doctores seit Jahrzehnten in den verstaubten Büchern der Alten nach Rezepten dagegen suchen? Völlig umsonst natürlich, weil die Seuche erst mit Kolumbus aus Amerika zu uns eingeschleppt wurde. In aller Hilflosigkeit reibt man die armen Kranken pfundweise mit hochgiftigem Arsen und Quecksilber ein, um sie anschließend wochenlang schwitzen zu lassen – eine nutzlose Quälerei, mit der die Ärzte nur die Friedhöfe füllen. Neuerdings aber glauben einige, den Stein der Weisen gefunden zu haben.» Er unterbrach sich: «Du weißt, was die Franzosenkrankheit ist?»

Sie nickte. «Auf dem Kohlenberg sind schon welche daran gestorben. Die Kranken sind bald voll mit schorfigen Pusteln, können sich nicht mehr richtig bewegen und stinken oft grauenhaft. Einer hatte sich sogar mal von der Stadtmauer zu Tode gestürzt, weil er die Schmerzen in den Knochen und Gelenken nicht mehr ertragen hat. Eine grauenhafte Seuche! Kommt sie wirklich von der Unkeuschheit?»

«Nicht nur, aber auch. Wo war ich stehen geblieben? Ach ja, bei diesen Neunmalklugen, die nun ein maßlos überteuertes Stückchen Holz als Wundermittel preisen, das sogenannte Guajakholz aus Westindien. Die Augsburger Fugger haben sich den Handel damit vollständig unter den Nagel gerissen und schlagen einen unermesslichen Profit daraus. Und genau darum geht es mir in meinem Traktat. Gegen die Hautausschläge und Schwären an den Geschlechtsteilen mag dieses Tropenholz vielleicht nutzen, wobei ein Sud aus unserem billigen einheimischen Kiefernholz dasselbe vollbringt – innerlich aber wütet die Seuche munter weiter und treibt den Kranken in den Tod oder Wahnsinn. Das beste Beispiel ist der ebenso berühmte wie unglückselige Ritter Ulrich von Hutten, der sich vor einigen Jahren einer Guajakkur unterzogen hatte und trotzdem daran gestorben ist. Dieser Profitgier muss endlich das Handwerk gelegt werden! Außerdem kommt die Krankheit von innen, weshalb die Herzenskraft gestärkt werden muss. Und dafür liefert uns unsere heimische Apotheke sowie die Alchemie genügend probate Mittel. Wie ich einmal geschrieben habe: All unsere Wiesen und Matten, all unsere Berge und Hügel sind die Apotheken Gottes.»

Da war er wieder, der kämpferische Doktor Theophrastus, dachte sich Barbara und freute sich für ihn. Jetzt grinste er sogar über das ganze Gesicht.

«Weißt du, dass die Franzosenkrankheit überall einen anderen Namen hat? In Holland heißt sie spanische Pocken, in Poland die deutsche Krankheit, die Muselmanen nennen sie christliche Krankheit und die Franzosen neapolitanische. Jedes Land schiebt sie dem Volk zu, das es nicht mag.» Er kicherte. «Ist das nicht spaßig?»

Mit Blick auf den Weinkrug auf seinem Pult fragte sie streng: «Habt Ihr schon viel getrunken?»

«Jetzt hör schon auf ... Das kleine Krüglein dort, was soll das schaden? Und jetzt lass mich weiterarbeiten. Bei dieser Schrift bin ich mir sicher, dass Schultheiß Boner mir zum Druck verhilft. Und Wickram wird mit meinen Büchern zur Wundarznei nachziehen, ganz bestimmt!»

Es traf ihn hart, als im Mai die Absagen eintrafen. Den genauen Wortlaut erfuhr Barbara nie, was nichts daran änderte, dass keines seiner drei fertigen Werke gedruckt wurde. Sie konnte nicht verhindern, dass er diese neuerliche Enttäuschung mehr oder weniger offen in Wein ertränkte. Nach dem Abendessen verschwand er in irgendeiner Taverne, von der er manchmal zusammen mit Hans zu später Stunde heimkehrte, beide hörbar angetrunken. Wenn die beiden dann über ihrem Verschlag die Treppe hinaufpolterten, schrak sie aus dem Schlaf auf.

Beim zweiten oder dritten Mal war sie ihnen gefolgt, um sie zurechtzuweisen – barfuß, mit offenem Haar und nur im dünnen Unterhemd. Als sie die Tür zur Stube aufschob, saß Hans mit der Schreibfeder in der Hand im Lehnstuhl, während der Medicus ihm, ein wenig schwankend und mitten im Raum stehend, seine Gedanken diktierte. Und zwar in ausgefeilten Sätzen. Wie konnte jemand, der offensichtlich zu viel getrunken hatte, solch klare und geschliffene Worte hervorbringen?

«Es ist mitten in der Nacht, Herr», sagte sie verärgert. «Ihr weckt noch das ganze Haus auf!»

Keineswegs überrascht von ihrem nächtlichen Besuch, lächelte der Doktor sie an. «Ach Barbara, sie müssen hinaus, meine Gedanken zu einer Philosophie der Krankheitsursachen. Damit breche ich endgültig das festgefahrene System der Alten auf. Der Mensch ist nämlich ein ganzes Bündel sichtbarer und unsichtbarer Kräfte, und sein Leiden lässt sich mitnichten allein durch Galenos' Vier-Säfte-Lehre erklären. Nicht wahr, Oporinus?»

Der starrte nur mit einem reichlich blöden Grinsen auf Barbara.

«Aber unsere scholastischen Brunzdoktoren», fuhr der Medicus bereits fort und unterstrich seine Worte mit fuchtelnden Handbewegungen, «haben sich ja behaglich eingerichtet in diesem viel zu engen Haus. In diesem starren, willkürlichen Schema der Zuordnungen von Körpersäften zu den vier Elementen und Temperamenten, zu Qualitäten, Geschmäckern, Jahreszeiten et cetera, et cetera. Und als Therapie vertreibt man, wie Galenos vorschreibt, munter jedes Symptom durch sein Gegenteil, bis dass der Kranke im Grabe liegt. Wo bleibt in diesem engen Haus der Raum für die Vielfalt einer jeden Kreatur? Wo kann da ein Fortschritt entstehen bei der Bekämpfung von Seuchen und neuen Krankheiten?»

«Das mag ja alles sein», unterbrach Barbara schließlich seinen Redeschwall, «aber das Aufschreiben hat doch wohl bis morgen Zeit.»

«Ganz und gar nicht, bis dahin ist es aus meinem Kopf verschwunden. Ich muss der Welt die Augen öffnen, dass man mit dem Festhalten an dieser Lehre seit Jahrhunderten die Medizin und alle Kranken betrügt. Machen wir also weiter, Oporinus.»

Statt sich dem Schreibtisch zuzuwenden, glotzte Hans nur weiterhin Barbara an, genauer gesagt ihren Busen unter dem dünnen Leinenstoff.

«Wenn du das Hemdchen auch noch ablegst», brachte er etwas undeutlich hervor, «könnte man meinen, die Göttin Aphrodite sei aus ihrer Meeresmuschel entstiegen.»

Da erst wurde ihr bewusst, dass sie halb nackt vor den Männern stand.

«Hast du den Verstand verloren?», zischte sie, drehte sich um und zog wütend die Tür hinter sich zu.

Von einer empörten Susanna erfuhr sie am nächsten Morgen, dass Hans bei seinem Meister im Bett übernachtet hatte. Doch sie hütete sich, die beiden ein weiteres Mal bei ihren nächtlichen Sitzungen aufzusuchen. War sie etwa der Hüter ihres Herrn? Wohl aber stellte sie einige Tage später bei passender Gelegenheit Hans zur Rede. Sie begegnete ihm beim Einkauf auf dem Fischmarkt, und beide waren sie ohne Begleitung.

«Du solltest dich was schämen, den Medicus zum Trinken zu verführen. Gerade du, der sich bei mir in Basel so bitterlich darüber beschwert hatte.»

«Ach herrje, jetzt sei doch nicht päpstlicher als der Papst.» Er verzog das Gesicht. «Oder krakeelen wir etwa im Haus herum? Nein, wir arbeiten, und zwar höchst nutzbringend.»

«Ihr trampelt herum wie eine Horde Kühe. Willst du, dass man uns auf die Straße setzt?»

«Wäre das nicht in deinem Sinne? Dann sucht sich unser Herr und Meister endlich eine eigene Wohnstatt.»

Sie ließ ihn grußlos stehen, um beim Händler die bestellten Forellen abzuholen. Tat Hans das also in voller Absicht? Die Stimmung im Hause Fries war nämlich in letzter Zeit deutlich angespannt. Sowohl der Hausherr als auch seine Frau ließen nicht nur sie, sondern auch den Medicus inzwischen deutlich spüren, dass man mit einem so langen Aufenthalt der Gäste nicht gerechnet hatte.

Nachdem sie vom Einkauf zurück war, brachte sie den Eimer mit den noch lebenden Fischleibern zunächst in den Hof, wo sie die Tiere ausweiden wollte. Sie legte einen schweren Deckel auf den Eimer, damit die herumstreunenden Katzen keine Beute machen konnten, und wollte eben aus der Küche Messer und Holzbrett holen, als aus der nur angelehnten Verbindungstür zwischen Eingangsdiele und Hof die Stimme des Medicus drang. Sie klang verunsichert, ja fast verängstigt.

«So denkt doch bitte nochmals darüber nach, hochverehrter Herr Schultheiß. Die Schrift muss gedruckt sein ... Zum Wohl der Menschheit und nicht ... nicht mir zuliebe.»

«Sucht Euch jemand anderen, Doktor Theophrastus», kam es kühl und von oben herab zurück. «Ihr verteufelt darin nicht nur diese wunderbare neue Arzeney aus Westindien, sondern alle, die sie anwenden. Sogar gegen die ehrenwerten Fugger schleudert Ihr Flammen und Speere. Nein, dafür gebe ich meinen guten Namen nicht her. Non nomine meis!»

Barbara blieb reglos stehen. So war also Schultheiß Boner zu Gast, und das Gespräch zwischen den beiden klang alles andere als einvernehmlich.

«Aber lieber Schultheiß... es geht doch um die armen Kra... Kranken. Mit der heutigen Be... Behandlung – da sterben doch mehr, als dass sie ge... ge... geheilt würden ...»

Sie traute ihren Ohren nicht: Der Medicus stotterte! Nie hätte sie gedacht, dass dieser Meister des Wortes im Gespräch stottern könnte. Doch dann fiel ihr die hässliche Bemerkung ein, die Hans einmal zum Ende der Basler Zeit fallen gelassen hatte: Sein Meister sei ein hervorragender Arzt, aber leider ein Trunkenbold und Winkelprediger, der nur im Wirtshaus vor Bauern und Fuhrleuten frei reden könne, nicht aber vor Gelehrten und Vornehmen. Und hatte sein voriger Famulus, Ulrich Gyger, nicht von jener vernichtenden Niederlage vor der Straßburger Ärzteschaft erzählt, als der Medicus ebenfalls ins Stottern geraten war? Wie aber konnte es sein, dass ein Mann, der sich mit Tataren wie mit schwedischen Bergleuten verständigen konnte, unter Gelehrten, also unter seinesgleichen, in der deutschen Sprache versagte?

Prompt fragte Boner jetzt: «Seid Ihr etwa wieder einmal betrunken, dass Ihr keinen zusammenhängenden Satz herausbringt?»

«Aber nein, wo ... wo denkt Ihr hin? Bi... Bitte, es ist wichtig.»

Der Medicus räusperte sich erst unbeholfen, dann verstummte er.

«Bemüht Euch besser anderweitig um einen Druck und hört auf, mich deswegen zu belästigen», höhnte der Schultheiß. «Dies gilt im Übrigen auch für den Ratsherrn Wickram, soll ich Euch von ihm ausrichten. Gehabt Euch wohl.»

Die Haustür fiel ins Schloss. Barbara spürte die Scham und Verlegenheit, die den Doktor ergriffen haben musste, am eigenen Körper. In diesem Augenblick betrat er langsam wie ein Schlafwandler den Hof und holte tief Luft. Da erst sah er sie keine drei Schritte vor sich stehen.

«Du hier?»

Sie deutete auf den abgedeckten Eimer. «Ich war Fisch einkaufen.»

«Dann hast du das unerquickliche Gespräch mit angehört?»

«Ja, Herr, die Tür zum Hof stand halb offen. Verzeiht mir bitte.»

Mit einer abwehrenden Handbewegung ließ er sich auf dem Baumstumpf nieder, der zum Holzspalten diente, und starrte vor sich hin. Er wirkte im Übrigen vollkommen nüchtern.

«Du fragst dich jetzt sicher», begann er leise, «warum ich herumgestammelt habe wie ein dummer Schulknabe. Aber mit feuriger Zunge zu reden ist nicht meine Gabe, wenn ein Disput allzu gelehrt oder hitzig wird oder wenn ich mich in die Ecke gedrängt fühle. Mir ist dann, als ob die Reden des Gegners mir etwas vom Verstand rauben und meinem Herzen den Mut, sodass ich ganz anders spreche, als ich im Sinn habe, ja sogar zu stottern beginne. Und am Ende erstarre ich meist völlig.» Er zuckte die Schultern. «Vielleicht liegt's daran, dass ich nicht in Gesellschaft groß geworden bin. Und dass meine Kinderstube der wilde Bergwald war und kein vornehmes Bürgerhaus.»

«Vielleicht seid Ihr auch einfach ein Mensch, der schneller denken als reden kann, und dann kommt im Kopf alles durcheinander», versuchte sie ihn aufzurichten. «Außerdem drückt Ihr Euch wunderbar beim Schreiben aus, das soll Euch erst mal jemand nachmachen.»

Nachdenklich betrachtete er seine Hände. «Du hast recht. Meine Zunge ist zum Schwätzen einfach nicht gemacht. Was mein Kopf denkt, bringt sie oftmals nur stammelnd heraus. Meine rechte Hand, mit der Feder darin, vermag das weitaus besser.»

Sie nickte ihm aufmunternd zu: «Kann sich denn der Fries nicht für Euch einsetzen? Der hat doch gute Beziehungen zu den Druckwerkstätten hier.»

«Ha!», lachte er bitter auf. «Angeblich hat er es schon mehrfach versucht. Aber inzwischen denke ich, dass er als Arzt neben sich kein anderes Pflänzchen groß werden sehen will.»

Zwei Wochen später wurde sie Zeugin eines unseligen Streits zwischen dem Hausherrn und dem Medicus. Es war ein Samstagnachmittag und der letzte Tag im Mai. Der Doktor war bei einem Krankenbesuch, und so nutzte sie die Gelegenheit, seine beiden Zimmer für den bevorstehenden Sonntag gründlich zu putzen und aufzuräumen. In der Nacht zuvor hatte wieder einmal Hans bei ihm genächtigt, aber immerhin hatten sich die beiden bemüht, leise zu sein.

Die Turmuhr des nahen Münsters schlug die vierte Stunde, als er in fröhlicher Stimmung die Stube betrat.

«Ich bin gleich fertig mit Putzen», verkündete sie ihm. «Will nur noch die Schlafkammer auskehren.»

«Lass gut sein. Ich glaube, ich brauche jetzt ein Mittagsschläfchen. Der Gänsebraten war gar zu fein, da konnte ich nicht Nein sagen.»

Er drängte sich an ihr vorbei in die Schlafkammer und setzte sich auf die Bettkante, wobei sie eine Wolke von Weindunst wahrnahm.

«Ich dachte, Ihr wart bei einem Patienten?»

«Ganz genau.» Er grinste. «Mit vollem Bauch heilt es sich am besten. Und der gute Bürli ist ja schon fast wieder wohlauf.»

«Wie bitte? Habt Ihr nicht immer gegen die Völlerei der Kranken gewettert? Und gezecht habt Ihr mit ihm auch, das rieche ich deutlich.»

In diesem Augenblick stürmte Lorenz Fries in die Stube, ohne anzuklopfen. Sofort sprang der Doktor auf und eilte ihm entgegen.

«Laurentius, lieber Freund – waren wir etwa verabredet?»

«Nichts da mit *lieber Freund*. Ich hatte dich vorgewarnt.»

Angesichts des barschen Tonfalls, der nichts Gutes verhieß, wollte sie die Männer allein lassen, doch Fries hielt sie zurück.

«Du kannst das ruhig mit anhören als seine ach so treue Magd!» Er schnupperte in Richtung des Doktors. «Hast du schon wieder gesoffen? Am helllichten Tag?»

«Gesoffen? Ein, zwei Krüglein waren's nur. Der Bürli hatte mich zum Essen eingeladen.»

Fries' hervorstehende Augen funkelten böse.

«Ein, zwei Krüglein – das kannst du dem lieben Gott erzählen. Als Arzt solltest du dich was schämen, mit deinen Kranken zu zechen. Himmel, Theophrastus, was ist nur aus dir geworden? Als wir uns an der Hochschule kennenlernten, hast du als einziger Scholar keinen Tropfen angerührt. Und jetzt säufst du im Wirtshaus jeden Fuhrmann unter den Tisch. Was verdrehst du so die

Augen? Das ist mir längst zu Ohren gekommen. Und dann dieser nächtliche Lärm – das hört mir ab sofort auf. Ich will fortan keine abendlichen Besuche mehr in meinem Haus. Das ist das eine.»

Er warf ihm ein mit seltsamen Zeichnungen bemaltes Blatt Papier vor die Füße.

«Zweitens will ich nicht mehr, dass du mein Astrolabium auch nur anrührst. Das Blatt dort mit den magischen Zeichen habe ich in meinem Behandlungszimmer gefunden. Es verrät mir, dass du unter dem Mantel der wissenschaftlichen Astronomie teuflische Nekromantia betreibst. Wenn das unter die Leute kommt, dann bist du auch in Kolmar erledigt.»

«Das ist doch lächerlich», schnaubte der Medicus. «Was schwatzt du da von Totenbeschwörung? Es geht mir allein darum, auch die dunklen Räume der Welt auszuleuchten. Oder willst du abstreiten, dass es im Menschen und im Kosmos über das Sichtbare hinaus noch etwas Übernatürliches gibt, eine ewige Weisheit?»

«Das leugne ich keineswegs, und dieser übernatürliche Bereich ist von Gott und den Engeln beseelt. Mir aber scheint, du willst dich dem Teufel und den Geistern der Toten verschreiben, nur um endlich deine Werke gedruckt zu sehen. Das ist Gotteslästerung! Und brandgefährlich obendrein. Wärest du ein Weib, würde man dich wahrscheinlich bald als Hexe verbrennen!»

Seine Worte erschreckten Barbara, zugleich fühlte sie sich zunehmend unwohl in ihrer Haut. Zwar hätte sie aus dem Zimmer gehen können, da Fries ihr nichts zu befehlen hatte, aber sie wollte den Medicus in diesem Augenblick nicht alleinlassen.

Dessen Stimme begann zu zittern, auch wenn er äußerlich ganz ruhig blieb. «Du als mein Freund bezeichnest mich also als Teufelsbeschwörer? Mich, der sich niemand anderem als Gott und unserem Heiland verschworen hat? Vielleicht solltest du mal meine Schriften genauer lesen.»

«Pah! Das sind doch nichts als verschwurbelte Phantastereien, ohne Ordnung und mit wenig Sinn. Kein Wunder, dass es niemand drucken will.»

Der Medicus wurde blass. «Und was ist dein *Spiegel der Arznei*? Nichts als zusammengeklaubtes Zeug aus etlichen falschen Büchern! Im Gegensatz zu dir sehe ich mich als ein Werkzeug Gottes, als forschenden Menschen, der in Gottes Auftrag alles unternimmt, um seine Schöpfung besser zu verstehen.»

«Es reicht.» Fries eilte zur Tür, wo er sich noch einmal umdrehte. «Ich muss mich in meinem eigenen Haus nicht von dir beleidigen lassen. In meinem Behandlungszimmer will ich dich jedenfalls nicht mehr sehen. Und am besten schaust du dich baldmöglichst nach einer neuen Bleibe um.»

Damit verschwand er.

Mit eingezogenen Schultern ließ sich der Medicus in den Lehnstuhl sinken. Er sah vollkommen niedergeschmettert aus.

«Bin ich zu weit gegangen, Barbara?»

«Er hat Euch zuerst beleidigt. Ansonsten habt Ihr Euch gestritten wie zwei kleine Kinder.» Sie blickte ihn durchdringend an. «Was ist dran an dem Vorwurf der Teufels- und Totenbeschwörung?»

«Das war ganz und gar dummes Geschwätz. Und scheinheilig obendrein. Denn erstens habe ich die magischen Zeichen aus einem *seiner* Bücher abgezeichnet, und zweitens hat es ganz und gar nichts Teuflisches, wenn man sich mit dem Geisterreich beschäftigt. Auch das Geisterreich ist nämlich Ausdruck der Herrlichkeit der Schöpfung, mit dem Satan hat das nichts zu tun.»

Sie glaubte ihm, da sie sich an ihr Gespräch am Rheinufer erinnerte. Trotzdem schüttelte sie den Kopf.

«In einem hat Euer Freund ins Schwarze getroffen: Ihr solltet Euch endlich eine eigene Wohnung suchen. Vor allem aber trinkt Ihr wieder zu viel. Wenn Ihr wollt, dass ich bei Euch bleibe, dann hört das jetzt auf.»

«Du hast ja recht. Ich muss mich wieder mäßigen. Aber es wird mir schwerfallen, jetzt wo ich weiß, dass ich auch in Kolmar keine Freunde habe.»

Er hielt sein Versprechen ein, trank nur noch Most, Molke oder Dünnbier und arbeitete fast Tag und Nacht an seinem Schreibtisch, still und in sich gekehrt. Wenn er das Geschriebene dann Hans in die Feder sprechen wollte, zog er es vor, dies in dessen Kammer in der benachbarten Schlüsselgasse zu tun. Vielleicht wäre er tatsächlich bald in eine eigene Wohnung gezogen, denn das Verhältnis zwischen ihm und dem Ehepaar Fries war mehr als frostig geworden. Aber zunächst fand sich nichts Passendes, dann war da diese Sache mit der Vorladung vor den Magistrat. An einem frühen Abend Mitte Juni war es, als Barbara das versiegelte amtliche Schreiben von dem Gerichtsboten entgegennahm. Mit klopfendem Herzen wartete sie auf die Rückkehr ihres Dienstherrn. Hatte Fries seine versteckte Drohung wahr gemacht und das Gerücht verbreitet, dass sein Studienfreund schwarze Magie betreibe? Dann wäre ihm ein Gerichtsprozess sicher. Immer häufiger rief nämlich eine angebliche Sekte von Hexen und Zauberern, die das Christentum bedrohe, die Obrigkeit auf den Plan.

Als er wenig später mit müden Augen von Hans zurückkehrte, wich sie nicht von seiner Seite, bis er in ihrem Beisein das Siegel erbrach.

«Du bist wirklich sehr neugierig», stellte er fest, während er das Blatt entrollte.

«Ich hab schlichtweg Angst, dass Euch jemand ans Leder will.»

Stirnrunzelnd überflog er mit flinkem Blick das Schreiben, dann schüttelte er bass erstaunt den Kopf.

«Wegen so einem Mist verfolgen mich die Freiburger bis Kolmar? Und woher wissen die überhaupt, dass ich hier lebe?»

«Um was geht es denn?»

«Ach, eine harmlose Sache. Im Basler Spital, für das ich als Stadtarzt ja zuständig war, hat mir ein alter Mann, der ursprünglich aus Freiburg stammte, zwei wertvolle goldene Ringe geschenkt. Als Dank dafür, dass ich ihn von seinen schmerzhaften offenen Beinen geheilt habe. Nun, wo der Alte sanft entschlafen ist, fordert die Stadt Freiburg im Namen seiner Erben die Ringe zurück, da jener Mann geisteskrank und entmündigt gewesen sei und daher niemals etwas so Wertvolles hätte verschenken dürfen. Zur Klärung des Sachverhalts bin ich nun für morgen Vormittag vor den Magistrat von Kolmar geladen.»

Barbara fiel ein Stein vom Herzen.

«Und? Habt Ihr diese Ringe noch?»

Er zögerte. «Ja», entgegnete er schließlich. «Aber der Mann war keineswegs geisteskrank. Ein schrulliger Greis vielleicht, aber im Verstand klarer als so mancher Ratsherr. Wir hatten viel Zeit miteinander verbracht.»

«Dann werdet Ihr die Ringe zurückgeben?»

«Nein. Sie waren mein rechtmäßiger Lohn, und der Alte hat sie mir mit Freuden gegeben. Außerdem war er auf seine Kinder nicht gut zu sprechen. Dass sie jetzt den Schmuck bekommen, wollte er ganz bestimmt nicht.»

Völlig außer sich kehrte er am nächsten Tag von seiner Vorladung zurück.

«Diese Holzköpfe, diese Erbsenzähler – die haben mich behandelt wie einen elenden Dieb!», schimpfte er mit hochrotem

Kopf noch in der Tür zur Stube. «Mich, Theophrastus Bombast von Hohenheim! Die haben mir sogar gedroht, meine gesamte Habe zu durchsuchen, sollten die Freiburger auf die Rückgabe bestehen. Ich würde alsbald wieder von ihnen hören.»

«Wieso? Was habt Ihr dem Magistrat gesagt?», fragte sie.

«Dass ich diese Ringe niemals bekommen habe. Und da der Alte ja geisteskrank sei, könne er schließlich sonst was behaupten. Und seine Erben in Freiburg erst recht.»

Erstaunt sah sie ihn an. «Dann habt Ihr gelogen?»

«Gelogen haben die Erben, indem sie ihren Vater als geisteskrank bezeichnet haben. Der Alte war im Vollbesitz seiner Verstandeskräfte und durfte meiner Meinung nach mit seinem Vermögen machen, was er wollte.»

«Wenn das mal gut geht», murmelte sie.

«Los, Barbara, streif deine Haube über und komm mit. Wir gehen in die Krutenau, Flammkuchen essen. Ich habe ohnehin keine Lust mehr, mit Fries an einem Tisch zu sitzen.»

«Wir gehen essen?», fragte sie überrascht.

«Ja. Hans wird auch dort sein. Ich will nämlich etwas Wichtiges mit euch besprechen.»

Kapitel 21

Reise nach Esslingen, Ende Juni 1528

Die zweitägige Fahrt von Basel nach Kolmar dreieinhalb Monate zuvor war nur ein Vorgeschmack gewesen auf das große Abenteuer des Reisens, das Barbara nun erleben sollte. Schon immer hatte sie gern den Reiseberichten des Medicus gelauscht, jetzt aber würde sich ihr alter Kindheitstraum von der weiten, unbekannten Welt erfüllen.

Gleich nachdem sie aus der Schenke in der Krutenau heimgekehrt waren, hatte der Medicus dem verdutzten Ehepaar Fries eröffnet, er wolle ihre Gastfreundschaft nicht länger in Anspruch nehmen. Schon in zwei Tagen werde er nach Esslingen zu einem Vetter seines Vaters weiterziehen, mitsamt Famulus und Magd, denn dort sei man willkommen. Barbara und Hans hatten noch in der Schenke seinem Vorhaben zugestimmt, Hans sofort, da er seiner Braut vor Kurzem erst den Laufpass gegeben und es sich mit dem verlässlichen Lohn, den er erhielt, gut eingerichtet hatte, sie selbst nach anfänglichem Zögern. Diese Reise ins Ungewisse führte sie noch weiter von ihrer Heimat fort, doch was hatte sie schließlich noch mit Basel zu schaffen? Außerdem war sie mehr als erleichtert, dem Hause Fries den Rücken zu kehren.

Eine ihrer ersten Fragen an den Medicus war gewesen: «Wo ist dieses Esslingen?»

«Nicht weit von der ehemaligen württembergischen Residenz Stuttgart entfernt.»

Auf ihren verständnislosen Blick hin hatte der Doktor erklärt: «Esslingen liegt nordwestlich von hier, im Neckartal. Bei weiterhin gutem Wetter und ohne Rad- oder Achsbruch sind wir in nur einer Woche dort. Der Juni ist die beste Reisezeit mit seinen kurzen Nächten.»

«Ach herrje, dann sind wir eine ganze Woche unterwegs? Und wo übernachten wir?»

«Da mach dir mal keine Sorgen. An den größeren Landstraßen gibt es immer wieder Reiseherbergen und Zollstationen, wo wir unterkommen werden. Und selbst wenn nicht: Einem Reisenden oder Pilger darf kein Christ Obdach und Wasser verweigern, getreu dem Leitsatz unseres Heilands: ‹Ich war fremd, und ihr habt mich aufgenommen›.»

Von Stunde zu Stunde war ihre Vorfreude größer geworden, trotzdem hatte sie sich vorsichtshalber noch am selben Nachmittag von ihrem Ersparten ein Andachtsbildchen gekauft, mit einem gestickten Christophorus darauf, dem Schutzpatron der Reisenden. Den Boten für die Nachricht an Stoffel und ihren Vater, dass sie auf dem Wege nach Esslingen sei, hatte der Doktor großzügig aus eigenem Beutel bezahlt. Und am Freitag vor Johanni hatten sie sich tatsächlich auf den Weg gemacht, nachdem die schmale Karre des am Vortag gedingten Fuhrmanns beladen war – mit sichtlich weniger Gepäck als auf ihrer Fahrt hierher. Erst später hatte sich Barbara gefragt, warum der Medicus so übereilt aufgebrochen war. Weil er sich wieder einmal zerstritten hatte? Weil er fürchtete, dass vom Kolmarer Magistrat doch noch etwas nachkam? Weil er verbittert war, dass es mit dem Drucken nicht klappte, jetzt, wo er sich als Autor wissenschaftlicher Schriften bezeichnete? Oder schlichtweg deshalb, weil es ihn als Weltenwanderer nie länger an einem Ort hielt?

Seine Absicht war es jedenfalls, in Esslingen ein Buch über die ärztliche Versorgung von Armen und Kranken in Spitälern zu schreiben, und zwar in aller Ruhe. Um sich hernach für den Rest seiner Jahre in der berühmten Druckerstadt Nürnberg niederzulassen, wo man sein Wissen und seine Erfahrung ganz gewiss wertschätzen würde.

Dies hatte er Hans und ihr am ersten Tag der Reise immer wieder ausführlich erläutert. Wobei Barbara spätestens, als sie noch vor der Mittagshitze das Rheinufer erreichten, vor lauter Reisefieber nur noch mit halbem Ohr zuhörte: Sie würden tatsächlich eines dieser Schiffe besteigen, wovon sie als Kind immer geträumt hatte, und darauf nach Straßburg segeln!

Die ganze Reise über bescherte ihnen der Herrgott trockenes, mitunter auch sommerlich heißes Wetter. So gebannt war Barbara von all den Eindrücken unterwegs, dass sie gar nicht auf den Gedanken kam, sich vor den Gefahren zu fürchten, die die Landfahrer vom Kohlenberg immer in den schrillsten Farben beschrieben hatten. Zumal beide Männer mit einer Feuerbüchse bewaffnet waren.

Allein die Schifffahrt am ersten Tag! Barbara hätte die ganze Woche lang weitersegeln mögen. Eine aufgespannte Plane spendete dem guten Dutzend Reisenden Schatten, während der warme Wind in das große, helle Segel fuhr und den mit Weinfässern beladenen Frachtkahn rheinabwärts trieb – mal gemächlich, mal so atemberaubend schnell, dass das Ufer mit seinen lichten Auwäldern, Schilfbuchten und stillen Wasserarmen nur so an ihnen vorüberflog. In der Ferne schoben sich die Umrisse der Vogesenberge in den blauen Sommerhimmel.

Anders als bei Basel durchfloss der mächtige Strom die Rheinebene in ausladenden Schlangenlinien, doch geschickt hielt der Schiffer das Boot in der Strömung, unterstützt von seinem Knecht mit dem langen Stakholz, sodass sie stets in sicherem Abstand zu den zahlreichen Kiesbänken und Inseln blieben. Barbara vertraute den beiden vierschrötigen Männern voll und ganz, während Hans, der auf der Bank ihr gegenübersaß, bald schon ganz grünlich im Gesicht war. Der Medicus hingegen genoss die Schifffahrt offensichtlich ebenso wie sie, auch wenn ihn allein dieser Teil der Reise zwei ganze Goldgulden gekostet hatte. Doch das schien es ihm wert zu sein, so sehr, wie er an Bord strahlte.

Wohlbehalten kamen sie mit der ersten Abenddämmerung in Straßburg an. Nach dem Ausladen am Kai gab der Medicus dem Schifferbuben obendrein noch großzügig zwei Weißpfennige Trinkgeld und bedankte sich für die gute Fahrt. Am Hafen mit seinen zwei hölzernen Kränen ging es ebenso laut und gedrängt zu wie in Basel an der Schiffslände. Nachdem ein Zöllner ihre Kisten und Körbe visitiert und den entsprechenden Fracht- und Wegezoll eingenommen hatte, winkte der Medicus zwei Träger mit Handkarren herbei, und sie durften den Kai durch eine Schranke verlassen. Zielgerichtet steuerte der Doktor eine Herberge gleich gegenüber dem prächtigen Zoll- und Kaufhaus an. Über dem Eingang des Fachwerkhauses, das im Vergleich zu den umliegenden Gasthäusern eher schäbig zu nennen war, hing ein beidseitig besticktes Banner, das wohl ein Schaf darstellen sollte.

«Hier im Goldenen Schaf nächtigen wir», beschied er ihnen.

Sie hatte nicht erwartet, dass sie nach der teuren Schifffahrt in einer noblen Herberge absteigen würden, wunderte sich aber dennoch, dass er nicht bei einem seiner Straßburger Freunde anklopfte.

«Habt Ihr nicht vor der Basler Zeit in Straßburg gewohnt?», fragte Hans ihn denn auch prompt.

«Ich will niemanden behelligen für eine Nacht», kam es knapp zurück.

Da fiel ihr wieder jene Schmach ein, die er zuletzt in Straßburg erlitten hatte. Wahrscheinlich war er auch aus dieser Stadt im Streit geschieden. Aber sie war mittlerweile davon überzeugt, dass sie nicht nur eine fähige Magd war, sondern auch einen mäßigenden Einfluss auf ihn hatte. Sie würde sich schon darum kümmern, dass er sich in Nürnberg, dem Endziel ihrer Reise, nicht gleich wieder in alle Nesseln setzte. Und noch etwas hatte sie vor Augen: Womöglich würde man ja in dieser berühmten, riesigen Stadt *nicht* nach ihrer Geburt fragen. Wenn sie nur weiterhin fleißig ihren Lohn sparte, über fünf, sechs Jahre hinweg, so mochte sich am Ende ihr Traum, eine eigene Badstube zu pachten oder gar zu erwerben, doch noch erfüllen. Und was ein Bader, als Arzt der kleinen Leute, über die Heilkunde wissen musste, das lernte sie allemal von ihrem Dienstherrn.

«Ich finde, dass Doktor Theophrastus recht hat», sagte sie, an Hans gewandt. «Wir müssen morgen schließlich früh aus den Federn.»

Wie erwartet, war das Abendessen im Goldenen Schaf mit der faden Hühnersuppe und ein wenig Brot und ranzigem Käse eher dürftig, dafür schmeckte der Wein gut. Trotzdem hielt sich der Medicus beim Trinken zurück, während Hans immer alberner wurde und Barbara auf fast schon anzügliche Weise schmeichelte und schöntat.

Schließlich griff er über den Tisch hinweg nach ihrer Hand. «Machst du noch einen Abendspaziergang mit mir? Es ist so schön lau draußen.»

«Nein, Hans, ich bin zu müde.»

Enttäuscht erhob er sich. «Nun, dann werde ich mich eben allein in der Gegend umschauen.»

Nachdem er verschwunden war, fragte der Medicus mit besorgtem Blick: «Hat er schon öfter versucht, sich dir ... nun ja, anzunähern?»

Sie dachte an jenen Abend in Mülhausen zurück, schüttelte aber dann doch den Kopf. «Nein, macht Euch keine Sorgen.»

«Dann bin ich froh. Es geht mich zwar nichts an, aber ich traue Hans nicht, was Frauen angeht. Allein, dass er alle paar Wochen eine neue Braut hat.»

In dieser ersten Nacht ihrer Reise schlief sie wider Erwarten wie ein Stein. Und das, obwohl die Luft im Schlafsaal, in dem alle Gäste gemeinsam nächtigten, wenn auch nach Mann und Frau getrennt, zum Schneiden war und immer wieder ein nächtlicher Heimkehrer im Dunkeln laut fluchend stolperte. Sie schlief unter einer stinkenden Pferdedecke im selben Bett mit einem dicken Weib, das schnarchte wie ein Bierkutscher, doch all das hinderte sie nicht am Einschlafen, wobei sie die Bilder von ihrem ersten Reisetag vor Augen hatte, von schattigen Wäldern und blühenden Sommerwiesen, von geblähten Segeln, die über dem blauen Rheinstrom schwebten.

Von Straßburg aus führte sie ihr Weg zunächst quer durch die Rheinebene auf den Schwarzwald zu, auf der alten Handels- und Heeresstraße, die von Straßburg über das Gebirge nach Schwaben führte. Sie waren ohne Reittiere unterwegs, das wäre zu teuer geworden. Stattdessen hatte der Medicus vor, für jede Tagesstrecke einen neuen Karrenführer zu mieten. So marschierten sie nun also neben der vollbepackten, einrädrigen Karre her, auf der gerade noch der Fuhrmann Platz hatte.

«Wenn dir mal die Füße schmerzen», schlug der ihr freundlicherweise vor, «setzt du dich einfach aufs Maultier. Der alte Kerl schafft das schon.»

Der Medicus neben ihr grinste gut gelaunt. «Auf diese Weise lernst du gleich mal das Reiten.»

«So weit kommt's noch», gab sie ihm lachend zurück und freute sich, dass er in diesen Tagen regelrecht aufblühte.

Allmählich rückten die hohen, dunklen Berge immer näher. Das also war der riesige Schwarzwald, den man an manchen Tagen von Basel aus sehen konnte und den sie auf ihrem Weg ins Neckartal durchqueren würden. Doch vorerst war die Landschaft noch flach, von einer Steigung nichts zu spüren, auch wenn sich das bald ändern würde. Sie kamen an fruchtbaren Feldern und in sattem Grün stehenden Wiesen vorbei, an mit Flechtzäunen umfriedeten Dörfern, wo struppige Hunde sie ankläfften und die Kinder ihnen zuwinkten oder ein Stück mitliefen. Und wie viele Menschen erst die Straße bevölkerten! Da gab es die reitenden Boten in ihren bunten Wappenröcken, die Gaukler und Landfahrer, deren Planwagen ihr Zuhause und ganzes Hab und Gut darstellten, die gut bewachten Maultierkarawanen der Kaufleute, hin und wieder auch Ritter und junge Adlige auf feurigen Rössern, zu denen man besser Abstand hielt. Der größte Teil der Menschen aber war zu Fuß unterwegs, mal mit, mal ohne Handkarre oder Leiterwagen: Pilger und Wanderprediger waren das, Scholaren und Handwerksgesellen, Trödler mit vollbepackten Rückenkraxen und Bauchläden oder Gesinde auf der Suche nach Arbeit. Dazu kamen all diejenigen, die nur von Ort zu Ort zogen, um ihre Dienste anzubieten: Kesselflicker und Scherenschleifer, Flickschuster und Briefschreiber, Schnitter und entlassene Landsknechte mit zottigen Bärten und finsteren Blicken. Einmal waren sie sogar einer Gruppe grell geschminkter Wanderhuren begegnet, die sich Hans mit albernem Kichern an den Hals geworfen hatten. Bei jeder kurzen Rast am Wegesrand stellte man sich die Fragen: Wer seid ihr? Woher kommt ihr? Wohin wollt ihr? Und traf man unterwegs auf Bekannte, umarmte man sich leidenschaftlich oder küsste sich auf die Wangen, was auch dem Medicus einmal bei einem Dorfbrunnen geschah. Angesichts all dieser Menschen fragte sich Barbara allerdings, ob sie zur Nacht überhaupt ein Quartier finden würden.

Doch ihre Sorge war unbegründet. In Oberkirch, ihrem nächsten Ziel, bezogen sie Quartier in einem wirklich schönen Gasthof, was sich die meisten der Wanderer wohl kaum leisten konnten. Das Städtchen gefiel ihr. Es lag malerisch unterhalb einer mächtigen Burg, umgeben von Weinbergen. Auf dem nahen Fluss Rench, dessen Tal ab hier tief in den Schwarzwald hinaufführte, trieben Flößer ihr Holz stromabwärts. Natürlich waren sie nicht die einzigen Reisenden, die im Gasthof Zum Löwen übernachteten. In großer Runde tauschte man sich über Herkunft und Ziel aus, während Barbara hungrig das wahrhaft üppige Abendessen genoss. Danach war sie so müde, sowohl vom Marschieren als auch von den vielen Eindrücken, dass sie sich alsbald in den Frauenschlafsaal zurückzog und binnen Kurzem einschlief, in einem eigenen Bett mit richtigen Daunendecken.

Am nächsten Morgen – einen Karrenführer hatten sie schon am Vorabend gedingt – brachen sie in aller Frühe und abermals bei strahlendem Sonnenschein auf, mitten hinein in den Schwarzwald. Barbara konnte sich nicht sattsehen an den wechselnden Landschaften. Zunächst führte die Straße nahe der Rench nur leicht bergan, auf den Uferwiesen leuchteten zwischen den hohen Gräsern Blütenkelche in allen Farben, von Schmetterlingen umschwirrt. Sie entdeckte unbekannte Wasservögel in buntem Gefieder oder auf stelzenartigen Beinen, einmal flatterte ein riesiger Auerhahn schwerfällig aus dem Unterholz auf. Dann wurde das Tal enger, und die Waldberge rückten dichter heran. An den teilweise kahl geschlagenen Hängen hatten Köhler und Glasmacher, Harzsieder und Pottaschbrenner ihre Hütten errichtet, hin und wieder zog ein Hirte mit seinen Schafen an ihnen vorbei.

Schließlich wurde der Wald so dicht, dass seine Baumkronen wohltuend die Sommersonne abschirmten. Es duftete nach Harz und moosigem Waldboden. Menschliche Ansiedlungen gab es in dem dunklen Tann rundum keine mehr, und Barbara begriff, woher der Schwarzwald seinen Namen hatte. Sie war sich sicher, dass im Waldinnern mit seinen ineinander verschlungenen Bäumen und dem dichten Unterholz Dämonen und wilde Tiere hausten, was ihr aber allenfalls einen wohligen Schauer verursachte. Denn selbst hier waren sie alles andere als allein unterwegs, auch wenn sich der Zug der Menschen weit auseinanderzog, da es spürbar bergauf ging. Barbara, die sich an das Marschieren gewöhnt hatte, störte das nicht, und auch der Medicus neben ihr schritt mit strahlender Miene munter voran, immer wieder nach rechts und links blickend. Rau, finster und von engen Schluchten durchsetzt zeigte sich das Gebirge mittlerweile, mitunter führte der geschotterte Weg bedenklich nahe an steilen Abgründen entlang. Einmal erschrak Barbara fast, als sie um eine enge Kehre bog und über ihr von einer kirchturmhohen Felswand tosend ein Wasserfall herabstürzte. So etwas hatte sie nie zuvor gesehen.

«Ist das nur schön!», entfuhr es ihr, und der Medicus neben ihr nickte. «Ja, das ist Gottes wunderbare Schöpfung, und die lässt sich nun mal nicht vom heimischen Ofen aus erleben.»

Hans, der zu ihnen aufgeschlossen hatte, rollte hingegen nur mit den Augen.

Hinter einem kleinen Marktflecken namens Oppenau, eingebettet zwischen bewaldeten Bergrücken, verließen sie das Renchtal und folgten einem Bachlauf bergan, wo sie kurz darauf ein großes Gehöft erreichten. Hier herrschte rege Betriebsamkeit: Große und kleine Fuhrwerke hatten sich auf dem Vorplatz versammelt, an einer lang gestreckten Tränke stillten die Zugtiere ihren Durst. Männer in bunter Tracht und mit ausladenden Hüten über den bärtigen Gesichtern führten Pferde heran, die allesamt gleich aussahen: massig, hellbraun im Fell und mit üppiger blonder Mähne.

«Das ist der Steighof», erklärte der Medicus. «Ab hier beginnt das schwierigste Stück, bis hinauf zum Kniebis-Pass. Für uns wird's anstrengend, aber das Maultier bekommt den nötigen Vorspann durch diese kräftigen Schwarzwälder Füchse.»

Gequält sah Hans ihn an. «Heißt das, es wird *noch* steiler?»

«Jetzt jammere nicht schon vorher. Wenn ich krummbeiniger, buckliger Kerl das überstehe, schaffst du das mit Leichtigkeit. Außerdem werden wir uns vorher stärken. Das Essen im Steighof ist gut, und das Bier, das sie brauen, ebenfalls. Nicht zuletzt der vielen guten Quellen wegen, die es in der Gegend überall gibt. Und die die Menschen älter werden lassen als anderswo.»

«So wart Ihr also schon hier?», fragte Barbara erstaunt.

«Mehr als einmal. Nicht weit von Oppenau liegen die berühmten Sauerbrunnen Petersthal und Griesbach, so wie es hier im Schwarzwald überhaupt zahlreiche Gesundheitsbäder gibt.» Versonnen strich er sich über den Kinnbart. «Ja, ja, ein Bäderbuch will ich auch alsbald schreiben ...»

Während das Maultier im Schatten hoher Tannen seine wohlverdiente Pause bekam, stärkten sie sich in der Gaststube mit einer knusprigen Schweinshaxe. Der Medicus erläuterte ihnen derweil die weitere Wegstrecke.

«Heute schaffen wir es nur bis zum Pass auf dem Kniebis, dort gibt es eine Siedlung und ein Kloster mit Zollstation. Morgen dann geht es auf der anderen Seite des Schwarzwalds angenehm gemächlich hinunter nach Horb am Neckar, wo wir übernachten. Danach sind es höchstens noch drei Tage bis Esslingen, und zwar über Tübingen und Nürtingen immer das Neckartal entlang. Wenn das Wetter weiterhin mitspielt, wird das der gemütlichste Teil der Reise.»

Er hielt inne und musterte Barbara prüfend.

«Bist du sehr erschöpft, wo du das Marschieren nicht gewohnt bist?»

«O nein, ganz und gar nicht!» Sie lachte. «Ich freue mich jetzt schon auf die nächsten Tage.»

Kapitel 22

Sommer 1528 in Esslingen

Sieben Tage dauerte ihre Reise insgesamt, eine Reise, die Barbara so manches Glücksgefühl bescherte. Von einem kurzen Gewitterschauer im oberen Neckartal abgesehen, erwies sich die Sonne als treue Begleiterin, und sie kamen auch weiterhin und ohne Hindernisse zügig voran. Einen teuren Vorspann benötigten sie nirgends mehr, aber auch darüber hinaus war das Reisen, zumal mit Gepäck, eine kostspielige Angelegenheit: An jeder Brücke, an jedem Stadttor musste Brücken- oder Pflastergeld beglichen werden, an jedem Zollhaus der landesherrliche Zoll, wobei die beladene Karre den größten Batzen ausmachte. Dabei wurden die Männer jedes Mal gefragt, wer sie seien und wohin sie reisten, während von Barbara als Magd niemand etwas wissen wollte – sie war wohl nur so etwas wie ein Anhängsel, was sie jedes Mal aufs Neue verdross. Hinzu kam das Wegegeld für die großen Handelsstraßen wie jene über den Kniebis oder die nach Esslingen, für die auch ein Schutzgeleit bezahlt werden musste, obgleich weit und breit kein Wachtposten zu sehen war. Was wiederum den Medicus in Rage gebracht hatte: «Willkür ist das, nichts als Wegelagerei!», hatte er geschimpft, um dann zähneknirschend in seine Geldkatze zu greifen.

In Tübingen, der weitberühmten und malerisch am Neckarufer gelegenen Universitätsstadt, ersparte sich der Medicus zumindest die Übernachtungskosten. Ein alter Freund seines

Vaters, der Wundarzt und Witwer Jakob Zacher, nahm sie tatsächlich gastlich bei sich auf. Für Barbara gab es sogar eine eigene kleine Kammer unterm Dach. Dennoch blieb Tübingen für sie in unguter Erinnerung, und das hatte mit Hans zu tun.

In ihrer Wiedersehensfreude hatten Zacher und der Medicus beschlossen, nach dem Abendessen noch ein wenig durch die Gassen zwischen Stiftskirche und Markt zu spazieren, und zwar alle zusammen. Was nichts anderes hieß, als von einer Schenke in die nächste zu ziehen. In der dritten hatte Barbara schließlich genug, und sie verabschiedete sich mit den Worten, sie sei rechtschaffen müde. Da es draußen noch einigermaßen hell war und das Haus ihres Gastgebers nicht weit, ließ der Medicus sie widerstrebend gehen. Dass Hans ihr indessen heimlich folgte, bemerkte sie zunächst nicht. Erst als Zachers mürrische Hausmagd auf ihr Klopfen hin öffnete, huschte er mit ihr hinein.

«Bist du mir etwa nachgeschlichen?»

Er grinste breit. «Na ja, jemand musste ja auf dich aufpassen. Schließlich ist es fast dunkel.»

«In Basel und Kolmar bin ich auch allein zurechtgekommen», gab sie ungerührt zurück, während sie hinter der Magd die Treppe hinaufstieg. Die verschwand grußlos in der Küche, und Barbara drehte sich zu Hans um.

«Wie du siehst, bin ich gut angekommen. Du kannst also wieder zurück und weiterzechen.»

Er machte keinerlei Anstalten zu verschwinden, als sie die steile Holzstiege zum Dach erklomm. Auf halber Treppe blieb sie stehen und verschränkte kampfeslustig die Arme.

«Was soll das?»

Er legte den Kopf schief. «Jetzt sei doch nicht so kratzbürstig. Darf ich bei dir übernachten? Der Alte schnarcht unerträglich, wie du weißt.»

«Du bist wohl toll geworden.»

«Bitte, Barbara.»

«Nein!»

«Warum machst du das mit mir? Merkst du nicht, dass ich dich mag? Dass ich dir inzwischen hinterherlaufe wie ein vertrottelter Hund?»

Sie überlegte kurz. «Weil du es nicht ernst meinst, deshalb.»

Dann rannte sie die letzten Stufen hinauf in ihre Kammer und schlug die Tür hinter sich zu. Zur Sicherheit rückte sie auch noch die Kleidertruhe davor.

Zornig ertönte von draußen seine Stimme: «Weißt du was? Du führst dich auf wie eine vertrocknete, alte Nonne!»

Sie lauschte noch, bis sich seine Schritte entfernten und die Haustür kurz darauf ins Schloss fiel. Ihr Herz schlug heftig gegen die Brust. Indessen nicht vor Angst, sondern vor Empörung. Was bildete sich Hans eigentlich ein? Dass er sich jedes Mädchen, das ihm gefiel, für eine Nacht nehmen konnte? Hatte er aus ihrer Zurückweisung damals in Mülhausen nichts gelernt? Wäre ihm wirklich etwas an ihr gelegen, so müsste er schon anders um sie werben. Doch für ihn war die Eroberung eines Mädchens dasselbe wie für den Jäger das Beutemachen.

Und so kam es, dass sie für den Rest der Reise kaum noch ein Wort miteinander wechselten.

Die Reichsstadt Esslingen lag zwischen Neckar und steilen Weinbergen an einer Engstelle des Tals, dort, wo die uralte Handelsstraße auf steinernen Brückenpfeilern die Flussseite wechselte. Zusammen mit einer Handvoll Kaufleute hatten sie ihren Zoll am Obertor entrichtet und durchquerten nun die innere Stadt mit ihren prächtigen Häusern, Kirchen und Klöstern, wobei der Medicus immer wieder seine Erklärungen abgab. «Ja, schaut euch nur um: Der Handel mit Wein und seine günstige Lage hat Esslingen einst reich gemacht. Jeder, der von West nach Ost reiste, musste hier durch die Furt, später dann über die Neckarbrücke und somit mitten durch die Stadt hindurch.»

Barbara war sich sicher, dass er zu jeder Stadt, zu jedem Landstrich etwas zu sagen gehabt hätte. In diesen Tagen hatte sie eine neue Seite ihres Dienstherrn kennengelernt: die Liebe zum Reisen und sein stets neugieriger Blick dabei. Die Freude, die er dabei ausstrahlte, war längst auf sie übergegangen, daran änderte auch Hans' grämliche Miene nichts.

Inzwischen waren sie bei einer Steinbrücke angelangt, die einen Flößerkanal überspannte und rechts und links mit Krämerbuden bestückt war. Dort herrschte großes Gedränge, und es ging nur langsam voran.

«Ursprünglich floss hier der Neckar, aber den hat man später weiter vor die Stadt umgeleitet», erklärte der Medicus, während er der Ochsenkarre, die er für den letzten Tag der Reise gemietet hatte, voranschritt. «Auf der anderen Seite liegt die Bliensauvorstadt, wo mein Verwandter sein Stadthaus hat. Ein prächtiges Anwesen, ihr werdet sehen. Ansonsten besitzen die Esslinger Bombaste auch noch ein Weingut in Uhlbach, nicht weit von hier.»

«Und wer genau ist dieser Verwandte?», hakte Barbara nach. Die Aussicht, bei echten Rittersleuten unterzukommen, fand sie äußerst spannend.

«Mein Oheim Friedrich Bombast von Hohenheim ist ein Vetter zweiten Grades meines Vaters und ein wenig jünger als er. Sie haben beiden denselben Urgroßvater. Es ist lange her, dass ich das letzte Mal hier war. Da war sein einziger Sohn Jakob noch ein frecher kleiner Rotzbengel. Zwei weitere Kinder haben die ersten Jahre leider nicht überlebt.»

«Weiß dieser Bombast überhaupt, dass wir kommen?», fragte Hans mit einem Stirnrunzeln. Erstmals seit Tübingen hielt er keine drei Schritte Abstand mehr zu Barbara. Hatte er eingesehen, wie sehr er sich in Tübingen danebenbenommen hatte?

«Du meinst, ob ich uns angemeldet habe?», fragte der Medicus zurück. «Das braucht es nicht, schließlich sind wir *eine* Familie.»

Hans warf Barbara einen zweifelnden Blick zu und verdrehte dabei die Augen. Im nächsten Moment mussten sie beide zur Seite treten, um einen entgegenkommenden Reiter vorbeizulassen. Da nahm Hans sie beim Arm.

«Es tut mir leid», flüsterte er ihr zu.

«Was genau?»

«Was ich zu dir gesagt habe. Das mit der vertrockneten Nonne. Du bist alles andere als das.»

Na also, dachte sie, du hast dich endlich besonnen. Scheinbar gleichgültig zuckte sie die Schultern. «Schon recht. Hältst dich halt künftig ein wenig im Zaum.»

Damit ließ sie ihn stehen und schloss zu Doktor Theophrastus auf. Der gab bereits an der ersten Gassenkreuzung der Vorstadt dem Ochsenführer ein Handzeichen.

«Hier ist es.»

Unter all den eher einfachen, schmalen Fachwerkhäusern stach ein Gebäude wahrhaftig hervor: ein Eckhaus, drei Stockwerke und zwei Dachgeschosse hoch, mit kunstvoll geschnitzten Balken. Die Giebelseite blickte auf die Brückengasse, die Traufseite zu einer Quergasse, die von einem schmalen Bach durchflossen wurde. Auf der Ecke selbst ragte ein zweistöckiger Erker hervor, mit edlen Bleiglasfenstern, bekrönt von einem spitzen bunten Ziegeldach. Was für ein wunderschönes, riesiges Haus!

Der Doktor wies auf die Unterseite des Erkers, auf der gut sichtbar für alle Vorübergehenden ein goldenes Wappen aufgemalt war, mit einem blauen Schrägbalken, der drei silberne Kugeln enthielt.

«Seht her, das ist auch mein Wappen!» Seine hellen Augen blitzten vor Stolz. «Dann wollen wir mal anklopfen.»

Er bat Hans, auf das Gepäck aufzupassen, und trat mit Barbara an seiner Seite unter einen Torbogen. Dort, von einer hohen Gewölbedecke gegen Wind und Wetter geschützt, befand sich zu ihrer Rechten die Eingangstür. Geradeaus gab es ein zweiflügeliges Tor, das wohl in den Hof führte. Freudig betätigte er den eisernen Türklopfer. Als nichts geschah, wurden seine Schläge härter und ungeduldiger.

Ratlos sah Barbara ihn an. «Es ist wohl niemand da.»

«Irgendwer wird doch am helllichten Nachmittag zu Hause sein», brummelte er. «Mein Oheim hat schließlich Gesinde.»

Gerade als er erneut ansetzen wollte, rief eine Frauenstimme von innen: «Herrschaftszeiten, ich komm ja schon.»

Die schwere Eichenholztür öffnete sich knarrend. Vor ihnen stand ein etwa vierzigjähriges, kräftiges Weib mit ausladendem Busen hinter dem leinenen Arbeitsschurz. Das hochgebundene Haar war unter einem Tuch verborgen, aus dem breiten, rosigen Gesicht blickten dunkle Augen sie streng an.

«Seid Ihr angemeldet? Der Herr ist nicht da.»

Die Miene des Medicus hellte sich auf. «Du bist Faustina, die Köchin, nicht wahr?»

«Ganz recht. Und wer seid Ihr?»

Er ließ sich durch diesen, wie Barbara fand, reichlich schroffen Tonfall der Köchin nicht beirren und lächelte sie an.

«Erkennst du mich denn nicht? Ich war vor etwa zehn Jahren hier zu Gast.»

«Wir haben viele Gäste, wie soll ich mich da nach so langer Zeit an jeden erinnern?», kam es noch eine Spur unhöflicher zurück.

«Nun, ich war zwar um einiges jünger, aber von krummer Gestalt war ich damals schon. Ich bin Theophrastus Bombast von Hohenheim, der Großneffe Eures Herrn.»

«Das kann jeder behaupten», knurrte die Frau, wirkte jetzt aber nicht mehr ganz so selbstbewusst.

«Nun, mein Oheim Friedrich wird es dir bestätigen. Wo ist er denn?»

Die Köchin musterte ihn von oben bis unten, wobei sich Barbara sicher war, dass sie ihn erkannt hatte.

«In Liebenzell zur Bäderkur», antwortete sie.

Die Mundwinkel des Doktors sackten nach unten. «Das ist schlecht. Wann kommt er zurück?»

«Spätestens am Sonntag.»

«Das sind ja noch drei Tage!», entfuhr es Barbara enttäuscht.

«Richtig gezählt, mein Mädchen», erwiderte die Köchin von oben herab. Und an den Doktor gewandt: «Vielleicht kommt er aber auch schon früher. Ich empfehle Euch, im Roten Löwen abzusteigen, eine ehrenwerte Herberge in der inneren Stadt. Und jetzt entschuldigt mich, ich habe zu tun.»

«Nein, warte, Faustina.» Er stellte den Fuß auf die Schwelle. «Ist deine Herrin auch in Liebenzell?»

«Die hat der Herrgott zu sich genommen, vor vielen Jahren schon.»

«Ach herrje!» Erschrocken starrte er sie an. «War sie denn krank?»

«Nein, sie ist im Kindbett gestorben und der Säugling auch. Ich bitte Euch also, kommt am Sonntag wieder.»

«Das tut mir sehr leid. So ist Jakob noch immer das einzige Kind?»

Die Frau gab keine Antwort, und der Tonfall des Medicus wurde schärfer.

«Hör zu, Faustina, lass uns wenigstens das Gepäck hier unterstellen. Ich habe keine Lust, die Karre zweimal abzuladen.»

Die Köchin riss die Augen auf. «Wie? Ihr habt vor, länger zu bleiben?»

«Du vergisst, dass ich zur Familie gehöre, und ich denke, das geht dich nichts an.»

Ohne ein weiteres Wort drehte sich das Weib um und rief mit so lauter Stimme hinter sich, dass Barbara zusammenzuckte: «Marx! Mach das Hoftor auf!»

Danach fiel die Haustür vor ihrer Nase ins Schloss.

Der Doktor schien in sich zusammenzusinken. «Was für ein Drachen», murmelte er.

Barbara hätte ihm sagen können, dass sie so etwas fast vorausgeahnt hatte, schwieg aber lieber. Wie konnte es sein, dass dieser welterfahrene Mann immer wieder so einfältig war zu glauben, er sei überall und jederzeit willkommen?

Es war wie ein kleines Wunder, dass sich nach diesem unschönen Empfang doch noch alles zum Guten wendete. Nur eine einzige Nacht mussten sie im Roten Löwen, einem völlig überteuerten Gasthaus, nächtigen. Denn bereits am nächsten Nachmittag kam dort ein älterer Mann vorbei, stellte sich in kühler Höflichkeit als Meister Hilarius vor, als Leibdiener und Hofmeister des Friedrich Bombast, und bat sie, ihn zu seinem Herrn zu begleiten, der sie voller Freude erwarte. Mehr sprach der dürre Mann mit der riesigen Hakennase im bartlosen Gesicht nicht mit ihnen, während sie zurück in die Vorstadt wanderten, und Barbara dachte sich schon beunruhigt, dass sich ihr neues Domizil gerade so wenig gastfreundlich zeigte wie jenes in Kolmar. Doch sie sollte sich täuschen.

Zurück im Haus des Bombast, führte Meister Hilarius sie in

eine große, ganz mit Holz verkleidete Herrenstube. Die Stützbalken waren mit zierlichen Schnitzereien, die glatten Flächen mit farbenfrohen Malereien versehen. Die Fensterfront zur Straße hin ließ viel Licht herein, der grüne Kachelofen in der Ecke würde im Winter sicher behagliche Wärme spenden. Sie waren ganz offensichtlich zum Abendessen eingeladen, denn die lange Tafel war festlich mit einem weißen Leintuch und Blumenschmuck eingedeckt, während es aus der benachbarten Küche nach gebratenem Fleisch duftete.

Dann betrat der Hausherr die Stube. Nachdem er seinen Großneffen sichtlich erfreut und voller Herzlichkeit umarmt hatte, entschuldigte sich Friedrich Bombast in aller Form, dass man den Medicus nicht schon am Vortag gastlich aufgenommen habe. Der hochgewachsene, aufrechte Mann mit den grauen Schläfen hatte die fünfzig bestimmt schon überschritten, wirkte aber noch sehr rüstig auf Barbara. Vor allem aber gab er sich so offen, dass ihre letzten Zweifel am Willkommensein verflogen.

«Die Vorschrift, in meiner Abwesenheit keine Fremden einzulassen», fuhr er fort, «hat Faustina, die gute Seele, wohl etwas zu wörtlich genommen. Dabei hätte sie sich eigentlich an dich erinnern müssen, mein lieber Theo.»

Erstmals hörte Barbara, dass jemand ihren Dienstherrn Theo nannte. Der winkte ab und strahlte über das ganze Gesicht.

«Sie hat es gut gemeint, sei ihr nicht gram deswegen.»

«Nein, nein, das bin ich nicht. Dazu freue ich mich viel zu sehr, dich wiederzusehen. Sag, bist du etwa immer noch unverheiratet?»

«Ach, lieber Oheim – wer ein guter Arzt sein will, der hat keine Zeit fürs Eheleben. Darf ich dir nun meine Begleiter vorstellen?»

«Nur zu, ich bin gespannt.»

«Der junge Mann hier», Hans verneigte sich lächelnd, «ist

Hans Herbst, genannt Oporinus – ein großer Geist und wahrer Humanist, dem dereinst eine große Zukunft beschieden sein wird. Und die Jungfer an meiner Seite ist meine treue Magd Barbara. Beide habe ich in Basel kennengelernt, und seither begleiten sie mich durch alle Höhen und Tiefen meines Arztlebens.»

Barbara hatte sich ebenfalls verneigt und dabei ehrerbietig das Knie gebeugt, woraufhin der Bombast gut gelaunt in die Hände klatschte.

«Endlich habe ich mal wieder junge Leute um mich, wie schön! Mein Jakob lebt ja leider schon außer Haus, er dient am Hof des Markgrafen von Baden-Durlach als Knappe, auf Schloss Sulzburg, und so sehe ich ihn viel zu selten. Ihr beide seid natürlich ebenfalls meine Gäste.» Er wandte sich wieder an den Medicus. «Ich hoffe, du bleibst diesmal länger als beim letzten Mal.»

«Sehr gerne. Ich bin zwar eigentlich auf der Durchreise in die Druckerstadt Nürnberg, würde aber gerne in der Ruhe deines Hauses ein Buch schreiben. Über die ärztliche Versorgung in Spitälern.»

«Tu das, und ich will es dir so angenehm als möglich machen. Dein großartiger Ruf als Arzt ist übrigens bis Esslingen gedrungen, und ich freue mich schon sehr auf unsere Gespräche. Du weißt ja, dass auch ich sehr eingenommen bin von den neuesten Erkenntnissen in der Medizin wie auch der Alchemie.»

Er deutete auf die Tafel, wo bereits mehrere Karaffen mit Rotwein verteilt waren, edle aus funkelndem Kristall.

«Setzen wir uns also. Bevor Lene das Essen aufträgt, wollen wir schon mal auf unser Wiedersehen anstoßen.»

Im Gegensatz zu Lorenz Fries hatte dieser Mensch keinerlei Standesdünkel, sich mit Barbara als einfacher Magd an einen Tisch zu setzen. Mehr noch: Nachdem die Hausmagd Lene, ein junges, etwas verschüchtertes Mädchen, das Essen aufgetragen hatte, setzten sich auch Meister Hilarius, stocksteif wie zuvor, und Faustina zu ihnen. Deren undurchdringliche Miene verriet keinerlei schlechtes Gewissen ob ihrer Unhöflichkeit vom Vortag.

Es wurde ein sehr schöner und beschwingter Abend. Irgendwann steckten erst der Stall- und Hausknecht Marx, dann die junge Lene den Kopf zur Tür herein und fragten, ob sie sich zurückziehen dürften.

«Geht nur, wir kommen zurecht», nickte der Hausherr. Und mit einem Augenzwinkern an die Köchin gewandt: «Nicht wahr, Faustina?»

Anfangs drehten sich die Gespräche über die Beschwernisse wie Erfahrungsgewinne beim Reisen, über fremde Städte oder die Eigenheiten und Bräuche ihrer Bewohner, wobei Friedrich Bombast auch immer wieder das Wort an Barbara oder Hans richtete.

«Ist dir aufgefallen», fragte er sie einmal, «dass auf der hiesigen Seite des Schwarzwaldes, kaum hat man den Kniebis hinter sich gelassen, eine ganz andere Mundart vorherrscht?»

«O ja, die Schwaben sprechen viel weicher, aber auch undeutlicher. Als ob sie die Hälfte verschlucken würden.»

«Das hast du trefflich ausgedrückt. Deine junge Magd, lieber Theo», wandte er sich wieder seinem Großneffen zu, «ist wirklich sehr aufgeweckt. Und bildhübsch obendrein. Die solltest du nicht wieder loslassen.»

Woraufhin der Medicus tatsächlich errötete.

Über dessen Vater, mit dem der Hausherr einen Teil der Kindheit in Riet, dem zweiten Stammsitz der Bombaste, verbracht hatte, erfuhr sie auch so einiges, und das Hitz- und Querköpfige des beschriebenen Knaben erinnerte sie sehr an ihren Dienstherrn. Dann aber begannen die Männer, über die neue Religion zu disputieren, über Luther, Zwingli und die Täufer. Der Medicus verkündete, dass er bereits ein Traktat im Kopf habe, in dem er sowohl den Luther wie auch den Papst in die Schranken weisen werde, woraufhin sein Oheim ihn, halb im Scherz, halb im Ernst, des Größenwahns bezichtigte. Als Barbara von den vielen fremden Worten der Kopf zu schwirren begann, versuchte sie, ein Gespräch mit Faustina zu beginnen. Doch die Köchin blieb ihr gegenüber einsilbig. Stattdessen stand sie immer wieder auf, um aus der Küche frisch aufgeschnittenes Brot oder Wein zu holen, wobei sie dem Hausherrn jedes Mal, wenn sie ihm nachschenkte, die Hand auf die Schulter legte. Schon zuvor waren Barbara die vertrauten Blicke zwischen ihnen aufgefallen, und sie war Frau genug, um zu merken, dass die beiden mehr verband als das Verhältnis zwischen Dienerin und Herr. Aber das ging sie schließlich nichts an.

Als erst Meister Hilarius, dann auch Hans verstohlen zu gähnen begannen, erhob sich der Medicus.

«Es ist spät geworden, lieber Oheim, und wir haben noch viele gemeinsame Abende. Lasst uns zu Bett gehen, wir sind alle rechtschaffen müde von unserer langen Wanderschaft.»

«Recht hast du. – Faustina, zeigen wir unseren Gästen also die Schlafplätze.»

Bis auf Hilarius verließen alle die gute Stube und stiegen hintereinander die steinerne Wendeltreppe hinauf ins zweite Obergeschoss, wo sich mehrere Schlafstuben befanden. Gleich bei der ersten Tür winkte der Hausherr Hans heran.

«Ich hoffe, das genügt Euch, Oporinus. Sehr groß ist die Kammer nicht, aber Ihr habt ein Bett mit Daunendecke, Waschtisch, Fenster zum Hof – seid Ihr einverstanden? Der Aborterker ist übrigens gleich nebenan, das Türchen dort bei der Wendeltreppe.»

«Aber ja, Herr, das ist wunderbar.» Hans schwankte ein wenig gegen den Türrahmen. «Habt wirklich vielen Dank für Eure Gastfreundschaft.»

Die offene Tür gegenüber führte in einen wesentlich größeren Raum, und Barbara lugte neugierig über die Schulter des Medicus hinein. Im Dämmerlicht einer Tranlampe erkannte sie ein breites Himmelbett mit rotem Vorhang, eine mit roten Polstern belegte Steinbank am Fenster zur Straße, dazu ein großer Tisch mit Lehnstuhl davor.

«Das ist das Zimmer für meine Ehrengäste», erklärte Friedrich Bombast. Dann flüsterte er dem Medicus ins Ohr, allerdings nicht leise genug, als dass sie nicht jedes Wort verstanden hätte: «Das Bett ist groß genug für zwei.»

«Aber nein ...», stotterte der, «das muss ein Missverständnis sein. Ich schlafe selbstverständlich allein.»

Beinahe hätte Barbara laut aufgelacht. Der Bombast war nicht der Erste, der eine Liebelei zwischen ihr und dem Medicus vermutete. Die Mannsbilder dachten doch wirklich immer nur in eine Richtung. Zum Glück war der Medicus, was das anbelangte, von einem anderen Schlag.

Auch in den nächsten Tagen und Wochen fühlte sich Barbara sehr gastfreundlich aufgenommen. Vielleicht fiel ja Großzügigkeit leichter, wenn man so wohlhabend war wie dieser Friedrich Bombast von Hohenheim. Er lebte vom Handel mit Wein, und das offensichtlich sehr erfolgreich. Nie zuvor hatte sie ein Haus betreten, das so viele Zimmer besaß und so herrschaftlich wirkte – dagegen war es in Kolmar regelrecht eng zugegangen. Allein die vornehme Treppe aus hellem Stein, die von der großen Eingangshalle wie eine Schnecke gewendelt in die beiden oberen Stockwerke führte, ließ sie an ein Schloss denken, obgleich sie natürlich nie eines von innen gesehen hatte. Ebenso wie die außergewöhnlich große Küche mit dem ausladenden Herd, wo sich alles fand, was man zum Kochen und Backen für große Gesellschaften brauchte. Neben der holzgetäfelten Stube befand sich noch ein Studierzimmer, in das sich der Medicus und sein Oheim manchmal zum ungestörten Plaudern zurückzogen. Einen zweistöckigen Gewölbekeller für die Wein- und Essensvorräte gab es obendrein. Dort durfte Doktor Theophrastus sich sogar ein eigenes Labor neben einem Kohlenwinkel einrichten.

Ein Innenhof gehörte ebenfalls zum Anwesen, mit einer Remise und einem Stall, in dem zwei gepflegte, dunkelbraune Reitpferde standen, die auch vor der – eigenen – Kutsche gingen, nebst einem Hühnerstall und einem Schweinekoben. Über dem Stall neben dem Heuboden hatte Marx seine Bleibe, während Lene im Haus unter dem Dach schlief, das auch als zweigeschossiger Lagerraum diente. Dort gab es noch zwei weitere Mägdekammern, ausgestattet mit richtigen Betten und Waschtisch, wovon eine Barbara bewohnte. Die andere stand leer. Faustina schlief nämlich jede Nacht im Bett des Hausherrn.

Dass die beiden viel Vergnügen miteinander hatten, konnte Barbara bald schon durch den Dielenboden hören, da der Schlafraum direkt unter ihrer Kammer lag. Die Köchin war also so etwas wie die heimliche Hausherrin – kein Wunder, dass sie anfangs so gebieterisch getan hatte. Was sich aber zum Glück bald legte: Da Barbara nicht untätig sein konnte, packte sie überall im Haushalt mit an, was die schroffe Frau schnell milder stimmte. Nach ein, zwei Wochen schon bildeten die beiden in der Küche ein gut eingespieltes Gespann, und Barbara, die bislang nur einfache Hausmannskost kannte, lernte von ihr, erlesene Gerichte zuzubereiten und mit kostbaren Gewürzen umzugehen. Zu engen Freundinnen wurden sie zwar nicht, dazu war der Altersunterschied vielleicht zu groß, doch sie verstanden sich bei der Arbeit ohne große Worte. Nur Meister Hilarius blieb unnahbar und kühl. Ihn schien jede Abweichung vom Üblichen zu stören, und jetzt war nun einmal mehr Leben ins Haus gekommen.

Hin und wieder verreiste Friedrich Bombast für ein paar Tage mit der Kutsche auf sein Weingut, um dort nach dem Rechten zu sehen. Faustina und Meister Hilarius begleiteten ihn in aller Regel, und für diese Zeit wurde Barbara tatsächlich die Leitung der Haushaltung übertragen, was sie mit großer Freude und auch Stolz erfüllte. Ohne von seinem Oheim abgelenkt zu werden, schrieb der Medicus, der sich in der großen Gästekammer seinen Arbeitsplatz eingerichtet hatte, noch emsiger an seinem Spitalbuch, von Hans bei der Reinschrift unterstützt.

Es fühlte sich wahrhaftig an, als wären sie alle drei in einem kleinen Paradies angekommen. Hätte es nicht an jenem Hochsommerabend diesen hässlichen Vorfall gegeben, der eine entscheidende Veränderung mit sich bringen sollte.

Kapitel 23

Esslingen, im August 1528

Seitdem sich Hans bei Barbara für die freche Schmähung als vertrocknete Nonne entschuldigt hatte, verhielt er sich ihr gegenüber äußerst zuvorkommend. Wobei ihr nicht entging, dass er bald schon ein Auge auf die junge Lene geworfen hatte, die sich aber, je mehr er ihr den Hof machte, umso spröder verhielt.

«Was mach ich nur falsch?», hatte er Barbara schließlich seinen Kummer geklagt, als er sie einmal allein in der Küche antraf. «Ich mag das Mädchen wirklich, aber sie tut fast, als ob sie sich vor mir fürchtet.»

«Vielleicht machst du gar nichts falsch. Aber Lene ist nicht dumm. Sie weiß, dass wir in einigen Wochen oder Monaten wieder abreisen. Oder würdest du deine Anstellung beim Doktor etwa aufgeben, um bei ihr zu bleiben?»

Woraufhin er sie nur schweigend angesehen und mit einem Schulterzucken die Küche verlassen hatte.

Dann kam jener schwülwarme Augusttag. Friedrich Bombast hatte den Medicus überredet, endlich einmal eine Arbeitspause einzulegen und ihn für zwei Tage auf das Weingut zu begleiten. Bei ihrer Abreise am frühen Morgen war die Wärme noch erträglich gewesen, doch rasch wurde es so heiß, dass Barbara ihren Einkauf auf dem Markt kurzerhand ausfallen ließ. Während draußen die Hochsommerhitze bleiern in den Gassen stand, suchten sie sich jeder drinnen einen möglichst kühlen Platz: Marx in den fast fensterlosen Stallungen, Hans im Gewölbekeller, wo er bei Kerzenlicht im Laboratorium des Doktors dessen Aufzeichnungen studierte, Lene und Barbara wiederum hatten sich mit ihren Näh- und Flickarbeiten in der etwas kühleren Eingangshalle niedergelassen. Zu Mittag und zu Abend blieb die Küche kalt, da niemand Hunger auf warme Suppe oder Eintopf hatte, und so begnügten sie sich mit Brot, Käse und Hartwurst.

«Hoffentlich gibt es bald ein Gewitter», murmelte Barbara, während sie den eingerissenen Saum ihres nicht mehr ganz neuen nachtblauen Umhangs ausbesserte.

«O nein», kam es von Lene in ihrem dünnen Stimmchen zurück. «Ich hab Angst vor Gewitter. In der Nachbargasse hat mal der Blitz ins Dach geschlagen, und danach sind drei Häuser niedergebrannt.»

«Das wird schon nicht geschehen. Aber so hätte die Hitze wenigstens ein Ende.»

Dann schwiegen sie wieder geraume Zeit. Das Wetter machte einen unsagbar träge und lustlos.

Irgendwann räusperte sich Lene. «Darf ich dich was fragen?»

«Aber ja.»

«Der Hans ...» Sie brach ab.

«Was ist mit dem Hans?»

«Nun ja, ihr beide lebt ja schon einige Zeit zusammen beim Doktor Theophrastus – warum seid ihr eigentlich kein Paar?»

«Ach Gott, was soll ich da sagen? Hans und ich passen halt nicht zueinander. Aber warum fragst du? Gefällt er dir denn?»

«Ja, schon ...» Lene ließ ihr Nähzeug in den Schoß sinken. «Bloß hab ich Angst vor dem ... vor dem Beischlaf. Das soll am Anfang sehr wehtun. Und irgendwann wollen die Männer das ja, wenn du dich mit ihnen einlässt.»

«Das stimmt. Meistens jedenfalls. Du bist also noch Jungfrau?»

Lene errötete. «Ja. Ich bin ja auch erst sechzehn.»

Mit ihren neunzehn Jahren kam sich Barbara mit einem Mal ziemlich erwachsen vor. Sie dachte an ihre eigenen Erfahrungen zurück. Auch sie selbst hatte, schon als junges Mädchen, Angst vor diesem ersten Mal gehabt und sich geschworen, wenn sie einmal mit einem beieinanderliegen würde, dann nur mit Beat. Und am Ende war es doch ein hergelaufener betrunkener Gaukler gewesen, der sie hergenommen hatte, und zwar nicht gerade sanft. Zum Glück war es nicht bis zum Äußersten gekommen, da sie nicht aufgehört hatte, sich wie eine Löwin zu wehren.

«Weißt du Lene, das Wehtun ist es gar nicht, da gibt es schlimmere Schmerzen. Aber wenn du dann ein Kind kriegst und der Mann will dich nicht und streitet alles ab, dann hast du dir deine Zukunft verscherzt.»

Lene verzog ihr kindlich-hübsches Gesicht. «Das ist so ungerecht zwischen Mann und Frau!»

Wider Willen musste Barbara lachen. «Damit hast du voll und ganz recht. Und ich gebe dir noch einen Rat: Wenn dir ein Kerl sagt, er würde schon aufpassen, dass er dir kein Kind macht, dann glaube ihm nicht. Es sei denn, du willst schwanger werden.»

Lene nickte ernst. «Ich werde auf mich achtgeben, ganz bestimmt.»

«Gut so. Und jetzt komm, gehen wir in die Küche und richten was zum Abendessen. Marx und Hans haben sicher schon Hunger.»

Selbst bei Einbruch der Dunkelheit wollte die Wärme nicht aus der Stadt weichen. Wie immer, wenn Friedrich Bombast außer Haus war, aßen sie alle zusammen in der Küche, wo sonst nur Lene und Marx ihre Mahlzeiten einnahmen, um sich danach noch für ein, zwei Stunden ihren Pflichten zu widmen. Doch heute hatten sie später als sonst gegessen, Schweine und Hühner waren versorgt, die Pferde fort, und so saßen sie noch eine Weile beieinander, die Männer bei Wein, die Frauen bei frischem Birnenmost, den ein Händler am Morgen gebracht hatte. Irgendwann begann einer nach dem anderen zu gähnen.

Barbara verabschiedete sich als Erste. Als sie ihre Schlafkammer unterm Dach betrat, schlug ihr eine unerträglich stickige Hitze entgegen. Sie legte sich splitternackt und ohne Decke auf ihr Bett und versuchte einzuschlafen. Vergeblich. Sie stand wieder auf und stellte sich unter die offene Dachluke, aber selbst dort war kein Windhauch zu spüren. In der Ferne zuckte Wetterleuchten über den nachtschwarzen Himmel. Auch sie fürchtete sich vor Gewittern, doch jetzt wünschte sie sich nichts mehr als eine Abkühlung. Und Durst hatte sie auch schon wieder.

Sie beschloss, im Bett des Medicus zu schlafen. Der hatte sicher nichts dagegen, wenn sie in seiner Abwesenheit bei ihm übernachtete, wo die Luft bedeutend angenehmer war, zumal man das Fenster weit öffnen konnte. Zuvor wollte sie aber noch einmal zurück in die Küche, um einen Becher Most zu trinken.

Sie streifte sich ihr Hemdchen über und tappte die Treppe hinunter. Mit jeder Stufe schien die Luft ein bisschen kühler zu werden. Ob die anderen besser einschlafen konnten? Jedenfalls war im ganzen Haus nichts mehr zu hören.

Als sie zwei Stockwerke tiefer die Küche betrat, saß zu ihrer Überraschung Hans noch am Tisch, vor sich einen Krug Wein. Bis auf eine kurze, leinene Unterhose war er nackt.

Sichtlich erfreut sah er auf. «Kannst du auch nicht schlafen bei der Hitze?»

«Nein, es ist furchtbar. Ich will nur noch einen Schluck Most trinken, und dann versuche ich es erneut.»

Dass sie im Bett des Doktors übernachten wollte, verschwieg

sie wohlweislich. Sie ging zur Vorratskammer, doch er war schon aufgesprungen und holte einen Becher vom Bord.

«Trink lieber hiervon.» Er schenkte ihr Wein ein. «Der Esslinger Rote macht wenigstens rechtschaffen müde.»

«Vielleicht hast du recht.» Sie setzte sich ihm gegenüber und nahm den Becher entgegen. Der Wein schmeckte samtig und schwer.

Sie plauderten ein wenig über das Wetter, das in diesem Jahr noch nie so heiß gewesen war wie jetzt Mitte August. Schon nach dem dritten oder vierten Schluck spürte sie eine erste, angenehme Schläfrigkeit.

«Was glaubst du, wann wir weiterziehen nach Nürnberg?», fragte sie.

«Wahrscheinlich im Oktober. Ich denke, dann ist der Doktor fertig mit dem Spitalbuch.» Seine glatte, muskulöse Brust glänzte im Kerzenschein. «Du würdest wohl gern hierbleiben?»

«Eigentlich schon.»

Er strich sich die rotblonden Locken, die er sich neuerdings lang wachsen ließ, aus dem Gesicht und schüttelte dabei den Kopf. «Glaub bloß nicht, dass die uns in diesem schönen Haus ewig als Gäste haben wollen. Und dann würdest du wieder in irgendeiner engen Wohnung leben müssen, weil unser ach so schlauer Herr und Meister bislang noch keinen Pfennig verdient hat.»

Fast erschrocken sah sie ihn an. Darüber, dass der Medicus in Esslingen nur am Forschen und Schreiben war und keinerlei Einkünfte durch Krankenbesuche hatte, hatte sie nie nachgedacht.

«Dann hat er bald kein Geld mehr?»

«Vielleicht noch ein paar Ersparnisse, was weiß ich. Aber er setzt ja alle Hoffnungen auf Nürnberg, die berühmte Druckerstadt, wo er all seine Werke an den Mann bringen will. Wobei ich für das Spitalbuch schon jetzt schwarzsehe – darin geht es nur um die Armen und Bedürftigen in den Spitälern, wer will davon schon lesen? Na ja, ich freu mich jedenfalls auf Nürnberg, da es eine wunderschöne Stadt sein soll. Die Stadt der Kaiser und Könige!»

Schon hatte er ihr nachgeschenkt und hob den Becher.

«Auf Nürnberg!», rief er und strahlte sie an.

«Auf Nürnberg.»

Diesen einen Becher, nahm sie sich vor, würde sie noch austrinken und sich dann schlafen legen.

«Versprichst du mir eines?», fragte sie ihn, wo sie schon mal allein mit ihm war.

«Kommt darauf an.»

«Lass die Lene in Ruhe. Sie ist noch ein halbes Kind, und du hast ihr schon genug den Kopf verdreht.»

Das Strahlen in seinem Blick verschwand. «Ich weiß, du hältst mich für einen Hallodri, einen Taugenichts, der jedem Weiberrock hinterherläuft. Aber das bin ich nicht.»

«Ach nein? Was bist du dann?»

«Ich will ehrlich zu dir sein: Ich wünsche mir nichts sehnlicher als eine gestandene Frau an meiner Seite, für immer und alle Ewigkeit. Aber diese jungen Mädchen machen's mir einfach zu leicht. Ich brauche sie nur anzulächeln, und schon suchen sie meine Nähe. Bloß diejenige, die Einzige, die mir recht wäre, die will mich nicht haben. Und das macht mich traurig.»

Natürlich wusste Barbara, dass sie damit gemeint war. Aber ebenso war ihr bewusst, dass ihm solcherlei schöne Worte leicht über die Lippen gingen. Angespanntes Schweigen breitete sich zwischen ihnen aus, während sie ihren Becher leer trank.

Plötzlich sprang er auf. «Hörst du das auch? Es regnet!»

Er eilte um den Tisch und nahm sie bei der Hand. «Komm!»

Im Nachhinein hatte sie sich oft gefragt, ob sie schlichtweg zu viel Wein getrunken hatte an diesem Abend oder nicht doch ein klein wenig empfänglich war für seine männliche Ausstrahlung, denn sie folgte ihm ohne Widerstreben hinaus in den stockdunklen Hof. Dort fiel in dicken Tropfen der ersehnte Regen vom Himmel, und es fühlte sich herrlich auf der Haut an. Alle beide streckten sie Arme und Gesicht in die Höhe, drehten sich dabei ausgelassen im Kreis, patschten wie kleine Kinder mit ihren nackten Füßen in den rasch größer werdenden Pfützen herum. Längst waren sie beide triefend nass, als Hans sie mit einem Mal zu sich heranzog und zärtlich küsste. Sie ließ es nicht nur zu, sondern erwiderte seinen Kuss sogar. Da setzte eine Folge von Blitzen den Hof in gleißendes Licht, gefolgt von einem markerschütternden Donner.

Die Tür zum Pferdestall war näher als die zum Haus, und so retteten sie sich dorthinein. Barbara klopfte das Herz bis zum Hals, von nebenan hörte sie die Hühner erschreckt gackern und herumflattern.

«Das Gewitter ist genau über uns», flüsterte sie. «Warten wir lieber noch einen Augenblick, bis wir zurück ins Haus gehen.»

Wieder zuckte grelles Licht durch die halb offene Stalltür. Hans nickte und zog sie ein Stück weiter zu einem Heuhaufen, der unter der Luke zum Dachboden lag. Dort küsste er sie erneut und zwang sie dabei sanft in die Knie.

Der Schreck über den Donnerschlag hatte sie ernüchtert. «Nein, lass», bat sie, als er sie mit hörbarem Schnaufen auf das weiche Lager drückte.

«Jetzt komm schon», stieß er hervor. «Lass uns ein bisschen Spaß haben.»

Er wälzte sich auf sie, seine harte Rute drückte gegen ihren Bauch.

«Ich hab gesagt, lass mich!»

Sie wollte sich unter ihm hervorwinden, doch er war um einiges schwerer und stärker als sie. Als er sie hart bei den Handgelenken packte, wurde sein Stöhnen lauter, und sie rief nach Marx um Hilfe. Ehe sie sich's versah, hatte er nach dem Saum ihres dünnen Hemdchens gegriffen und ihn ihr als Knebel in den Mund gestopft, bevor er sie wieder wie mit Eisenklammern festhielt. Da wusste sie: Sie hatte verloren.

Den Rest ließ sie stumm und mit tränenden Augen über sich ergehen. Die heftigen Stöße in ihrem trockenen Schoß brannten wie Feuer, doch der Schmerz in ihrer Seele war noch viel stärker. Endlich ließ er mit einem letzten unterdrückten Aufschrei von ihr ab, wälzte sich zur Seite und blieb dort schwer atmend liegen.

Sie zog sich das Stoffknäuel aus dem Mund und begann zu würgen.

«Das war es doch, was du wolltest, oder etwa nicht?», hörte sie ihn in der Dunkelheit sagen, während ihr die Tränen über das Gesicht liefen.

Mühevoll rappelte sie sich auf und tastete sich auf schwankenden Beinen in Richtung Stalltür. Dort drehte sie sich noch einmal um.

«Du verfluchter Hurensohn!»

Draußen schüttete es noch immer wie aus Kübeln. Als sie die Treppe hinaufstolperte, hinterließ sie eine nasse Spur. In ihrer Kammer angekommen, riss sie sich vor dem Waschtisch das Hemd vom Leib, warf es in die Ecke und wusch sich, obgleich sie sich kaum noch auf den Beinen halten konnte, den befleckten Unterleib, der sich ganz taub anfühlte. Jetzt erst bemerkte sie, dass auch ihre Brüste, die er in seiner Erregung geknetet hatte wie einen Brotteig und in die er am Ende sogar hineingebissen hatte, geschwollen waren.

Vorsichtig ließ sie sich auf dem Bett nieder, krümmte sich zusammen und zog sich die Decke bis über die Ohren. Das Gewitter hatte sich, so rasch es gekommen war, so rasch auch wieder verzogen. Die Stille der Nacht rauschte ihr in den Ohren, während sie versuchte, einzuschlafen. Doch mit jedem Atemzug wuchs ihre Scham: Wie hatte sie nur so unsagbar dumm sein können, mit Hans in den Hof zu gehen?

Am nächsten Morgen tat sie, was sie noch nie getan hatte: Sie blieb einfach liegen. Als Lene irgendwann besorgt nach ihr schaute, sagte sie ihr, sie habe ihre monatliche Blutung und deshalb heftige Bauchschmerzen. Den ganzen Tag stand sie nur auf, um den Nachttopf zu benutzen. Das Brettchen mit Brot und Käse, das Lene ihr zu Mittag brachte, ließ sie unangetastet liegen. Hans bekam sie nicht zu Gesicht, wobei sie einmal von unten seine Stimme hörte, wie er gänzlich unbedarft mit Lene scherzte. Sie hielt sich die Ohren zu und spürte erneut diese brennende Scham in sich.

Bei Einbruch der Dämmerung kehrten die Reisenden vom Weingut zurück. Unter großem Gepolter wurden im Hof Gepäck und Fracht abgeladen, darunter wohl auch einige neue Weinfässchen. Die Stimmen des Medicus und seines Oheims klangen fröhlich und beschwingt. Kurze Zeit später klopfte es gegen ihre Kammertür.

«Barbara? Darf ich reinkommen?»

Sie stellte sich schlafend, als der Medicus eintrat. Sie hörte, wie er den Holzschemel vom Waschtisch neben das Bett rückte.

«Schläfst du wirklich?», fragte er leise. «Lene hat mir gesagt, dass es dir nicht gut geht, den ganzen Tag schon. Und gegessen hast du auch nichts.»

Da schlug sie denn doch die Augen auf und blickte in sein

sorgenvolles Gesicht. Die Bettdecke hielt sie bis zum Hals hochgezogen, als sie die hässlichen blauroten Male an ihren Handgelenken entdeckte. Rasch versteckte sie auch die Hände unter der Decke.

«Vielleicht ein Sommerkatarrh», flüsterte sie.

Er legte ihr seine kühle Hand auf die Stirn. «Fieber hast du jedenfalls keines.»

Dann deutete er auf das zusammengeknüllte, pitschnasse Hemd auf dem Boden. «Bist du nass geworden gestern?»

«Ja, wir hatten ein Gewitter ... Und da war ich noch mal im Hof, um nach den Hühnern zu sehen ... Dabei muss ich mich erkältet haben.»

Sie sah ihm an, dass er ihr nicht glaubte. Zumal ihr Obergewand ordentlich zusammengelegt auf der Kleidertruhe lag, wie jeden Abend, wenn sie zu Bett ging.

«Niemand erkältet sich, wenn er im Hochsommer nass wird. Zeigst du mir mal deine Arme?»

Sie kam sich vor wie ein kleines Kind, als sie fast trotzig den Kopf schüttelte. Er hatte es also bemerkt. Zugleich schossen ihr wieder die Tränen in die Augen.

Er runzelte die Stirn. «Barbara, was ist wirklich geschehen?»

«Nichts», presste sie hervor. «Es geht schon wieder.»

«Kommst du dann zum Abendessen herunter? In einer halben Stunde gibt es frische Metzelsuppe, das wird dir guttun. Auf dem Weingut haben sie ein Schwein geschlachtet.»

Erneut schüttelte sie den Kopf. «Ich kann nicht.»

Durchdringend sah er sie an. «Ist es wegen Hans?»

Sie schwieg. Niemals hätte sie sich diesem Mann, der einerseits ihr Dienstherr war, andererseits mitfühlend wie ein Vater, offenbaren können.

«Gut.» Er erhob sich vom Schemel. «Lene soll dir nachher ein

Schüsselchen Suppe bringen. Aber vielleicht überlegst du es dir ja noch anders.»

Das würde sie ganz sicher nicht. Sie wollte Hans nie wieder in die Augen blicken müssen. Andererseits konnte sie nicht für den Rest ihrer Zeit hier in der Schlafkammer bleiben.

Er bückte sich nach ihrem Hemd und hängte es über die Leine, die unter das Dachgebälk gespannt war. Dabei sagte er, mehr zu sich selbst als zu ihr:

«Ja, zwischen den Menschen ist es ein einziges Anziehen und Abstoßen. Dem entgehst du nur, wenn du allein lebst wie ich.»

Nachdem er verschwunden war, erhob sie sich mühsam, wusch sich nochmals gründlich, zog sich ein frisches Unterhemd über und kleidete sich an. Dann nahm sie den vollen Nachttopf und trug ihn vorsichtig nach unten, um ihn im Aborterker auszuleeren. Als sie durch das schmale Türchen wieder hinaus ins Treppenhaus trat, hörte sie aus der Gästestube des Medicus dessen erregte Stimme.

«Sag mir jetzt sofort, was zwischen dir und Barbara vorgefallen ist!» – «Ich glaube nicht, dass Euch das was angeht», kam von Hans die trotzige Antwort.

Da konnte sie nicht anders, als näher an die Tür zu treten. Leise stellte sie den Nachttopf ab.

«Nein?», schnaubte der Doktor. «Ich will dir was sagen: Deine Überheblichkeit missfällt mir schon länger, Hans Herbst. Ein Schüler, der seinem Meister immer wieder in den Rücken fällt und Gerüchte verbreitet, hat dessen Vertrauen verspielt. Nichts anderes tust du. Und wenn du jetzt auch noch meine Magd geschändet hast, dann ... dann ...»

«Dann schickt Ihr mich jetzt fort? Dann hab ich jetzt also meine Schuldigkeit getan?» Hans' Tonfall wurde schrill. «Das also ist es! Ihr seid eifersüchtig, weil Ihr als alter, buckliger Mann nicht bei ihr landen könnt. Ich aber sage Euch, ich habe nichts mit ihr getan, was sie nicht selbst gewollt hat.»

Barbara riss die Tür auf. Die ganze Wut brach aus ihr heraus.

«Du elender Lügner! Du hast mich gezwungen, hast mir Gewalt angetan.»

Hans fuhr zusammen und starrte sie an. «Wer hier lügt, bist du», stieß er schließlich hervor. «Du selbst hast dich mir doch im Hof an den Hals geworfen.»

«Und das hab ich mir auch selbst getan?» Sie streckte ihm erst ihre blutunterlaufenen Handgelenke entgegen, dann zeigte sie auf die Flecken am Ausschnitt ihres Sommergewands.

Er wich zurück. «Das ist Unsinn. Das war ich nicht.»

Drohend, mit vorgerecktem Kinn, baute sich der Medicus vor ihm auf. Er wirkte plötzlich um einiges größer und kräftiger, als er in Wirklichkeit war.

«Pack deine Sachen und verschwinde!»

«Wie? Was? Wo soll ich hin, jetzt auf die Nacht?»

«Hinaus!»

Mit zusammengekniffenen Lippen schob sich Hans an Barbara vorbei und warf ihr einen mehr als zornigen Blick zu. Während sie ihm nachsah, wurde ihr plötzlich flau im Magen. Sie wusste nicht, ob sie erleichtert oder erschrocken sein sollte über diese Wendung.

Der Medicus schob ihr seinen Lehnstuhl hin.

«Setz dich besser, du siehst ganz grün im Gesicht aus.»

Sie gehorchte, schloss die Augen und atmete tief durch.

«Ich glaube, das wollte ich nicht. Dass Ihr ihn wegjagt, meine ich», murmelte sie.

«Ach was. Nicht du hast das herbeigeführt, sondern er ganz allein. Bleib am besten hier sitzen, bis er fort ist. Ich will nur eben etwas aus dem Keller holen, bin gleich zurück.»

Aus der Kammer gegenüber hörte sie Hans rumoren und immer wieder laut fluchen. Am Ende hörte sie nichts mehr. Draußen war es inzwischen Nacht geworden.

Mit einem dunklen Fläschchen in der einen, einem gefüllten Becher in der anderen Hand kehrte der Doktor zurück.

«Er ist gegangen», sagte er und stellte alles auf dem Schreibtisch ab. Dort entzündete er eine weitere Kerze, und sie konnte beobachten, wie er sieben Tropfen aus dem Fläschchen in den Becher träufelte und dabei seltsame Worte vor sich hin sprach, die sich reimten. Dann trat er neben sie und reichte ihr den Becher.

«Trink das bitte in sieben kleinen Schlucken. Erschrick nicht, es schmeckt sehr bitter.»

«Ist das zur Stärkung?»

«Nein.» Aus seinen hellen, wachsamen Augen sah er sie beschwörend an. «Das soll verhindern, dass sich der Same in deinem Schoß einnistet. Es könnte sein, dass du dich heute Nacht erbrechen musst und Bauchkrämpfe bekommst. Falls nicht, umso besser.»

«Ihr glaubt also, dass ich guter Hoffnung sein könnte?»

Statt einer Antwort zuckte er nur die Achseln. Da schlug die Verzweiflung vollends über ihr zusammen wie eine riesige Welle.

«Ihr haltet mich für eine Hure, nicht wahr?», schluchzte sie plötzlich los. «Und nun wollt Ihr verhindern, dass Ihr künftig mit meinem Balg durch die Welt ziehen müsst.»

«Bitte Barbara, sag so etwas nicht», entgegnete er sanft. «Ich will nur nicht, dass du ins Unglück stürzt. Wegen einem Kerl, der vor jedem Kuhstall drei Weiber sitzen hat. Trink also, wenn du nicht schwanger sein willst. Und vertrau mir. Ich mag mich zwar in Liebesdingen nicht auskennen, aber ich bin Arzt und habe mich auch eingehend mit der Frauenheilkunde beschäftigt.»

Sie nickte und hielt den Becher an die Lippen. Bei jedem

Schluck der widerlich schmeckenden Arznei zählte er leise mit, wobei seine Hand kaum spürbar auf ihrer Schulter ruhte.

«Gut gemacht.» Er nahm ihr den Becher ab. «Du wirst sehen, alles wird gut.»

Tatsächlich spürte sie, wie sie innerlich ruhiger wurde.

«Ich danke Euch, Medicus.»

Er setzte sich in einiger Entfernung von ihr auf die Fensterbank und starrte zu Boden. Dann stieß er einen leisen Seufzer aus.

«Eigentlich habe ich geahnt, dass das zwischen Hans und mir auf Dauer nicht gut geht. Dabei hatte ich ganz zu Anfang so sehr gehofft, wir würden enge Vertraute werden, wie Vater und Sohn. Aber wer hält es schon länger aus an meiner Seite? Und er hat ja recht: Ich bin nichts als ein alter, verhärmter Mann, der obendrein immer recht haben will.»

«Das ist nicht wahr. Ihr seid nicht alt, überhaupt nicht.»

«Doch, doch, manchmal fühle ich das Alter der ganzen Welt auf meinem buckligen Kreuz.»

Dabei wirkte er so elend, dass sie sich kurzerhand zu ihm auf die Bank setzte und ihm den Arm um die schmächtigen Schultern legte.

«Im Herzen», sagte sie leise, «seid Ihr jung geblieben.»

Barbara war von Grund auf erleichtert, dass Hans weg war, während der Medicus ihn wirklich zu vermissen schien. Zumindest die erste Zeit. Gegenüber seinem Oheim hatte er Hans' überstürzte Abreise allein auf seine Kappe genommen: Sein Famulus und er hätten sich nicht mehr verstanden, zu oft seien sie aneinandergeraten. Sie war ihm mehr als dankbar dafür, dass er mit keinem Wort erwähnte, was zwischen Hans und ihr vorgefallen war. Seiner Arznei und dem Herrgott sei Dank, war sie nicht guter Hoffnung, und so kehrte der Alltag aus Arbeit, Muße und gemeinsamen Mahlzeiten wieder zurück, während die Tage kürzer und kühler wurden.

Über Hans sprachen sie beide nie wieder ausführlich, wobei sie noch manchmal daran zurückdachte, wie selbstverständlich der Medicus ihr an jenem Abend zur Seite gestanden hatte. So vertraut waren sie seither nie wieder gewesen. Er hatte sie sogar, bevor sie gemeinsam nach unten zum Abendessen gegangen waren, gefragt, ob sie schon einmal einen Mann geliebt habe, und sie hatte ihm von Beat, dem Badersohn, erzählt, an den er sich noch gut erinnerte. Sie hatte ihm gesagt, dass der ihr früher ein so guter und enger Freund gewesen sei, dass man es eigentlich auch Liebe nennen könnte. Woraufhin er lächelnd gemeint hatte, solche Verbindungen zwischen Mann und Frau seien vielleicht gar die besten.

Mitte Oktober dann hatte er sein Spitalbuch vollendet, und sie machten sich reisefertig. Es wurde ein tränenreicher Abschied, denn Friedrich Bombast und auch Faustina bedauerten aufrichtig, ihre Gäste nach vier Monaten des Zusammenlebens wieder ziehen zu lassen.

Kapitel 24

Ein gutes halbes Jahr später, im Mai 1529 in Nürnberg

Wie überaus riesig Nürnberg war – nach den Worten des Medicus dreimal größer als Basel –, zeigte sich Barbara bereits, als sie sich von Süden her der stark befestigten Reichsstadt näherten. Jetzt am frühen Nachmittag, wo sie im Gassengewirr unterhalb des Burgbergs haltmachten, erahnte sie auch die Bedeutung dieser Stadt für das ganze deutsche Reich. Sie standen vor dem Hoftor einer Herberge, über ihnen, auf einem felsigen Bergrücken, erhob sich die mächtige Burg mit ihren Palästen, Türmen und Wehrmauern. Hier also hielten Kaiser und Könige seit Jahrhunderten Hof! Doch auch die Stadt selbst mit ihren prächtigen Wohntürmen, Klöstern und Kirchen, ihren gepflasterten Märkten und kunstvoll gefertigten Brunnen war in nichts mit dem beschaulichen Esslingen, ja nicht einmal mit ihrer Heimatstadt Basel zu vergleichen.

Der Medicus blinzelte ihr zu. «Da staunst du, nicht wahr? Nicht umsonst nennt man Nürnberg des Reiches Schatzkästlein.»

Sie nickte fast andächtig und spürte wieder einmal diese Dankbarkeit, dass sie so viel von der Welt sehen durfte – auch wenn das Reisen anstrengend sein konnte. Über ein halbes Jahr lag ihr Abschied von Esslingen nun schon zurück. Dass sie jetzt erst ihr Ziel erreichten, zeigte wieder einmal, dass Doktor Theophrastus stets für Überraschungen gut war. Üblicherweise wäre die Reise hierher nämlich in acht Tagen zu schaffen gewesen.

Doch was hieß schon üblicherweise, wenn man mit einem solch sprunghaften Menschen wie dem Medicus unterwegs war?

Es hatte bereits damit begonnen, dass an jenem Morgen Ende Oktober kein Karrenführer mit seinem Gefährt vor dem Haus bereitstand, sondern Doktor Theophrastus selbst mit zwei Reitpferden und einem Packesel. Kurzerhand hatte er entschieden, das meiste seines Hausrats dem Oheim zu überlassen, auch als Dank für die Gastfreundschaft, für die Friedrich Bombast nie einen Pfennig hatte annehmen wollen. So hatte Barbara, ob sie wollte oder nicht, erstmals in ihrem Leben ein Pferd bestiegen, einen gedrungenen, gutmütigen Schimmel, und nachdem sie am ersten Abend in einer schäbigen Reiseherberge auf ihrem Strohsack jeden Muskel schmerzhaft gespürt hatte, fand sie schließlich Gefallen an dieser Art des Reisens. Auf halber Strecke schließlich, in der Handelsstadt Nördlingen, hatten sie eine dreitägige Pause einlegen wollen, doch kaum dort angekommen, war der Medicus zum Schultheißen gerufen worden. Er sollte den vornehmen Mann von seinen heftigen Magenkrämpfen befreien, und da der Schultheiß guten Lohn versprach und sie beide in seinem Haus wohnen durften, hatten sie dort den Winter und das halbe Frühjahr verbracht, bis der gute Mann vollständig geheilt war.

Doch auch danach ging es nicht an einem Stück nach Nürnberg. Barbara begriff, dass das Reisen für den Doktor etwas ganz anderes war als für Menschen, die nur von einem Ort zum nächsten wollten: So konnte er unterwegs mit einem Bader oder einer Hebamme über den Geist der Kräuter ins Gespräch kommen, und schon unterbrach man die Reise für ein paar Tage, da an einem Bachlauf oder auf einer Waldlichtung ganz besondere Wildkräuter gediehen. Oder ein Verletzter musste behandelt, seine Genesung abgewartet werden. Oder ein Herbergswirt stellte sich als heimlicher Alchemist mit eigenem Laboratorium im Weinkeller heraus. Es gab so viele Gründe für Theophrastus von Hohenheim, auf seinem Weg innezuhalten. Und nicht selten lernte Barbara zu ihrer Freude wieder etwas Neues über Heilpflanzen oder in der Wundarznei hinzu.

Einmal blieben sie nur deshalb für drei Tage in dem kleinen Landstädtchen Gunzenhausen an der Altmühl hängen, weil er dort, in der Pilgerherberge am Jakobsweg, einen so überaus beeindruckenden Mann kennengelernt hatte. Der stellte sich ihnen als Georg Faustus aus Knittlingen vor, wobei er Barbara lediglich mit einem herablassenden Nicken bedachte. Faustus war ein stattlicher Mann an die fünfzig, groß, schlank und mit gepflegtem Backenbart, der auch unter dem einfachen Volk in der Schankstube Gelehrtenmantel und Kappe nie ablegte. Bei ihrer Ankunft am ersten Abend fanden sie ihn inmitten einer großen Schar von Zuhörern. Gebannt lauschten alle seinen Reden, die er mit tiefer, wohlklingender Stimme vortrug. Barbara konnte heraushören, dass dieser Faustus sich als Philosoph, Alchemist und Wahrsager ausgab, der auch in der Heilkunst firm sei. Schon am zweiten Tag ihres Aufenthalts vermochte es der Medicus, den gelehrten Mann für sich zu gewinnen und mit ihm, nur zu zweit, ausgiebige Spaziergänge zu unternehmen. Barbara hingegen war Faustus ein wenig unheimlich. Sie fand es auch prahlerisch, wie er so überaus selbstbewusst die Menschen um sich scharte, und ging deshalb ihrer eigenen Wege, setzte sich mit ihren Flickarbeiten in eine ruhige Ecke oder unter einen Baum am Ufer der Altmühl und legte sich ansonsten früh schlafen.

«Er ist ein Suchender wie ich, wir beide mussten uns einfach gründlich austauschen», sagte der Medicus ihr wie zur Entschuldigung, nachdem sich die beiden Männer am Morgen des vierten Tages verabschiedet hatten – zum Glück jeder in eine andere Richtung. In der Nacht zuvor, zu später Stunde, hatte Faustus dem Doktor noch in der Wirtshausküche aus einer Schüssel mit Innereien eine glänzende Zukunft vorausgesagt: In der Reichsstadt Nürnberg werde er sich einen großen Namen als Verfasser medizinischer Schriften machen.

So hatte der Medicus in froher Erwartung und bester Laune die letzte Etappe ihres Weges angetreten. Wie schon auf ihrer ersten großen Reise nach Esslingen genoss es Barbara auch diesmal wieder sehr, wenn es durch lauschige Flusstäler, über fruchtbares Bauernland oder entlang schattiger Wälder ging, aus denen die Rufe des Kuckucks, das Hämmern des Spechts herüberschallte. Der Wechsel der Landschaften war wie die Musik der Spielleute, die immer wieder zu neuen Melodien fand. Angst vor Wegelagerern hatte sie an der Seite ihres Dienstherrn keine, zumal sie sich stets einer Reisegruppe anschlossen. Und bei drohendem Schlechtwetter suchte er auf ihr Drängen hin noch jedes Mal rechtzeitig einen Unterschlupf auf.

Das Einzige, was in diesen vergangenen Monaten seltsam gewesen war: Die kurze Vertrautheit zwischen ihnen nach jener Gewitternacht in Esslingen war wie weggefegt. Der Medicus verhielt sich zurückhaltend, ja mitunter fast abweisend ihr gegenüber, erst recht, wenn sie unter sich waren. So manches Mal, in Nördlingen wie auch unterwegs in den Herbergen, hätte sie gerne abends noch ein wenig mit ihm zusammengesessen, doch er zog sich nach dem Essen gleich zurück, um in einer ruhigen Ecke zu schreiben oder sich mit anderen zum Umtrunk zu treffen. Nun, bestimmt würde das in Nürnberg wieder anders werden, wenn er erst einmal eine Bleibe gefunden hatte und sie ihm wieder den Haushalt führte. Wahrscheinlich hatte es gar nichts mit ihr zu tun, sondern rührte von der Anspannung her, was in Nürnberg auf ihn zukäme.

In diesem Augenblick lächelte er sie erwartungsvoll an: «In

keiner deutschen Stadt gibt es so viele Druckwerkstätten wie hier. Du wirst sehen: Wenn erst einmal alle meine Werke veröffentlicht sind, wird man mich überall im Reich den Reformator der Medizin nennen! Ganz so, wie es Doktor Faustus prophezeit hat.»

Sie musste lachen.

«Ach, Herr. Zwei, drei Bücher würden doch fürs Erste genügen. Das Wichtigste ist, dass Ihr wieder Fuß fasst und ein Auskommen habt.»

«O nein, liebe Barbara. Für mich gibt es mehr als nur das Brot in der Hand und das Kopfkissen zur Nacht. Die Heilkunde muss sich endlich von ihren fatalsten Irrtümern lossagen! Und im Übrigen: Sag bitte nicht immer *Herr* zu mir, das klingt mir gar zu untertänigst. Nenne mich Theo, wie mein Vater und meine Familie.»

«Das kann ich nicht, Herr», erwiderte sie. Dabei nannte sie ihn in Gedanken schon lange nur Theophrastus.

«Dann sag wenigstens Theophrastus zu mir anstatt *Herr*. Bitte!» Er drückte ihr die Zügel seines Pferds in die Hand. «Warte hier bei den Tieren und dem Gepäck, ich will fragen, ob es in der Herberge Platz für uns gibt. Morgen dann, wenn wir ausgeruht sind, klopfe ich bei Doktor Magenbuch an. Er wird uns bei der Wohnungssuche ganz sicher behilflich sein.»

Johann Magenbuch, das wusste sie bereits, war einer der drei Nürnberger Stadtärzte. Der Medicus war ihm vor vielen Jahren an der Hochschule zu Wittenberg begegnet und hatte ihm sowohl von Kolmar als auch von Esslingen aus einige Male geschrieben. Auch Magenbuch war von Geburt her ein Schwabe, viel in der Welt herumgekommen und ein Anhänger von Luther und Melanchthon, mit denen er, wie der Medicus ihr stolz berichtet hatte, in regem Briefwechsel stand – was auch immer das heißen mochte. Viel wichtiger war, dass dieser Nürnberger Stadtarzt ihn näher kennenlernen wollte und zu sich eingeladen hatte.

«Ja, das wäre schön, wenn wir bald wieder eine richtige Wohnung hätten», erwiderte sie. «Eine Wohnung nur für uns.»

Magenbuch erwies sich als ein äußerst freundlicher Mensch und lebte mit seiner kleinen Familie in einer ruhigen Seitengasse zum Großen Markt. Er war von einem sehr angenehmen Äußeren mit sanften braunen Augen und klaren Gesichtszügen und strahlte eine große Ruhe aus. Obschon ein paar Jahre älter als der Medicus, war er mit einer noch sehr jungen Frau verheiratet, die obendrein bildhübsch aussah mit ihrem zarten, kleinen Gesicht und dem feinen Blondhaar. Sie trug den fremdartigen Vornamen Priska und war von schlesischem Adel, was vielleicht der Grund dafür war, dass sie immer ein wenig steif und hölzern wirkte. Umso lebhafter war dafür die sechsjährige Tochter, bislang das einzige Kind der beiden.

Gleich am Tag nach ihrer Ankunft hatte Barbara die Magenbuchs kennengelernt – man hatte den Medicus, nachdem er dort vorbeigeschaut hatte, zum Mittagessen eingeladen und sie als Magd mit ihm. Wobei sie auch hier, wie schon in Esslingen, den Eindruck hatte, man halte sie für die heimliche Buhlin von Theophrastus. Aber im Grunde konnte ihr das gleichgültig sein, wo der Hausherr sie ebenso herzlich aufnahm wie seinen alten Bekannten aus Wittenberg. Bereits während der Vorsuppe bot er ihnen an, in seinem Haus zu wohnen, bis sie ein eigenes Heim gefunden hätten, doch der Medicus lehnte dankend ab. Dabei war das mehrstöckige Fachwerkhaus des Stadtarztes fast so groß wie das Anwesen von Friedrich Bombast in Esslingen und ebenso herrschaftlich ausgestattet. Zu Basler Zeiten hätte eine solche Umgebung Barbara eingeschüchtert, doch nun war sie fast schon daran gewöhnt, in einer rittersaalähnlichen Stube vornehm zu speisen. Trotzdem war sie erleichtert über die Ablehnung. In Esslingen war ihr Gastgeber ein enger Verwandter des Medicus gewesen, und als Familie hielt man zusammen. Hier aber handelte es sich genau wie in Kolmar nur um eine Bekanntschaft zwischen den Männern, und sie erinnerte sich noch allzu gut daran, wie unwillkommen gerade sie als Magd dort gewesen war.

So blieben sie in ihrer Herberge unterhalb der Burg, wobei sich Barbara schon bald zu langweilen begann. Die ersten drei Tage durchstreifte sie, während Theophrastus auf der Suche nach einer angemessenen Unterkunft war, bei herrlichem Maienwetter ganz allein die riesige Stadt, die von der Pegnitz in zwei Hälften geteilt wurde. Auf Geheiß des Doktors besorgte sie hie und da nötige Kleinigkeiten auf den zahlreichen Märkten, wobei sie immer wieder in die Irre oder im Kreis lief und sich auf dem Heimweg nach der Burggasse durchfragen musste. Was nicht immer einfach war, da die Einheimischen eine wirklich sonderbare Mundart sprachen. Mitunter ertappte sie sich dabei, wie sie sehnsuchtsvoll den Eingang zu einer Badstube beobachtete, von denen es in einer so großen Stadt wie Nürnberg natürlich viele gab. Sollte sie dem Medicus von ihrem Traum erzählen? Dem Traum, eines Tages als Baderin dem Menschen und seiner Gesundheit etwas Gutes zu tun, ganz ähnlich wie ein Arzt? Nein, noch war die Zeit längst nicht reif, noch wollte sie an seiner Seite bleiben, von ihm lernen und nicht zuletzt ihr Sparpolster vergrößern.

Mittags traf man sich zum Essen bei Magenbuchs, und die beiden Männer ergingen sich in angeregten Unterhaltungen. Barbara spürte, welch große Hoffnungen der Medicus in den Nürnberger Stadtarzt setzte, was die Veröffentlichung seiner Schriften betraf. Sah er in ihm doch einen Mann, der aufgeschlossen für

Neues in der Medizin war. So hatte sich Magenbuch wohl im ganzen Land einen Namen gemacht, indem er für jeden seiner Patienten dessen Krankengeschichte und Lebensumstände aufschrieb und darauf seine Behandlung gründete. Jede Arzneiverordnung, jeden Schritt des weiteren Krankheitsverlaufes notierte er ebenfalls in dieser Patientenschrift.

Der Medicus war begeistert davon. «Eine solche Krankenakte sollte für jeden Arzt Pflicht werden», waren seine Worte, als er erstmals davon hörte.

Aufmerksam lauschte Barbara den Tischgesprächen der Männer, die sich fast ausnahmslos um Behandlungsmethoden oder die Ursachen von Krankheiten drehten. Bis sie merkte, dass die Hausherrin ebenso schweigsam dabeisaß wie sie selbst. Da versuchte Barbara, sich ihrer Gastgeberin anzunähern, indessen vergeblich. Obwohl Priska von Schweinitz nur fünf Jahre älter war als sie selbst, blieb sie verschlossen. Lag das an dem großen Standesunterschied? Dass Barbaras Vater nur ein schimpflicher Abdecker war, konnte sie allerdings nicht wissen. Bereits in Kolmar hatte der Medicus nämlich darauf gedrängt, sie solle sich künftig als Tochter eines Basler Schusters oder Schneiders ausgeben, was sie zunächst völlig gegen ihn aufgebracht hatte. «So muss ich mich also verleugnen, damit ich an Eurer Seite bleiben darf?» Fast verzweifelt hatte er ihr daraufhin erklärt, dass es für ihn selbst null und nichtig sei, aus welchem Stall sie stamme, es ginge ihm nur um sie, da diese kleine Lüge ihr Leben beträchtlich erleichtern würde. In ihrem Trotz hatte sie schließlich darauf bestanden, Tochter eines Leimsieders zu sein – ein zwar ehrliches, aber niederes Handwerk, in dem sie sich als Schindertochter wenigstens auskannte.

Vielleicht war Priska von Schweinitz aber auch nur ein äußerst zurückhaltender Mensch, da sie selbst an den Medicus, den Johann Magenbuch ihr als den berühmtesten Arzt Basels vorgestellt hatte, kaum einmal das Wort richtete. Umso aufgeweckter war ihre kleine Tochter Helena, auch Lenchen genannt, die, wie jeder sehen konnte, von ihrem Vater abgöttisch geliebt wurde. Schon beim zweiten Mittagessen im Hause Magenbuch hatte sie neugierig das Gespräch mit Barbara gesucht und sie alsbald gefragt: «Ist dein Vater auch ein Stadtarzt?»

«Nein, mein Vater ist ein Leimsieder», erwiderte Barbara, mittlerweile ohne zu zögern.

«Und wie macht man Leim?»

«Den kocht man aus den Häuten und Knochen von toten Tieren.»

«So wie eine Suppe?»

Darüber hatte Barbara lachen müssen. «Ja, so ähnlich.»

Das Kind mit den hellen Locken hatte nur ernsthaft genickt.

«Wenn ich mal groß bin, werde ich Ärztin.»

Woraufhin ihr Vater sie zu sich auf den Schoß gezogen hatte. «Ach Lenchen, du weißt doch, dass eine Frau kein Arzt werden kann. Dazu muss man studieren.»

«Dann eben Apothekerin!»

«Nun, das gibt es schon eher einmal.»

Spätestens da hatte Barbara das Kind ins Herz geschlossen. Und zugleich versetzte es ihr einen tiefen Stich: Sie sehnte sich plötzlich nach eigenen Kindern. Hätte sie ohne die bitteren Tropfen des Doktors womöglich ein Kind von Hans empfangen? Sie wusste, dass sie es ohne Einschränkungen geliebt hätte.

Eine Woche nach ihrer Ankunft schlug das Wetter um, mit kühlen, regnerischen Tagen. Um die Zeit nicht nutz- und tatenlos verstreichen zu lassen, hatte Barbara der Magenbuchin angeboten, ihr Lenchen zu hüten, was diese mit Dank angenommen hatte, da sie häufig an Kopfschmerzen litt. Der Medicus war noch immer auf der Suche nach einer Bleibe, worin ihn der Stadtarzt mit seinen weitreichenden Beziehungen unterstützte. Sogar das Haus des berühmten Malers und Kupferstechers Albrecht Dürer besichtigte er in Magenbuchs Beisein – der war im Jahr zuvor zu seiner großen Enttäuschung unerwartet verstorben, wo Theophrastus ihn doch liebend gerne kennengelernt hätte. Dann aber stellte sich heraus, dass der Medicus nur noch wenige Ersparnisse besaß und sich alle von Magenbuch vorgeschlagenen Unterkünfte als zu teuer erwiesen. Am Ende landeten sie in einer für Barbaras Begriffe zwar ausreichend großen, aber dunklen Wohnung in der ebenso dunklen, engen Pfeifergasse nahe der südlichen Stadtmauer. In dieser Gegend, dem Elisabethviertel, lebten Mägde, Taglöhner oder einfache Handwerker wie Schneider und Gürtler, Flickschuster und Beutelmacher, die jetzt zur warmen Jahreszeit ihre Arbeit mitsamt dem dazugehörigen Lärm aus den winzigen Werkstätten ins Freie verlagerten, inmitten von tobenden Kindern, streunenden Hunden und arbeitslosen Müßiggängern. Nicht weit von ihrem Haus befand sich das städtische Bordell, an der nahen Stadtmauer warteten ab den Mittagsstunden die heimlichen Schlupfhuren auf ihre Freier. Kurzum: Es herrschte ein buntes und lautes Treiben rundum, was Barbara so manches Mal an den Kohlenberg erinnerte.

Dem Medicus war das bei Weitem unangenehmer als ihr.

«Es ist nur vorübergehend», rechtfertigte er sich fast schuldbewusst. «Wenn das Geld erst einmal fließt, suchen wir uns ein richtiges Bürgerhaus, mit einem Keller und eigener Küche.»

Letztere mussten sie nämlich mit der fünfköpfigen Leineweberfamilie teilen, die unter ihnen wohnte und ihre beiden Webstühle in der Eingangsdiele gleich neben der kleinen Küche hatte. Trotz allem versuchte Barbara, ihre beiden Zimmer möglichst behaglich herzurichten – das größere bewohnte der Medicus, das kleinere sie. Richtige Betten waren zum Glück vorhanden, dazu jeweils eine wenn auch schäbige Kleidertruhe. Einen Schreibtisch mit Lehnstuhl hatte Magenbuch besorgt, sie selbst rannte sich die Hacken ab nach billigen Brettern, die der freundliche Leineweber Jäckl schließlich zu einem Regal für die Utensilien des Medicus zusammennagelte. Mit ihren Mitbewohnern hatten sie es Gott sei Dank gut getroffen, denn auch mit der Leineweberin Margret, einem kräftigen Weibsbild von Mitte dreißig, kamen sie gut aus, die Kinder waren brav und arbeiteten bis auf den Jüngsten schon fleißig in der Werkstatt mit, und wenn Barbara in diesen ersten Tagen etwas benötigte, half Margret ihr aus. Sie durfte sogar sämtliches Kochgeschirr von ihr benutzen. Im Gegensatz zu ihrem Herrn war Barbara eigentlich ganz zufrieden, wo sie jetzt wieder ihr eigenes kleines Reich zu verwalten hatte. Nur an den Lärm und den Dreck in der engen Gasse musste sie sich erst wieder gewöhnen.

Währenddessen durchstreifte Theophrastus mit seiner Tasche voller Schriften täglich die Stadt. Zum einen, um bei hohen Herren um Unterstützung für sein Vorhaben zu bitten, zum anderen sprach er auch persönlich in den zahlreichen Druckereien vor, zunächst bei den berühmtesten, für die Namen standen wie Gutknecht und Peypus, Petrejus und Guldenmund. Leider hielten sich gerade die, auf die er die größte Hoffnung setzte, zunächst bedeckt, und Barbara befürchtete schon, er würde aus Enttäuschung wieder der Trunksucht verfallen, zumal er nach seinen Rundgängen gerne die Schenken der Stadt aufsuchte. Um mit den Leuten ins Gespräch zu kommen, wie er immer wieder vor ihr behauptete.

Doch dann, Anfang Juni, war ihm tatsächlich ein erster Erfolg beschieden. Sein wenngleich kurzes Traktat «Vom Holz Guajako gründlicher Heilung» war zum Druck angenommen, und zwar von Friedrich Peypus höchstselbst, der die Schrift überdies mit hübschen Holzschnitten bebildern wollte.

«Meine erste medizinische Veröffentlichung, Barbara!», rief er aus, nachdem er gegen Mittag außer sich vor Freude in die Wohnung gestürmt war und sie überschwänglich umarmt hatte. «Das müssen wir feiern. Geh du noch einmal auf den Markt und schau, ob du für heute Abend ein wenig Wildbret bekommst, ich selbst bestelle auf dem Weinmarkt ein kleines Fässchen Frankenwein und gehe vorher bei den Magenbuchs vorbei. Sie sollen mit uns diesen Erfolg feiern.»

Dass Magenbuch sie seinerseits zu sich einlud, auch wenn er das Fässchen Wein als Gastgeschenk gerne annahm, hätte Barbara voraussagen können. Der Nürnberger Stadtarzt kannte ihre winzige Wohnung nämlich, und an Theophrastus' Schreibtisch hätten vier erwachsene Menschen nur schwerlich Platz zum Essen gefunden. Doch ganz gleich – es wurde ein fröhlicher Abend.

«Mit deinem Guajakholz hast du natürlich ins Schwarze getroffen, Theophrastus», bemerkte Magenbuch, nachdem sie jeder eine Gänsekeule mit Linsenmus verspeist hatten. «Ein Brennpunkt unserer Medizin, der derzeit in aller Munde ist.»

Der Medicus wischte sich das Fett vom Kinnbart. «O ja, es ist ein großes Geschrei um dieses angebliche Wundermittel, und ich habe noch einiges mehr dazu zu sagen. Stell dir nur vor, für meine drei Bücher von der französischen Krankheit, eine schon etwas ausführlichere Schrift, habe ich sogar zwei Zusagen: von Peypus und obendrein von Jobst Gutknecht. Ich muss nur noch einen letzten Schliff hineinbringen, dann werde ich sehen, wer zuerst zugreift. Dass euer Ratsschreiber Lazarus Spengler mit meiner Widmung an ihn einverstanden war, hat sicher dazu beigetragen. Und das wiederum habe ich allein dir zu verdanken, wo du uns miteinander bekannt gemacht hast. Auf dein Wohl also und meinen Dank von Herzen!»

Alle erhoben sie ihre Gläser.

«Was hilft denn nun gegen diese scheußliche Krankheit, wenn nicht jenes Wunderholz?», meldete sich zu Barbaras Überraschung Priska von Schweinitz zu Wort.

«Nun ja, ich will es nicht verteufeln, in seinem Harz steckt durchaus eine gewisse Heilkraft. Doch wie ich in meinem Traktat schreibe: *Der Sommer macht die Gesundheit, nicht dieses Holz.* Soll heißen, dass auch in unseren Wäldern jedes Frühjahr und jeden Sommer ähnliche oder noch viel wirkungsvollere Heilkräfte heranreifen, nämlich in Kiefern, Eschen oder Misteln und in vielen heimischen Kräutern. Warum also eine maßlos überteuerte Kur mit Holz aus fernen Landen propagieren, die sich nur die Reichen leisten können?»

Magenbuch nickte. «Da kann ich dir nur beipflichten. Dennoch solltest du dich vielleicht in deinem nächsten Werk über die Franzosenkrankheit nicht allzu weit aus dem Fenster lehnen, lieber Freund. Du verstehst, was ich meine?»

«Du meinst diese Fernhandelskaufleute, die sich damit ein goldenes Händchen verdienen? Die Fugger in Augsburg?» Der Medicus grinste sein schalkhaftes Lächeln. «Ich glaube kaum, dass diese Herren ihre Nase in meine Schriften stecken werden.»

Täuschte sich Barbara, oder wurde der Blick ihres Gastgebers jetzt noch sorgenvoller?

«Das vielleicht nicht, Theophrastus, aber du vergisst eines: Auch die Ärzte und Apotheker verdienen ihren Batzen am Guajakholz.»

Kapitel 25

Sommer und Herbst 1529 in Nürnberg

Tatsächlich erschien im Juli das Werk «Von der französischen Krankheit drei Bücher» bei Jobst Gutknecht und verkaufte sich sehr gut. Woraufhin auch Peypus das Angebot machte, für das neue Jahr eine weitere Auflage zu drucken, und zwar mit weitaus kunstvolleren Holzschnitten als sein Konkurrent.

Theophrastus freute sich wie ein Kind.

«Liebe Barbara, vor dir steht ein frischgebackener Autor der Medizin! Ich prophezeie dir: Auch meine anderen Bücher werden bald gedruckt sein, und dann ziehen wir in ein vornehmes Fachwerkhaus am Großen Markt, gleich um die Ecke von unseren Freunden. Und noch etwas: Ich bezahle dir einen Briefboten nach Basel. Du hättest längst einmal nach Hause schreiben sollen, wahrscheinlich glaubt deine Familie noch immer, du wärst in Esslingen.»

«Ein Bote von hier nach Basel kostet ein Vermögen! Nein, das kann ich nicht annehmen.»

«Keine Widerrede! Das ist das Mindeste, was ich dir als Dank für deine treuen Dienste schulde.»

Doch er hatte sich zu früh gefreut. Der Juli verging, dann der August, ohne dass noch irgendeine Nürnberger Druckwerkstatt Anstalten machte, etwas von ihm zu veröffentlichen. Es war ihm anzusehen, dass es ihm täglich schwerer fiel, gegen diese Enttäuschung anzukämpfen. Bei zweien seiner Werke schmerzte es ihn besonders: An seinem Buch über die wundärztliche Versorgung armer Kranker in den Spitälern hatte er in Esslingen monatelang gearbeitet, und seine Schrift «Vom Ursprung und Herkommen der Franzosen samt der Rezepten Heilung» sah er selbst als grundlegend, ja umwälzend an. Doch seltsamerweise hielten sich plötzlich alle Druckereien bedeckt.

«Das wird schon noch, das wird schon», sprach er sich selbst Mut zu. «Die Nürnberger sind halt von behäbiger Natur.»

«Vielleicht habt Ihr Euch ja, wie Magenbuch sagte, mit Eurer Missbilligung der Guajakbehandlung doch zu weit aus dem Fenster gelehnt», wagte sie schließlich einzuwenden. «Und das Spitalbuch, aus dem Ihr mir die Vorreden vorgelesen habt, ist möglicherweise zu sehr auf die Armen ausgerichtet. Könnt Ihr es nicht noch einmal überarbeiten?»

«Niemals! Wer sich der kranken Armen nicht annimmt, lässt sie jämmerlich verderben, und das ist Gotteslästerung! Gerade der Reiche ist, wie ich darin schreibe, zur Caritas verpflichtet. Was, bitte schön, soll daran falsch sein? Alle Kranken auf Erden, ob reich oder arm, liegen schließlich in einem einzigen, gemeinsamen Spital, und das ist das Spital Gottes.»

Dass ihr Dienstherr äußerst stur sein konnte, wusste sie längst, und so sprach sie ihn nicht mehr darauf an. Immerhin begann er, um zu Geld zu kommen, einige kleinere Voraussagen über die Zukunft zu schreiben, dünne Mehrblattdrucke, die sich auch der gemeine Mann für eine Handvoll Pfennige leisten konnte, sofern er denn des Lesens kundig war.

Auf dem Titelblatt einer dieser prognostischen Schriften entdeckte sie als Name des Verfassers erstmals *Doktor Theophrastus Paracelsus*.

«Was soll das sein – Paracelsus?»

Er errötete ein wenig. «Das ist mein Gelehrtenname.»

Verdutzt sah sie ihn an. «Seit wann habt Ihr einen Gelehrtennamen?»

«Sagen wir: ab jetzt!» Er lachte. «Du weißt ja, dass ich nichts von Selbstüberhebung halte. Jeder Esel, der glaubt, etwas Wichtiges zu sagen zu haben, überträgt heutzutage seinen Nachnamen ins Griechische oder Lateinische. Aber Druckermeister Peypus hat darauf gedrängt. Er ist der Meinung, auf eine prognostische Schrift gehöre nun mal ein gelehrter Autorenname, und ich solle mir in dieser Richtung etwas überlegen. Da musste ich sofort an Kolmar denken, als ich mit Oporinus und einigen anderen durch die Wirtshäuser gezogen bin.»

Seine Miene wurde wehmütig. «Der gute Oporinus ... Was er jetzt wohl treibt?»

Täuschte sie sich, oder schimmerten da Tränen in seinen Augen? Er schien seinen Schüler wirklich zu vermissen, doch sie wollte nicht über Hans reden.

«Was also bedeutet der Name?»

«Das griechische *para* bedeutet: über etwas hinaus. Also höher, größer, weiter. Und das lateinische *celsus* ist von *hoch* abgeleitet und steht für Hohenheim. Weit über Hohenheim hinaus also. Wir waren damals in einer überaus lustigen Trinkrunde versammelt, als Oporinus diesen Einfall hatte. Er fand sich selbst genial dabei, weil man unter Celsus obendrein den antiken römischen Medizinschriftsteller Aulus Cornelius Celsus verstehen könnte, der ein riesiges Schrifttum hinterließ. Und mein Werk, so hat Oporinus mir damals prophezeit», er seufzte kurz auf, «würde eines Tages noch über das des Celsus hinausgehen ...»

Zwar verkauften sich diese Vorhersagen in den folgenden Wochen nicht schlecht, doch kamen sie damit kaum über die Runden. Der Traum von einer vornehmeren Bleibe rückte also in weite Ferne. Weit mehr als sie selbst schien allerdings der Medicus plötzlich an der schäbigen Umgebung, in der sie lebten, zu leiden, auch wenn es sich Magenbuch nicht nehmen ließ, ihn hin und wieder zu besuchen. Die Launen des Medicus wurden unberechenbarer, und sie ahnte, wie schwer es ihm fiel, nicht wieder mit dem Trinken zu beginnen.

Als er Anfang September schließlich daran dachte, seine beiden goldenen Ringe zu verkaufen, wies sie das mit Entschlossenheit zurück.

«Wir nagen doch nicht am Hungertuch! Hebt Euch die Ringe für echte Notzeiten auf. Nein, ich mache Euch einen anderen Vorschlag: Bis Eure größeren Werke gedruckt werden oder Ihr hier in Nürnberg wieder Patienten habt, zahlt Ihr mir keinen Lohn mehr. Ich habe doch alles, was ich brauche. Freie Kost und freies Wohnen.»

«Nie und nimmer! Du arbeitest schließlich für dein Geld.»

«Ach Meister Theophrastus – es kann nicht sein, dass ich Ersparnisse zurücklege, während es bei Euch immer knapper wird.»

Am Ende hatte sie, einmal mehr, ihren Kopf durchgesetzt. Und noch etwas setzte sie durch: Dass er sein letztes Erspartes in eine Berechtigung als Arzt steckte, die ihm der Nürnberger Magistrat schließlich nur eine Woche später auch bewilligte, unter der Einschränkung, den hiesigen geschworenen Ärzten nicht in die Kur zu pfuschen. So machte er sich, mit Magenbuchs Hilfe, auf die Suche nach Patienten und hatte erste Erfolge damit. Trotzdem blieb er sichtlich schlecht gelaunt, sprach zu Hause oft stundenlang kein Wort oder fuhr beim kleinsten Ärgernis aus der Haut.

Sie hatte ihn also zurück, den alten, aufbrausenden Theophrastus von Hohenheim, und das machte sie traurig. Mal kam sie sich vor wie eine Mutter, die ihr ungezogenes Kind zurechtweisen musste, mal wie eine Ehefrau, die unter den Launen ihres Gatten litt. Aber wenigstens trank er nicht mehr. Trotzdem fürchtete sie, dass auch Nürnberg nicht der richtige Ort für den Medicus war, wie zuvor schon Basel oder Kolmar. Doch gab es überhaupt einen Ort auf dieser Welt, an dem er sich heimisch und anerkannt fühlen konnte? Wo er doch überall aneckte? Würde es ihn also schon bald wieder fortziehen? Sie selbst wollte nichts lieber als endlich Fuß fassen, allein, um ihrem Lebensziel, eines schönen Tages eine Badstube zu führen, näher zu kommen. Schon deshalb wollte sie verhindern, dass er gleich aufgab, und es würden auch wieder bessere Zeiten kommen. Außerdem wartete sie noch immer auf eine Antwort aus Basel, hatte sie ihren Brief an die Familie doch bereits im Juli einem reitenden Boten übergeben.

«Ich verstehe Euren ständigen Missmut nicht», sagte sie ihm eines Abends, als er von einem Krankenbesuch heimkam und sie ihm die aufgewärmte Suppe in seine Stube brachte. «Euer höchstes Ziel ist es doch, ein guter Arzt zu sein. Habt Ihr nicht sogar zwei Kranke vom Aussatz geheilt? Die halbe Stadt spricht davon.»

«Ja, weil diese Amtsärsche von Ärzten einen völlig falschen Befund abgegeben haben», war seine wutschnaubende Antwort. «Die Krätze war's und nicht der Aussatz. Erstere zu heilen ist keine große Kunst, wenn man sein Handwerk versteht und die richtigen Heilsalben herzustellen vermag. Aber das begreift ja kaum einer dieser Lumpenärzte, und deshalb müssen meine Werke unbedingt gelesen werden!»

«Jetzt habt halt noch ein bisschen Geduld. Bis dahin tut einfach Euer Bestes, indem *Ihr* die Kranken richtig behandelt. Und dafür werdet Ihr seit jeher von den Menschen bewundert.»

«Von den Kranken vielleicht. Von den Ärzten aber wird es mir geneidet. Und meine Geduld ist allmählich am Ende.» Seine Miene bekam diesen anklagenden und zugleich selbstmitleidigen Ausdruck, den sie ganz und gar nicht leiden konnte. «Man hat mich aus Litauen und aus Pruchsen vertrieben, aus Poland und den Niederlanden, aus Straßburg und aus Basel. Ich gefiel den Ärzten nicht und den Universitäten nicht, weder den Juden noch den Mönchen – ich danke aber Gott: Den Kranken gefiel ich.»

Sie unterdrückte ein Seufzen. War er womöglich verbittert darüber, dass der Magistrat sein Wirken als Arzt so sehr eingeschränkt hatte? Dass er keine freien Bürger, sondern nur einfache Hintersassen oder die Kranken im Armenspital und Siechenhaus behandeln durfte? Nein, das konnte nicht sein, das passte nicht zu ihm. Nur allzu gut erinnerte sie sich an seine Worte in Kolmar, als Hans ihn einmal gefragt hatte, ob er es eigentlich nötig habe, Pestkranke und Aussätzige aufzusuchen. «Erhebe dich nur ja nicht über sie, Oporinus. Diese vom Aussatz oder von der Pest Gezeichneten sind genau wie jedes Geschöpf von wirrem Verstand, wie jede Missgeburt oder jeder Krüppel, keine minderen Wesen, sondern Menschen, die erst recht unsere Liebe und Fürsorge brauchen.»

Barbara selbst sah das auch so. Schon als Kind hatte sie mit den «guten Leuten» oder «armen Kindern Gottes», wie man in Basel die Aussätzigen nannte, zutiefst mitgefühlt. Abgesondert hinter hohen Mauern und in klosterähnlicher Gemeinschaft lebten sie vor den Toren der Stadt, die sie nur an Sonn- und Heiligentagen betreten durften, um dann vor den Kirchen um Almosen zu bitten. Zu diesem Zweck waren sie gänzlich verhüllt, trugen bodenlange, schwarzgraue Mäntel, die Kapuzen tief in die Stirn gezogen. Es hieß, sie seien grauenhaft entstellt, würden allmählich bei lebendigem Leibe verfaulen, und um nur ja niemanden zu erschrecken, beschatteten sie ihre Gesichter obendrein mit breiten Filzhüten. Selbst die Hände, die Klapper und Stab hielten, waren mit Handschuhen bedeckt. Barbara wusste mittlerweile auch, was es bedeutete, wenn der Arzt bei der Siechenschau, unter Zeugenschaft zweier geschworener Wundärzte, das Urteil «immundus et leprosus» fällte: Damit nahm der Erkrankte sozusagen Abschied von der Welt der Freunde, Nachbarn und Familie – und das in aller Regel auf immer.

Der Medicus hatte ihr hierzu einmal Folgendes gesagt: «Den Menschen in seinem Kranksein und Sterben, das ganze Elend unseres irdischen Daseins, siehst du im Siechenhaus versammelt. Dort sind sie alle gleich, ob Kaufmann, Schneider oder Dienstmagd – genau wie im Tod. Doch dann, du glaubst es kaum, kommt dort plötzlich ein Kindlein zur Welt, ein kleiner, lebendiger, wunderschöner Mensch! Welche Freude! Und welches Leid zugleich, denn auch das Kind ist dem Tod geweiht, weil es sich eines schönen Tages mit dieser teuflischen Krankheit anstecken wird. Das erträgt man nur mit Gottes Hilfe.»

Von Theophrastus wusste sie auch, dass beileibe nicht alle dort an Aussatz litten oder besser gesagt, ursprünglich gelitten hatten, was ihn, wenn er es denn entdeckte, jedes Mal maßlos empörte. Da hatte jemand bei der medizinischen Beschau einen juckenden Ausschlag mit Pusteln oder Flechten am Körper gehabt, und schon wurde er zu Unrecht weggesperrt und dem Tode ausgeliefert. Und dies nur, weil der beauftragte Arzt seine Diagnose aus fünf Schritten Entfernung stellte. «Diese Männer sind keine Ärzte, sondern Henker!»

Dass solcherlei Sondersiechenhäuser, in Nürnberg Siechkobel genannt, sein mussten, bestritt er indessen nicht. Ein- bis zweimal die Woche wurde er dorthin berufen, etwa, wenn jemand hohes Fieber hatte, Leibkrämpfe oder eine schwere Verletzung. Anfangs war Barbara voller Sorge gewesen, er könne sich bei den Kranken anstecken, doch er hatte sie zu beruhigen versucht.

«Es ist ein leider weit verbreiteter Irrtum, dass man sich sofort ansteckt, wenn man sie berührt. Gefahr droht dann, wenn man eng mit ihnen zusammenlebt – gemeinsam isst und trinkt, zusammen schläft oder sich im selben Wasser wäscht. Zudem haben sie strikte Anweisung, einen nicht anzuhauchen, sondern den Mund beim Sprechen wegzudrehen. Was mich betrifft: Ich schütze mich obendrein mit einem in Essigwasser getränkten Tuch vor Mund und Nase.»

Während sie ihn nun stumm beobachtete, wie er lustlos die Suppe in sich hineinlöffelte, fragte sie sich, ob er niemals Angst hatte, selbst krank zu werden. Und plötzlich – sie wusste auch nicht, welcher Teufel sie geritten hatte: War es Neugier oder weil sie sich mutig zeigen wollte? – sagte sie laut:

«Würdet Ihr mich mal mitnehmen in einen der Siechkobel? Ich verspreche Euch auch, dass ich mich vorsehen werde.»

Völlig verdutzt sah er von seinem Teller auf. «Du willst – was? Nein, das geht nicht. All die entstellten Gesichter – das ist wahrlich kein schöner Anblick für einen jungen Menschen wie dich.» Seine Stimme wurde schneidend. «Soll ich dir sagen, wie diese armen Siechen *ohne* ihre Vermummung aussehen? Nase und Ohren faulen ihnen ab, die Haare gehen büschelweise aus wie bei einem räudigen Hund, die ledrigen Gesichter werden zu einer grausigen Maske voller Schwären und Knoten, zu einer einzigen Wucherung. Die Finger an den Klauenhänden sind nur noch krumme Stumpen, die verstümmelten Füße passen in kein Schuhwerk mehr. Und überall schlägt dir ein süßlicher Geruch entgegen, der Geruch nach Verwesung.»

«Das würde ich ganz bestimmt aushalten.»

«Und wenn du dich doch ansteckst? Du könntest etwas Unbedachtes tun, indem du ein Kind tröstend umarmst oder zu dicht an ihren Atem kommst.» Er sah sie durchdringend an und fuhr dann leise fort: «Das würde ich mir niemals verzeihen. Nein, Barbara, du kannst mich gerne ins Armenspital begleiten, niemals aber ins Siechenhaus!»

Kapitel 26

Herbst und Winter 1529

Anfang Oktober wurden die beiden bislang gedruckten Schriften des Medicus, wenn auch mit mehrwöchiger Verzögerung, ganz plötzlich zum Stadtgespräch. Und das nicht nur im Guten: Unter den Honoratioren der Stadt nahmen ihm nicht wenige übel, wie unverhohlen er darin gegen die Therapien und Franzosenärzte seiner Zeit wetterte. Man schalt sogar die Druckermeister Peypus und Gutknecht als gewissenlose Handlanger, indem sie sich für den Druck dieses «Teufelszeugs» hergegeben hatten.

Vielleicht hätte Barbara, die aus dem eher einfachen Elisabethviertel nur selten herauskam, hiervon gar nichts erfahren, wären zu dieser Zeit nicht in etlichen vornehmen Bürgerhäusern bitterböse Handzettel umgegangen, von denen ein Exemplar prompt auch bei ihnen morgens auf der Türschwelle lag. Der Medicus entdeckte es zuerst.

Sie war auf dem Weg in die Küche der Leineweber, als sie ihn dort kreidebleich mit dem Blatt in der Hand stehen sah.

«Was ist das?», fragte sie. «Eine schlechte Nachricht?»

«Eine Flugschrift», erwiderte er mit tonloser Stimme. «Eine ganz und gar unverschämte Verspottung meiner Person! Obendrein wird dazu aufgerufen, meine Werke über die Franzosenkrankheit ins Feuer zu schmeißen.»

«Ach herrje, von wem ist das?»

«Der elende Schmierfink ist zu feige, seinen Namen zu nennen. Gerade so wie damals in Basel.»

Er ließ das Blatt sinken und starrte ins Leere. Sie erhaschte eben noch einen Blick darauf, las die in großen Lettern gedruckten Sätze: «Dieser Waldesel von Einsiedeln, der uns gelehrte Doctores der Medizin verlacht, wagt sich selbst nur an die Aussätzigen, die seinen fragwürdigen Heilmethoden hilflos ausgeliefert sind. Die Werke dieses hergelaufenen Wundarztes, der in seinem groben Schweizertum zu ungebildet ist für die innere Medizin, sie sind der Druckerschwärze nicht wert.»

Weiter kam sie nicht, da er das Papier in Stücke riss.

«Ihr dürft das nicht ernst nehmen», beschwor sie ihn. «Der das geschrieben hat, ist doch nur neidisch. Selbst hier im Viertel kennt Euch inzwischen jeder als wundertätigen Arzt.»

Tatsächlich hatte er bereits neun Menschen vom echten oder angeblichen Aussatz geheilt und damit aus der Gefangenschaft im Siechkobel gerettet. Und war hierfür reichlich mit Dank und Lohn bedacht worden. Doch zugleich dämmerte ihr, dass sich so manche geschworenen Ärzte und Wundärzte, die die Siechen beschaut hatten, nun an den Karren gefahren sahen.

Derweil war er in Schuhe und Mantel geschlüpft.

«Ich gehe zu Magenbuch. Will doch mal hören, ob er von diesem Pamphlet weiß.»

Sie selbst war sich sicher, dass der Stadtarzt nichts damit zu tun hatte. Johann Magenbuch hatte so gar nichts Arglistiges an sich. Und war ihm sein Bekannter aus Wittenberg in diesen Wochen nicht zu einem echten Freund geworden? Trotzdem wartete sie den ganzen Vormittag angespannt auf die Rückkehr des Medicus. Doch der kam erst am frühen Abend heim – und war wie in alten Zeiten betrunken! Noch in Stiefel und Mantel setzte er sich schwankend an seinen Schreibtisch.

«Ich reiche eine Klage auf Beleidigung und Verleumdung ein.» Die Hand, die die Feder hielt, zitterte, doch seine Worte kamen klar und scharf über die Lippen. «Magenbuch hat diese widerliche Schmähschrift ebenfalls bekommen, wie all seine Freunde und Bekannten. Sogar der große Reformator Andreas Osiander hat eine, wo der mich doch für nächste Woche erstmals zu sich eingeladen hat, zusammen mit dem Meistersinger Hans Sachs. Nein, das werde ich nicht auf mir sitzen lassen. Ich verfasse eine Gegenschrift. Ich werde aller Welt mitteilen, dass die geschworenen Ärzte und Apotheker von Nürnberg, von Magenbuch abgesehen, nichts als bestellte Narren sind, die sich skrupellos auf Kosten der Kranken bereichern.»

Die Feder fiel ihm aus der Hand.

«Es ist bitter, Barbara, es ist so bitter! Im Gegensatz zu all diesen ach so gelehrten Buchärzten wage ich mich mitten hinein in die Hölle des Grauens von Geschwüren, eitrigen Wunden und Gliedmaßen, die von Seuchen zerfressen sind. Und werde dafür auch noch mit Spott und Häme überschüttet.»

Barbara bat ihn inständig, doch einfach einmal stillzuhalten, indessen vergebens. Am nächsten Morgen reichte er nicht nur seine Klage auf Verleumdung ein, sondern nagelte auch drei handgeschriebene Zettel mit seiner zornigen Antwort an die Türen des Rathauses, der Laurenzkirche und der Sebalduskirche. Seiner Klage wurde wie zu erwarten nicht stattgegeben, der Krieg gegen die Herren der Medizin war hingegen erst recht entfacht. Überdies zog er seither wieder tagtäglich durch die Schenken der einfachen Leute, wo er das Volk vor den Ärzten und Apothekern dieser Stadt warnte, und kehrte zum Abend betrunken heim. Mehrfach hatte er Strafpfennige zahlen müssen, weil der Nachtwächter ihn nach der neunten Abendstunde beim Zechen erwischt hatte, und einmal hatte er sogar die Nacht im

Spitalsloch verbringen müssen, weil er sich geweigert hatte zu zahlen.

Auch beim Schreiben war der Wein zu seinem ständigen Begleiter geworden.

«Diese Sätze sind völlig unverständlich», wagte Barbara einmal zu bemängeln, nachdem sie einen Blick auf seine Aufzeichnungen geworfen hatte. «Ihr könntet ebenso gut wieder auf Latein oder Griechisch schreiben. Oder auf Hispanisch oder Hinterindisch. Kein Mensch versteht, worauf Ihr mit Euren Worten hinauswollt.»

«Das muss auch nicht jeder verstehen. Eine einfache Magd schon gar nicht», kam es trotzig zurück.

«So? Damit macht Ihr es Euch leicht. Schon allein Eure Schrift sieht aus, als wäre eine Maus mit Tintenfüßen übers Papier gehuscht. Bringt endlich wieder Ruhe in Euer Leben. Mit diesem Durcheinander an Gedanken erreicht Ihr nämlich niemanden. Oder wollt Ihr das etwa?»

«Der Leser soll halt seinen Verstand benutzen.»

«Und deshalb schreibt Ihr in Rätseln? Hört mit dem Saufen auf, das allein ist doch der Grund für Eure Schwierigkeiten, für Euren Ärger rundum! Wie oft hab ich Euch schon darum gebeten?»

Sie ging zur Tür, wo sie sich nochmals umdrehte: «Wisst Ihr was? Es steht mir bis oben hin! Euer Selbstmitleid, Eure ewigen Schuldzuweisungen an andere, Eure Sauferei – alles drei!»

Er sackte in sich zusammen. «Glaub mir, Barbara, das mit dem Trinken ist wie ein Dämon, der mich überfällt, sobald mir der Boden unter den Füßen schwankt. Ich will's doch selber nicht! Ich schwöre dir», er hob zitternd zwei Finger in die Luft, «ich werde fortan kein Gasthaus, keine Schenke mehr aufsuchen und beim Essen nur noch Dünnbier oder Wasser trinken.»

Tatsächlich hielt er sich an sein Versprechen, aber das war

auch das einzig Erfreuliche, was die kommenden Tage über ihn zu sagen war. Wurde er nicht zu einem Krankenbesuch geholt, zumeist in die ärmeren Viertel der Stadt, saß er an seinem Schreibtisch, schweigsam, verdrießlich, mit leerem Blick. Zur Feder griff er nicht mehr. Stattdessen ordnete er seine Schriften und Papiere ein ums andere Mal oder blätterte lustlos in einem seiner Bücher. Oftmals nahm er Mantel und Kappe und verschwand ohne ein Wort nach draußen. Einmal war Barbara ihm heimlich gefolgt und fand ihn auf der Schütt, einer Insel in der Pegnitz, wo er im herbstlichen Nieselregen am Holzgeländer lehnte und reglos in die Stromschnellen starrte. Als sie ihn leise ansprach, murmelte er mit Grabesstimme: «Da geht sie dahin, meine Hoffnung, wie das dunkle Wasser der Pegnitz. Dieser Faustus war ein Scharlatan, rein gar nichts von seinen Prophezeiungen hat sich erfüllt ...»

Er war der Melancholie verfallen, und sie begann, sich erst recht um ihn zu sorgen.

Eine Woche vor Allerheiligen schleppte Johann Magenbuch, der trotz allem noch zu Theophrastus hielt, ihn spätabends bei strömendem Regen nach Hause. Von Unrat besudelt und durchnässt, obendrein mit einem blauen Auge versehen, hing der Medicus kraftlos und sturzbesoffen an der Schulter seines Freundes.

«Er lag vor dem Wirtshaus am Frauentor in der Gosse. Wer weiß, was geschehen wäre, wenn ich nicht zufällig von meinem Krankenbesuch dort vorbeigekommen wäre.»

«Gütiger Herr im Himmel!», rief Barbara erschrocken. «So wie sein Gesicht aussieht, hat er einen gewaltigen Streit angezettelt.»

«Gar nichts hab ich», kam es undeutlich zurück, während Magenbuch ihn zu seinem Lehnstuhl schleppte. «Über meine Schweizer Muttersprache haben sie gespottet, die Herren Wundärzte ...»

«Haltet bloß den Mund!», fuhr sie ihn an, während sie ihm den verdreckten Kamelhaarmantel, Stiefel und Strümpfe auszog. Sie hatte es endgültig satt.

Dann brachten sie ihn gemeinsam zu Bett, wo er ermattet die Augen schloss.

«Danke, Herr Stadtarzt, dass Ihr ihn heimgebracht habt», sagte Barbara. «Ich weiß manchmal gar nicht mehr, was ich mit ihm anstellen soll.»

«Ja, ich mache mir allmählich auch Sorgen. Nicht nur, dass er seine ärztlichen Collegen vergrätzt. Viel gefährlicher ist, dass er sich mit den mächtigen Fuggern anlegt. Sollte sich seine Meinung, dass der Gebrauch des Guajakholzes wenig nutzt, auch nur halbwegs durchsetzen, würden diese Kaufmannssippen nämlich auf ganzen Schiffsladungen sitzen bleiben. Und so einige Städte ebenfalls auf ihren eingekauften Vorräten. Die Franzosenschriften sind also ein Stich ins Wespennest.»

Der Medicus hob den Kopf.

«Na und? Hat sich David nicht auch … gegen den Riesen Goliath gestellt … und ihn besiegt?»

«Du überschätzt dich gewaltig, lieber Freund. Und jetzt schlaf deinen Rausch aus, morgen früh komme ich vorbei und sehe nach dir. Ernsthaft verletzt scheinst du jedenfalls nicht sein.»

Sie brachte Magenbuch zur Tür, wo sie sich nochmals nachdrücklich bei ihm bedankte. Als sie in die Kammer des Medicus zurückkehrte, war der in einen unruhigen Schlaf gefallen. Er lag auf dem Rücken, um seine Augenlider und Mundwinkel zuckte es heftig, die Hände über der Bettdecke waren zu Fäusten gekrampft. Wahrscheinlich kämpfte er im Traum gegen einen übermächtigen Feind.

Nur kurz rührte sie dieser Anblick schier zu Tränen, bevor ihr Zorn zurückkehrte. In diesem Moment war sie fest entschlossen, ihn baldmöglichst zu verlassen und endgültig ihrer eigenen Wege zu gehen. Dass sich die Gelegenheit schon am nächsten Tag ergeben sollte, ahnte sie indessen nicht.

Wie versprochen, kam Johann Magenbuch zu später Morgenstunde vorbei. Zusammen mit der Leineweberin Margret bereitete Barbara, noch immer aufgewühlt vom gestrigen Abend, gerade das Mittagessen vor, als er an der Haustür anklopfte. Seine Miene war mehr als ernst.

«Ich denke, er schläft noch, Herr Stadtarzt», sagte sie, nachdem sie ihn die Treppe hinaufgeführt und die Tür zu Theophrastus' Kammer geöffnet hatte. Schon Stunden zuvor hatte sie dort nach dem Rechten gesehen und das Fenster trotz der kühlen Witterung weit geöffnet, um den Mief nach nasser Kleidung, Gosse und billigem, saurem Wein zu vertreiben. Auch jetzt rührte sich nichts hinter dem Vorhang des Himmelbetts.

«Nun, dann werden wir ihn eben wecken müssen.»

Mit einem Ruck zog Magenbuch den Vorhang beiseite. Verdutzt starrte Barbara auf ihren Dienstherrn, der aufrecht, die Arme verschränkt und halb angekleidet im Bett thronte und mit dem rechten Auge gegen das einfallende Licht blinzelte. Seine linke Augenpartie war bis auf einen schmalen Schlitz zugeschwollen und schimmerte veilchenfarben, auf der Stirn zeichnete sich eine blutverkrustete Schramme ab, sein Haarkranz stand wirr in alle Richtungen. Er sah furchtbar aus.

Barbara, die im Türrahmen verharrte, wandte den Blick ab. Nein, sie hatte kein Mitleid mehr mit ihm, er war schließlich selbst schuld.

Derweil pfiff Magenbuch durch die Zähne. «Da solltest du schleunigst eine kühlende Kompresse auflegen.»

«Das weiß ich selbst», knurrte Theophrastus. «Aber trotzdem

danke, dass du mich gestern heimgebracht hast. Ehrlich gesagt, kann ich mich kaum an etwas erinnern.»

«Das ist wahrscheinlich auch besser so.» Magenbuch ließ sich auf dem Bettrand nieder. «Ich habe leider schlechte Nachrichten, mein Freund. Druckermeister Peypus bittet dich, deine noch ungedruckte Schrift über die Franzosenkrankheit, die du ihm überlassen hast, wieder abzuholen.»

«Warum das denn?», fragte Theophrastus verwundert und rieb sich sichtlich verkatert die Schläfen.

«Nun ja, weil ... Versprichst du mir, nicht gleich wieder in Wut auszubrechen? Ich hatte soeben ein vertrauliches Gespräch mit Peypus: Der Rat plant ein Verbot deiner Bücher.»

«Was soll das heißen?»

«Wie ich's dir sage: Es soll verboten werden, deine Schriften zu drucken. Nicht nur jene über die Franzosenkrankheit, nein, auch dein Spitalbuch. Und alle weiteren Bücher, die du noch zu schreiben gedenkst. Du scheinst in Nürnberg eine Persona non grata geworden zu sein. Und ich muss dir ehrlich sagen: Dass du deine zornige Schmähschrift gegen die hiesigen Ärzte und Apotheker öffentlich an die Türen genagelt hast, war nicht nur unklug, sondern der berühmte Tropfen, der das Fass zum Überlaufen gebracht hat.»

Das war wirklich ein harter Schlag. Barbara hätte ihre Sparpfennige verwetten können, dass Theophrastus nun außer sich geraten würde, doch es geschah das Gegenteil. Sein Gesicht war bleich geworden wie das Bettlaken, ratlos starrte er auf seine Hände.

«Die Ratsherren werden sich wieder besinnen», brachte er schließlich hervor. «Ich ... ich könnte mich schriftlich bei ihnen für meine Angriffe entschuldigen, und du, du könntest ein gutes Wort für mich einlegen. Auf jeden Fall will ich eine öffentliche

Disputation über meine Werke verlangen, um sie zu verteidigen – nein, ich werde den Magistrat demütigst darum *bitten.*»

Schon war er aus dem Bett geklettert und zum Schreibtisch geeilt. Am liebsten hätte Barbara ihn bei den Schultern genommen und geschüttelt. Eine öffentliche Auseinandersetzung mit gelehrten Ratsherren und Doktoren – das konnte doch nur schiefgehen. Zumal wenn man vor Aufregung so schnell ins Stottern geriet wie er.

Magenbuch war ihm gefolgt.

«Lieber Freund, ich fürchte, du verkennst die Lage. Das geplante Druckverbot ist nicht allein auf dem Mist der Nürnberger gewachsen. Vielmehr hat die Universität Leipzig ein Gutachten gegen deine Franzosenschriften verfasst, und zwar ein vernichtendes. Wenn ich es richtig verstanden habe, hast du dort einmal studiert und gearbeitet.»

«Die Leipziger also», unterbrach ihn Theophrastus mit bebender Stimme. «Warum wundert mich das nicht? Mit Heinrich Stromer, dem Dekan der medizinischen Fakultät, hatte ich damals so manchen Strauß ausgefochten. Jetzt also der Gegenschlag, jetzt hat er endlich Gelegenheit, mich, diesen lästigen, verhassten Rebellen der Medizin, vernichtend in die Schranken zu weisen.»

Magenbuch legte ihm die Hand auf die Schulter. «Es steckt noch mehr dahinter. Stromer ist freundschaftlich eng mit den Fuggern verbunden und hat für dieses Gutachten, wie Peypus vermutet, ordentlich Silber eingesackt.»

Da endlich brach der Zorn aus Theophrastus heraus.

«Zur Hölle mit den Fuggern, diesen elenden Pfeffersäcken!», rief er und ballte die Fäuste. «Das ist ein Komplott! Man will mich mundtot machen, mir die Schreibhand abhacken! Aber nicht mit mir! Ein Bombast von Hohenheim gibt nicht so schnell klein bei.

Die Nürnberger können mir gestohlen bleiben. Dann drucke ich eben in Regensburg.»

Er sprang wieder auf und wühlte fahrig zwischen den Papieren auf seinem Schreibtisch.

«Hier! Hier hab ich's.»

Er zog eine Briefrolle hervor und hielt sie dem Stadtarzt unter die Nase. Unwillkürlich trat Barbara näher.

«Das Schreiben hat mir vor einigen Tagen ein Bote gebracht. Von einem gewissen Bernhardin von Stauff, Reichsfreiherr zu Ehrenfels. Der möchte mich als Leibarzt auf seinem Schloss Beratzhausen haben, damit ich ihn von einem hartnäckigen und schmerzhaften Karbunkel in der Leistengegend kuriere. Aber lies selbst.»

Während Magenbuch mit gerunzelter Stirn die Zeilen überflog, fragte sie leise: «Warum habt Ihr mir nicht davon erzählt?»

«Weil ich schon absagen wollte, deshalb. Warum vor einem Freiherrn den ganzen Tag katzbuckeln? Aber jetzt ist mir das wie ein Wink des Schicksals. Schloss Beratzhausen liegt nämlich nur einen Tagesmarsch von Regensburg entfernt.»

Er wandte sich wieder Magenbuch zu, der den Brief zurück auf den Schreibtisch gelegt hatte. «Sag deinen Ratsherren, dass mich ihre Drohung kein bisschen kümmert. Wenn sie das Verbot durchsetzen, dann werden eben die Regensburger Drucker meine Werke verlegen. Und sie werden Erfolg damit haben, da bin ich mir sicher.»

Deutlich erkannte Barbara die Zweifel in Magenbuchs Miene. «Zieh deine Werke über das Guajakholz zurück, lieber Theophrastus, und ich will sehen, was ich hier für dich tun kann. Glaub mir, ich bin dein Freund.»

«Ich danke dir hierfür, aber es ist entschieden.» Die Lebensgeister des Medicus schienen schlagartig neu erwacht. «Nichts wie raus aus diesem engen Rattennest, aus dieser dunklen Gasse, aus dieser dünkelhaften Stadt! Auch wenn mir der Abschied von dir sehr schwerfällt, liebster Freund. Aber Beratzhausen ist nicht aus der Welt, wir werden uns weiterhin besuchen können.»

Der Stadtarzt nickte bekümmert. «Ich muss jetzt los. Denk bitte noch einmal darüber nach, ob du dich wirklich bei einem einzigen Herrn als Leibarzt verdingen willst. Mein Versprechen, mich für dich einzusetzen, steht jedenfalls.»

Bei seinen letzten Worten drückte er Theophrastus mit gesenktem Blick die Hand, nickte Barbara zum Abschied zu und verließ eilig den Raum.

Barbara schwirrte der Kopf von all diesen Neuigkeiten. «Das mit dem Freiherrn – ist Euch das wirklich ernst?»

«Aber ja! Kost und Unterkunft auf dem Schloss sowie eine angemessene Vergütung sind mir zugesagt.» Er war wie ausgewechselt und griff nach seinem Kamelhaarmantel. «Komm, zieh dir etwas über, wir gehen zu Schneider Hertlein. Ich brauche ein neues Wams, du einen neuen Wintermantel. Ein wenig standesgemäß wollen wir doch aussehen, oder? Und morgen früh bei Sonnenaufgang brechen wir auf, es sind nur zwei Tage bis Beratzhausen. Wir mieten uns zwei Reitpferde und einen Packesel – auf den durchweichten Straßen ist ja derzeit mit der Karre kein Durchkommen. Die Kosten hierfür will mir der Freiherr im Übrigen ersetzen. Und einen Schüler oder einen Diener darf ich ...»

«Wir?», unterbrach sie ihn. Ihr Herz schlug schneller, jetzt war der Zeitpunkt gekommen.

«Selbstverständlich wir beide. Jetzt schau nicht so verschreckt drein. Wir werden den kommenden Winter auf einem richtigen Schloss verbringen, verstehst du?»

Barbara holte tief Luft. Alles in ihr zog sich schmerzhaft zusammen. «Geht Ihr nur zu diesem Freiherrn – aber ohne mich.»

In Theophrastus' zerschrammtem Gesicht stand der blanke Schrecken. «Heißt das, du willst mich verlassen?»

Sie hätte nicht gedacht, dass ihr die Worte so schwerfallen würden, aber es musste heraus.

«Es ist doch immer wieder dasselbe mit Euch. Ihr habt Euch nicht im Griff, Ihr verscherzt es Euch mit allen hohen Herren, Ihr flieht von einem Ort zum anderen. Ich will das nicht mehr mitmachen. Ich habe wirklich gerne für Euch gearbeitet, Euch den Rücken freigehalten, Ordnung geschaffen und für ein behagliches Heim gesorgt. Aber Eure ewigen Misslaunen muss ich mir nicht antun. Geht meinetwegen sonst wohin – ich bleibe hier.»

Ihre Stimme hatte gezittert. Zugleich spürte sie, wie erleichtert sie sich plötzlich fühlte, während er heftig den Kopf schüttelte.

«Aber wie willst du zurechtkommen, ohne ... ohne ...»

«Ohne Euch, wollt Ihr sagen? Stellt sich die Frage nicht eher umgekehrt? Ich selbst komme sehr gut allein zurecht.»

Sie hielt seinem nach wie vor entsetzten Blick stand. Nein, die Trennung von ihm machte ihr keine Angst, im Gegenteil: Sie war kein unbedarftes Mädchen mehr, die Dinge würden sich schon fügen.

«Ich werde mich», fuhr sie um einiges ruhiger fort, «als Magd in einer Badstube verdingen und somit auf eigenen Beinen stehen, da macht Euch mal keine Sorgen.»

Jetzt erst schien er verstanden zu haben. Er schwankte zu seinem Lehnstuhl zurück und setzte sich. Seine Hände umklammerten krampfhaft die Armlehnen.

«Ja, das war schon immer dein Traum, ich weiß», murmelte er nach einem schier endlos langen Augenblick des Schweigens.

«Und es passt allemal besser zu dir, als mit einem verbitterten alten Griesgram durch die Welt zu ziehen …»

Er bot einen ganz und gar trostlosen Anblick. Ein Anblick, der sie trotz alledem schmerzte. Um dem zu entfliehen, wandte sie sich wortlos um und lief in ihre Kammer, wo sie die Tür hinter sich verriegelte. Dann erst ließ sie ihren Tränen freien Lauf.

Kapitel 27

Nürnberg, Ende Oktober bis Ende November 1529

Nachdem der Medicus am nächsten Morgen in aller Frühe abgereist war, hoch zu Ross und mit einem Packpferd am Strick, war Barbara trotz ihrer Entschlossenheit am Vortag zunächst wie gelähmt gewesen. Wie zum Hohn hatte an diesem milden Herbsttag Ende Oktober die Sonne von einem blitzblanken Himmel gestrahlt, was sie normalerweise hinaus auf die Gassen oder ans Ufer der Pegnitz gelockt hätte. Stattdessen hatte sie sich in ihrer Kammer eingeigelt und Stunde um Stunde im Bett verbracht. Wenn sie dabei die Augen schloss, hatte sie jedes Mal dasselbe Bild vor Augen gehabt: Wie Theophrastus mit hängenden Schultern, den verwachsenen Rücken noch mehr als sonst gebeugt und mit einer dunklen Augenklappe vor dem verletzten Auge, ein letztes Mal die Küche betrat, um sich von ihr zu verabschieden. «Ich hab's verdorben mit uns beiden», waren seine Worte gewesen. «Das werde ich mir nie verzeihen. Lebe wohl, Barbara.» Sie hatte nicht anders gekonnt, als ihn kurz und heftig in den Arm zu nehmen, um dann die Treppe hinauf zu flüchten und auf das dumpfe, sich langsam entfernende Hufgetrappel zu lauschen.

Die Trennung zerriss ihr fast das Herz, und doch hatte sie das Richtige getan. Warum sollte sie, wie eine unglücklich verheiratete Ehefrau, ihr Schicksal mit diesem immer wieder so verbitterten Mann teilen? Sie war schließlich noch jung, hatte ihr Leben noch vor sich …

Margret klopfte gegen die Zimmertür, zum wiederholten Mal an diesem Tag. «Bitte, Barbara, so mach doch endlich auf.»

Bislang hatte sie sich schlafend gestellt, doch jetzt richtete sie sich mit einem leisen Seufzer auf. Das Leben ging weiter.

«Warte, ich komme», rief sie und entriegelte die Tür.

Der Leineweberin stand die Erleichterung ins Gesicht geschrieben.

«Ach Kindchen, ich hab mir schon richtig Sorgen gemacht. Sich einfach den ganzen Tag einschließen!» Sie nahm Barbara sanft beim Arm. «Jetzt komm in die Küche und hilf mir, das Essen zu richten. Die anderen machen bald Feierabend.»

Während Margret das Herdfeuer nachschürte, um das Warmwasser im Kessel zum Kochen zu bringen, schnitt Barbara am Küchentisch Zwiebeln und Kraut in schmale Streifen. Sie spürte, dass ihr das guttat. Und wenn sich erst einmal alle zum Abendessen versammelten, würde sie erst recht abgelenkt sein. Margret und Jäckl waren, wie auch ihre drei Kinder, fröhliche und redselige Menschen, und schon so manches Mal hatte Barbara, wenn der Medicus außer Haus gewesen war, die Mahlzeiten mit ihnen eingenommen. Vor allem das Jüngste hatte sie, genau wie seinerzeit das Lenchen der Magenbuchs, gleich ins Herz geschlossen. Der sechsjährige Felix mit seinen riesigen dunklen Augen und dem dunklen Lockenschopf war ein besonderes Kind: zum einen verträumt, zum anderen mit einem ganz und gar eigenen Kopf. Nicht selten verschwand er unbemerkt, während die anderen an Webstuhl und Spinnrad arbeiteten, bis irgendein Nachbar ihn zurückbrachte, nachdem er den Jungen schlafend bei einem Wurf Kätzchen auf dem Heuboden oder im Fangenspiel mit den jungen Schlupfhuren an der Stadtmauer entdeckt hatte.

«Geht's dir besser?» Die Leineweberin setzte sich zu ihr.

Barbara nickte. «Morgen will ich mir eine Arbeit suchen.»

«Das ist gut.» Margret griff nach dem zweiten Messer und begann, eine Zwiebel zu schälen. «Der Mensch braucht eine Arbeit. Aber mach dir keine Sorgen wegen dem Mietzins für die beiden Kammern oben – den hat der Doktor Theophrastus bis zum Jahresende beglichen. – Darf ich dich etwas fragen?»

«Ja?»

«Wie lange warst du in seinen Diensten?»

Barbara musste nicht lange nachdenken. «Zweieinhalb Jahre ist es her, als ich in Basel bei ihm angefangen hab.»

«Zweieinhalb Jahre sind eine lange Zeit. Wenn ich's richtig verstanden hab, kommt er nicht mehr zurück nach Nürnberg. Und er sah sehr traurig aus beim Abschied. Hast du dich mit ihm so sehr verstritten, dass du nicht mitgehen wolltest?»

«Ach Margret, ich wünschte doch auch, es wäre anders gekommen. Er ist halt kein einfacher Mensch.»

Die Leineweberin schüttelte den Kopf. «Trotzdem versteh ich's nicht. Du warst die Magd von einem solch bekannten Arzt, noch dazu einem herzensguten Menschen. Warum also? Nur weil er manchmal zu viel säuft? Das tut mein Jäckl auch oft genug.»

«Das allein ist nicht der Grund. Aber in einem hast du recht: Er ist ein herzensguter Mensch. Und deshalb ...», sie zögerte, «deshalb möchte ich auch nichts Schlechtes über ihn sagen.»

Ein Lächeln huschte über Margrets rosiges Gesicht. «Das ist recht, das verstehe ich. Was hast du nun vor? Dich wieder als Hausmagd verdingen?»

«Nein, ich will in den hiesigen Badstuben anfragen. Ich hab ja bei Doktor Theophrastus doch so einiges in der Heilkunde gelernt, und das könnte mir, so hoffe ich, von Vorteil sein. Er hat mir sogar», sie schluckte, als sie an die vielen lobenden Worte auf dem Pergamentbogen dachte, den er ihr zum Abschied in die Hand gedrückt hatte, «ein richtiges Zeugnis geschrieben.»

Der Badermeister, ein stattlicher Mann im losen Hemd und mit Strohhut auf dem vollen Haar, blickte sie ungläubig an.

«Du hast dem Doktor Theophrastus tatsächlich geholfen, ein brandiges Bein aufzuschneiden?»

Selbstbewusst und erwartungsfroh zugleich nickte Barbara. «Nicht nur das.»

Nachdem der Meister ihr Zeugnis gelesen und sie gefragt hatte, ob sie an der Seite eines so stadtbekannten Medicus auch bei Behandlungen dabei gewesen sei, hatte sie ihm die Sache mit dem Bein erzählt. Zum einen wollte sie ihr Licht nicht unter den Scheffel stellen, zum anderen war sie der Ansicht, dass sie mit der Bekanntheit ihres ehemaligen Dienstherrn durchaus ein wenig hausieren gehen durfte.

Mit der Suche nach Arbeit hatte sie in der Wöhrder Vorstadt begonnen, wo es gleich drei Badhäuser gab. Und da heute Samstag war, der angestammte Badetag in der Bevölkerung, hatten vermutlich alle Badstuben geöffnet, wenn auch zu verschiedenen Zeiten. Diese hier war ihre erste. Sie stand an der Schwelle zum Ausziehstüblein gleich beim Eingang, wo die Gewandmeisterin sie gebeten hatte, auf den Bader zu warten. Von der eigentlichen Badstube war leider nicht viel zu sehen, doch alles wirkte sauber, und es duftete angenehm nach frischen Kräutern.

Nachdenklich rieb sich der Bader jetzt den sorgfältig gestutzten Kinnbart.

«Nun ja, jemanden wie dich könnten wir als Magd schon brauchen. Allerdings eher für die Hilfsdienste, wie Wasser nachfüllen, Ofen anfeuern oder Holz schleppen. Fürs Erste jedenfalls. Ich sag's dir ehrlich: Das ist eine rechte Knochenarbeit, die du vielleicht nicht gewohnt bist.»

«Das macht mir nichts aus», sagte sie rasch. «Wenn Ihr wollt, kann ich gleich heute anfangen.»

«Wunderbar. Hast du denn den Geburtsbrief deiner Pfarrei dabei? Im Zeugnis steht, dass du die eheliche Tochter eines Basler Leimsieders bist.»

Diese Frage hatte sie erwartet und befürchtet zugleich.

«Ja, mein Vater ist Leimsieder», erwiderte sie und versuchte, möglichst unbekümmert zu wirken. «Aber ist diese Bescheinigung denn so wichtig, wo doch alles im Zeugnis steht?»

«Für die Zunft schon. Dort müsste ich dich spätestens am Montag anmelden.»

«Es ist nur so», brachte sie den Satz hervor, den sie sich für diesen Fall zurechtgelegt hatte, «dass der Brief auf einer meiner Reisen mit Doktor Theophrastus verloren gegangen ist. Und Basel ist unendlich weit weg, wie soll ich da an einen neuen kommen?»

Sichtlich bekümmert wiegte der Meister den Kopf hin und her. «Das tut mir wirklich leid, Mädchen. Aber ich bin Mitglied unseres Zunftgerichts, da kann ich nicht einfach fünfe grad sein lassen. Komm wieder, wenn du dir einen Geburtsbrief besorgt hast. Vielleicht hilft dir ja der Pfarrer von Sankt Laurenz dabei, der könnte einen Boten in deine Basler Pfarrei schicken.»

Mit einem Kopfnicken, das wohl aufmunternd gemeint sein sollte, ließ er sie stehen und verschwand ins Innere des Hauses. Damit löste sich ihre Zuversicht, die am Morgen noch so groß gewesen war, in nichts auf. Niemals hätte sie gedacht, dass außerhalb von Basel die Bescheinigung ihrer Herkunft eine so große Hürde darstellen würde. Oder hatte sie es, als ehemalige Magd eines stadtbekannten Mannes, einfach nicht wahrhaben wollen? Aber war Theophrastus nicht auch als Doktor anerkannt, obwohl er das Statutenbuch der Universität von Ferrara verloren hatte? Und hatte er nicht in Straßburg das Bürgerrecht erwerben dürfen, obwohl er zeitlebens ein Höriger des Klosters Einsiedeln blieb? Wahrscheinlich galten für Männer schlichtweg andere Gesetze als für Frauen.

Enttäuscht verließ sie das Badhaus. Trotzdem wollte sie die Hoffnung nicht aufgeben. Vielleicht würde man ja anderswo nicht so genau hinschauen, schließlich hatte nicht jeder Nürnberger Bader ein hohes Amt in der Zunft inne. Bloß brauchte sie dann die beiden anderen Vorstadtbäder gar nicht erst aufzusuchen – zu groß wäre die Gefahr, diesem Mann hier zu begegnen.

Durch das Wöhrder Törlein kehrte sie in die innere Stadt zurück. Vor hier war es nicht weit bis zum Spitalbad, einem sehr schönen Badhaus, wo sie selbst sich, zusammen mit Margret und den Kindern, alle vierzehn Tage ein warmes Wannenbad gönnte. Unwillkürlich beschleunigten sich ihre Schritte, bis ihr einfiel, dass sich das Bad in Besitz des Heiliggeistspitals befand, womit es dem Spitalpfleger, einem Mann aus den Reihen des Stadtrats, unterstand. Man würde also erst recht nach ihrer ehrlichen Geburt fragen.

Sie beschloss, die Badstube am unteren Fischbach aufzusuchen. Dort hatte der Medicus hin und wieder ein Schwitzbad genommen, dort kannte man ihn mit Sicherheit.

Das verwinkelte Fachwerkhaus nicht weit vom Weißen Turm sah mit seinem abgeblätterten Putz ein bisschen schäbig aus, und auch die nur halb bekleideten Gäste, die vor Barbara das Badhaus betraten, wirkten nicht gerade vornehm. Aber das passte irgendwie zu Theophrastus, befand sie und nahm sich vor, ihr Anliegen ohne Umschweife vorzubringen.

«Einen schönen guten Tag», begrüßte sie die Gewandmeisterin, ein schon älteres, vollbusiges Weib. «Ich bin Barbara Stegnerin, die Hausmagd von Doktor Theophrastus, der hier öfter zu Gast war. Kann ich bitte den Bader sprechen?»

Die Frau hob erstaunt die Brauen. «Du bist also die Barbara?

Wie jung du noch bist!» Dann lächelte sie breit. «Was willst du denn vom Bader?»

Barbara zögerte. Sollte sie dieser neugierigen Gewandmeisterin, die den Medicus offenbar recht gut kannte, offenlegen, warum sie hier war?

In diesem Augenblick drängte sich ein weißhaariger Alter an ihr vorbei und rief, während er sich Wams und Hemd abstreifte: «Ach herrje, liebe Baderin, dann ist deine Gewandmeisterin also noch immer krank?»

«Ja, leider, lieber Diebold.» Die Frau nahm den Badpfennig entgegen und reichte ihm Strohhut und Badschurz. «Die Arme hat sich einen wirklich hartnäckigen Katarrh eingefangen.»

Nachdem der Alte davongetappt war, fragte Barbara reichlich überrascht: «Dann seid Ihr also die Frau des Baders?»

«Das war ich bis vor fünf Jahren. Jetzt bin ich verwitwet und Besitzerin dieses Hauses.» Sie reichte ihr die Hand. «Tine Trautweinin heiße ich. Sagst du mir jetzt, warum du hier bist?»

«Ich suche eine Anstellung als Magd. Genauer gesagt, als Badermagd.»

Die Trautweinin ließ sich auf der Ruhebank des Ausziehstübleins nieder und klopfte mit der flachen Hand neben sich. «Setz dich doch her.»

Nachdem Barbara ihrer Aufforderung gefolgt war, fuhr sie fort: «Heute früh auf dem Kräutermarkt hab ich erfahren, dass der Doktor die Stadt verlassen hat. Das ist wirklich jammerschade. Nicht nur, weil er ein guter Mann ist, ein Mann aus dem Volk wie wir. Er hat mir bei seinen Besuchen so manchen guten Ratschlag gegeben, wie er auch von mir vieles wissen wollte. Vor allem aber hat er meinen Vetter Heinrich aus dem Siechkobel gerettet, weil der nämlich gar keinen Aussatz hatte, stell dir das nur vor. Dafür werde ich dem Doktor Theophrastus ewig dankbar sein. Aber inzwischen soll er sich ja mit der halben Obrigkeit angelegt haben und regelrecht geflohen sein! Weißt du mehr darüber?»

«Da wird viel geredet», gab Barbara ausweichend zur Antwort. «Und er ist nicht geflohen, sondern zum Leibarzt eines Freiherrn berufen worden, auf ein Schloss in der Nähe von Regensburg.»

«Warum bist du dann nicht mit ihm?»

Die Trautweinin war wirklich sehr neugierig und redselig obendrein, doch in ihrer offenen Art gefiel sie Barbara. Vor allem gab sie ihr neue Hoffnung: In Nürnberg durfte man wahrhaftig als Weib eine Badstube führen!

«Mir gefiel das ewige Reisen nicht mehr», entgegnete sie, halbwegs der Wahrheit entsprechend. «Ich möchte endlich an einem Ort bleiben, und Nürnberg ist eine gute Stadt mit netten, freundlichen Menschen. Und ich möchte eines Tages Baderin sein, so wie Ihr. Ihr könnt Euch denken, dass ich bei Doktor Theophrastus so einiges über die Heilkunde gelernt habe, und das würde ich gerne bei den Menschen anwenden. Hat er denn von mir erzählt, wo Ihr meinen Namen kennt?»

Tine Trautweinin nickte. «Ja, das hat er. Er hat dich in den höchsten Tönen gelobt. Dass du der tüchtigste und treueste Mensch seist, den er kenne, sehr klug obendrein, und dass du ihm selbst in unseligen Zeiten immer eine Hilfe und Stütze gewesen wärest. Dass du allerdings noch so jung bist, hätte ich nicht erwartet.»

Barbara schluckte. Diese lobenden Worte waren fast zu viel, um sie zu ertragen. Vermisste sie ihn etwa bereits?

«Das alles hat er Euch gesagt?», fragte sie leise. Und nach kurzem Zögern: «Hat er auch von meiner Herkunft erzählt?»

Die Baderin lachte. «Ach Mädchen, so oft haben wir nun auch wieder nicht über dich gesprochen. Du würdest gern bei mir anfangen, nicht wahr?»

«Ja, Meisterin. Aber ich sage es lieber gleich: Ich habe keinen Geburtsbrief bei mir, und Basel, wo ich herkomme, liegt sehr weit weg von hier.»

«Da ist schlecht.» Die Trautweinin runzelte die Stirn. «Dabei würde ich dich auf der Stelle nehmen, wo doch meine Gewandmeisterin krank ist und du dich sogar in der Heilkunde auskennst. Nur leider ist es so, dass immer wieder heimliche Huren oder Frauen vom fahrenden Volk hier anklopfen, nicht zuletzt, weil sie hoffen, sich im Badhaus großzügige Freier zu angeln. Natürlich geben sie sich als ehrbare Mägde aus, doch um dem einen Riegel vorzuschieben, verlangt die Zunft eben ein Zeugnis über die eheliche und ehrliche Geburt. Und seitdem die Reformation in unsere Stadt eingezogen ist, wird die Einhaltung dieser Regel noch strenger überwacht, hier wie in jeder anderen Badstube Nürnbergs. Eine Zeit lang könnte ich dich als eine entfernte Verwandte ausgeben, die mir gegen ein kleines Handgeld aushilft, aber irgendwann müsstest du deine Geburt schon bescheinigen.»

Barbara beschloss, ihr reinen Wein einzuschenken. «Das werde ich nicht können. Mein Vater betreibt in Basel das unehrliche Handwerk eines Schinders. Den Doktor hat das nie gestört, und wenn wir unterwegs bei irgendwelchen Bekannten untergekommen sind, hat er mich als Tochter eines Leimsieders vorgestellt.»

Die Baderin schürzte die Lippen. «Ja, das passt zu ihm. Und er hat recht daran getan, denn es ist», sie senkte die Stimme, da Gäste in ihre Nähe kamen, «eine Gotteslästerung, die Menschen nach ihrer Geburt zu beurteilen. Hat Jesus Christus nicht alle Menschen zu sich kommen lassen? Aber leider ist das hier in Nürnberg so, vielleicht sieht man es anderswo nicht so streng. Ich würde dir jedenfalls von Herzen wünschen, dass du dir deinen Wunsch, eine Baderin zu werden, eines Tages erfüllen kannst.»

«Ich danke Euch, Meisterin, auch für Eure Offenheit.» Barbara erhob sich einigermaßen gefasst. «Dann will ich Euch nicht länger die Zeit stehlen. Eine Frage aber habe ich noch: Ihr habt gesagt, dass Ihr die Besitzerin des Badhauses seid. Wenn man also als Frau viel Geld gespart oder auch ererbt hat, kann man dann eine Badstube erwerben, ohne einen Mann an der Seite?»

«In manchen Städten mag das noch so sein. Hier aber musst du schon die Witwe eines Baders sein, um das Haus im Sinne der Zunft weiterführen zu dürfen.» Sie schnaufte einmal tief durch, wobei sich ihr riesiger Busen hob und senkte. «In früheren Zeiten war das noch anders, da durften Frauen nach ihrer Gesellenzeit als Badermagd in die Zunft eintreten und auf eigenen Namen eine Badstube kaufen oder pachten. Uns Frauen werden leider immer mehr Steine in den Weg gelegt. Dabei können wir manches grad so gut wie die Mannsbilder.»

Niedergeschlagen kehrte Barbara in die Pfeifergasse zurück. Margret und Jäckl saßen an ihren Webstühlen und blickten erwartungsvoll auf, als sie die Eingangsdiele betrat.

«So früh zurück?», fragte die Leineweberin. «Dann warst du erfolgreich?»

Barbara schüttelte den Kopf. «Das wird wohl nichts als Badermagd. Nicht als Fremde ohne Papiere.»

«Ach herrje, das ist wirklich jammerschade. Aber wir haben eben darüber geredet, dass du auch bei uns aushelfen könntest. Vormittags, wenn die beiden Großen in der Pfarrschule sind, könntest du für uns das Garn spinnen. Nicht wahr, Jäckl?»

Der brummte ein zustimmendes «Hm», und Margret fuhr fort: «Lohn können wir dir keinen zahlen, aber dafür verköstigen wir dich, bis du was Besseres findest. Du könntest ja auch ...»

Sie unterbrach sich, da es über ihnen heftig rumpelte.

«Das ist der Stadtarzt Magenbuch. Er ist mit zwei Knechten

gekommen, um Stuhl und Schreibtisch abzuholen. Leider gehören die beiden guten Stücke ja ihm. Er war übrigens ganz enttäuscht, dass du nicht zu Hause warst. Vielleicht hat er ja Neuigkeiten von deinem Medicus.»

Sofort eilte Barbara die beiden Treppen nach oben, wo zwei kräftige Männer gerade mühsam den Schreibtisch durch die enge Tür von Theophrastus' ehemaliger Kammer hievten. Magenbuch folgte ihnen mit dem Lehnstuhl in den Armen. Der Anblick der halb leeren Kammer hatte etwas Trauriges.

«Gott zum Gruße, Herr Stadtarzt», sagte sie angespannt und presste sich gegen die Wand, um die Männer vorbeizulassen. «So nehmt Ihr Tisch und Lehnstuhl also wieder mit?»

«Wie schön, dich doch noch zu sehen, liebe Barbara!» Magenbuch stellte den Stuhl vor ihr ab und lächelte. «Ja, meine Frau meinte, sie könne beides gut brauchen.»

«Dann glaubt Ihr also auch, dass Doktor Theophrastus nicht wieder zurückkehrt?»

«Leider ja.» Seine Miene verfinsterte sich. «Das Druckverbot für ihn ist seit heute Morgen beschlossene Sache. Was aber noch schlimmer ist: Es gilt für das ganze Heilige Römische Reich Deutscher Nation.»

«Wie ... wie kann das sein?»

«Ganz einfach: Der Nürnberger Magistrat dient seit einigen Jahren dem Reich als Einrichtung der Censura, der Begutachtung von Büchern. Künftig wird Theophrastus also nirgendwo seine Bücher drucken dürfen, auch nicht in Regensburg.»

«Gütiger Himmel!» Diese Nachricht traf sie zutiefst. «Weiß er es schon?»

«Nein, ich werde ihm die Hiobsbotschaft demnächst persönlich überbringen, da er noch die Utensilien für sein Laboratorium und einige wichtige Bücher bei mir vergessen hat. Das heißt, wahrscheinlich hat er seinen Kram gar nicht vergessen, sondern meint weiterhin, dass sich die Nürnberger mit ihm versöhnen und das Druckverbot zurücknehmen würden. Ja, ich denke, er hat gehofft, hierher zurückzukehren – auch wegen dir. Ich weiß, wie sehr er dich schätzt. Aber glaub mir, Barbara: Ich habe alles getan, um ihn bei den Ratsherren ins rechte Licht zu rücken, leider vergebens. Er bleibt in Nürnberg eine unerwünschte Person.»

Sie biss sich auf die Lippen. Hatte sie selbst denn auf Theophrastus' Rückkehr gehofft? Sie wusste es nicht ...

«Ich muss dann wieder los», sagte Magenbuch. «Kommst du denn zurecht?»

«Aber ja, ich werde sicher bald eine Arbeit finden. Und richten Sie dem Medicus bitte aus, dass ich ihm alles Gute wünsche.»

«Das werde ich gerne tun.» Er folgte seinen Männern zur Treppe, wo er sich nochmals umdrehte: «Fast hätte ich es vergessen: Meine Frau würde sich sehr freuen, wenn du die Zeit hättest, hin und wieder nachmittags unser Lenchen zu hüten. Wie du weißt, sind um diese Zeit Priskas Kopfschmerzen immer am heftigsten. Du könntest mit der Kleinen Lesen und Schreiben üben, das lernt sie nämlich gerade mit großem Eifer. Und von Theophrastus weiß ich, dass du eine sehr schöne Handschrift hast. – Selbstredend gegen ein kleines Handgeld», setzte er hinzu.

Sie nickte ein wenig verwirrt. «Sehr gerne.»

«Dann komm doch morgen nach dem Sonntagsgottesdienst bei uns vorbei, und wir besprechen alles. Lenchen wird sich ebenfalls freuen!»

Die nächsten drei Wochen vergingen im trostlosen Einerlei des Alltags, die spürbar kürzer und kälter werdenden Novembertage taten ein Übriges. Von den Sonntagen abgesehen, arbeitete

Barbara jeden Vormittag in der feuchten, düsteren Eingangsdiele am Spinnrad, teilte sich mit Margret die Hausarbeit, nahm ohne Appetit an den gemeinsamen Mahlzeiten teil, ging abends früh zu Bett und wachte noch vor dem ersten Hahnenschrei auf. Sie verrichtete ihre Arbeit ohne Widerwillen, aber auch ohne Freude. An zwei Nachmittagen die Woche – so war es mit Priska von Schweinitz ausgemacht – übte sie in Magenbuchs Küche mit Lenchen Lesen und Schreiben. Nur die aufgeweckte und gewinnende Art des kleinen Mädchens entlockte ihr hin und wieder ein Lächeln. Doch selbst das verstärkte manchmal nur noch ihre Schwermut, ebenso wie die fröhlichen Tischrunden mit der Leineweberfamilie: Würde sie jemals eine eigene Familie haben? Mit Kindern und einem guten Mann?

Immer wieder aufs Neue sagte sie sich, dass sie ein Dach über dem Kopf hatte und keine Not litt. Dass sie mit täglichen Aufgaben betraut war und sowohl mit Margret und Jäckl als auch mit den Magenbuchs freundliche und hilfsbereite Menschen um sich hatte. Aber hätte sie hierfür ihre Heimat verlassen müssen? Oder ihre Anstellung bei Theophrastus aufgeben? So sehr hatte sie gehofft, dass ihre unehrliche Herkunft in der Fremde keine Rolle spielen würde, stattdessen begann sie zu begreifen, dass sie alles bisher Erreichte für einen Traum aufgegeben hatte, der nichts wert war. Weil es für diesen Traum im wirklichen Leben keinen Platz gab. Sollte sie nicht besser nach Basel heimkehren?

Auch wenn sie sich dagegen wehrte, dachte sie an diesen trüben Novembertagen wieder häufiger an den Medicus. Auch ihm war mit dem Druckverbot ein Lebenstraum zerplatzt, doch sie wusste: Er würde niemals aufgeben. Ihre Entscheidung, ihn zu verlassen, bereute sie nicht, denn es war das Richtige gewesen – jedenfalls hatte es sich die ersten Tage nach dem Abschied, trotz ihrer Traurigkeit, so angefühlt. Inzwischen war sie sich nicht mehr ganz so sicher. Dem Medicus war ihre Herkunft stets völlig gleichgültig gewesen, für ihn war sie nicht nur Magd, sondern ein wichtiger Mensch an seiner Seite gewesen. Hier in Nürnberg hingegen würde sie als Unehrliche nicht mal eine Anstellung als Viehmagd finden. Wohlweislich verschwieg sie sogar Margret, dieser herzensguten Frau, dass sie eine Schindertochter war. Auf dem Weg zum Markt waren sie nämlich einmal dem Scharfrichter mit seinem Knecht begegnet, und Margret hatte sofort die Straßenseite gewechselt und drei Kreuze geschlagen. «Der Meister Hans steht Tod und Teufel näher als dem lieben Gott, und sein Knecht, der Schinder, ist nicht besser.»

War es denn mit dem Medicus wirklich so unerträglich gewesen? An manchen Abenden, wenn Barbara versuchte, in den Schlaf zu finden, hatte sie vor Augen, wie Theophrastus sich voller Hingabe seinen Patienten widmete. Oft genug hatte sie dabei sein dürfen, oft genug hatte sie ihn sogar tatkräftig unterstützt, wie damals in der Fischerhütte zu Kolmar. Ja, er war ein schwieriger Mensch, dessen Sprunghaftigkeit, Widerborstigkeit und Unbeherrschtheit gegen andere sie an manchen Tagen kaum ausgehalten hatte. Und seine Trunksucht kam noch hinzu. Doch das schmälerte ihre Hochachtung vor ihm nicht. Hatte sie in den letzten zweieinhalb Jahren nicht so viel lernen dürfen wie ihr ganzes Leben vorher nicht, und das auch noch als Frau? Hatte sie nicht einem Mann gedient, der Gutes tat, und sogar daran teilgehabt?

Von Magenbuch wusste sie inzwischen, dass es dem Medicus nicht schlecht erging auf dem freiherrlichen Schloss. An Martini nämlich, während ihrer Lektionen mit Lenchen, war der Nürnberger Stadtarzt aus Beratzhausen zurückgekehrt. Freiheraus hatte sie ihn sogleich gefragt, wie der Medicus das Druckverbot aufgenommen habe. «Er war erschüttert», war Magenbuchs

Antwort gewesen. «Aber er hat sich erstaunlich schnell wieder gefangen. Überhaupt wirkte er sehr ausgeglichen in diesen zwei Tagen, die ich mit ihm verbracht habe. Obendrein, und das wird dich freuen, rührt er keinen Tropfen Wein mehr an. Vielleicht tut ihm das Leben auf dem Lande schlichtweg gut, er ist ja eher ein Naturmensch.»

Diese Nachricht hatte sie sehr erleichtert, zugleich war sie enttäuscht: Sie hätte sich gewünscht, er hätte Magenbuch einen Brief an sie mitgegeben, doch sie bekam nur mündliche Grüße überbracht. Hatte sich Theophrastus also mit der Trennung abgefunden? Zugleich bezweifelte sie, dass diese Ausgeglichenheit lange vorhalten würde. Brauchte es doch so wenig, um ihn aus der Fassung zu bringen.

In der letzten Novemberwoche erhielt Barbara die lang ersehnte Antwort aus Basel, mit der sie schon gar nicht mehr gerechnet hatte – war doch ihr Brief an Vater und Bruder bereits im Juli auf Reisen gegangen. Kein reitender Bote, sondern ein welsch aussehender Bursche, ein halber Knabe noch, stand an diesem windigen Nachmittag auf der Türschwelle, gerade als sie von den Magenbuchs zurückkehrte.

«Bist du die Barbara Stegnerin aus Basel?», fragte er mit stark gerolltem R. «Habe Brief von deine Bruder.»

Da sie nickte, überreichte er ihr mit einer tiefen Verbeugung die Schriftrolle, die nicht versiegelt, sondern nur mit einer Schnur gebunden war. Mit vor Aufregung zitternden Fingern zog sie einen Weißpfennig aus ihrer Geldkatze und drückte ihn dem Jungen in die ausgestreckte Hand, woraufhin er sich dankend verabschiedete.

Drinnen saßen Margret und Jäckl an ihren Webstühlen.

«Stellt euch vor: Ich habe Nachricht aus Basel!»

«Das freut mich für dich.» Margret lächelte. «Hoffentlich sind es nur gute Nachrichten.»

«Das hoffe ich auch. Ich gehe nach oben, da ist das Licht besser.»

In der Küche atmete Barbara kurz tief durch, dann kauerte sie sich vor den Ofen und löste im Schein des Herdfeuers die Schnur. Das Papier war fleckig, die klare Handschrift ihr unbekannt.

«*Im Weinmonat Anno Dom. 1529. Meine liebe Schwester*», las sie. «*Da ich das Schreiben nicht gut beherrsche, schreibt mir Adrian diese Zeilen. Über deinen Brief habe ich mich sehr gefreut. Endlich ein Lebenszeichen. Geht es dir noch gut, an der Seite des Medicus? Verzeihe mir, dass ich jetzt erst zurückschreibe, aber so ein reitender Bote von hier bis zu dir nach Nürnberg ist sehr teuer, und Guta hätte das nie erlaubt. So habe ich gewartet, bis ein Trupp Gaukler in deine Richtung gezogen ist, und hoffe von ganzem Herzen, dass diese Zeilen bei dir ankommen. Leider muss ich dir etwas sehr Trauriges mitteilen: Unser Vater ist im Sommer von uns gegangen, friedlich eingeschlafen, der Herr sei seiner Seele gnädig. Er war schon lange nicht mehr ganz bei sich und hat Guta immer mit dir verwechselt. Ich führe jetzt die Schindhütte, und es geht uns gut. Guta erwartet unser zweites Kind, das erste ist ein Junge, das ist mir recht. Wegen der Nachfolge. Deine Freundin Marie ist ja mit ihrem Tonio weggegangen und seither nie wieder auf dem Kohlenberg gewesen. Auch Beat ist fort, im letzten Herbst schon, Hals über Kopf. Er wollte weit weg, in eine große Stadt wie Nürnberg oder Augsburg, ich habe es vergessen. Aber selbst ich als sein Freund habe nicht wieder von ihm gehört. Er sollte die Kathrin heiraten, sonst hätte er später nicht die Badstube übernehmen dürfen. Aber das wollte er nicht. Ich glaube, er wollte immer nur dich zur Frau und hat lange vergeblich auf deine Rückkehr gewartet. Liebe Barbara, versprich mir, einmal im Jahr zu schreiben, sonst mache ich mir große Sorgen. Am schönsten wäre es, wenn du wieder nach Basel zurückkommst. In Liebe, dein kleiner Bruder Stoffel.»*

Die letzten Zeilen verschwammen vor ihren Augen, was nicht am Herdfeuer lag.

Es gab keinen Grund mehr heimzukehren. Was hatte sie noch in Basel verloren? Das Elternhaus war verloren, die einzige Freundin mit einem Gaukler in der Welt unterwegs, ihr geliebter Vater tot. Sie würde ihn nie wiedersehen, ihm nie wieder über sein rundes, rosiges Gesicht streichen können. Und Beat? Vielleicht aus Liebe zu ihr, vielleicht auch aus einem anderen Grund hatte er Basel ebenfalls für immer verlassen. Plötzlich stutzte sie: Hatte sie eben *Nürnberg* gelesen?

Hastig suchte ihr von Tränen der Trauer verschwommener Blick nach der entsprechenden Zeile, und da stand es: *in eine große Stadt wie Nürnberg oder Augsburg*!

Jetzt zitterte sie am ganzen Leib. Sollte ihr in dieser Stadt doch noch Glück beschieden sein? Sie schaffte es kaum, das Schreiben wieder zusammenzurollen und zu binden, verstaute es auf einem der Regalbretter, rannte nach unten in die Diele, wo sie ihren Mantel vom Haken riss, und rief in Richtung der Webstühle: «Ich muss noch einmal fort!»

«Aber es wird bald dunkel», kam es von Margret zurück, als sie auch schon draußen stand. Die Glocken von Sankt Jakob schlugen die vierte Nachmittagsstunde. Am heutigen Donnerstag würde die Badstube von Tine Trautweinin bis Sonnenuntergang geöffnet haben.

Sie rannte fast, als sie an der nächsten Ecke in Richtung Weißer Turm nach rechts abbog. Konnte es wirklich sein, dass sie

Beat in Nürnberg, über ein gutes halbes Jahr hinweg, kein einziges Mal begegnet war, weder auf dem Markt noch im Gottesdienst? Dass das Schicksal mit ihnen Verstecken gespielt hatte? Andererseits war Nürnberg eine der größten Städte im ganzen Deutschen Reich, da lief man sich nicht gleich bei jeder Besorgung über den Weg. Jetzt aber würde sie alle Badhäuser der Stadt abklappern, auch wenn sie hierfür mehrere Tage bräuchte. Mit Beat würde sie wenigstens ein kleines Stück Heimat wiederfinden.

Schwer atmend erreichte sie kurz darauf die Badstube am unteren Fischbach. Im Ausziehstüblein traf sie auf eine hagere, blasse Frau mit winzigem Gesicht. Die Gewandmeisterin war also wieder genesen.

«Guten Abend, Gevatterin, ich müsste dringend die Baderin sprechen. Sagt Ihr bitte, dass die Barbara Stegnerin auf sie wartet.»

Wie alle Gewandhüterinnen war auch diese nicht gerade freundlich.

«Ich glaub nicht, dass sie Zeit für einen Schwatz hat», knurrte sie. «Wir haben das Haus voll.»

«Bitte! Es ist wichtig.»

Nicht gerade eilig schlurfte die Frau in ihren Strohpantinen davon. Barbara musste geraume Zeit warten und wurde dabei immer aufgeregter. Würde sie Beat bald schon wiedersehen?

«Was machst denn du hier?» Die Trautweinin, nur leicht bekleidet, kam auf sie zu. Mit einem Augenzwinkern setzte sie nach: «Bist du nun doch zu einem Geburtsbrief gekommen?»

Barbara schüttelte den Kopf. «Nein, es geht um einen guten Freund, der in Nürnberg Badergeselle sein soll.»

In wenigen Worten erklärte sie ihr, wer Beat war und woher sie sich kannten.

«Habt Ihr von ihm vielleicht schon mal gehört?», fragte sie mit belegter Stimme. «Möglicherweise ist er auch noch nicht lange hier.»

«Nein, Beat Scherlin sagt mir nichts. Aber ich kann mich gerne die nächsten Tage umhören.»

«Danke, das ist sehr lieb, aber so lange mag ich nicht warten. Dann mache ich mich mal auf den Weg und suche die anderen Badstuben ab.»

«Ach Kind, da hast du viel zu tun. Nürnberg hat zwei Dutzend Badstuben, und in die auf der Burg kommst du erst gar nicht hinein. Leider findet die nächste Zunftversammlung, wo ich nach deinem Beat fragen könnte, erst nächste Woche statt, aber ich mache dir einen anderen Vorschlag: Wenn du noch ein bisschen Geduld hast, warte auf mich, bis ich drinnen alles geregelt und mich angekleidet hab. Dann gehen wir gemeinsam hinüber in die Wöhrder Vorstadt. Wenn einer Bescheid weiß, dann Bader Hermann.»

«Etwa der vom Zunftgericht?»

«Genau der.»

Barbara zögerte. «Ich glaube, dort will ich lieber nicht als Erstes vorbeigehen. Bei ihm hatte ich ebenfalls um Arbeit angefragt und ihn dabei angeflunkert, ich sei die Tochter eines ehrbaren Leimsieders. Da hatte er mir gesagt, ich solle mir einen Geburtsbrief aus Basel zukommen lassen ...»

«Schon gut», unterbrach die Baderin sie. «Du wartest einfach draußen, und ich spreche allein mit ihm.»

So stand Barbara wenig später in der einbrechenden Dämmerung vor Bader Hermanns Badstube und wartete voller Anspannung darauf, wie das Schicksal entscheiden würde. Als Tine Trautweinin zu ihr auf die Gasse zurückkehrte, verriet ihre Miene nichts Gutes.

«Ein Beat Scherlin hatte tatsächlich den letzten Winter über als Geselle in Nürnberg gearbeitet, im Seelbad der hiesigen Hausarmen. Danach ist er weitergezogen, mit einem sehr guten Zeugnis versehen. Wohin, weiß man leider nicht.»

Das war wie ein Schlag in die Magengrube.

«Danke, trotz allem», brachte sie mühsam hervor.

Mütterlich legte ihr die Baderin den Arm um die Schultern. «Du hast den Beat sehr gern, nicht wahr? Aber du bist noch so jung, du wirst den Richtigen schon finden.»

Barbara nickte stumm. Nachdem sie sich von Tine Trautweinin mit einer innigen Umarmung und dem Versprechen, bald einmal wieder vorbeizukommen, verabschiedet hatte, machte sie sich auf den Heimweg. Es war nicht nur die Trauer um ihren Vater und diese neuerliche große Enttäuschung, die ihr immer wieder die Tränen in die Augen trieb. Vielmehr war es die Erkenntnis, dass Theophrastus und sie sich ähnlicher waren, als ihr lieb sein konnte: Beide hatten sie keine eigene Familie, keine Heimat, keine Zugehörigkeit. Allein und fremd und anders waren sie.

Wie eine Schlafwandlerin kehrte sie in die Pfeifergasse zurück. Die Webstühle und Spinnräder in der Eingangshalle waren verwaist, aus der Küche drang munteres Stimmengewirr herunter, obgleich noch gar nicht die Zeit zum Abendessen war. Wahrscheinlich hatten sich Nachbarn eingefunden.

Ihre Kehle fühlte sich trocken an, und sie hätte sich gerne etwas zu trinken eingeschenkt. In der Küche indessen hätte man sie bloß mit Fragen bestürmt: Wo sie so spät noch war und was in dem Brief aus ihrer Heimat stand. Am liebsten hätte sie sich wie ein Mäuschen nach oben in ihre Kammer geschlichen, um allein zu sein, doch kaum hatte sie hinter sich die Tür verriegelt und die Schuhe abgestreift, erschien Margret auch schon am oberen Treppenabsatz.

«Na endlich! Du hast Besuch, er sitzt mit uns in der Küche.»

Das konnte nur Magenbuch sein, der heute vergessen hatte, ihr den kleinen Wochenlohn für die Unterrichtsstunden zu übergeben. Ihn konnte sie leider nicht warten lassen.

«Ich komme gleich», rief sie zurück, als aus dem Halbdunkel eine vertraute Gestalt neben Margret trat.

Wie vom Blitz getroffen starrte sie hinauf: Der da klein und krumm neben der Leineweberin stand, war niemand anderes als Theophrastus!

Kapitel 28

Herbst und Winter auf Schloss Beratzhausen

Ein wenig verlegen saßen sie sich gegenüber, der Medicus auf dem Schemel an ihrem Waschtisch, sie selbst auf der Bettkante. Mit einem unbeholfenen Händeschütteln hatten sie sich im Treppenhaus begrüßt, um sich dann in ihre Kammer zurückzuziehen, wobei Barbara, um den Anstand zu wahren, die Tür offen gelassen hatte.

Nach einem mehrmaligen Räuspern bat er sie zu berichten, wie es ihr die letzten Wochen ergangen war. Sie begann mit ihrer Arbeitssuche als Badermagd, und an seiner Miene konnte sie ablesen, dass er mit ihren Misserfolgen mitfühlte. Indessen hielt er sich vollkommen zurück mit zornigen Äußerungen gegen die Ungerechtigkeiten dieser Ständegesellschaft, was sie normalerweise von ihm erwartet hätte. Überhaupt wirkte er sehr ruhig, seine Gesichtsfarbe war frisch, das Graugrämliche darin verschwunden. Am Ende erwähnte sie, ohne auf Beat einzugehen, auch den Brief aus Basel und dass ihr Vater gestorben sei, wobei sie prompt wieder zu weinen begann.

Da erhob er sich, kam auf sie zu und umarmte sie. Wie wohl das tat!

«Das muss sehr schlimm für dich sein», sagte er schließlich leise und trat wieder ein paar Schritte zurück. «Dein Vater war ein guter Mensch.»

«Ja, das war er. Und als Vater hat er alles richtig gemacht.» Sie wischte sich über die Augen. «Und Ihr? Wart Ihr schon bei Eurem Freund Magenbuch?»

«Von dort komme ich gerade her. Er hat mir auch erzählt, dass du das Lenchen im Lesen und Schreiben unterrichtest, wie schön.»

«Und warum seid Ihr zurückgekommen?», stellte sie die Frage, die ihr schon die ganze Zeit auf der Zunge lag.

Ganz kurz ballten sich seine Hände zu Fäusten, dann entspannte er sich wieder. «Ich bin nur auf Besuch. Wie du sicher weißt, ist es für mich aus und vorbei mit Nürnberg. Morgen will ich zu Drucker Gutknecht, meine Handschrift zum Spitalbuch zurückholen. Übermorgen reite ich dann wieder nach Beratzhausen.» Er zögerte kurz, starrte zu Boden, sah wieder auf. «Aber nicht nur deshalb bin ich gekommen. Ich habe viel darüber nachgedacht, was ich dir in diesen Jahren alles zugemutet habe ... Nein, fangen wir es anders an: Ich werde bis Frühjahr in Beratzhausen bleiben, da im April die richtige Zeit für lange Reisen beginnt. Dann will ich mich nämlich auf meine allerletzte Reise machen. Nach Sankt Gallen, in meine Schweizer Heimat, wo ich endlich Autor sein darf, da bei den Eidgenossen das Druckverbot des Deutschen Reiches nichts gilt.»

Er unterbrach sich erneut, und sie wusste mit einem Mal, was folgen würde und dass er mit sich kämpfte.

«Ich habe dich sehr vermisst», fuhr er fort, «und möchte, dass du mit mir in die Schweiz gehst. Nein, sag jetzt noch nichts, warte ... Ich will mich ändern, Barbara, auch wenn ich wohl nie ganz aus meiner Haut herauskann. Ich kann dir auch nicht versprechen, dass mein Weg künftig geradlinig verläuft, bestimmt braucht es wieder seine Zeit, bis wir in Sankt Gallen ankommen, und wo wir dort unterkommen, weiß ich auch nicht. Aber ich wäre so froh, wenn du weiterhin an meiner Seite wärst.

Vielleicht magst du es dir bis morgen Abend überlegen. Ganz wunderbar wäre es, wenn du schon übermorgen mit mir aufs Schloss kommst. Dort gibt es ein kleines Badhaus, und Freiherr von Stauff ist einverstanden, dass du für den Bader als Magd arbeitest, auch wenn es nur einfache Hilfsarbeiten sind. Das wäre doch etwas für dich, oder? Aber ich will dich nicht drängen, du sollst nichts überstürzen, wo du hier ... mit Lenchen und den freundlichen Leinewebern ...»

Er suchte noch nach Worten, dabei hatte sie sich längst entschieden.

Im harten Sattel, bei Kälte und Nebel, erwiesen sich die zwei Reisetage bis Beratzhausen als eher ungemütlich, doch das machte Barbara nichts aus. Von den Momenten der Trauer über den Verlust ihres Vaters abgesehen, war sie frohen Mutes, auch wenn ihr der Abschied von der Leineweberfamilie, von Lenchen und der Trautweinin schwergefallen war. Der Medicus selbst war ohnehin in bester Stimmung, strahlte vor Glück darüber, dass sie mitgekommen war, und wurde immer aufgekratzter, je näher sie ihrem Ziel kamen.

Wie seltsam einem das Leben doch manchmal mitspielte: Ihre Entscheidung für Theophrastus fühlte sich richtig an, genauso richtig wie einen Monat zuvor der Entschluss, eigene Wege zu gehen. Sie wusste, was auf sie zukam, erahnte es zumindest, aber das nahm sie gerne in Kauf für alles, was sie noch erleben und lernen würde. Nicht zuletzt in der Medizin, wo Frauen nun mal keinen Platz hatten – sah man von Hebammen und heimlichen Heilerinnen ab, die schnell im Ruch standen, mit übernatürlichen Mächten im Bunde zu sein. Doch da war noch etwas anderes: Wenn sie tief in sich hineinhorchte, musste sie zugeben, wie sehr sein Bitten sie gerührt, wie gut ihr seine Umarmung getan hatte. Es war schlichtweg so, dass sie ihn trotz allem ins Herz geschlossen hatte.

Gerade noch vor Einbruch der Dunkelheit erreichten sie den Marktflecken Beratzhausen, der an der Handelsstraße von Nürnberg nach Regensburg im Tal der Schwarzen Laber lag, umgeben von Obstbaumwiesen, Hopfengärten und Wäldern. Selbst in dieser trüben Jahreszeit zeigte sich die hügelige Landschaft malerisch und anmutig. Barbara spürte, dass sie sich in dieser Umgebung wohlfühlen würde.

Als sie im Schlosshof vom Pferd stieg, schmerzte ihr jeder Muskel, zugleich war sie innerlich freudig gespannt. Ein Knecht nahm ihnen die Tiere ab, ein anderer führte sie über eine ausladende Freitreppe hinein ins eigentliche Schloss. Durch kalte, nur spärlich beleuchtete Gänge folgten sie ihm bis hinauf in einen von zahllosen Kerzen erhellten Herrensaal, wo der Freiherr sie im Beisein zweier älterer Männer empfing. Als sie eintraten, sprang er freudestrahlend von der üppig gedeckten Tafel auf.

«Wie schön, dass Ihr es bis zum Abendessen geschafft habt, mein lieber Theophrastus. Ich hoffe, Ihr habt ordentlich Hunger mitgebracht.» Bernhardin von Stauff, ein Mann mittleren Alters mit einem Bart bis zur Brust und einer riesigen Hakennase, deutete auf Barbara. «Und das ist Eure Magd Barbara? Himmel, Medicus, wie konntet Ihr uns dieses schöne Kind so lange vorenthalten?»

Theophrastus lächelte. «Nun ja, Barbara hat ihren eigenen Kopf. Genau wie ich.»

Obgleich Barbara seit Esslingen ihre Scheu vor hohen Herren weitgehend verloren hatte und der Medicus ihr den Freiherrn als umgänglichen Menschen geschildert hatte, fühlte sie sich unter den prüfenden Blicken der drei fremden Männer unbehaglich. Jetzt trat ihr Gastgeber auf sie zu.

«So möchtest du also in unserer Badstube arbeiten?»

Barbara gab sich einen Ruck und beugte höflich das Knie. «Ja, sehr gerne, Freiherr.»

«Nun denn: Willkommen auf Schloss Beratzhausen! Gleich morgen früh kannst du anfangen. Sigmund, der Pächter der Badstube, weiß Bescheid und wird dir alles weitere erklären.» Er wies auf die beiden Gedecke, die gegenüber den graubärtigen Männern aufgetragen waren. «Jetzt aber zu Tisch, ihr beiden.»

Barbara hatte mit einem Imbiss in der Gesindeküche gerechnet, nicht aber damit, am herrschaftlichen Tisch zu speisen.

«Das ist sehr liebenswürdig, Freiherr, aber ich möchte nicht weiter stören.»

«Unsinn. Du isst jetzt etwas, und dann bringt dich unsere Elsbeth in deine Kammer.»

Schon hatte der Medicus sie sachte beim Arm genommen und zu Tisch geführt. Er zwinkerte ihr zu, als wolle er ihr sagen: «Lass dich nur nicht aus der Ruhe bringen.»

Während sie sich setzten, stellte er ihr die beiden Tischgenossen als Gerichtsschreiber Dorfner und Forstwart Zacher vor, wobei diese keine Miene verzogen. Dafür ermunterte der Freiherr sie mehrmals, zuzugreifen, und so ließ sie sich den köstlichen Braten und das Bohnengemüse schmecken. Ansonsten kümmerte man sich nicht groß um sie, was ihr gerade recht war. Der Medicus hingegen, der tatsächlich nur Dünnbier trank, schien sich wie zu Hause zu fühlen. Man plauderte über dies und jenes, über Reisen und Krankheiten, Gott und die Welt.

Nachdem sie ihren größten Hunger gestillt hatte, schob sie den wunderschönen weißen Porzellanteller von sich weg und stand auf.

«Habt ganz herzlichen Dank, Freiherr! Wenn ich mich jetzt zurückziehen dürfte?»

«Aber ja.» Auch Bernhardin von Stauff erhob sich, um ein Glöckchen hinter sich an der Wand zu läuten. Er wirkte im Übrigen so gar nicht leidend, außer dass er ein wenig humpelte. Wahrscheinlich hatte Theophrastus' Behandlung des Karbunkels bereits gut angeschlagen.

Wie aus dem Nichts tauchte eine unscheinbare Frau am Tisch auf. Sie trug ein einfaches graues Gewand, das Haar war vollständig unter der ebenfalls grauen Haube verborgen.

«Komm mit!», sagte sie nur und drückte Barbara eine Laterne in die Hand, ohne sie dabei anzusehen.

Barbara deutete eine Verbeugung in Richtung der Herren an und folgte ihr hinaus. Über mehrere Gänge gelangten sie in einen anderen Trakt, wo keine Fackeln mehr an den Wänden hingen.

«Freu dich nicht zu früh», raunte die Hausmagd ihr in bissigem Unterton zu. «Künftig wirst du mit uns in der Gesindeküche essen und nicht etwa an der herrschaftlichen Tafel.»

Barbara zuckte nur die Schultern. Auf Mahlzeiten im Herrensaal legte sie wahrhaftig keinen Wert. Als Elsbeth sie nun über zwei Holzstiegen hinauf unters Dach führte, eine Tür öffnete und mit ihrer Laterne hineinleuchtete, musste sie dennoch schlucken: Die Schlafkammer war nicht größer als ein Schweinekoben, der Bettvorhang eingerissen, und aus dem Gebälk schlug ihr kalte Zugluft entgegen. Immerhin gab es eine dicke Daunendecke, und neben der Kleidertruhe aus rohen Holzlatten stand eine Waschschüssel mit frischem Wasser. Sie bückte sich, um sich nicht den Kopf an der Dachschräge zu stoßen.

«Einen Aborterker gibt's im Gesindehaus nicht», hörte sie Elsbeth hinter sich sagen. «Deinen Pisstopf leerst du morgens in die Jauchegrube beim Schweinestall. Wehe dir, du kippst das Zeug aus dem Fenster.»

«Schon recht», erwiderte Barbara ruhig und verstaute die Sachen aus ihrem Reisebündel in der Truhe. Von Theophrastus hatte sie längst erfahren, dass sie im Gesindehaus wohnen würde, wie er ihr auch sonst die kommenden Monate auf dem Schloss ohne Beschönigungen beschrieben hatte. Etwa, dass der Winter in den alten Gemäuern möglicherweise hart werden könnte. Oder dass sie einander nicht oft begegnen würden. Das mit dem alten Gemäuer hatte Barbara schon bei ihrer Ankunft festgestellt – das Geviert aus dem steinernen Herrenhaus und den drei niedrigen, einfachen Fachwerkbauten um den rechteckigen Platz herum machte alles andere als einen prachtvollen Eindruck, von dem mächtigen Rundturm und der hohen Zehntscheuer vielleicht abgesehen. Eher schon wirkte das Anwesen ziemlich verlottert: An den Hauswänden blätterte der Putz ab, zwischen den Pflastersteinen im Schlosshof wucherte Unkraut, der Torbogen über dem zweiflügeligen Hoftor war eingestürzt und von dem freiherrlichen Wappen am Eingangsportal kaum noch etwas zu erkennen. Und in einer solch schäbigen Schlafkammer hatte sie auch schon lange nicht mehr gehaust. Aber dafür gab es im Schloss ein Badhaus, in dem sie morgen früh zu arbeiten beginnen würde. Das war schließlich das Wichtigste.

Sie klappte den Deckel der Truhe zu, richtete sich wieder auf und drehte sich zu Elsbeth um. Doch die war bereits ohne ein weiteres Wort verschwunden.

Es fiel Barbara nicht schwer, sich einzuleben. Die Badstube, die man vom Schlosshof aus betrat, war zwar mit seinen nur zwei Holzzubern und den beiden Schwitzbänken recht klein, aber dafür war alles blitzblank sauber, was sie an guten Badhäusern so liebte. Von Montag bis Mittwoch sowie an den Samstagen war sie nicht nur für die Schlossbewohner, sondern für alle Menschen der Umgebung geöffnet.

Mit Bader Sigmund und seinem Weib Marga kam sie gut aus. Die beiden mochten vielleicht etwas grob in ihrer Art sein, doch sie achteten streng auf Reinlichkeit und auch darauf, dass es in den Badzubern zu keinen unzüchtigen Handlungen kam. Ohnehin hatte der sittenstrenge Pfarrer von Beratzhausen verfügt, dass nunmehr niemand mehr nackt baden durfte, was in Basel durchaus erlaubt gewesen war. So trugen die Mannsbilder zumindest die knappe Bruch um die Lenden, die Frauen ihre Badehr, jene lose, um den Hals gebundene Schürze, die hinten offen war. Das Verbot, nicht mit dem anderen Geschlecht in einer Wanne zu baden, sofern man nicht verehelicht war, beachtete indessen kaum einer.

Als Lohn erhielt Barbara zwar lediglich fünf Weißpfennige den Tag, aber mehr hatte sie auch nicht erwartet, da Kost und Unterkunft frei waren. Zunächst oblag ihr nur, vom Vorbad aus den großen Badeofen zu befeuern, der sowohl das Wasser im Kessel als auch die Wackersteine für die Aufgüsse erhitzte, oder alle naselang Frischwasser aus dem Brunnen im Hof herbeizuschleppen – beides eine wahre Knochenarbeit. Aber Lehrjahre waren nun mal keine Herrenjahre, sagte sie sich, und da sie niemals murrte, sich aber geschickt anstellte, durfte sie nach zwei Wochen auch angenehmere Arbeiten übernehmen: Sie übergoss die Gäste mit kaltem oder warmem Wasser, je nach Sigmunds oder Margas Anweisungen, wusch ihnen im Zuber mit seifiger Aschenlauge das Haar oder schlug ihnen im Schwitzbad mit dem Badewedel auf die nackte Haut, bis diese krebsrot anlief. Bot sich nebenher Zeit, band sie Wedel aus jungem Tannenreisig zusammen oder flocht die für jeden Gast vorgeschriebenen Strohhütlein, die den Kopf vor der Hitze schützten. Das Kneten der Körper mit Salben und Ölen hingegen war ganz allein Margas Aufgabenbereich, der des Baders wiederum das Schröpfen, Barbieren und die Wundbehandlung, wobei Letzteres abseits der Badegäste in einem Nebenraum stattfand. Unterstützt wurden die Badersleute vom Gesellen Wilhelm, einem mürrischen und wortkargen Mann um die dreißig, der aber seine Sache gut machte, wie Barbara fand.

Gerade in dieser kalten Jahreszeit liebte sie ihre Arbeit im wohlig warmen Badhaus, wo sie den ganzen Tag barfuß gehen konnte und nur ein leichtes, kurzes Trägerkleidchen am Leib trug. Der Medicus gehörte im Übrigen nicht zu den Badegästen und kam allenfalls zum Barbieren vorbei – er zog es wohl vor, in der Waschküche des Herrenhauses zu baden, wie auch der Freiherr selbst oder die Herren Amtsdiener und Verwalter.

Auf dem Schlossgelände und in der Umgebung kannte sie sich bald schon bestens aus. Sie genoss es, so nah an der Natur zu sein, erst recht, als Mitte Dezember, gut zwei Wochen nach ihrer Ankunft, der erste Schnee fiel und alles mit seiner weichen, weißen Decke überzog. Wann immer es ihr möglich war, streifte sie durch die Gegend, in ihrem neuen dunkelgrünen Wollmantel und den neuen warmen Stiefeln aus Nürnberg, die Theophrastus ihr noch vor der Abreise gekauft hatte und die ihn ein Vermögen gekostet haben mussten. Verwundert sahen die Leute ihr nach, fragten sich bestimmt, was diese junge Magd, die der neue Leibarzt des Freiherrn aus Nürnberg hergeholt hatte, da draußen in der Kälte zu suchen hatte.

Hin und wieder begleitete Theophrastus sie bei ihren Spaziergängen, dann tauschten sie sich aus. Das Landleben tat ihm, wie schon Stadtarzt Magenbuch bemerkt hatte, offensichtlich gut, er wirkte ausgeglichen, ja aufgeblüht. Mit dem Schlossherrn verstand er sich bestens, die Heilung von dessen Karbunkel ging dank seiner Arzneien, Salben und Wundpflaster gut voran, und er besuchte sogar die evangelischen Gottesdienste in Sankt Peter und Paul, wo Barbara ihn sonntags mit etwas verlegener Miene zwischen dem Freiherrn und Gerichtsschreiber Dorfner auf der herrschaftlichen Empore sitzen sah. Vom hiesigen Pfarrer hingegen war er regelrecht begeistert, und so erfuhr sie von ihm, dass Freiherr Bernhardin von Stauff seine kleine Regentschaft zu Recht als erste reformierte Herrschaft im Reich bezeichnen durfte. Sogar aus Regensburg kämen Neugläubige zum hiesigen Gottesdienst.

Auch zum Schreiben fand Theophrastus wieder die Ruhe. Man hatte ihm im Herrenhaus ein richtiges Arbeitskabinett eingerichtet, mit Schreibtisch, Lehnstuhl und Kohleöfchen, und mehrere dreiarmige Leuchter spendeten ausreichend Licht auch bei Dunkelheit. So schrieb er emsig an seinem neuen Werk, das er Opus Paragranum nannte und das die vier Säulen seiner neuen Medizin beschrieb, die da wären: Philosophie, Astronomie, Alchemie und Tugend. So hatte er es ihr jedenfalls erklärt. Sie verstand so gut wie nichts davon, von den hohen Ansprüchen an die Tugend eines Arztes, die er ihr schilderte, vielleicht abgesehen. Was aber auch daran liegen mochte, dass sie tatsächlich nur wenig Zeit miteinander verbrachten und sie sein Arbeitszimmer erst ein einziges Mal betreten hatte. Als einfacher Magd, und nichts anderes war sie auf dem Schloss, war ihr der Zutritt zum Herrenhaus verwehrt, es sei denn, man hatte dort etwas Wichtiges zu erledigen. Anfangs wollte sich Theophrastus darüber hinwegsetzen, wünschte, dass sie sich mit dem Spinnrad, das Elsbeth ihr für die arbeitsfreien Tage besorgt hatte, zu ihm setzte. Doch Barbara lehnte ab. «Das würde nur für böses Blut bei den anderen sorgen. Ich will nichts Besonderes sein.»

Vielleicht lag es ja an ihrer Nähe zum Medicus, dem weithin bekannten Arzt, dass ihr das Gesinde, von Marga und Sigmund abgesehen, mehr oder weniger mit Argwohn begegnete. Vielleicht aber auch einfach nur daran, dass sie eine Fremde war. Mit der Zeit würde sich das ganz gewiss ändern. Außer Elsbeth und dem Leibdiener des Freiherrn arbeiteten im Schloss noch ein Koch, eine Köchin, zwei Küchen- und Stubenmädchen, eine Wäscherin, eine Bierbrauerin sowie etliche Stall-, Vieh- und Wagenknechte und eine ganze Schar von Jagdgehilfen. Nur die Gänsemagd Anna, die in der Rangordnung auf unterster Stufe stand, kam von Beginn an offen auf Barbara zu. Anna war ein lustiges junges Ding mit feuerrotem Haar und schwatzhaft obendrein. Sie waren sich gleich am zweiten Tag auf dem Schlosshof begegnet, wo Anna kreuz und quer einem entlaufenen Huhn hinterherjagte, bis Barbara es schließlich mit ihrem Mantel hatte einfangen können.

«Ich danke dir so sehr!» Lachend hatte das Mädchen ihr das Huhn abgenommen. «Das Vieh soll nämlich in den Suppentopf. Ich bin Anna, und du musst die Magd des buckligen Arztes sein.»

Von ihr erfuhr Barbara schon bald, dass der Freiherr allein auf dem Schloss lebte, von seinem Vetter Johann Rupprecht einmal abgesehen, mit dem er die Herrschaft über Beratzhausen teilte. Doch der kam nur selten von Regensburg herüber, wo man noch einen Stadthof besaß, den Ehrenfelser Hof. Bernhardin von Stauff selbst war verwitwet, hatte aber wohl eine heimliche Geliebte im Ort, seine beiden Kinder waren schon außer Haus. Um das Schloss mit den dazugehörigen Gütern übernehmen zu können, hatte er seine Geschwister ausbezahlen müssen und sich dadurch hoch verschuldet.

«So erzählt er es jedenfalls herum», waren Annas Worte gewesen. «Aber in Wirklichkeit verschleudert er sein Vermögen mit Ritterturnieren, großen Tanzgesellschaften und Falkenjagden. Beim Fastnachts-Turnier in Regensburg hat er sogar mal einen Preis gewonnen. Allein die drei Streitrösser im Stall und seine Rüstungen – was das kostet! Und was hier abends immer an Speis und Trank aufgetafelt wird … Hast du mal die Burg Ehrenfels gesehen, oben auf dem Berg? Die lässt er noch mehr verfallen als das Schloss. Dabei ist das der Stammsitz der Stauffer zu Ehrenfels.»

Solcherlei Tratsch brauchte Barbara nicht zu kümmern, hatte sie mit dem Freiherrn und dessen Anhang doch so gut wie nichts zu schaffen. Dafür freute es sie umso mehr, dass das Gesinde sie allmählich als eine der Ihren aufnahm. Sie hatte also gut daran getan, ihre Stunden am Spinnrad nicht in Theophrastus' Schreibstube zu verbringen, sondern in der warmen Küche, wo zur Winterzeit auch die anderen ihre Flick- und Handarbeiten erledigten. Dort bezog man sie immer häufiger in die Gespräche oder das gemeinsame Singen ein, niemand tuschelte mehr in ihrer Nähe oder wandte sich von ihr ab, wenn sie dazustieß.

Mit diesen geselligen Stunden in der Küche, den Spaziergängen hinaus in die Natur und ihren Arbeitstagen im Badhaus verging die Zeit erstaunlich rasch. Im neuen Jahr bekam sie sogar zwei Pfennige mehr auf ihren Taglohn, was sie sehr freute. An einem eiskalten Sonntagnachmittag Mitte Januar schließlich holte sie der Medicus nach längerer Zeit wieder einmal zu einem Spaziergang ab. Sie hatte sich längst seinem zügigen Schritt angepasst, und so stapften sie zunächst wortlos, nur kleine Atemwölkchen ausstoßend, durch die herrlich verschneite Landschaft, die im strahlenden Sonnenschein glitzerte und funkelte. Hinter der Obermühle blieb er stehen.

«Es ist wirklich schade, dass wir uns so selten begegnen. Gerade so, als würden wir in zwei verschiedenen Dörfern leben. Hast du es …», er räusperte sich, «hast du es jemals bereut, dass du mitgekommen bist? Ich meine, wo du doch so ärmlich untergekommen bist.»

Sie musste lachen. «Als Kohlenbergerin war ich auch nicht gerade auf Rosen gebettet.»

«Dann geht es dir also gut?»

«Sorgt Ihr Euch etwa um mich? Das braucht Ihr nicht. Meine Arbeit macht mir Freude, und mittlerweile fühle ich mich auch nicht mehr fremd unter den Mägden und Knechten. Ja, es geht mir gut.»

Befriedigt nickte er, und sie setzten ihren Marsch durch das verschneite Tal der Schwarzen Laber fort.

Mit ihrer Antwort hatte Barbara zwar nicht gelogen, aber auch nicht die ganze Wahrheit gesagt. Eines nämlich missbehagte ihr: Sie hätte im Badhaus gern mehr Verantwortung übernommen. Sich beispielsweise um die Kräutermischungen gekümmert, das richtige Kneten der verspannten Rücken und Schultern erlernt und erst recht den Bader bei der Wundbehandlung unterstützt. Doch leider wachte Geselle Wilhelm mit Argusaugen darüber, dass sie sich nicht zu viel herausnahm. Sie war eben doch nur eine Hilfsmagd und konnte froh sein, dass sich in Beratzhausen niemand um ihre Herkunft scherte.

Ob sie wollte oder nicht, wanderten ihre Gedanken seit einiger Zeit wieder häufiger zu Beat: Hatte er sie wirklich, wie Stoffel in seinem Brief vermutete, zur Frau gewollt? Und hätte er sie noch immer gewollt, wäre sie ein halbes Jahr früher in Nürnberg angekommen und ihm begegnet? Nein, sagte sie sich dann jedes Mal, das Leben war nun einmal, wie es war. Und eröffnete ihr der Medicus nicht eine Zukunft, in der sie – und das auch noch als Frau – so vieles erfahren und erleben durfte? In Beratzhausen, wo er keinen anderen Patienten als den Schlossherrn und somit viel Muße für seine Schreiberei hatte, war sie schließlich nicht auf ewig. In Sankt Gallen würde sie ihm wieder zur Hand gehen, wenn er die Kranken behandelte, und im Haushalt für ihn sorgen. Darauf freute sie sich jetzt schon. Zumal er mit der Trinkerei endlich aufgehört hatte – und das hoffentlich ein für alle Mal.

Kapitel 29

Mitte April 1530, Reise nach Sankt Gallen

Ich werde dich so sehr vermissen!» Die Tränen liefen Anna über die sommersprossigen Wangen, und Barbara nahm sie erneut in den Arm.

«Bestimmt sehen wir uns irgendwann wieder», sagte sie dabei, auch wenn das höchst unwahrscheinlich war.

Eine wahre Menschentraube hatte sich an diesem sonnigen Morgen auf dem Schlosshof gebildet, um ihr und dem Medicus Lebewohl zu sagen. Der Tag der Abreise war gekommen, wobei sie für heute nur bis Regensburg reiten wollten, auf Pferden aus dem freiherrlichen Stall. Diese würden sie, nebst dem vollbepackten Esel, bei Bernhardins Vetter im Ehrenfelser Hof wieder abgeben. Zwei oder drei Nächte wollten sie im Stadthof des Freiherrn verbringen, um sich auf den Regensburger Märkten mit allem zu versorgen, was sie für die weitere Reise brauchten.

Drei Tage zuvor hatte der Medicus sie nach dem Kirchgang beiseitegenommen.

«Es ist so weit, Barbara: Ich will aufbrechen. Gehst du also mit mir nach Sankt Gallen?»

«Aber ja, und ich freue mich darauf.» Wie hatte er über ihr Ja gestrahlt! Wahrscheinlich hätte er sie vor Freude umarmt, wäre auf dem Kirchplatz nicht das halbe Dorf versammelt gewesen.

«Seid Ihr wirklich sicher», hatte sie nachgesetzt, «dass Ihr dort ungehindert Eure Bücher drucken dürft? Nicht, dass Ihr wieder eine große Enttäuschung erlebt.»

«Sogar ganz sicher, liebe Barbara. In der Schweiz verbietet mir keiner das Schreiben, weil die Eidgenossen nämlich auf eine Nürnberger Censura pfeifen. Außerdem habe ich dort einflussreiche Freunde.»

Dann war sein Blick unsicher geworden.

«Da ist noch etwas anderes, denn ich will ehrlich zu dir sein. Der Weg nach Sankt Gallen ist weit, und wir werden nicht auf gradem Wege dorthin reisen. Ich möchte nämlich unterwegs wieder in die Wundarznei und in die innere Medizin zurückfinden. Viel zu lange habe ich hier am warmen Ofen gelebt, ohne jede Herausforderung als Arzt. Bernhardins Karbunkel zu heilen, war ein Kinderspiel, dafür hatte es lediglich Zeit und Geduld gebraucht. Aus diesem Grund will ich von Regensburg aus zunächst nach Amberg. Ein reicher Handelsmann namens Bastian Kastner hat mich zu sich gebeten, da er an einem gefährlichen Oberschenkelgeschwür leidet. Dafür verspricht er guten Lohn, den wir brauchen können. Diese Reise wird uns nämlich einiges kosten, wenn wir nicht die ganze Zeit zu Fuß gehen oder im Freien übernachten wollen. Langer Rede kurzer Sinn: Wir ziehen zunächst in den Norden statt in den Süden.»

«Wann werden wir dann in Sankt Gallen ankommen?»

«Spätestens zum Herbst sind wir da.»

Darüber war sie nun doch ein wenig erschrocken. «Wie? Das ist ja erst in einem halben Jahr!»

«Nun ja, Erfahrenheit kommt von Fahren, und ein guter Arzt sollte immer auf der Suche nach Erkenntnissen sein. Hinter dem Ofen findet keiner seinen Meister, dort spürt keiner die Geheimnisse der Natur und der Heilkunst auf. Dazu muss man schon in die Welt hinaus wie ein Landfahrer.»

«Wie ein Landfahrer also! Und da soll ich Euch glauben, dass Ihr in Sankt Gallen sesshaft werden wollt?»

«Ich weiß, die Natur hat mich nicht gerade sesshaft geschaffen. Mein ganzes Leben war eine einzige Wanderung, und wenn ich mich mal niederlassen wollte, hat man mich nicht gelassen. Aber glaub mir, Barbara, allmählich macht selbst mich das müde. Ich hab genug gesehen von der Welt und will nun endlich meiner wahren Berufung nachgehen, und zwar, wie du weißt, die Medizin erneuern. Ich verspreche dir, in Sankt Gallen zu bleiben – dort ist alles so, wie ich es mir für meine späten Lebensjahre wünsche.»

Immerhin hatte er mit seinen Plänen nicht hinterm Berg gehalten, dachte sie jetzt, während Theophrastus den Amtsleuten rundum die Hände schüttelte. Ja, sie wollte sich darauf einlassen – ein halbes Jahr war schließlich keine Ewigkeit.

Als Letztes nahm sie Marga in die Arme. «Wenn es dir mit deinem Medicus zu dumm wird», flüsterte die ihr ins Ohr, «kannst du jederzeit zu uns zurückkommen. In unserem Häuschen am Zehntstadel könnten wir sogar eine kleine Kammer für dich frei machen.»

«Das ist sehr lieb von dir», erwiderte Barbara gerührt. «Und ich danke dir und Sigmund von Herzen für die gute Zeit. Aber ich denke, ich werde in Sankt Gallen meinen Platz finden.»

Auch der Freiherr machte einen letzten Versuch, seinen scheidenden Leibarzt zum Bleiben zu überreden. Gerade als sie die Pferde besteigen wollten, hielt er Theophrastus am Arm zurück.

«Reitet meinetwegen nach Regensburg, schaut Euch dort nach Patienten um, und dann kommt wieder zurück zu mir. Bleibt mein Hofarzt, ich bitte Euch! Ein kleiner Stamm von gut betuchten Regensburger Patienten sollte genügen, um Euch ein sorgloses Leben zu ermöglichen. Ihr könnt jederzeit im Ehrenfelser Hof absteigen, richtet Euch dort meinetwegen ein Behandlungszimmer ein, und lebt ansonsten weiterhin bei mir auf dem Schloss. Eurer Schreiberei könnt Ihr Euch obendrein in aller Ruhe widmen.»

Seine flehentlichen Worte halfen nichts, zumal sie in Barbaras Ohren ein wenig wie Hohn klangen: Ein Teil des vereinbarten Lohns stand nämlich noch immer aus, da der Freiherr derzeit wieder einmal keine bare Münze besaß. Dabei handelte es sich um keine Kleinigkeit, sondern um die beträchtliche Summe von zehn Gulden. Doch was den Medicus in früheren Zeiten in Rage gebracht hätte, schien ihn jetzt nicht zu bekümmern.

Mit einem breiten Lächeln schwang er sich, behände wie ein junger Mensch, in den Sattel.

«Es zieht mich heim in die Schweiz, lieber Bernhardin, und das wisst Ihr auch. Lebt wohl und bleibt vor allem gesund.»

Nachdem sie das Hoftor hinter sich gelassen hatten, wandte er sich, noch immer lächelnd, Barbara zu. «Sankt Gallen wird dir gefallen. Die Stadt ist nicht zu groß, die Luft rein und würzig, die schneebedeckten Gipfel der Alpen sind nicht weit.»

«Dass es mir gefällt, will ich doch sehr hoffen», gab sie halb im Spaß, halb im Ernst zurück. Dann überließ sie sich mit einem angenehmen Gefühl im Bauch dem sanften Schaukeln ihres kräftigen kleinen Schimmels.

Fast ein Jahr sollte es dauern, bis sie ihr Ziel erreichten.

Hätte Barbara das vorher gewusst, wäre sie wahrscheinlich in Beratzhausen geblieben. Doch als sie sich jetzt bei kühlem Märzwetter Sankt Gallen näherten, wusste sie: Sie hatte das Richtige getan, trotz aller Widrigkeiten, die sie unterwegs erlebt hatten. Allein schon, dass der Medicus sie überall, ob in feinen Bürgerhäusern oder in verlotterten Kaschemmen, als seine Schülerin vorgestellt hatte, die ihm bei den Behandlungen behilflich sei, womit er nicht nur verwunderte, sondern mitunter auch höchst misstrauische Blicke erntete. Aber er hatte sich nicht beirren lassen: Wer damit nicht einverstanden war, dem kehrte er den Rücken zu, was sie mit Dankbarkeit und Stolz zugleich erfüllte. So vieles lernte sie in diesen Monaten, erlebte dabei beglückende Momente, wenn sie etwa einer Mutter mit ihrem kranken Kind helfen konnten, aber auch Schlimmes: In Memmingen mussten sie einem jungen Mann das linke Bein unterhalb des Knies absägen, weil es bereits vom Wundbrand zerfressen war.

Nur leider hatte sich ihre erste Station in Amberg als von Anfang an verdorben erwiesen. Der reiche Handelsmann Bastian Kastner war ein griesgrämiger alter Witwer und Pfennigfuchser und weigerte sich schon gleich bei ihrer Ankunft, die Kosten der Mietpferde zu erstatten. Er zahle bei erfolgreicher Behandlung schließlich zwanzig Gulden, das müsse wohl ausreichen. Woraufhin Theophrastus trotzig wieder abreisen wollte, doch Barbara überredete ihn, zu bleiben. «Jetzt seid nicht so stur. Euch fehlen bereits die zehn Gulden aus Beratzhausen.»

Ihre Überredungskünste hätte sie sich besser sparen sollen. Die beiden Männer einigten sich zwar auf die Summe von dreißig statt zwanzig Gulden nach erfolgter Heilung, samt guter Kost und freier Unterkunft bis dahin, doch dann erwies sich das vermeintliche Geschwür als ein schon halb verfaulter Oberschenkel mit offenen, eitrigen Stellen, die einen ekelhaften Gestank verbreiteten, kaum dass der Verband abgenommen war. Der Medicus geriet wahrhaftig an die Grenzen seiner Kunst. Die ersten Wochen war er nur damit beschäftigt, durch Kräuterwaschungen und anschließende Heilpackungen dem Bein die Giftstoffe zu entziehen, und Barbara half ihm dabei. Mit der ihm eigenen Verbissenheit gab Theophrastus nicht auf. Ende Mai schließlich zeigte sich Besserung, die ersten Hautflächen heilten aus. Trotzdem sollte es noch bis in den Sommer dauern, dass der alte Kastner wieder schmerzfrei auftreten konnte.

Nach Barbaras Meinung hätte der Medicus doppelt so viel Lohn fordern sollen, wo sie monatelang in diesem freudlosen und reichlich verlotterten Haus festsaßen, doch selbst das hätte nichts genutzt. Unter Kastners Dach wohnte nämlich auch dessen jüngerer Bruder Johannes, ein leichenblasser Mensch, der sich großspurig als Meister der Alchemie bezeichnete und die meiste Zeit in seinem Laboratorium im Keller verbrachte. Dort braute er allerlei Wässerchen zusammen, mit denen er dem Doktor zu dessen Ärger in die Kur pfuschte. Als Theophrastus Ende Juli die Abreise ankündigte, da seine Aufgabe erfüllt sei, und den zustehenden Lohn erbat, nahm jener Johannes in schier unglaublicher Dreistigkeit den Heilerfolg für sich in Anspruch. Der Medicus brach in einen derartigen Zorn aus, wie Barbara es schon lange nicht mehr erlebt hatte. Doch wie durch ein Wunder besann er sich von selbst wieder und gab, nachdem sie mit ihren Siebensachen und ohne einen Pfennig das Haus verlassen hatten, zähneknirschend zu: «Ich bin selbst schuld, ich hätte es wissen müssen. Traue niemals einem reichen Mann, den du nicht von Grund auf kennst.»

Seit diesem unseligen Aufenthalt in Amberg waren sie mit ihrem Packesel, den sie in Regensburg nebst nagelneuen Satteltaschen erstanden hatten, zu Fuß statt hoch zu Ross unterwegs. Nicht einmal die Zutaten für seine Elixiere und Tinkturen waren dem Medicus bezahlt worden, sodass sich seine Reisekasse erschreckend rasch leerte. Fortan suchten sie sich einfache Herbergen, wo sie auf Strohsäcken nächtigten, manchmal ließ ein mitleidiger Fuhrmann sie auch um einen Gotteslohn aufsitzen, und der Esel wurde hinten an den Wagen gebunden. Wahrscheinlich ihr zuliebe klopfte Theophrastus auch drei-, viermal bei alten Bekannten aus Studienzeiten an – er schien in allen deutschen Landen jemanden zu kennen –, und sie durften nach einem sättigenden Abendessen für eine Nacht in richtigen Betten schlafen. So auch an einem sengend heißen Augusttag, wo sie bei Hans Kilian in Neuburg, einer Stadt an der Donau, abstiegen. Beim Abschied am nächsten Morgen bot der Medicus ihm gegen einen Obolus Handschriften aus früheren Zeiten an, die Kilian nach Belieben und auf eigenen Gewinn veröffentlichen dürfe, sobald das unselige Nürnberger Druckverbot aufgehoben sei. Woraufhin der Freund ihm mit großem Bedauern erklärte, dass ihm in diesen schwierigen Zeiten selbst das Wasser bis zum Hals stehe und er ihm leider mit Geld nicht weiterhelfen könne. Da warf Theophrastus ihm die Schriften trotzig zu Füßen: «Mach damit, was du willst – meinetwegen kannst du an kalten Tagen den Ofen damit anfeuern.»

Solcherlei Missstimmungen waren indessen selten. Nur die Tatsache, dass sie von der Hand in den Mund lebten, bedrückte ihn. «So macht Euch doch deswegen keine Gedanken», sagte sie ihm, als er schließlich mit der Sprache herausgerückt war. «Ich weiß, worauf ich mich eingelassen habe, und bis jetzt leiden wir weder Hunger, noch mussten wir jemals im Kuhstall oder im Freien schlafen. Und habt Ihr nicht unterwegs so vielen Menschen geholfen?»

«Wir beide», verbesserte er sie daraufhin mit erleichterter Miene. «Ach Barbara, du weißt nicht, wie froh es mich macht, dass du an meiner Seite bist.»

Mal blieben sie nur zwei Tage an einem Ort, mal mehr als eine Woche. Sein Ruf als Wunderheiler eilte ihm voraus, zu Dutzenden wurde er in den Wirtshäusern und Schenken von Hilfesuchenden umlagert. Nur leider besaßen die meisten kaum einen

Pfennig, um die Behandlung zu bezahlen. Niemals aber hätte er aus diesem Grunde jemanden zurückgewiesen. Sie hatte einmal in seinen Schriften einen Satz gelesen: «Der gute Arzt soll leben wie die Apostel Christi, ohne Schuhe, Sack und Stecken, ohne Pfründe, Haus und Ehe, sondern auf Wanderschaft.» Dafür, dass dies für ihn nicht nur leere Worte waren, bewunderte sie ihn und hätte ihm niemals zum Vorwurf gemacht, wenn er wieder einmal den ganzen Tag keinen Pfennig eingenommen hatte.

So ernährten sie sich zumeist von Suppe und Brot, und um die Kosten für die Unterkunft niedrig zu halten, verdingte sich Barbara sogar ab und an als Schankmädchen, während er selbst Geschwüre, Koliken oder allerlei Wunden behandelte. War er nicht mit seinen Kranken oder Versehrten beschäftigt, zog er sich in den Schankstuben in eine ruhige Ecke zurück und schrieb. Er beendete sogar sein Opus Paragranum in diesen Sommerwochen, wobei er ihr hin und wieder etwas daraus vorlas. In ihren Ohren klang alles reichlich wirr, eines stieß ihr gar unangenehm auf: An einer Stelle bezeichnete er sich selbst als Monarchen der neuen Medizin, der diese Monarchie künftig anführen werde. Wörtlich schrieb er: «Wie wird es euch Hornochsen anstehen, wenn euer als Schwätzer geschmähter Theophrastus, euer Kako-Theophrastus, ein Fürst der Monarchie sein wird und ihr als Versager nur noch die Schlotfeger? Wie gefällt es euch, wenn die Sekte des Theophrastus triumphieren wird? Ihr werdet meine Philosophie annehmen müssen und euren Plinius einen Kako-Plinius nennen und euren Aristoteles einen Kako-Aristoteles. Ihr müsst mir nach, nicht ich euch.» Da erkannte sie wieder diesen Anflug von Größenwahn, der ihm in Basel oder Nürnberg nur Scherereien eingebracht hatte, und so fasste sie sich ein Herz und sagte freiheraus: «Wenn Ihr so was schreibt, macht Ihr Euch keine Freunde.» – «Freunde?», lachte er bitter auf. «Wozu soll ich mir

Freunde machen? Ich will gehört und anerkannt werden.» Mit einem Schulterzucken und einem angedeuteten Lächeln hatte sie daraufhin geschwiegen. Hatte er nicht auch ein kleines bisschen recht? War er nicht auch zu bewundern für diese Beharrlichkeit, mit der er an seiner Vision einer neuen Medizin festhielt?

Größere Städte mieden sie im Übrigen, da Kost und Logis dort teuer waren. Die Handelsstadt Augsburg durchquerten sie Anfang September sogar fast im Laufschritt und ohne eine Mahlzeit einzunehmen, obgleich es schon auf den Abend zuging. Was indessen noch einen anderen Grund hatte: Er befürchtete, den hier ansässigen Fuggern zu begegnen. Mehr als einmal war er nämlich in Wirtshäusern von neugierigen Tischnachbarn, die ihre Gespräche belauschten, erkannt worden. «Seid Ihr etwa der berühmte Doktor Theophrastus?», hieß es dann oder einmal gar: «Ihr müsst Herr Paracelsus sein! Ich habe all Eure prognostischen Schriften gelesen.» Was ihn sichtlich mit Stolz erfüllte.

In der völlig überfüllten Reiseherberge eine Wegstunde südlich von Augsburg, die sie erst bei Einbruch der Dunkelheit erreichten, quartierte er sich deshalb unter falschem Namen ein. In der Schankstube, wo sie dicht an dicht mit einem halben Dutzend Fuhrleuten am Tisch saßen, durfte Barbara ihn nur mit Meister Leonhard ansprechen und mit keinem Wort so etwas wie die Heilkunde erwähnen, seinem Nebenmann erklärte er, er sei ein wandernder Schreiber. Barbara fand diese Posse reichlich albern, spielte aber mit. Wer wusste schon, ob er nicht gut daran tat. Hatten die Fugger nicht schließlich auch das Druckverbot bewirkt?

An diesem Abend gingen sie früher als sonst schlafen. Barbara stand schon vor der Tür zum Frauenschlafsaal, als Theophrastus ihr nacheilte und sie nach draußen in den Hof bat. Der kühle Wind und die frühe Dunkelheit verrieten deutlich, dass es auf den Herbst zuging. Doch da sie nur noch eine Woche von ihrem Ziel entfernt waren, beunruhigte Barbara das nicht.

«Was gibt es denn so Wichtiges?», fragte sie, während er sich umsah, ob niemand in der Nähe war. «Ist Euch eingefallen, dass Ihr doch nicht in die Schweiz wollt?»

«Nein, nein, um Himmels willen. Es ist nur so, dass ...» Er zögerte, dann fuhr er fort: «Wir kommen auf unserem Weg durch die schwäbische Reichsstadt Memmingen, dort kenne ich einen evangelischen Pfarrer. Ein guter Mann, bei dem ich auf meinen Reisen schon öfter eingekehrt bin. Zuletzt hatte ich mir dort als Arzt einen Namen machen können. Das wäre doch eine willkommene Gelegenheit, die Reisekasse aufzufüllen. Ich meine, mit Behandlungen, für die ich auch ein angemessenes Honorar bekomme.»

«Allzu lange sollten wir aber nicht bleiben. Das Wetter könnte umschlagen.»

«Ich wollte damit auch sagen, dass wir dort überwintern. Glaub mir, ich hab den ganzen Tag darüber nachgedacht, aber das wäre wirklich am besten so.»

«Wie?» Sie glaubte, sich verhört zu haben. Bislang hatte sie diese doch sehr lange Reise ohne jedes Murren mitgemacht, jetzt aber wollte sie endlich ankommen. Schließlich war immer von einem halben Jahr die Rede gewesen. «Nein, das möchte ich nicht.»

«Bitte, Barbara. Ich habe so gut wie kein Geld mehr und würde ungern verlottert wie ein Landstreicher bei meinen Freunden anklopfen. Es reicht ja nicht mal mehr für den Besuch einer Badstube für dich oder beim Barbier für mich. Und für den Neubeginn in Sankt Gallen bräuchte ich erst recht ein kleines Sparpolster. Ich verspreche dir, dass wir in Memmingen nur bleiben, wenn wir für den ganzen Winter im Pfarrhaus aufgenommen werden, wovon ich aber ausgehe. Ansonsten ziehen wir weiter, es wäre nicht einmal ein Umweg. – Magst du eine Nacht darüber schlafen? Wenn du morgen früh Nein sagst, lassen wir es.»

«Ich darf also entscheiden?»

«Aber ja, ich hab dir schon so viel zugemutet unterwegs.»

Sie dachte nach. Der Saum ihres Kleids war ausgerissen, ihr Haar schon ewig nicht mehr gewaschen, und die Schuhsohlen hatten Löcher.

«Gut», sagte sie schließlich. «Unter einer Bedingung: Ich verwalte Eure Einkünfte und entscheide mit über die Ausgaben. Ihr könnt nämlich kein bisschen mit Geld umgehen.»

Kapitel 30

Ankunft in Sankt Gallen, Anfang März 1531

Barbara mochte es kaum glauben, dass sie an ihrem Ziel angekommen waren. Vor ihnen, zwischen Hügeln in einem weiten Tal, lag die Kloster- und Reichsstadt Sankt Gallen. Gegen Süden und Osten waren deutlich die schroffen, schneebedeckten Berggipfel der Alpen zu erkennen.

Vor vier Tagen erst hatten sie Memmingen verlassen, wo sie die Wintermonate mit dem Pfarrer und dessen Haushälterin, seiner heimlichen Buhlin, verbracht hatten. Ausgeruht und mit neuem Schuhwerk versehen, waren sie ohne jeden Umweg und bei klarem, trockenem Wetter durch das wunderschöne Allgäu gewandert, mit kleinen Unterbrechungen lediglich zum Kräutersammeln, hatten den östlichen Teil eines riesigen, dunkelblauen Sees umrundet, Konstanzer See oder Schwäbisches Meer genannt, und befanden sich nun wahrhaftig in der Schweiz. Die kehlige Mundart der Menschen hier ließ bereits ein warmes, vertrautes Gefühl in Barbara aufkommen, so sehr ähnelte sie der Sprache ihrer Basler Heimat.

«Wir haben es geschafft, du braves Tier.» Sie kraulte dem gutmütigen Packesel, der sie in diesen Monaten so treu begleitet hatte, die langen Ohren. «Wer hätte das gedacht?»

Ihr Blick fiel auf den krummen Rücken des Doktors, der sich in raschem Schritt von ihr entfernte.

«Nun rennt doch nicht so, Meister Theophrastus!»

Er blieb stehen und drehte sich zu ihr um.

«Ach Barbara, du glaubst gar nicht, wie glücklich ich bin!» Er strahlte über das ganze Gesicht. «Endlich bin ich wieder in meiner geliebten Schweiz! Du wirst sehen: Jetzt wird alles anders. Hier herrscht ein freier Geist, hier gilt keine Censura. Überdies ist Sankt Gallen ein Zentrum der wahren Reformation, wo ein Quergeist wie ich», er zwinkerte ihr zu, «eher gelitten wird als anderswo.»

Sie schloss zu ihm auf. «Dann wollen wir das mal hoffen.»

«Wenn du magst», er nahm ihr den Eselstrick aus der Hand, «zeige ich dir im Sommer meinen Geburtsort Einsiedeln. Das sind nur zwei Tagesreisen von hier.»

«Meinetwegen. Aber vorerst», sie lachte, «hab ich die Nase voll vom Wandern.»

Nachdem sie ihr Pflastergeld entrichtet hatten, gelangten sie in die Vorstadt. Auf einem lang gestreckten Marktplatz, wo die Buden und Lauben an diesem ersten Sonntag im März allesamt verschlossen waren, saß ein alter Mann am Brunnen und wärmte sich in der Mittagssonne auf. Ihn fragte der Medicus nach dem Weg. Er hatte vor, bei Bartlome Schobinger anzuklopfen, einem reichen Kaufmann und Alchemisten, der zusammen mit seinem Bruder im fernen München eine Handelsgesellschaft für Eisenwaren und Tuche führte. Sie mussten die ganze Stadt durchqueren, bis sie den Platz gegenüber der Klosterkirche erreichten, doch St. Gallen war wesentlich kleiner und überschaubarer als Basel oder gar Nürnberg. Das riesige Kloster, das der Stadt den Namen verliehen hatte, war übrigens, wie der Medicus ihr unterwegs erklärte, seit vier Jahren aufgehoben, der Fürstabt mitsamt seinen Mönchen von den Reformatoren vertrieben.

Angesichts der prächtigen Bürgerhäuser, die den freien Platz säumten, wurde Barbara mulmig zumute. Theophrastus kannte

Schobinger lediglich aus einem Briefwechsel zu Basler Zeiten, als er sich mit ihm über Metallurgie und Bergkrankheiten ausgetauscht hatte. Von einem guten Bekannten oder Freund konnte also keineswegs die Rede sein. Und nun standen sie hier mit ihrem Esel, in staubigen Schuhen und Kleidern, wie weiland Josef und Maria auf der Suche nach einer Herberge. Ob das gut gehen konnte?

«Dort drüben muss es sein.» Er deutete auf ein hohes Fachwerkhaus mit steinernem Sockel, über dessen Torbogen in schwarzer und roter Farbe der schöne Hausname «Zur Wahrheit» prangte.

«Wartet», bat sie. «Machen wir uns erst noch ein wenig frisch.»

Sie führten den Esel zu einem nahen Brunnen, um ihn zu tränken, klopften sich derweil den Staub von den Mänteln und wuschen sich Gesicht und Hände, von den wenigen Spaziergängern in vornehmen Gewändern misstrauisch beobachtet.

«Was, wenn wir diesem Schobinger ungelegen kommen oder er uns gar nicht beherbergen will?», fragte sie.

Er kämmte sich mit den Fingern den spärlichen Haarkranz. «Dann suchen wir uns einen schönen Gasthof. Dank deiner Sparsamkeit ist in Memmingen ein hübsches Sümmchen zusammengekommen, und für unseren Esel bekommen wir obendrein gutes Geld. Das reicht fürs Erste.»

«Ich geb ihn nicht gern her», murmelte sie.

«Ich weiß. Aber da wir uns hier niederlassen wollen, brauchen wir ihn nicht mehr. Außerdem hab ich beschlossen, dass ich dir fortan wieder Lohn ausbezahle, und deinem Bruder solltest du bald schon schreiben, dass du jetzt in Sankt Gallen wohnst. Nun komm, wir sind beide schön genug.»

Was Bartlome Schobinger betraf, sollte sie sich umsonst gesorgt haben. Der Kaufherr erwies sich als ein überaus offener und gastfreundlicher Mensch. Kaum dass ein Knecht ihnen die Tür zu der weitläufigen Diele geöffnet und ihren Besuch beim Hausherrn namentlich angemeldet hatte, eilte der die Treppe herunter, mit ausgebreiteten Armen.

«Ihr seid also mein lieber Brieffreund Theophrastus? Was für eine schöne Überraschung!», rief er und umarmte den Medicus, als ob er ihn schon ewig kennen würde. Barbara, die mit dem Esel am Strick vor der Türschwelle stehen geblieben war, begrüßte er mit einem herzhaften Händedruck.

Schobinger war Anfang oder Mitte dreißig, von untersetzter, etwas dicklicher Gestalt und mit einer runden Knollennase im Gesicht. Seine Stimme war weich und sanft, doch der Blick aus seinen tiefgrünen Augen und die Züge um seinen Mund hatten etwas sehr Entschlossenes.

«Ihr kommt gerade recht», sagte er, nachdem der Medicus ihn darüber aufgeklärt hatte, dass Barbara nicht sein Weib, sondern seine treue Magd und Reisebegleiterin sei. «Das Sonntagsessen wird gleich aufgetragen, und wir sitzen im trauten Familienkreis beisammen.»

«O nein, lieber Bartlome», wehrte Theophrastus fast erschrocken ab. «Da wollen wir nicht stören. Wir kommen später wieder oder morgen. Könnt Ihr mir ein Gasthaus in der Nähe empfehlen?»

«Nichts da, Ihr seid meine Gäste. Ich freue mich so sehr, Euch endlich in persona kennenzulernen. Legt bitte ab und folgt mir hinauf, der Knecht kümmert sich derweil um Euer Gepäck und den Esel.»

In diesem Augenblick erschienen auf den oberen Treppenstufen drei Kinder und lugten neugierig herunter. Der Älteste, ein hübscher Knabe mit hellblonden Locken, rief: «Wer ist der fremde Mann, Vater?»

«Das ist der berühmte Doktor Theophrastus, ein Schweizer Arzt und Alchemist. Man nennt ihn auch Paracelsus. Jetzt verschwindet wieder und sagt der Köchin, sie soll noch zwei Gedecke auflegen.»

Auch in der holzgetäfelten Herrenstube wurden sie aufs Freundlichste begrüßt. Der traute Familienkreis, der um den großen Eichenholztisch versammelt war, bestand aus Schobingers wesentlich älterem und noch weitaus dickerem Bruder Hieronymus, einem Bäckermeister aus der Nachbarstadt Gossau, der derzeit das Amt des Schaffners im verwaisten Kloster ausführte, den Schwiegereltern Christian und Helena Studer sowie Schobingers Ehegefährtin, die wie ihre Mutter ebenfalls Helena hieß. Diese blonde, bildhübsche junge Frau, kaum älter als Barbara, war sichtlich guter Hoffnung, was Barbara wieder einmal einen kurzen Stich versetzte. Zumal die Eheleute wie frisch verliebt wirkten, wenn sie sich immer wieder warmherzige Blicke zuwarfen. Ihre drei Kinder indessen nahmen wohl mit dem Gesinde in der Küche die Mahlzeit ein.

Ein so köstliches Essen hatte Barbara schon lange nicht mehr genossen. Da die Reformierten den Fastenzwang vor Ostern inzwischen ablehnten, wunderte sie sich nicht, dass gebratener Fasan und gespickter Rehrücken aufgetragen wurden, dazu gab es Dörrobst in einer sahnigen Rotweintunke. Gespeist wurde nicht von Holzbrettern, sondern von Porzellantellern mit Goldrand. Schon beim ersten Zuprosten hatte der alte Studer, der erschreckend hager, ja kränklich wirkte und bis vor Kurzem noch Bürgermeister gewesen war, nicht hinter dem Berg gehalten: «Ihr also seid der ebenso berühmte wie berüchtigte Doktor Theophrastus, der wundertätige Arzt aus Basel, der dort die Medizinersippschaft so gewaltig aufgewirbelt hat?» Woraufhin der Medicus ihn nur verdattert angesehen hatte und Studer in ein raubeiniges Lachen ausgebrochen war, das man dem ausgemergelten Körper gar nicht zugetraut hätte. «Ach lieber Medicus, daran habt Ihr recht getan. Nicht Ihr habt den Baslern Schande gemacht, sondern sie sich selbst, indem diese tumben Strohköpfe einen wie Euch vergrault haben. Vielleicht wird man das dort ja eines Tages begreifen. Und bereuen.»

Der alte Studer war es auch, der Theophrastus während des Essens ermunterte, von seinen Plänen zu erzählen. Der ließ sich nicht zweimal bitten.

«Nun denn, ich habe vor, im schönen Sankt Gallen sesshaft zu werden und als Arzt zu arbeiten. Aber auch das Schreiben will ich nicht lassen.» Seine Augen begannen zu leuchten. «Nach meinem Opus Paragranum habe ich in Memmingen ein neues Werk begonnen, das aus dem Genannten hervorgeht, aber noch viel, viel mehr umfassen soll. Ich will es Opus Paramirum nennen und auf fünf Bücher aufteilen. Darin sollen die wunderbaren Möglichkeiten meiner neuen Medizin dargelegt werden. Mittels der Alchemie lassen sich nämlich sowohl die Lebensvorgänge im menschlichen Leib als auch die krankheitsauslösenden Störungen erklären.»

Er wandte sich an die beiden Helenas.

«Paragranum bedeutet, über das Korn, also den Kern einer Sache, hinaus. Paramirum hingegen, über das Wunder hinaus, das göttliche Wunder des Großen und Ganzen.»

Schobinger, der ihm gegenübersaß, schien beeindruckt. «Wird dieses Paramirum nun ein Werk über die Alchemie oder über die Medizin?»

«Über beides gleichermaßen, da beides miteinander verknüpft ist. Genau so, wie der Mensch als Mikrokosmos sich im Makrokosmos widerspiegelt und umgekehrt.»

Barbara bemerkte, wie die junge Schobingerin neben ihr

kurz die Augen verdrehte, und musste ein Grinsen unterdrücken.

«Jedenfalls hoffe ich sehr», fuhr der Medicus fort, «in Sankt Gallen die nötige Ruhe zu finden, um es zu vollenden und drucken zu lassen.»

Schobinger strich sich über das rundliche Kinn: «Nur leider gibt es derzeit in St. Gallen keine einzige Druckerei.»

«Wie bitte?» Dem Medicus blieb der Mund offen stehen.

«Ist das denn so wichtig?», mischte sich Studer ein. «Wozu gibt es Boten? Ihr könnt ebenso gut in Zürich drucken lassen. Kennt Ihr Leo Jud, den Zwingli-Freund und Prediger der dortigen Peterskirche?»

«Aber ja, sehr gut sogar. Vor einigen Jahren hatte ich ihn in Zürich besucht. Ihn und den Stadtarzt Christoph Clauser.»

Mit Unbehagen erinnerte sich Barbara daran, wie enttäuscht er damals nach Basel zurückgekehrt war. Außer einem schlechten Ruf wegen seiner Sauferei hatte ihm die Reise rein gar nichts eingebracht. Was war von diesem Leo Jud also schon zu erwarten?

Doch Theophrastus lächelte bereits wieder. «Wie dem auch sei ... Hier in Sankt Gallen setze ich große Hoffnung auf den berühmten Arzt und hochgelehrten Reformator Vadian, der ein weitgespanntes Netz mit den anderen Schweizer Reformatoren unterhält. Zu denen gehöre ich ja gewissermaßen auch und werde deshalb all meine Schriften künftig unter dem Gelehrtennamen Paracelsus veröffentlichen.»

Beinahe hätte Barbara laut aufgeseufzt. Überschätzte er sich nicht wieder maßlos? Andererseits kam sie nicht umhin, seine Kraft zu bewundern, an jedem Ort neu anzufangen, immer wieder aufzustehen, wenn er am Boden lag. Vielleicht brauchte er ja diese Rückschläge und Widerstände, um voranzukommen?

«Jedenfalls will ich Vadian alsbald aufsuchen, um ihn als Gönner und Förderer meiner Schriften zu gewinnen, und werde ihm deshalb das Paramirum widmen. Zumindest die ersten zwei oder drei Bücher.»

Der alte Studer runzelte die Stirn. «Ihr kennt Joachim von Watt also?»

«Ja, aus alten Zeiten in Villach und Wien. Ich denke, wir haben vieles gemeinsam, nicht nur unsere Begeisterung für Bäderkunde und den Bergbau oder unsere Erfahrungen als Arzt. Ihr seid doch sicherlich auch gut bekannt mit ihm?»

«Nun ja, als meinen Amtsnachfolger kenne ich ihn natürlich gut.»

«So ist er jetzt wieder Bürgermeister?»

«Nicht nur das, auch Stadtarzt von Sankt Gallen.»

Mehr schien der Altbürgermeister über seinen Collegen nicht sagen zu wollen, da er Theophrastus nun ausdrücklich bat, von seinen zahlreichen Reisen zu erzählen.

Barbara hörte den Berichten, die der Medicus wie immer mit blumigen Worten ausschmückte und die sie fast alle kannte, nur mit halbem Ohr zu. Umso gebannter lauschten die Kinder, die inzwischen durch die angelehnte Tür spickten.

Da konnte Barbara nicht anders, als ihre Tischnachbarin im Flüsterton das zu fragen, was ihr schon die ganze Zeit im Kopf herumgeisterte: «Verzeiht meine Neugier, aber habt Ihr tatsächlich schon drei Kinder?»

Die junge Helena lachte leise. «O nein, um Himmels willen. Das sind die Kinder aus Bartlomes erster und zweiter Ehe.»

Schobinger, der ihre Antwort gehört hatte, fiel in ihr Lachen ein. «Es werden tatsächlich immer mehr. Das Dutzend ist bald voll.»

Er sagte das voller Freude, und Barbara beneidete die beiden ein wenig um ihr Familienglück.

Als am Ende zur Nachspeise Mandelkuchen mit geschlagenem Rahm aufgetragen wurde, nahm das Tischgespräch noch eine überraschende Wendung.

«Ich mache Euch einen Vorschlag, Doktor Theophrastus.» Der alte Studer hob seinen Weinkelch, wobei seine Hand sichtlich zitterte. «Wohnt bei uns und werdet mein Haus- und Leibarzt. Wie Ihr mit fachkundigem Blick sicher sofort bemerkt habt, pfeife ich gesundheitlich auf dem letzten Loch, und da wäre ein fähiger Arzt an meiner Seite schon eine große Erleichterung.»

«O ja, bitte!», bekräftigte Helena Studer in ihrer ruhigen, offenen Art, die Barbara sehr angenehm fand. «Wir haben viel Platz, seitdem die Kinder ausgezogen sind. Das oberste Stockwerk steht sozusagen halb leer.»

Ihr Mann nickte. «Ihr habt es gehört. Und die Muße zum Schreiben will ich Euch gerne bieten, mit einem eigenen Arbeitskabinett. Eure Begleiterin wohnt selbstverständlich ebenfalls bei uns. Seid Ihr also einverstanden?»

Dem Medicus verschlug es für einen Moment die Sprache.

«Das ... das ist eine große Ehre für mich», brachte er schließlich hervor, sprang auf und schüttelte dem Altbürgermeister sichtlich gerührt über den Tisch hinweg die Hand. «Da sage ich gerne Ja, habt vielen Dank!»

Auch Barbara freute sich. Was für ein Glücksfall für sie beide. Und wenn es Studer erst einmal besser ging, konnten sie sich immer noch ein eigenes Haus suchen. Besser, als in einem Gasthaus zu wohnen, war das allemal.

Schobingers Bruder Hieronymus, ein eher maulfauler Mensch, wandte ein: «Ich hoffe, Ihr seid trotzdem hin und wieder hier zu Gast? Ich beschäftige mich neuerdings nämlich ebenfalls mit der Alchemie, auch wenn man das von einem Bäcker eher nicht erwarten würde.»

Theophrastus lächelte beseligt. «Wenn Eurem Bruder das genehm ist – mit Vergnügen.»

Daraufhin erhob sich Studer, sichtlich mühsam. «Für mich wird es Zeit für den Mittagsschlaf. Ich würde mich freuen, wenn Ihr, lieber Doktor, mich nach Hause begleitet. Das Gehen strengt mich inzwischen doch sehr an, und Ihr könntet dann auch gleich Euer neues Domizil besichtigen.»

«Willst du nicht lieber die Sänfte nehmen?», warf Schobinger ein.

«Wo denkst du hin? Noch bin ich unter den Lebenden.»

«Und das soll auch so bleiben», erwiderte Theophrastus, ging um den Tisch herum und reichte dem Alten seinen Arm. Zusammen schritten sie die Treppe hinunter, vorsichtig Stufe für Stufe. Barbara folgte ihnen an der Seite von Studers Frau. Auf halber Höhe hörte sie den Medicus fragen:

«Warum lasst Ihr euch eigentlich nicht von Vadian behandeln, wo er doch Stadtarzt ist?»

«Weil das so viel nutzt wie Muckenschiss fressen!», kam es hörbar verbittert zurück. «Wie Ihr seht, hatte er nicht allzu viel Erfolg bei mir, ebenso wenig wie seine ach so gelehrten Collegen Bichwiler und Brisig. Ihr aber seid aus anderem Holz geschnitzt, das habe ich gleich erkannt!»

Kapitel 31

Sankt Gallen, im Frühjahr 1531

Von Anfang an fühlte sich Barbara wohl im Hause Studer. Mit Helena Studer, dieser mütterlichen wie zupackenden Frau, war gut auszukommen. Schon gleich zu Anfang hatte sie Barbara zu verstehen gegeben, dass sie sich gerne nützlich machen dürfe, aber zu nichts gezwungen sei. «Komm also nicht auf den Gedanken, Brennholz oder Wasser zu schleppen, das sollen die Knechte machen. Und für die Wäsche kommt eine Waschfrau.» Das war an ihrem ersten Abend gewesen, als Barbara sich nach dem Nachtessen noch an den Küchentisch gesetzt hatte, um einen Brief an den Bruder zu schreiben. Irgendwann hatte die Hausherrin den Kopf zur Tür hereingesteckt und gefragt, ob sie für die Nacht noch etwas brauche. Dann hatte sie völlig verdutzt festgestellt: «Du kannst ja schreiben!»

«Ja, Herrin, mein Vater hat es mir beigebracht.»

«Das ist gut, das ist sehr gut. Eine Frau sollte ebenso schreiben und lesen können wie ein Mann.»

Helena Studer war erst Mitte fünfzig, wie Barbara später erfuhr, fast zwanzig Jahre jünger als ihr Mann, und wenn sie sich um den Gesundheitszustand des Altbürgermeisters, den sie zärtlich Christoffel nannte, sorgte, so ließ sie es sich jedenfalls nicht anmerken. «Das wird schon wieder, auf jeden Abend folgt ein Morgen», pflegte sie zu sagen, wenn es wieder einmal einen Tag gab, an dem ihn die Schmerzen plagten. An jenem ersten Sonntag in Sankt Gallen hatten sie ihn nämlich an einem überaus guten Tag erlebt. Doch auch wenn es ihm schlecht ging, klagte er nie – dazu hatte er in jungen Jahren zu lange als Hauptmann im Krieg gedient. Und tatsächlich konnte er manchmal ein rechter Heißsporn sein.

Barbara war die Kammer der etwas älteren Hausmagd Regula zugewiesen worden, sie hatte aber ein eigenes Bett mit Himmel und Vorhang, womit sie gar nicht gerechnet hatte. Auch mit Regula hatte sie Glück: Die bienenfleißige, einfache Frau aus den Bergen schien sich zu freuen, eine Zimmergenossin zu haben, und nahm sie mit offenen Armen auf. Mit der zutiefst misstrauischen Köchin Maria hingegen, die ihre Kammer nebenan hatte, wurde Barbara nicht warm. Das konnte ihr aber gleich sein, schließlich würden sie nicht ewig hier wohnen bleiben. Ebenfalls im zweiten Obergeschoss hatte man dem Medicus zwei leer stehende Zimmer behaglich eingerichtet und ihm sogar ein Schreibpult mit Lehnstuhl herbeischaffen lassen. Die beiden Knechte hingegen wohnten im Hof, über der Remise und dem Warenlager. Dazu gab es noch zwei Kaufmannsgehilfen und einen Botengänger, die aber nicht mit im Haus lebten.

Das Anwesen am Klosterplatz, das von den Schobingers nur wenige Schritte durch die Gallusgasse entfernt lag, war wirklich sehr groß und dabei zweckmäßig, aber keineswegs prunkvoll eingerichtet. Helena Studer hielt nämlich nichts von Protz und Standesdünkel, obgleich sie es war, die den Reichtum ins Haus gebracht hatte. Entstammte sie doch der weithin bekannten Familie Zyli, die im Seiden- und Safranhandel bis Venedig und Genua unterwegs war. Durch sie war Christian Studer vom Webermeister zum Leinwandhändler aufgestiegen und bekleidete seit Jahrzehnten wichtige Ämter in der Stadt.

Dies alles hatte sie von Regula erfahren. Ebenso, dass Studers

Schwiegersohn, der aufstrebende Fernhandelsmann Bartlome Schobinger, genau wie Theophrastus aus eher einfachen Verhältnissen stammte – sein Vater sei noch ein Leibeigener des Fürstabts gewesen. In der Stadt hingegen tratschte man, er könne nur deshalb so reich geworden sein, weil er als Alchemist Gold zu machen wusste. Nur über die Krankheit ihres Herrn mochte Regula nicht reden. «Das beschwört den Tod herbei», waren ihre Worte.

Doch woran Christian Studer litt, erfuhr Barbara bereits in der ersten Woche vom Medicus. In Studers Bauchraum hätten sich Geschwüre gebildet, weil die alchemischen Prozesse im Körper durcheinandergeraten seien. Nun könne man solcherlei inwendigen Geschwüre nicht einfach wie ein Hautfurunkel entfernen, sondern müsse dafür sorgen, dass der Archeus in Magen, Galle und Darm, der in der Verdauung das Böse vom Guten scheide, wieder vernünftig arbeite. Hierfür sei zuallererst eine ausgefeilte Diätetik zu entwerfen, die nicht nur die Ernährung, sondern auch Licht und Luft, Arbeit und Ruhe, Schlafen und Wachen umfasse. Zugleich gelte es, das passende und richtig dosierte Arcanum zu finden.

An manchen Tagen war Studers Zustand so schlecht, dass er das Bett nicht verlassen konnte. Dann bekam er kaum einen Bissen herunter oder erbrach gleich wieder alles. Um die qualvollen Bauch- und Magenkrämpfe zu lindern, musste er große Mengen an Laudanum einnehmen. Zu anderen Zeiten war ihm wiederum nichts anzumerken. Dann nahm er an den Mahlzeiten teil – mit den ihm zugeteilten Mengen und Lebensmitteln – und machte dabei seine oftmals groben Scherze, gab im Hof oder Warenlager seinen Leuten Anweisungen, empfing im Verkaufsraum unten im Erdgeschoss seine Kunden.

Einmal wurde Barbara Zeugin eines Gesprächs zwischen ihm

und dem Medicus. Sie hatte sich erboten, die Treppen zu wischen, da nach tagelangem Regen die Gassen im Morast zu versinken drohten und ein jeder den Dreck mit hereinschleppte. Sie war eben gerade mit der Steintreppe in der Eingangshalle fertig geworden und wollte mit den hölzernen Stiegen nach oben weitermachen, als die beiden Männer vom Hof her die Halle betraten.

«Wie lange hat Euch Vadian eigentlich behandelt?», hörte sie den Medicus fragen. «Immerhin hat er als Stadtarzt einen hervorragenden Ruf, wie ich nun weiß.»

Studer schnaubte. «Diesen Ruf hat er sich wohl eher selbst zugelegt. Letzten Herbst, als meine Gebresten begannen, war er drei-, viermal zur Urinschau hier. Das Einzige, was er mir zu sagen wusste: Ich solle saurem Wein, fettem Schweinefleisch und der körperlichen Liebe entsagen.» Er lachte bitter auf. «Körperliche Liebe! Dabei ist mein Schwengel schon lange zu nichts mehr nutze außer zum Pissen. Soll ich ehrlich zu Euch sein, mein lieber Theophrastus? Ich mag ihn nicht. Er ist voller Großmannssucht, bildet sich sonst was ein auf seinen Reichtum und seine vornehme Sippschaft. Und seitdem er von Kaiser Maximilian zum Poeta laureatus gekrönt wurde, ist er vollends übergeschnappt.»

«Dann werde ich wohl kaum in Eurem Hause auf ihn treffen?» Die Enttäuschung war aus Theophrastus' Stimme deutlich herauszuhören.

«Nein, ganz gewiss nicht. Wisst Ihr, was er meinen Schwiegersohn, bei dem er leider ein und aus geht, gefragt hat? Ob ich mich wahrhaftig diesem wandernden Quacksalber ausliefern wolle, der sein Handwerk bei Zigeunern und Henkern, auf Jahrmärkten und Schlachtfeldern gelernt habe. So einem sei als Arzt nicht zu trauen.»

«Und? Vertraut Ihr mir?»

«Und ob. Zumal ich selbst im Krieg war und genau weiß, zu

welchen Künsten ein Feldarzt fähig ist. Die Kriegsarznei ist die Hohe Schule der Chirurgie! Dieser Joachim von Watt hingegen ist nichts als ein aufgeblasener Doktor Fürzli, der eine Pestschrift verfasst hat und dabei nie einen Pestkranken aus der Nähe gesehen hat. Ich fürchte, Theophrastus, Ihr setzt Eure Hoffnung für Euer neues Werk auf den Falschen.»

Außer dem Altbürgermeister hatte der Medicus keine weiteren Patienten, da in Sankt Gallen ein strenger Zunftzwang galt. Doch Schobinger hatte ihm versprochen, sich für ihn in seiner Eigenschaft als Ratsherr und Mitglied der einflussreichen Gesellschaft zum Notenstein dafür einzusetzen, dass er als geschworener Arzt praktizieren dürfe. Dafür fand Theophrastus nun viel Zeit zum Schreiben, schrieb oft bis in die Nacht hinein. Manchmal hörte Barbara beim Einschlafen, wie er ruhelos über die Dielen schritt, bis ein Stuhl ruckte und es wieder still wurde. Nach seinen Worten kam er mit dem Opus Paramirum gut voran.

«Übrigens wird ein ganzes Buch darin den Frauenkrankheiten gewidmet sein», sagte er ihr, als sie ihm einmal aus der Stadt ein neues Fläschchen Tinte mitgebracht hatte.

Erstaunt sah sie ihn an. «Ich würde Geburt und monatliche Blutung nicht gerade Krankheit nennen, auch wenn es oft mit Schmerzen verbunden ist.»

«So meine ich das auch nicht. Setz dich doch.»

Er bot ihr den Lehnstuhl an und reichte ihr einen Becher mit Most. Manchmal benahm er sich ihr gegenüber so ritterlich, dass es sie verlegen machte. Fast als sei sie eine dieser vornehmen Bürgerinnen.

«Die Frau», begann er und trat einen Schritt zurück, «mit ihrer ganz wunderbaren Matrix, die von Gott beseelt ist, formt und nährt das Ungeborene bis zu seiner Geburt. Deshalb muss ihre

Gesundheit besonders behütet werden, deshalb müssen männliche und weibliche Anzeichen bei der Krankheitsdiagnose sorgfältig auseinandergehalten werden. Auch braucht die Frau für ihre besonderen Aufgaben eine besondere Ernährung. Und ich will mit dem Unsinn aufräumen, dass eine Frau während der Menstruation unrein ist. Im Gegenteil: Sie ist dann im Prozess der Reinigung, einer Entschlackung von schädlichen Substanzen.»

Sie hatte ihm aufmerksam zugehört und fand es erstaunlich, dass ein Arzt sich mit diesen Dingen beschäftigen wollte, war das doch gemeinhin Sache von Hebammen und weisen Frauen.

«Was bedeutet Matrix?», warf sie ein, bevor er weitersprechen konnte.

«Das ist Lateinisch und bedeutet im Wortsinne Gebärmutter. Aber ich verstehe darunter viel mehr, nämlich das gesamte Wesen einer Frau, die neues Leben hervorzubringen vermag. Und dieses Ewig-Weibliche umgibt uns Menschen auch nach unserer Geburt wie die Luft, die wir zwar nicht sehen, aber empfinden können. In meinen Augen ist die Frau der Kern der Welt, das kleinste Mysterium magnum. Und nicht etwa bloß die Rippe Adams.» Er berührte sie kurz bei der Schulter. «Wenn du erlaubst, werde ich dich beim Niederschreiben hin und wieder etwas fragen.»

«Sofern es nicht um Schwangerschaft und Geburt geht – gerne.»

«O, da gibt es noch genügend andere Dinge. Allein die monatlichen Beschwerden wie Kopfweh, Müdigkeit, Bauchschmerzen.» Er grinste plötzlich. «Wusstest du, dass die Bisse einer menstruierenden Frau giftig sind?»

«Was? Solch einen Unsinn glaubt Ihr?»

Er prustete los. «Das war ein Scherz! Wobei auch du recht bissig sein kannst an solchen Tagen, das musste ich oft genug erleben.»

Sie fiel in sein Lachen ein.

Der Aufenthalt im Hause Studer tat ihm gut, das war deutlich zu spüren. Er war voller Tatkraft und Arbeitseifer, gab sich gegenüber dem kranken Hausherrn mehr als zuversichtlich. Dass er noch immer so gut wie keine Einnahmen hatte, schien ihn nicht zu stören. Ganz der stolze Bombast von Hohenheim, wollte er von Studer seinen Lohn erst bei spürbarer Besserung des Gesundheitszustands haben und hatte lediglich einen kleinen Vorschuss von zehn Gulden akzeptiert. Dafür und für den Erlös des Esels hatte er sich prompt eine neue Weste und für Barbara ein neues Kleid schneidern lassen, worüber sie als unnütze Verschwendung mit ihm geschimpft hatte. Doch mit ihrer Ankunft in Sankt Gallen hatte sie ihm selbstredend wieder das Haushalten seiner Einkünfte überlassen, das ging sie nun nichts mehr an. Und enthielt er sich nicht auch weiterhin tapfer der Trinkerei, trotz so mancher feuchtfröhlicher Abende mit Schobinger? «Das fällt mir nicht schwer bei diesen gritzsauren Ostschweizer Weinen, die nichts als Bauchgrimmen verursachen», hatte er ihr einmal erklärt. «Bei einem guten Elsässer Traminer könnte ich aber wohl wieder schwach werden.» – «Untersteht Euch!», hatte sie ihm halb im Ernst, halb im Scherz gedroht.

Als Helena Studer einmal Zeugin einer dieser Neckereien zwischen ihr und dem Medicus wurde, fragte sie Barbara hernach, als sie allein in der Küche saßen: «Wie lange ziehst du mit Doktor Theophrastus eigentlich schon durch die Welt?»

Mit dieser Frage hatte Barbara weiß Gott nicht gerechnet, und sie musste erst einmal nachdenken. Über das Ergebnis war sie selbst erstaunt.

«Es müssen jetzt gut vier Jahre sein.»

Die Studerin nickte. «Du bist in dem Alter, wo eine junge, hübsche Frau wie du ihren Bräutigam finden sollte, um eine Familie zu gründen. Stattdessen ziehst du mit diesem verschrobenen Menschen von einem Ort zum anderen.»

Sie spürte, wie sie rot wurde. «Nun ja, das hat sich so ergeben.»

«Du magst ihn sehr, nicht wahr?»

Fast erschrocken blickte sie die Studerin an. War dem so? Hatte sie deshalb keine Augen für die Mannsbilder, die um sie warben? Wie etwa Studers junger Kaufmannsgehilfe Jakob, der sie bei jeder Begegnung strahlend anlächelte?

«Ich schätze den Doktor Theophrastus sehr, das schon», erwiderte sie verunsichert. «Aber es gibt auch niemanden, der in meiner Heimatstadt Basel auf mich wartet.»

Die Studerin lächelte. «Du wirst deinen Weg schon machen – so oder so.»

An diesem Tag dachte Barbara noch häufiger über ihr kurzes Gespräch mit der Studerin nach. Konnte es sein, dass sie in Theophrastus, insgeheim und tief im Inneren, nicht nur den Dienstherrn, sondern auch ein begehrenswertes Mannsbild sah? Schon längst hatte es für sie keine Bedeutung mehr, dass er um so vieles älter und nicht gerade mit äußerlicher Schönheit gesegnet war. Dafür liebte sie seine klaren, lebhaften Augen, seine schönen Hände. Aber ein Gefühl des Begehrens? Nein, zwischen ihnen war etwas ganz anderes entstanden, nämlich Vertrautheit und tiefe Verbundenheit. Und das, fand sie, war etwas sehr, sehr Kostbares.

Kapitel 32

Sankt Gallen, Sommer und Herbst 1531

Barbara? Bist du das?», flüsterte eine Stimme in der Dunkelheit.

Sie erschrak und fuhr herum. Das Licht der Laterne blendete sie. Als es zu einer winzigen Flamme geschrumpft war, erkannte sie die Umrisse von Theophrastus' krummer Gestalt.

Sie stand mitten im Hof, barfuß und im losen Hemd, ganz allein. Über ihr wölbte sich in dieser mondlosen, erstmals warmen Sommernacht ein funkelnder Sternenhimmel, der immer klarer wurde, je länger man hinaufschaute.

«Ach, Ihr seid es», sagte sie. «Ihr habt mich ganz schön erschreckt.»

«Das wollte ich nicht. Was machst du hier draußen, mitten in der Nacht?» Sein Tonfall klang besorgt.

«Ich konnte nicht schlafen, und so habe ich ein wenig frische Luft geschnappt. Ist der Himmel nicht wunderschön?»

«Ja, schön und voller Wunder. Wir schauen ihn uns viel zu selten an.» Er trat näher und fuhr in träumerischem Tonfall fort: «Im Grunde ist ja alles eins: Himmel und Erde machen den Menschen, und der Mensch ist ihr Kind. Vom Himmel hat der Mensch seinen Verstand, von der Erde den Leib. Wir sind also die kleine Welt in der großen Welt, und alle Wesen im Kosmos stehen in Beziehung miteinander. Nur wie – das ist die große Frage, die wohl niemand je beantworten wird.»

Er deutete über sich. «Siehst du diese sieben hellen Sterne? Das ist der Große Bär, der auch Großer Wagen heißt, weil er wie eine Handkarre aussieht. Dieses Sternbild ist fast das ganze Jahr über mit bloßem Auge sichtbar. Und der helle Stern links davon ist die Wega im Sternbild Leier.»

«Was Ihr alles wisst ...»

«Nun ja, wer an einer Hochschule studiert, studiert immer auch die Astronomie. Und mich hat mein Vater schon als Kind die Sternkunde gelehrt. Manchmal ist er mit mir zur Nacht die Berge hinaufgestiegen, wo sich der Himmel noch viel großartiger offenbart.»

«Das muss schön gewesen sein.»

«Nicht immer», murmelte er und räusperte sich. Dann fuhr er fort: «Daraus, wie die Sterne und Planeten zueinanderstehen, lässt sich vieles ablesen. Diese sogenannten Konstellationen wirken sowohl auf uns Menschen im Einzelnen als auch auf die Geschehnisse in der Welt. Aber leider gibt es unter den Astrologen auch etliche Scharlatane. Sie schmieren in ihren Prophezeiungen irgendetwas aufs Papier, ohne das Geringste zu verstehen, und ziehen den Lesern damit das Geld aus der Tasche.»

«Darf ich Euch etwas fragen?»

«Aber ja.»

«Ihr habt eben Euren Vater erwähnt, habt schon öfter von ihm gesprochen. Anstatt nach Sankt Gallen hätten wir doch auch nach Villach gehen können, wo Euer Vater Arzt ist und Ihr als Junge aufgewachsen seid?»

«Villach liegt in Kärnten und damit im Heiligen Römischen Reich», erwiderte er fast unwirsch. «Mit dem Reich hab ich seit Nürnberg nichts mehr zu schaffen.»

«Meinetwegen. Aber ich kenne Euch nun schon so lange, und nie habt Ihr davon gesprochen, ihn zu besuchen. Habt Ihr denn gar nicht den Wunsch, ihn wiederzusehen, bevor er ... bevor er stirbt wie mein Vater?»

Nach einem Moment der Stille antwortete er: «Das erzähle ich dir vielleicht ein andermal.» Und wie um abzulenken, fragte er sie: «Willst du gar nicht wissen, wo ich so spät noch herkomme?»

Sie lächelte. «Ich nehme an, von Bartlome Schobinger.»

Aus seiner Bekanntschaft zu Schobinger, diesem offenen, allseits gebildeten Menschen, der eine eigene Bibliothek besaß, war eine echte Freundschaft geworden. Inzwischen verbrachte der Medicus mindestens einen Abend die Woche im Haus Zur Wahrheit, meist zusammen mit dem Schulmeister Sebastian Cuntz sowie dem Leinwandherrn und Stadtchronisten Johannes Rütiner. Nur einer, obgleich ein Freund des Kaufmanns, ließ sich bei diesen Zusammenkünften zum Leidwesen des Medicus nie blicken: Joachim von Watt, genannt Vadian. Trotz Studers abfälligem Urteil hatte es sich der Doktor nicht nehmen lassen, ihm das fertiggestellte erste Buch des Opus Paramirum zu widmen, und ihm eine Abschrift davon samt Widmung zugeschickt – ohne je eine Antwort bekommen zu haben.

«Nein, Barbara, dort war ich ausnahmsweise nicht. Sondern nebenan, im leer stehenden Kloster. Stell dir vor: Bartlomes Bruder Hieronymus, der ja dort Schaffner ist, lässt sich von mir in der Klosterküche ein alchemisches Labor einrichten, heimlich, versteht sich.» Er kicherte. «Der Fürstabt würde sich die letzten Haare ausreißen, wenn er wüsste, was wir in seinen heiligen Mauern treiben. Wobei ich sagen muss, dass Hieronymus schon eine reichlich einfältige Art hat, sich mit der Alchemie zu beschäftigen. Wie ein Kind mit dem Murmelspiel. Aber sei's drum. Auch Bartlome und ich werden das Laboratorium künftig nutzen können. – Sag bloß, fröstelst du? Warte, ich gebe dir meine Jacke.»

Väterlich legte er ihr seinen Kamelhaarmantel, von dem er

sich auch im Sommer nicht trennte, um die Schultern. Dann standen sie noch eine Weile stumm nebeneinander und schauten hinauf. So, wie die Sterne miteinander verbunden und doch für sich selbst am Himmel standen, fühlte sich Barbara mit dem Medicus verbunden und zugleich getrennt.

Mit einem Schlag spürte sie die Müdigkeit in den Gliedern.

«Ich muss schlafen gehen. Gute Nacht, Theophrastus.»

Verlegen stellte sie fest, dass sie ihn erstmals nur beim Vornamen genannt hatte. Doch er schien es nicht bemerkt zu haben.

«Warte, ich komme mit.»

Er ließ die Flamme seiner Laterne wieder aufleuchten, und sie folgte ihm hinein. Wortlos stiegen sie die Treppen in dem stillen Haus hinauf, in dem schon alle schliefen.

Vor der Tür ihrer Kammer nahm er ihr den Mantel ab.

«Darf ich dich auch etwas fragen?»

«Ja?»

Er trat einen großen Schritt zurück, wie immer, wenn er ihr zu nah gekommen war. «Du bist sehr klug und nachdenklich, dabei unverdorben von sogenannten gelehrten Büchern. Deshalb wüsste ich gerne von dir, einer Frau, die fest im Leben steht: Was siehst *du* als die Aufgabe des Menschen an?»

Verwundert über diese Frage dachte sie einen Augenblick nach. «Nun ja, ich finde, jeder sollte lernen, zwischen Gut und Böse zu unterscheiden und das Gute dann in seinen Dienst stellen.»

Er nickte ernst. «Das ist schön gesagt. Und wie sollten die Menschen miteinander umgehen?»

Ihre Antwort kam prompt. «Niemandem Leid antun und niemanden betrügen. Sich freuen mit den Fröhlichen und trauern mit den Traurigen. Aber auch jeden Tag Glück und Freude genießen dürfen.»

Sein Blick wurde warm und weich.

«Das möchte ich aufschreiben, wenn du erlaubst», sagte er schließlich und verschwand eilends in Richtung seiner Schlafkammer.

Gut eine Woche später war Theophrastus zum Abendessen in einem nahen Gasthaus verabredet. Er hatte Schobinger überreden können, ihn mit Vadian zusammenzuführen, da er diesem nun sein zweites Buch mit Widmung überreichen wollte. Voller Erwartung war er losgezogen, mit vergrätztem Gesicht kehrte er noch vor der Abenddämmerung zurück. Barbara, die gerade von einem Botengang heimkehrte, begegnete ihm vor dem Haus.

«So früh zurück?», fragte sie. «Ihr seht aus, als hättet Ihr ein fauliges Ei verschluckt.»

«So ähnlich ist mir auch zumute», knurrte er und wollte sich an ihr vorbei zur Tür drängen.

«Wartet. Wollt Ihr mir nicht lieber erzählen, was vorgefallen ist?»

Er drehte sich zu ihr um und stieß hörbar die Luft aus.

«Er hat mich behandelt wie ein Meister seinen Lehrknaben.»

«Vadian?»

«Eben der. Erst kam der feine Herr eine Stunde zu spät, dann hat er behauptet, mich nicht zu kennen, nachdem ich ihn freudig begrüßt hatte, und zwar mit den Worten: Wie schön, Euch endlich wiederzusehen. Ob wir uns denn kennen, hat er mich nur dümmlich gefragt, und ich hab ihn daran erinnert, dass wir uns bereits in Villach und Wien begegnet sind. Das hat er schlichtweg abgestritten! Dabei war er an der Villacher Lateinschule für ein halbes Jahr mein Lehrer und einmal sogar bei meinem Vater zu Gast gewesen. In meinem Beisein hatten sie stundenlang über das Villacher Bad und die Bleibergwerke in Kärnten geplaudert.

Und später in Wien hatte ich als Studiosus seine Vorlesung über Rede- und Dichtkunst besucht. An beides wollte er sich nicht erinnern.»

«So grämt Euch nicht. Dieser Mann hat einfach kein Benehmen. Habt Ihr ihm wenigstens die Handschrift und die Widmung übergeben?»

«Das schon. Mit spitzen Fingern hat er die Papiere an sich genommen, als wäre es Schweinemist, und hat sich nicht mal bedankt. Da hatte ich genug und bin gegangen.»

«Gut so.» Barbara nickte und sperrte die Haustür auf. «Ihr solltet übrigens gleich einmal nach dem Hausherrn sehen. Er hat wieder seine Bauchkrämpfe.»

«Auch das noch. Dabei hatte ich schon geglaubt, dass mein Arcanum endlich Wirkung zeigt.»

Mit Christian Studers Gesundheit wurde es leider nicht besser. Nach jenem Abend verbrachte er drei volle Tage im Bett, zum großen Kummer des Medicus und der Hausherrin. Anschließend vermochte er zwar wieder halbwegs seinen Alltagsgeschäften nachzugehen, doch von einer echten Genesung war er weit entfernt. Daher weigerte sich der Medicus weiterhin, ein Honorar anzunehmen, und begann stattdessen, nebenher neue prognostische Schriften zu verfassen, um damit Geld zu verdienen. Anlass hierzu war ein Ereignis, das die Menschen reichlich verstörte: Mitte August, kurz nach Einbruch der Dunkelheit, hatte ein Komet seine leuchtende Bahn über den Himmel gezogen. Barbara hatte davon erst am nächsten Morgen erfahren, doch der Medicus und sein Freund Schobinger hatten das furchteinflößende Himmelszeichen bei einem gemeinsamen Abendspaziergang mit eigenen Augen gesehen. Auch in der folgenden Nacht war das Schauspiel zu beobachten, danach verdeckten Wolken den Himmel.

«Das Strafgericht Gottes steht uns bevor», jammerte Regula in diesen Tagen ein ums andere Mal. «Das ist, weil die Menschen sich nicht mehr im Glauben einig sind.»

Barbara hingegen versuchte, solche Gedanken von sich zu schieben. Sie wollte sich lieber der Meinung des Medicus anschließen, der darin zwar ebenfalls ein Gotteszeichen sah, doch wie der Stern von Bethlehem wolle der Komet die Menschen nicht erschrecken, sondern zur Besinnung mahnen. Wenngleich er nicht ausschloss, dass in diesem derzeitigen Krieg der Religionen ein mächtiger weltlicher wie auch ein mächtiger geistlicher Herrscher zu Tode kommen würden. In nur zehn Tagen schrieb er die «Auslegung des Cometen, erschienen im Hochgebirge» nieder und schickte sie Ende August an Leo Jud in Zürich, ihm und Zwingli gewidmet. Und er hatte Erfolg! Schon in der ersten Septemberwoche brachte ein Bote einen ganzen Stapel der zwanzigseitigen Drucke ins Haus, nebst einem Brief des Zürcher Predigers. Barbara selbst hatte die Sendung kurz vor dem Mittagessen entgegengenommen.

«Doktor Theophrastus, kommt schnell!», rief sie nach oben. «Ihr seid gedruckt!»

Sie hatte kaum die Tür hinter dem Boten verschlossen, als der Medicus auch schon vor ihr stand. Fassungslos starrte er auf die zusammengebundenen Drucke, als traue er seinen Augen nicht.

Sie reichte ihm das Schreiben. «Hier, das lag mit dabei.»

Mit zittrigen Händen überflog er die Zeilen, dann umarmte er Barbara, kurz und unbeholfen wie immer, wenn er dies im Überschwang denn einmal tat.

«Ich kann's noch gar nicht glauben: Eine weitere Sendung ist zur Frankfurter Messe unterwegs und noch eine nach Konstanz!»

Sie freute sich mindestens ebenso sehr wie er.

«Darf man gratulieren?» Der Altbürgermeister schritt am Arm seiner Frau die Treppe herunter.

«Ihr dürft, Ihr dürft! Seht nur her, die Cometenschrift ist gedruckt. Ich bitte Euch, nehmt Euch ein Exemplar davon. Als kleiner Dank für Eure Gastfreundschaft.»

Studer, der heute einen seiner besseren Tage hatte, reichte ihm die Hand. «Das freut mich von Herzen. So war unser Leo also doch der Richtige.»

«Ja, und deshalb müssen wir das feiern. Nach dem Essen lade ich euch alle zu Weinhändler Oberli ein, auf einen Krug seines hervorragenden Neckarweins. Der im Übrigen», er zwinkerte Studer fröhlich zu, «besser vor Erkrankungen schützt als so manche Arznei.»

Die Hausherrin schüttelte den Kopf. «Ich weiß nicht ...»

«Geh her, Frau.» Studer machte sich von ihr frei. «Wenn das kein Grund zum Feiern ist. Und mir geht's doch gut heute.»

Er wandte sich wieder dem Medicus zu. «Sankt Gallen bringt Euch Glück, ich wusste es.»

Der Medicus strahlte noch mehr. «Jetzt müsst Ihr nur noch gesund werden, dann ist mein Glück vollkommen. – Barbara, gehst du eben bei Schobinger vorbei? Er soll mit uns kommen, und seine Freunde am besten auch. Sagen wir, so in einer Stunde? Ach, eigentlich könnten wir dem Vadian ebenfalls Bescheid geben. Dem wird es schön die Sprache verschlagen.»

Zweifelnd sah Barbara ihn an. «Haltet Ihr das für einen guten Einfall?»

Aus dem Augenwinkel sah sie, dass auch Studer die Stirn runzelte.

«Gut, gut, du hast ja recht.» Theophrastus nickte heftig. «Dieser Gernegroß hat in unserer Runde nichts verloren.»

In bester Stimmung kehrten der Doktor und der Altbürgermeister am Nachmittag zurück. Barbara hatte, wie Helena Studer im Übrigen auch, dankend darauf verzichtet, bei diesem Umtrunk dabei zu sein, und stattdessen die Gelegenheit genutzt, die Eingangsdiele und den Verkaufsraum bis in die hintersten Ecken auszufegen. Als die Männer Arm in Arm zur Tür hereinspazierten, waren sie sichtlich angetrunken.

«Barbara, du treue Magd – ich habe dir ein Angebot zu machen», verkündete Theophrastus, nachdem er ihr den Besen aus der Hand genommen und gegen die Wand gelehnt hatte. «Willst du fortan meine Schreiberin sein?»

«Wie? Ich habe mich wohl verhört? Oder ist Euch der Neckarwein nicht bekommen?»

«Du hast schon recht gehört», bekräftigte Studer und lachte ein wenig albern. «Da mein sturer Freund Theophrastus nun mal keinen Heller von mir annehmen will, kann er sich auch keinen Famulus leisten, der ihm seine geistigen Ergüsse ins Reine schreibt. Und du hast, wie ich heute erfahren durfte, in Nürnberg sogar Schreibstunden gegeben. Denn wir alle wissen doch: Seine Handschrift sieht aus, als wären Krähenfüße durch die Tinte gelaufen.»

«Mit den Krähenfüßen habt Ihr allerdings recht», erwiderte Barbara und wusste noch immer nicht, was sie von diesem seltsamen, ja unerhörten Vorschlag halten sollte.

«Na, na, so schlimm ist's auch wieder nicht», wehrte Theophrastus ab. «Aber ernst ist es mir trotzdem. Leo Jud hat mir angedeutet, dass der Zürcher Druckermeister an einigen Stellen unsicher ob meiner Schrift war, und ich habe tatsächlich kleinere Fehler gefunden. Was natürlich in meinen künftigen Werken nicht mehr vorkommen sollte.»

«*Ich* habe die Druckfehler entdeckt, du Lugenbeutel.» Studer unterdrückte einen Rülpser und hängte sich bei Theophrastus ein. «Bringst du mich jetzt hinauf zu meiner lieben Helena?»

Auf halber Treppe drehte sich Theophrastus noch einmal um. «Bitte, Barbara, überleg es dir. Das wäre mir eine große Hilfe.»

Kurz darauf hörte sie die Studerin lauthals mit ihrem Ehegatten schimpfen und dachte wieder einmal, wie kindisch Männer werden konnten, wenn sie zu viel getrunken hatten. Was Theophrastus betraf, konnte sie nur hoffen, dass das eine Ausnahme blieb.

Mit dem Medicus war sie übereingekommen, dass sie seine täglichen Aufzeichnungen zur späteren Nachmittagsstunde ins Reine schrieb. Er hatte ihr allerdings versprechen müssen, dass er sie niemals verlachen würde, nur weil sie ein Wort nicht kannte oder nicht zu schreiben wusste. «Keine Sorge», hatte er sie beschwichtigt. «Ich kenne doch selbst oft nicht die Rechtschreibung, wo ich zumeist schreibe, wie mir der Schnabel gewachsen ist. Und was dir fremd ist, erkläre ich dir dann. Du wirst sehen: Wenn ich will, kann ich die Geduld eines Schweizer Waldesels haben.» Was sie zunächst bezweifelte, da sie oft genug erlebt hatte, wie er Hans wegen solcherlei Dinge angeraunzt hatte.

Bei ihr aber zeigte er tatsächlich eine Engelsgeduld. Fast täglich nahm sie für ein, zwei Stunden an seinem schönen Schreibpult aus geschnitztem Eichenholz Platz, vor sich seine Aufschriebe in dunkelblauer Tinte, während er neben ihr stand und Erklärungen abgab. Er arbeitete weiterhin an seinem Opus Paramirum und gab sich zumindest anfangs alle Mühe, seine Gedanken halbwegs leserlich aufzuschreiben, was mit der Zeit allerdings nachließ. Vor allem jene Ausführungen, die er zur Nachtzeit niedergeschrieben hatte, glichen mit all ihren Streichungen,

Einfügungen und mit Pfeilen versehenen Verweisen einem wilden Garten aus Kraut und Rüben.

«Ihr solltet nachts lieber schlafen als arbeiten», hatte sie ihn einmal ernsthaft getadelt, doch er hatte nur fröhlich gegrinst. Sie spürte längst, wie viel ihm an dieser gemeinsamen Zeit mit ihr lag. Dabei genoss auch sie die neue Aufgabe, gab es ihr doch das nie zuvor erlebte Gefühl, etwas wert zu sein, was über das normale Maß eines Frauenalltags hinausging. Obendrein lernte sie viel über seine Heilslehre, mit dem Menschen in seiner Ganzheit im Mittelpunkt, und über die wunderbaren Arzneischätze der Natur. Vor allem die Lehre der Zeichen hatte es ihr angetan, der Signaturen von Heilpflanzen als eine Botschaft des Schöpfers, die der Mensch sich mühen sollte zu erkennen. So ließen äußere Eigenschaften wie Form und Farbe, Geschmack und Geruch von Pflanzen bereits Rückschlüsse auf deren heilende Wirkung zu, hervorgerufen durch den darin enthaltenen Stoff, die sogenannte Essenz. Und zwar nach dem Grundsatz «similia similibus curantur» – Ähnliches wird durch Ähnliches geheilt. Als Beispiel nannte ihr der Medicus, dass herzförmige Blüten gegen Herzkrankheiten halfen, höckrige Wurzeln gegen die Geschwülste des Aussatzes oder stachelige Disteln gegen Stechen in der Brust – sofern man mittels der Alchemie jene heilende Essenz gewinnen konnte. Oder auch, dass gelb blühende Pflanzen eine Verbindung zur Sonne und damit zum Element Feuer hatten, was die Lebenskraft anregte. Andere Ausführungen hingegen blieben ihr eher verschlossen. Zwar staunte sie immer wieder über seine ebenso liebevolle wie ehrfürchtige Sicht auf das Leben und die Welt der Schöpfung, über seinen unerschütterlichen Glauben an Gott, verstand aber leider nur wenig, wenn er mithilfe seiner Prinzipien die Lebensvorgänge und menschlichen Krankheiten zu erklären versuchte.

«Vieles, was Ihr schreibt, klingt sehr schön», sagte sie ihm einmal. «Etwa: ‹Alle Arznei ist auf Erden vorhanden, nur die, die sie ernten sollen, sind nicht da.› Ein andermal habt Ihr geschrieben: ‹Für die Gebresten eines jeden Kranken gibt es einen Stoff in der großen Welt, woraus Heilung erfahren werden kann.› Das klingt so voller Hoffnung. Aber wenn Ihr von diesen drei Grundsätzen, diesen Prinzipien schreibt, die das, was man Leben nennt, ausmachen und bei einem gesunden Menschen im Gleichgewicht stehen sollten, dann macht das in meinem Kopf ein einziges Durcheinander. Ich vermag es schlichtweg nicht zu verstehen, was Schwefel, Quecksilber und Salz mit unserem menschlichen Leib zu tun haben.»

Völlig erstaunt hob er die Brauen. «Aber das ist doch ganz einfach: Nimm ein Stück Holz, als unseren Leib, und zünde es an. Was da brennt, ist Sulphur, was da raucht, ist Merkur, was zu Asche wird, ist Sal.»

«Wenn Ihr meint ...», seufzte sie daraufhin ein wenig hilflos. Um kurz darauf noch einmal nachzusetzen: «Mal schreibt Ihr wie ein Alchemist über geheimnisvolle Elixiere und Quintessenzen, mal wie ein Astronom von den einflussreichen Gestirnen, an anderer Stelle wiederum von der Heilung durch Gottesglauben, und wenn Ihr eine tiefe Wunde vernäht, sprecht Ihr magische Worte darüber wie ein altes Kräuterweib.»

Er lachte auf. «Aber das ist es ja! Im Hause der Heilkunst gibt es viele Wohnungen. Und nicht nur *die eine* Vier-Säfte-Lehre.»

Im Herbst dann verfasste er in kürzester Zeit zwei weitere prognostische Schriften: Anfang Oktober hatte nämlich ein Erdbeben das Alpengebirge erschüttert und war bis Sankt Gallen als dumpfes, furchteinflößendes Poltern zu spüren gewesen, drei Wochen später spannte sich nach einem abziehenden Unwetter ein riesiger Regenbogen in grellen Farben über den nahen

Bodensee. Auch hier deutete der Medicus die wiederum so beängstigenden Naturereignisse nicht als Ankündigung des nahen Weltendes, sondern als Mahnung Gottes gegen die schweren Irrungen im Volk, das wider seinen Schöpfer handelte, wobei in seinen Augen der Regenbogen als ausgesandter «Friedbogen», als Gottes Gnadenzeichen, den schrecklichen Kometen bereits ausgelöscht habe. Auch diese kleinen Werke wurden durch Leo Jud als Flugblattsammlung gedruckt, wenngleich weniger gut verkauft als die «Cometenschrift». Doch wie der Friedensbotschaft des Regenbogens zum Hohn spitzten sich die Kämpfe zwischen den papsttreuen und den reformierten Kantonen in der Schweiz zu. Mitte Oktober verbreitete sich die Nachricht, dass der von Theophrastus so bewunderte Reformator Zwingli in der Schlacht gegen die papistischen Innerschweizer gefangen genommen und grausam gevierteilt worden war. Nicht viel später starb sein Basler Gesinnungsgenosse Oekolampadius qualvoll an bösartigen Geschwüren. Theophrastus war ob dieser Hiobsbotschaften am Boden zerstört.

In jenen Herbstwochen kam er wider Erwarten doch noch zu einem zweiten Patienten. Was ihn allerdings fast Kopf und Kragen gekostet hätte.

Kapitel 33

Sankt Gallen, Spätjahr 1531

Der einfach gekleidete Mann mit dem schütteren Haar stellte sich als Schreinermeister Caspar Tischmacher vor. Neben ihm stand ein etwa zwölfjähriger Junge und starrte zu Boden.

«Stadtarzt Vadian selbst hat mir den Doktor Theophrastus empfohlen», flehte er, nachdem Barbara ihm erklärt hatte, dass der Medicus jetzt zur Nachmittagsstunde am Schreiben sei und nicht gestört werden wolle. «Er ist wirklich meine letzte Hoffnung. Mein Sohn kann nachts vor Schmerzen nicht mehr schlafen. Und zu gebrauchen ist seine Hand auch nicht mehr.»

Da erst fiel ihr auf, dass die Rechte des Jungen seltsam verwachsen aussah. Die Finger krümmten sich wie die Klauen eines Raubtiers.

«Du Ärmster», entfuhr es ihr, und sie strich dem Jungen über das strohblonde Haar. «Kommt mit mir, ich führe Euch hinauf.»

Theophrastus war alles andere als angetan von dieser Störung, wollte er doch das dritte Buch seines Opus Paramirum heute vollenden.

«Warum schickt Euch Vadian ausgerechnet zu mir? Habt Ihr keine Wundärzte in der Stadt?», fragte er ein wenig ungehalten und ohne aus seinem Lehnstuhl aufzustehen.

Barbara warf ihm einen missbilligenden Blick zu, der besagen sollte: Schaut Euch die Hand doch erst einmal an.

«Natürlich haben wir Wundärzte.» Unruhig knetete Tischmacher seine Mütze in den Händen. «Aber die wollen dem Jungen die Hand abnehmen! Wie kann er denn dann noch als Schreiner arbeiten? Er ist mein einziger Sohn und soll dereinst die Werkstatt übernehmen. Bitte, Meister, ich flehe Euch an.»

«Alsdann.» Theophrastus steckte die Feder zurück in die Halterung und setzte den Stutzen auf das Tintenglas. «Ich werde mir die Hand anschauen. Komm her, Junge, und leg deinen Arm auf den Tisch. Nein, mit der Handfläche nach unten.»

Barbara trat ebenfalls näher und erkannte die Wölbung auf dem Handrücken. Wie ein kleiner Höcker stand sie hervor.

«Das ist ein Überbein», erklärte der Medicus. «Ein Stück Knochen, das dort nicht hingehört.»

Aufmerksam betrachtete er die Hand von allen Seiten, um sie dann vorsichtig an verschiedenen Stellen zu berühren, bis der Junge aufschrie.

«Ist gut, Junge, ist gut. Ich weiß, was ich wissen muss. Wie heißt du?»

«David, Herr», presste der Sohn des Schreiners unter Tränen hervor.

«Ein guter Name. Hör zu: Wie der tapfere junge David einst den Riesen Goliath besiegt hat, so wirst auch du den Schmerz in deiner Hand besiegen. Allerdings wird es die erste Zeit womöglich noch mehr wehtun.»

Er wandte sich an den Vater und schnaubte: «Eine gesunde Hand abhacken wollten die Herren Wundärzte? Was sind das nur für unfähige Pustelstecher und Quacksalber!»

«So helft Ihr uns also?» Für einen Moment sah es aus, als wolle Tischmacher ihm vor Erleichterung um den Hals fallen.

«Ja. Indem ich das Knochenstück herausschneide.» Bei diesen Worten zuckte der Junge zusammen. «Aber nicht jetzt, ich muss erst einiges hierfür besorgen. Kommt morgen früh zu mir. Der Junge soll vorher nichts essen, aber viel trinken.»

«Ich bin Euch so dankbar, Herr!»

«Dankt mir erst, wenn die Hand wieder heil ist.»

«Aber ich verspreche Euch jetzt schon fünf Goldgulden dafür. Mein Ehrenwort.»

«Fünf Gulden?» Der Medicus lächelte und zwinkerte Barbara zu. «Das ist ja so viel, wie Stadtarzt Vadian für eine Behandlung nimmt.»

«Das ist es mir wert, Medicus.»

Nachdem sie Caspar und David Tischmacher hinausbegleitet hatte, kehrte Barbara wieder in das Arbeitskabinett zurück, um aufzuschreiben, was sie für den Schlafschwamm zu besorgen hatte. Der Medicus stand am Fenster, die Hände nachdenklich hinter dem Rücken gefaltet, und starrte zur Straße hinaus.

«Vadian will mich bloßstellen», murmelte er. «Deshalb hat er den armen Jungen zu mir geschickt. Aber er wird sich noch umschauen. Die Sache ist durchaus heilbar.»

Der chirurgische Eingriff war geglückt. Schon zwei Stunden, nachdem der Medicus das Knochenstück entfernt hatte, war der Junge wieder so weit bei sich, dass er sich am Arm seines Vaters auf den Heimweg machen konnte, wenn auch schwankend und totenbleich im Gesicht, die eingebundene Hand in einer Schlinge vor der Brust. Der Medicus selbst brachte die beiden zur Haustür.

«Ihr habt einen sehr tapferen Sohn», hörte Barbara ihn sagen, während sie den Eimer mit den blutverschmierten Leintüchern zum Verbrennen in den Hof trug. «Er soll daheim was Kräftiges essen, am besten zu einem Becher starkem Wein. Das wird seine Lebensgeister wieder in Schwung bringen. Auf die Nacht gebt Ihr ihm sieben meiner Laudanumpillen. Genau sieben – habt Ihr verstanden? Und in drei Tagen kommt Ihr zum Verbandwechsel wieder vorbei.»

Abermals war Barbara zu ihrer eigenen Überraschung über sich hinausgewachsen und hatte trotz aufsteigender Übelkeit selbst mit Hand angelegt, hatte das aufgeschnittene, blutende Fleisch mit Eisenklammern offen gehalten, während der Medicus in aller Seelenruhe mit Bohrer und Meißel zugange war und endlich den unnützen Knochen entfernt hatte. Obendrein war der Junge zwischendurch halb wach geworden und hatte furchtbar zu brüllen begonnen.

Im Hof empfing sie dichter Nebel, der sie sofort frösteln ließ. Sie kippte die Tücher in die Abfallgrube, den Rest würde einer der Knechte erledigen. Als sie in die Diele zurückkehrte, wartete dort der Medicus auf sie.

«An dir ist eine wahre Wundärztin verloren gegangen.»

«Wenn das ein Lob sein soll – danke», erwiderte sie mit einem etwas schiefen Lächeln. Noch immer war ihr flau im Magen, was sich bei solcherlei Eingriffen wohl nie ändern würde.

«Nein, ich habe dir zu danken.» Er blickte verlegen an ihr vorbei. «Du warst wieder einmal großartig. Ohne dich wäre es nicht gelungen. Hast ja den Vater erlebt: Der ist selbst fast umgekippt. Eine Hilfe wäre mir der gewiss nicht gewesen. Und deshalb gebührt einer der fünf Gulden dir.»

«Ein ganzer Gulden? Das ist ja ein Vermögen.»

«Nein, zwei – du bekommst zwei Gulden!»

Sie musste lachen. «Dann bleibe ich hier stehen, bis es noch mehr werden. Ach, Doktor Theophrastus, wartet doch lieber ab, ob die Hand auch ausheilt.»

«Du zweifelst an meiner Prognose? David ist ein gesunder Kerl, und bei jungen Menschen ist der Balsam, also die Selbstheilungskraft des Körpers, noch sehr viel stärker als bei einem alten

Knochen wie mir. Du wirst sehen, er wird bald schon wieder in der Werkstatt seines Vaters mitarbeiten können.»

Doch leider lag er damit falsch. Auch nach dem zweiten Verbandswechsel sechs Tage später war Davids Hand noch immer dick angeschwollen, nein, sie war noch dicker geworden und sah aus, als würde sie demnächst platzen. Und die Finger ließen sich gar nicht mehr bewegen!

Caspar Tischmacher, der mit seinem Sohn in der Eingangshalle stand, war außer sich: «Ihr habt gepfuscht!»

«Aber nein, ich habe genau das Richtige getan», erwiderte Theophrastus und blieb erstaunlich ruhig. «Die Unbeweglichkeit der Finger ist lediglich eine Folge der starken Schwellung. Und die geht nach gegebener Zeit zurück, das versichere ich Euch. Ihr müsst einfach Geduld haben. Hilft denn wenigstens das Laudanum gegen die Schmerzen?»

«Darum geht es überhaupt nicht. Jetzt ist die Hand vollends verkrüppelt. Ich werde Euch bei der Chirurgenzunft verklagen!»

Damit nahm er den verschüchterten Jungen beim gesunden Arm und zog ihn mit sich hinaus.

«Hoffentlich gibt das keinen Ärger», sagte Barbara leise, die die ganze Zeit dabeigestanden hatte. Innerlich betete sie, dass es nicht wieder so weit kommen würde wie in Basel oder Nürnberg, wo der Doktor sich in alle Nesseln gesetzt hatte.

«Ach was.» Theophrastus reckte kämpferisch das Kinn vor. «Soll er sich doch beschweren. Jeder Wundarzt weiß, dass nach einem so tiefen Schnitt, wie er hier nötig war, die Heilung nicht von jetzt auf nachher folgt.»

Drei Tage später platzte ein Amtsbote ins Mittagessen hinein. Regula hatte ihn wohl oder übel einlassen müssen, und nun verkündete er mitten in der Herrenstube mit schnarrender Stimme, dass Doktor Theophrastus von Hohenheim beim Rat der Wundärzte vorgeladen sei, in der Angelegenheit David Tischmacher, am kommenden Morgen zur neunten Stunde.

Barbara, die in aller Regel mit dem Gesinde in der Küche aß, weil ihr das lieber war, hörte den Medicus nebenan laut fluchen. «Potzdusig und Sackerment noch mal, was sind diese Wundärzte nur für Schwachköpfe! Oder will mir da einer an den Karren fahren, mein lieber Amtsbote? Sagt den Herren, dass ich keine Zeit habe. Ich richte nämlich vormittags für den Kaufherrn Schobinger ein Laboratorium ein.»

Als sie ihm wenig später auf der Treppe begegnete, hielt sie mit ihrer Meinung nicht hinterm Berg: «Ich finde, Eure Weigerung war nicht klug. Obendrein habt Ihr die hiesigen Wundärzte verächtlich gemacht, das wird durch die ganze Stadt gehen.»

«Na und?» Er schnaubte. «Die können mich doch alle kreuzweise ... Ich sage dir: Da steckt der Vadian dahinter, kein anderer.»

Die Zunft der Bader, Scherer und Wundärzte ließ jedoch nicht locker. Da er trotz Barbaras Bitten der Vorladung nicht nachkam, ging die Sache vor den Stadtrat: Er solle sich vor einem ärztlichen Ausschuss, dem Stadtarzt Vadian vorstand, öffentlich rechtfertigen, ansonsten drohe ihm eine Turmstrafe. Für einen so erfahrenen Medicus wie Theophrastus wäre die Begründung seiner Vorgehensweise im Grunde ein Kinderspiel, doch Barbara wusste inzwischen genau, warum er vor solcherlei Disputen zurückscheute: Von selbstgerechten, nicht gerade wohlmeinenden Gelehrten in die Enge getrieben, würde er unweigerlich zu stottern beginnen. Und vielleicht die Beherrschung verlieren.

Zu seinem Glück setzten sich die Brüder Schobinger für ihn ein, und es wurde ihm ein vierzehntägiger Aufschub gewährt. Sollte die Hand des Jungen bis dahin ausgeheilt sein, wäre die Angelegenheit erledigt.

«Na also, es geht doch», grinste er, nachdem er Barbara von dem Aufschub berichtet hatte. «Die Natur des Jungen wird es schon richten, da bin ich mir sicher.»

Auch ihr fiel ein Stein vom Herzen. Im Geiste hatte sie schon ihre Zeit in Sankt Gallen jäh zu Ende gehen sehen, und das, wo sie sich in dieser kleinen Stadt wirklich wohlfühlte.

Der große Schrecken folgte Samstag nach Martini, mit dem Ende der vierzehntägigen Frist. Schon am frühen Morgen hämmerte Caspar Tischmacher so lautstark gegen die Tür, dass Regula, Barbara und Helena Studer gleichzeitig in die Diele eilten. Die Hausherrin öffnete.

«Wo steckt er, dieser elende Kurpfuscher?», brüllte der Schreiner sofort los und setzte seinen Fuß mit dem klobigen Stiefel auf die Türschwelle. David schien sich hinter seinem Rücken verstecken zu wollen. Den rechten Arm trug er noch immer in einer Schlinge.

«Mäßigt Euch auf der Stelle, Meister Tischmacher», wies ihn die Studerin streng zurecht. «Sonst lasse ich Euch gar nicht erst herein.»

Dann gab sie Barbara einen Wink, den Doktor herzuholen. Doch der kam ihr schon auf halber Treppe entgegen.

«Ich fürchte, es sieht nicht gut aus für Euch», flüsterte sie ihm zu.

Das tat es wahrhaftig nicht. Der Schreinermeister hatte sich inzwischen Einlass verschafft und seinen Sohn fast grob hinter sich her in die Diele gezerrt. Jetzt hielt er dessen Unterarm in die Höhe. Die unverbundene Hand war noch immer geschwollen, wenngleich längst nicht mehr so stark wie zwei Wochen zuvor, als Barbara den Jungen das letzte Mal gesehen hatte. Wenigstens war der kreuzförmige Schnitt sauber verheilt und würde nur eine kleine Narbe hinterlassen.

«Ja, traut Euch nur näher heran, Medicus», höhnte Tischmacher, «und seht Euch Euren Pfusch an.»

«So lass doch, Vater», wehrte David sichtlich betreten ab. «Es ist schließlich schon ein bisschen besser geworden.»

«Besser nennst du das? Los, Junge, beweg die Finger.»

Mit zusammengepressten Lippen wackelte David erst mit dem Daumen, dann mit den übrigen Fingern. Zumindest versuchte er es. Bis auf den Zeigefinger blieben sie weitgehend steif, und die Bewegungen schienen ihm wehzutun.

Der Medicus gab sich überraschend gefasst.

«Beruhigt Euch, Meister, das wird schon noch. Ich jedenfalls sehe einen großen Fortschritt.»

«Dass Euch Blitz und Hagel erschlagen! Ihr hättet dem Jungen die Hand besser abgeschlagen, statt ihm eine Krüppelklaue zu bescheren. Ich verklage Euch vor dem Dreierrat!»

Bei seinen letzten Worten war Theophrastus nun doch zusammengezuckt. Der Dreierrat war die für Rechtsstreitigkeiten zweithöchste Einrichtung vor dem Blutgericht, ihm gehörten Bürgermeister, Altbürgermeister und Reichsvogt an. Altbürgermeister Studer allerdings ließ sein Amt der schlechten Gesundheit wegen derzeit ruhen, und der Bürgermeister war kein Geringerer als Stadtarzt Vadian.

Barbara sah, wie sich die Adern an Theophrastus' kahlen Schläfen vergrößerten und zu pulsieren begannen. Heilige Maria, flehte sie, lass ihn jetzt nicht in unflätigen Zorn ausbrechen. Doch der Medicus schnaufte sichtbar durch, dann lächelte er.

«Wenn Ihr mir das Leben schwer machen wollt – nur zu! Oder aber Ihr helft Eurem Sohn und befolgt einen Ratschlag von mir als erfahrenem Arzt. Ich sehe, dass Ihr weniger Geduld habt als David, und daher will ich Euch etwas vorschlagen, was die Selbstheilungskräfte mit Sicherheit beschleunigt.»

Es wurde still in der Diele. Selbst die Studerin schien den Atem anzuhalten.

«Und das wäre?», fragte Tischmacher verunsichert.

«Ihr geht heute Nachmittag in die Apotheke und holt lebende Regenwürmer. Auf die Nacht hin binde ich diese in einer Kompresse um die Hand, für die folgenden Nächte machen wir das ebenso.»

Barbara traute ihren Ohren nicht. War er von allen guten Geistern verlassen? Sie wusste zwar aus ihrer Kohlenberger Zeit, wie beliebt Regenwürmer in der Volksmedizin waren und dass sie auf den Jahrmärkten als Wundermittel gegen hunderterlei Leiden wie Gicht, Gelbsucht. Wassersucht, Ohrenleiden oder Tollwut gepriesen wurden. Aber dass sich der Doktor in einer so misslichen Lage dieses Kinderglaubens bediente, konnte doch nur schiefgehen. Oder war es der Mut der Verzweiflung?

Der Schreinermeister indessen schien fürs Erste beruhigt und befolgte die Anweisungen. An drei Abenden hintereinander packte der Medicus die Hand in eine Kompresse von sich windenden Würmern ein und wartete in aller Ruhe zu, während Barbara immer angespannter wurde. Am vierten Tag dann das Unfassbare: David konnte seine Finger wieder bewegen, als sei nie etwas geschehen. Die Klage war damit hinfällig, und Tischmacher bezahlte die versprochenen fünf Gulden. Noch am selben Tag ging die Geschichte von der erfolgreichen Regenwurmkur wie ein Lauffeuer durch die Gassen, und schon stand der Medicus beim Volk wieder im Ruf eines Wunderheilers!

Was den Medicus sichtlich belustigte.

«Von wegen Wunder», sagte er lachend zu Barbara, nachdem er sie fast schon gezwungen hatte, ihre zwei Gulden anzunehmen. «Diese ganze Aufregung war völlig umsonst, weil die Hand auch ohne Gewürm geheilt wäre. Die Menschen haben schlichtweg zu wenig Geduld. Aber der Glaube versetzt nun mal Berge.»

Wieder einmal gab er ein Fässchen des teuren Neckarweines aus, diesmal aber ließ er ihn ins Haus liefern, damit auch Christian Studer den guten Tropfen genießen konnte. Die Familie Schobinger hatte er ebenfalls eingeladen, und sogar das Gesinde durfte auf seinen Wunsch hin beim Umtrunk in der Herrenstube dabei sein.

«War das mit den Regenwürmern eigentlich nur einer Eurer verrückten Einfälle, um den Tischmacher hinzuhalten?», fragte die Studerin, nachdem sich der Medicus bei den Gebrüdern Schobinger in aller Ausführlichkeit für ihren Einsatz vor dem Rat bedankt hatte.

Theophrastus lächelte verschmitzt. «Nun ja, dieser gemeine Wurm enthält tatsächlich einen Wirkstoff zur Wundheilung und Schmerzlinderung, wie mir meine Erfahrungen gezeigt haben. Allerdings, und da wird mir Bartlome zustimmen, nur in gereinigter Form, als eine alchemisch erzeugte Essenz sozusagen. Nur blieb mir dazu nicht die Zeit. Wie auch immer: Der Junge und sein Vater hatten wieder Vertrauen in mich, und der Balsam der Selbstheilung tat sein Übriges.»

Doch dann folgte der nächste Schlag. Der Zustand des Hausherrn verschlechterte sich zusehends. An Weihnachten konnte er weder am Gottesdienst noch am anschließenden Festessen im Zunfthaus der Kaufleute teilnehmen, so sehr quälten ihn seine Leibkrämpfe. Mittlerweile war er nur noch Haut und Knochen. Immer häufiger musste ihm Theophrastus Schlafmohn und Laudanum verabreichen, um die schlimmsten Schmerzen zu lindern, und er beschwor schließlich den Dämon des Leidens mit Amuletten und magischen Formeln.

Am vorletzten Tag des Jahres schließlich tat Christian Studer im Beisein seiner Familie und seines verzweifelten Arztes und Freundes Theophrastus den letzten Atemzug.

Kapitel 34

Sankt Gallen, Winter und Frühjahr 1532

In diesem harten, schneereichen Winter war Theophrastus nicht mehr derselbe. Barbara hätte sich manchmal gewünscht, er würde wieder zetern und fluchen wie in alten Zeiten – das hätte sie besser ertragen als den Anblick des in sich zusammengesunkenen kleinen Mannes. Nachts wanderte er ruhelos in seiner Kammer umher, tagsüber zuckte er jedes Mal zusammen, wenn im Haus eine Tür krachte oder etwas herunterfiel, so schreckhaft war er geworden. An den gemeinsamen Mahlzeiten nahm er kaum noch teil, da er, wie er selbst sagte, keinen Hunger auf leibliche Speisen mehr habe. Stattdessen las er oft stundenlang in der Bibel.

Da er den Anblick der trauernden Witwe nicht mehr ertragen hatte, wohnten sie inzwischen bei den Schobingers – Barbara in der Gesindekammer, der Medicus im Gästezimmer. Dabei hatte Helena Studer ihm niemals Vorwürfe gemacht. Doch die machte sich der Doktor schon selbst zur Genüge.

«Gegen das Leiden und den Prozess des Sterbens kann der Arzt vielleicht etwas ausrichten», hatte er ihr während des Umzugs mit Tränen in den Augen gesagt, «nicht aber gegen den Tod selbst. Der ist der wahre Meister der Medizin, der sitzt immer dicht neben uns Ärzten. Und manchmal lacht er uns anmaßenden Quacksalbern hämisch ins Gesicht. Mich hat der Sensenmann nun gehörig in die Schranken verwiesen, indem er mir *den*

Mann entriss, der mir am Ende zum väterlichen Freund geworden ist.»

«So quält Euch doch nicht länger. Niemand gibt Euch die Schuld am Tod des alten Mannes.»

«Das kann ich nur hoffen. Wir vergessen immer, dass der Mensch nur ein Gast auf Erden ist. Denn welche Rechte hat er hier? Gar keine. Hat er doch nichts mit sich gebracht, kein Körnlein, kein Bäumlein, kein Gräslein. Alles ist vielmehr schon vorher da gewesen. Und so kann Gott den Menschen zu sich nehmen, wann immer er will.»

Was die Schuldzuweisung betraf, sollte Barbara sich getäuscht haben. Am Sonntag vor Lichtmess, gut vier Wochen nach Studers Bestattung, tauchte Stadtarzt Vadian im Haus Zur Wahrheit auf. Bartlome Schobinger zählte ihn schon längst nicht mehr zu seinen Freunden und war deshalb nicht minder erstaunt über dessen Besuch als Theophrastus.

An diesem Nachmittag saß Barbara mit den zwei jüngsten Knaben von Schobinger gerade in der Küche, um mit ihnen Lesen und Schreiben zu üben. Die beiden besuchten seit einem Jahr die Pfarrschule und taten sich mit dem Lernen ganz im Gegensatz zu Magenbuchs Lenchen damals reichlich schwer. Bislang war das eigentlich die Aufgabe von Helena Schobinger gewesen, doch die war derzeit voll und ganz mit ihrem halbjährigen Säugling beschäftigt, der an Blähungen litt. Seltsamerweise weigerte sie sich, in dieser Sache den Ratschlägen des Medicus zu folgen – warum auch immer.

Durch die offene Tür hörte Barbara, wie Schobinger den Gast begrüßte und in die gute Stube bat. Er entschuldigte das Fernbleiben seiner Frau, doch der Stadtarzt unterbrach ihn sogleich.

«Ist der Herr Paracelsus nicht im Haus? Ich hätte ihm etwas mitzuteilen.»

Barbara horchte auf. Hatte sich Vadian nach monatelangem Schweigen endlich entschieden, die Widmungen der nunmehr drei Bücher anzunehmen und sie zum Druck zu empfehlen? Allerdings lag in der Art, wie er Theophrastus' Gelehrtennamen aussprach, eher Häme.

«Wir machen später weiter», beschied sie den Knaben und ging nach nebenan. Da Köchin und Magd an diesem Sonntagnachmittag freihatten, erbot sie sich, die Herren mit Wein und Brot zu bewirten – in der Hoffnung, mehr zu erfahren.

«Sehr gerne, Barbara», lächelte der Hausherr auf ihr Angebot hin.

Vadian hingegen musterte sie nur mit abschätzigem Blick, ohne sie auch nur mit einem Kopfnicken zu grüßen. Sie schätzte ihn auf zehn Jahre älter als der Medicus, auf Ende vierzig also. Er war groß und kräftig, ein Bär von einem Mann, doch um seine Augen lagen ungesunde dunkle Ringe, und die Mundwinkel waren tief nach unten gezogen. Wie oft bei Menschen, die sich als etwas Besseres dünkten.

«Wenn du bitte vorher Theophrastus herholst?», setzte Schobinger nach, als sie im Hinausgehen war.

«Ja, sofort.»

Der Medicus lag angezogen auf dem Bett und starrte zur Decke, als sie nach dem Anklopfen eintrat.

«Vadian ist gekommen und will Euch sprechen.»

Mit einem Satz war er auf den Beinen und strich sich hastig Wams und Beinkleider glatt.

«Dann hat er mein Werk also endlich gelesen.»

«Hoffen wir das Beste.»

Als sie wenig später Wein und Brot in die Stube brachte, saß Theophrastus am einen Ende des langen Tisches, Vadian am anderen und Schobinger ein wenig verloren dazwischen. Während sie den Wein in die Noppengläser einschenkte, belauerten sich die beiden Ärzte wie zwei Raubtiere. Kaum war sie wieder draußen, hörte sie Vadian in gespielter Freundlichkeit fragen: «So habt Ihr nun also den guten Studer zu Tode kuriert, mein lieber Paracelsus?»

Barbara konnte nicht anders, als hinter der nur angelehnten Tür stehen zu bleiben. Was nahm sich dieser aufgeblasene Mensch heraus?

«Haltet Euch besser zurück in dieser Sache», gab der Medicus erstaunlich beherrscht zur Antwort. «Ihr habt ihn schließlich zuerst behandelt, und *Ihr* wart es, den der Altbürgermeister nicht mehr im Hause haben wollte.»

«Ich bitte euch, liebe Freunde!» Das war die Stimme des Hausherrn. «Die Zeit meines lieben Schwiegervaters war schlichtweg abgelaufen.»

«Ach ja?», höhnte Vadian. «Mit der richtigen Behandlung wäre er noch unter uns.»

Ein Stuhl ruckte, und Barbara spähte durch den Türspalt. Der Medicus war aufgesprungen und stützte sich mit den Händen auf der Tischplatte ab. Wahrscheinlich, um das Zittern seiner Hände zu verbergen. Das taten sie nämlich häufiger in letzter Zeit, wenn er sich unwohl fühlte.

«Seid Ihr nur gekommen, um mir unhaltbare Vorwürfe zu machen?», raunzte er. «Dann kann ich auch wieder gehen.»

«Nein, setzt Euch wieder. Ich habe Euer Opus gelesen. Oder sagen wir besser: überflogen. Paramirum wie Paracelsus, sehr sinnig. Oder soll ich besser sagen: Para-Vadian, über den Vadian hinaus.»

«Was sollen jetzt diese Wortklaubereien?» Theophrastus' Stimme wurde dünn.

«Gut, lassen wir das. Aber wie kommt Ihr dazu, dass Ihr Euch mit *mir* gleichstellt? Ich zitiere Eure letzte Widmung: *Auf dass deiner und meiner unvergesslich sein werde bei denen, die sich der Medizin unterwerfen* – das darf doch nicht wahr sein! Mehr noch: An anderer Stelle schreibt Ihr über Euch von einem, der in der Sonne der Erkenntnis gewandelt ist. Wenn Ihr Euch da nur nicht die Flügel verbrennt! Nein, Theophrastus – wir beide haben das Heu wahrhaftig nicht auf der gleichen Bühne liegen!»

«Ich kann ... ich kann die Widmung auch umarbeiten, wenn Euch die Worte nicht angenehm sind.»

«Das braucht es nicht. Weil ich mich nämlich gar nicht für den Druck einsetzen werde. Und Geld vorlegen schon gar nicht. Als ein Anhänger des Galenos und der traditionellen Lehre kann ich nur sagen: Ihr verbreitet nichts als einen stinkenden, lauwarmen Furz mit Eurem Geschwafel. Und ich frage mich, welcher Teufel den Leo Jud geritten hat, mit der Cometenschrift das Nürnberger Druckverbot zu brechen. Wisst Ihr, wie der gute Melanchthon über Eure prognostischen Schriften geurteilt hat? Lauter alberne Nichtigkeiten hat er sie genannt.»

«Das muss ich mir nicht länger bieten lassen!»

«Nein, wartet, eine Sache noch: Ich hab mich in Zürich nach Euch erkundigt. Stadtarzt Clauser und sein Freund Bullinger wussten zu berichten, dass Ihr in Zürich jeden Fuhrmann unter den Tisch gesoffen habt. Vielleicht solltet Ihr Eure Kunst besser auf den Jahrmärkten feilbieten, so volksnah, wie Ihr seid.»

Barbara konnte gerade noch einen Schritt zurücktreten, als Theophrastus auch schon durch die Tür gestürmt kam. Dort hielt er noch einmal inne, drehte sich um und rief mit puterrotem Kopf: «Wisst Ihr, was Ihr seid, Vadian? Nichts als ein verlogener, verlotterter Amtsarsch!»

Besänftigend legte Barbara ihm die Hand auf die Schulter, doch er schüttelte sie ab.

«Lass mich», murmelte er, hastete die Treppe hinunter und schlug die Haustür hinter sich zu. Im nächsten Moment hörte sie den Hausherrn mit gerade noch beherrschter Stimme sagen: «Du hast meine Gastfreundschaft missbraucht, Vadian. Geh bitte, jetzt auf der Stelle.»

Diese demütigende Begegnung hatte Barbara tagelang aufs Neue in Wut versetzt und den Medicus nur noch mehr niedergedrückt. Voller Ingrimm wendete er sich fortan von den Schweizer Reformatoren ab. Clauser, Bullinger, Vadian, die verstorbenen Zwingli und Oekolampadius, dazu Melanchthon, Erasmus und Luther – von allen, die er bewunderte und die er gerne als Freunde gehabt hätte, war er geschmäht oder links liegen gelassen worden. Das war für ihn womöglich noch schmerzhafter als die Tatsache, dass ihm kein Erfolg als Autor vergönnt war, nicht einmal in seiner geliebten Schweiz: Von seinen medizinischen Werken war bis auf das erste Traktat über die Franzosenkrankheit noch kein einziges veröffentlicht. Und das, wo er doch geglaubt hatte, die Reformatoren für seinen Kampf gegen die überholte Gelehrtenmedizin gewinnen zu können! Einzig die Schobinger-Brüder hielten noch zu ihm.

«Aus dem Frühling der Reformation ist kein Sommer entstanden», hörte sie ihn mehrfach und voller Resignation zu Bartlome Schobinger sagen. Und ein andermal: «Der Luther vertreibt den Papst nicht, der Zwingli hat's auch nicht getan. Ebenso wenig wird der Papst den Luther noch die Zwingli'schen oder die Täufer vertreiben. Denn ein Teufel vertreibt den anderen nicht.»

Mal wirkte er völlig teilnahmslos, dann wieder ergriff ihn eine fast verzweifelte Ruhelosigkeit. Die Muße zum Schreiben fand er längst nicht mehr, manchmal war er den ganzen Tag verschwunden, wobei niemand wusste, wo er sich herumtrieb. «Ich war in

Gottes schöner Natur», gab er höchstens zur Antwort. Nachdem er zweimal sogar über Nacht weggeblieben war, hielt es Barbara in ihrer Sorge um ihn nicht länger aus.

«Das ist ja nicht mehr mit anzusehen. Ihr müsst wieder auf die Beine kommen. Wollen wir uns nicht das leer stehende Häuschen in der Webergasse anschauen, das Schobinger erwähnt hat? Dann hättet Ihr endlich wieder Eure eigenen vier Wände.»

Zu ihrer Erleichterung stimmte er zu. Sie erhoffte sich, dass ihn ein Umzug von seinem Kummer und seinen Selbstzweifeln ablenken würde, und auch sie selbst wollte nicht länger Gast in einem fremden Haus sein. Doch dann fand er immer neue Ausreden, um nicht den Besitzer des Häuschens aufsuchen zu müssen, und als er sich nach einer Woche schließlich dazu bequemte, war das schmucke kleine Fachwerkhaus an einen Krämer vermietet.

Den Religionskriegen der letzten Monate hatte Barbara nie große Beachtung geschenkt, doch dann sollte der Siegeszug der Schweizer Papisten auch ihr Leben betreffen. Zum ersten Märztag kehrte Abt Diethelm Blarer von Wartensee mit seinen Benediktinern ins Kloster zurück, die Fürstabtei wurde wiederhergestellt. Immerhin sicherte Blarer dem Magistrat zu, die Bürger in ihrem neuen Glauben unbehelligt zu lassen. Wobei Barbara eine Rückkehr zum alten Glauben gar nicht verschreckt hätte. Die Reformierten nahmen es nämlich noch strenger als die Papisten: Wie schon in Basel setzte der Magistrat als neuer Kirchenherr nicht nur die Pfarrer ein, sondern zwang die Leute auch in die Kirche. Der Predigtbesuch mitsamt Abendmahl war an den Sonntagen und Hochfesten Pflicht geworden. Versäumte man ihn ohne Grund, hagelte es Strafen, ebenso fürs Schwatzen im Gottesdienst, wenn man altgläubig betete oder in der Kirche die strenge Trennung nach Zünften und Ständen nicht einhielt. An ihre Kindheit im alten päpstlichen Glauben hatte sie da ganz andere Erinnerungen, da war die Kirche ein beliebter und belebter Treffpunkt für jedermann gewesen, und manchmal war es dort zugegangen wie auf dem Jahrmarkt. Feiertage hatte es früher auch viel häufiger gegeben, und ob man sich dann zu Hause zum Zechen, Spielen oder Tanzen traf, wollte kein Pfaffe, kein Ratsherr wissen.

Im Haus Zur Wahrheit indessen wurde über die Rückkehr des Abtes unverhohlen geflucht und gewettert. Zumal es mit dem alchemischen Labor in der Klosterküche ein Ende hatte. Zusammen mit den Gebrüdern Schobinger musste der Medicus alle Gerätschaften und Utensilien entfernen, womit sie tagelang beschäftigt waren. Dabei lernte Theophrastus den Abt auch persönlich kennen, blieb oft länger dort, um mit ihm zu disputieren. Bartlome Schobinger stieß das sauer auf: «Was palaverst du mit diesem Kerl? Jeder Wortwechsel mit den Papisten ist doch Perlen vor die Säue geworfen.»

Schobingers Unwillen wurde noch größer, als Theophrastus einen der Mönche wegen Verdauungsbeschwerden behandelte. Als er dann auch noch eine kurze theologische Schrift für den Abt verfasste, platzte ihrem Gastgeber der Kragen.

«Ist dir bewusst, dass du damit mich und meine ganze Familie in Verruf bringst?», hörte man ihn in der Eingangshalle durchs ganze Haus schreien. «Nach wie vor setze ich mich dafür ein, dass du eine städtische Zulassung als Arzt bekommst, aber das kannst du jetzt wahrlich vergessen!»

Von da an wurde die Stimmung zwischen den Männern frostig, und der Medicus ward bei den fröhlichen Zusammenkünften mit Schulmeister Cuntz und Stadtchronist Rütiner nicht mehr gern gesehen. Theophrastus war zutiefst enttäuscht: «Sie misstrauen mir, Barbara. Bloß weil ich die Papisten nicht wie Aussätzige betrachte. Was für ein kindischer Schwachsinn!»

Leider wendete sich zugleich die junge Schobingerin von Barbara ab, wollte nicht mehr, dass sie ihre Stiefsöhne unterrichtete. «Sie sind jetzt für ihr Alter firm genug im Schreiben», war Helenas Begründung. Ein andermal verkündete sie ihr: «Ich habe deinem Doktor Theophrastus nie ganz getraut, damit du das weißt.»

Schließlich nahm Barbara den Medicus zur Seite. «Wir sollten ausziehen, ganz gleich, ob in ein Haus oder in eine kleine Wohnung. Ihr habt doch jetzt ein wenig Geld verdient im Kloster.»

«Ja, ja, ich schau mich um», gab er unwirsch zurück.

«Ich meine es ernst. Wisst Ihr, was die Schobingerin mir heute zugesteckt hat? Dass man sich in ihrem Bekanntenkreis schon das Maul über Euch zerreißt, weil Ihr seit Studers Tod keinen protestantischen Gottesdienst mehr besucht habt. Ihr wäret zu den Altgläubigen übergelaufen, so oft, wie ihr drüben im Kloster steckt. Und Rütiner glaubt sogar, Ihr hättet Euch heimlich den Täufern angeschlossen. Ich bitte Euch: Sprecht Euch mit Schobinger und seinen Freunden aus, anstatt Euch immer mehr in Euer Schneckenhaus zurückzuziehen.»

Sein Blick verfinsterte sich. «Hattest du mir nicht mal gesagt, ich solle mich nicht um das Geschwätz der Leute scheren? Das tue ich hiermit.»

An diesem Abend war er, wie so oft in letzter Zeit, allein in der Stadt unterwegs. Barbara wollte gerade schlafen gehen, zuvor aber noch einen Eimer Wasser für die Küche aus dem nahen Brunnen holen. Eigentlich ziemte es sich nicht für eine Frau, bei Dunkelheit allein auf die Straße zu gehen, doch es waren nur ein paar Schritte, und manchmal trafen sich dort auch die Mägde der umliegenden Häuser zu einem abendlichen Plausch. Heute lag der Gallusplatz verlassen da, vielleicht zu ihrem Glück. Es war eine kalte, sternenklare Aprilnacht, und sie dachte unwillkürlich an jene sommerliche Sternennacht zurück, als sie sich im Hof der

Studers dem Medicus so nah gefühlt hatte. Da ließ ein lautes Krakeelen sie zusammenfahren.

«Ein Kreuzdonnerwetter über dieses verfluchte Land! Papisten und Lutheraner, alle seid ihr vom selben Gewürm!»

Es war Theophrastus, der mit hocherhobener Laterne die Klostermauer entlangtaumelte. Umgehend ließ Barbara ihren Eimer auf dem Brunnenrand stehen und rannte zu ihm hinüber.

«Und wer nicht das eine noch das andre ist», fuhr er fort, ins Leere zu schreien, «der lebt gefährlich in diesen Zeiten. Lasst euch das gesagt sein, ihr Leute! Von Paracelsus, dem neuen Monarchen der Medizin.»

«Habt Ihr den Verstand verloren?», fauchte sie ihn an und packte ihn beim Arm. «Ihr seid jetzt sofort still.»

Aus glasigen Augen glotzte er sie an. «Barbara? Was machst du hier mitten in der Nacht?»

«Wir wohnen dort drüben, falls Ihr das vergessen habt. Und jetzt kein Wort mehr, Ihr seid ja völlig betrunken.»

Den schwankenden Medicus stützend, führt sie ihn heim, stumm und ohne ihn weiter zu schelten. Sie ahnte, wie es in seinem Inneren aussah, und das machte sie traurig.

In seiner Kammer streifte sie ihm den Mantel ab und half ihm, sich auf dem Bett auszustrecken, dann zog sie ihm die Stiefel aus. Sein Schwert musste sie griffbereit neben ihn legen.

«Morgen früh gehen wir auf die Suche nach einer neuen Unterkunft», beschied sie ihn. «Und jetzt versucht zu schlafen. Euer Licht lasse ich vorsichtshalber an, falls Ihr nochmals austreten müsst.»

Er nickte nur und schloss die Augen.

Sie war schon fast zur Tür hinaus, als sie ihn leise sagen hörte: «Ich werde verfolgt.»

«Verfolgt? Von wem redet Ihr?»

«Die Fugger», stieß er gequält hervor. «Sie trachten mir nach dem Leben. Und sie haben ihre Häscher und Schergen überall, auch hier.»

«Das ist doch Unsinn. Ihr seid wirklich ziemlich betrunken.»

«Nein, nein, die trachten mir nach dem Leben, wollen mich endgültig mundtot machen. Warum sonst druckt niemand meine medizinischen Werke? Und Vadians Besuch, das war ein Warnschuss.»

Allmählich machte er ihr Angst. «Lasst uns morgen darüber reden», beschwor sie ihn. «Schlaft jetzt.»

«Nein, warte! Du musst mir eines versprechen: Falls mich jemand vergiftet oder im Schlaf verwundet, dann flöße mir von dem Laudanum im Schwertknauf ein. Schwörst du mir das?»

Sie holte hörbar Luft. «Ja, ich versprech's. Gute Nacht.»

Als sie wenig später noch einmal nach ihm schaute, schnarchte er leise vor sich hin, die rechte Hand um den Schwertknauf gepresst. Leise schloss sie die Tür und ging nach nebenan, um sich schlafen zu legen, wenn auch nicht sonderlich beruhigt. Sie wussten es beide: Was in Sankt Gallen so vielversprechend begonnen hatte, hatte sein Ende gefunden.

Kapitel 35

In derselben Nacht und am Morgen, Mitte April 1532

Ein lautes Poltern ließ Barbara mitten in der Nacht aus dem Schlaf auffahren.

«Was war das?», fragte die Köchin, die im Nachbarbett schlief, verschreckt.

Erneut polterte es, und Barbara sprang auf. «Ich gehe nachsehen. Es kommt aus der Kammer des Doktors.»

Sie eilte in den Flur, als sie ihn auch schon von drinnen schreien hörte: «Hinweg, ihr Bastarde!»

Ohne weiter nachzudenken, stieß sie die Tür auf und konnte gerade noch zur Seite springen, um einem Schwerthieb zu entgehen. Wie ein Rasender fuchtelte Theophrastus, der wie immer zur Nacht fast vollständig angekleidet war, im Halbdunkel mit der Waffe herum.

«Hört auf!», brüllte sie ihn an. «Ich bin's doch nur!»

Augenblicklich hielt er inne. Das Schwert glitt ihm aus der Hand und ging mit einem dumpfen Schlag zu Boden. Sein Gesicht war angstverzerrt.

«Ich bitte Euch, seht Euch doch um.» Vorsichtshalber schob sie das Schwert mit dem Fuß unters Bett. «Hier ist niemand außer Euch und mir.»

Er stöhnte auf. «Sie waren hier, ich schwör's dir! Zu dritt sind sie gekommen, um mich mit ihren Schwertern zu erschlagen!»

«Nein, Theophrastus, Ihr habt das nur geträumt.» Sie wandte

sich ihrer Zimmergenossin zu, die mit aufgerissenen Augen im Türrahmen stand. «Geh wieder schlafen, alles ist gut.»

Sie schob sie hinaus, schloss die Tür hinter ihr und führte Theophrastus zum Bett, wo er sich kraftlos auf der Kante niedersinken ließ. Mit ein wenig Abstand setzte sie sich neben ihn.

«Seid Ihr wieder bei Euch?»

Im Schein der Tranlampe, die unversehrt auf dem Tisch stand, sah sie die Fassungslosigkeit in seinem Blick.

«Was bin ich nur für eine elende Kreatur?» Er schluckte. «Ums Haar hätte ich dich erschlagen. Dann hätte ich niemanden mehr auf der Welt. Ich schäme mich so, Barbara.»

Er wirkte nun vollkommen ernüchtert. Sie berührte kurz seine magere Schulter und versuchte zu lächeln, obwohl ihr der Schreck noch tief in den Gliedern steckte.

«Ihr habt ja nicht mich gemeint, und der liebe Gott hat mich zum Glück beschützt. Aber jetzt seht Ihr wieder einmal, wozu der Suff einen treiben kann.»

«Ja, ja, ich habe am Abend zu viel getrunken – aber diese Ängste und Albträume kommen auch sonst! Und warum kommen sie? Sie sind die Strafe für meinen Hochmut, meine Anmaßung, meine mangelnde Demut. Wie konnte ich nur glauben, ich sei ein guter Mensch, ein guter Arzt?» Angewidert verzog er das Gesicht. «Ein Nichts bin ich, ein unwissender, unfähiger Zwerg, der mitnichten die geistige Fähigkeit besitzt, das Licht der Natur zu durchschauen. Ich verstehe ja noch nicht einmal, ob die Reformation ein gutes Ding ist oder ein schlechtes.»

«Aber Ihr *seid* ein wunderbarer Arzt! Und der großartigste Mensch, den ich kenne!»

«Nein, Barbara.» Er schüttelte traurig den Kopf. «An mir ist so gar nichts Großartiges. Um das göttliche Feuer der Erkenntnis zu erlangen, braucht es noch viel mehr Entbehrungen. Noch viel mehr Ernst, Armut, Hunger, Elend und harte Arbeit. Viel zu lange treibe ich mich schon in den warmen Stuben der Herrenhäuser mit ihren reich gedeckten Tischen herum statt in den löchrigen Hütten armer Bauern. Wann habe ich das letzte Mal unter freiem Himmel geschlafen, wann das letzte Mal ein tosendes Unwetter in der einsamen Bergwelt erlebt? Meine nächtlichen Träume zeigen mir, dass ich mich in einem gänzlich falschen Leben eingerichtet habe. Wie komme ich da nur wieder heraus?»

So mutlos klangen seine Worte, dass sie plötzlich fürchtete, er könne sich in dieser Nacht etwas antun.

«Vielleicht sollten wir in Sankt Gallen gar keine neue Wohnung suchen, sondern weiterziehen», sagte sie leise.

«Ach, wo soll ich denn noch hin? Ich war doch schon überall.»

«Vielleicht ja heim zu Eurem Vater, nach Villach? Hattet Ihr nicht mal gesagt, dass auch Kärnten Eure Heimat sei? Und dass Ihr Euren Vater sehr bewundert und liebt?» Da er nicht antwortete, fuhr sie fort: «Letzten Sommer, unter dem Sternenhimmel in Studers Hof, da hatte ich Euch gefragt, ob Ihr Euren Vater denn gar nicht wiedersehen wollt. Ihr habt geantwortet, dass Ihr mir das vielleicht ein andermal erzählt. Ist jetzt dieses *andermal*?»

Seiner Brust entrang sich ein tiefer Seufzer. «Willst du das wirklich wissen? Es ist keine schöne Geschichte.»

«Dann erzählt sie mir erst recht.»

Er schüttelte den Kopf. «Ich bin mit einem Mal so müde.»

Woraufhin er die Beine anhob und sich auf dem Bett ausstreckte. Rücklings, die Arme unter dem Kopf verschränkt, lag er ganz am hinteren Rand, weitestmöglich von ihr entfernt, und starrte in die Luft.

«So lass ich Euch jetzt schlafen, Theophrastus.»

Sie bückte sich nach der Bettdecke, die zusammengeknüllt vor ihr auf dem Boden lag, und deckte ihn zu, ohne ihn zu berühren. Als sie sich mit einem «Gute Nacht» abwenden wollte, hörte sie ihn sagen: «Ich habe ihn als Kind geliebt und bewundert und wollte werden wie er. Aber er hat's mir mit Schlägen vergolten.»

Sie erschrak über diese bitteren Worte und ließ sich wieder auf der Bettkante nieder.

«Er war ein strenger, liebloser, brutaler Vater, der mich mit der Knute erzogen hat», fuhr er fort, den Blick noch immer gegen die Zimmerdecke gerichtet. «Er war so anders als meine sanfte Mutter, an die ich mich leider nur noch im Traum richtig erinnern kann. Im Wachen sehe ich nur immer eine sieche Frau in der Stube liegen, die sich nach und nach, ohne zu klagen, von der Welt verabschiedet. Damals war ich vier oder fünf Jahre alt. Je näher sie dem Tod kam, desto bösartiger wurde mein Vater. Das war denn auch die Zeit, als ich zu stottern begann, wenn ich nicht weiterwusste. Ich glaube, ich fühlte mich schuldig daran, dass sie starb.»

«Ein kleines Kind kann nicht schuld am Tod der Mutter sein, niemals», sagte sie aufgebracht und verspürte Wut auf diesen Vater, der seinen Sohn, anstatt zu strafen, hätte trösten müssen. *Ihr* Vater jedenfalls hatte sie nach dem Tod der Mutter oft getröstet, und dafür war sie ihm heute noch dankbar. «Das tut mir sehr leid. Ihr müsst ja regelrecht Angst vor ihm gehabt haben.»

«Ja, das hatte ich. Große Angst. Das war aber nicht das Schlimmste. Damals in Einsiedeln wurde ich von allen Kindern gehänselt, als Buckelbombast, als Schwabenzwerg und dergleichen mehr. Der Vater hatte die Kinder zwar mit Schlägen vertrieben, aber als ich ihn einmal bat, mir zu zeigen, wie ich mich selbst wehren kann, da hat er mir geantwortet: *Mit deinen schwächlichen Fäusten niemals. Höchstens mit deinem Verstand, zum Denken hat dein Riesenschädel schließlich Platz genug.*»

«Wie konnte er nur so herzlos mit Euch reden?», murmelte sie.

«Ach, Barbara, ich hab mich ja selbst so gesehen. Wo er mir ein ums andere Mal gesagt hatte: *Warum nur hat mir deine Mutter einen solchen Misswuchs geboren?* Als wir nach Mutters Tod nach Villach gezogen sind, gehörte ich in der Lateinschule tatsächlich zu den Besten, aber auf ein Lob von ihm hab ich vergeblich gewartet. Mit zehn Jahren hat er mich fortgeschickt, in eine weit entfernte Klosterschule der Benediktiner, wo ich anfangs jede Nacht geweint habe vor Heimweh. Es war ihm wohl zu mühsam, mit diesem seltsamen Kind allein zu sein, ohne die Mutter. Doch wenn ich dann in den langen Sommerferien nach Hause kam, sehnte ich mich ganz schnell wieder ins Kloster zurück.» Er räusperte sich. «Bei ihm hatte ich immer das Gefühl, mich nicht genug anzustrengen für eine Sache. *Das schaffst du ohnehin nicht,* sagte er oft. Und wenn ich doch etwas vollbracht hatte, dann hat er es nicht beachtet. Bis heute höre ich seine vernichtenden Worte: *Schuster, bleib bei deinem Leisten – für Großes ist einer, der ausschaut wie du, nicht geschaffen.* Bei jedem Misserfolg, ob als gescheiterter Stadtarzt und Hochschullehrer oder als Autor mit Druckverbot, habe ich seine Worte im Ohr.»

Er brach ab und schwieg. Barbara hatte längst Tränen in den Augen. Das Bild des kleinen, buckligen Knaben, der ständig gedemütigt wurde, zerriss ihr schier das Herz.

«Euer Vater war grausam zu Euch.»

«Nein, nicht nur. Man konnte auch wunderbar lachen mit ihm. Und er hatte stets ein offenes Haus für die Armen. Nun ja, belassen wir es dabei, jetzt kennst du meine unselige Geschichte. Und sag bitte endlich Du zu mir, ja? Das wäre mir wirklich wichtig.»

Sie nickte. Plötzlich verstand sie nur zu gut, warum Theophrastus dieses Wanderleben führte, immer auf der vergeblichen Suche nach Heimat. Vor allem aber, dass er zeit seines Lebens um Liebe und Anerkennung flehte.

«Soll ich vielleicht die Nacht über bei Euch ... bei dir bleiben?», fragte sie nach kurzem Zögern. «Nicht, dass du wieder Albträume hast und zum Schwert greifst.»

Er wandte ihr sein Gesicht zu, in dem sie eine Mischung aus größter Verwunderung und ebenso großer Freude las. «Das würdest du tun?»

Sie erhob sich. «Ich hole nur eben meine Decke, bin gleich wieder da.»

In ihrer Kammer war es dunkel und still, die Köchin schlief offenbar wieder. Mit einem Mal fragte sie sich, ob sie eigentlich von allen guten Geistern verlassen war. Wie konnte sie Theophrastus anbieten, bei ihm zu übernachten? Was mochte er jetzt von ihr denken? Andererseits wollte sie von Herzen nur eines: dass er sich mit seinen Ängsten und Enttäuschungen nicht allein fühlte.

Entschlossen griff sie sich ihre Decke und tappte auf Zehenspitzen wieder hinüber in die Nachbarkammer. Dort löschte sie die Lampe und legte sich neben ihn auf die freie Bettseite. Sein Atem ging ruhig und gleichmäßig.

Eine ganze Zeit lang lagen sie reglos nebeneinander. Sie glaubte schon, er sei eingeschlafen, als er sie kaum hörbar fragte:

«Würdest du mich in den Arm nehmen? Nur ein klein wenig festhalten?»

Ohne zu antworten, legte sie ihm vorsichtig den Arm um seine schmale Brust. Es fühlte sich seltsam an, so eng bei ihm zu liegen. Aber auch gut und richtig. Begehrte sie ihn etwa doch, diesen zarten, verwachsenen Mann? Sie hatte einmal, vor nicht allzu langer Zeit, einen Satz in seinem Wust von Papieren entdeckt: «Ein Mann ohne Frau ist nicht vollkommen, nur mit der Frau ist er ganz.» Hatte er dabei womöglich an sie gedacht?

«Danke», hörte sie ihn in der Dunkelheit mit seiner wie immer etwas rauen Stimme sagen.

Da lehnte sie ihren Kopf an seine Halsbeuge und schloss die Augen. Zunächst spürte sie es kaum, so unglaublich zart strich er ihr über Hals und Wange. Ein wohliger Schauer lief ihr über den Rücken. Es war ihr, als würde er sie mit seiner Zuneigung einhüllen. Dann plötzlich zog er die Hand weg, und sie erschrak fast darüber.

«Was ist?», fragte sie leise.

Da keine Antwort kam, wiederholte sie ihre Frage und setzte hinzu: «Das war sehr schön, eben gerade.»

«Es tut mir leid», flüsterte er. «Was gäbe ich drum, ein hübscher Geselle zu sein, dem die Frauen zugeneigt sind. Ich hingegen bin zur Keuschheit geboren und werde in Keuschheit sterben.»

«Ich bin dir aber zugeneigt, spürst du das nicht?»

«Ach Barbara, genau das ertrag ich fast nicht. Ich weiß doch, wie ich aussehe. Ganz krumm bin ich zur Welt gekommen, trag einen Buckel auf dem Rücken wie eine Laute und hab auch sonst nichts Männliches an mir. Die Natur hat mich schon im Mutterleib verdorben und nichts Besseres aus mir gemacht als den hässlichen, verkrüppelten Sohn meiner Mutter.»

«Das ist nicht wahr!»

Sie umschlang ihn mit beiden Armen, drückte ihn an sich, hielt ihn ganz fest. An ihrem Hals spürte sie seine Tränen, in ihrer Umarmung sein lautloses Schluchzen. Schließlich wurde sein Atem ruhiger, und schon halb im Traum sah sie ihn vor ihrem inneren Auge glücklich lächeln. Dann schlief auch sie ein.

Als sie erwachte, fiel erstes Morgenlicht durch den Spalt am Fensterladen. Sie musste sich einen Augenblick besinnen, wo sie war, und erschrak erst einmal darüber. Doch die Bettseite neben ihr war leer, sie war allein im Raum.

Ihre Erinnerung kehrte zurück. Es war nichts Ungebührliches geschehen in dieser Nacht, zugleich hatte sie sich Theophrastus so nahe gefühlt. Wie tief und fest sie in seinen Armen geschlafen hatte! Sie hatte nicht einmal gehört, wie er aufgestanden war. Auch wenn er nach seinen eigenen Worten kein richtiger Mann sein mochte, so war er doch der Mensch, bei dem sie sich am meisten geborgen fühlte. Hoffentlich bereute er nicht, dass er ihr in dieser Offenheit sein Herz ausgeschüttet hatte.

Gedankenversunken schlug sie die Decke zurück und stand auf. Heute war Sonntag, vielleicht konnte sie ihn überreden, mit ihr den Gottesdienst in der Laurenzenkirche zu besuchen. Ihr Blick fiel auf die Truhe, die offen stand. Seine Arzttasche, die gestern noch daneben lag, war weg. Hatte er so früh am Sonntag schon zu einem Kranken gemusst? Aber dann hätte sie doch gehört, wie jemand im Haus nach ihm rief? Sein Schreibtisch sah aus wie immer, unaufgeräumt und mit einem Stoß leerer wie beschriebener Papiere. Dann erkannte sie, dass Reisebibel und Neues Testament fehlten, ebenso Feder und Tinte. Auch das Schwert unterm Bett war verschwunden.

Ihre Knie wurden weich, als sie an den Tisch trat. Fast hatte sie es erwartet, erschrak dann aber doch: Das Blatt, das zuoberst lag, war ein Brief an sie.

«Liebe Barbara», las sie. *«Ich schreibe diese Zeilen am Herdfeuer in Schobingers Küche, während du noch selig schläfst.*
Wieder geht etwas zu Ende. Voller Hoffnung und mit feurigem Geist bin ich in diese kleine Stadt gekommen, mit dir an meiner Seite, und wollte bleiben. Doch es sollte nicht sein: Allein und fremd und anders bleibe ich. Wenn du erwachst, bin ich schon fort. Diese vom Wohlstand gesättigten Buchärzte und Pfaffen, diese von humanistischen Worthülsen vernebelten Gelehrten

und Ratsherren – ich ertrage sie nicht länger. Ich muss zurück in Gottes Natur, in die Berge, Täler und Wälder, zu den einfachen Leuten. Dort will ich zu mir selbst zurückfinden. Dass ich dich zurücklasse, fällt mir als Einziges unendlich schwer. Verzeih mir bitte. Aber zu einem rechten Mannsbild bin ich ohnehin nicht nutze, und du solltest bald schon deine eigene Familie begründen. Dem darf ich nicht länger im Wege stehen.
In der Truhe liegt ein Lederbeutel für dich. Das Geld sollte für deine Heimreise ausreichen. Schobinger wird dir gewiss behilflich sein, eine sichere Reisegruppe nach Basel zu finden. Ich danke dir für alles, erst recht für die vergangene Nacht, die wie ein großes, unerwartetes Geschenk für mich war. In Liebe, dein Theophrastus.»

«Ich danke dir für alles ... In Liebe ...»

Diese letzten Worte las sie wieder und wieder, bis sie hinter Tränen verschwammen. Kein Mann hatte jemals so etwas zu ihr gesagt. Und nie zuvor war ihr ein Mann so vertraut gewesen wie Theophrastus.

Während sie das Papier zusammenfaltete, verdrängten plötzlich Zorn und Enttäuschung ihre Traurigkeit. Wie konnte er sie einfach allein und ohne Abschied zurücklassen? Vielleicht wäre sie ja mit ihm gegangen. Oder lag die Schuld bei ihr, war es gerade das Falsche gewesen, die Nacht über bei ihm zu bleiben? Hatte ihm diese neue Vertrautheit etwa Angst gemacht?

Aus der Küche hörte sie ihre Zimmergenossin hantieren, und so war sie froh, noch ein wenig allein zu sein, während sie sich ankleidete. Hinzu kam, dass sie sich große Sorgen um Theophrastus machte. Offenbar hatte er nur das Nötigste mitgenommen und ihr wohl auch den Großteil seiner Ersparnisse überlassen: Viel mehr als die fünf Gulden und das Pfund Pfennige, die sie im

Beutel vorgefunden hatte, dürfte er nämlich derzeit kaum besitzen, von den beiden Goldringen des verstorbenen Spitalinsassen einmal abgesehen. In Gedanken sah sie ihn durchnässt und frierend durch Sturm und peitschenden Regen marschieren, in löchrigen Stiefeln und seinem alten, hellbraunen Kamelhaarmantel, ohne ausreichende Mittel für eine anständige Herberge oder ein warmes Essen. Um sich zu beruhigen, sagte sie sich, dass er mit einem solchen Vagantenleben jahrelang Erfahrung hatte. Bloß war er damals um einiges jünger gewesen.

Wieder kamen ihr die Tränen. Würde sie ihn jemals wiedersehen?

Auf dem Weg zur Küche begegnete sie dem Hausherrn.

«Er ist weg!», sagte sie tonlos.

«Ja, er ist gegangen. Schon vor Sonnenaufgang.» Auch Schobingers Miene wirkte besorgt. «Ich war früh wach und gerade beim Ankleiden, als die Tür ins Schloss fiel.»

«Und Ihr seid nicht hinterher, um nachzusehen?»

«Doch, ich bin tatsächlich hinaus. Mit einem Reisesack über der Schulter, das alberne Henkersschwert am Gürtel und mit seiner Arzttasche in der Hand ist er im Morgengrauen über den Platz geeilt. Aber ich dachte mir: Lass ihn, er wird schon wiederkommen. Vielleicht braucht er ein paar Tage Einsamkeit, um zur Ruhe zu finden. Er war ja in letzter Zeit arg durcheinander.»

Sie wischte sich über die Augen und holte tief Luft.

«Er hat mir eine Nachricht hinterlassen. Nein, er wird nicht mehr zurückkommen.»

Eine Woche später stand sie an Schobingers Seite mit ihren Habseligkeiten am Markt, in neuen Schuhen und neuem Gewand, die sie sich für diese Gelegenheit geleistet hatte. Eine kleine Handelskarawane, der auch ein Bekannter von Bartlome Schobinger angehörte, würde sie bis nach Regensburg mitnehmen. Der Abschied von dessen Familie wie auch von der Witwe Studer war überraschend warmherzig gewesen. Einen ganzen Sack mit Wegzehrung hatte man ihr vollbepackt, als wäre sie monatelang unterwegs. Dabei sollte die Reise nur zwei Wochen dauern.

Noch am Tag von Theophrastus' Verschwinden hatte Schobinger ihr angeboten, sich für sie nach einer Anstellung als Magd umzuhören. Doch da wusste sie schon, dass sie Sankt Gallen verlassen wollte. Und zwar nicht, um nach Basel zurückzukehren, sondern nach Beratzhausen. Hatte das Baderehepaar ihr nicht versprochen, sie jederzeit wieder einzustellen? Und falls nicht, würde sie in der nahe gelegenen Reichsstadt Regensburg allemal eine Arbeit als Taglöhnerin finden.

Bartlome Schobinger nahm sie beim Arm. «Dort drüben, das sind die Maultierkarren der Handelsleute. Komm, ich werde dich Kaufmann Aigen vorstellen. Er und seine Leute werden dich sicher nach Regensburg bringen.»

«Ich danke Euch vielmals, Herr. Für alles, was Ihr für mich getan habt.»

Er lächelte. «Nichts zu danken. Ich wünsche dir jedenfalls alles Gute für deinen Neuanfang. Übrigens habe ich gestern Abend erstmals Neuigkeiten über deinen ehemaligen Dienstherrn erfahren. Es heißt, er soll in Lumpen gekleidet als Armenprediger durch die Appenzeller Berge ziehen. Damit ist er der Welt als Arzt wohl erst einmal verloren. Schade drum.»

Kapitel 36

Beratzhausen, Herbst 1535

Gehst du also nachher mit mir zur Kirchweih?»

Anna drehte eine ihrer langen, feuerroten Locken um den Finger und sah Barbara erwartungsvoll an. Sie standen vor der Tür zur Badstube, aus der fröhliches Stimmengewirr drang.

«Ich weiß nicht. Grad heut ist viel zu tun im Bad, wo sich alle Welt vorher noch das Haar waschen will. Und so ganz auf den Beinen bin ich auch noch nicht.»

Barbara hatte gerade erst einen heftigen Katarrh hinter sich gebracht, war erstmals in ihrem Leben richtig krank gewesen und eine Woche lang mit Fieber, Gliederschmerzen und Halsweh im Bett gelegen. Seit gestern nun arbeitete sie wieder im Badhaus. Andererseits war der Gedanke verlockend: Die Sonne schien an diesem Samstag Anfang Oktober warm vom Nachmittagshimmel und versprach einen milden Abend für das Fest rund um Sankt Peter und Paul, zu dem die Menschen aus nah und fern strömten. Von der nahen Marktgasse hörte man bereits die Spielleute ihre Fideln und Sackpfeifen anstimmen.

Anna stupste sie in die Seite. «Geh her, für ein paar Runden auf dem Tanzboden wird deine Kraft schon reichen. Außerdem hast du das ganze Jahr über nicht so viele schmucke Kerle auf einem Fleck wie heute.»

Barbara musste lachen. «Du meinst, ich sollte mich endlich mal nach einem Bräutigam umsehen?»

«Na ja, die Allerjüngste bist schließlich auch nicht mehr. Wie alt bist du jetzt? Vierundzwanzig?»

«Sechsundzwanzig», verbesserte Barbara sie.

«Siehst du! Irgendwann wird dich gar keiner mehr wollen. Überleg es dir also. Wenn ich mit Melken und Ausmisten fertig bin, komm ich noch mal vorbei.»

Barbara sah ihr nach, wie sie beschwingt über den Schlosshof in Richtung Viehstall davoneilte. Das Mädchen war mittlerweile von der Gänsemagd zur Melkerin aufgestiegen und ihr in ihrer lustigen, unbekümmerten Art längst zu einer engen Freundin geworden. Zu einer Freundin, wie sie sie in ihrem Leben bislang nur in Marie gehabt hatte. Doch von der hatte sie nie wieder gehört, auch über Stoffel nicht, mit dem sie sich einmal im Jahr einen Brief schrieb. Überhaupt schien ihr Basel inzwischen so fern wie Westindien. Wenn sie sich irgendwo zu Hause fühlte, dann hier in Beratzhausen.

Dreieinhalb Jahre war es nun schon her, dass sie an diesen kleinen Ort bei Regensburg zurückgekehrt war und Sigmund und Marga sie tatsächlich mit offenen Armen empfangen hatten. Den Badersleuten waren keine eigenen Kinder vergönnt, und so hatten sie sie bei sich aufgenommen wie ihre eigene Tochter.

Dreieinhalb Jahre – wo war nur die Zeit geblieben? Seit ihrem Aufbruch von Sankt Gallen verlief ihr Leben in einem gleichmäßigen, unaufgeregten Fluss, hatte so gar nichts Außergewöhnliches mehr. Dafür war sie fast dankbar. Sie wohnte mit Marga und Sigmund unter einem Dach, friedlich und einträchtig, nahm die Mahlzeiten mit ihnen ein, nächtigte in einer eigenen kleinen Kammer. Donnerstags, wenn die Badstube geschlossen hatte, ging es mit Sigmund und dem kleinen hellgrauen Esel hinaus zum Holzschlagen, freitags brachten sie und Marga das Fachwerkhäuschen hinter dem Zehntstadel auf Vordermann und kauften ein, die übrigen Tage arbeitete sie ab Sonnenaufgang im Badhaus, was sie nach wie vor erfüllte. Inzwischen oblag ihr sogar die Ehre, morgens den Badewedel vor der Tür aufzuhängen und ins Horn zu blasen, zum Zeichen, dass die Badstube für ihre Gäste bereit war. Dazu rief sie quer über den Schlosshof aus: «So höret, Reich und Arm: Unser schönes Bad ist warm!»

Den Entschluss, nach Beratzhausen zurückzukehren, hatte sie noch keinen Tag bereut. Diese kleine Welt, in der sie sich gut eingerichtet hatte, war so geruhsam und überschaubar, alles nahm seinen gewohnten Gang, alles hatte seinen festen Platz. Selbst mit der bissigen Schlossmagd Elsbeth kam sie inzwischen gut zurecht. Wenn sie freihatte, traf sie sich mit Anna und den anderen jüngeren Leuten aus dem Ort – an warmen Tagen draußen, im Winter in der Spinnstube des Müllers. Und ja, in einem hatte Anna recht: Sie war eine der wenigen in diesem Kreis, die noch allein war. Dabei gab es so einige Burschen im Marktflecken und auf den umliegenden Höfen, die um sie buhlten. Doch auf Barbara wirkten sie allesamt unreif und unbedarft, keiner von ihnen hatte seine Nase weiter als bis nach Regensburg ausgestreckt. Außer vielleicht Ambrosius Dorfner, der gut aussehende Sohn des freiherrlichen Gerichtsschreibers, der ihr im ersten Sommer in Beratzhausen so aufdringlich den Hof gemacht hatte. Doch der war dünkelhaft und von sich eingenommen, erinnerte sie zu sehr an Hans Herbst, als dass sie sich näher hätte auf ihn einlassen mögen. Als sie ihm schließlich ein für alle Male erklärt hatte, dass seine Mühe umsonst sei, war er vollkommen außer sich geraten. Mitten in der Badstube war das gewesen, wo Ambrosius im warmen Wannenbad saß und sie ihn hätte einseifen sollen. Sie aber hatte sich geweigert, ihn anderswo als an Kopf oder Schultern zu berühren, und ihn halbwegs höflich gebeten, sie künftig in Ruhe zu lassen. Was hatte der Kerl sie daraufhin nicht alles geschimpft! Dass sie ein kaltes, unfruchtbares Weib sei, das bei den Nonnen im Kloster besser aufgehoben sei, und was sie sich überhaupt einbilde, nur weil sie die Magd dieses Quacksalbers namens Paracelsus gewesen sei. Dies und noch mehr hatte er in der voll besetzten Badstube herumgeschrien, bis Sigmund ihn, nackt, wie er war, aus der Wanne gezogen und vor die Tür gesetzt hatte. Barbara war dem Bader für sein beherztes Eingreifen mehr als dankbar gewesen, zumal er, wie hätte es anders sein können, am nächsten Tag vor den Freiherrn und den Gerichtsschreiber geladen worden war. Zum Glück hatten etliche Badegäste bezeugt, dass nicht Sigmund, sondern des Gerichtsschreibers Sohn sich ungebührlich verhalten habe. Danach hatte Ambrosius das Badhaus nie mehr betreten, und wenn sie sich auf der Gasse oder im Schloss begegneten, war Barbara für ihn Luft gewesen. Wenige Wochen später war er zu ihrem Glück aus Beratzhausen verschwunden. Es hieß, sein Vater habe ihn zum Studieren nach Prag geschickt.

Sie starrte auf das mit Unkraut überwucherte Kopfsteinpflaster des Schlosshofes und fragte sich, was aus ihr geworden wäre, wenn sich Theophrastus nicht Hals über Kopf aus dem Staub gemacht hätte. Wären sie beide vielleicht doch noch zu einem Paar geworden, zumal nach jener letzten Nacht in Sankt Gallen? Oder trug er tatsächlich ein Geheimnis in sich, etwas, das ihn hinderte, ein Mann zu sein? Hans hatte damals schließlich so etwas angedeutet. Ach, sie würde es wohl nie erfahren.

Mit einem Mal fragte sie sich, warum sie gerade heute, an diesem warmen Oktobertag, so innig an den Medicus denken musste. Das war schon lange nicht mehr vorgekommen. Im ersten Jahr, ja, da hatte sie fast täglich an ihn gedacht, was aber nicht verwunderte, wo sie doch gleichsam bei Marga und Sigmund in die Lehre gegangen war: So vieles hatte sie von den beiden über Bäder- und Kräuterkunde gelernt, so einiges aber auch bereits von Theophrastus gewusst. Etwa, dass das Maienbad eine besondere Kraft hatte, die richtigen Behandlungen ansonsten vom Zustand des Mondes abhingen. Oder dass die Schröpfköpfe auf jene Körperstellen gesetzt werden mussten, von denen die Beschwerden ausgingen – im Zweifelsfalle aber auf die – so Sigmunds Worte – Arschbacken, denn dort reinigten sie den ganzen Leib.

In dieser Zeit hatte sie auch allen Mut zusammengenommen und den Freiherrn Bernhardin von Stauff gefragt, ob er etwas über den Verbleib ihres ehemaligen Dienstherrn wisse, da sie sich große Sorgen mache. Was sie daraufhin an Gerüchten vom Freiherrn erfuhr – er hatte gute Verbindungen zum Stadtarzt von Regensburg und zu einigen Gelehrten in Baiern und der Oberpfalz –, versetzte sie allerdings nur noch in größere Unruhe: Mal hieß es, Theophrastus lebe in einer einsamen Klause im Hochgebirge und nehme wie der heilige Einsiedler Niklaus von Flüe keinerlei Nahrung mehr zu sich, ein andermal, er ziehe als Winkelprediger durch die Tavernen von Tirol, und wenn er schreibe, dann nur noch über Gott und den Glauben. Am Stadttor von Innsbruck sei er seiner zerlumpten Kleider wegen abgewiesen worden, aus Augsburg von den Fuggern verjagt. Einmal hieß es auch, dass er sich nun ganz der Schwarzkunst verschrieben und ein Elixier gegen alle Krankheiten gefunden habe, das Elixier Theophrasti.

So widersprüchlich diese Nachrichten auch waren, eines schimmerte immer wieder durch: wie sehr er vom einfachen Volk verehrt wurde. Diese Menschen sahen in ihm einen Mann, der Wunder vollbrachte und Halbtote wiederauferstehen ließ, der die Sprache der Tiere verstand, die Zukunft voraussah und sogar den Teufel zu überlisten verstand. Im Laufe der Zeit wurden diese Nachrichten allerdings immer spärlicher und versiegten in diesem Jahr schließlich ganz, sodass sich Barbara mittlerweile mit Bangen fragte, ob Theophrastus noch am Leben war.

«Herr im Himmel, hier steckst du also!», riss die Baderin sie schroff aus ihren Gedanken. «Drinnen wartet ein Haufen Arbeit auf dich.»

«Das tut mir leid, Marga, ich war ganz in Gedanken.»

«Das habe ich gemerkt», sagte Marga etwas versöhnlicher und zog sie am Arm mit sich hinein. «Übrigens: Wir schließen heute eine Stunde früher, wegen der Kirchweih. Der gute Sigmund ist schon ganz gierig auf das Spanferkel am Spieß.»

Die Dämmerung brach an. Überall leuchteten Fackeln und Laternen auf, Duftschwaden von Bratwürsten und Spanferkel legten sich schwer über die dicht bevölkerte Marktgasse. Der Lärm nahm zu, ein Lärm, der sich zusammensetzte aus aufbrandendem Gelächter und falsch gegrölten Liedern, aus Trommelschlägen und den Klängen der Spielleute. Dazwischen priesen Zahnreißer, Starstecher und Steinschneider lauthals ihre blutigen Künste an. Am Eingang zur Schlossgasse führte ein Tierbändiger seinen Schwarzbären und seine Äffchen vor, eine Ecke weiter verbogen sich zwei junge Akrobaten, als hätten sie keine Knochen im Leib, und auf dem mit bunten Girlanden geschmückten Bretterboden, der vor der Kirche aufgebaut war, spielten die Musikanten fast pausenlos zum Tanz auf. Sie hatten wie immer den größten Zulauf.

«Ich kann nicht mehr!» Barbara ließ ihr Gegenüber los, als die Fidelklänge verhallten, und rang nach Luft. «Ich muss dringend was trinken gehen.»

«Bitte bleib hier», flehte Ulrich sie mit unterwürfigem Hundeblick an, wobei man nie genau wusste, wie ernst ihm etwas war oder ob er einen auf die Schippe nehmen wollte. «Nur noch eine Tanzrunde. Das ganze Jahr habe ich darauf gewartet.»

Annas jüngerer Bruder hatte die gleiche kecke Art wie seine Schwester und sogar die gleichen feuerroten Haare, die ihm allerdings wie Stroh in alle Richtungen abstanden. Er arbeitete im Schloss als Pferdeknecht und betete Barbara an.

«Der Abend ist noch lang», rief sie ihm ins Ohr, da die Musik bereits wieder einsetzte. «Nachher tanzen wir wieder.»

«Dann begleite ich dich und lade dich auf ein Bier ein.»

Sie knuffte ihn in die Seite. «Du hast doch selber kaum einen Pfennig im Beutel. Nein, lass, der Sigmund will mich auf Bier und Spanferkel einladen, danach komm ich zurück. Versprochen.»

Damit ließ sie ihn stehen und kämpfte sich durch die wild umherspringenden Tanzenden, darunter auch Anna mit einem ihrer Verehrer. Barbara winkte ihr zu, um dann eilends von der Tanzdiele zu verschwinden.

Den ganzen Abend über sagte sie sich schon, dass sie das ausgelassene Treiben genoss, dass sie ebenso viel Spaß hatte wie alle anderen. Aber es stimmte nicht. Wenn sie ehrlich war, fühlte sie sich allein, gerade heute. Ulrich könnte ihr vielleicht gefallen, sie mochte ihn sehr. Aber er war viel zu jung, noch jünger als Anna. Wäre er zehn Jahr älter ...

Sie schrak zusammen, als ihr ein gellender Schrei ins Ohr fuhr, der sogleich in jämmerliches Wimmern überging. Dem armen Weib vor ihr, festgebunden auf einem Lehnstuhl, liefen Sabber und Blut übers Kinn.

«Seht her, ihr Leut, das Übel ist bei der Wurzel gepackt!» Triumphierend hielt der Zahnbrecher ein schwärzliches Ding ins Licht der großen Laterne, mit der ihm sein Gehilfe bei der Arbeit leuchtete. «Zur Belohnung kriegt das brave Weib von meinem gebrannten Wein, der allem Schmerz im Maul den Garaus macht. – Wer will als Nächstes? Nur Mut! Was ist mit dir, schöne Jungfer?»

Schon hatte er Barbara den Arm um die Schultern gelegt.

«Bei mir bist du an der Falschen», wehrte sie entschieden ab.

Zum Beweis reckte sie ihm ihr bis auf einen halb abgeschlagenen Schneidezahn makelloses Gebiss entgegen und beeilte sich weiterzukommen. Wobei sie dem guten Mann im Falle von Zahnschmerzen durchaus Sachkenntnis zutraute. Und schon musste sie zum zweiten Mal an diesem Tag an Theophrastus denken. Auf ihrer Reise von Esslingen nach Nürnberg waren sie nämlich irgendwo auf einen kleinen Jahrmarkt geraten und kaum vom Fleck gekommen, da der Medicus mit jedem Theriakkrämer, jedem fahrenden Winkelheiler das Gespräch gesucht hatte. Wie zur Entschuldigung hatte er ihr hinterher erklärt, dass die Märkte in seiner Jugend seine besten Lehranstalten gewesen seien. «Hier wird wenigstens probiert und studiert, werden neue Erfahrungen gemacht, und zwar durchaus mit Erfolg. Nur die wenigsten sind böswillige, raffgierige Scharlatane.»

Vor dem Bierausschank waren Schragentische und Sitzbänke aufgestellt, allesamt voll besetzt, denn dort drehten sich auch die Spanferkel am Spieß. Dass der Bader Sigmund sie auf Speis und Trank einladen wollte, war im Übrigen nicht gelogen, bloß ob sie später wirklich zum Tanzboden zurückkehren wollte, wusste sie noch nicht. Als sie sich suchend umsah, winkte Marga ihr auch schon zu. Sie und Sigmund saßen am selben Tisch wie Bernhardin von Stauff und dessen Stallmeister, was Barbara nicht sonderlich überraschte. Der Freiherr gab sich gerne volksverbunden, und ließ es sich gerade zu solchen Anlässen nicht nehmen, mit seinen Mannen und Untertanen ins Gespräch zu kommen. Vielleicht war er aber auch einfach nur trinkfreudig und hatte erkannt, dass es bei den einfachen Leuten zumeist geselliger und unbefangener zuging als an herrschaftlichen Tafeln.

Marga und Sigmund rutschten enger zusammen, um ihr Platz zu machen, und so kam sie gegenüber dem Freiherrn zu sitzen.

Die Baderin schob ihr einen vollen Becher mit Bier hin. «Den kannst haben, ich mag nicht mehr. Lieber gehe ich nachher noch zum Weinschank.»

«Danke, Marga.» Barbara hob den Becher und prostete den Männern am Tisch zu. «Zum Wohlsein, Ihr Herren!»

Auch der Freiherr prostete ihr mit einem breiten Lächeln zu. Seine Augen und seine riesige Hakennase waren schon verdächtig gerötet.

«Hör, Barbara, ich war bis gestern in Regensburg. Dreimal darfst du raten, über wen ich Neues erfahren habe.»

Augenblicklich spannten sich ihre Muskeln an. «Etwa über Doktor Theophrastus? Ach herrje, hoffentlich sind es gute Nachrichten.»

«Und ob! Die Medizin hat ihn wieder. Und zum papistischen Glauben ist er anscheinend auch zurückgekehrt – als Leibarzt von Johann Jakob Russinger, dem Abt des Benediktinerklosters Pfeffers im Sankt Gallener Land.» Er nahm einen tiefen Schluck aus dem Becher und wischte sich den Bierschaum vom Bart. «Mein Schlossarzt hat er ja leider nicht werden wollen, dieser Haudrauf. Wo ich doch jetzt wieder die Mittel hätte, ihn angemessen zu entlohnen. Aber Hauptsache, er ist wieder auf die Beine gekommen.»

«War der Doktor nicht immer aufseiten von uns Neugläubigen?», warf Sigmund mit gerunzelter Stirn ein. Barbara hätte ihm antworten können, dass Theophrastus selbst nie recht wusste, auf welcher Seite er stand. Doch sie schwieg, innerlich voller Glück: Er war also wohlauf und zu seiner wahren Bestimmung als Arzt zurückgekehrt. Etwas Schöneres hätte sie sich nicht wünschen können.

«Nun ja», fuhr Bernhardin schon etwas undeutlich fort, «soweit ich weiß, war Abt Russinger ebenfalls der Reformation zugeneigt und hatte in seinen Pfarreien neugläubige Geistliche predigen lassen. Wahrscheinlich hat er dem Druck der Papisten nicht standgehalten, wer weiß das schon. Jedenfalls ist er von der Heiligen Römischen Kirche wieder als Fürstabt eingesetzt und leidet seither zur Strafe», er lachte ein wenig albern, «an fürchterlichen Leibschmerzen. Zum Glück hat er ja einen fähigen Arzt zur Seite. Aber das ist noch nicht alles.»

Er machte eine vielsagende Pause und trank seinen Becher leer.

«Obendrein unterhält das Kloster in der Taminaschlucht ein weithin berühmtes Heilbad, wo schon Zwingli, Jud und Ulrich von Hutten zur Sommerfrische gekurt haben. Auch ich war einmal dort. Womit wir bei der zweiten guten Nachricht wären: Unser Paracelsus ist endlich wieder gedruckt! Ein Bäderbüchlein hat er veröffentlicht, nein, was sage, ich: ein Loblied auf das Bad Pfeffers, das er mit der Heilkraft von Melisse und Christrose vergleicht. Ich habe es mit Vergnügen gelesen und will es nun an dich, lieber Sigmund, zu treuen Händen ausleihen und dir morgen früh zum Kirchgang mitbringen. Du wirst viel Nützliches für die Badstube darin finden.»

«Danke, Herr, das ist sehr großzügig», sagte Sigmund hocherfreut. «Ich verspreche Euch, ich werde es behandeln wie ein rohes Ei und Euch unversehrt zurückgeben.»

«Das will ich doch hoffen.»

Barbara freute sich mindestens ebenso sehr. Endlich eine medizinische Schrift, die jedermann kaufen und lesen konnte. Vielleicht war das ja ein Neuanfang!

Als einfacher Magd stand es ihr zwar nicht zu, ungefragt und vor aller Welt das Wort an den Freiherrn zu richten, aber sie tat es trotzdem.

«Ist dieses Pfeffers weit weg von hier, Herr?»

«O ja!» Er schmunzelte. «An die zwölf, vierzehn Tage würdest du schon brauchen für die Reise dorthin, falls du deinen Doktor wiedersehen möchtest. Pfeffers liegt nämlich ein gutes Stück südlich von Sankt Gallen, mitten im Gebirge.»

Marga starrte sie erschrocken an: «Du willst uns doch nicht etwa verlassen?»

«Aber nein, wo ich mich hier so wohlfühle.»

Und das meinte sie auch so. In Beratzhausen hatte sie alles, was ein Mensch brauchte: gute Freunde, ein Dach über dem Kopf, ihr Auskommen und eine Arbeit, die Freude machte. Sie hätte Theophrastus liebend gern wiedergesehen, wenn dieses Kloster nicht so weit weg wäre. Kurz dachte sie daran, ihm zu schreiben, damit er wenigstens wusste, dass sie nach Beratzhausen zurückgekehrt war. Aber dann verwarf sie das Vorhaben wieder. Wer wusste schon, ob er nicht genau in diesem Moment wieder an einen anderen Ort unterwegs war? So, wie es sich jetzt gefügt hatte, war es wahrscheinlich am besten.

Kapitel 37

Zum Jahreswechsel 1535/36

Mit dem ersten wilden Novembersturm, der im Ort etliche Dächer abdeckte, begann die dunkle Jahreszeit, die Barbara immer ein wenig wehmütig stimmte, zumindest, bis sie sich an die kühlen, düsteren Tage gewöhnt hatte. Doch in diesem Herbst gelang ihr das kaum: Jetzt, wo man sich nur noch selten auf der Gasse oder beim Brunnen traf, fühlte sie sich mehr denn je allein. In der Spinnstube des Müllers, wo man sich abends versammelte, um Licht und Brennholz zu sparen, wurde ihr das erst recht vor Augen geführt. Nicht nur die Frauen und Mädchen saßen dort mit ihren Handarbeiten, sondern auch die jungen Männer. Die schnitzten Kienspäne, flochten Weidenkörbe oder drehten Seile, um dann, wenn die Müllerin die Nachtruhe ausrief, ihre Angebetete nach Hause zu begleiten. Barbaras Begleiter war stets der junge Ulrich mit dem feuerroten Haar, der die Hoffnung nicht aufzugeben schien.

Dass ihre Wehmut nicht weichen wollte, lag vielleicht auch daran, dass der Medicus ihr in Gedanken wieder nähergekommen war. Sie hatte seine Bäderschrift gelesen, die der Freiherr wie versprochen dem Bader verliehen hatte, wenn auch mit zwei Sonntagsgottesdiensten Verspätung. Der vollständige Titel des Büchleins lautete «Von dem Bad Pfeffers in Oberschwyz gelegen, Tugenden, Kräften und Wirkung, Ursprung und Herkommen, Regiment und Ordinanz, durch den hochgelehrten Doctorem

Theophrastum Paracelsum». Paracelsus war also wieder zurück! Dass es ihm augenscheinlich gut ging, las sie bereits aus der Vorrede an den hochwürdigen Fürstabt heraus, die weder kriecherisch noch überheblich abgefasst war, wie sonst der Wortlaut seiner Widmungen, vielmehr nüchtern und dennoch ehrerbietig. Selbstbewusst bekannte er sich darin im Übrigen zur Laienmedizin der barmherzigen Samariter.

Jeden Satz der gut zwanzig gedruckten Seiten hatte sie sorgfältig gelesen, und anschließend das Ganze noch einmal von vorn. Sie erkannte ihn wieder in seiner ihr so vertrauten Weitschweifigkeit, aber auch in seinem Gotteslob. Er beschrieb die Kräfte und Tugenden der Bergquelle Pfeffers, zählte auf, gegen welche Krankheiten und Verletzungen das Heilwasser hilfreich, bei welchen hingegen vom Baden abzuraten sei. Besonders aufschlussreich fand sie seine Ratschläge zur Ernährung während der Kur: Frischen Knoblauch, Zwiebeln, Rettich, Hülsenfrüchte, Käse und heimisches Wildbret empfahl er ausdrücklich, vor gepökeltem Fleisch, altem Brot und gepanschtem Wein warnte er. Zwischen manchen Zeilen sah sie ihn gleichsam vor sich, wie er mit in Falten gelegter Stirn und einem Blick, in den sich hin und wieder der Schalk schlich, seine Gedanken niederschrieb. Bei seiner Empfehlung, dass man sich zur Badekur mit warmen Kleidern und gutem Schuhwerk versehen solle und sich vor Zugluft und Unkeuschheit hüten solle, hatte sie leise auflachen müssen und seine Stimme im Ohr gehabt. Sogar die Liste der lateinischen Begriffe, die er am Schluss angefügt hatte, las sie mehrfach durch. Viele davon kannte sie bereits, einige vermochte sie noch immer nicht zu begreifen.

Nachdem sie das Büchlein Anfang November zum ersten Mal gelesen hatte, hatte sie kurz entschlossen doch einen Brief an Theophrastus geschrieben, und zwar über den Abt des Klosters

Pfeffers, mit der Bitte um Weiterleitung. Zusammen mit dem jährlichen Brief an ihren Bruder nach Basel hatte sie der Auftrag an den reitenden Boten einen Gutteil ihrer Ersparnisse gekostet. Aber es war ihr wichtig, dass Theophrastus wusste, wie es ihr ergangen war und dass sie nach Beratzhausen zurückgefunden hatte. Vor allem aber sollte er wissen, wie sehr sie sich über seinen Erfolg freute. Zwei große Blätter hatte sie ihm vollgeschrieben, über Wichtiges und weniger Wichtiges aus ihrem Leben, und den Brief nach kurzem Zögern mit dem Satz beendet: *Die Jahre mit dir waren mir ein Geschenk, und du wirst immer in meinem Herzen bleiben. Gott schütze dich, deine Barbara.*

Sie war sich sicher, dass er alsbald zurückschreiben würde. Doch der November verging, der Dezember schritt fort – und die Antwort blieb aus. Dabei hatte sie sich von dem reitenden Boten mehrfach versichern lassen, dass er das Schreiben, sollte er den Medicus nicht antreffen, dem Klosterabt übergeben würde. Ihre Stimmung schwankte zwischen Enttäuschung und Sorge. Ging es ihm etwa wieder schlechter? Oder wollte er keine Verbindung mehr zu ihr, um ihrem Leben, wie er selbst damals geschrieben hatte, nicht im Wege zu stehen? Hatte er aus ihren Zeilen Sehnsucht nach ihm herausgelesen, während er selbst sie vergessen wollte? Ja, sie hatte manchmal Sehnsucht nach ihm, doch zurück zu ihm wollte sie nicht. Am Ende sagte sie sich, dass er ganz bestimmt weitergezogen war und ihren Brief niemals erhalten hatte.

Zwei Tage nach Weihnachten riss etwas Unerwartetes und Schreckliches sie aus ihren Gedanken um den Medicus: Ein Wintersturm hatte erneut Holz vom Dach des Badhauses gerissen, sodass Sigmund mit einer Rückenkraxe voller Ersatzschindeln die Leiter hinaufklettern musste. Gerade als er den Giebel erreichte, brach unter seinem Gewicht eine Sprosse entzwei, und er stürzte rücklings herab. Sein Kopf schlug gegen die steinerne Umfassung des Misthaufens, er war sofort tot.

Dies alles geschah vor den Augen von Marga und Barbara, die die Leiter im schneeweichen Grund festgehalten hatten. Margas Schrei gellte so herzzerreißend durch den nebligen Nachmittag, dass sich binnen kürzester Zeit der halbe Marktflecken hinter dem Zehntstadel versammelt hatte. Barbara kauerte mit der immer wieder laut aufschluchzenden Marga im matschigen Schnee, hielt sie fest an sich gedrückt, fand aber keine tröstenden Worte. Jemand legte eine Pferdedecke über den Leichnam mit dem zerschmetterten Schädel, andere halfen Barbara, die Baderin ins Haus zu bringen, irgendwann kam der Pfarrer, irgendwann lag der Tote unter einem weißen Tuch in der Stube aufgebahrt ... Nicht nur die arme Marga, auch Barbara durchlebte diese Stunden wie einen Albtraum. Sie hatte den vierschrötigen Mann mit dem feinen Herzen sehr lieb gewonnen. Erst bei der nächtlichen Totenwache, zu der die Nachbarn und Schlossbewohner Speis und Trank brachten und mit ihnen beteten, kam sie ein wenig zu sich. «Ich bin bei dir», sagte sie der totenbleichen Witwe immer wieder, «du bist nicht allein.»

Das Bad blieb geschlossen bis zum Fest der Erscheinung des Herrn, zwölf Tage nach Weihnachten. Die tapfere Marga war festen Willens, mithilfe von Barbara und dem übrigen Gesinde die Badstube fortzuführen. Nur sollte es so weit gar nicht erst kommen: Am Vorabend der Wiedereröffnung klopfte der Freiherr an, um der völlig verdutzten Marga ohne jede Verlegenheit zu verkünden, dass sein Vetter Johann Rupprecht einen neuen Pächter für die Badstube gefunden habe. Als Witwe dürfe Marga zwar das Handwerk des Mannes unter bestimmten Auflagen fortführen, doch sei sie nun ja bereits im fortgeschrittenen Alter, und so sehe er leider keinen anderen Weg, als ihr hiermit rechtmäßig die Pacht aufzukündigen. Bis Lichtmess dürfe sie mit Barbara in dem Häuschen hinterm Zehntstadel wohnen bleiben, dann aber müsse es für den neuen Bader geräumt werden. So einfach war das also. Der Schlossherr konnte ihnen nicht nur mir nichts, dir nichts das Badhaus wegnehmen, sondern auch das Dach über dem Kopf, denn beides gehörte ihm.

«Was wird nun aus uns?», fragte Barbara mutlos, nachdem Bernhardin von Stauff verschwunden war. Der Baderin hatte er, zu deren Entrüstung, auf der Türschwelle noch eine Anstellung als Küchenhilfe angeboten, nebst Unterkunft in einer der Gesindekammern, von ihr, Barbara, war als Reingeschmeckter indessen gar keine Rede gewesen.

«Ach Kindchen, ich weiß doch auch nicht.» Marga zog sie neben sich auf die Bank in der winzigen Stube und schüttelte den Kopf. «Bald dreißig Jahr arbeite ich nun schon hier im Schloss als Baderin, und nun soll ich mich auf meine alten Tage in einer verrußten Küche zur Sklavin machen? Nein, nein, nochmals nein. Und für dich tut es mir erst recht leid. Wo du so viel gelernt hast in diesen Jahren.»

Eine Zeit lang starrten sie beide wortlos vor sich hin, bis Marga mit entschlossener Miene aufstand.

«Ich weiß jetzt, was wir tun werden. Wir gehen nach Regensburg. Dort bin ich her, dort lebt noch eine ältere Schwester von mir, eine Witwe wie ich, die gar nicht gut zu Fuß ist. Catharina wird froh sein, wenn ich ihr den Haushalt abnehme, und um ihre kranken Beine weiß ich mich auch zu kümmern. Und für dich finde ich die beste Badstube von ganz Regensburg, glaub mir.»

Sie trat zu der verschließbaren Truhe, in der sie und Sigmund ihre wenige kostbare Habe verwahrten. Als sie sich wieder zu Barbara umdrehte, hielt sie das in Leder gebundene Bäderbüchlein des Medicus in der Hand.

«Sigmund hatte es dem Freiherrn abgekauft. Ich finde, ab jetzt soll es dein sein.»

«Aber so ein gedrucktes Buch ist teuer … Das kann ich nicht annehmen.»

«Er hat es wohlfeil erstanden. Außerdem: Was soll ich damit anfangen, wo ich doch kaum lesen kann?» Sie streckte es ihr mit einem warmherzigen Lächeln entgegen. «Jetzt nimm es schon an dich, auch Sigmund hätte das so gewollt.»

Margas Schwester Catharina war eine uralt aussehende, mürrische Frau, die zwei Zimmer in der Regensburger Gerbervorstadt bewohnte. Mit nicht gerade freundlichen Worten waren sie am Vorabend von Mariä Lichtmess von ihr empfangen worden: «Was willst du? Jahrelang hast dich nicht um mich armes sieches Weib gekümmert, und jetzt kommst angekrochen, weil du obdachlos bist.»

Zum Glück hatte sie sich schnell beruhigt, nachdem Marga ihr schmerzlindernde Wickel um beide Knie gelegt und Barbara aus den kärglichen Vorräten eine warme Suppe gekocht hatte. Sie durften beide bleiben, Barbara wurde ein Schlafplatz unter der Holzstiege zum Dachboden zugewiesen. Schon am nächsten Tag hatte sie an Margas Seite bei dichtem Schneefall drei Badstuben abgeklappert, die ihrer neuen Unterkunft in der Lederergasse am nächsten lagen. Eine davon, die Badstube am Graben, gehörte dem hiesigen Spital und wurde tatsächlich von einer Meisterin geführt, was Barbara gut gefallen hätte. Doch dort wie an den anderen beiden hatten sie umsonst angeklopft.

Am heutigen Samstag, drei Tage nach ihrer Ankunft, wollten sie ihre Suche fortsetzen. Nachdem sie den Herd gut eingeheizt und genügend Warmwasser für den restlichen Tag aufgesetzt hatten, nahmen sie mit Catharina, die dank Margas Salbenwickel wieder einige Schritte laufen konnte, das Morgenessen ein, dann machten sie sich auf den Weg. Der Schneefall hatte aufgehört, Tauwetter eingesetzt – nicht gerade die beste Voraussetzung für lange Märsche durch die verschlammten Gassen, wo einen rücksichtslose Reiter und Karrenkutscher mit Unrat vollspritzten. Ohnehin spürte Barbara schon eine erste Mutlosigkeit in sich aufsteigen, während sie auf ihren untergeschnallten Holztrippen durch die schmale Gasse stapften, die sich an der Stadtmauer nahe der Donau entlangzog.

«Was, wenn mich gar keiner brauchen kann?»

«Unsinn. Wir waren grad mal bei drei Badhäusern, und Regensburg hat ein Dutzend davon. Allein in Richtung Steinerner Bruck weiß ich von vier weiteren. Jetzt zieh nicht so ein Gesicht, sonst nimmt dich wirklich keiner.»

Marga wich einer der dreckigen Schneepfützen aus und wäre dabei ums Haar ausgerutscht. Woraufhin sie stehen blieb.

«Weißt du was? Wir gehen gleich zum Bader Aichinger. Der Alte ist zwar ein Griesgram, hat aber den Ruf, der Beste zu sein. Beeilen wir uns, bevor die ganzen Badegäste eintreffen. Zu seiner Badstube Hinter den Kesslern ist's noch ein gutes Stück zu laufen.»

Sie nahm Barbara beim Arm, um nach rechts abzubiegen. Von da an ging es kreuz und quer durch die Stadt, sodass Barbara binnen Kurzem nicht mehr wusste, wo sie waren.

Dabei war ihr Regensburg so ganz fremd nicht. Aber es war sechs Jahre her, damals, auf dem Weg nach Sankt Gallen, dass sie an der Seite des Medicus drei Tage in dieser Stadt verbracht hatte. Aus jener Zeit hatte sie vor allem die schier endlos lange Donaubrücke in Erinnerung. Diese uralte, im ganzen Abendland als Wunderwerk berühmte Steinbrücke überspannte in sechzehn Bögen, mit drei Brückentürmen obendrauf, den breiten Donaustrom und verband Regensburg mit seinem Spital sowie der bairischen Nachbarstadt Stadtamhof. Von dort hatte man eine freie Sicht auf die zahllosen Türme und mächtigen Befestigungsmauern der einst so bedeutenden Reichsstadt, die vor langer Zeit durch den Fernhandel unermesslich reich geworden war. «Stadt der Türme» wurde sie auch genannt – nicht etwa wegen ihrer Tor- und Kirchtürme, sondern der vielen himmelhohen Patrizierhäuser wegen.

«Jede Familie dieser ach so stolzen und unanständig reichen Geschlechter», hatte ihr der Medicus gleich beim ersten Mal mit verächtlicher Miene erklärt, «wollte die andere in der Höhe ihres Wohnhauses übertrumpfen – ein unseliger Brauch, den die Kaufleute aus Italien mitgebracht hatten.»

An Menschen mit zu viel Reichtum hatte der Medicus noch nie ein gutes Haar gelassen, doch sie hatte damals den Blick über die Brüstung der Brücke ohnehin um einiges aufregender gefunden als die Stadtansicht. Die haushohen Pfeiler ruhten auf keilförmigen, künstlichen Inseln, wodurch unter den Brückenbögen eine starke Strömung mit Wasserwirbeln entstand. Jedes Mal, wenn Theophrastus und sie die Brücke überschritten, hielten sie eine Weile inne, um tief unter sich zu beobachten, wie die schäumenden Strudel gegen die Pfeilerinseln schlugen. Was für eine Kraft doch im Wasser steckte! Und kaum hatte sie diesen Satz gedacht, hatte der Medicus ihn ausgesprochen.

Als sie jetzt an Margas Seite durch das Gewirr von engen Gässchen und weitläufigen Plätzen wanderte, vorbei an Kirchen und Klöstern, Stadtpalästen und schmalen Handwerkerhäusern, verspürte sie einmal mehr diese unbestimmte Sehnsucht nach Theophrastus. Oder war es nur die Sehnsucht nach einem Menschen, mit dem sie ihren Alltag teilen durfte? Gerade jetzt, wo ihre Zukunft wieder einmal höchst unsicher war?

Plötzlich wirkte alles, was sie sah, verlottert und trostlos, was nicht nur an diesem grauen, trüben Tag lag. Die Pracht bröckelte allerorten: Auf den einst kunstvoll gepflasterten Plätzen stand der Schlamm in den Löchern, von den zierlichen Giebelhäusern, ja selbst von den Patrizierburgen mit ihren himmelwärts strebenden Türmen blätterten Farbe und Putz. Der Dom Sankt Peter zeigte am augenscheinlichsten, dass die Blütezeit dieser Stadt wohl endgültig vorüber war: Als gewaltiger halb fertiger Klotz mit zwei halb fertigen Türmen versuchte er, sich mit letzter Kraft, wie es schien, über die anderen Gotteshäuser der Stadt zu erheben. Doch keine Baugerüste, keine Arbeiter waren zu sehen. Offenbar fehlte seit Jahren das Geld, um weiterzubauen. Wieder hatte sie Theophrastus' Worte im Ohr: «Aber Gott ist gerecht, er hat die Regensburger Kaufleute in ihrem Hochmut abgestraft wie einst die Turmbauer von Babel: Die Türkeneinfälle, die Entdeckung der Neuen Welt und zuletzt die heftigen Querelen mit den Baiernherzögen haben Regensburg nämlich abseits des Welthandels gedrängt. Damit war das Goldene Zeitalter dieser verdorbenen Kaufmannssippschaft am Ende. Wie man rundum sehen kann, wenn du genauer hinschaust.»

Sie spürte eine kühle Hand an ihrem Arm.

«Warum bist du so schweigsam, Kind?», fragte Marga besorgt. «Das wird schon alles werden, ganz bestimmt. Kopf hoch, dort vorne ist es.»

Sie waren in einer Sackgasse angelangt. Am Ende der Hundsumkehr, wie die Leute hier sagten, erhob sich giebelseitig ein hübsches, hellblau getünchtes Steinhaus, unter dessen Anbau an der rechten Seite ein Bächlein durchfloss. Die Haustür war angelehnt, doch noch hing kein Badewedel am Ausleger über der Tür.

«Gut, dass wir so früh dran sind.» Marga zog sie neben sich

unter das ausladende Vordach, da erneut Schneetreiben einsetzte. «Dann hat Meister Aichinger mehr Zeit für uns.»

«Kennst du ihn eigentlich näher?»

Die Baderin errötete leicht. Mit einem Mal sah sie, die die fünfzig schon überschritten hatte, fast wieder wie ein junges Mädchen aus. «Er hat mal heftig um mich geworben, und ich mochte ihn schon auch. Aber dann bin ich Sigmund begegnet, bei einem Fest auf unserer schönen Regensburger Haid, wo immer die Ritterturniere stattfanden, und da war's um mich geschehen. Kanntest den Sigmund ja – er wusste genau, was er wollte, und hat das dann auch erreicht. Keine vier Wochen später hatte er mich geheiratet und mit nach Beratzhausen genommen.»

«Das klingt nach einer schönen Geschichte», sagte Barbara mit einem Lächeln. «Auch wenn dein Verehrer Aichinger», sie sprach jetzt im Flüsterton weiter, «wahrscheinlich völlig außer sich war. Hast du ihn überhaupt seither gesehen?»

«Hin und wieder, wenn ich in Regensburg zu Besuch war. Aber wenn wir uns über den Weg gelaufen sind, hat er jedes Mal weggeschaut.»

Barbara nickte. «Deshalb also waren wir nicht gleich als Erstes hier. Bitte, Marga, du musst das nicht tun, wenn's dir unangenehm ist.»

«Ach was, das alles ist ewig her. Außerdem geht's jetzt nicht um mich, sondern um dich. Also hinein mit dir und lass dich nicht verschrecken von seiner griesgrämigen Art. Er gilt als hervorragender Heiler und wird deine Erfahrungen zu schätzen wissen.»

«Mit griesgrämigen Männern kenne ich mich aus, keine Sorge», erwiderte Barbara.

Sie wollte die Tür gerade aufschieben, als die sich von allein öffnete. Vor ihnen stand ein vier- oder fünfjähriger Knabe mit langem, blond gelocktem Haar wie bei einem Mädchen.

«Das Bad hat noch zu», sagte er mit der ernsten Strenge eines Erwachsenen.

Marga lachte. «Das weiß ich, mein Kleiner. Wir wollen nur mit dem Meister reden.»

Sofort drehte sich der Junge um und rief nach hinten: «Vater, komm mal!»

Ein wenig verdutzt flüsterte Marga: «Da sieht man's mal wieder: Ist das Weib nur jung genug, können die Mannsbilder auch im hohen Alter noch Kinder machen.»

Barbara nickte nur, da sie nun doch recht aufgeregt war. Dann erstarrte sie: Der breitschultrige Mann mit dem jungenhaften Gesicht, der in Hemd und knielanger Hose hinter dem Knaben auftauchte, war Beat aus Basel!

Kapitel 38

Kurz darauf

Beat blieb für einen Moment der Mund offen stehen. «Barbara, bist du das wirklich?»

«Ja, ich bin's», erwiderte sie, mindestens ebenso fassungslos. Mehr brachte sie nicht heraus. Im Leben nicht hatte sie damit gerechnet, Beat nach so langer Zeit wiederzusehen, schon gar nicht hier, in dieser Regensburger Badstube Hinter den Kesslern, wo sie bei Meister Aichinger vorsprechen wollte. Nach all den Jahren wirkte er um einiges reifer und männlicher, doch in seinem inzwischen wieder bartlosen Gesicht war noch immer der Junge von früher mit den sanften hellbraunen Augen und den lustigen Grübchen in den Wangen auszumachen.

Marga stupste sie in die Seite.

«Ihr beiden kennt euch?», fragte sie, woraufhin Barbara nickte. «Wir sind zusammen aufgewachsen, waren Freunde ...»

«Das erleichtert die Sache ja vielleicht.» Marga wandte sich Beat zu, der Barbara noch immer völlig verdutzt anstarrte. «Ist Meister Aichinger im Haus?»

Er schüttelte den Kopf.

«Ihr seid wahrscheinlich nicht von hier, Gevatterin», erwiderte er. «Meister Aichinger ist bereits im letzten Jahr verstorben. Ich selbst führe nun das Haus Hinter den Kesslern.»

Jetzt glaubte Barbara erst recht zu träumen. Beat war der Meister dieser Badstube!

«Ach herrje!», hörte sie Marga neben sich sagen. «Ich … ich kannte ihn von früher. War er denn sehr krank?»

«Er hatte allerlei Gebrechen und war ja auch nicht mehr der Jüngste. Aber er ist friedlich eingeschlafen.»

«Der Herr sei seiner Seele gnädig», murmelte Marga. Dann tippte sie Barbara auf die Schulter. «Ich lass euch besser allein, ihr habt euch sicher viel zu erzählen. Bis später.»

Eilends ging sie davon, während Barbara noch immer sprach- und reglos an der Türschwelle verharrte. Der hübsche Knabe, der ihnen die ganze Zeit neugierig zugehört hatte, sah Beat verblüffend ähnlich. Hatte er ihn vorhin nicht Vater genannt?

Beat beugte sich zu ihm hinab. «Niklas, geh doch dem Knecht ein wenig zur Hand. Und sag ihm und der Gretl, dass sie für ein Stündlein ohne mich auskommen müssen.»

«Darf ich dann beim Wassertragen helfen?», fragte er.

«Meinetwegen.»

Der Kleine sprang davon, und Beat nahm Barbara bei der Hand. So wie früher, wenn sie als Kinder durch die Gassen gezogen waren. Nur war seine Hand jetzt kräftiger und auch ein wenig rau von der Arbeit. Es war schon seltsam, wie vertraut er ihr nach all den Jahren noch immer war.

Die Freude stand ihm ins Gesicht geschrieben. «Komm, gehen wir hinauf in die Küche. Oder musst du gleich weiter?»

«Nein, nein, ich hab alle Zeit der Welt.»

Er zog sie mit sich hinaus zu einer überdachten Außentreppe, die hinauf in die Wohnung führte. Durch die angelehnte Tür betraten sie eine Küche, die nicht so aussah, als würde hier viel gekocht werden. Dort ließ er sie los und wies auf die Bank.

«Setz dich doch, ich bring dir ein wenig Most und Brot.»

«Nein, lass nur. Ach Beat, ich kann's noch immer nicht glauben, dass du vor mir stehst. Das ist wie ein Wunder.»

Mit einem Mal fühlte es sich für sie an, als wäre sie nach Hause gekommen. Liebend gerne hätte sie ihn jetzt umarmt, wie eine Schwester ihren Bruder. Aber aus ihm war ein gestandener Mann geworden, ein Ehemann und Vater.

Derweil hatte er einen Schemel vom Herd herangezogen und sich ihr gegenübergesetzt. «Ja, das muss Gottes Fügung sein, dass wir uns hier in Regensburg wiedersehen. Weißt du noch, als Kinder am Rheinufer? Wie wir davon geträumt haben, eines Tages zusammen mit einem Schiff hinaus in die Welt zu fahren, weit weg von Basel? Da sind wir jetzt tatsächlich gelandet.»

«Daran erinnerst du dich noch?»

«Natürlich, wie sollte ich das vergessen? Aber jetzt erzähl. Ziehst du denn noch immer mit diesem Doktor durch die Lande? Oder bist du inzwischen verheiratet und hast Familie? Und wie hat es dich ausgerechnet in meine Badstube verschlagen? Kanntest du etwa den alten Aichinger?»

Sie lachte. «So viele Fragen auf einmal ... Nein, Beat, ich bin ledig, und für den Medicus arbeite ich schon lange nicht mehr. Und dass du hier in Regensburg lebst, hätte ich nie gedacht. Weißt du, dass wir uns in Nürnberg ums Haar begegnet wären?»

«Nein!»

«Doch, wir haben uns nur um wenige Monate verpasst, und das ... das hatte mir sehr wehgetan. Aber ich will's dir der Reihe nach erzählen.»

So kurz wie möglich berichtete sie ihm, wie es ihr in den letzten Jahren ergangen war.

«Vor drei Tagen dann bin ich mit Marga in Regensburg gelandet, weil wir in Beratzhausen nicht mehr gebraucht wurden», schloss sie. «Wenn ich richtig gerechnet habe, ist es acht Jahre her, dass ich Basel verlassen habe.»

Die Unterarme auf die Knie gestützt, hatte er ihr aufmerksam zugehört. Dabei war seine Miene immer ernster geworden.

«Acht Jahre», wiederholte er. «Acht lange Jahre. Weißt du, was mir damals schier das Herz gebrochen hat? Dass du dich nicht mal von mir verabschiedet hattest. Aber ich bin ja selbst schuld. Ich hätte um dich kämpfen müssen wie ein Löwe, gerade und erst recht vor meinen Eltern.»

Sie biss sich auf die Lippen. So lange hatte sie daran nicht mehr zurückgedacht, doch jetzt stieg das Gefühl der Wehmut wieder in ihr auf, wenn auch längst nicht mehr so schmerzhaft.

«Nein, nicht du bist schuld», erwiderte sie schließlich. «Ich glaube, wir waren beide zu jung und zu dumm damals. Vielleicht hätte ich einfach mehr Geduld haben müssen, anstatt dich einen Feigling zu schimpfen. Aber ich hatte schlichtweg Angst, eines Tages mit ansehen zu müssen, wie du Kathrin heiratest und mit ihr Kinder großziehst.»

«Du hattest ja recht.» Gequält verzog er das Gesicht. «Ich *war* damals unsagbar feige mit meinen neunzehn Jahren. Zu feige, um mich gegen meine Eltern zu stellen und ihnen zu sagen, dass ich auf ihre Badstube pfeife und nur dich zur Frau möchte. Da hab ich lieber abgewartet und gehofft, dass die Zeit es schon richten würde. Dass die Kathrin irgendwann begreift, dass ich sie nicht will. Zumal mein Vater dich eigentlich mochte. Aber nach unserem Streit bei der Linde bist du mir aus dem Weg gegangen, und kurz darauf warst du plötzlich aus Basel verschwunden.»

«Ach Beat», sagte sie leise. «Warum hätte ich bleiben sollen?»

Flehentlich sah er sie an. «Ich hatte so gehofft, dass du zurückkommst. Aber nicht mal dein Bruder wusste, wo du steckst. Da bin ich dann gleichfalls weg aus Basel. Ich war ja inzwischen Geselle und hätte ohnehin eine Zeit lang auf Wanderschaft gehen müssen. Ich aber wollte fort für immer und hab das ohne Vorankündigung auch getan. Nach über einem Jahr Wandern, wozu auch Nürnberg gehörte, bin ich hier in Regensburg gelandet, bei Meister Aichinger, was mein großes Glück war. Oder auch Unglück, wie man's nimmt.» Er sprang von seinem Schemel auf und schlug sich gegen die Stirn. «Ach Barbara, was war ich damals nur für ein kreuzdummer Esel! Es *ist* meine Schuld, dass wir uns so viele Jahre aus den Augen verloren haben. Ich hätte dir nach unserem Streit hinterherlaufen müssen und mich noch am selben Tag wie ein Mann vor meine Eltern stellen!»

Erneut spürte sie dieses traurige Gefühl der verpassten Gelegenheiten in sich aufsteigen. Dann sagte sie leise: «Wir können die Zeit nicht zurückdrehen. Dafür bist du jetzt Vater geworden. Der Niklas ist doch dein Sohn, oder?»

Seine Augen leuchteten wieder auf, und er setzte sich neben sie. «Ja. Ist er nicht ein wunderbarer Junge? Gerade mal fünf Jahre alt und schon so verständig.»

«Und die Gretl – ist sie seine Mutter? Deine Frau?»

«Nein.» Das Leuchten in seinen Augen erlosch. «Die Gretl ist unsere Badstubenmagd und Kassenwärterin. Magdalena, meine Frau, ist vor zwei Jahren gestorben. An der Pestilenz. Zusammen mit unserer Tochter, die noch ein Säugling war.»

Seine Worte erschreckten sie zutiefst. «Das tut mir sehr leid.»

«Ja, es war eine schlimme Zeit. Hier in unserem Viertel hatte die Seuche besonders arg gewütet, bald jedes Haus war betroffen. Magdalena und unsere Kleine gehörten zu den ersten Todesopfern. Niklas und mich hingegen hat der Herrgott verschont, wir haben uns mit dem giftigen Pesthauch nicht einmal angesteckt.»

Er verstummte. Eine ganze Zeit lang saßen sie schweigend nebeneinander, gerade so wie in Kinderzeiten, wenn sie die Menschen auf den Gassen beobachtet oder dem Rauschen der Blätter im Wind gelauscht hatten.

«Meister Aichinger, von dem du sagtest, er wäre tot – war er dein Schwiegervater?», fragte sie ihn.

«Ja, mein Meister und Schwiegervater. Ich hatte es nicht immer leicht mit ihm. Ein launischer Kerl, dem man nichts recht machen konnte und der schon seit vielen Jahren verwitwet war. Nur seine Tochter Magdalena hat er abgöttisch geliebt. Mich wundert bis heute, dass er sie mir zur Frau gegeben hat.»

Die letzten Worte versetzten Barbara einen kleinen Stich – er und Magdalena waren offensichtlich ein glückliches junges Paar gewesen. Doch Beat fuhr bereits fort: «Trotz seiner ewigen Kritteleien hatte Aichinger mich als Badergeselle geschätzt, vielleicht war er darum mit mir als Schwiegersohn einverstanden. Die Pestilenz hatte übrigens auch ihn erwischt, aber er ist davon genesen. Bloß litt er seither an etlichen Gebrechen und vor allem an einem durch und durch schwarzgalligen Gemüt. An manchen Tagen hat er kaum zwei Worte geredet, dafür ständig mit Gott gehadert, dass Gevatter Tod nicht ihn, sondern seine Tochter und Enkelin geholt hatte. Und eines Morgens im letzten Sommer ist er einfach nicht mehr aufgewacht. Ich glaube, er wollte schlichtweg sterben. Den Tod seiner Tochter, die sein einziges Kind war, hatte er nie verwunden.»

«Und du?», fragte sie. «Hast du Magdalenas Tod verwunden?»

«Ich? Nun ja, ich musste mich ja um Niklas kümmern, da blieb nicht viel Zeit für Trübsinn und Trauer. Und auch um die Arbeit, weil Aichinger ja ebenfalls mit der Pestilenz darniederlag. Kein Jahr später, wenige Wochen vor seinem Tod, hat er mir dann Haus und Badstube vor Zeugen überschrieben, nachdem ich die Meisterprüfung abgelegt hatte.»

Er war also ihrer Frage ausgewichen. Andererseits ging es sie nichts an, ob er Magdalena geliebt hatte oder nicht. «Dann ist die Badstube also nicht gepachtet, sondern dein Eigentum?», fragte sie stattdessen.

«Allerdings. So bin ich nun doch noch zu einer eigenen Badstube gekommen.»

«Deine Eltern sind bestimmt stolz auf dich. Oder wissen sie gar nicht, wo du steckst?»

«Doch, doch. Vor der Hochzeit mit Magdalena hatte ich ihnen geschrieben. Aber sie haben mir nur kurz und nicht gerade freundlich geantwortet, dass mein Leben sie nicht mehr kümmere. Ihre Badstube sei nun verpachtet, von den Zinsen würden sie gut leben im Alter. Na ja, so habe ich grad wie du mein elterliches Nest für immer verloren. Aber jetzt lass uns nicht mehr über die Vergangenheit reden. Was vorbei ist, ist vorbei. Weißt du was? Heute zum Feierabend kommst du mit deiner Marga vorbei, und wir feiern unser Wiedersehen. Ich darf gar nicht dran denken, dass du die letzten Jahre grad mal einen Tagesmarsch von hier in einem Badhaus gearbeitet hast. Und dass wir uns in Nürnberg fast über den Weg gelaufen wären.» Plötzlich stutzte er. «Was wolltest du eigentlich mit Marga bei Meister Aichinger? Etwa um Arbeit nachfragen?»

Sie musste lachen, ein befreites, fast albernes Lachen.

«Ich dachte schon, du fragst das nie», sagte sie und zog ihn in die Höhe. Dann stellte sie sich mit einem betont ernsten Gesicht vor ihn hin.

«Werter Meister Scherlin, so frage ich Euch hiermit: Wollt Ihr mich, Barbara Stegnerin, als Badermagd mit mannigfaltiger Erfahrung in Schwitz- und Wannenbädern in Eure Dienste nehmen?»

«Ja, ich will», erwiderte er und zog sie in einer herzlichen Umarmung an sich.

Es wurde ein sehr schöner und heiterer Abend, ganz ohne diese Schwere, die ihr Gespräch am Morgen überschattet hatte. Marga und sie waren ein wenig zu früh gekommen, die letzten Badegäste dieses Samstags gerade erst gegangen. So halfen sie beide zunächst tatkräftig mit, aufzuräumen und zu putzen, wobei Barbara gleich das Gesinde kennenlernte und die wirklich beeindruckende Badstube in Augenschein nehmen konnte.

Die war nicht nur um einiges geräumiger, sondern auch weitaus besser ausgestattet als jene in Beratzhausen. Sämtliche Fenster waren wie in einem vornehmen Bürgerhaus verglast, die in schwarzen und roten Kacheln gefliesten Böden leicht geneigt und am tiefsten Punkt mit einer Abflussrinne versehen. Auf diese Weise wurde das Schmutzwasser nach jedem Badetag aus dem Gebäude geleitet und im Bach entsorgt, der im Falle einer Feuersbrunst auch als Löschwasser diente. Vor allem aber musste man das Frischwasser nicht mühsam von einem Brunnen herbeischleppen, sondern es floss über eine hölzerne Leitung bis ins Innere der Badstube, wo es sich in einen Trog ergoss. Gleich drei große Holzzuber standen für das Vollbad bereit, dazu zwei kleinere für Sitzbäder, und an der hinteren Wand bei den heißen Steinen für die Aufgüsse boten eine untere und eine obere Schwitzbank für ein Dutzend Gäste Platz. Auch der Badeofen war viel größer, mit einem riesigen Kupferkessel, der in einer Mauernische über der Heizkammer eingelassen war. Die Ausziehstube, die sich als Reich der Gewandmeisterin in jedem Badhaus gleich beim Eingang befand, diente hier zusätzlich als Ruheraum: Sie war mit mehreren Bänken ausgestattet, auf denen man den erhitzten Körper nach Schwitzkur oder heißem Bad allmählich auskühlen lassen konnte. Dort hing auch ein Kalendarium an der Wand, aus dem herauszulesen war, welche Behandlung an welchen Tagen am besten tat, wobei, wie Beat ihnen erklärte, nicht nur die Mondphasen, sondern auch der Stand der Planeten berücksichtigt wurden. In diesem Moment erinnerte sie sich wieder, dass Theophrastus in seinem Amt als Basler Stadtarzt ebenfalls solcherlei Kalender ausgearbeitet hatte, sagte aber wohlweislich nichts hierzu.

Als sie nach Feierabend zusammen mit Knecht Ignaz, Lehrjunge Kuni und dem kleine Niklas das Bad verließen, um zum Essen hinauf in die Wohnung zu gehen, war Marga voller Lob und Begeisterung: «Was für ein wunderbares Badhaus! Und was für ein Glück, liebe Barbara, dass du hier arbeiten darfst.» Woraufhin Beat ihr, mit einem Augenzwinkern in Richtung Barbara, antwortete: «Nein, nein, das Glück ist ganz auf meiner Seite.»

In der kleinen Stube neben der Küche war der Tisch bereits festlich mit weißem Linnen eingedeckt, eine Platte mit kaltem Braten, Brot und Krüge mit Most und Frankenwein warteten auf sie. Während des Essens entschuldigte sich Beat mehrmals dafür, dass nicht frisch gekocht worden war, doch seitdem Aichinger tot sei, leiste er sich keine Hausmagd mehr, und Gretl habe gerade an den Samstagen in der Badstube alle Hände voll zu tun. So bestelle er halt, wenn sich für den Abend Gäste ankündigten, Speis und Trank in einem benachbarten Gasthaus, ansonsten aß man oft in einer der zahlreichen Garküchen in der Stadt oder begnügte sich mit Käse, Obst und Brot oder mit Haferbrei.

«Das ist mir ja ein schöner Junggesellenhaushalt», lachte Barbara, nachdem ihr Niklas daraufhin erzählt hatte, dass es an der Donaulände die besten Bratwürste gebe. «Wo ist die Gretl überhaupt? Und die Gewandmeisterin fehlt auch in unserer Runde.»

«Gretl und Wibrandis wohnen bei ihren Familien und kommen nur zur Arbeit her. Das ist in Regensburg für Badstubenmägde so üblich – wahrscheinlich glaubt man, auf diese Weise heimliche Hurerei zu verhindern. Nur Ignaz und Kuni leben hier, sie haben ihre Kammer im Hof. Am Montag führe ich dich ein wenig herum. Dann siehst du auch, dass ein Mann durchaus ordentlich seine Haushaltung führen kann.» Er wandte sich an Marga. «Sucht Ihr vielleicht auch nach Arbeit, Gevatterin? Genug zu tun gibt es hier allemal.»

Marga lächelte gutmütig. «Ich soll Euch wohl das Putzweib machen, Meister?»

«O nein, ich dachte eher an Eure langjährige Erfahrung als Baderin.»

«Nun, ich will sehen, wie viel Zeit ich an der Seite meiner alten, kranken Schwester brauche.»

Nachdem sich Knecht und Lehrling verabschiedet hatten, um noch ein wenig den Feierabend in den Gassen zu genießen, und der Kleine aus freien Stücken nach nebenan schlafen gegangen war, bemerkte Barbara: «Ihr Männer kommt gut miteinander aus, nicht wahr?»

Beat nickte. «Ignaz hat schon hier gearbeitet, als ich nach Regensburg kam. Auf ihn kann ich mich felsenfest verlassen, und wie ihr gesehen habt, hat er Bärenkräfte. Kuni arbeitet erst das zweite Jahr hier. Er ist ein Waisenkind, grad mal vierzehn Jahre alt, und anfangs war es schwierig mit ihm. Er war ziemlich verstockt, hat oft gelogen, aber jetzt ist er auf einem guten Weg. Außerdem hat er sich von Anfang an bestens mit Niklas verstanden und passt wunderbar auf ihn auf. Und den Ignaz, den sieht er als eine Art Vater an. Ja, ich kann wirklich zufrieden sein mit meinen Leuten.»

So warmherzig, wie er das sagte, freute sie sich umso mehr auf ihre künftige Arbeit, die gleich Montag früh beginnen sollte. Schon während des Essens hatten Marga und sie ihm im Wechsel schier Löcher in den Bauch gefragt über alles, was die Badstube betraf. Vieles von dem, was sie erfuhren, war Barbara aus dem

Schlossbad vertraut, anderes wiederum überraschte sie. Beispielsweise, dass sich die Gäste über Gretl im nahen Gasthaus Zur Rose etwas zu essen und zu trinken bestellen konnten, was dann auf einem Zwerchbrett über der Wanne seinen Platz fand. Oder dass Beat in der heißen Badstube keinen Aderlass vornahm, da das Blut dort zu dünnflüssig würde. Woran er sicherlich recht tat, denn Barbara hatte in Beratzhausen nicht nur einmal erlebt, wie jemand beim Venenschlagen so viel Blut verlor, dass er ohnmächtig wurde.

Auch im Bad Hinter den Kesslern war das Dampfbad am wohlfeilsten, weshalb die Schwitzbank hier wie in Beratzhausen scherzhaft «Armeleutebank» genannt wurde. Das Wannenbad in ungesottenem Wasser war um einen Pfennig teurer als das Schwitzen, das im gesottenen Wasser um zwei. Obendrein bot Beat ein mit einem Stoffzelt überdecktes heißes Vollbad an, das somit zugleich zum Schwitzbad wurde, wovon Barbara nie zuvor gehört hatte. Am besten gefiel ihr indessen, dass jeder Dienstag ein Kräuterbadetag war, was zwar für die Badegäste einen Halbpfennig mehr kostete, aber trotzdem sehr gut angenommen wurde.

«Das heiße Wasser versetze ich mit reichlich Salbei und Thymian, um sowohl dem Dampf als auch dem Badewasser guten Duft und Gesundheit zu verleihen. Damit werden die Poren noch besser geöffnet ...»

«... und die schädlichen Körpersäfte abgeleitet», ergänzte Barbara, woraufhin Beat sie fröhlich angrinste: «Ich vergaß, dass ich eine Baderin vor mir habe.»

Während Marga irgendwann unverhohlen zu gähnen begann, hätte Barbara noch ewig in der gemütlichen kleinen Stube sitzen mögen. Leider nahte die Torschlussstunde, vom umgehenden Nachtwächter lauthals angekündigt, und so machten sie sich auf den Heimweg. Beat begleitete sie mit der Laterne quer durch die ganze Stadt. Vor dem Häuschen in der Lederergasse angekommen, leuchtete er ihnen noch hinein, dann legte er Barbara zum Abschied die Hand auf die Schulter.

«Sollen Niklas und ich dich morgen nach dem Sonntagsgottesdienst abholen? Wir könnten in unserer geliebten Wurstkuchl an der Donaulände zu Mittag essen.»

«O ja, sehr gerne. Und dabei schauen wir wie früher den vorbeiziehenden Schiffen zu.»

Kapitel 39

Regensburg, Frühjahr und Sommer 1536

Bereits am darauffolgenden Montag war Barbara mit ihren wenigen Habseligkeiten von der Lederergasse ins Badhaus übergesiedelt. Am Vortag, bei ihrem Mittagsmahl an der von Nebelschwaden bedeckten Donau, hatte Beat darauf bestanden.

«Du willst doch wohl nicht weiterhin unter der Dachstiege nächtigen, wo Aichingers Schlafkammer leer steht? Außerdem ist immer noch Winter, da mag ich dich nicht morgens und abends durch die Dunkelheit laufen lassen. Dafür ist das Gerberviertel doch ein gutes Stück zu weit weg.»

Natürlich freute sich Barbara sehr über dieses Angebot, obwohl ihr bewusst war, dass es Gerede geben würde, wenn Beat Scherlins neue Badergesellin mit ihm unter einem Dach wohnte. Sie selbst sagte sich, dass Beat ihr nichts Geringeres bedeutete als ein guter Freund und treuer Gefährte, denn genau so verhielt er sich ihr gegenüber. Sie kamen wunderbar miteinander aus, verstanden sich ohne große Worte. Es machte ihr Freude, sich auch in Haus und Hof nützlich zu machen, vor allem in den ersten Wochen. Denn es war schon ein rechter Männerhaushalt, in den sie hineingeraten war, in dem weder gekocht noch auf Vorratshaltung geachtet wurde. Und mit der Ordnung war es auch nicht so weit her.

Ihr neues Zuhause bestand aus Küche, Stube sowie zwei gleich großen Schlafkammern, die jeweils mit einem breiten Himmelbett, Waschtisch und Kleidertruhe ausgestattet waren. Zwischen diesen Kammern führte eine Leiter zum Dachstuhl, einem hohen, trockenen Raum. Dort wurde das frische Holz abgelagert, das über einen Seilzug von der Gasse her hochgehievt wurde, und es gab einen Verschlag mit Gästestrohmatten. Die Außentreppe zur Wohnung hatte Beat nachträglich anbauen lassen, nachdem sich trunkene Badegäste immer wieder einmal nach oben verirrt hatten. Hinter dem Haus erstreckte sich ein weitläufiger Hof, mit einem Schuppen für Feuerholz und Karre, einem gemauerten Stall, der zwei Esel und eine Schar Hühner beherbergte und wo auch Ignaz und Kuni ihre Kammer hatten, und einem kleinen Gemüsegarten mitsamt Birnbaum. Da sich das Badhaus am Ende der Hundsumkehr befand, herrschte draußen auf der Gasse nur wenig Betriebsamkeit, von spielenden Kindern und den Badegästen abgesehen. Dafür ertönten von früh bis spät die gleichmäßigen Schläge der Pfannen- und Kesselschmiede, doch daran gewöhnte sich Barbara schon bald. Und sonntags konnte man das Bächlein rauschen, die Hühner gackern hören, und an den ersten milden Vorfrühlingstagen sogar die Lieder der Vögel auf den Dächern.

Sie fühlte sich von Anfang an wohl in diesem Haus. Die Wohnung war zwar schlicht und zweckmäßig eingerichtet, aber dennoch gemütlich. Kostbarkeiten besaß Beat augenscheinlich keine, hatte wohl auch keine von Aichinger geerbt – bis auf eine Ausnahme: In der abschließbaren Truhe der Stube befanden sich sechs kostbare, in Schweinsleder gebundene Bücher, darunter ein Kräuterbuch, ein Bäderbüchlein und das wunderschöne *Feldbuch der Wundarzney,* das ein gewisser Hans von Gersdorff vor vielen Jahren verfasst hatte. Gleich am ersten Tag hatte sie ihres von Theophrastus hinzugelegt, worüber Beat sich ehrlich freute. Sein Groll auf den Medicus schien verflogen. «Jetzt haben wir eine richtige kleine Bibliothek», hatte er gestrahlt.

In der ersten Woche hatte er sich noch dagegen gesträubt, dass sie an den badefreien Tagen putzte, einkaufte und kochte, da ihrer Meinung nach das Essen in den Garküchen Geldverschwendung war und für einen kleinen Jungen wie Niklas auch nicht allzu gesund.

«Aber du sollst doch nicht meine Dienstmagd sein», waren seine Worte.

«Na und? War Magdalena etwa deine Dienstmagd? Und trotzdem hat sie für euch gekocht und gesorgt. Außerdem: Soll ich den ganzen Tag Däumchen drehen, wenn das Bad zuhat?»

Auch in Regensburg durften die Badstuben wegen des enormen Holzbedarfs nur an drei Tagen die Woche betrieben werden, die von Beat montags, dienstags und samstags. An den übrigen Tagen blieb der Badeofen kalt, und Beat widmete sich im Ruheraum ganz der Wundarznei: Er richtete Brüche und renkte Glieder ein, schnitt Geschwüre auf und nähte offene Wunden, verabreichte Klistiere, ließ zur Ader, setzte Schröpfköpfe. Das Haareschneiden und Bartscheren indessen überließ er einem eigens angestellten Barbier, der an den Badetagen ins Haus kam. Vom Zahnreißen und Starstechen ließ Beat die Finger, seitdem er zweimal miterlebt hatte, wie solcherlei Operationen bei Aichinger schiefgingen und der deshalb vor Gericht gezerrt worden war. Bei Alten und Bresthaften machte er auch Hausbesuche, mit seinem Bindfutter in der Hand, das alle nötigen Werkzeuge enthielt, obendrein schaute er im Wechsel mit den anderen Badern im Katharinenspital vorbei. Wie Theophrastus verlangte er von den gänzlich Bedürftigen nichts.

Anfang März, vier Wochen nach ihrer Ankunft in Regensburg, war Margas Schwester so weit auf den Beinen, dass sie vieles wieder selbst bewerkstelligen konnte. Damit fand Marga die Zeit, zweimal die Woche herüberzukommen, und zwar am Kräuterbadetag sowie am Samstagnachmittag, zu jenen Zeiten also, wo der größte Andrang herrschte. Beats Badstube hatte wirklich großen Zulauf, sogar Regensburger Ritter verkehrten hier. Das war schon zu Aichingers Zeiten so gewesen, doch auch Beat hatte längst einen hervorragenden Ruf, als Bader wie als Wundarzt.

Barbara hatte sich schnell in ihre Aufgaben als Badergesellin eingefunden, wobei Beat ein Auge darauf hatte, dass sie die körperlich schweren Arbeiten Ignaz oder Kuni überließ. So war sie dafür verantwortlich, für angenehmes Badewasser zu sorgen, indem sie regelmäßig heißes Wasser in die Wannen goss oder heiße Steine hineinlegte, sie reinigte den Frauen die Gesichtshaut mit Kleienwasser und Wachsmasken, trug Pomade gegen aufgesprungene Haut und raue Lippen auf oder kämmte ihnen das gewaschene Haar und schnitt ihnen die gespaltenen Spitzen. Auf ihren eigenen Wunsch hin übernahm sie das Bewirten, da Gretl doch immer recht lang wegblieb, wenn sie im Gasthaus Zur Rose den gewünschten Imbiss holen sollte. Zusammen mit Beat ersann sie auch immer mal wieder neue Rezepte für die Salben zum Einreiben, oder sie erprobten für das Badewasser neue Kräutermischungen aus Rosmarin, Eisenkraut oder Kamille. Schließlich setzte sie durch, dass ärmere Leute sich mit dem Wasserschaff selbst abgießen durften, anstatt dies von Ignaz oder Gretl machen zu lassen, und dafür einen Halbpfennig am Badgeld erlassen bekamen. Marga wiederum regte an, dass die Gäste beim Schröpfen ihre Füße in warmes Wasser stellten, da dies das Blut besser zum Fließen bringen würde.

So arbeiteten sie wunderbar zusammen. Dass sie in diesem Frühjahr an manchen Tagen sogar Gäste wieder fortschicken mussten, weil der Andrang zu groß war, hatte nach Beats Ansicht allerdings andere Gründe.

«Ich hätte nie gedacht, dass du solch eine Berühmtheit bist», scherzte er einmal beim Sonntagsessen, das sie nun alle zusammen in der Stube einnahmen statt wie er und sein Sohn früher in den Garküchen. «Die halbe Stadt redet inzwischen davon, dass die einstige Magd dieses Wunderdoktors in unserer Badstube arbeitet. Was Besseres hätte mir wahrlich nicht passieren können.»

«Aber nein, die Leute kommen, weil dein Bad das beste der ganzen Stadt ist», wehrte sie ab, freute sich aber innerlich, dass er *unsere Badstube* gesagt hatte.

Wobei er in einem recht hatte: Immer häufiger wurde sie auf ihre Zeit mit Theophrastus angesprochen, von den einfachen Leuten mit bewundernden Blicken, von Vornehmen und Gelehrten eher mit Argwohn, ja sogar Verachtung. Schließlich hatte sie keine Lust mehr, darauf einzugehen, und wich den Fragen höflich, aber bestimmt aus. Sie habe dem Medicus nur eine kurze Zeit gedient und wisse auch gar nichts über ihn zu sagen. Vielleicht lag der wahre Grund für ihre Verstimmung aber auch darin, dass sie noch immer ein wenig traurig darüber war, dass sie nie wieder von Theophrastus gehört hatte.

Das Frühjahr verging, der Sommer klopfte mit seinen ersten warmen Tagen an. Barbara war mehr als glücklich mit ihrer Arbeit und der wunderbaren Hausgemeinschaft, zumal auch der kleine Niklas überraschend schnell Vertrauen zu ihr gefasst hatte. Doch eines verunsicherte sie zunehmend: Mit der Feststellung, dass Beat ihr nur ein guter Freund war, hatte sie sich von Anfang an selbst belogen. In Wirklichkeit hätte sie sich viel mehr gewünscht. Zwar ergaben sich zwischen ihnen während der Arbeit manchmal scheinbar absichtslose Berührungen oder auch kurze, innige Blicke. Begegneten sie sich indessen allein, in der Küche oder in der Stube, wich er ihr fast schon aus. In diesen Momenten der Verlegenheit spürte sie erst recht, dass ihre Verbindung zu Beat dabei war, sich mehr und mehr in tiefe Zuneigung zu verwandeln. Doch das ging wohl nur von ihr aus. Beat hingegen schien vor wirklicher Nähe zurückzuschrecken. Vielleicht ja, weil die Trauer über den Tod seiner Frau noch zu sehr in ihm nagte.

Mitte Juni wurde das Wetter erstmals schwülwarm. Wie ein grauer Deckel lag der Himmel gegen Abend über der aufgeheizten Stadt. Die Badstube hatten an diesem Montag nur eine Handvoll Gäste aufgesucht, den wenigsten stand wohl der Sinn nach einer Schwitzkur oder einem heißen Wannenbad. Beim Abendessen schließlich war ein fernes Donnergrollen zu hören.

«Kommt jetzt ein Gewitter?», fragte Niklas seinen Vater bang.

«Vielleicht. Aber du brauchst keine Angst zu haben, du schläfst ja wie immer bei mir.»

Als zwischen den Spalten der Fensterläden die ersten Blitze zu zucken begannen, weigerte sich Niklas, allein zu Bett zu gehen. Sie hatten gerade erst fertig gegessen, der große Krug mit dem Dünnbier mitten auf dem Tisch war noch halb voll. Normalerweise besprachen sie nach dem Essen mit Ignaz und Kuni noch dies und jenes oder würfelten auch hin und wieder, um den Tag gemütlich ausklingen zu lassen. Doch nun erhob sich Beat und blickte mit einem entschuldigenden Grinsen in die Runde.

«Dann werde ich mich mal meinem Sohn zuliebe schlafen legen.»

Ignaz nickte. «Wir gehen auch bald. Diese plötzliche Hitze macht einen ganz blöd im Kopf.»

Nachdem Barbara wenig später die Küche aufgeräumt hatte, ging auch sie zu Bett. Sie schob den Vorhang zurück und legte sich nackt und ohne Decke nieder, doch die Luft in der Schlafkammer war so stickig, dass man kaum atmen konnte. Liebend gern hätte sie das Fenster geöffnet, aber inzwischen war obendrein noch ein tosender Sturm aufgekommen. Er peitschte die

Äste des Birnbaums gegen ihre Fensterläden, wieder und wieder, als würde er Einlass begehren, um mit seiner zerstörerischen Kraft durchs Haus zu fegen. Allmählich wurde auch ihr unheimlich, an Einschlafen war nicht zu denken. Erst recht, als ein Donnerschlag wie ein Kanonenschuss sie vom Bett auffahren ließ. Das Gewitter musste genau über ihnen sein, im Fensterspalt sah sie einen Lichtblitz nach dem anderen aufzucken. Ja, sie hatte plötzlich Angst.

Da begann Niklas, in der Nachbarkammer laut zu weinen, und sie sprang auf. Sie wollte nicht länger allein sein. Rasch streifte sie sich ihr Hemd über und tappte auf unsicheren Schritten nach nebenan, wo sie die Tür einen Spalt weit öffnete. Beat hatte die Tranlampe wieder angezündet, wahrscheinlich, um das Kind zu beruhigen. Er lag an der Wandseite, Niklas in der Mitte des Betts, eng an den Vater geschmiegt und das Gesicht im Kissen vergraben. Überrascht sah Beat auf, als sie den Kopf durch die Tür steckte.

«Darf ich zu euch, bis das Unwetter vorbei ist?», fragte sie, als bereits der nächste Donnerschlag krachte, wiederum ganz in ihrer Nähe.

«Aber ja, komm her zu uns.»

Plötzlich musste sie an jene schreckliche Gewitternacht mit Hans denken, was sie über all die Jahre aus ihrem Gedächtnis verbannt hatte. Beat würde niemals etwas gegen den Willen einer Frau tun, bei ihm fühlte sie sich sicher und geborgen. Er war so ganz anders als die meisten Männer, denen sie bisher begegnet war – von Theophrastus einmal abgesehen.

Sie ließ sich am Bettrand nieder und strich dem Jungen über das lange, blond gelockte Haar. Da drehte er sich zu ihr um, mit verweinten Augen, und bat sie: «Du musst hier schlafen, dann sind wir alle zusammen.»

Verunsichert blickte sie zu Beat, der zustimmend nickte. So lagen sie denn alle drei still nebeneinander im Himmelbett, während der Sturm an den Fensterläden rüttelte. Sie lag dem Jungen zugewandt, der sich eng an sie gekuschelt hatte, und hielt seine kleine Hand fest. Als sie die Augen schloss, durchfuhr sie ein Schauer des Glücks. Wie in einer richtigen kleinen Familie fühlte es sich an.

Sie spürte Beats Hand über ihre streichen und öffnete die Augen. Beat lächelte sie an.

«Er ist eingeschlafen», sagte er leise. «Du hast ein Wunder bewirkt.»

«Das liegt eher daran, dass der Donner weniger geworden ist», erwiderte sie ebenfalls lächelnd.

Er zog seine Hand zurück und stützte den Kopf auf den Unterarm.

«Weißt du noch, dass du dir einmal als Kind eine Haarlocke abgeschnitten und mir geschenkt hast?»

«Im Ernst? Warum das denn?»

«Als Gegengabe, weil ich dir eine meiner schönsten Glasmurmeln geschenkt hatte. Ich habe die Locke heute noch, in einem kleinen Holzkästchen bewahre ich sie auf.»

Sie fühlte sich so gerührt, dass es ihr die Sprache verschlug.

«Und ich dummes Schaf», murmelte sie schließlich, «hatte immer geglaubt, dass ich dir nur in unserer Kinderzeit wichtig war. Dass dir später die schöne Kathrin viel besser gefallen hat als ich.»

Er schüttelte den Kopf. «Die war einfach nur aufdringlich und dumm. Ich schwöre dir, die Zeit mit ihr im Badhaus war furchtbar. Außerdem fand ich dich viel hübscher.»

«Aber dann hast du doch eine andere gefunden ...»

«Na ja, alleine alt und grau werden wollte ich auch nicht. Und

Magdalena war ein lieber Mensch. Ein bisschen arg still und in sich gekehrt vielleicht, ganz anders als du. Aber immer eine gute Gefährtin. Darf ich dich etwas fragen, was mich eigentlich nichts angeht?»

«Nur zu.» Ihr Herz klopfte schneller.

«Du hast mir ja erzählt, wie du mit dem Medicus durch die halbe Welt gezogen bist. In all diesen Jahren, hattest du da je einen Mann oder Bräutigam gehabt? Oder ... jemanden geliebt?»

Ihre Antwort kam ohne Zögern. «Nein, Beat, ich hatte keinen. Die, die mich haben wollten, die wollte ich nicht.»

Sie betrachtete den schlafenden Niklas. Im Grunde war das nur die Antwort auf seine erste Frage gewesen. Geliebt hatte sie indessen schon, das wusste sie nun. Wenn auch auf eine gar seltsame Weise einen Mann, der zwar in seinem Innersten weich und voller Liebe war, doch kein bisschen geschaffen für das Eheleben.

Da Beat schwieg, sah sie wieder auf. Er blickte ihr tief in die Augen.

«Ich bin glücklich, dass du hier bist», flüsterte er.

«Ich auch. Sehr sogar.»

Vorsichtig löste sie ihre Hand von der des Knaben und richtete sich auf. Der Sturm hatte sich gelegt, es waren nur noch Niklas' regelmäßige Atemzüge zu hören.

«Gute Nacht, Beat. Schlaf gut.»

«Du kannst ... du kannst gerne auch hier schlafen.»

«Danke, aber jetzt ist das Unwetter ja vorbei.»

Sie kehrte in ihre Kammer zurück, streckte sich auf dem Bett aus und lauschte mit Herzklopfen auf seine Schritte. Würde er ihr nachfolgen? Sie wäre gerne Seite an Seite mit ihm eingeschlafen. Indessen wartete sie vergebens.

Am nächsten Vormittag, dem Kräuterbadetag, erschien überraschend ein unangenehmer Gast. Barbara war gerade dabei, einer alten Frau das Haar zu waschen, da vernahm sie von der Ausziehstube her eine Männerstimme, die ihr bekannt vorkam. Kurz darauf betrat ein noch junger, gut aussehender Bursche im mehr als knappen Badschurz den Wannenbereich und blickte sich suchend um. Das lange, dunkle Haar trug er streng zurückgekämmt, sein Gesicht war im Gegensatz zu früher bartlos, und dennoch erkannte sie ihn sofort: Es war Ambrosius Dorfner, der Sohn des Beratzhausener Gerichtsschreibers. Der hatte ihr gerade noch gefehlt!

Nachdem er sie am Rande des Badzubers entdeckt hatte, eilte er mit einem breiten Lächeln auf sie zu.

«Barbara! Wie schön, dich wiederzusehen!», rief er und legte ihr vor aller Augen vertraulich den Arm um die Schultern. Beat, der keine fünf Schritte von ihr entfernt Schröpfköpfe setzte, sah erstaunt auf.

Sie rückte von Dorfner ab, während sie sich scheinbar ungerührt weiter dem Haar der Alten widmete. In Wirklichkeit spannte sich alles in ihr an. Was wollte der Kerl von ihr, nachdem sie sich vier Jahre lang nicht mehr begegnet waren?

«Ich dachte, du bist in Prag», murmelte sie, nicht gerade freundlich.

«War ich auch, doch jetzt will ich in Wien weiterstudieren. Gerade mache ich Station im Stadthof der Freiherren, einen Steinwurf von hier, und dort ist mir doch tatsächlich zu Ohren gekommen, dass du im Badhaus Hinter den Kesslern arbeitest.»

«So ist es. Und nun lass mich weiterarbeiten.»

Er nickte. «Ich werde ein Schwitzbad nehmen, und danach», er grinste noch breiter, «sollst du mir bitt schön Rücken und Schultern kneten.»

«Dafür ist unsere Gretl zuständig.»

«Ach wirklich?» Seine dunklen Augen funkelten. Dann drehte er sich zu Beat um. «He, Meister, kann sich Eure Magd eigentlich einem Gästewunsch verweigern?»

Beat richtete sich auf, raunte seinem Patienten etwas ins Ohr und kam langsamen Schrittes auf sie zu.

«Das kann sie sehr wohl, wenn ihr der Wunsch nicht behagt», gab er kühl zurück. «Außerdem ist Barbara nicht Magd, sondern Gesellin. Wer seid Ihr überhaupt?»

Dorfner deutete eine Verbeugung an. «Ambrosius Dorfner, Studiosus der Juristerei und ein guter Freund Eurer Gesellin aus Beratzhausener Zeiten.»

«Das ist nicht wahr», widersprach Barbara empört und sah sich nach Marga um, von der sie sich Unterstützung erhoffte. Doch dann fiel ihr ein, dass ihre alte Freundin auf dem Markt war, um frische Kräuter zu besorgen, und sie setzte nachdrücklich hinzu: «Wir kennen uns kaum.»

Dorfner lachte auf.

«Nun ja, den guten Paracelsus hast du um einiges besser gekannt.» Er wandte sich wieder Beat zu. «Sie war nämlich die heimliche Buhlin des Medicus, müsst Ihr wissen, und nicht nur das.» Seine Stimme wurde lauter. «Eine bei den Mannsbildern allseits beliebte Badermagd war sie damals in Beratzhausen, offen für jeden Spaß.»

«Glaub ihm kein einziges Wort, Beat.» Barbara trocknete sich die Hände, die vor Zorn bebten, an ihrem Schurz ab. «Er lügt.»

«Beat also», höhnte Dorfner. «Mir scheint, du bist sehr vertraut mit deinem Meister.»

Beat kniff die Augen zusammen. «Es reicht. Ihr verlasst sofort mein Bad.»

«Das wäre schade. Ich könnte Euch noch so einiges erzählen über Eure hübsche Gesellin.»

«Hinaus!»

Schon stand Ignaz, dieser Bär von Mann, hinter Dorfner und drehte ihm den Arm auf den Rücken, um ihn unsanft zurück in die Ausziehstube zu zerren. Da erst wurde Barbara bewusst, dass aller Augen auf sie gerichtet waren.

Sie holte tief Luft, marschierte noch einigermaßen gefasst hinaus auf die Gasse und rannte dann los, die Außentreppe hinauf in die Küche. Völlig außer sich und schwer atmend ließ sie sich auf die Bank sinken. Dieser elende Hundsfott! Das also war seine Rache, weil sie ihn damals zurückgewiesen hatte. Selbst wenn Beat nicht allem Glauben schenkte – etwas würde mit Sicherheit hängen bleiben.

Als sich ihr Atem einigermaßen beruhigt hatte, stand Beat vor ihr.

«Dieser Dorfner wird unsere Badstube nie wieder betreten, das verspreche ich dir.»

Flehentlich sah sie ihn an. «Nichts davon ist wahr, glaub mir. *Er* hatte mich damals bedrängt. Als ich ihm irgendwann gesagt hatte, er soll mich in Ruh lassen, da ist er ausfällig geworden. Margas Mann hat ihn aus der Badstube geworfen, gerade so wie Ignaz heute. Sie kann das bezeugen.»

Beat schwieg, als ob er mit sich kämpfte. Zweifelte er etwa an dem, was sie sagte?

«Du glaubst mir also nicht», murmelte sie. Sie erhob sich, um zur Arbeit zurückzukehren, als er sie festhielt.

«Warte, Barbara.»

Er ging vor ihr auf die Knie, sie noch immer bei den Händen haltend.

«Ich hätte dich das längst fragen sollen, hatte mich aber nie so recht getraut. Jetzt aber frage ich dich: Willst du für immer an meiner Seite bleiben und meine Frau werden?»

Sprachlos starrte sie ihn an, bis sie begriff, was er gesagt hatte.

«Ja, Beat. Das will ich von ganzem Herzen.»

Kapitel 40

Regensburg, im Sommer 1537

Nachdem sie in alle Räume frische Morgenluft hereingelassen hatte, lehnte sich Barbara ans offene Küchenfenster und schaute versonnen in den Hof. Die Nachbarskatze thronte regungslos auf dem Dachfirst des Stalls, irgendwo zwitscherte eine Amsel ihr Lied, unterm Birnbaum pickte die Hühnerschar emsig nach Futter. Der Baum würde heuer reichlich Früchte tragen, was guten Most und Dörrobst für Herbst und Winter bedeutete.

Es war Mittwoch, das Badhaus somit für drei Tage geschlossen. Gretl und Wibrandis waren bei ihren Familien, der Barbier nutzte diese Tage für seine Hausbesuche, und im Badhaus hatte man Zeit, sich mit anderen Dingen zu beschäftigen. So brachten Ignaz und Kuni an diesem Morgen Feuerholz vom Dachboden herunter, und Beat war auf dem Krämermarkt unterwegs, um dort neue Salbenbüchschen sowie Flieten für den Aderlass zu erstehen.

Normalerweise hätte Barbara ihn begleitet, da sich in den Auslagen der Krambuden immer etwas Nützliches fand. Aber sie hatte schon beim Aufwachen eine leichte Übelkeit verspürt und hernach keinen Löffel Milchbrei herunterbekommen, ohne sofort einen Brechreiz zu verspüren.

Sie musste lächeln. Ihre letzte monatliche Blutung lag bereits länger zurück, und wenn sie jetzt guter Hoffnung wäre, hätte das ihr Glück vollkommen gemacht. Ein Jahr waren sie inzwischen verheiratet, und noch immer konnte sie es an manchen Tagen kaum fassen, dass sie nun als Ehefrau und Baderin an Beats Seite lebte. Dabei wäre die Hochzeit beinahe an einem dummen Papier gescheitert. Die Zunft verlangte nämlich, dass ein Meister nur eine ehrlich und ehelich Geborene heiraten durfte. Ersteres war sie nun einmal als Tochter eines Kohlenberger Schinders nicht, was weder sie noch Beat bedacht hatten. Hätte man sie genötigt, Pfarrer Marx Bertschi in Basel um einen Geburtsschein zu bitten, dann wäre ihre unehrliche Herkunft unweigerlich ans Licht gekommen und ihnen nur noch das eher bedrückende Zusammenleben in einer Winkelehe geblieben.

Zum Glück hatte sich die gute Marga der Sache angenommen. «Der Freiherr hat uns wie räudige Hunde auf die Straße gesetzt, also wird er uns jetzt auch einen kleinen Gefallen tun können», hatte sie verkündet, bevor sie sich auf den Weg in den nahen Stadthof der Stauffer gemacht hatte. «Ein schlechter Mensch ist er nämlich nicht.» Und sie hatte recht behalten: Noch während der Zeit des Aufgebots in der Pfarrkirche Sankt Rupert traf ein Schreiben Bernhardins von Stauff ein, in dem er bezeugte, dass Barbara Stegnerin, einstige Magd des bekannten Arztes Paracelsus und späteres Lehrmädchen seines Schlossbads, die eheliche und inzwischen verwaiste Tochter eines ehrlichen Leimsieders aus Basel sei. Da die Stauffer in Regensburg hohes Ansehen genossen, unterließ es die Zunft, die Richtigkeit dieser Angaben in Basel überprüfen zu lassen, und erhob somit keinen Einspruch gegen das kirchliche Heiratsaufgebot.

Die noch größere Überraschung aber war, dass damals, also vor gut einem Jahr, dem Zeugnis des Freiherrn ein Schreiben von Theophrastus beilag, welches kurz zuvor im Schloss Beratzhausen eingetroffen war. Da Barbara vor Beat keine Geheimnisse haben wollte, hatte sie den versiegelten Brief in seinem Beisein geöffnet und erfahren, dass der Medicus nach seiner Arbeit im schweizerischen Pfeffers schon bald weitergezogen war und man ihm Barbaras Brief erst ein halbes Jahr später nach Ulm nachgeschickt habe, wo er den Jahreswechsel und die kalten Winterwochen verbracht habe. Er freue sich von ganzem Herzen, dass sie im Beratzhausener Schlossbad eine Arbeit gefunden habe, und hoffe, sie dort eines Tages zu besuchen – vielleicht ja gar als Ehefrau und Mutter. Zunächst aber wolle er baldmöglichst über München nach Wien weiterreisen, da dort die Stelle des Stadtarztes vakant werde. Vor allem aber erhoffe er sich von König Ferdinand von Österreich, der in der Wiener Hofburg seine künftige Residenz herrichten lasse, Unterstützung für den Druck seiner sämtlichen Schriften. Falls sie ihm zurückschreiben wolle, würde er sich sehr freuen. Am besten nach München, denn dort werde er bei Schobingers älterem Bruder und Handelscompagnon Heinrich sicherlich für einige Zeit zu Gast sein.

Theophrastus war also noch immer auf Wanderschaft, aber offensichtlich guter Dinge, wie man aus dem nicht allzu langen Brief herauslesen konnte. «Du würdest ihn gerne wiedersehen, nicht wahr?», hatte Beat sie gefragt, nachdem er die Zeilen ebenfalls überflogen hatte. «Ich weiß nicht, Beat, vielleicht – das alles ist schon so weit weg und Ewigkeiten her. Aber wenn du einverstanden bist, werde ich ihm heute noch zurückschreiben, dass ich inzwischen in Regensburg lebe, und zwar ...», an dieser Stelle hatte sie Beat einen Kuss auf die Wange gedrückt, «... als rundum glückliche Ehefrau des besten Baders der Stadt.»

Ja, sie würde sich über einen Besuch des Medicus freuen, dachte sie jetzt, noch immer mit einem seligen Lächeln in den Hof schauend, und vielleicht war sie bis dahin tatsächlich Mutter. Zumal jede einzelne Liebesnacht mit Beat sehr schön war, seitdem Niklas ihre ehemalige Schlafkammer bezogen hatte. Und jeder gemeinsame Arbeitstag natürlich auch. Sie ergänzten sich im Alltag wunderbar, und von Kleinigkeiten abgesehen, waren sie sich in allem, was die Badstube betraf, einig: Hin und wieder probierten sie neue Kräuter- und Salbenrezepturen aus, sie steckten Geld in Verbesserungen und Reparaturen, durchstanden gemeinsam so manche Ärgernisse mit der Stadt, die sich in letzter Zeit leider häuften.

Unter den Ratsherren setzte sich nämlich auch in Regensburg immer stärker der neue Glaube durch, und damit einher ging eine zunehmende Sittenstrenge. So war es seit diesem Frühjahr verboten, halb nackt durch die Gassen in die Badstuben zu laufen, und das weibliche Geschlecht war angehalten, mit Hemden ins Wasser zu steigen, die Hintern und Brüste vollständig bedeckten. Wer dem nicht Folge leistete, dem sollte das Baden verwehrt werden, worum Beat sich indessen einen Kehricht scherte. Dann aber tauchten hin und wieder unangekündigt Büttel auf, um ebendies zu kontrollieren und auch, ob Männlein und Weiblein getrennt badeten. Bier und Wein durfte im Übrigen ebenfalls nicht mehr aufgetragen werden. All das musste Beat zähneknirschend hinnehmen. Gegen die neueste Anordnung allerdings hatten er und die anderen Regensburger Bader sich erfolgreich gewehrt: Es sollten hölzerne Trennwände eingezogen werden, um etwaige Annäherungen zwischen den Geschlechtern zu verhindern. Dies konnte von der Zunft zum Glück abgeschmettert werden, da in einer Badstube auf diese Weise keine gleichmäßige Wärme erzeugt werden könne. «Was kommt als Nächstes?», hatte Beat dennoch geschnaubt. «Sollen die Menschen künftig in Rock und Wams baden?»

In diesem Augenblick begannen Ignaz und Kuni, unter mächtigem Lärm im Hof Holz zu hacken. Barbara verließ ihren Fensterplatz. Ohnehin hatte ihr Unwohlsein nachgelassen, und so machte sie sich an den Abwasch des Morgenessens. Sie war gerade damit fertig, als Beat vom Markt zurückkehrte, mit einem schweren, in Leder gebundenen Buch unter dem Arm, das er auf den Küchentisch legte.

«Gute Flieten habe ich keine gefunden», grinste er. «Dafür aber das hier, bei einem reisenden Buchkrämer.»

Er schlug das Titelblatt auf.

Der grossen Wundarzney das erste Buch / des ergründeten und bewährten der beiden Arzneyen Doctors Paracelsi / gedruckt nach dem ersten Exemplar / so D. Paracelsi Handschrift gewesen. Gedruckt zu Augsburg bei Heynrich Steyner / im Jahr M.D.XXXVI, entzifferte sie mit zunehmendem Staunen. Gewidmet war das Werk tatsächlich König Ferdinand. Sie überblätterte die dreiseitige Vorrede an den Habsburger Herrscher und studierte das Verzeichnis der Inhalte, das sich ebenfalls über drei Seiten erstreckte. Dann blickte sie auf.

«Das ist ja wirklich ein sehr schönes Buch!», sagte sie und fühlte sich plötzlich tief berührt.

«Ja, nicht wahr? Jeder Wundarzt und Bader, der was auf sich hält, sollte es erwerben. Es ist ausdrücklich an uns und nicht an diese verknöcherten Universitätsmediziner gerichtet und deshalb nicht in Latein, sondern in verständlichem Deutsch geschrieben. Bei der letzten Zunftversammlung hatten wir ausgiebig über dieses Werk gesprochen, auch darüber, dass sich mit Paracelsus endlich mal ein studierter Arzt gegen die Trennung von innerer Medizin und Chirurgie ausspricht und sich nicht über uns erhebt. Dann habe ich das Buch heute auf dem Markt entdeckt und konnte einfach nicht widerstehen.»

«Daran hast du gutgetan, auch wenn es sicherlich ein Vermögen gekostet hat», sagte sie.

Er winkte ab. «Ich hab recht erfolgreich gefeilscht. Außerdem sagst du doch selbst immer: Was unserer Badstube nutzt, darf ruhig mal was kosten. Und das hier ist wirklich nützlich. Ohne hochgelehrte Schnörkel und Schwurbeleien geht es allein um die praktische Wundarznei, um die Behandlung und Heilung von Wunden wie Stichen, Schüssen, Bränden, Tierbissen oder Brüchen. Unser Zunftmeister, der es bereits studiert hat, meinte auch, dass Paracelsus darin gehörig mit alten Irrtümern aufräumt und auf eine möglichst schonende Behandlung der Wunden drängt, um den angeborenen Balsam zu stärken.»

Beat war so begeistert, dass sie gar nicht zu Wort kam.

«Wie ich übrigens vom Buchkrämer erfahren habe», fuhr er fort, «gab es in diesem Jahr bereits einen Nachdruck davon, so erfolgreich ist das Werk. Und das ist nur das erste Buch. Ein zweites über offene Schäden, die aus dem Körper kommen, ist schon erschienen, drei weitere Bücher sollen noch folgen, darunter auch eines über die französischen Blattern. Dein Medicus scheint jetzt ein berühmter Mann zu sein.»

Sie nickte voller Freude. «Das würde ich ihm wahrhaftig gönnen, so oft, wie er vom Pech verfolgt war.»

«Ich denke, seine Pechsträhne ist hiermit vorbei, wo alle Welt von seiner Großen Wundarzney spricht. Ich bin jedenfalls schon sehr gespannt auf die Lektüre. Zumal das wenige, was ich am Marktstand daraus gelesen habe, wirklich klar und verständlich geschrieben ist. In dem Abschnitt ging es um die Kraft unserer heimischen Heilpflanzen und wie man daraus Essenzen und Extrakte bereitet. Dabei müsse man die Pflanze genau wie den Menschen als Ganzes betrachten. Nicht mit einzelnen Teilen soll man also behandeln, sondern mit dem wohlabgestimmten Ganzen, da alle Stoffe einer Pflanze gemeinsam im Körper des Kranken zum Angriff übergehen. Wohlgemerkt geht es um Kräuter, die auf *unseren* Wiesen wachsen – die Apotheker werden vor Wut schäumen, wenn sie ihre überteuerte Spezialmedizin irgendwann nicht mehr an den Mann bringen!»

Sie musste lachen. «Geschäumt haben die Herren Apotheker schon damals in Basel. Zumal er ihnen öffentlich vorgeworfen hatte, dass sie ihre Drogen nicht selten mit gefälschten Zutaten versehen würden – statt mit teurer ägyptischer Mumia vera beispielsweise mit Asche aus ihrem Ofen.»

«Ein mutiger Mann, der so etwas offen verkündet», bekräftigte Beat.

«Mutig schon, aber leider auch zu hitzköpfig. Jedenfalls freue ich mich sehr, dass du dieses Buch gekauft hast. Und darauf, es bald schon zu lesen. Vielleicht verstehe ich ja dann endlich mehr von seinen Anschauungen. Allzu verständlich waren so manche Sätze, die ich einst für ihn aufgeschrieben habe, nämlich nicht gerade.»

Verdutzt sah er sie an: «Du hast für ihn geschrieben?»

«Eine Zeit lang, ja. Als er kein Geld für einen Schreiber hatte. Seine Handschrift ist ziemlich unleserlich.»

«Ich sehe schon, ich weiß so einiges nicht von dir. Und wahrscheinlich kennst du Paracelsus besser als jeder andere Mensch, wo du so viele Jahre an seiner Seite verbracht hast.»

Da zog sie ihn neben sich auf die Küchenbank und erzählte ihm erstmals ausführlich von ihrem Alltag mit diesem seltsamen Mann, von seinen Launen und Grillen, seiner mitunter schier unerträglichen Sturheit, aber auch von seiner zarten, fast weiblichen Seite. Nur jene letzte Nacht mit Theophrastus erwähnte sie nicht.

«Ich hab ihn schon sehr gern gehabt», sagte sie am Ende leise. «Nachdem er aus Sankt Gallen Hals über Kopf geflüchtet war, habe ich mich anfangs oft gefragt, ob er überhaupt noch lebt.

Umso mehr macht es mich nun froh, dass ein solch schönes Buch von ihm gedruckt ist.»

Er küsste sie auf die Wange und erhob sich. «Ich muss hinunter, bestimmt stehen die ersten Patienten schon vor der Tür. Aber weißt du was? Wenn ich heute Nachmittag aus dem Katharinenspital zurück bin, lesen wir gemeinsam in der Wundarzney.»

Kaum war er verschwunden, spürte sie, wie es in ihrem Bauch rumorte. Hatte sie sich gestern beim Abendessen womöglich doch den Magen verdorben?

Als sie das Aborthäuschen im Hof aufsuchte, stellte sie dort zu ihrer unsäglichen Enttäuschung fest, dass ihre Blutungen eingesetzt hatten.

Kapitel 41

Regensburg, vom Herbst 1537 bis zum Sommer 1541

Die Große Wundarzney wurde zu Beats Lehrbuch. Wahrscheinlich mehr als jeder andere Bader hielt er sich an Theophrastus' Ratschläge, sowohl bei der Wundbehandlung als auch bei der Zubereitung von Tränken und Salben aus den heimischen Kräutern. Vor allem die Heilkraft von Melisse und Schöllkraut, die der Medicus als wahre Wundermittel empfahl, begeisterte ihn: Ersteres half bei allem, was mit kranken oder schwachen Herzen und Magengebresten zu tun hatte, Letzteres wirkte besonders gut gegen Gelbsucht, Mundfäule, Krampfhusten, ja sogar gegen Gürtelrose. Noch im Spätsommer hatte er sich nicht nur das zweite Buch der Wundarzney über offene Schäden gekauft, sondern auch einen Destillierhelm nebst einem kleinen Kohleöfchen, um seine Essenzen und Extrakte fortan selbst herzustellen.

Die geplanten restlichen drei Bücher der Wundarzney erschienen indessen nie. Ob das nun Theophrastus' Sprunghaftigkeit geschuldet war oder weil die Fugger wieder einmal mitgemischt und den weiteren Druck verhindert hatten, würde Barbara wohl nie erfahren. Seit jenem letzten Brief kurz vor ihrer Hochzeit hatte sie nämlich nichts mehr vom Medicus gehört, trotz ihrer prompten Antwort an ihn. Aber sie hatte ohnehin andere Sorgen: Sie wurde nicht schwanger. Eine Jahreszeit folgte auf die nächste, ohne dass sich ihr Herzenswunsch erfüllen wollte. Zwar liebte sie Niklas wie ihr eigenes Kind, trotzdem war das nicht dasselbe. Hatte der Trank, zu dem Theophrastus sie nach der Gewitternacht mit Hans genötigt hatte, etwas in ihr zerstört? Mit Beat konnte sie hierüber nicht sprechen – zu sehr schämte sie sich immer noch für das, was damals geschehen war.

Nachdem sie im vierten Ehejahr noch immer kinderlos geblieben war, hatte sie sich schließlich Marga anvertraut, die ihr nach einem langen Moment des Nachdenkens geantwortet hatte: «Ich weiß nicht, was der Medicus dir damals verabreicht hat, um eine Schwangerschaft zu verhindern – möglicherweise hat das tatsächlich in dir drinnen was durcheinandergebracht. Aber mit den richtigen Kräutern lässt sich auch das Gegenteil bewirken. Ich kenne in Regensburg eine Hebamme, die schon manchem Weib zu einem Kindlein verholfen hat. Lass uns gleich morgen zu ihr gehen und gib die Hoffnung nicht auf.»

Das war im letzten Winter gewesen. Die Heilerin, ein schon betagtes, aber noch rüstiges Weiblein, hatte sie zunächst ausgiebig untersucht und ihr dabei immer wieder Fragen zu ihren Alltagsgewohnheiten gestellt, wie sie lebte, wie sie arbeitete, wie sie sich ernährte – Fragen, wie sie auch Theophrastus hätte stellen können. Wenige Tage später hatte sie ihr dann ein Elixier vorbeigebracht, mit dem Hinweis, davon sieben Tage lang jeden Morgen sieben Tropfen zu nehmen, und zwar immer ab dem Ende ihrer monatlichen Blutungen. Erst im zweiten Monat dieser Behandlung hatte Barbara Beat hiervon erzählt, und wie erwartet war er ganz und gar nicht erbaut gewesen, zumal die Hebamme ihre genaue Rezeptur nicht verraten wollte.

«Wer weiß, was diese Alte dir da verabreicht! Womöglich macht ihr Zaubertrank alles nur noch schlimmer.»

«Lass es uns wenigstens für ein halbes Jahr versuchen. Bitte!»

Das Frühjahr verging, der Sommer kam, doch es geschah

nichts. Obwohl sich Barbara genau an die Anweisungen hielt und bei jedem Tropfen, den sie schluckte, ein stummes Ave Maria betete, um die Wirkung zu verstärken. Dass ihre Hoffnungen allmonatlich zunichtegemacht wurden, zermürbte sie, und an manchen Tagen ertrug sie es kaum noch, wenn Mütter mit ihren Säuglingen in die Badstube kamen und sie vor ihren Augen herzten oder stillten.

In der Nacht ihres fünften Hochzeitstags schließlich bat Beat sie, endlich mit dem Kräuterelixier aufzuhören. Sie hatten sich nach langer Zeit erstmals wieder geliebt, sehr vorsichtig und fast scheu, denn auch das hatte inzwischen alle Leichtigkeit verloren.

«Du machst dir mit deinen ständigen Hoffnungen nur das Leben schwer», sagte er leise, während er sich an sie schmiegte. «Wir haben doch alles, was wir brauchen. Und eine richtige Familie sind wir auch. Für Niklas bist du wie eine leibliche Mutter.»

«Wahrscheinlich hast du recht.» Sie konnte ein Seufzen nicht unterdrücken. «Ach Beat, ich bin wohl einfach zu alt mit meinen bald zweiunddreißig Jahren. Ein Weib sollte viel früher mit dem Gebären anfangen.»

Er strich ihr übers Haar. «Dann hat es Gott so gewollt. Hauptsache, wir sind zusammen.»

«Ja, das ist das Allerwichtigste. Und dafür bin ich auch jeden Tag dankbar.»

Vier Wochen später, Anfang September, hielt ein reitender Bote vor dem Badhaus. Der schwarzbärtige Mann bestand darauf, das versiegelte Schreiben nur an die Baderin persönlich zu übergeben, und so wurde Barbara von der Gewandmeisterin vor die Tür gerufen.

«Seid Ihr die Barbara Stegnerin?», fragte der Bote von seinem tänzelnden Ross herab.

«Ja, die bin ich», erwiderte sie, mehr als gespannt.

«Ich habe hier einen Brief aus Salzburg, von einem gewissen Doktor Paracelsus.»

Ihr fuhr ein Freudenschauer über den Rücken. «Der Medicus ist in Salzburg?»

«Ja, er selbst hat mir das Schreiben zu treuen Händen übergeben.»

Sie streckte ihren Arm aus und nahm die Schriftrolle entgegen. Augenblicklich schlug ihr Herz schneller. Endlich ein Lebenszeichen, nach so vielen Jahren! Damit hatte sie schon fast nicht mehr gerechnet.

«Wibrandis, holst du bitte aus der Schatulle zwei Weißpfennige für den Boten?», bat sie die Gewandmeisterin, die, wie sollte es anders sein, neugierig in der offenen Tür stehen geblieben war. «Oder nein, gib ihm drei.»

Das zuvor noch recht finstere Gesicht des Mannes hellte sich auf, als er die Münzen mit einem mehrfachen «Habt Dank» entgegennahm. Bevor er sein Pferd wenden konnte, stellte sich Barbara ihm in den Weg.

«Wartet – wie weit ist Salzburg weg von hier?»

«Zu Fuß sind's etwa sechs Tagesmärsche, immer in Richtung Mittag.»

Das war weiß Gott sehr, sehr weit. «Dann wünsche ich Euch eine gute Heimreise. Gott schütze Euch.»

«Danke, Baderin.»

Er gab seinem Pferd die Sporen und trabte davon. Da die Gewandmeisterin noch immer im Türrahmen stand, bog Barbara um die Hausecke und setzte sich auf die unterste Stufe der Treppe. Sie wollte beim Lesen allein sein. Womöglich war der Anlass dafür, dass Theophrastus ihr nach so langer Zeit endlich schrieb, kein guter.

Aufgeregt erbrach sie das Siegel und rollte das Blatt auf. Da war sie, seine Handschrift, ganz unverkennbar. Allerdings noch unleserlicher, weil zittriger als früher. Als Datum war der fünfundzwanzigste Augusttag dieses Jahres gesetzt, was eine gute Woche zurücklag.

«Liebe Barbara», las sie, *«liebe Gefährtin aus alten Zeiten. Es plagt mich ein unendlich schlechtes Gewissen, weil ich dir niemals auf deine lieben Zeilen aus Regensburg geantwortet habe. Hatte ich doch immer gehofft, dich bald einmal besuchen zu kommen und dabei auch deinen Mann Beat näher kennenzulernen. Aus deinen Worten konnte ich lesen, wie glücklich du mit ihm bist und mit deiner Arbeit als Baderin. Das hat mein altes Herz zutiefst erfreut. Aber du kennst mich ja, mein Leben gleicht dem eines streunenden Hundes. Leider haben mich meine Wege nach dem Aufenthalt in Ulm nur immer noch weiter weg von deiner neuen Heimatstadt Regensburg geführt. Von Schwaben ins Bairische, dann nach Mähren, wo ich als Leibarzt des Erbmarschalls von Böhmen arbeitete und an meiner geliebten, leider noch immer nicht gedruckten Astronomia Magna schreiben konnte. Nach Mähren kam Wien, wo mir aber kein Glück beschieden war. So hat es mich schließlich in meine alte Heimat Kärnten gezogen, um endlich meinen Vater wiederzusehen, doch ich kam zu spät. Ich konnte nur noch an seinem Grab Abschied von ihm nehmen, was mich sehr bedrückte. Nun bin ich seit einem Jahr in Salzburg, wo ich in jungen Jahren eine gute Zeit mit vielen guten Freunden hatte – nur leider wurde ich damals vom Fürsterzbischof vertrieben, da ich mich mit dem Aufruhr der Bauern und Bergknappen gemeingemacht hatte. Mit dem Tod des Bischofs aber bin ich in*

diese wunderschöne Stadt zurückgekehrt und werde nicht mehr von hier weggehen. Ein lieber Freund, der Salzburger Hofgerichtsschreiber Michael Setznagel, hat mich in seinem Hause aufgenommen.

Ja, die Salzburger Freunde sind mir geblieben, die gute Zeit aus jungen Jahren aber ist unwiederbringlich dahin. Denn ich merke, wie mich die Kraft verlässt. Zum Wandern und Reisen bin ich nicht mehr geschaffen, meine Beine wollen mich nicht mehr tragen, selbst das Halten der Feder macht mir Mühe. Aber ich will nicht lamentieren, der Mensch ist nun mal zum Umfallen geboren. Und war mein Leben nicht erfüllt, so reich an Erfahrungen, trotz mancher Enttäuschungen? Nur ein einziger Wunsch bleibt mir noch offen: dich wiederzusehen, liebe Barbara. Seit meinem unrühmlichen Abschied von dir in Sankt Gallen sind, wenn ich mich recht besinne, über neun Jahre vergangen, und nun fürchte ich, dass mein endgültiger Abschied von dieser Welt kommen könnte, ohne dir noch einmal die Hand gereicht zu haben. Glaube mir bitte: Wenn ich nur könnte, würde ich zu dir nach Regensburg reisen, doch hierfür ist es zu spät. So sollst du denn wissen, dass ich dich all die Jahre in meinem Herzen getragen habe. Und dass du der bedeutsamste Mensch bist, der mir je begegnet ist. So reich hast du mich beschenkt, dass ich gar nicht weiß, wie ich dir danken kann.

Jetzt ist mir leichter, wo ich alles niedergeschrieben habe, und ich beschließe diesen Brief in der Hoffnung, dass es dir gut geht. In tiefer Zuneigung immer an dich denkend, dein Theophrastus.»

Die letzten drei Zeilen waren noch krakeliger geschrieben und kaum mehr zu entziffern. Aber vielleicht lag es auch daran, dass Barbaras Blick von Tränen getrübt war. Dies war der Brief eines Menschen, der um seinen baldigen Tod wusste. Und sie ahnte, dass ihm sein Stolz niemals erlaubt hätte, sie um die weite Reise nach Salzburg zu bitten. Doch diese Reise blieb die einzige Möglichkeit, ihn noch einmal lebend wiederzusehen.

Kapitel 42

Salzburg, den 23. September 1541

Am sechsten Tag ihrer Reise erreichten sie zum späten Nachmittag die Bischofsstadt am Fuße einer gewaltigen Festung. Für die Schönheit der Berglandschaft, die die Stadt im milden Herbstlicht umgab, hatte Barbara kein Auge. Zu groß war plötzlich die Angst, zu spät zu kommen. Da Beat gewartet hatte, bis sie sich einer schützenden Handelskarawane anschließen konnten, waren sie nämlich erst Mitte September, zwei Wochen nach dem Eintreffen von Theophrastus' Brief, aufgebrochen.

Am nördlichen Stadttor, das an einer Engstelle zwischen Flussufer und steilen Felsen aus dem Gestein herauszuwachsen schien, erbot sich freundlicherweise einer der Kaufleute, ihnen den Weg zu Hofgerichtsschreiber Michael Setznagel zu weisen. Eine Viertelwegstunde später standen sie vor dessen Wohnhaus im Kaiviertel, einem Gewirr verwinkelter, enger Gassen zwischen Festungsberg und dem Salzach genannten Fluss. Nachdem sie sich von dem guten Mann verabschiedet hatten, lehnte sich Barbara, noch immer voller Dankbarkeit, an Beats Schulter.

«Ich bin so froh, dass du sofort einverstanden warst, mich hierher zu begleiten.»

Sichtlich belustigt verzog er das Gesicht. «Was hätte ich sonst tun sollen? Dich alleine reisen lassen? Und jetzt schau nicht so besorgt drein. Dein Medicus wird schon noch unter den Lebenden weilen.»

Er musste etliche Male den Türklopfer schlagen, ehe eine junge Magd mit misstrauischer Miene öffnete.

«Gott zum Gruße, Magd», sagte Beat überaus freundlich. «Beat Scherlin mein Name, und das ist meine Frau Barbara. Wohnt hier der Doktor Paracelsus?»

«Ja, aber ich darf keinen zu ihm lassen.»

Barbara fiel augenblicklich ein Stein vom Herzen. Theophrastus lebte!

«Wir kommen eigens aus Regensburg», erklärte sie dem Mädchen, «und ich bin eine gute Bekannte des Medicus. Wenn du ihm nur Bescheid gibst, dass die Barbara Stegnerin aus Basel vor der Tür steht. Er wird sich sehr freuen.»

Die Magd wurde unsicher. «Aber es geht ihm gar nicht gut. Und den Hausherrn kann ich auch nicht um Erlaubnis fragen, der ist noch bei Gericht.»

«Bitte!»

Aus dem Halbdunkel der Eingangshalle war eine fragende Männerstimme zu hören, und die Magd rief über die Schulter hinweg nach hinten: «Da will mal wieder jemand den Doktor besuchen. Die Frau sagt, sie täten sich gut kennen.»

Schon wurde sie zur Seite geschoben, und auf der Schwelle erschien ein untersetzter, dicklicher Mann. Sein struppiger Vollbart, der dringend eines Barbiers bedurft hätte, war bereits angegraut, ebenso das halblange Haar. Sehr gepflegt wirkte er nicht, doch aus dem rosigen Gesicht blickten ihnen hellblaue Augen freundlich und neugierig zugleich entgegen.

«Klaus Frachmair mein Name. Ich bin der Diener und Schreiber von Doktor Theophrastus. Mein Herr empfängt leider keine Besuche mehr, seine Gesundheit lässt es nicht zu.»

Barbara hielt ihm den zusammengerollten Brief unter die Nase. «Mich vielleicht doch. Ich habe Nachricht von ihm bekommen, dass er krank ist und mich zu sehen wünscht. Barbara Stegnerin, Baderin aus Regensburg.»

Überrascht zog Frachmair die Augenbrauen in die Höhe. «Seid Ihr die Frau, die er in St. Gallen zurückgelassen hat? Er hat in letzter Zeit öfter davon gesprochen, auffallend oft, würde ich sogar sagen, aber meines Wissens war er nie verheiratet ...»

«Ja, die bin ich», unterbrach sie ihn ein wenig ungeduldig. «Ich war seine langjährige Magd, nicht seine Ehegefährtin. Und das ist mein Mann, Badermeister Beat Scherlin.»

«Barbara – ja freilich.» Frachmair schlug sich gegen die Stirn. «Dieser Name ist wahrhaftig gefallen. Mir scheint, als ob mein Meister Euch sehr ...»

Mit einem Seitenblick auf Beat brach er ab, und so erfuhr Barbara nicht, was der Diener hinsichtlich ihrer Person mutmaßte. Dass er eine redselige Art hatte, war hingegen offensichtlich und womöglich von Vorteil für sie.

«Dürfen wir also zu ihm?»

«Aber selbstverständlich, folgt mir nur zu seinem Stübl.»

Das Haus des Gerichtsschreibers Setznagel hatte etwas überaus Herrschaftliches, und so ging es denn auch über eine Treppe aus hellem Marmor hinauf. Oben angekommen, erlaubte eine halb offen stehende Flügeltür den Blick in einen prächtigen, von Wandlichtern erleuchteten Herrensaal, zur Rechten führte ein schmaler Gang zu mehreren Kammern. Vor der letzten Tür an der Stirnseite des Flurs hielt Frachmair inne.

«Erschreckt bitte nicht. Es geht dem Herrn Doktor wahrlich nicht gut, sein Leib ist schwach und bresthaft. Aber geistig ist er völlig klar – wenn er denn wach ist. Er schläft nämlich sehr viel, auch tagsüber.»

Leise, ohne anzuklopfen, schob er die Tür auf, trat mit einem prüfenden Blick zwei, drei Schritte in den Raum und winkte sie dann beide herein.

«Ihr habt Besuch, Herr Theophrastus», sagte er leise in Richtung Himmelbett. «Eure frühere Magd Barbara ist mit ihrem Mann aus Regensburg gekommen.»

Nichts rührte sich hinter dem zugezogenen Vorhang. Nur der Atem des Schlafenden war deutlich zu hören. In tiefen, aber unregelmäßigen Zügen, wie Barbara sofort feststellte. Oder war der Doktor längst wach und wollte sie belauschen? Zuzutrauen wäre ihm das.

Ihr Blick fiel auf den riesigen Tisch neben dem Bett, wo im flackernden Licht eines fünfarmigen Leuchters ein buntes Sammelsurium an Gegenständen zu erkennen war: In einem offenen Holzkästchen lagen Zirkel und Kompass, daneben ein Vogelrohr und ein halb in ein Tuch eingeschlagenes Astrolabium, wie sie es aus dem Hause von Lorenz Fries in Kolmar kannte. Vor einem Bücherstapel standen ein irdenes, grün glasiertes Tintenfässchen und eine ebensolche Streubüchse, beides sah unbenutzt aus. Auch eine gefährlich glänzende eiserne Zündbüchse fand sich auf dem Tisch, nebst zwei kristallenen Trinkgläsern, einigen Arzneibüchsen aus Messing und einem dunkel angelaufenen Silberschälchen. Es wirkte, als hätte hier jemand all seine Besitztümer versammelt, um noch einmal einen Überblick zu bekommen.

Dann entdeckte sie auch die gerahmten Bildnisse, die am Boden gegen die Wand lehnten. Das vordere, kleinere zeigte einen ihr unbekannten, noch recht jungen Mann mit sehr ansprechenden Gesichtszügen, der am offenen Fenster lehnte und schwermütig hinausschaute. Von dem etwas größeren Bild dahinter war nur der fast kahle Schädel des dargestellten Mannes zu sehen sowie dessen wache, neugierige Augen unter den dicken Brauen – ein ihr nur allzu vertrauter Anblick. Unwillkürlich musste sie lächeln: So war der Medicus also auf seine alten Tage noch eitel geworden und hatte ein Bild von sich stechen lassen …

Als hinter dem Vorhang ein kaum hörbares «Ist da wer?» ertönte, nickte Frachmair ihr auffordernd zu. Reichlich angespannt trat sie ans Bett und zog langsam den dunkelroten Samtvorhang zurück.

Sie erschrak bis ins Mark.

Vor ihr lag, rücklings ausgestreckt, ein sterbenskranker Mensch. Sein ausgemergelter Leib steckte in einem hellen Leinenhemd, die Bettdecke hatte er bis über den Bauch gezogen, der sich unter dem Wolltuch deutlich wölbte. Allein dieser aufgetriebene Bauch war kein gutes Zeichen. Auch schimmerte die Haut an den Unterarmen und am Ausschnitt des weiten Kragens fleckig, im unrasierten Gesicht gelblich-fahl, und aus den rot geränderten Augen ging der Blick ins Leere. Was vielleicht das Erschreckendste war: Sein eingefallenes Gesicht hatte sich in lauter Falten zusammengezogen, war sozusagen geschrumpft, sodass der gewaltige Schädel nur noch größer wirkte. Sein einst buschiger Haarkranz unterhalb der mit Schrunden bedeckten Glatze bestand nur noch aus ein paar farblosen, dünnen Flusen, der leicht offen stehende Mund gab etliche Zahnlücken preis. Und das, wo sich der Medicus immer so um seine Zahngesundheit gesorgt hatte. Er sah wirklich zum Erbarmen aus!

Fast hilflos blickte sie sich nach Beat um, der nahe der Tür stehen geblieben war, dann gab sie sich einen Ruck und setzte sich auf den Bettrand. «Lieber Theophrastus, wie geht es Euch?»

Er musterte sie mit getrübtem Blick und schwieg. Erkannte er sie denn gar nicht? Doch dann sah sie rechts und links eine Träne seine ledrigen Wangen herabrinnen.

«Ich wusste, dass du kommst», sagte er schließlich mit brüchiger Stimme. «Das macht mich unendlich glücklich. Aber ich schäme mich auch, dass du nur noch ein solches Häuflein Elend vorfindest. Ein Arzt kann leider eher allen anderen helfen als sich selbst.»

Sie brachte zunächst kein Wort heraus. Dann drückte sie seine verkrümmten Hände, die auf dem Saum der Bettdecke ruhten.

«Aber Ihr müsst Euch doch nicht schämen, was redet Ihr da?»

Um seine heruntergezogenen Mundwinkel zuckte es.

«Waren wir nicht längst beim Du?» Mit einem Wink des Kopfes deutete er auf den Tisch, wo Krug und Becher bereitstanden. «Gibst du mir zu trinken? Mein Mund ist ganz trocken vom Schlaf.»

Froh, eine Aufgabe zu haben, goss sie den Becher halb voll. Das dunkle, leicht schäumende Gebräu roch nach kräftigem Märzenbier. Mit der Rechten hielt sie ihm den Becher an die blutleeren Lippen, mit der Linken stützte sie seinen Nacken ab. In kleinen Schlucken trank er alles aus.

«Danke!» Er sah zur Tür. «Ist das dein Mann?»

Sie nickte, als Beat auch schon neben ihr stand. Er strich ihr wie zum Trost über die Schulter, dann reichte er dem Medicus die Hand.

«Beat Scherlin, Bader in Regensburg und ein großer Bewunderer Eurer Medizin.»

«Ach junger Mann – dort, wo ich hingehe, braucht es keine Bewunderung mehr. Trotzdem freuen mich deine Worte.» Seine Stimme hatte sich gefestigt, und er begann zu blinzeln. «Du bist doch der Sohn von Bader Scherlin aus Basel?»

«Ja, der bin ich. Ich kenne Barbara schon aus Kindertagen.»

«Ich erinnere mich. So habt Ihr Euch denn in Regensburg wiedergetroffen und damit euer großes Glück gefunden. Denn dass ihr beide euch von Herzen gernhabt, das sieht man.»

«So ist es, Medicus», erwiderte Beat sichtlich gerührt.

Theophrastus bedeutete ihm, sich niederzubeugen, und flüsterte ihm etwas ins Ohr. Nachdem er sich wieder aufgerichtet hatte, sagte Beat ganz und gar feierlich: «Worauf Ihr Euch verlassen könnt, lieber Medicus.»

Er drückte noch einmal innig beide Hände des Kranken, dann bat er Frachmair, ihn hinauszubegleiten. «Ich warte draußen auf dich», sagte er an Barbara gewandt und verließ zusammen mit dem Diener die Kammer.

Wie einfühlsam von ihm, sie bei diesem Wiedersehen nach so langer Zeit mit dem Medicus ein wenig allein zu lassen. Was für ein wunderbarer Mensch Beat doch war.

Nach kurzem Zögern fragte sie: «Was hast du meinen Mann eben gefragt?»

Da lächelte Theophrastus erstmals, und seine vormals so trüben Augen hellten sich auf. «Du bist noch grad so neugierig und freiheraus wie früher. Sei's drum: Ich habe ihn um ein Versprechen gebeten. Um das Versprechen, immer gut auf dich achtzugeben. – Seine Antwort hast du ja gehört.»

«Ja, das hab ich», erwiderte sie, und ihr wurde warm ums Herz. «Und ich dachte schon, du hättest Beat gebeten, mit Frachmair für ein Weilchen hinauszugehen.»

«Auf diesen Gedanken ist dein Mann schon von selbst gekommen. Ach Barbara, du glaubst gar nicht, wie viel es mir bedeutet, dass du hier bist.» Er richtete sich mühsam ein wenig auf: «Hast du mir denn verziehen, dass ich dich in Sankt Gallen so ganz ohne Abschied und nur mit einem dummen Brief allein zurückgelassen habe? Das schlechte Gewissen hierüber plagt mich noch immer.»

Sie dachte daran, dass sie einstmals etwas Ähnliches mit Beat gemacht hatte. «Ich hab dir längst verziehen. Auch wenn ich mir drei Jahre lang schreckliche Sorgen um dich gemacht habe. Zu jener Zeit hat man nämlich die tollsten Sachen über dich gehört. Wie war ich erleichtert, als ich erfuhr, dass du schließlich als Leibarzt im Kloster Pfeffers gelandet warst.»

Er nickte und schien mit einem Mal hellwach zu sein. «Ja, diese drei Jahre waren meine härteste Zeit. Aber auch eine gute. Als rastloser Wanderprediger, als helfender Arzt war ich in den hintersten Winkeln der Berge unterwegs, mal hier, mal dort, für die einen ein zerlumpter Narr, ein Landstreicher, für die anderen ein Heiliger. Wahrscheinlich war ich alles zugleich. Tagsüber bin ich in die Hütten der Köhler, Bergleute und Waldbauern gegangen, zur Nacht habe ich in Wirtshäusern gepredigt oder an wackligen Tischen meine Gedanken aufgeschrieben. Die Städte, die mich so angewidert hatten, die Fürstenhöfe und Häuser der Gelehrten und Geistlichen – all das hatte ich gemieden wie der Teufel das Weihwasser. Es hat mir gutgetan: Beim einfachen Volk erfuhr ich mehr über das göttliche Licht der Schöpfung als bei den hochtrabend daherschwatzenden Theologen. Und was die Heilkunde betrifft: Bis heute lästert man über mich, ich sei nicht durch die richtige Tür zu den Geheimnissen der Medizin vorgedrungen. Aber inzwischen schert mich das einen feuchten Kehricht. Welche Tür soll die richtige sein? Etwa die mit Namen Galenos, Avicenna oder Rhazes? Oder nicht vielmehr die der freien Natur? Ich glaube felsenfest, die Letztere. Durch diese Tür bin ich gegangen, das Licht der Natur und kein Apothekerlämplein hat mir auf meinem Weg geleuchtet.» Mit einem Mal grinste er sein vertrautes schalkhaftes Grinsen. «Übrigens habe ich mich in all den Jahren eisern der Sauferei enthalten. Auch wenn wahrscheinlich anderes geredet wurde.»

Sein munterer Redeschwall verwunderte und erleichterte sie zugleich. Vielleicht war er doch nicht so sterbenskrank, wie es auf den ersten Blick aussah.

«Ach, dieses ewige Geschwätz der Leute ...», sagte sie mit einem Hoffnungsschimmer in der Stimme. «Du hättest niemals was darauf geben sollen, dann hättest du es im Leben oftmals leichter gehabt.»

«Ich weiß, jetzt bin ich klüger. Aber nun erzähl endlich von dir. Wie ist es dir in Beratzhausen ergangen, wie bist du auf den Beat Scherlin getroffen, wie lebt es sich in einer glücklichen Ehe?»

Sie berichtete ihm von allem, was ihr wichtig schien. Auch, dass sie noch immer auf ein Kind hoffte, verschwieg sie nicht. Zwischendurch brachte Frachmair Most, Brot und Käse herein, ließ sie dann aber wieder allein. Nachdem Theophrastus auf ihr Drängen hin wenigstens ein paar Bissen zu sich genommen hatte, sagte er: «Um nochmals auf meine unrühmliche Flucht aus Sankt Gallen zurückzukommen: Ich habe dir ja später geschrieben, wo ich mich nach meiner Zeit in Pfeffers überall herumgetrieben hab. Du siehst also, ich bin ein Landfahrer geblieben, wäre niemals sesshaft geworden. Genau aus diesem Grund musste ich dich verlassen, so weh es mir tat. Erst recht nach unserer ... nach unserer gemeinsam verbrachten Nacht. Ich wollte, dass du dir deinen eigenen Weg suchst.»

Leicht wie eine Feder berührte er ihre rechte Hand, die auf der Bettkante ruhte. «Dass du deinen Weg gefunden hast, freut mich so sehr. Und jetzt möchte ich meinerseits dir etwas geben. Siehst du die Truhe dort? Unter dem Kleiderstapel liegt ein kleiner Lederbeutel, den bring mir her.»

Sie tat, wie er sie geheißen hatte, und legte den Beutel auf das Bettlaken.

«Mach ihn bitte auf, meine krummen Finger schaffen das nicht mehr.»

Nachdem sie die Kordel gelöst hatte, blitzten zwei Goldringe auf.

«Erkennst du sie?», fragte er.

«Sind das die goldenen Ringe, die du von dem Greis im Basler Spital zum Lohn bekommen hattest? Dein eiserner Sparpfennig?»

«So ist es, und ich habe die Ringe selbst in den elendsten Zeiten nicht verkauft. Weil ich sie nämlich für dich aufheben wollte. Jetzt sind sie dein.»

Völlig verdutzt sah sie ihn an. «Aber so etwas Kostbares kann ich nicht annehmen.»

«Du musst. So steht es nämlich in meinem Testament, das Notar Kalbsohr vorgestern mit mir zusammen aufgesetzt hat. Diesen Passus kann der gute Mann nun natürlich streichen, wo du hier bist.»

Jetzt erschrak sie wirklich. «Du hast vorgestern dein Testament gemacht?»

«Aber ja, im Beisein von sieben Zeugen aus der Salzburger Bürgerschaft. Gleich nebenan, im Gasthaus Zum Weißen Ross. Frachmair und mein lieber Freund Setznagel hatten dort in der Schankstube eigens ein Reisebett aufgestellt und mich hinübergeschleppt. Du siehst also, es ist mir ernst. Ich bin an der letzten Station meines Lebens angekommen, von hier gehe ich nicht mehr weg, jedenfalls nicht mehr auf meinen zwei krummen Beinen. Salzburg ist ein guter Ort zum Sterben.»

Auch wenn sie wusste, dass dieser gebrechliche Mensch vor ihr die Wahrheit aussprach, bestürzten sie seine Worte noch mehr als sein sieches Aussehen. «Aber warum solltest du nicht wieder gesund werden? Du hast die fünfzig noch nicht einmal erreicht, wenn ich mich nicht täusche, bist du also im besten Mannesalter.»

«Das stimmt.» Spöttisch verzog er den Mund. «Aber nach dem Alter fragt der Sensenmann nun mal keinen.»

Alles in ihr wehrte sich dagegen, dass er jetzt seinen Lebenswillen aufgab. «Bitte, so darfst du nicht reden. Hast du nicht selbst einmal geschrieben: *Wir werden vom Glauben gesund und nicht von der Arznei*? Und dass wir mit dem Glauben sowohl Unheil wie Heil bewirken, uns selbst krank oder gesund machen können? Du wirst ganz bestimmt wieder auf die Beine kommen, gerade jetzt, wo du mit deiner Großen Wundarzney berühmt geworden bist. Beat und ich lesen immer wieder darin ...»

«Das freut mich aufrichtig», unterbrach er sie. «Aber leider ist seither kein medizinisches Werk mehr von mir gedruckt worden.»

«Was ist mit den drei Folgebüchern?»

Er winkte ab. Mit einem Schlag sah er wieder völlig elend aus. Hatte sie etwas Falsches gesagt?

«Eines davon liegt hier in der Truhe, Barbara, als ein Haufen Papier. Und der Rest – was soll's. Will ich etwa alten Wein in neue Schläuche gießen? Ich habe doch alles schon früher niedergeschrieben. Wer es lesen möchte, soll sich durch meine Handschriften wühlen. Ich bin zu müde geworden, um für die Drucklegung und meine Anerkennung zu kämpfen. Gerade diese Kämpfe haben mich all meine Kraft gekostet.» Durchdringend blickte er sie aus traurigen Augen an. «Als Arzt ließ man mich machen, als Autor, als Verkünder einer neuen Medizin hat man mich unerbittlich verfolgt, da ich nie geschwiegen habe. Ich fürchte, meine Gegner haben ihr Ziel endlich erreicht.»

«Wie meinst du das?»

Er schüttelte kraftlos den Kopf und unterdrückte ein Stöhnen.

«Ich fühle mich sehr erschöpft, liebe Barbara, und die Schmerzen sind zurück. Bitte, komm morgen früh wieder, ich brauche jetzt mein Opium. Schickst du mir den Frachmair herein?»

«Ja, selbstverständlich», erwiderte sie mit erstickter Stimme.

«Aber mach mir bloß keine Dummheiten bis morgen, versprochen?»

Doch er hatte bereits die Augen geschlossen und den Kopf zur Seite geneigt. Sie strich ihm noch zart über die eingefallene Wange, steckte nach kurzem Zögern das Beutelchen mit den Ringen in ihre Gürteltasche und erhob sich. Draußen im Flur lehnte Frachmair an der Wand, er war allein.

«Wo ist mein Mann?», fragte sie ihn.

«Nebenan im Weißen Ross, um nach Quartier zu fragen. Ich soll Euch ausrichten, dass er dort auf Euch wartet.»

Sie nickte. «Steht es wirklich so schlimm um den Medicus? Er hat nach Opium verlangt.»

Bekümmert sah er sie an. «Ich fürchte, ja. Als der begnadete Arzt, der er ist, weiß er, dass er bald sterben wird.»

«Aber woran?» Erstmals sprach sie aus, was sie Theophrastus nicht zu fragen gewagt hatte.

«Leber und Niere sind wohl zerstört. Vielleicht eine Folge der giftigen Dämpfe. Er hat sich ja bei seinen Versuchen nie davor geschützt.»

«Ich weiß. Aber kann es nicht auch sein, dass er vergiftet wurde?»

Der Diener zuckte die Achseln: «Er hat manchmal davon gesprochen, wenn er im Fieber lag. Dass die Fugger und deren Helfershelfer ihn aus dem Weg räumen wollten. Dann wiederum glaubte er, seine Verfolger wären auf sein Elixier Theophrasti aus, jenen geheimnisvollen Trank gegen alle Krankheiten, den er doch leider nie gebraut hatte. Er war schon manchmal recht durcheinander die letzten Tage – ach, was sage ich: Wochen. Als er noch durch die Gegend gehumpelt ist, war er von einem regelrechten Verfolgungswahn besessen: Traute sich nicht mehr steile Treppen hinauf oder auf Türme oder ans Fenster, weil er fürchtete, jemand würde ihn hinabstürzen wollen. Einmal ist er tatsächlich eines Abends heimgekommen mit einem klaffenden Riss am Kopf. Ein Unbekannter hätte ihn im Dunkeln niedergeknüppelt, aber ich bezweifle das.»

«Habt Ihr denn nie andere Ärzte hinzugezogen?»

«Nein, das will er nicht. Nur den Rapplbader, einer seiner engsten Freunde hier, lässt er an sich heran. Ich glaube, er will einfach nur noch sterben.»

Sie kämpfte gegen die aufsteigende Verzweiflung an. «Dann geht nur wieder zu ihm hinein. Ich finde allein den Weg.»

Als sie nach einer vor Kummer fast schlaflosen Nacht bei Sonnenaufgang ans Krankenbett zurückkehrte, allein und ohne Begleitung des Dieners, war Theophrastus bereits wach und begrüßte sie mit erhobenem Kopf. Er lächelte schwach, seine Wangen waren gerötet. Neben sich auf dem breiten Bett hatte er das Bildnis des jungen Mannes liegen.

«Die Stunde ist gekommen, da ich mich von dir verabschieden muss. Setzt du dich wieder zu mir?»

Ihr war die Kehle wie zugeschnürt, während sie sich auf dem Bettrand niederließ. Hatte sie sich doch beim Erwachen eingeredet, dass er wieder auf dem Wege der Besserung sei.

Er deutete auf das Bild. «Das ist übrigens mein Vater, mit dem ich mich, wie ich dir geschrieben habe, am Grab ganz und gar versöhnt habe. Weißt du, was ich in seinem traurigen Blick lese? Die Liebe und Sehnsucht nach seiner kurz zuvor verstorbenen Frau, meiner Mutter. Bald werde ich mit ihnen vereint sein.»

Da sie nur den Kopf schütteln konnte, sah er sie beschwörend an. «Du musst keine Angst um mich haben. Ich reiche dem Tod freundschaftlich die Hand. Das menschliche Sterben ist nichts als ein Bestandteil kosmischer Wandlung, dem ich gelassen und neugierig entgegenblicke. Der irdische Leib ist nun mal vergänglich, und meiner ...», er kicherte plötzlich kurz und heiser, «... meiner ist es in seiner Hässlichkeit ohnehin nicht wert, zu bleiben. Der Geist aber wird eins mit dem ewigen Kosmos, und was am Tag des Jüngsten Gerichtes mit unseren Seelen geschieht, wenn wir bei der Auferstehung vor den Richterstuhl treten, das weiß nur der, der uns erschaffen hat. Und der hält es vor uns Menschen klugerweise verborgen. Woran ich aber glaube, ist ...», seine Stimme wurde schwächer, «... dass durch das Feuer der Läuterung genau wie in der Alchemie das Reine vom Unreinen geschieden und uns ein neuer, astraler Leib geboren wird. Dann werden keine Krankheiten mehr sein, keine Medizin, kein Medicus, kein Kranker, und es wird aus sein mit allen Dingen. Dann wird eine einzige himmlische Ruhe sein. Vielleicht aber», er blinzelte ihr zu, «werde ich den Menschen vorher noch einmal wiedergeboren. Als neuer Monarch der Medizin, dem die Ärzte nachfolgen wie vordem Galenos und Avicenna. Dann, wenn die Zeit reif ist ...»

Seine letzten Worte, mit geschlossenen Augen gesprochen, klangen schon wie von weit her. Angstvoll griff sie nach seinen Händen, diesen einstmals so feingliedrigen Händen, die jetzt knotigen Baumwurzeln glichen, und streichelte sie. Seine Atemzüge auf der halb frei liegenden, verschwitzt glänzenden Brust waren nicht mehr auszumachen, doch an seinem Hals flatterte eine Ader wie ein verschrecktes Vögelchen.

«Theophrastus», flüsterte sie. «Bist du noch da?»

«Ja, denn ich muss dir noch etwas Wichtiges sagen.» Nun hielt *er* ihre Hände fest und drückte sie mit der letzten Kraft, die er, wie ihr schien, für sie aufgehoben hatte. «Du bist ... du bist die einzige Frau in meinem Leben, die ich je geliebt habe. Du warst mein Element Erde, wenn meine Seele mal wieder in die Lüfte entfliehen wollte, wenn mein Geist sich im Feuer schier verzehrte, wenn mein Herz im Wasser zu ertrinken drohte. Ich ... ich danke dir dafür.»

«Ach Theophrastus, du seltsamer Mensch», erwiderte sie, während er mit einem kleinen Seufzer ihre Hände losließ. «Ich hab dich doch auch geliebt. Ich glaube, von Anfang an.»

Sein von der Krankheit gezeichnetes und doch so vertrautes Gesicht verschwamm hinter einem Tränenschleier. Ob er ihre letzten Worte noch gehört hatte? Sie hoffte es inbrünstig, denn jetzt war er endgültig fort.

Epilog

Zwei Tage später, auf dem Rückweg nach Regensburg

Noch am selben Nachmittag wurde Theophrastus Bombast von Hohenheim, genannt Paracelsus, seinem Letzten Willen gemäß auf dem Friedhof der armen Bruderhäusler von Sankt Sebastian beigesetzt. Eine Totenmesse nach altgläubigem Ritus hatte er verfügt, und dass man ihn in der Pfarrkirche hernach dreimal besingen möge, am ersten, am siebten und am dreißigsten Tag nach dem Begräbnis. Jedes Mal solle allen Armen vor der Kirche ein Pfennig in die Hand gegeben werden. Und was am Ende von seinem Vermögen noch übrig bliebe, möge man, wie er dem Notar Kalbsohr in die Feder diktiert hatte, unter den «elenden und bedürftigen Leuten, die keine Pfründe noch andere Fürsorge haben», verteilen.

Die zahlreichen Freunde und Bekannten, die seinen letzten Weg begleiteten, mochten sich über seine Rückkehr zum papistischen Glauben gewundert haben. Barbara indessen war überzeugt, dass er schlichtweg den sicheren Weg gewählt hatte: Wer konnte schon wissen, ob der Heilige Vater in Rom nicht doch von Gott gesandt war?

Am Grab war Theophrastus von vielen Menschen beweint worden, am meisten von seinem Diener Frachmair, seinem Gastgeber Setznagel und dem Rapplbader, der ihn bis zum Schluss betreut hatte. Barbara selbst hatte keine Tränen mehr übrig. Sie hatte schon alle am Sterbebett vergossen. Als schreiende Ungerechtigkeit hatte sie es empfunden, dass sie den Medicus endlich wiedergefunden und schon am nächsten Tag wieder verloren hatte, für diesmal auf immer und ewig. Doch dann, während der Beisetzung auf dem Friedhof, war ihr bewusst geworden, dass sein so friedlicher Tod in ihrem Beisein ein Geschenk des Himmels an sie war und sie sein Andenken zeitlebens in ihrem Herzen bewahren würde.

Nun, zwei Tage später und auf dem Heimweg mit Beat, verspürte sie eine erstaunliche Ruhe in sich. Sie hatten sich einer kleinen Kaufmannskarawane nach Burghausen angeschlossen, einer bairischen Herzogsstadt, die nördlich von Salzburg auf ihrem Weg lag.

Es war ein freundlicher, schon frühherbstlicher Tag, und sie genoss die frische Luft, nachdem ihr der ständige Weihrauchgeruch in der Kirche und am Grab große Übelkeit verursacht hatte. Dafür war sie heute schon nach wenigen Stunden Fußmarsch müde und kurzatmig geworden, und so hatte Beat den Ochsenführer gebeten, sein Weib ein Stück weit auf der Karre mitfahren zu lassen.

Nachdem sie bei einer Furt die Salzach durchquert hatten, kletterte sie wieder vom Wagen herunter. Während die Pack- und Zugtiere getränkt wurden, setzte sie sich mit Beat in den Schatten einer alten Eiche.

«Geht es wieder?», fragte Beat besorgt.

«Ja, es ist alles bestens.»

«Du siehst aber ganz blass aus, seit Tagen schon. Die weite Reise ist wohl doch zu anstrengend für dich. Oder wirst du etwa krank?»

Sie lachte, zum ersten Mal in diesen Tagen. «Ach Beat, ich hab schon viel anstrengendere Wanderungen hinter mich gebracht. Und nein, ich bin nicht krank. Bei Theophrastus' Beerdigung habe ich es erahnt, ja, gespürt. Jetzt aber», sie lehnte sich an seine Schulter und schloss glückselig die Augen, «weiß ich es ganz bestimmt: Wir erwarten ein Kind.»

Nachbemerkung der Autorin

Theophrastus Bombast von Hohenheim, genannt Paracelsus, war kein einfacher Zeitgenosse. Immer wieder eckte der streitbare, aufbrausende Freigeist bei der Obrigkeit und den Standesgenossen an, ja sogar im engeren Freundeskreis. Sein Leben war von Misserfolgen und Ablehnungen gezeichnet, doch seine Behandlungsmethoden, seine revolutionären Gedanken und Visionen überlebten ihn und wirken bis in die heutige Zeit fort. Krankenhäuser, Apotheken und Arzneiprodukte tragen seinen Namen, seit 1952 ehrt die deutsche Ärzteschaft alljährlich vorbildliche Ärztinnen und Ärzte mit der Paracelsus-Medaille. Bis 2015 existierte eine Paracelsus-Gesellschaft in Salzburg, die Schweizerische Paracelsus-Gesellschaft, 1942 in seinem Geburtsort Einsiedeln gegründet, würdigt seine Verdienste bis heute.

Paracelsus, der systematisch die heilende Essenz pflanzlicher und mineralischer Stoffe erforschte und den kranken Menschen in seiner Ganzheitlichkeit betrachtete, gilt vielen als Vater der Naturheilkunde und Homöopathie, aber auch als Wegbereiter der modernen Pharmazie und (Bio-)Chemie oder als Entdecker der Stoffwechselvorgänge im menschlichen Körper. Selbst Ansätze der modernen Psychiatrie finden sich in seinen Schriften. Darüber hinaus war er ein glühender Verfechter von ärztlicher Ethik, Redlichkeit und Barmherzigkeit gegenüber den Kranken. Nicht zuletzt bekämpfte er die Trennung zwischen studierten und handwerklichen Heilberufen: Durch ihn wurde die Chirurgie, die traditionell von den nicht akademischen Wundärzten ausgeübt wurde, allmählich aufgewertet.

Seine zweite Leidenschaft neben dem Heilen und Forschen galt immer auch dem Schreiben, wobei ihm, abgesehen von der Großen Wundarzney in 1536 und einigen kleineren Abhandlungen, mit dem Druck seiner medizinischen Schriften zu Lebzeiten kein Glück beschieden war. Über neunzig Prozent seiner Werke erschienen erst nach seinem Tod, dafür aber mit großem Erfolg: Allein zwischen 1549 und 1658 wurden 175 Druckausgaben herausgebracht, darunter 1589/90 eine erste, noch fragmentarische Werkausgabe durch Johann Huser. Seine Anhänger, die sogenannten Paracelsisten, feierten ihn als Erneuerer und Universalgelehrten. Als der Medizinhistoriker Karl Sudhoff schließlich 1927 das erste Gesamtwerk herausgibt, beläuft sich dieses auf gut 7000 Seiten. Die Vision des Theophrastus Bombast von Hohenheim, als ein «Luther der Medizin» in die Geschichte einzugehen, hatte sich also weitgehend erfüllt, wenn auch erst post mortem.

Mein Roman begleitet ihn ab seiner Basler Zeit 1527, in der er sich mit dreiunddreißig Jahren bereits einen Namen als wundertätiger Arzt gemacht hatte. Sein Leben ist über weite Strecken allerdings kaum bezeugt. Von eher spärlichen autobiographischen Aufzeichnungen und den Aussagen einiger Zeitgenossen abgesehen, ist man auf Vermutungen und Schlüsse angewiesen – lediglich sein knappes Jahr in Basel ist recht gut dokumentiert. Man kennt die Namen von zwei Schülern (zunächst Ulrich Gyger, dann Johannes Oporinus bzw. Hans Herbst), mit denen er sich entzweit hatte. Die im Roman dargestellte Vergewaltigung Barbaras durch Oporinus ist fiktiv, dessen Zerwürfnis mit Paracelsus hingegen historisch: Noch zwanzig Jahre später überschüttet Oporinus in einem ausführlichen Brief seinen inzwischen verstorbenen einstigen Meister mit Spott und Häme – für uns heute ein einzigartiges Zeitzeugnis.

Es gilt als gesichert, dass Paracelsus kinder- und ehelos war, obgleich er, wie in seinen Schriften zu lesen ist, das weibliche Geschlecht sehr wertschätzte und eine erste Frauenheilkunde konstituierte. Dass es ihn nicht zu Frauen, ja überhaupt nicht zur körperlichen Liebe hinzog, beschäftigte schon seine Zeitgenossen, und so machten Gerüchte die Runde, er sei als Knabe entmannt worden. Bei einer Untersuchung seines Skeletts 1993 durch Wiener Gerichtsmediziner stellte sich die Frage, ob er bezüglich der Form seines Beckens womöglich ein Zwitter war. Er selbst hatte sich einmal als «allein und fremd und anders» beschrieben, und so belasse ich es im Roman nur bei Andeutungen, beschreibe ihn als einen Mann, der dem gängigen Rollenbild in keiner Weise entsprach, der sich nicht eindeutig mit seinem Geschlecht identifizieren konnte, sich möglicherweise als im falschen Körper geboren fühlte.

Um seinen Tod 1541 in Salzburg ranken sich viele Legenden. Vor allem jene Erzählung, dass er umgebracht wurde, hält sich bis heute: Starb er durch ein Mordkomplott der Fugger? Wurde er langsam vergiftet, und zwar von seinen Verfolgern, die auf sein Elixier Theophrasti aus waren, jene geheimnisvolle Arznei gegen alle Krankheiten? Immerhin weist sein Schädel Schlagspuren auf, genauer gesagt eine Spalte im linken Schläfenbein, und spätere Untersuchungen stellten erhöhte Quecksilberwerte in den Knochen fest, was auf eine chronische Vergiftung hinweist. Ich selbst habe es offengelassen. Fakt ist allerdings, dass er sich die letzten Jahre verfolgt gefühlt hatte. Übrigens war diesem Mann, der zeit seines Lebens auf Wanderschaft war, auch im Tod wenig Ruhe vergönnt: 1752 wurde sein Leichnam infolge eines Umbaus des Friedhofs exhumiert und mitsamt der ursprünglichen Grabplatte seines Salzburger Gastgebers Setznagel in eine Mauernische der Sebastiankirche überführt. 1818 dann erfolgte eine wissenschaftliche Untersuchung seines Schädels und seiner Gebeine, während des Zweiten Weltkriegs bewahrten die Nationalsozialisten, die ihn als «germanischen Arzt» vereinnahmten, seine sterblichen Überreste in einer Kupferkassette an verschiedenen Orten auf. Ein amerikanischer Soldat soll sie auf der Hohensalzburg gefunden und auf einen Kehrichthaufen geworfen haben, wo sie erst nach langem Suchen wiedergefunden und 1951 an seine Salzburger Grabstätte zurückgebracht wurden. 1993 fand eine neuerliche Untersuchung seines Skeletts durch Gerichtsmediziner statt.

Ob Paracelsus eine Magd an seiner Seite hatte, weiß man nicht. Hätte er sie gehabt, wäre sie in der Geschichtsschreibung höchstwahrscheinlich nie aufgetaucht. So habe ich ihm Barbara zur Seite gestellt, außerhalb der Gesellschaft lebend wie er selbst, wenn auch aus einem anderen Grund: Als Tochter eines Abdeckers gehört sie zur sozialen Randgruppe der sogenannten Unehrlichen, die von bürgerlichen und politischen Rechten ausgeschlossen waren. Ganze Berufsgruppen wurden so aus dem handwerklich-zünftigen Leben ausgegrenzt, mancherorts bis hin zum Ausschluss von den kirchlichen Sakramenten: Neben dem fahrenden Volk mit seinen Gauklern, Kesselflickern oder Wanderhuren zählten hierzu die Schäfer und Feldhüter, die Totengräber und Nachtwächter, die Gassenkehrer, Kloakenreiniger und par excellence der Henker, dessen Knecht und Helfer der Schinder häufig war.

Durch Barbara und aus Barbaras Sicht wollte ich den Menschen Paracelsus lebendig machen. Zugleich wollte ich aber auch zeigen, wie schwer es für Frauen jener Zeit war, ihren eigenen Weg zu gehen, erst recht, wenn sie sich Lebensbereiche zu erobern suchten, die Männern vorbehalten waren, und sie am Rande der Gesellschaft lebten. Aber ich wollte auch zeigen, dass dies trotz aller Widerstände gelingen konnte – so wie es in meinem Roman Barbara gelungen ist.

Mehr über die historischen Hintergründe finden Sie unter: www.astrid-fritz.de

Glossar

Abdecker – auch Schinder, *Wasen*meister, Racker, *Schelm*: einstmals niedriges, *unehrliches* Handwerk, zuständig für die Beseitigung und Verwertung von Tierkadavern

Ablass – teilweiser oder vollkommener Nachlass von Sündenstrafen seitens der (katholischen) Kirche

Abort – veraltet und süddeutsch für Latrine, Toilette

Aderlass – von der Antike bis ins 19. Jahrhundert angewandtes Heilverfahren, bei dem zum Ausleiten schädlicher Körpersäfte aus einer Vene Blut entnommen wird; daher auch Venenschlagen

Alchemie – Lehre von den Eigenschaften der (chemischen) Stoffe und deren Reaktionen als Vorläufer der heutigen Chemie und Pharmazie, im engeren Sinne auch für Goldmacherei

Alma Mater – lateinisch: nährende Mutter; Umschreibung für Universität, Hochschule

altgläubig – im heutigen Sinne katholisch, im Gegensatz zu den Neugläubigen der *Reformation*

Amerbach, Bonifacius – Basler Jurist, *Humanist* und Komponist (1495 bis 1562)

anatomisches Theater – alter Name für den Anatomiesaal innerhalb eines medizinischen Instituts, in dem öffentlich Leichen untersucht wurden

Antimon – im Mittelalter Bezeichnung für eine mineralische Arzneidroge, seit dem 17. Jahrhundert für das chemische Element Antimon, ein silbriges, sprödes Halbmetall

Aphrodite – griechische Göttin der Schönheit und Liebe

Appenzell – historische Schweizer Berglandschaft

Arcanum – eigentlich: Geheimnis, Geheimmittel; bei Paracelsus eine allumfassende Medizin bzw. heilende Essenz

Archeus – vom griechischen «arche» für Ursprung: paracelsischer Begriff für ein lenkendes Prinzip im menschlichen Organismus; die damit verbundene Theorie greift dem heutigen Verständnis von Stoffwechsel voraus

Aristoteles – griechischer Universalgelehrter und Philosoph (384 v. Chr. bis 322 v. Chr.)

Armsünderschmalz – ausgelassenes Menschenfett von Hingerichteten (Armsündern), was zum Repertoire der spätmittelalterlichen Apotheken gehörte

Äskulap – griechischer und römischer Gott der Heilkunst

Astrolabium – bewegliche Metallscheibe in der Astronomie zum Berechnen von Sternenpositionen

Aufgebot – öffentliche kirchliche Bekanntmachung einer Heiratsabsicht

Ausleger – traditionelles Aushängeschild an der Hauswand zur Kennzeichnung eines Gasthauses, Gewerbes, Handwerks u. Ä.

Aussatz, aussätzig – historische Bezeichnung für ansteckende Krankheiten wie Lepra oder auch Krätze

Ave Maria – katholisches Hauptgebet an die Muttergottes; im übertragenen Sinne für kurze Zeitspanne

Avicenna – auch Ibn Sina: mittelalterlicher persischer Arzt und Universalgelehrter (980 bis 1037)

Bader – ursprünglich Betreiber einer Badstube, bald schon Arzt der kleinen Leute. Daraus entwickelte sich der Handwerkschirurg oder *Wundarzt* (im Gegensatz zum gelehrten, studierten *Medicus*)

Bär, Oswald – Basler Mediziner, Hochschullehrer und Nachfolger von Paracelsus als Stadtarzt (1482 bis 1567)

barbieren – auch balbieren: Kopf- und Barthaar schneiden

Barett – flache, weiche, runde Mütze ähnlich der heutigen Baskenmütze; ursprünglich Zeichen für gebildete Stände, später dann, in Schwarz, zur Amtstracht evangelischer Pfarrer gehörig

Baselbiet – Landschaft um Basel

Bergsucht – Lungenkrankheit von Bergleuten, Staublunge

Bestallung – Einsetzung in ein Amt

Bilsen, Bilsenkraut – Heilpflanze, die als Narkosemittel und Rauschmittel genutzt wurde

Bindfutter – Arzttasche der Wundärzte und Bader

Birs, Birsköpfli – Zufluss zum Rhein bzw. dessen Mündungsgebiet im Osten von Basel

Blattern – auch Franzosenkrankheit: alter Name für Syphilis

Bliensauvorstadt – heute Pliensauvorstadt, Stadtteil von Esslingen; die historische Pliensau grenzte direkt an die Altstadt

Bottich – Fass, rundes Holzgefäß

brandig – entzündete, von Gewebebrand befallene Körperpartie

Brant, Sebastian – Straßburger *Humanist*, Rechtsgelehrter und Autor (1457 bis 1521), der 25 Jahre in Basel studierte und lehrte; von ihm stammt die Moralsatire «Das Narrenschiff»

bresthaft – siech, gebrechlich

Bruch – auch Bruoch: mittelalterliche Unterhose

brunzen – süddeutsch für urinieren

Bubenwerk – auch Bubenstück, Büberei: veraltet für bösen Unfug, Dummheit

Buhle, Buhlin – veraltet: Geliebter, Geliebte

Bühne – alemannisch für Dachboden

Bullinger, Heinrich – Schweizer Theologe und *Reformator*, Weggenosse *Zwinglis* (1504 bis 1575)

Burse – Wohn- und Studiengemeinschaft von Scholaren bzw. Studenten mit ihrem Magister

Cancer – Krebs

Caritas – lateinisch für Nächstenliebe, Barmherzigkeit

carpe diem – lateinisch: pflücke den Tag. Im Sinne von: Nutze den Augenblick; Zitat aus einer Ode des römischen Dichters Horaz

Chirurgus – siehe *Wundarzt*

Claragraben – alter Stadtgraben und heutige Straße in *Kleinbasel*

Collegium – historische Bezeichnung für Schulen, Universitäten, Priesterseminare

Dalbe – einheimische Bezeichnung für die St.-Alban-Vorstadt südöstlich von Alt-Basel

Dennmark – Dänemark

Deutsch-Ritter – auch Deutschherren, Deutschordensritter: römisch-katholischer Ritterorden (mönchische Gemeinschaft von Rittern) aus der Zeit der Kreuzzüge

Diätetik – ursprünglich Lehre von der gesunden Lebensführung

dingen – gegen Lohn in Dienst nehmen

disputieren – veraltet für diskutieren

Doktor beider Arzneien – Arzt der inneren Medizin sowie der Chirurgie (Wundarznei); ursprünglich waren beide Bereiche streng getrennt, wobei sich der studierte Arzt (*Medicus*, Physikus) über den Lehrberuf des *Wundarztes* erhob. Paracelsus aber hatte im italienischen *Ferrara* promoviert, wo diese Trennung allmählich aufgehoben wurde

Domherr – Beamter eines Bischofs, Mitglied eines bischöflichen Domstifts

Einsiedeln – Geburtsort von Paracelsus im Schweizer Kanton Schwyz; bekannt für sein Barockkloster mit der Wallfahrtskirche

Eisenvitriol – siehe *Vitriol*

Elle – altes Längenmaß, in den meisten Regionen rund ein halber Meter

Erasmus von Rotterdam – niederländischer Universalgelehrter und *Humanist*, der viele Jahre in Basel und Freiburg lebte (um 1467 bis 1536)

fahrende Leute, Fahrende – Berufsgruppe, die von Ort zu Ort zog, wie Gaukler, Wanderprediger, Spielleute, Wahrsager; sie gehörten zumeist zum Stand der *Unehrlichen*

Fakultät – Teilbereich einer Universität, z. B. die Medizin

Famulus – aus dem Lateinischen für Gehilfe, Diener; studentische Hilfskraft eines Doktors oder Professors

Fatzenettli – schweizerdeutsch für Taschentuch, Nasentuch; abgeleitet aus dem italienischen Fazzoletto

Faustus, Georg – sagenumwobener Gelehrter und Magier der Renaissancezeit (wohl 1480 bis etwa 1541), dessen Leben zu zahlreichen literarischen Bearbeitungen anregte, u. a. zu Goethes «Faust»

Feldarzt – Militärarzt

Ferdinand von Österreich – *Habsburger* Herrscher (1503 bis 1564); Bruder von Kaiser Karl V., ab 1531 römisch-deutscher König, ab 1558 Kaiser des *Heiligen Römischen Reiches*

Ferrara – Stadt in Oberitalien mit einer der ältesten Universitäten Europas (gegründet 1391)

Feuerbüchse – hier: alte Bezeichnung für Handfeuerwaffen mit langem Lauf (Gewehr)

Finsterer Wald – alter Name für das Waldgebiet von *Einsiedeln*

Firlifanz – spätmittelalterlicher Bauerntanz, schneller Springtanz

Fliete – Messerchen des *Baders*/*Wundarztes* zum Öffnen der Haut beim *Schröpfen* oder *Aderlass*

Flugschriften – alter Name für Flugblätter

Franziskanerkirche – ehemalige Klosterkirche in Colmar, seit 1575 evangelische Kirche Saint Matthieu

Franzosenkrankheit – Syphilis, Geschlechtskrankheit

Fries, Lorenz – auch Laurentius Phrisius: deutscher Arzt, Astrologe und Geograph (um 1490 bis 1532)

Froben, Johannes – auch Frobenius: berühmter Basler Buchdrucker und Verleger der *Humanisten* (1460 bis 1527); er wohnte und druckte im Haus Zum Sessel, Totengässlein 1/3 (heute Basler Pharmaziemuseum)

Frundsberg, Georg von – *Landsknechts*führer in kaiserlich-*habsburgischen* Diensten (1473 bis 1528)

Fuchs – Pferd mit rötlich brauner Fellfarbe

Fugger – mächtige und reiche Augsburger Kaufmannsdynastie

Fürstabt – Klostervorsteher, der zugleich Fürst über eine weltliche Herrschaft ist

Furunkel – Blutgeschwür, schmerzhafte Entzündung des Gewebes um die Haarwurzel

Galenos von Pergamon – auch Galen: griechischer Arzt, Forscher und Universalgelehrter, dessen Schriften die Medizin bis in die Neuzeit prägten (129 bis etwa 200 n. Chr.)

Gebresten – veraltet für Gebrechen, für chronische gesundheitliche Probleme

Geck – eitler, übertrieben modebewusster Mensch

Geißelmacher – alte Berufsbezeichnung für Hersteller von Peitschen, Geißeln

Gellert – Stadtteil von Basel, früher unbewohntes Gebiet außerhalb der Mauern, in dem sich der Galgenhügel befand

geschworen – veraltet für vereidigt

gesotten – gekocht, heiß

Gevatter, Gevatterin – Anrede für Paten oder entfernte Verwandte, im vertraulichen Sinn auch für (ältere) Nachbarn und Bekannte

Gopferdammi – alemannische Verballhornung von «Gott verdamme mich»

Großer Markt – alter Name für den Nürnberger Hauptmarkt

Guajakholz – tropisches Baumholz aus *Westindien*, das schon von den Ureinwohnern als Heilmittel genutzt und von europäischen Kaufleuten, vor allem den Fuggern, als Wundermittel gegen die aufkommende Syphilis importiert wurde

Gyger, Ulrich – Schreibweise auch Geiger: Pforzheimer Arzt und Diplomat, zeitweise Diener von Paracelsus (1500 bis 1559)

Haber – altertümliche und mundartliche Form von Hafer

Habsburger – altes europäisches Herrschergeschlecht, das über Generationen hinweg die deutschen Könige und römisch-deutschen Kaiser stellte; später auch Haus Österreich genannt

Hagestolz – veraltet für (alter) Junggeselle

Harnschau – alte Diagnosemethode, bei der Urin auf Farbe, Geruch und Geschmack untersucht wird

Hausarme – anerkannte Almosenempfänger einer Gemeinde oder Stadt

Heiliges Römisches Reich Deutscher Nation – bis 1806 offizielle Bezeichnung für das Herrschaftsgebiet der römisch-deutschen Kaiser

Herbst, Hans – siehe *Oporinus*

Hildegard von Bingen – bedeutende mittelalterliche Äbtissin, Dichterin und heilkundige Universalgelehrte (1098 bis 1179)

Hintersasse – Einwohner, der zwar den Schutz der Stadt genießt und Steuern bezahlt, aber kein Bürgerrecht hat, wie Magd, Knecht oder Geselle

Hippokrates von Kos – griechischer Arzt, gilt als Begründer der Medizin als Wissenschaft (um 460 bis um 370 v. Chr.)

Hispanien – veraltet für Spanien

hoffärtig – veraltet für hochmütig, überheblich

Holbein – Hans Holbein der Jüngere: bedeutender Maler der Renaissance, der viele Jahre in Basel lebte und wirkte (1497 bis 1543)

Holztrippen – siehe *Trippen*

Honoratioren – tonangebende Herren in einer Stadt

Hübschlerin – veraltet für Prostituierte

Humanist – Vertreter einer Bildungsbewegung des 15. und 16. Jahrhunderts, die sich vom mittelalterlichen, ganz vom christlichen Glauben bestimmten Menschenbild abwendet und auf antike Vorstellungen des schöpferischen Individuums zurückgreift; bekannter Vertreter war *Erasmus von Rotterdam*

Hundstage – Hochsommertage vom 23. Juli bis 23. August, nach dem Sternbild Großer Hund

Hutten, Ulrich von – *humanistischer* Schriftsteller und Kirchenkritiker, der trotz einer *Guajakholz*-Kur an der Syphilis starb (1488 bis 1523)

immundus et leprosus – lateinisch: unrein und an Lepra erkrankt; offizielles «Urteil» nach positiver Leprauntersuchung

Jacobi – Datumsangabe nach dem Apostel Jakob der Ältere: 25. Juli

Johanni – Datumsangabe nach Johannes dem Täufer: 24. Juni

Johannisfeuer – traditionelles Fest mit großem Feuer am Vorabend zu *Johanni*

Jud, Leo – elsässisch-schweizer Theologe und *Reformator,* der gemeinsam mit *Zwingli* und *Bullinger* die Zürcher Kirchenordnung reformierte (1482 bis 1542)

Kaiviertel – historisches Viertel in Salzburg: Im Haus Kaigasse 10 soll Paracelsus in seinem Todesjahr bei Gerichtsschreiber Michael Setznagel gewohnt haben (ältere Quellen nennen als Adresse Platzl 3), in der Kaigasse 8 (ehemals Gasthof Zum weißen Ross) hat er sein Testament aufgesetzt

kako… – griechische Vorsilbe für schlecht, wie in Kakophonie (Missklang)
Kalmus – Heil- und Gewürzpflanze, deren ätherische Öle für Räucherungen und medizinische Bäder verwendet wurden
Karbunkel – Geschwür, Eiterbeule
Kärnten – südösterreichische Landschaft und heutiges Bundesland
Katarrh – früher synonym für Erkältung benutzt
Kehricht – Abfallhaufen nach dem Fegen oder Kehren; einen feuchten Kehricht scheren: gleichgültig sein, nichts angehen
Kessler – Kessel- und Pfannenschmied
keulen – seuchenkrankes Vieh töten
Klause – Einsiedelei, Mönchszelle
Kleinbasel – rechtsrheinisch gelegene Schwesterstadt von Basel
Klistier – medizinischer Einlauf, Darmspülung
Knappe – niederadliger junger Mann, der als Anwärter auf den Ritterstand das Waffenhandwerk erlernt
Kniebis – ein bis zu 971 Meter hoher Bergrücken im Nordschwarzwald mit gleichnamiger Streusiedlung
Koben – Verschlag, kleiner Stall
Kohlenberg – südliche Vorstadt hoch über der Kernstadt von Alt-Basel: einstmals verrufener Ort der Randständigen und Armen, wo sich auch das Scharfrichterhaus befand (wahrscheinlich auf der Höhe Kohlenberg 17)
Kolmar – heute: Colmar, Stadt im Elsass, die damals deutschsprachig war
kommod – bequem, angenehm
Kompendium – Lehrbuch, Nachschlagewerk
Krutenau – altes Stadtviertel von Colmar, heute Petit Venice
Lände – einfache Anlegestelle für Schiffe und Boote
Landsknecht – Söldner des Spätmittelalters

Lange Gasse – heutige Grand Rue in Colmar

Laudanum – mittelalterliche opiumhaltige Medizinmischung, an deren Zusammensetzung Paracelsus immer wieder experimentierte

Läusesträhler – von alemannisch strählen: kämmen, striegeln

Lekturen – veraltet für (universitäre) Vorlesungen

Lenzmonat – alter Monatsname für März

Leonhardsgraben – ehemaliger innerer Stadtgraben, heute Basler Straßenname; man vermutet, dass Paracelsus hier oder in der angrenzenden Leonhardstraße wohnte

Leonhardskirche – eine der vier alten Stadtkirchen Basels, am Hang des *Kohlenbergs*

Leutpriester – weltlicher Priester in Kirchengemeinden, im Gegensatz zum klösterlichen Ordenspriester

Lichterzieher – Kerzenzieher, Kerzenmacher

Lichtmess – siehe *Mariä Lichtmess*

Liebenzell – Bad Liebenzell: historischer Badekurort im Nordschwarzwald, den Paracelsus besucht haben soll

Lizentiat – alter akademischer Grad mit Lehrerlaubnis, als Vorbedingung für den Magister oder das Doktorat

Löffelbrett – in einfachen Haushalten wurden die Holzlöffel nach dem Essen abgewischt und in ein Löffelbrett gesteckt

Löli – alemannisch für Trottel, Dummkopf

Luther, Martin – deutscher Theologe, Publizist und Urheber der *Reformation* (1483 bis 1546)

Magenbuch, Johann(es) – deutscher Arzt und Verfechter der *Reformation* (1487 bis 1546); seine Tochter Helena, verheiratete Rucker, wurde tatsächlich Hofapothekerin am württembergischen Hof in Nürtingen

Magistrat – Stadtrat

Mähren – historische Landschaft im heutigen Tschechien

Mamelucken – auch Mamluken: Militärsklaven in altislamischen Herrschaftsgebieten des Orients

Mammon – Dämon, der zu Geiz und Habgier verführt; personifizierter Reichtum

Manz, Felix – Mitbegründer der Zürcher *Täufer*bewegung und deren Märtyrer, da er wegen seines Glaubens zum Tod durch Ertränken verurteilt wurde (1498 bis 1527)

Mariä Lichtmess – Datumsangabe: 2. Februar. Traditionell der Beginn des Bauernjahrs, an dem die Arbeit draußen wieder aufgenommen wurde; vielerorts auch Beginn des Dienstjahres beim Gesinde

Marsilius – eigentlich Marsilio Ficino: italienischer *Humanist,* Philosoph und Arzt (1433 bis 1499)

Märt – schwäbisch-alemannisch für Markt

Martini – Datumsangabe nach dem heiligen Martin: 11. November

Martinskirche – älteste Basler Pfarrkirche nahe dem Rhein

Matrikel – Schriftrolle, Verzeichnis; in Universitäten Verzeichnis aller Mitglieder

Medicus – auch Physikus, Doctor Medicinae: studierter Arzt, der im Gegensatz zum *Wundarzt,* dem Vorläufer des Chirurgen, für die angesehenere innere Medizin zuständig war

Meinrad von Einsiedeln – Eremit und Heiliger des 9. Jahrhunderts, auf den die Gründung des Schweizer Klosters *Einsiedeln* zurückgeht

Melancholie – Schwermut; früher auch für das heutige Krankheitsbild der Depression verwendet

Melanchthon, Philipp – *humanistischer* Gelehrter und Weggenosse *Luthers* in der *Reformation* (1497 bis 1560)

Merkur – Planetenname nach dem römischen Gott der Händler und Diebe, dem das Element Quecksilber zugeordnet ist

Metzelsuppe – süddeutsch für Wurstbrühe, die traditionell beim Schlachtfest zubereitet wird

metzgen – schwäbisch-alemannisch für schlachten

Mittag – veraltet für Süden

Mülhausen – französisch Mulhouse: Stadt im Oberelsass

Muhme – alte Bezeichnung für Tante oder andere weibliche Verwandte

Mumia vera – bis in die 1920er-Jahre als Heilmittel verwendete Substanz aus zermahlenen ägyptischen Mumien

Mysterium magnum – lateinisch: großes Geheimnis

Nadelberg – Straße und (vornehmes) Quartier in Alt-Basel; die Nummer 17 war einige Jahre lang Wohnhaus von *Erasmus von Rotterdam*

Neapolis – Neapel

Nekromantia – spiritistische Beschwörung Verstorbener bzw. Begegnung mit deren Geistern

non nomine meis – lateinisch: nicht in meinem Namen

Obolus – (ursprünglich griechische Münze) kleiner Geldbetrag, Gebühr, Spende

Oekolampad(ius) – eigentlich Johannes Heussgen: Basler Theologe, *Humanist* und *Reformator* (1482 bis 1531)

Offizin – Verkaufsraum hochwertiger Waren, z. B. einer Apotheke oder Druckerei

Oheim – alte Bezeichnung für Onkel, Großonkel

Oporinus – eigentlich Hans (Johannes) Herbst: Basler Humanist, Buchdrucker und Verleger (1507 bis 1568); in jungen Jahren Schüler von Paracelsus, kehrte sich aber später von ihm ab

Ordinarius – ordentlicher Professor einer Hochschule, Inhaber eines Lehrstuhls

Osiander, Andreas – Nürnberger Theologe und *Reformator* (um 1497 bis 1552)

Papist – abwertend für römisch-katholische Papstanhänger

Pedell – Hausmeister einer (Hoch-)Schule

Persona non grata – lateinisch für unerwünschte Person

Pestilenz – über die Pest hinaus alle ansteckenden Seuchen

Pfeffers – alter Name für Pfäfers, ein historisches Heilbad und Kloster im Schweizer Kanton St. Gallen

Pfründe – Einkünfte aus einem weltlichen oder kirchlichen Amt

Pfund – Währungseinheit: Ein Pfund Silber entsprach 240 Pfennigen

Plinius der Ältere – römischer Gelehrter und Verwaltungsbeamter, der mit seiner «Naturalis historia» ein umfassendes Werk zur Naturkunde verfasst hat

Podagra – veraltet für Gicht in den Füßen

Poeta laureatus – lateinisch für lorbeergekrönter Dichter: ehrenvolle kaiserliche Auszeichnung an Dichter und Autoren

Poland – veraltet für Polen

Pottasche – Kaliumsalz, das aus Holzasche gewonnen und zur Glasherstellung benötigt wird

Potzdusig – alemannisch für Potztausend: Fluch, Ausruf des Erstaunens; eigentlich: Gott's tausend Sakrament – der Name Gottes wurde entstellt, um nicht Blasphemie zu begehen

probat – passend, angemessen

prognostisch – eine Vorhersage, Prognose betreffend

Protestant, Protestantismus – zu *Luthers* Zeiten entstandener, zunächst politischer Begriff für die Reformbewegung gegen die römisch-katholische Kirche

Pruchsen – alter Name für (Ost-)Preußen

purgieren – lateinischer Fachbegriff für abführen, zum Stuhlgang bringen

Quintessenz – in der *Alchemie* des Mittelalters die «fünfmal ausgezogene Kraft eines Stoffes»; heute noch für Wesen, Kern, Auszug

Racker – ursprünglich abwertend für *Abdecker*

Rappenpfennig – alte oberrheinische Silbermünze, die im heutigen Schweizer Rappen seine Nachfolge gefunden hat

Reformation, Reformator, reformiert – kirchliche Erneuerungsbewegung seit 1517, die auf Martin *Luthers* Kritik an Papsttum und *Ablass*handel zurückgeht und sich bald in verschiedene Strömungen aufteilte

Reingeschmeckte – mundartlich für Zugezogene

Remise – Wirtschaftsgebäude für Wagen und Gerätschaften

Rhazes – persischer Arzt und Philosoph (865 bis 925)

Rheinsprung – alte Basler Gasse oberhalb des Rheins; im Gebäude Nr. 9/11 befand sich die 1460 gegründete Universität

Riet – siehe *Vaihingen an der Enz*

Sachs, Hans – Nürnberger Schuhmacher, Dichter und Meistersinger (1494 bis 1576)

Sackerment – süddeutsch für Sakrament (als Fluch)

Saubloder – süddeutsch/alemannisch für Schweinsblase

Schaff – wasserundurchlässiger Holzeimer

schaffen – schwäbisch-alemannisch für arbeiten

Schaffner – veraltet für (Vermögens-)Verwalter, z. B. eines Klosters, Spitals oder Gutshofs

Schalerhof – spätmittelalterlicher Adelshof in Basel, der heute Teil der Alten Universität ist

Scharwache – städtische Wachmannschaft

Schaube – weite, knielange Jacke mit weiten Ärmeln, vorne offen und mit Kragen; als Amtstracht von Ratsleuten meist mit Pelzbesatz

Scheidekunst – Gewinnung von Metallen aus Erzen

Schelm – bedeutete ursprünglich Seuche oder auch Aas und wurde als böses Schimpfwort benutzt

Scherer – alter Handwerksberuf der Haar- und Bartschneider;

wie die Barbiere verrichteten sie auch Aufgaben des *Wundarztes*

Scheuer – süddeutsch für Scheune

Schiffslände – Anlegestelle für Schiffe und Boote; in Basel ist damit der mittelalterliche Rheinhafen gemeint

Schindanger – siehe *Wasen*

schinden – veraltet für enthäuten, Haut oder Rinde abziehen; schon im Mittelhochdeutschen auch im übertragenen Sinne für quälen

Schinder – alter Begriff für *Abdecker*

Schindhütte – auch Abhäutekammer: Werkstatt, Arbeitsstätte der *Abdecker*

Schindluder – in der ursprünglichen Bedeutung: Aas verendeter Tiere

Schlupfhure – heimliche Prostituierte

Schlüsselgasse – heutige Rue des Clés in Colmar

Schnitter – Erntehelfer

Schobinger, Bartlome (Bartholomäus) – St. Galler Kaufmann und Alchemist (1500 bis 1585)

Scholar – veraltet für Schüler, Student

Scholastik – theologische Denkweise und streng logische Methode der Beweisführung, die die mittelalterliche Wissenschaft prägte; oft auch abwertend im Sinne von engstirnig, dogmatisch verwendet

Schopf – schwäbisch-alemannisch für Schuppen, Anbau, Abstellraum

Schragen – Holzkreuz oder Bock zum Auflegen einer Tischplatte

Schrättlein – Verkleinerung von Schrat, Schratt: zottiger Waldgeist, Kobold, Troll

schröpfen – erhitzte Schröpfköpfe aus Horn oder Glas, die auf angeritzte Hautstellen luftdicht aufgesetzt werden. Beim Abkühlen entsteht Unterdruck, wodurch Blut durch die Haut gesogen wird. Dadurch sollen dem Körper schlechte Säfte entzogen werden, siehe *Vier-Säfte-Lehre*

Schultheiß – höchster Beamter in Verwaltung und Rechtspflege, vom Stadt- oder Landesherrn eingesetzt

Schwabenkrieg – auch Schweizerkrieg: Kampf der Schweizer Eidgenossen um ihre Unabhängigkeit gegen die *Habsburger* und den Schwäbischen Bund, einem Zusammenschluss von schwäbischen Gebieten und Reichsstädten

Schwäre – Geschwür, Geschwulst

schwarzgalliges Gemüt – Niedergeschlagenheit, Depression

Schwyz – neben Uri und Unterwalden einer der drei Schweizer Urkantone

sieben freie Künste – lateinisch Septem Artes liberales: die sieben freien Künste der Artistenfakultät an einer mittelalterlichen Universität; Grundstudium als Voraussetzung für Theologie, Rechtswissenschaft und Medizin

siech – krank, gebrechlich

Siech(en)haus – Verwahrungsstätte für ansteckend Kranke, zumeist außerhalb der Stadttore

Siechkobel – regionaler Begriff für *Siechenhaus*

Signaturenlehre – Lehre von den Zeichen in der Natur, die sich in Form, Farbe, Geruch oder sonstigen Beschaffenheiten äußern und auf Ähnlichkeiten, Entsprechungen und Wirkungen hinweisen

Sihl – Schweizer Fluss bei *Einsiedeln*

similia similibus curantur – lateinisch: Ähnliches wird durch Ähnliches geheilt; heute noch Grundsatz der Homöopathie

Solothurn – Stadt in der Schweiz, südlich von Basel

Sondersieche – an einer ansteckenden Krankheit Leidende, die «ausgesondert», d. h. außerhalb der Stadt leben mussten, siehe *Aussatz*

Spalenvorstadt – westliche Handwerkervorstadt von Alt-Basel

Staffel – süddeutsch für Treppe im Freien

Stakholz – Stocherstange zum Fortbewegen von Booten

Starstecher – auch Okulist: mittelalterlicher niederer Heilberuf zur Behandlung von Linsentrübung (grauer Star); die ambulanten Operationen auf Messen und Jahrmärkten waren durchaus erfolgreich

Stecken – süddeutsch für Stock, Knüppel

Steinenvorstadt – auch «An den Steinen»: ehemals eher ärmliche südliche Vorstadt von Alt-Basel

Steinschneider – mittelalterlicher niederer Heilberuf zur operativen Entfernung von Harn- und Blasensteinen

Strauchritter – Raubritter, verarmter Ritter, der von Überfällen lebte

Streubüchse – Zubehör beim Schreiben mit Feder und Tinte: enthält Streusand, damit die Tinte schneller trocknet

Stübl – bayrisch-österreichisch für kleine Stube

sublimieren – veredeln, verfeinern

Sulphur – altgriechisch für Schwefel (lateinisch sulpur)

Sulzburg – Kleinstadt im südbadischen Markgräflerland, im 16. Jahrhundert zeitweise Residenz der Markgrafen von Baden-Durlach

Summa medicinalis – lateinisch: Gesamtheit der Heilkunst; verbreitetes Lehrbuch von Tommaso del Garbo, einem florentinischen Medizinprofessor (1305 bis 1370)

Sundgau – elsässische Landschaft südlich von *Mülhausen* in Frankreich; war damals deutschsprachiges Gebiet und unterstand den *Habsburgern*

Tartarus – lateinisch für Weinstein, bei Paracelsus kristalliner

Rückstand oder Ablagerung im menschlichen Körper, als Gallen-, Blasen- oder Nierenstein

Tataren – veraltet für turksprachige, muslimische Völker

Täufer – zeitgenössischer Begriff für *Wiedertäufer*

Taverne – Schenke, einfaches Wirtshaus

Taxe – Gebühr, festgesetzte Zahlungssumme

Theriak – mittelalterliches Allheilmittel, das neben Opiaten alle möglichen Substanzen enthielt, so z. B. Schlangenfleisch

Traktat – kleinere schriftliche Abhandlung eines Themas

Traminer – Südtiroler Rebsorte

Tresterwein – billiger Wein aus den Rückständen vom Pressen der Weintrauben

Trippen – hölzerner Untersatz für Schuhe und Stiefel zum Schutz vor Schlamm und Straßendreck

Uhlbach – Weindorf nördlich von Esslingen

Unehrliche – sozialer und rechtlicher Begriff im Sinne von nicht handwerks-, bürger- und ratsfähig; in der frühen Neuzeit wurden die Unehrlichen nach und nach ausgegrenzt

Vadian – siehe Watt, Joachim von

Vagant – wohnsitzlose Landfahrer, im Sinne des späteren Begriffs Vagabund

Vaihingen an der Enz – Kleinstadt nordwestlich von Stuttgart mit Ortsteil Riet, in dem zeitweise ein Teil von Paracelsus' Hohenheimer Verwandtschaft ihren Wohnsitz hatte

vakant – frei, neu zu besetzen (Amt, Arbeitsstelle)

Vaterunser – christliches Hauptgebet, auch im Sinne einer kurzen Zeitspanne benutzt

Veitstanz – auch Tanzwut: Phänomen des späten Mittelalters, dessen Ursachen nicht geklärt sind; man vermutet ein massenhysterisches Phänomen religiöser Ekstase, möglicherweise verstärkt durch die Wirkung pflanzlicher Drogen *verschneiden* – hier: kastrieren

vier Elemente – Feuer, Wasser, Luft und Erde

Vier-Säfte-Lehre – auch Humoralpathologie: aus der Antike stammende Krankheitslehre von den Körpersäften Blut, Schleim, schwarze und weiße Galle, deren richtiges Mischungsverhältnis Voraussetzung für Gesundheit ist. Jedem Saft sind bestimmte Qualitäten, Organe, Temperamente, Jahreszeiten sowie eines der *vier Elemente* zugeordnet

Villach – Stadt in *Kärnten*

visitieren – überprüfen, untersuchen

Vitriol – Salze der Schwefelsäure von z. B. Zink, Eisen, Kupfer

Vogelrohr – Blasrohr für die Vogeljagd

Vogesen – französisches Mittelgebirge westlich des Oberrheins

Vorspann – hier: vor eine Kutsche oder ein Fuhrwerk gespanntes zusätzliches Zugtier

Waadtland – Kanton Waadt in der Westschweiz

Walachei – historische Landschaft im südlichen Rumänien

Watt, Joachim von – Schweizer Humanist, Mediziner und Reformator, mehrfach Bürgermeister der Stadt St. Gallen (1483 bis 1551)

Wasen – auch Schelmenacker, Schindanger: Freifläche vor der Stadt, wo Tierkadaver verscharrt wurden, aber auch Tote, die wie Selbstmörder oder Gehängte nicht christlich bestattet werden durften

Wasenmeister – auch Schinder; siehe *Abdecker*

Weinmonat – alter Name für Oktober

welsch – alte Bezeichnung für Angehörige romanischer Völker und darüber hinaus für alle(s) Fremde

Westindien – historische Bezeichnung für die Inselgruppen in der Karibik; in den Jahrzehnten nach ihrer Entdeckung durch Kolumbus synonym für Amerika gebraucht

Wiedertäufer – radikalchristliche Glaubensbewegung im Zuge der *Reformation* nach 1520, die die Kirche als Bruderschaft in der Nachfolge Christi sieht; wichtige Elemente sind die selbstbestimmte Taufe, Gewaltlosigkeit, Trennung von Kirche und Staat sowie die wortgetreue Auslegung des Neuen Testaments

Winkel… – Vorsilbe für heimlich, inoffiziell, meist abwertend gemeint; heute noch im Begriff Winkeladvokat

Wundarzt – auch Chirurg(us): im Gegensatz zum gelehrten *Medicus* ein Handwerksberuf (Arzt der kleinen Leute); unterstand wie die städtische Hebamme und der Apotheker dem studierten Stadtarzt

Zehntscheuer, Zehntstadel – herrschaftliche Scheune für die (Natural-)Abgaben der Untertanen, den sogenannten Zehnten

Zündbüchse – veraltet für Pistole, Handfeuerwaffe

Zunft – christliche Genossenschaft von Handwerkern zur Wahrung gemeinsamer Interessen, vom Mittelalter bis ins 19. Jahrhundert

zwerch… – alte Vorsilbe für quer, bis heute in Zwerchfell enthalten

Zwingli, Huldrych – Zürcher Theologe und *Reformator* (1484 bis 1531); im Religionskrieg zwischen Zürich und den katholischen Innerschweizer Kantonen geriet er in Gefangenschaft und wurde getötet, sein Leichnam gevierteilt

Weitere Titel

Das Mädchen und die Herzogin

Der dunkle Himmel

Der Hexenjäger

Der Pestengel von Freiburg

Der Turm aus Licht

Die Bettelprophetin

Die Himmelsbraut

Die Räuberbraut

Die Vagabundin

Henkersmarie

Unter dem Banner des Kreuzes

Wie der Weihnachtsbaum in die Welt kam

Die Hexe von Freiburg

Die Hexe von Freiburg

Die Tochter der Hexe

Die Gauklerin

Ein Fall für Serafina

Das Aschenkreuz

Hostienfrevel

Das Siechenhaus

Tod im Höllental

Die Tote in der Henkersgasse

Die Wölfe vor den Toren

Der Totentanz zu Freiburg

Ulrike Schweikert

Die Charité: Hoffnung und Schicksal

496 Seiten

Berlin, 1831. Seit Wochen geht die Angst vor der Cholera um. In der Charité versuchen die Ärzte fieberhaft, Überträger und Heilmittel auszumachen: ein Wettlauf gegen die Zeit. Währenddessen führen drei Frauen ihren ganz persönlichen Kampf: Gräfin Ludovica, gefangen in der Ehe mit einem Hypochonder, findet Trost in den Gesprächen mit Arzt Dieffenbach. Hebamme Martha versucht, ihrem Sohn eine bessere Zukunft zu bieten, und verdingt sich im Totenhaus der Charité. Die junge Pflegerin Elisabeth entdeckt die Liebe zur Medizin und – verbotenerweise – zu einem jungen Arzt.

Weitere Informationen finden Sie unter **rowohlt.de**

René Anour
Die Totenärztin: Wiener Blut

416 Seiten

Wien, 1908. Als ein toter Obdachloser in der Gerichtsmedizin eingeliefert wird, schenkt niemand ihm einen zweiten Blick – niemand außer der jungen Ärztin Fanny Goldmann. Ihr fallen Ungereimtheiten auf, aber keiner ihrer männlichen Kollegen will auf sie hören. Daher obduziert sie die Leiche nachts heimlich. Eine gefährliche Entscheidung, denn plötzlich findet sie sich mitten in einer tödlichen Verschwörung rund um einen charismatischen Dieb und Kaiserin Sissis verschwundene Diamantsterne wieder. Ihre Ermittlung führt Fanny von den mondänen Salons und prunkvollen Palais der Oberschicht bis in die schäbigen Spelunken und Bordelle der Wiener Unterwelt. Hier lauert an jeder Ecke der Tod, dessen Opfer Fanny auf ihrem Sektionstisch ihre intimsten Geheimnisse offenbaren …

Eine atemberaubend spannende Mischung aus Medizinhistorie und Krimi. Der erste Fall für Totenärztin Fanny Goldmann.